Lisa Heven

Das Rote Gold

SCHERGEN DES TODES
BAND IV

Auch wenn Maddy und der Clan immer dichter zusammenrücken, können sie sich nicht gegen alle düsteren Mächte verteidigen, die es sich zur Aufgabe gemacht haben, den Clan zu vernichten. Die Vampirgemeinschaft weiß, dass das noch lange nicht das Ende ist, denn der gefährlichste Vampir scheint nun auf der Erde zu wandeln und es gibt nur einen, der diesem Monster die Stirn bieten kann. Als dann noch der geheimnisvolle Freund von Maddy ein hartes Schicksal ereilt, glaubt Maddy kaum noch daran, ihn jemals in ihre Arme schließen zu können. Aber nicht nur Maddy ist in einem Gefühlschaos gefangen, nein, auch andere auf Menderson sind für ihre Liebe zum Äußersten bereit.

Im Norden Englands hingegen gelang eine spektakuläre Flucht aus Calabria, dem sichersten Gefängnis der Vampire. Die Entflohenen erkämpfen sich ihren gefährlichen Weg nach London. Dabei werden sie von einer unmenschlichen Kreatur angegriffen, die ein schreckliches Geheimnis in sich birgt.

Impressum:

© 2017 Lisa Heven
1. Auflage
Satz und Layout: BookDesigns, Potsdam, www.bookdesigns.de
Coverfoto: © Jack Moik, http: www.artofjack.com
Lektorat: Katja Hase
Co-Lektorat: A.B.

Herstellung und Verlag: BoD - Books on Demand, Norderstedt
Printed in Germany
ISBN Paperback 9783746017624

Bibliografische Information der Deutschen Nationalbibliothek:
Die Deutsche Nationalbibliothek verzeichnet diese Publikation in der Deutschen Nationalbibliografie; detaillierte bibliografische Daten sind im Internet über http://dnb.d-nb.de abrufbar.

Lisa
Heven

Das Rote Gold

SCHERGEN DES TODES

Band IV

Roman

Die deutsche Autorin wurde 1969 in Berlin geboren und ihre Jugend war geprägt von Mystik und Legenden. Ihre Leidenschaft zum Schreiben fand Sie, als etliche Vampirromane ihren Weg kreuzten. Unter Pseudonym hat sie nun ihren vierten Band der Romantic Fantasy Serie „Das Rote Gold" geschrieben. Gegenwärtig lebt sie mit ihrer Familie und ihrem Hund in Berlin.

Die Romane von Lisa Heven:

DAS ROTE GOLD

Band I   – Erwachen des Mysteriums
Band II   – In dunkler schwarzer Nacht
Band III – Spuren des Verlangens
Band IV – Schergen des Todes
Band V   – Blutendes Herz

® MIX
Papier aus verantwortungsvollen Quellen
Paper from responsible sources
FSC
www.fsc.org
FSC® C105338

Blut gibt die Kraft,

das Dunkel erwacht,

zerstört alle Farben

der Finsternis Macht.

Dieter Neiss

Kapitel 1

Ein weiterer eiskalter Windstoß streifte sein todbleiches Gesicht und ließ seine langen Haare wild durcheinander tanzen. Er stemmte sich ohne Schwierigkeiten gegen eine weitere Welle, die der tosende Wind mit sich brachte. Die Nacht war finster und selbst der Mond war hinter einer dicken Wolkenschicht verschwunden und präsentierte sein Antlitz nur für Sekunden. Aufgepeitscht bäumte sich sein langer schwarzer Umhang um ihn herum und ließ ihn noch bedrohlicher in diesem düsteren Szenario wirken. Ihn, einen Untoten, der beliebig Angst und Schmerz in jedes menschliche und vampirische Herz säen konnte. Seine messerscharfen, langen Fangzähne traten bei seinem tiefen Brüllen hervor. Die unwissende Menschheit in dieser Gegend führte dies jedoch eher auf Wolfsgebrüll zurück und war sich der Bedrohung keinesfalls im Klaren. Tief in seinem Innern kämpften sich seine Emotionen an die Oberfläche, die er so lange wissentlich unterdrückt hatte. Sein unendlicher Schmerz war völliger Zufriedenheit gewichen und durchflutete nun seinen gesamten Körper wie heiße Lava. Nie hätte er es gewagt, überhaupt noch an dieses unsagbare Glück glauben zu dürfen. Doch nun war alles anders gekommen. Seine ganze Welt, sein ganzes Dasein hatten sich radikal verändert. So nah war alles gewesen und dennoch unerreichbar. Seine Sicht aus seinen sonst so scharfen Augen war plötzlich getrübt. Er spürte, wie sich Tränen in seinen Augenwinkeln bildeten und es ihm einen tiefen Stich in sein Herz versetzte, was er so nicht erwartet hätte. Seine Kontrolle über sich hatte stets oberste Priorität – und dennoch war es passiert. Er hatte sich für einen Moment lang von seinen Gefühlen leiten lassen. Mit einem letzten Blick in die Ruine, stieß er sich von der Wand ab und schoss in die Nacht hinaus, die ihn nun mit offenen Armen empfing und ihm wieder die Geborgenheit schenkte nach der er sich so sehnte …

Zur gleichen Zeit in der Kommandozentrale auf Menderson …

Immer noch standen sich das ehemalige Clanoberhaupt Eric Sierks, das amtierende Clanoberhaupt Jonathan, Maddy und einige der anderen Clanmitglieder gegenüber.

Maddy starrte zu Eric und dieser erwiderte ihren harten Blick. Die explosive Stimmung, die nun den Raum beherrschte, war für alle Anwesenden schier unerträglich.

Es war Mehit, der die Situation unterbrach.

„Vielleicht können wir uns alle erst einmal beruhigen und gemeinsam versuchen, eine Lösung zu finden?"

Doch sein Vorschlag traf bei den Beteiligten auf keine große Zustimmung. Erstaunt blickte er auf Maddy, die plötzlich in seine Richtung sah und ganz ruhig sagte:

„Du hast Recht. Wir sollten uns nicht gegenseitig anfeinden, denn das hilft Ramos am allerwenigsten weiter." Ihr Blick war glasig und Mehit konnte die innerliche Unruhe förmlich spüren, die in ihr tobte. Wissentlich streckte er den Arm nach ihr aus und ohne zu zögern glitt Maddy hinein.

In Mehits Nähe fühlte sie sich immer noch am Wohlsten. Das gleiche Gefühl hatte sie auch bei Ament, doch der war gerade in London unterwegs und konnte ihr nicht zur Seite stehen. Ihr prüfender Blick glitt nun zu Jonathan.

Der Jonathan, der sie auf dem Anwesen eingeführt hatte.

Der, der ihr die Geschichte von der Vampirentstehung erzählt hatte.

Der, der sie in die Vampirwelt eingeführt hatte.

Der, der ihr von ihrer Familie erzählt hatte.

Doch gerade in diesem Moment kam er ihr eher wie ein Fremder vor, so wie er da neben Eric stand. Es wirkte so, als wenn er nicht mehr zu ihnen gehören würde. Vielleicht war das auch der Fall, doch sie wollte ihn noch nicht aufgeben. Noch nicht.

Die anderen Clankrieger gaben ihr nun viel mehr Nähe, obwohl weder Raban noch Ivan zu ihrem engeren Kreis zählten. Dennoch vertraute sie ihnen blind und von Tag zu Tag wuchs auch das Vertrauen ihnen gegenüber und die Verbindung untereinander verstärkte sich.

Zeitgleich gesellte sich Ivan an Maddys Seite und signalisierte ihr damit seine volle Unterstützung.

Darüber war Maddy sehr dankbar.

Aus der gegenüberliegenden Seite des Raumes überblickte Eric die Situation.

„Ich will jetzt ruhen", sagte er so leise, dass es nur Jonathan, der dicht bei ihm stand, verstehen konnte.

Dieser sprach dann in normaler Lautstärke zu den anderen. „Ich werde dich in ein Quartier bringen, indem du dich nähren und ausruhen kannst. Lass uns nach unten gehen."

Bitterböse funkelte ihn Maddy an.

„Ach, drücken Sie sich jetzt vor Ihrer Aufgabe?" Schon wollte Maddy sich in Bewegung setzen, als Mehit sie jedoch sanft am Arm zurückhielt.

Bewusst stellte er sich vor Maddy und suchte ihren Blick.

„Lass ihn. Jetzt werden wir keine Lösung herbeiführen. Du wirst sehen, er wird Morgen Ramos helfen." Unweigerlich forderte er eine Antwort von Eric ein, die er aber nicht bekam. *Komm schon, gib ihr doch wenigstens einen Hoffnungsschimmer*, dachte er bei sich.

„Nie sollte er den Clan so verkommen lassen. Seine Fehler, sind nun die meinen." Ein wütender Ausdruck trat auf Erics sonst so regloses Gesicht, während er Jonathan schleichend aus der Kommandozentrale folgte. Beide blickten sich nicht um und dennoch konnten sie die bohrenden Blicke der Anwesenden in ihren Rücken spüren. Als sie aus dem Sichtfeld der Zurückgelassenen verschwunden waren, entspannte sich Maddy ein wenig.

Mehit beugte sich zu ihr und sprach ruhig auf sie ein.

„Maddy, dieser Eric ist … sehr gefährlich. Sei bitte vorsichtig." Bitter kamen ihm diese Worte über die Lippen, denn sein Schützling wusste gar nicht, in welcher Gefahr sie sich gerade befunden hatte.

Wütend fuchtelte Maddy mit ihren Händen durch die Gegend. „Ich werde mir von diesem aufgeblasenen Vampir nichts vorschreiben lassen, denn …"

Mehit bremste ihren Redeschwall, indem er die Hand hob. „Maddy, er könnte uns alle vernichten, bevor wir auch nur mit der Wimper zucken könnten. Er hat viel mehr Macht als Jonathan und wir alle zusammen." Er breitete seine Arme aus und schloss damit alle Anwesenden ein. „Es ist wirklich kein Spaß! Dass er gerade so ruhig geblieben ist, erstaunt mich selbst. Aber es scheint ihn irgendetwas zu interessieren, sonst wären wir alle wahrscheinlich gar nicht mehr am Leben."

Erstaunt und beunruhigt zugleich sah Maddy zu Mehit auf. Ihr Puls raste nur so durch ihren Körper und ließ ihre Halsschlagader wild pochen.

„Du willst mir also sagen, dass er uns umbringen würde … einfach so?" Ihre Stimme zitterte leicht, als sie sich der Situation vollends bewusst wurde.

„Ja, das will ich dir damit sagen." Sein Blick bohrte sich in ihren und sie konnte den Worten entnehmen, dass es sein purer Ernst war.

Dies machte ihr Angst und sie griff nach Mehits Arm.

„Du meinst …" Sie holte schwer Luft. „… er könnte … uns alle …" Sie schaute entsetzt in die Runde und traf als erstes auf die violetten Augen von Ivan, anschließend schweifte ihr Blick zu Raban.

„Maddy, du musst wissen, dass wir alles für dich tun werden, aber leider sind wir auch nicht unzerstörbar." Der russische Akzent von Ivan beruhigte Maddy auf sonderbare Weise, obwohl die Worte ihr klar und deutlich machten, dass sie sich gerade auf sehr dünnem Eis bewegt hatte, ohne es zu wissen.

Einen Moment lang verharrte sie reglos, dann sah sie zu Mehit.

„Ich wusste ja nicht …," sie senkte ihre Stimme. „Ich werde in Zukunft besonnener an die Gespräche mit Eric herangehen." Ihr Blick war aufrichtig.

Mehit entglitt ein kleiner Seufzer. „Wir sind anscheinend alle mit der momentanen Situation etwas überfordert. Auch kommt noch hinzu, dass wir uns wahrscheinlich mehr Unterstützung von Jonathan erhofft haben, die er uns im

Moment jedoch nicht gibt. Ich hoffe, dass wir bald wissen, was Eric dazu bewegt hat, wieder nach Menderson zu kommen. Bis dahin müssen wir uns erst einmal sehr diplomatisch verhalten, um Eric und Jonathan keine Angriffsfläche zu bieten. Wir müssen als Team noch dichter zusammenrücken."

Dem stimmten alle zu.

„Ich sollte auch erst einmal nach oben gehen. Hier unten möchte ich nicht bleiben und ich will, dass du und Ivan mich begleiten." Was habe ich gerade getan? Uns alle in Gefahr gebracht, ohne auch nur einen Moment darüber nachzudenken? Das wird mir nicht noch einmal passieren, schoss es durch ihren Kopf.

„Du brauchst keine Angst zu haben, wir werden dich immer mit unserem Leben beschützen", sagte Mehit besonnen, doch er konnte immer noch die innerliche Unruhe von Maddy fühlen.

„Komm Ivan", forderte Mehit ihn auf, während er Maddy seinen Arm um die Schulter legte.

Ivan schloss zu den beiden auf und als er an der Tür ankam, glitt sein Blick noch einmal zu Raban zurück.

„Wenn etwas sein sollte, ruf mich."

Raban nickte stumm.

Als die drei gerade die Treppe nach oben stiegen und in der Eingangshalle ankamen, trat ihnen plötzlich Miss Kottendraw entgegen.

„Milady", leicht neigte sie ihnen ihren Kopf zum Gruß entgegen.

„Miss Kottendraw?", erwiderte Maddy freundlich, soweit es ihr in dieser angespannten Situation möglich war.

„Ich bin etwas durcheinander", fing Miss Kottendraw an, wobei sie ihre Brille abnahm und Maddy direkt ansah. „Der neue Gast, der sich seit letzter Nacht hier auf dem Anwesen befindet, ist …?" Ungläubigkeit stand ihr ins Gesicht geschrieben und sie spielte an ihre Brille herum.

„… ist Eric Sierks", vollendete Maddy den Satz ruhig, obwohl ihr Herzschlag eigentlich bis zum Dachboden zu hören sein musste.

Sogleich zog Miss Kottendraw scharf die Luft ein, ihre Augen verengten sich und ihre Hand glitt an ihren Mund.

„An Ihrer Reaktion erkenne ich, dass Sie Eric Sierks kennen?", hinterfragte Maddy nun.

Stotternd kamen die folgenden Worte über ihre Lippen, der sonst so überaus arrogant wirkenden Dame.

„Ja und nein. Er ist mir früher schon einmal hier auf dem Anwesen begegnet. Damals … vor …", sie grübelte, bevor sie weitersprach. „… mehr als 40 Jahren."

„Vor mehr als 40 Jahren?", wiederholte Maddy erstaunt. „Dann kannten Sie auch meine Eltern? Und meinen Großvater?" Hoffnungsschimmer ließen Maddys Augen glänzen und sie trat einen Schritt auf Miss Kottendraw zu.

„Eigentlich nicht, denn ... es war uns strengstens untersagt, selbst mit den Herrschaften in Kontakt zu treten. Sollte man trotzdem Mal einem Mitglied Ihrer Familie begegnet sein, hieß es immer, sofort zu verschwinden."

„Aber dann haben Sie doch sicher auch dort unten gewohnt, wo nun Eric Sierks wohnt, oder?" Maddy wollte auf keinen Fall lockerlassen, wenn dass, was sie sagte, sie vielleicht in irgendeiner Form weiterbrachte.

„Nein, wir haben nie unten gewohnt. Wir wohnten drüben unter den Stallungen und dem Versorgungsgebäude, so wie heute noch. Wir kamen immer nur nachts zum Arbeiten ins Herrenhaus herüber, Sir Jonathan Moosley war zu dieser Zeit gerade zum neuen Clanoberhaupt ernannt worden."

Unterdessen musterten Mehit und Ivan die ältere Vampirin, die ihren Blick besorgt durch die Eingangshalle schweifen ließ.

„Was ist los?", fragte Maddy zaghaft, denn auch ihr entging der ruhelose Blick nicht.

„Eric Sierks ist ein sehr mächtiger Vampir und ...", ihr stockte der Atem.

„... und?", hakte Maddy nach, denn es gefiel ihr ganz und gar nicht, dass jeder dem sie begegnete mittlerweile Angst vor ihm hatte. *Was ist das bloß mit allen?*

„Ich möchte Sie nicht beunruhigen", sagte Miss Kottendraw plötzlich ganz leise.

„Das tun Sie aber gerade."

„Es ist nur ... er ...", ihr versagte die Stimme, als sie Eric Sierks hinter Maddy die Treppe heraufkommen sah. Seine gebrechliche Statur und sein starrer Blick aus seinen frostigen Augen flößten Miss Kottendraw ungeheure Angst ein.

Auch die beiden Clankrieger nahmen sofort die Präsenz des ehemaligen Clanoberhauptes war und Ivan verspannte sich.

Mehit trat schützend vor Maddy und schirmte sie mit seinem muskulösen Körper ab – so gut es ging. *Hat man denn hier nirgendwo Ruhe vor ihm*, dachte er bei sich.

Als Eric Miss Kottendraw erblickte neigte er seinen Kopf leicht zur Seite. Plötzlich rief er nach Jonathan, der in einem Sekundenbruchteil neben ihm stand.

„Was um alles in der Welt hat SIE hier zu suchen? Er hat ihr doch wohl nicht gestattet, sich hier aufzuhalten?", zischte Eric Jonathan bitter entgegen.

„Doch das habe ich. Miss Kottendraw ist eine hervorragende Kraft und sie leitet ..."

„Er solle mir nicht sagen, dass dieses Frauenzimmer ungehindert mit der Quelle spricht? Es gehört sich nicht, dass sie dies tut. Genauso wenig wie viele andere Vorgehensweisen, die hier nun Anklang finden." Während er das sagte, stieg er unweigerlich weiter die Treppe nach oben.

Jonathan folgte ihm unaufhörlich.

Unterdessen machte Miss Kottendraw einen Schritt rückwärts und ein weiterer folgte. Ihre Augen waren weit aufgerissen.

Alle konnten sehen, dass sie sich unbehaglich in ihrer Haut fühlte.

Auch bei Maddy, Mehit und Ivan breitete sich Unwohlsein aus, wobei beide Clankrieger so damit beschäftigt waren, ihren Schützling in Sicherheit zu wissen, dass sie nur kurz in Erics Richtung blickten.

„Agatha … GEH!", befahl ihr Eric barsch, dabei deutete er mit seinem knöchernen Finger auf sie.

„Selbstverständlich", antwortete Miss Kottendraw kleinlaut und huschte in entgegengesetzter Richtung davon.

Verdutzt schaute Maddy ihr hinterher.

Nun kam Eric immer näher.

Mehit und Ivan schirmten Maddy weiter ab, obwohl sie wussten, dass sie im Falle eines Angriffs keine Chance hätten.

Das ehemalige Clanoberhaupt jedoch zog nur seinen Mundwinkel hoch, um seinen schneeweißen Fangzahn zum Vorschein kommen zu lassen.

Die brenzlige Situation wurde nun beherzt von Jonathan unterbrochen.

„Ich gehe mit Eric hinauf in das Kaminzimmer. Wir wollen uns noch etwas beraten."

Ohne eine Antwort von seinen Clankriegern, oder von Maddy abzuwarten, ließ er sie einfach stehen und Schritt voran durch die Eingangshalle. Dann öffnete er die Tür zum Kaminzimmer.

Eric folgte ihm, wobei es so aussah, als ob er schweben würde.

Sprachlos starrte Maddy ihnen hinterher.

Ivan löste sich zuerst aus seiner angespannten Haltung und drehte sich zu Maddy um.

„Gibt es denn hier keine Eric-freie-Zone?" Auch ihm passte es nicht, dass es anscheinend keine Möglichkeit gab, dem ehemaligen Clanoberhaupt zu entkommen.

„Doch … ich glaube ich kenne eine Stelle, wo er nicht so schnell draufkommt." Sie legte Mehit ihre Hand in den Nacken und zog ihn zu sich hinab. Dann flüsterte sie ihm etwas ins Ohr, so dass Mehit sie erstaunt ansah.

„Bist du dir sicher?"

Maddy nickte.

„Okay, dein Wunsch ist uns Befehl. Ivan hole bitte eine Decke und ein Kissen. Wir treffen uns unten am Labor."

Ivan sauste davon und besorgte die gewünschten Utensilien. Nach ein paar Sekunden trafen sie sich dann alle am Labor.

Auch Angel gesellte sich nun zu ihnen.

Als Mehit an die Metalltür trat, die den unteren Teil zum Labyrinth freigab, konnte man bei Angel und Ivan wieder diese gewisse Unruhe bemerken, die ihr Unbehagen signalisierte. Kurzerhand nahm Mehit seinen Schützling auf seine starken Arme und schon sausten sie gemeinsam die dunklen Gänge entlang.

Maddy schloss ihre Augen. *Hoffentlich sind wir bald da.*

Schneller als erwartet blieb Mehit mit Maddy stehen und setzte sie nun sanft ab. Als sie ihre Augen wieder öffnete, vernahm sie schon das Schaben des großen Steins, der die Gruft verbarg. Mit einer Leichtigkeit, die Maddy immer wieder faszinierte, glitt der riesige Stein beiseite und alle konnten in die Gruft eintreten.

Ivan war derjenige, der nun den Stein wieder vor den Ausgang schob, aber auch seine Anstrengung hielt sich in Grenzen.

Gleichzeitig hatte Angel Feuer in einer der Feuerschalen entfacht, was dem Raum gleich eine gewisse Wärme verlieh. Doch der aufgescheuchte Blick, den Angel nun Ivan zuwarf, war angstvoll, so dass er sich zu ihr gesellte und beruhigend seine Arme um sie schlang. Als sie so gemeinsam in den angrenzenden Raum traten, kam bei Ivan die Erinnerung seiner Verwandlung zum Clankrieger hoch. Mit Stolz betrat er nun diesen Raum, wo von der rechten Wand her die Maat auf ihn schaute. Seine violetten Augen fingen immer mehr an zu glitzern, so dass Angel von seinem Schein ebenfalls angezogen wurde.

„Deine Augen … sie glitzern", sagte sie interessiert.

Mehit und Maddy drehten sich zu Ivan um und auch ihnen fiel der besondere Glanz auf, der sich nun in seinen Augen zeigte.

„Wow, so intensiv habe ich deine Augen noch nie leuchten sehen", sagte Maddy verblüfft.

Mehit trat derweil zwei Schritte nach hinten und kniff nervös seine Augen zusammen, so dass die anderen ihn musterten.

„Was hast du?", fragte Maddy.

„Kann ich dir gar nicht sagen. Aber, wenn ich von hier aus das Wandbild betrachte, ist es fast so, als ob die Figuren dreidimensional wirken. So habe ich das noch nie gesehen und das wahrscheinlich auch nur, weil Ivan den violetten Schein seiner Augen darauf fallen lässt. Sieh es dir selber an. Komm." Er streckte seinen Arm nach Maddy aus.

Sie huschte zu ihm und betrachte nun das Bildnis selbst auf das Ivan da sah.

„Wow … ist das wunderschön. Es ist … fast so, als ob die Maat mich ansieht. Sie muss eine wunderschöne Frau gewesen sein. Der Wahnsinn. Aber wie kann das sein? Ivan? Kannst du mich bitte anschauen? Ich möchte gerne etwas ausprobieren."

Ivan wandte seinen Blick von dem Steinrelief ab und blickte nun zu Maddy. Als er das tat, riss Angel ihre Augen weit auf.

„Oh mein Gott. Seht nur!", rief Angel und deutete an die Wand hinter Maddy und Mehit.

Beide drehten sich sofort um und konnten sehen, was Angel meinte.

An der Wand hinter ihnen zeichnete sich nun ein weiteres Bild ab, das vorher nicht erkennbar gewesen war.

Eine große Pyramide erschien dort und an den vier Eckpunkten erschienen die Symbole der Clankrieger. Das Wasser von Mehit, das Feuer von Ament, die Erde von Ortischa und der Wind von Stevo.

Alle waren sprachlos und so kam es, dass Maddy als erste auf die Wand zuging.

„Bleib bitte hier. Wir wissen nicht, was das bedeutet?", erklang es hinter ihr von Mehit.

„Wieder mal Fragen über Fragen. Das bin ich doch schon gewohnt." Ein Lächeln zierte nun ihren Mund. „Es ist wie mit dem Bild meines Großvaters. Ich habe mit Angel dort auch die Symbole gefunden, bis …" Die Erinnerung an das Nachfolgende ließ ihr die Stimme versagen.

Mehit trat dichter an die Wand und musterte das Bildnis, was sich vor ihm auftat.

„Wie kann das sein, dass wir es nie bemerkt haben?" Fast ehrfürchtig fuhr er mit seinen Fingerspitzen die Konturen des Bildes nach. Als sein Blick dann über die Schulter zu Ivan glitt, konnte er das entsetzte Gesicht von Angel sehen, die sich schon damals nicht wohl gefühlt hatte in dieser Gruft.

Auch Maddy war sichtlich überwältigt von dem, was sich auf der Wand zeigte.

„So wie es scheint, birgt dieses Anwesen mehr Rätsel in sich, als wir bisher geahnt haben. Nicht nur, das ich mit Angel im Bildnis meines Großvaters etwas gefunden habe, ach du meine Güte, Angel? Wo ist das Bildnis überhaupt?" Entsetzen trat in ihr Gesicht. *Hoffentlich hat es Eric nicht an sich genommen?*

„Alles gut Maddy, ich habe es in Sicherheit gebracht. Nachdem unten der Tumult um dich losging und ich Ramos suchen sollte, habe ich das Bildnis vorsichtshalber an einen anderen Ort gebracht. Es liegt jetzt unter deinem großen Himmelbett."

Beruhigt über diese Nachricht dankte Maddy ihr innerlich sehr.

„Ivan!", rief nun aber Mehit. „Richte deinen Blick bitte mal auch auf die andere Wand." *Ich bin gespannt, ob noch mehr Rätsel zum Vorschein kommen.*

Der Blick von Ivan traf nun die andere Wand, wo er einst selber auf der Steinbank gelegen hatte.

Doch dort erschien kein Bildnis.

Alles nur purer Stein.

Doch gerade als er seinen Blick wieder woanders hinrichten wollte, rief Angel verblüfft:

„Ivan, guck bitte noch einmal auf den Steinaltar."

Er neigte seinen Kopf und ließ seinen Blick über den riesigen Steinquarder gleiten.

Wie von Zauberhand kamen dort auf einmal ebenfalls Zeichnungen hervor.

„WOW!" entglitt es Maddy.

Sogleich gesellten sich Mehit und Maddy zu den beiden anderen und alle musterten die Zeichnungen.

„Das ist ja der Wahnsinn", sagte Mehit sichtlich überwältigt, als er sich niederkniete.

Auch Angel ging in die Knie und begutachtete die dreidimensionalen Zeichnungen im harten Stein.

„So etwas habe ich auch noch nie gesehen", sagte sie und Erstaunen schwang in ihrer Stimme mit.

„Das man euch Vampire noch mit etwas verblüffen kann ist ja erstaunlich", stellte Maddy zufrieden fest und grinste dabei schelmisch.

Ihre Blicke wanderten wieder zu dem Bild. Prunkvoll war dort der ruhmreiche Pharao in Stein gemeißelt worden. Die Zeichnung seines teuren Gewandes, der imposante Kopfschmuck, das Zepter sowie ein großer Stab an dessen Ende eine Art Fächer zu sehen war, ließen alle fasziniert aufseufzen. Der Fächer zeigte den Pharao auf einem kunstvollen Streitwagen. Doch in jedem Bildnis des Pharaos fehlten seine Augen. Sie waren scheinbar herausgekratzt worden. Auf einem kunstvollen Thron thronte der Pharao, dessen Füße in Krallen endeten. Der Thron wurde von einem imposanten Panther sitzend flankiert. Über ihm kreiste ein majestätischer Adler und eine Schlange schlängelte sich über seinen Schoß an seinem Bein entlang zum Boden. Dennoch knieten vor ihm die Maat und Isfet und reichten ihm reichliche Gaben dar. Auch sie waren in prachtvollen Gewändern in den Stein gehauen worden. Selbst die Halsketten, die die beiden trugen, waren von solch einer Präzision gearbeitet, dass man einzelne Perlen erkennen konnte. Außerdem waren viele Hieroglyphen um die Personen postiert worden.

„Ivan, lass bitte deinen Blick ein wenig weiter nach rechts gleiten", sagte Maddy ruhig.

Als Ivan der Bitte von Maddy Folge leistete, zeichnete sich im Stein das Bild des schakalartigen Totengottes Anubis ab.

Alle bewegten sich nun zum Fußende des Steinquarders.

Dort erschien, im Schein von Ivans Augen, ein prächtiger Dolch, was alle erstaunt beobachteten. Dieses Schmuckstück war so detailliert dargestellt, als wenn man nach ihm greifen und ihn somit aus dem Stein nehmen könnte. Der dekorative Griff teilte sich in mehrere Ringe, die alle kunstvoll verziert waren. Daneben tauchte nun auch die Scheide auf, die eindrucksvoll gearbeitet war. Auch waren Abbilder von Tieren und Pflanzen zu sehen und die Spitze endete in einer Jasminblüte.

„Seht! Eine Jasminblüte. Der Duft, den Ramos verteilt, wenn er sich bemerkbar macht." Maddys Herzschlag wurde schneller, bei dem Gedanken daran, dem Geheimnis um ihn ein Stück näher gekommen zu sein.

Den anderen erging es nicht anders. Auch sie mussten sofort an Ramos denken.

Langsam erhob sich Maddy und trat weiter um den Opferstein.

„Komm bitte hierher Ivan. Ich möchte sehen, ob hier noch mehr zu sehen ist?"

Vielleicht gibt uns das die Möglichkeit mehr zu erfahren, dachte sie sich.

Ivan und die anderen folgten ihr an die Längsseite.

Verdutzt starrten alle nun den Stein an.

Doch an dieser Seite war nichts.

„Hier ist nichts. Rein gar nichts. Warum nicht?" Maddys Blick glitt zu Mehit, der nur mit den Schultern zuckte.

Angel war immer noch überwältigt von den anderen Reliefs, die sie auf der anderen Seite entdeckt hatten.

Der violette Schein von Ivans Augen suchte abermals die Seite akribisch ab.

„Da", sagte Ivan plötzlich und deutete rechts oben in die Ecke.

Sogleich folgten ihm drei Augenpaare.

„Was soll das sein?", fragte Mehit. *Mir gefällt das alles nicht*, ging es durch seinen Kopf.

Maddy kroch so dicht an den Stein heran, dass Mehit sie am Arm zurückhielt, so dass sie nicht den Schein von Ivans Blick kreuzte.

„Ja, ja … ich bin ja vorsichtig." Sie tauchte etwas nach unten weg und stellte sich dann gebeugt hin und legte eine ihrer Handflächen an ihren Oberschenkel. Mit der anderen malte sie das Muster nach, das sich in dieser Ecke abzeichnete.

„Es könnte … nein." Abermals umkreise sie die rechte obere Ecke. Nachdenklich tippte sie sich an die Lippe und verschränkte die Hand an der Hüfte.

Plötzlich meldete sich Ivan zu Wort.

„Ich muss mich einen Moment ausruhen. Meine Augen … fangen schon an zu brennen." Er trat etwas zurück und setzte sich auf die Steinbank, dann rieb er sich seine Augen.

Sogleich gesellte sich Angel an seine Seite und massierte ihm etwas den Nacken.

„Schließ deine Augen ruhig eine Weile", redete sie ihm zu.

Etwas widerwillig beugte er sich dem Hinweis, denn er spürte, dass es ihm guttat.

„Wenn es danach nicht mehr funktioniert, haben wir jede Chance auf weitere Informationen vergeben", sagte er mit geschlossenen Augen.

Mehit antwortete ihm ruhig. „Dann ist es eben so! Darüber mach dir mal keine Sorgen. Das, was wir gerade gesehen haben, haben wir all die Jahre nicht zu sehen bekommen. Wenn wir könnten, würde ich es Jonathan zeigen wollen, doch momentan ist das nicht möglich. Da sind wir uns ja hoffentlich alle einig." Er forderte von allen dreien die Zustimmung ein.

Schritt für Schritt trat Maddy auf die große Steinwand zu, wo die Maat zu sehen war. Immer noch tippte sie sich nachdenklich an die Lippe und ließ dann ihren Finger sogar einige Sekunden darauf ruhen. Ihr Blick streifte langsam von links nach rechts. Sie suchte jeden Millimeter der Wand ab. Doch nichts erregte ihre Aufmerksamkeit. Sie drehte sich um.

Mehit ragte vor ihr auf und er konnte die Unruhe spüren, die aus jeder ihrer Pore kroch.

„Alles gut?", fragte er sie.

Sie nickte nur.

Plötzlich rief sie jedoch: „Ich weiß, was es ist!", ihre Augen weiteten sich. „Ja, ich wusste doch, dass ich es schon mal gesehen habe."

Ivan schlug sogleich die Augen wieder auf.

Gebannt schauten die drei Vampire sie an.

„Ich bin mir nicht hundertprozentig sicher, aber je länger ich darüber nachdenke, desto mehr komme ich zu dem Entschluss, dass das oben rechts in der Ecke mein Anhänger ist, den ich schon seit Jahren habe."

„Welchen Anhänger?", interessierte sich nun auch Angel dafür.

Mehit wusste, von welchem sie sprach. „Bist du dir sicher?" Er runzelte leicht die Stirn.

„Ja – und nein. Ich weiß nicht einmal wo er ist. Das letzte Mal hatte ich ihn in der Hand, als das Bistro von Philippe und Corinne in die Luft geflogen ist." Als die Szene ihr wieder ins Gedächtnis kam, trat Traurigkeit in ihre Augen.

„Na zum Glück hast du ja mich." Das warme Lächeln von Mehit zog Maddy in den Bann.

„Du … DU hast ihn?" Ihre Lippen bebten.

„Klar", er strahlte sie an und seine schneeweißen Fangzähne traten zum Vorschein. Er dachte an den Moment in dem Hausflur zurück, wo der Anhänger sich in Maddys Handfläche gebohrt hatte. *Diesen Moment werde ich nie vergessen, wo ich dein Blut gekostet habe.* Er konnte in diesem Moment immer noch den kupfernen Geschmack auf seiner Zunge schmecken.

Er griff in die Tasche seiner Lederjacke und holte den kleinen Anhänger hervor.

Überglücklich stürzte Maddy sich auf ihn und griff nach dem kleinen Schmuckstück.

„Ich hatte wirklich schon gedacht, dass er für immer verloren gegangen ist. Aber das du ihn hast ... das ist großartig!" Sie schritt sofort zu der anderen Seite des Steinquarders und bat Ivan, erneut seinen Blick auf die obere Ecke zu richten. Inständig hoffte sie, dass seine Augen noch einmal das kleine Steinrelief emporkommen ließen. *Bitte lass es funktionieren* ...

Unter Anstrengungen blickte er auf die obere Ecke und tatsächlich erstrahlte sogleich im Schein seiner Augen das kleine Bildnis wieder.

Maddy hielt den Anhänger daneben und er passte perfekt.

„Wow, wir haben ein Puzzleteil", rief sie und lief triumphierend durch die Gruft.

Der Einzige der schwieg war Ivan. Das fiel nun auch den anderen auf.

„Was ist?", fragte ihn Mehit besorgt, als er den Blick seines Kumpels sah.

Unruhig fing Ivan an zu sprechen: „Ich ... ich ... als ich damals zum Clankrieger von Jonathan verwandelt wurde und die Augen zum ersten Mal aufschlug, konnte ich diese dreidimensionalen Zeichnungen auch schon sehen, zwar nur an der Wand, wo auch ihr sie eben auch bemerkt habt, doch ich dachte damals, dass es auf die Verwandlung zurückzuführen war. Denn ich konnte davor auch schon sehr gut sehen, doch dies ...", er deutete auf den Steinaltar und die Wand dahinter. „... übersteigt auch mein Verständnis für die Fähigkeit meiner Augen."

„Es ist komisch, dass ihr es nie zuvor gesehen habt. Ihr habt anscheinend immer nur diese eine Wand gesehen. Mehit? Weißt du noch, wie Ramos uns vor dem Steinaltar gewarnt hatte? Regelrecht angefleht hatte er uns, ihn nicht anzufassen. Vielleicht konnte er die Zeichnungen auch sehen?" *Wäre es jetzt schön, wenn wir Ramos fragen könnten, aber nein, dieser Eric musste ja alles kaputtmachen.*

Unweigerlich schüttelte Maddy den Kopf.

„Was haltet ihr davon, wenn wir das hier erst einmal für uns behalten? Wir sollten uns vor unserem Gast zumindest bedeckt halten. Mir ist dabei zwar nicht ganz wohl, denn ich kann auch nicht sagen, warum Eric hier ist und auch Jonathan blockt mich total ab und ich weiß nicht warum. So kenne ich ihn nicht. Aber er ist das Clanoberhaupt und daher ..."

„Das wissen wir ...", unterbrach ihn Maddy sanft. „... aber deshalb kann er uns doch nicht plötzlich wie Luft behandeln. Man könnte fast meinen, dass er uns nicht mehr mag." Nun wunderte sich auch Maddy über ihre Wortwahl. Nie hätte sie gedacht, dass sie einen Vampir überhaupt mögen würde. Und nun tat ihr das Verhalten von Jonathan weh? Irritiert riss sie die Hände nach oben und fuchtelte damit umher.

„Lasst uns weitergehen", forderte sie die anderen auf und alle folgten ihr.

Als sie den verschlungenen Gang hinter sich gelassen hatten und die Treppe nach oben gestiegen waren, schockierte der Anblick der Sarkophage Angel und Ivan gleichermaßen.

„Das ist ...?", kam es Angel zögerlich über die Lippen.

„Meine Familie. Meine richtige Familie", antwortete Maddy leise.

Die Dunkelheit hatte nun auch die Gruft eingeschlossen und Angel und Ivan postierten sich auf den gegenüberliegenden Seiten der Gruft, um die Ein- und Ausgänge besser im Blick zu haben.

Mehit hatte für Maddy die Decke und das Kissen bereits zwischen dem Sarkophag ihres Großvaters und ihres Vaters gelegt.

Sie ließ sich nun ebenfalls auf der Decke nieder und bettete ihren Kopf auf dem weichen Kissen.

„Mehit? Was ist, wenn Eric das mit Ramos nicht mehr rückgängig machen kann?" In der Frage schwang so viel Ungewissheit mit, dass Mehit anfangs gar nichts erwidern konnte. Er kniete sich deshalb nur neben Maddy und sie bot ihm eine Ecke der Decke an, worauf er auch sogleich seinen massigen Körper niederließ. Behutsam streichelte er ihre Schulter.

„Er wird es wieder hinbekommen. Er muss. Wir müssen nur darauf vertrauen, dann wird es auch funktionieren."

„Und was ... wenn nicht?", antwortete Maddy hartnäckig.

„Dann muss Jonathan einen Weg finden. Er hat bereits vor einiger Zeit schon erwähnt, dass er alles daransetzen würde, Ramos wieder in ein normales Leben zurückzubringen. Ich glaube wir benötigten einfach etwas mehr Geduld. Und ich weiß, dass wir diese nicht haben, aber wir geben die Hoffnung nicht auf. Nicht jetzt, wo wir schon so viele Fortschritte gemacht haben."

Erleichtert schloss Maddy ihre Augen und versuchte zu schlafen.

Mehit zog seine Lederjacke aus und legte diese über die schlummernde Maddy.

In seinem luftartigen Zustand saß Ramos zufrieden auf dem Sarkophag von Maddys Großvater. *Schön, dass ihr die Hoffnung nicht aufgebt, denn ich habe schon wirklich daran gezweifelt. In die Elemente verbannt zu werden, war schon eine Qual. Aber jetzt sich selbst darin nicht mehr zeigen zu können ist ... wirklich unmenschlich. Ich kann nicht mal helfen – in meiner jetzigen Form.* Er streckte seinen luftartigen Körper auf dem Sarkophag aus und verschränkte seine Arme hinter dem Kopf. Dabei fiel sein Blick auf Ivan, der die Gegend durch die bunten Glasfenster sondierte. *Deine Augen sind so bemerkenswert. Schade, dass ich dir das nicht sagen kann. Vorhin in der Gruft hätte ich euch gerne noch etwas mehr sagen können, aber die neuen Bilder haben auch mir die Sprache verschlagen. Ich wurde von diesem Steinaltar regelrecht niedergestreckt und wusste nicht warum, doch nun können wir die Bilder auf den Seiten des Altars vielleicht deuten und vielleicht auch Schlüsse daraus ziehen, warum er solch eine Macht ausstrahlt. Das Bildnis der Pyramide war einzigartig. Aber ähnlich der Nachbildung in dem großen Kamin in der Bibliothek. Wenn ich ihnen morgen früh nur die Sonnenbilder zeigen könnte, könnte ihnen das vielleicht weiterhelfen.* Er drehte sich zur Seite und blickte auf die schlafende Maddy und als ob es Mehit zugesteckt wurde, sah dieser nach oben und war der Meinung, dass Ramos bei ihnen war.

Mehit flüsterte: „Gute Nacht, Ramos."

Ramos erwiderte den Gruß indem er tief ausatmete und sich der Duft von Jasmin in der Gruft verbreitete.

In der Klinik …

Chang schälte sich unterdessen aus seinem Klinikbett und als er einen tiefen Atemzug nahm, konnte er einen ganz feinen Duft wahrnehmen, der ihm bekannt vorkam. Magisch davon angezogen stieg er aus dem Bett und zog sich seine Kleidung an. Er legte seinen Kopf in den Nacken und witterte.

„Der Duft …?", sagte er leise vor sich hin. Er konnte ihn nicht zuordnen, obwohl er wusste, dass er ihn schon einmal gerochen hatte. Es machte ihn ungehalten, nicht zu wissen, wem dieser Duft gehörte. Beide Male war es in der Klinik gewesen, dass er diesen lieblichen Geruch wahrgenommen hatte. Das erste Mal hatte er ihn in der Nähe der Notaufnahme aufgeschnappt, dann wurde er aber überdeckt von so vielen anderen Gerüchen, dass er die Spur verloren hatte. Geschmeidig schnallte er sich seine Waffen um und glitt in seinen langen Ledermantel. Doch als er den Knauf der Tür in der Hand hatte, überlegte er, ob es jetzt so eine gute Idee wäre, auf den Klinikflur zu treten? Ament hatte ihm gesagt, dass er ihn abholen würde, also ließ er widerwillig den Knauf los und setzte sich wieder auf das Bett. Er konnte bereits die Nacht spüren und auch wie sie ihn willkommen hieß. Sein Inneres lechzte danach, sich an einer pulsierenden Vene zu laben und das Nachtleben auszukosten. Ihm stand überhaupt nicht der Sinn danach, in einem Krankenzimmer zu versauern. Er griff nach seinem Handy und tippte schnell eine Nachricht an Ament.

Es dauerte keine Minute und er hatte seine Antwort, denn die Tür öffnete sich und Ament füllte den Türrahmen aus.

„Entschuldige, hat etwas länger gedauert, als erwartet", war seine kurze Antwort. „War hier alles ruhig?" Er musterte den Halbasiaten.

„Hier schon, aber … wie ich sehe, hattest du deinen Spaß?" Er deutete auf das Loch in seinem Mantel und das daran getrocknete Blut.

Ament neigte seinen Kopf. „Nur eine Kleinigkeit", gab er zurück und wollte damit keine weiteren Fragen zulassen.

„Komm, wir holen uns einen Kaffee."

Dem stimmte Chang sehr gerne zu.

Als beide den leeren Aufenthaltsraum betraten, steuerte Ament zielstrebig auf den Kaffeeautomaten zu.

„Schwarz?", fragte Ament.

„Ja, bitte", antwortete Chang ihm. „Wie geht es Ortischas Schwester. Gibt es Neuigkeiten?"

„Es ist alles gut soweit. Das Problem liegt aber woanders. Der Bruder von Michael, dem Chefarzt, ist tot und Marisol weiß noch nichts davon."

Plötzlich stand Chang abrupt vor Ament und bohrte seinen gelben Blick in ihn. „Marisol?", krächzend kam ihm der Name über die Lippen.

Erstaunt über die Reaktion des Halbasiaten antwortete Ament ruhig. „Ja, Marisol."

„Schwarze Haare zum Bob geschnitten?", fragte Chang nun aufgeregt.

Ament kniff leicht seine Augen zusammen. „Ja. Warum fragst du? Kennst du sie?"

Nun erst erkannte Chang, dass die Marisol, die er im Hotel getroffen hatte und diese Marisol hier im Krankenhaus ein und dieselbe Person waren. Der Begleiter schien somit der Bruder von Dr. Michael Anderson zu sein, der den Tod gefunden hatte. Die Puzzleteile, welche sich gerade in seinem Kopf zusammensetzten, ließen ihn darauf schließen, dass der Duft, den er wahrgenommen hatte, der Duft von Marisol gewesen sein musste. Kurz schloss er seine brennenden Augen und atmete tief durch.

„Alles gut." Ruhig und ohne jegliche Emotion starrte er Ament an, als dieser ihm schließlich den Kaffee reichte.

„Ich dachte schon, ich müsste mir Sorgen machen?", sagte Ament und ließ sein Gegenüber nicht aus den Augen.

„Nein, musst du nicht. Ich bin ihr bereits im Hotel begegnet und mich hatte ihr Duft verwundert, besonders, als ich ihn hier wieder wahrnahm." *Das ist nicht mal gelogen*, gestand sich Chang ein.

„Sie ist auch nur kurze Zeit hier, dann wird sie England wieder verlassen", verkündete Ament.

Das war eine Nachricht, die Chang überhaupt nicht gefiel.

„Warum? Gefällt es ihr hier nicht?" Er wollte es beiläufig klingen lassen, doch der nervöse Unterton in seiner Stimme verriet ihn.

„Interesse?" Kam es nur knapp von Ament.

„Ach sicher, warum nicht." Chang zwang sich ein kleines Lächeln aufzusetzen, doch als er sein Gegenüber ansah, konnte er die Maskerade fallen lassen. „Ja … sie gefällt mir. Zufrieden?" Chang hob die Augenbrauen.

„Na geht doch", antwortete Ament trocken und in diesem Moment kam ihm das Bild von Mina wieder in den Sinn, als sich ihre rote Lockenmähne an ihrem schlanken grazilen Hals entlang schlängelte, während sie in den klaren Sternenhimmel geguckt hatte. Ein Zucken ging durch seinen Mundwinkel. Als er aufsah konnte er den wissenden Blick von Chang auf sich spüren.

„Ja … und nein. Ja, ich mag eine andere Frau, nein, es ist nicht richtig sie zu mögen, da ich eine Blutsverbindung habe. Aber …" einen Moment zögerte Ament. „… Conzuela hat mich im Stich gelassen und ich werde mich nie wieder von meinen Gefühlen leiten lassen. Es war ein großer Fehler, dass ich diese Blutsverbindung überhaupt eingegangen bin und nun werde ich damit leben müssen. Mehr gibt es dazu nicht zu sagen."

„Dein Leben, deine Entscheidung. Niemand kann dir etwas vorschreiben. Und wenn du diese andere Frau magst, dann ist das halt so. Ich verurteile dich deshalb nicht. Doch … wir sollten diese kleine Unterhaltung besser für uns behalten. Denn zu viele Mitwisser, heißt auch zu viele Komplikationen."

Chang streckte ihm seine Hand entgegen und Ament schlug ein.

Irgendwo in der Mitte Englands …

Sie rannten mittlerweile schon die halbe Nacht, bevor sie endlich an einem Cottage eine kleine Pause einlegten.

Elisas Körper war total ausgelaugt und als sie sich auf eine Holzbank gesetzt hatte, schaute sie Stevo direkt an.

„Ist er …" In ihren Augen glitzerte Feuchtigkeit.

Stevo nickte zustimmend und betroffen. Auch ihm fehlten die Worte.

Mit ihren kleinen Fäusten hämmerte sie auf seine Brust ein und er nahm ihre Schläge stumm entgegen.

Desmond schaute auf die Erde, denn er war beschämt, dass er sich so hatte ablenken lassen. Sein Freund Raymond wurde geopfert, weil er nicht aufgepasst hatte. Solch ein Fehler hätte sie alle das Leben kosten können.

Nun weinte Elisa, ihr Körper zuckte und ihre Schläge verebbten langsam. Sie sank an Stevos breite Brust und er schloss seine Arme um sie.

„Hätten wir ihn retten können?", fragte sie unter Tränen.

„Nein!" Kam seine klare, kalte Antwort. „Er war den Amosith verfallen. Da kann keiner mehr etwas machen. Deine Tapferkeit hingegen war beachtlich."

Dieses Kompliment registrierte Elisa nur am Rande, als Desmond sie weiterdrängte.

Hastig wischte sich Elisa die Tränen weg und zupfte an ihrem T-Shirt herum.

„Na dann, los."

Tapferes Mädchen, folgerte Stevo.

Stumm rannten sie weiter.

Nach einer Weile setzte langsam heftiger Regen ein und peitschte ihnen ins Gesicht und durchnässte ihre Kleidung. Nachdem sie klitschnass waren, hielten sie in einer kleinen Ortschaft an.

Desmond sicherte die unmittelbare Umgebung und Stevo beugte sich zu Elisa herab.

„Alles in Ordnung? Geht es dir gut?" Seine aufmerksamen Augen musterten jede kleine Gefühlsregung an ihr.

Ihr aufrichtiger Blick traf den seinen, obwohl ihr der Regen nur so über das Gesicht rann.

„Nichts ist in Ordnung. Raymond ist tot. Wir rasen wie die Wilden durch die Nacht und wissen nicht, wie lange wir noch überleben, bis die Eliteeinheit meines Vaters auftaucht und uns alle niedermetzelt." Verzweiflung und unbändige Angst machten sich bei ihr breit. „Aber ansonsten ist alles okay." Sie winkte ab und setzte sich an die Bordsteinkante, dann vergrub sie ihr Gesicht in ihren Händen.

Stevo ging in die Hocke.

„Hör mal ...", ihm versagte die Stimme, als zwei junge Frauen um die Ecke bogen und auf die Bushaltestelle zusteuerten. Er konnte förmlich den Herzschlag von beiden in seinen Ohren hören und wie elektrisiert erhob er sich und steuerte auf seine hilflose Beute zu. So lange musste er frisches Blut entbehren und nun lief das Buffet direkt vor ihm. Seine Schritte wurden immer schneller, doch dann wurde er hart von Desmond gestoppt, der sich ihm in den Weg stellte.

„Vorsichtig!", warnte er ihn. „Kannst du dich kontrollieren?" Aufmerksam studierte Desmond sein Gesicht, um eine Lüge zu erkennen.

Bissig antwortete Stevo ihm. „Geh ... mir ... aus ... dem ... Weg!"

Geschickt trat Stevo um ihn herum und war innerhalb von Sekunden bei den beiden jungen Frauen. Er belegte beide mit einer Trance und ließ seine messerscharfen Fangzähne in den zarten Hals der ersten gleiten, die ihren Regenschirm immer noch krampfhaft in der Hand hielt. Er saugte an ihr und als das frische warme Blut seine Kehle entlang floss, katapultierte es ihn in den Himmel. Er ließ von ihr ab und seine Nervenenden spielten verrückt. Ein tiefes Knurren entrang sich seiner Kehle und er senkte seinen Kopf erneut und bohrte seine messerscharfen Fangzähne in die zweite Frau. In tiefen Zügen trank er und konnte dabei fühlen, wie sein Körper komplett neu erwachte. Seine ausgelaugten Beine fühlten sich wieder lebendig an. Seine Arme wurden von dem Lebenselixier nur so geflutet. Selbst seine Männlichkeit rührte sich zwischen seinen Beinen. Er blickte verwundert an sich herab, als eine zarte Hand ihn berührte.

Elisa stand neben ihm und griff nach dem Handgelenk der jungen Frau und biss ebenfalls hinein. Als sie einige Schlucke nahm, konnte Stevo seinen Blick nicht von ihrem verführerischen Mund abwenden. Es kostete ihn einige Überwindung, sich nicht herabzubeugen, um ihre blutgetränkten Lippen mit den seinen zu berühren. Schnell wandte er seinen Kopf zur anderen Seite, bevor er die Kontrolle völlig verlor.

Unterdessen hatte sich auch Desmond dazugesellt und sich an einer der Frauen genährt. Anschließend verschlossen sie die Bisswunden und Stevo löste die Trance wieder auf. Gleichzeitig zogen alle drei ihre Fangzähne zurück.

Erschrocken sahen die zwei jungen Frauen die drei an. Die eine richtete sofort ihren Regenschirm wieder über sich und ihre Freundin und war sichtlich durcheinander, da ihre Haare plötzlich klitschnass waren.

„Gibt es hier in der Nähe ein Hotel?", fragte Elisa sie schnell.

„Die Straße runter ist ein kleines Hotel. Dort ist es sehr ... billig." Sie musterten die drei, wobei ihr Blick an ihrer schäbigen und verdreckten Kleidung hängen blieb.

„Danke schön", erwiderte Elisa freundlich und die beiden Frauen eilten weiter auf die Bushaltestelle zu.

Von weitem näherte sich gerade ein Linienbus, in den die beiden jungen Frauen hastig einstiegen, ohne sich noch einmal nach den dreien umzusehen.

„Lasst uns gehen", sagte Stevo entschieden. Vor Freude hätte er alle umarmen können. *Frei! Endlich frei! Und frisch genährt! Einfach perfekt. Nie hätte ich gedacht, diesem Szenario zu entrinnen und nun ... nun steht mir die ganze Welt wieder offen. Bin gespannt, was Mehit und die anderen sagen, wenn ich wieder auftauche.* Ein zufriedeneres Knurren entwich seiner Kehle und Elisa und Desmond sahen ihn irritiert an.

„Wir sollten uns so unauffällig wie möglich verhalten", dabei sah Desmond Stevo strafend an.

„Hast du ein Problem?", antwortete dieser jedoch nur trocken.

In Sekundenschnelle standen sich beide Muskelpakete mit zusammengekniffenen Augen, wutverzerrten Gesichtern und geballten Fäusten gegenüber.

Im Unterbewusstsein wusste Desmond, dass er keine Chance gegen Stevo hatte. Stevo war ein Clankrieger, der mit einem Element verbunden war. Allein diese Tatsache machte ihn schon schwer besiegbar. Selbst geschwächt, ausgehungert und erniedrigt war aus ihm kein Wort im Kerker herausgeholt worden. Sich ihm in den Weg zu stellen, war eigentlich purer Wahnsinn. Oder besser gesagt – dann konnte man auch gleich Selbstmord begehen. Dennoch ließ sich Desmond nicht von ihm einschüchtern. Er hatte lange genug unter Druck gestanden, um immer das Richtige zu tun. Nun hatte er seinen langjährigen Kumpel durch die eigene Unachtsamkeit an die Amosith verloren. Dazu kam noch eine Todesschwadron, die die Gegend nach ihnen durchkämmte und wahrscheinlich nur darauf wartete, sie alle zu töten. Erschwerend kam hinzu, dass er die angebliche Tochter des höchsten Ratsmitglieds von England im Schlepptau hatte. Sie darüber aufzuklären, dass das nicht so war, stand ihm auch noch bevor. Und nun stand er mit einem gnadenlosen Killer auf Augenhöhe. Aussichtsloser konnte keine Situation sein.

Schnaubend atmete Desmond aus. „Wir sollten uns besser kontrollieren."

Stevo musterte sein Gesicht, neigte seinen Kopf zur Seite und öffnete seinen Mund. Doch er kam nicht dazu, etwas zu sagen, denn Elisa drängte sich zwischen die beiden.

„Jungs! … wir werden jetzt dieses Hotel suchen und uns ausruhen. Keiner braucht jetzt testosterongesteuerte Kerle, die sich auf der Straße einen Vergleich ihrer Männlichkeit liefern."

Beiden war die Verblüffung ins Gesicht geschrieben. Sie sahen auf die ihnen Befehle erteilende Frau nieder und entspannten ihre Muskeln. Dann folgten sie ihr wortlos.

Es dauerte nicht lange bis sie das kleine Hotel erreicht hatten.

Desmond verpasste dem älteren Herrn an der Rezeption eine Gehirnwäsche und pflanzte ihm eine Erinnerung an eine Familie ein, die das große Zimmer am Ende des Ganges gemietet hatten.

Der grauhaarige Mann reichte ihm daraufhin wortlos einen Schlüssel, der an einer Art Kordel befestigt war und deutete den Gang hinab.

Der Flur war zwar sauber, doch in die Jahre gekommen. Die Ränder des Teppichs waren verschlissen und auch die Kanten der Türzargen waren abgestoßen. Die Dielen knarrten unter ihren Schuhen, als sie bis zum letzten Zimmer vordrangen.

Desmond schloss die Tür auf und die drei huschten lautlos hinein.

Drinnen war alles alt und ziemlich heruntergekommen und eine dicke Staubschicht lag auf der abgegriffenen Kommode. Auch die Fenster waren vor längerer Zeit das letzte Mal geputzt worden. Die grauen Vorhänge hingen plump am Fenster herab und auch der restliche Teil des Zimmers sah nicht viel besser aus.

„Für den Tag wird es reichen", sagte Desmond resigniert. Er besah sich das große Doppelbett, welches an der anderen Wand thronte. Sich nach Elisa umschauend, konnte er nicht umhin an den Moment auf dem Bürgersteig zurückzudenken. Töricht war er gewesen, sich überhaupt Stevo in den Weg zu stellen.

Es hätte mein Todesurteil sein können und was wäre dann aus Elisa geworden? Diese Frage, die sich in seinem Kopf breit machte, gefiel ihm gar nicht. Seine Gefühle übermannten ihn. Er blickte auf die Erde und versuchte sich zusammenzureißen.

„Gebt mir eure T-Shirts!", forderte Elisa just in diesem Moment in einem durchdringenden Ton, während sie sich die Schuhe auszog. Dann streckte sie ihren Arm aus und beide ließen ihre verschmutzten T-Shirts in ihre Hand gleiten. „Wir müssen vorsichtiger sein. Das Blut hier drauf zieht jeden Vampir aus unmittelbarer Nähe an und das können wir nicht riskieren." Sich von den beiden abwendend, lief sie zielstrebig die wenigen Schritte auf das Badezimmer zu. „Oder wollt ihr noch mehr Besucher haben?" Fast angewidert drehte sie sich um und trat mit dem Fuß die Tür zu.

Beide schwiegen und sahen sich kurz aus den Augenwinkeln an. Sie wussten, dass das Szenario auf der Straße auf sie verstörend gewirkt haben musste. Auch die Tatsache, dass sie Raymond an die Amosith verloren hatten, trug nicht zu ihrer Entschuldigung bei. Im Gegenteil, sie konnten froh sein, dass es nur ein Opfer gegeben hatte. Doch Elisa hätte keiner von beiden geopfert. Eine Einsicht, die beide gleichzeitig traf wie ein Faustschlag.

„Ich werde die erste Wache übernehmen!", sagte Desmond zerknirscht und setzte sich in den abgeranzten Sessel.

Stevo nickte zustimmend. Seine nassen Stiefel fielen auf den Teppich, als er es sich auf dem großen Bett bequem machte. Er schob sich ein Kissen in seinen Nacken und verschränkte die Arme hinter dem Kopf. *Wundervoll weich.*

Beide ließen ihre Köpfe ruckartig in Richtung des Badezimmers gleiten, als das Rauschen des Waschbeckens durch das der Dusche abgelöst wurde. Unaufhaltsam bahnten sich bei beiden Bilder der nackten Elisa in den Kopf, wie sie sich unter dem heißen Wasserstrahl räkelte und ihren grazilen Körper bewegte. Fasziniert konnten sie ihre Blicke nicht abwenden. Sie dachten an ihre weiche glatte Haut, die von feinen wohlduftenden Schaum bedeckt wäre.

Stevo musste hart schlucken, denn seine letzte Liaison war schon über ein Vierteljahrhundert her. Bitter kam ihm die Zeit die Kehle hochgekrochen und am liebsten hätte er Desmond dafür auf der Stelle getötet. Doch das einzige, was ihn davon abhielt war, dass genau dieser Desmond ihm das Leben gerettet hatte. Ohne ihn würde er immer noch in diesem Kerker hängen und vor sich hin vegetieren.

Desmond befeuchtete seine Lippen, denn auch seine Vorstellungskraft trieb ihn gerade an den Rand der Besinnungslosigkeit. Er wusste, wie Elisa roch, er wusste, wie ihr perfekter Körper aussah und wie er sich anfühlte. Seine pralle Erektion drückte heftig gegen seine Hose und er musste um Beherrschung ringen, nicht die Tür vom Badezimmer aufzustoßen und Elisa mit seiner gierigen Zunge den Schaum abzulecken. Bei diesem Gedanken schwoll seine Brust an und am liebsten wäre er aufgesprungen, um in Windeseile durch die Tür zu stürmen, doch er wurde von einem vernichtenden Blick aus Stevos Augen gebremst. *Shit, shit!* Schallte sich Desmond selbst. Ertappt richtete er sich auf dem Sessel auf und senkte beschämt seinen Blick.

„Halt … dich … zurück!", knurrte ihm Stevo empört entgegen.

„Lass mich bloß in Ruhe und kümmere dich um deinen eigenen Kram!", antwortete Desmond sauer.

„Das ist ja mein Kram! Ich warne dich nur vorher. Hände weg von Elisa!", entgegnete Stevo hart.

„Was geht dich das an?"

„Eine ganze Menge!"

„Glaubst du?" Desmonds schwarze Augen funkelten böse. „Du kannst und wirst keinen Anspruch auf Elisa geltend machen!"

„Da ist aber jemand angepisst." Hämisch verzog Stevo sein Gesicht. „Was ich mache oder nicht mache, geht dich überhaupt nichts an. Solange wir auf der Flucht sind, wirst du deine Finger von ihr lassen. Haben wir uns verstanden? Ich kann nämlich nicht erkennen, dass sie daran interessiert wäre, deine Nähe zu suchen. Ich glaube sogar, den Grund dafür zu kennen."

„Du weißt gar nichts!" Der verkniffene Gesichtsausdruck und die abwertende Handbewegung spiegelten nur die Erkenntnis wider, die Stevo sowieso schon erahnt hatte.

„Also wäre es gut, wenn wir Ruhe bewahren würden."

Desmond nickte widerwillig.

Der Wasserstrahl wurde abgestellt und beide blickten angespannt auf die Tür, die sich auch nur wenige Minuten später öffnete.

In einem großen Handtuch gewickelt kam Elisa aus dem Bad und lief zielstrebig auf das große Bett zu.

„Die Flecken sind raus. Ich hoffe, die Sachen sind bis heute Abend wieder trocken." Sie sagte zwar die Worte, doch eigentlich war es ihr gerade egal, ob die beiden ihr zuhörten. Unter der Dusche galten ihre Erinnerungen einzig und allein *ihrem* Mehit. Sie hatte geträumt, er hätte sie in seinen starken Armen gehalten und sie daraufhin ihren Kopf an seine nackte Brust gebettet. Doch als sie die Realität wieder eingeholt hatte, versuchte sie sich wieder auf die Situation, in der sie hier steckte, zu konzentrieren.

Flucht.

Angst.

Überleben.

Ungewisse Zukunft.

Sie zog die Decke beiseite und schlüpfte auf die weiche Matratze. Ein tiefer Seufzer entwich ihr, als sie sich die Decke bis unter die Nase zog und ihren Kopf auf dem dicken Kissen bettete. Sie beachtete dabei nicht einmal, dass Stevo erschrocken an die äußerste Kante des großen Bettes zurückgewichen war.

Sie war bereits in ihre eigene kleine Welt abgetaucht und ließ sich von nichts und niemanden mehr ablenken. Es dauerte nur ein paar Minuten bis sie tief und fest eingeschlafen war.

Ihre entspannte Körperhaltung wirkte auch auf Stevo und Desmond beruhigend.

Kapitel 2

In der Klinik …

Nach dem heftigen Streit, den er mit seiner Schwester Cynthia geführt hatte, war sie wütend gegangen.

Michael verblieb im Untergeschoss seiner Klinik und setzte sich in einen Sessel, der unweit des Tisches stand, wo sein toter Bruder Robert lag. Er dachte angestrengt über ihn nach. *Wie soll ich denn bloß solch eine schwerwiegende Entscheidung treffen? Ich kann doch nicht herrschen, wie … ein Gott, der entscheiden kann, welchen Toten ich wieder zum Leben erwecken kann und wen nicht?* Er rollte mit seinen Augen, als seine Grübelei just durch das Klingeln seines Handys unterbrochen wurde. Er nahm es aus seiner Hosentasche und hielt es sich ans Ohr.

„Ja?"

„Ich bin es."

Er erkannte sofort die zarte Stimme seiner Schwester.

„Ich wollte mich bei dir für vorhin entschuldigen. Es war nicht richtig, dich in so einen Konflikt hineinzuziehen. Ich weiß, dass du die richtige Entscheidung treffen wirst und ich werde sie akzeptieren, egal wie sie ausfällt."

Michael konnte das leichte Zittern in ihrer Stimme wahrnehmen.

„Cynthia, es ist doch nicht so, dass ich unseren Bruder nicht liebe, doch ich kann nicht Gott spielen und ihn wiederbeleben, wie es mir gefällt. Du weißt, dass ich das schon ein paar Mal getan habe und es bis heute bereue." Seine Hand griff an die Sessellehne und seine Finger gruben sich tief in den Stoff.

„Ich weiß, um das, was damals geschehen ist. Und auch, dass es dich immer noch mitnimmt, kann ich verstehen, doch es sollte deine Entscheidung auf unseren Bruder nicht beeinträchtigen. Bitte überlege es dir, du entscheidest … ob er weiterleben darf oder eben nicht." Cynthia gab nicht auf, um ihren Bruder zu kämpfen.

Einen Moment schwiegen beide, bevor Michael ruhig antwortete.

„Ich sage dir Bescheid, wenn ich meine Entscheidung getroffen habe."

„Gut", antwortete sie, obwohl sie mit diesem Vorschlag eigentlich nicht einverstanden war. Doch sie wusste, wenn sie jetzt ihren Bruder unter Druck setzen würde, würde das Robert auf keinen Fall helfen.

Damit beendeten beide das Telefonat.

Abermals klingelte sein Handy und im Display konnte er bereits den nächsten Anrufer erkennen.

„Vater", sagte Michael ehrfürchtig.

„Michael. Deine Mutter bat mich, dich anzurufen. Du kannst dir sicher vorstellen warum?"

Sicher wusste er bereits, warum sein Vater ihn anrief.

„Ich weiß um die Situation. Doch du kannst dir sicher sein, dass ich mir die Entscheidung nicht leicht mache."

„Mein Sohn ... deine Fähigkeiten sind Segen und Fluch zugleich, das wissen deine Mutter und ich. Ach, ich sollte besser auflegen. Sag uns Bescheid, wenn du ... dich entschieden hast."

„Das mache ich", damit beendete Michael erneut das Gespräch. Er schob sein Handy wieder in die Hosentasche. Dann griff er neben sich in das Regal. Von dort nahm er ein Glas und eine Flasche mit einer dunkelblau schimmernden Flüssigkeit. Dieses Getränk hatte er sich für genau solche Situationen zusammengebraut. Doch als er das Glas füllte, durchbrach seine dunkle Seite die Sperre. Als sich seine Hand um das Glas schloss, hatten sich schon lange Fingernägel gebildet und ein tiefes Surren kroch seine Kehle nach oben. Er hob das gefüllte Glas an seine trockenen Lippen und als die dunkelblaue Flüssigkeit seine Lippen benetzte, explodierte sein Inneres förmlich. Seine Augen verwandelten sich von bernsteinfarben zu tiefem Obsidian Schwarz und sie glitzerten wie schwarze Diamanten. Der erste Tropfen, der seine Kehle hinab glitt, nährte seinen ausgelaugten Körper. Der zweite Schluck war viel größer und gierig wollte sein Unterbewusstsein, dass er gleich noch den Rest seine Kehle hinunterspülte. Die Flüssigkeit wurde von seinen Nervenenden aufgenommen und spiegelte nun seine düstere Seele wider. Die äußere Veränderung nahm seinen Lauf. Seine sonst so blasse Haut wurde pechschwarz und sein Kiefer verformte sich langsam. Mehrere Knochen brachen und die Schmerzen, die er dabei erlitt, beförderten ihn direkt in die tiefste Hölle. Ein tiefes Knurren entrang sich seiner Kehle und er ließ seinen Kopf mehrere Male kreisen, um den Verwandlungsprozess abzuschließen. Nach wenigen Minuten war sein menschlicher Kopf dem eines Schakals gewichen. Die längliche tierische Schnauze wirkte mit den scharfen Reißzähnen bedrohlich und wurde nur noch durch die glitzernden dunklen Augen übertroffen. Er legte seine Hände mit den zu scharfen, spitzen und verformten Nägeln auf den Armlehnen ab und versuchte, sein Inneres wieder in den Griff zu bekommen.

Doch es gelang ihm nicht.

Sein Nervenkostüm war bis auf die Grundmauern erschüttert. In seinen Eingeweiden labte sich die schwarze todbringende Macht an seiner Unentschlossenheit. In Michael kamen die Bilder wieder hoch, die er so lange unterdrückt hatte. Er wollte sie nie wieder an die Oberfläche kommen lassen, doch die Ereignisse in der letzten Zeit hatten ihn an seine Grenzen gebracht. Nicht nur, dass ihn die aufkeimenden Gefühle zur wunderschönen Ortischa beeinflusst hatten, die ihn mit ihrem wahnsinnigen Körper in den Abgrund treiben konnte, nein, auch der ungewollte Zwischenfall im Operationssaal mit seinen Mitarbeitern, die dabei getötet wurden, setzte ihm ebenfalls sehr zu. Und zu guter Letzt war da noch der hinterlistige Angriff auf seinen Bruder Robert gewesen, dessen Leben so abrupt beendet wurde. Er legte seinen Kopf in den Nacken und knurrte aus tiefster Seele. Er konnte es nicht mehr aufhalten, die Szenerie von früher traf ihn nun mit voller Wucht.

Vor fast dreißig Jahren …

Damals hatte Michael schon seine eigene Klinik und arbeitete ehrenamtlich in einem Bestattungsinstitut, wo seinesgleichen für die Übergabe an die Sonne hergerichtet wurden. Er wollte sich weiterbilden und suchte immer wieder Gelegenheiten, um sein medizinisches Wissen zu erweitern. Alles, was die Medizin ihm zu diesem Zeitpunkt zu bieten hatte, kannte er schon in- und auswendig. Daher suchte er sich immer neue Anreize und sein Augenmerk lag damals auf dem Bestattungsinstitut. Anschließend wollte er in einer Sozialstation arbeiten, um die ältere Generation der Menschen zu studieren. Er dachte sich damals, dass wenn er nur genug lernen würde, seine andere Seite nicht zum Vorschein käme.

Doch er irrte sich in diesem Punkt gewaltig.

Seine Gabe, die schon lange Zeit tief in ihm schlummerte, hatte er bereits von Geburt an. Als er ein Teenager war, kam sie zum ersten Mal zum Ausbruch, als er einen kleinen Vogel wiederbeleben wollte. Der kleine Vogel war ein Geschenk seiner Eltern gewesen und er wollte den Umstand nicht wahrhaben, dass es dieses kleine Lebewesen nicht so lange auf dieser Welt aushalten konnte, wie ein Vampir. Damit hatte seine Gabe das erste Mal funktioniert. Der kleine Vogel war daraufhin wieder geboren worden. Wie er das angestellt hatte, war ihm zu dem damaligen Zeitpunkt nicht klar. Erst als er sich seinem Vater anvertraute, stellte er fest, dass er etwas Besonderes sein musste. Er probierte sich immer wieder an so einigen kleinen toten Lebewesen aus und hauchte ihnen neues Leben ein. Er perfektionierte das Ganze immer mehr. Als die Katze von der Nachbarin von einem Auto überfahren wurde, verhalf er ihr ebenfalls wieder ins Leben zurück. Seine Erklärung war damals gewesen, dass er einen wunderbaren Tierarzt kannte, der die Katze gerettet hatte. Der Dank, der aus den Augen der Nachbarin sprach, als er ihr die Katze übergab, rührte sein Herz zutiefst und genau das wollte er auch weiterhin erleben.

Er wollte helfen und für andere da sein.

Das war seine Bestimmung. Daraufhin fing er an Medizin zu studieren und sich eine eigene Klinik aufzubauen. Diese sollte sowohl Menschen, als auch Vampiren zugänglich sein, das war sein Traum.

Nach einigen Jahren war sein größter Erfolg, das im Kindbett verstorbene Baby einer Frau gerettet zu haben. Doch auch große Zweifel hatten ihn in der Zeit immer wieder geplagt.

An jenem Tag in dem Bestattungsinstitut kam ein großer Vampir mit blondem Haar. Sein damaliger Vorgesetzter, der Besitzer des Bestattungsinstituts, und dessen Sohn waren gerade zu ihrer Schwägerin gefahren, weil diese ein Baby erwartete. Da es bei Vampirinnen immer etwas schwierig war, eine Geburt zu überstehen, wollten sie ihr jegliche Fürsorge zu Teil werden lassen, die möglich war. Somit war Michael alleine und trat auf den Vampir zu, der einen in eine dicke Decke gewickelten Toten mit sich trug. Michael begleitete ihn in den Nebenraum und dort legten sie die Leiche ab. Nachdem sie alle Formalitäten erledigt hatten, vereinbarten sie die Abholung für die frühen Morgenstunden.

Nachdem der Vampir gegangen war, machte sich Michael daran, die Leiche zu säubern und ihm ein Gewand mit blutroten Orchideen anzuziehen, welches für die Zeremonie bei Vampiren gern verwendet wurde. Dabei war er der Meinung, dass sich ein Finger des Toten bewegt hätte. Er trat dicht an die Leiche heran und kontrollierte, ob der Vampir wirklich tot war. Dann kam ihm ein Gedanke, den er bis heute bereute. Plötzlich wollte er diesem Wesen wieder Leben einhauchen, dazu benötigte er jedoch dringend eine neue Leiche. Als er den Kühlraum betrat, fand er dort noch zwei Vampirleichen vor, die namenlos waren und die sowieso keiner vermissen würde. Er überlegte sich, seinem Vorgesetzten zu sagen, dass er ein Experiment durchgeführt hatte und die Leiche dabei in Flammen aufgegangen wäre. Der Plan erschien ihm damals als sehr durchdacht. Schnell nahm er den eiskalten Leichnam, brachte ihn nach nebenan und richtete ihn für die Übergabe an den Kunden her. Da die Gesichter ebenfalls mit festen Bandagen umwickelt waren, konnte der Kunde keinesfalls erkennen, ob es der richtige Tote sein würde. In den frühen Morgenstunden holte also der blonde Vampir den Toten ab und verschwand mit ihm. Dann widmete sich Michael wieder seinem Experiment. Der Leichnam gehörte einem jungen, durchaus attraktiven und durchtrainierten Vampir. Erst untersuchte er ihn erneut, bevor er mit seinem heiklen Experiment begann. Er ging dabei genauso vor, wie er es unzählige Male zuvor auch schon getan hatte. Er führte die Totenriten an ihm durch und rief anschließend seine dunkle Macht hervor, die dann den Vampir wieder ins Leben zurückholen sollten. Bei seiner Rückkehr aus dem Totenreich hatte sich der Körper des jungen Vampirs jedoch rapide verändert. Seine Muskelstränge bildeten sich am gesamten Körper aus und verwandelten den jungen und attraktiven Mann in einen kraftstrotzenden Kerl, dem keiner mehr gern über den Weg laufen würde. Unbändige Kraft gepaart mit einem Knurren, das selbst Michael Angst einjagte. Als nun dieser Vampir die Augen langsam aufschlug und Michael erkannte, dass sich auch die Augenfarbe in Türkis verändert hatte, ergriff er die Flucht. Er eilte, so schnell er konnte, durch die Hintertür hinaus und rannte los. Er wusste nicht, welche Kreatur er dort erschaffen hatte. Nur das Brüllen hinter sich, war das, was ihn bis heute in seinen Träumen verfolgte.

Seit diesem Moment schwor er sich, nie wieder seiner dunklen Macht nachzugeben. Doch dabei war es nicht geblieben. Er hatte dann fünf Jahre später in seiner eigenen Klinik einer menschlichen Frau das Leben gerettet, die bei einem Autounfall schwerverletzt eingeliefert worden war. Sie war im neunten Monat schwanger und die Chancen, dass beide es schaffen würden, standen nicht gut. Als dann das Herz der Patientin aufhörte zu schlagen, jagte er alle aus dem Operationssaal. Er beschwor seine dunkle Macht erneut herauf und holte sie so aus dem Jenseits zurück. Er hatte ungeheure Angst, dass die Patientin und ihr Ungeborenes sich auch verwandeln würden, doch dem war nicht so – und nach einer Minute, war die Frau über den Berg, so dass er sein Personal wieder hinzurufen konnte. Nach ein paar Minuten kam dann das Mädchen gesund und munter zur Welt. Die Mutter gab dem Baby den Namen Susan.

Michael überwachte die beiden noch bis zu ihrer Entlassung und darüber hinaus. Susans Mutter kam regelmäßig zu den Untersuchungen, die Michael angeordnet hatte, somit brach der Kontakt nie ab.

Heute, gute fünfundzwanzig Jahre nach dem Ereignis, arbeitet Susan als Krankenschwester auf seiner Station.

Michael blickte zu seinem toten Bruder, der auf dem Metalltisch lag. *Sollte alles gut gehen, wie bei der Mutter von Susan, würde ich es sofort tun. Aber sie war ein Mensch und kein Vampir. Damals bei dem Vampir habe ich hingegen jämmerlich versagt. Gott allein weiß, was aus ihm geworden ist. Ich hätte ihn nicht alleine lassen dürfen, aber nein, ich musste damals wegrennen wie ein kleiner Junge. Mein damaliger Vorgesetzter hatte mich nur ermahnt, die Tür das nächste Mal abzuschließen, wenn ich gehe. Also musste der Vampir, den ich aus dem Totenreich zurück geholte hatte, verschwunden sein. Es gab auch keine Aufzeichnungen mehr, die ich angefertigt hatte und auch sonst wies nichts mehr auf diesen Toten hin. Das Bestattungsinstitut sah mich daraufhin nie wieder. Trotzdem war es unverzeihlich, dem Vampir das anzutun. Gott sei seiner Seele gnädig.*

Er schüttelte den Kopf. „Was soll ich nur tun?", knurrte er hervor.

Auf Menderson in der Gruft …

Als Maddy langsam erwachte, strahlten die ersten Sonnenstrahlen in die Gruft und Angel hatte langsam Schwierigkeiten diesen ohne Schäden auszuweichen. Sie hatte sich hinter eine der Säulen verschanzt und war mit ihrer Position nicht sonderlich einverstanden.

„Wir sollten wieder ins Herrenhaus gehen", flüsterte sie Mehit und Ivan zu. Beide verneinten stumm.

Gähnend erhob sich Maddy dennoch von ihrem provisorischen Nachtlager.

„Guten Morgen", flüsterte sie und reckte dabei ihre müden Glieder.

„Guten Morgen", antworteten die drei Vampire fast einstimmig.

„Hast du gut geschlafen?", fragte Mehit und nahm seine Lederjacke wieder an sich.

„Ja … definitiv besser als da drüben." Sie deutete auf das große Herrenhaus.

In diesem Moment blies ihr Ramos ins Gesicht und der Jasmin Duft breitete sich aus und zauberte Maddy sofort eine leichte Röte ins Gesicht.

Ihr Mund öffnete sich. „Ramos, wie schön, du bist auch hier." Sichtlich erfreut über diese Nachricht richtete sich Maddy auf und zog ihr T-Shirt glatt. *Er ist hier. Dann geht es ihm vielleicht besser? Oder er hat sich auch nur aus der Reichweite von Eric gebracht. Es ist schön ihn in unserer, nein, in meiner Nähe zu haben.*

Als dann zwei Mal hintereinander ihre Haarsträhnen hochflogen, sah Maddy sich irritiert um.

„Was ist? Was willst du mir sagen? Ich kann dich nicht sehen. Du weißt, dass wir dir gerade keine Form geben können, weil dieser Eric dir das angetan hat."

Sofort verschwand das zarte Lächeln von Maddys Lippen und wich nun einem verärgerten Ausdruck. Schon wollte sie aufspringen, als plötzlich im Sand vor ihr ein Wort erschien.

WARTE

„Auf was?", forderte Maddy nun schon viel sanfter.

FENSTER

Auch Ivan und Mehit gesellten sich hinzu und lasen die Worte im Sand.

Maddy blickte in Richtung der bunten Fenster.

„Was meinst du?"

UMDREHEN UND WARTEN

Alle drei drehten sich um und warteten.

„Was macht ihr da?", fragte Angel nervös hinter der Säule hervorlinsend.

„Ramos hat uns einen Hinweis gegeben, dem wir gerade nachgehen", sagte Mehit gespannt.

„Okay, lasst mich auch wissen, was es ist." Angel war sichtlich neugierig, denn ihre Position lies leider keinen weiteren Blick auf die drei zu.

Die Zeit verging aber nichts geschah, so dass sich die drei nach und nach ansahen und langsam anfingen zu zweifeln.

„Ramos? Da passiert nichts", stellte Maddy enttäuscht fest.

Wieder wurde ein Wort in den Sand geschrieben.

GEDULD

„Das sagst du so einfach, ich war schon immer …"

„Da", unterbrach Mehit sie. „Seht ihr das?" Er deutete auf die gegenüberliegende Säule, wo sich urplötzlich bunte Farben projizierten.

Ungläubig starrte Mehit in die Richtung.

„Und das bedeutet was?" Maddy zuckte mit den Schultern und runzelte die Stirn.

„Keine Ahnung." Auch Mehit wusste nicht viel damit anzufangen.

WARTET

„Wartet", rief Ivan, der als einziger wieder auf den Boden gestarrt hatte.

Alle drei hielten inne.

Als in dem Farbenwirrwarr eine Zeichnung immer deutlicher wurde, überlegte Mehit angestrengt, was das sein könnte.

Auch Ivan konnte mit den grünen Stellen nicht viel anfangen. *Was soll das sein? Hier laufen ganz schön skurrile Dinge ab.*

Da platzte Maddy auf einmal heraus. „Das ist der Garten." Sie stellte sich auf die Zehenspitzen, woraufhin ihr die rote Markierung auffiel. „Das wolltest du uns also zeigen?"

Mehit runzelte leicht die Stirn, denn er verstand nicht, was Maddy meinte – und Ivan noch viel weniger.

„Wenn das der Garten sein soll, was soll das dann bedeuten?" rief er und starrte sie mit seinen kristallblauen Augen an.

Maddy deutete mit ihrem Finger auf sich selbst. „Ich soll dir das beantworten? Bin ich denn hier der Vampir oder du? Lebe ich hier erst seit ein paar Monaten oder du etwa schon seit Jahrzehnten?" Sie musste kichern und das löste die angespannte Stimmung in diesem Moment auf.

Selbst dem kritischen Russen kam auf diesem Wege ein Schmunzeln über die Lippen.

Ivan bewegte sich einen Schritt weiter auf die Säulen zu und das Bild war verschwunden.

„Es ist weg!" rief er aus und trat wieder einen Schritt zurück. Doch auch aus der Position von Mehit war das Bild nur noch verschwommen und Sekunden später gar nicht mehr sichtbar.

Enttäuscht blickte Maddy über ihre Schulter. „Die Sonne ist hinter dicken Wolken verschwunden, deshalb ist es nicht mehr zu sehen. Ramos? Hast du das schon lange gewusst?"

NEIN

„Wir sollten den Garten besuchen, meine Herren. Was haltet ihr davon?" Überheblich ironisch hakte sie sich bei Mehit und Ivan ein.

„Klar, das sollten wir tun Milady." Mehit zwinkerte ihr zu und Ivan reckte seinen Kopf in ihre Richtung. „Angel? Nimm bitte die Sachen und verstaue sie. Dann geh zurück und behalte unseren Besuch im Auge. Wenn dir etwas ungewöhnlich vorkommen sollte, sag mir Bescheid. Schau auch bitte bei Raban vorbei, vielleicht kann er dir Neuigkeiten aus der Klinik mitteilen."

Angel nickte ihm zu und griff nach der Decke und dem Kissen und verschwand damit in dem unterirdischen Tunnelsystem.

Währenddessen jagten sich beide Clankrieger eine Dosis Tagesserum in den Arm, welches Mehit aus seiner Innentasche hervorgeholt hatte.

„Ramos? Danke für deine Hilfe. Wir werden mal sehen, ob wir dort etwas Ungewöhnliches finden und ja … wir sind vorsichtig." rief sie und ein Augenrollen folgte.

ICH BIN BEI EUCH!

„Davon gehen wir aus", sagte Mehit selbstverständlich.

Ramos konnte die Wärme aus diesen Worten heraushören und es machte ihn stolz. In seinem luftartigen Zustand schwebte er ihnen hinterher.

Die Wolkendecke über Menderson wurde in diesem Moment immer dichter und vereinzelt fielen nun auch Regentropfen herab. In Windeseile sauste Mehit mit Maddy im Arm von der Gruft hinüber zum Garten.

Ivan folgte ihnen, ohne dabei das Herrenhaus außer Acht zu lassen. Er tippte für Raban eine Nachricht auf seinem Handy, damit dieser sich nicht wunderte, was sie hier draußen machen würden.

Am Garten angekommen, setzte Mehit seinen Schützling wieder ab.

„Mehit sieh doch!", rief Maddy und deutete auf die Gruft.

„Was meinst du?" Sein kristallblauer Blick schweifte über das Gelände, ohne zu wissen, was sie von ihm wollte.

„Wenn du zur Gruft siehst, was fällt dir dabei auf?", fragte Maddy ihn forsch.

Mehit wandte sich erneut um und auch Ivan stellte sich neben sie und beide sondierten die Gegend zwischen Gruft und Garten.

„Ich weiß wirklich nicht, was du meinst", sagte Mehit ohne den Blick abzuwenden. „Siehst du etwas, Ivan?"

„Keine Ahnung", erwiderte dieser und zuckte dabei mit den Schultern.

„Guckt euch doch mal den Weg zwischen dem Garten und der Gruft genauer an. Die Gruft liegt viel höher als der Garten. Und im Gegensatz dazu ist das Herrenhaus auch viel tiefer gelegen."

Verdutzt sah Mehit sie an und sein Blick bohrte sich schier in sie.

„Und das bedeutet was?", fragte er neugierig, denn er konnte sich beim besten Willen keinen Reim darauf machen.

Maddy stemmte ihre Hände in die Hüfte und baute sich vor den beiden Vampiren auf.

„Überlegt doch mal, alles hier auf Menderson ist mit Rätseln behaftet. Wenn ihr euch eine Linie vorstellt zwischen dem Garten, der Gruft und dem Herrenhaus und dann wieder zurück zum Garten, was ergibt diese dann?" Nun klimperte Maddy unschuldig mit ihren langen Wimpern die verdutzt dreinschauenden Vampire an. „Ein Dreieck", kam es dann endlich triumphierend über ihre Lippen.

In dem Moment fiel es Mehit wie Schuppen von den Augen. Sein Mund öffnete sich, aber es kam kein Wort heraus. *Oh mein Gott. Es ist wahr, was sie da sagt!*

Als er sich wieder gefangen hatte, sagte er nüchtern: „Ich gebe DAS mal kurz an Raban weiter. Er soll sich mal in den Computer einhacken, vielleicht gibt es noch mehr solche Gleichheiten." Schon wandte er sich seinem Handy zu und tippte rasch die versprochene Nachricht. Es dauerte keine Sekunde, da rief Raban auf Mehits Handy an.

„Woher habt ihr denn das? Vor allem wie kommt ihr dazu, recherchieren zu gehen, ohne mich mitzunehmen?" Raban schien sichtlich neugierig.

„Weil du da drinnen aufpassen musst und wir auch nur durch Zufall darüber gestolpert sind, bzw. Maddy." Sein Blick wanderte zu ihr und traf ihre tiefblauen Augen, in denen er immer wieder versinken konnte. Dies erinnerte ihn an Elisa, schnell versuchte er diesen Gedanken zu verdrängen. „Gib das doch mal in deinen schlauen Computer ein und dann sag uns Bescheid. Ach und pass auf, dass du nicht beobachtest wirst." Die letzten Worte kamen so mit Nachdruck, dass Raban am anderen Ende verstand, was Mehit ihm damit sagen wollte.

Eric und Jonathan sollten nichts von dieser Aktion mitbekommen.

„Genauso, wie wir das Geheimnis um Justine erst einmal für uns behalten." Raban wählte die Worte mit Bedacht, falls er belauscht werden sollte.

„Genauso sehen wir das auch. Ist Angel bei dir eingetroffen?"

„Ja, sie ist hier bei mir", antwortete Raban.

„Melde dich bitte sofort, wenn dein Computer etwas ausspuckt." Damit endete das Gespräch.

Maddy hatte sich inzwischen wieder dem Garten zugewandt und ließ ihren Blick über das geometrisch angelegte Blütenbeet gleiten.

Ivan war nur einen Schritt von ihr entfernt und beobachtete genau die Umgebung. Seine violetten Augen konnten die kleinen Vögel im entfernten Baum ausmachen sowie die kleinen Ameisen, die zu seinen Füßen krabbelten. Beschützend ließ er seine Hand nach Maddy tasten. Als er sie sanft an der Schulter berührte, sah sie ihn erstaunt an.

„Ist etwas nicht in Ordnung?", fragte sie skeptisch.

„Nein, alles gut", antwortete Ivan.

Nun gesellte sich auch Mehit zu ihnen.

„Wollen wir?" Aufmunternd deutete er in die Richtung, in die die drei nun gehen würden. „Einen Moment noch", sagte Ivan plötzlich so ruhig, dass es Maddy eiskalt den Rücken hinunterlief.

Mehit folgte dem Blick von Ivan, der nur noch auf das Herrenhaus starrte.

Am Fenster des Kaminzimmers erschien in diesem Moment die Silhouette von Jonathan. Er hatte den Rücken zum Fenster gewandt, doch beide waren sich nicht sicher, ob er sie vielleicht doch vorher gesehen hatte.

„Verdammt", knurrte Ivan mit zusammengebissenen Zähnen.

„Ganz ruhig", sagte Mehit. „Bisher stehen wir doch hier nur. Das ist auf keinen Fall verdächtig."

„Ach wirklich nicht? Ich stehe also mit zwei Vampiren einfach so in meinem Garten? Da wird sich Jonathan doch fragen, was wir hier machen. Ich glaube nicht, dass er daran so uninteressiert ist." Maddy lief daraufhin los und Ivan folgte ihr.

„Wenn wir einfach so tun, als ob ich spazieren gehen wollte, sieht das wahrscheinlich am unverdächtigsten aus. Meinst du nicht?" Sie beugte sich zu einem Rosenbusch hinab und roch an der Blüte.

Durch das Schweigen hinter sich konnte sie ahnen, dass beide bis in die kleinste Sehne angespannt waren und ihre Geduldsfäden gerade sehr dünn waren.

Aus dem Augenwinkel konnte sie den verhärteten Gesichtsausdruck von Ivan erkennen, den von Mehit konnte sie sich dazu alleine ausmalen. Es gefiel den beiden ganz und gar nicht. Doch wollte sie ihr Ziel weiter verfolgen und den gekennzeichneten Punkt finden.

Sie liefen an lila blühenden Dahlien vorbei und dann wurde ihr Weg plötzlich durch ein gelbes Blütenmeer verwehrt.

„Hier können wir nicht lang", sagte Maddy ganz beiläufig und wollte gerade einen anderen Weg einschlagen, als Mehit sie an sich riss.

„Hier stimmt etwas nicht. Die Pflanzen versperren uns den Weg, so als ob …"

„… ob sie nicht wollten, dass wir dort entlang gehen", beendete sie den Satz von Mehit.

Er nickte zustimmend.

„Lass mich wieder los, Mehit. Die Pflanzen tun mir nichts und dir auch nicht. Sie wollen uns helfen. Sieh … da ist ein anderer Weg, den wir sonst gar nicht gesehen hätten."

Mehit entließ sie wieder aus seinem Arm und studierte aufmerksam die Pflanzen.

„Die Pflanzenwelt reagiert hier genauso unverständlich wie vor der Portaltreppe, als dort das große Feuer alles vernichtet hat. Wisst ihr noch? Am nächsten

Tag war da wieder der perfekte Golfrasen und keiner konnte mir beantworten, wie das sein konnte."

In diesem Moment vibrierte das Handy in Mehits Hosentasche.

Er nahm es heraus und hielt es sich ans Ohr, während er Maddy weiter folgte.

„Raban? Bevor du mir erzählt, was du herausgefunden hast, musst du mir eine Frage beantworten: Hast du irgendetwas mit der Pflanzenwelt auf Menderson zu tun?"

„Du bist ja lustig. Ich habe doch mein Element erst auf Menderson bekommen, wie soll ich dir denn diese Frage beantworten? Wenn du meinst, dass die Flora hier auf dem Anwesen ungewöhnlich agiert, stimme ich dir zu. Was sie dazu bewegt, da hab ich keine Ahnung, mein Großer. Aber ich habe etwas anderes für euch. Maddy hat ein verdammt gutes Augenmaß. Das Ganze ergibt wirklich ein Dreieck und ich habe die Koordinaten über das gesamte …" Rabans Stimme verstummte kurz. „Jonathan … was kann ich für dich tun?" hörte Mehit Raban plötzlich sagen.

„Ich benötige die Dateien von dem goldenen Dreieck." Seine Stimme klang ruhig und ausgeglichen.

„Einen Moment", erwiderte Raban ebenfalls freundlich.

Mehit hörte wie Raban auf seiner Tastatur herum tippte und nach einigen Sekunden sagte er: „So, hier bitte, das iPad hat alle Daten gespeichert, die du benötigst."

„Danke und …" Jonathan zögerte. Doch dann wandte er sich ab und verließ die Kommandozentrale.

Leise flüsterte Raban nun weiter in das Headset.

„So bin wieder dran. Jonathan ist irgendwie komisch, aber das ist jetzt nicht die Frage. Also dieses Dreieck kommt in dieser Konstellation nur ein einziges Mal auf Menderson vor. Aber, jetzt kommt es: Wenn man das Dreieck verkleinert, passt es idealerweise genau zwischen die Terassenfront und den Springbrunnen. Dann noch zwischen das Haupthaus und die Stallungen und zu guter Letzt verbirgt es sich … und jetzt halt dich fest … auf der Gruft von Maddys Familie." Mehit konnte das zufriedene Lächeln von Raban fast bildlich vor sich sehen.

„Du meinst auf der Gruft?", wiederholte Mehit mit fast erstickender Stimme. Ihm gefiel das ganze Ausmaß nicht, dass nun immer mehr in den Vordergrund trat. Er fühlte sich von Jonathan verkauft und von Ament und Ortischa verlassen. Sein hektischer Blick wanderte zwischen Maddy, die sich weiter den Weg durch den Garten bahnte, und Ivan, der nun sein Gefühlschaos wahrnahm, hin und her. Er glitt sich mit seiner Hand durch die igelkurzen Haare, bevor Raban antwortete.

„Mir gefällt das alles nicht! Hol Ortischa und Ament zurück. Sofort!", ordnete er streng an.

„Und was ist mit Chang und Marisol?", entgegnete Raban leicht irritiert.

„Ach ja", er starrte zum Himmel, der sich immer mehr verdunkelte. „Ortischa wird Marisol jetzt sowieso nicht aus den Augen lassen und Chang?" Da wusste er sich auch keinen Rat. *Sollte ich den Halbasiaten nach Menderson kommen lassen? Was würde Jonathan dazu sagen, wenn … ach es hat ihn die letzten Wochen auch nicht interessiert, was hier passiert ist.* „Ich ruf dich gleich zurück", sagte er knapp und drückte Raban weg. Sein nächstes Telefonat galt Ament.

„Hi, sag, wie geht es in der Klinik voran, denn es wäre gut, euch wieder hier zu haben." Mehit konnte nicht vermeiden, dass seine Stimme ein wenig zitterte.

„Bald schon, warum? Gibt es Schwierigkeiten?", fragte Ament.

„Nicht direkt. Es tun sich hier nur immer mehr ungewöhnliche Umstände auf – und ich würde mich besser fühlen, wenn ich wüsste, dass ihr auf dem Rückweg seid." Er wollte seine Unruhe nicht vor Ament verbergen.

„Wir kommen sobald wie möglich. Was ist mit Chang? Soll er mitkommen?" In Aments Stimme schwang keine Unsicherheit mit und so erkannte Mehit erneut, dass er dem Halbasiaten vertrauen konnte.

„Bring ihn mit. Und Marisol?", fragte Mehit nun seinerseits.

„So wie ich das verstanden habe, möchte sie noch ein paar Tage bleiben. Soll ich sie ins das Hotel bringen?"

„Nein! Frag Ortischa, wenn es nicht anders geht, bring sie auch mit."

„Okay"

Dann legten beide auf.

Ivan musterte Mehit eindringlich und konnte nun auch die Unruhe, die in ihm tobte, wahrnehmen.

„Mehit? Können wir dann weiter?", drängte Maddy.

„Klar, lass uns gehen."

Mit zügigen Schritten schloss er zu den beiden auf.

In dem kleinen Motel …

Nun schloss auch Stevo seine Augen, um sich etwas auszuruhen. Der gleichmäßige Atem von Elisa ließ ihn fast glauben, er könne sich fallen lassen, als plötzlich eine Welle durch den Raum rollte und seine feinsten Sinne erregte. Er öffnete seine Augen nicht, um diese empfindliche Situation nicht zu stören. Erneut rollte eine Welle durch die Wände – bis zur anderen Seite.

Jemand tastet den Raum ab, schoss es Stevo durch den Kopf. Sein Blick fixierte aus dem Augenwinkel eine lose Haarsträhne, die ihm über die Wange hing. Nun spürte er eine weitere Welle, schwächer als die andere, aber immer noch für ihn spürbar. Langsam bewegte sich eine Strähne wie durch einen Lufthauch. Erschrocken sah er zu Desmond.

Nichts.

Kein besorgter Desmond, der ihn anstarrte.

Er müsste es doch auch fühlen? Dachte er sich.

Doch im Gegenteil. Desmond saß fast gelangweilt da und las eine Zeitung, als ihn der neugierige Blick von Stevo traf.

Desmond reckte sein Kinn fragend nach oben.

„Spürst du das?" flüsterte Stevo.

„Was?"

„Die Schwingungen, die durch den Raum wandern."

Desmond kniff die Lippen zusammen und schickte seine Sinne in den Raum.

Nichts.

Rein gar nichts.

Er zuckte mit den Schultern, schüttelte verneinend den Kopf und sah Stevo weiter an.

„Vielleicht habe ich mich auch getäuscht, aber …"

In diesem Moment drängte jedoch eine weitere Welle durch den Raum, so dass auch Desmond dieses Mal die Veränderung war nahm.

„Ach Shit, was ist das?" fragte er leise und sprang kampfbereit aus seinem Sessel auf.

„Sag du es mir!", gab Stevo unsicher zurück. „Es fühlt sich nach … nein, das kann nicht sein … DIE gibt es nicht mehr. Oder besser gesagt, die gab es schon damals nicht mehr. Vielleicht sind sie ja wieder zurückgekehrt?"

„Von was oder wem sprichst du?" fauchte ihn Desmond leise an.

In diesem Moment wurde an die Tür ihres Zimmers geklopft, ohne aber, dass vorher Schritte zu hören waren.

Eine tiefe männliche Stimme raunte unverständliche Worte auf dem Flur. Gerade als Desmond mit einem „Verschwinde!" antworten wollte, riss Stevo die Augen weit auf, schüttelte heftig den Kopf und hielt sich den Zeigefinger auf die zusammengepressten Lippen.

Desmond blieb stumm und sein Gesicht sah verhältnismäßig blass aus. Behutsam schlich er auf das Bett zu und beförderte seine Gabe hervor. Er beschwor die dunklen Schatten hinauf und hüllte die schlafende Elisa, den grimmig dreinblickenden Stevo und sich selbst darin ein. Ein Schleier legte sich um die drei, so als ob jemand einen dünnen Stoff, ähnlich wie bei einem Moskitonetz, um sie gespannt hätte.

Das Schloss, der eigentlich verriegelten Tür, sprang auf und ein großer stämmiger Mann mit langem schwarzen Mantel und Kapuze betrat den Raum. Mit einem geschmeidigen Gang glitt der Fremde durch das kleine Zimmer. Geräuschlos und dennoch grazil waren seine Bewegungen. Als er den Blick auf das Bett richtete glühten seine türkisen Augen auf und strahlten eine tödliche Macht aus.

Stevo beobachtete das Gesicht des Eindringlings aufs Genaueste. Fast so, als würde er ihn kennen – und er war sehr verwundert, gerade in dieses Gesicht zu blicken.

Auch Desmond stand das Offensichtliche ins Gesicht geschrieben.

Sie waren nur wenige Meter von dem Abbild von Stevo entfernt. Ihr Gegenüber war ihm fast wie aus dem Gesicht geschnitten.

Stevo schluckte schwer.

Der Fremde lauschte, tastete erneut den Raum mit seinen Blicken ab und führte dann eine geschmeidige Handbewegung aus und sein Mantel schwang um ihn herum. Dann verließ er genauso leise, wie er gekommen war, den Raum und schloss die Tür hinter sich.

Nach mehreren Minuten löste Desmond mit Einverständnis von Stevo die Schatten wieder auf. Keiner von beiden wagte es, auch nur zu atmen.

Sie fuhren herum, als Elisa sich plötzlich regte.

Dann durchbrach Desmond die schier unerträgliche Stille.

„Wer verdammt noch einmal war das?" In seinen leisen Worten konnte Stevo Unbehagen spüren.

„Wenn ich es nicht besser wüsste, würde ich sagen, es war mein Zwillingsbruder. Und das ist echt kein Scherz. Ich hatte wirklich einen. Er starb aber als wir ungefähr zwanzig waren." Tiefes Bedauern schwang in seinen Worten mit.

Desmond strich sich mit seiner Hand über seinen kahl rasierten Schädel.

„Irgendetwas stimmt hier nicht."

„Da stimme ich dir zu." Seine Stimme war nur noch ein Flüstern.

„Wir sollten hier schnellstens verschwinden." Sein Blick glitt auf die Uhr an der Wand. Es würde noch knapp zwei Stunden dauern bis die Abenddämmerung über die Stadt hinweg zog. Beide schickten sich an, sich kampfbereit zu verhalten.

Stevo konnte den Anblick des Fremden immer noch nicht begreifen. Wie konnte jemand genauso aussehen wie er, eine ähnliche Statur haben wie er und dennoch nicht sein Bruder sein? Sein Bruder, der mit zwanzig sein Leben verlor, weil er unachtsam gewesen war. In Stevo kamen Erinnerungen hoch. Die Erinnerung an die gemeinsame Zeit in ihrer Jugend, die dann auf so tragische Weise endete. Während sie ihre ersten Erfahrungen mit dem weiblichen Geschlecht machten, traf sein Bruder Leanderos eine Vampirin, die es liebte, ihn zu beißen. Aber nicht nur aus Lust – sondern sie saugte an ihm bis zur Bewusstlosigkeit. Stevo konnte sich noch genau an den Abend erinnern, an dem er die beiden hatte auf ihre Bude verschwinden sehen. Er war noch etwas durch die Gegend gelaufen und hatte sich an einem älteren Herrn genährt. Als er dann fast schon in den frühen Morgenstunden nach Hause kam, schloss er die Tür auf und Leanderos Freundin sprang ihn katzenartig an, zerkratzte ihm sein Gesicht, schrie und fluchte und schlug mit ihren Fäusten auf ihn ein. Er hatte damals nicht verstanden, warum sie das tat und es sollte auch für immer ein Geheimnis bleiben. Dann riss sie sich von ihm los und stürmte die Treppe hinunter. Sie zog die Haustür auf und stolperte hinaus auf die Straße, wo die aufgehende Sonne zuerst ihr Gesicht und dann ihren Oberkörper traf. In Sekundenschnelle verkohlte ihr Körper und zerfiel zu Staub. Ein einziger Windhauch wehte ihre letzten Überreste über das Kopfsteinpflaster. Von der geöffneten Haustür aus hatte Stevo das Szenario beobachtet. Er erschrak und rannte hinauf in die Wohnung. Er schrie nach seinem Bruder und fand ihn dann auf dem Bett liegend.

Ausgesaugt.

Tot.

Er hatte sich selbst davon überzeugt.

„Ein heftiges Gewitter zieht auf. Wir sollten machen, das wir hier weg kommen", zerbrach Desmond mit seinen Worten die Stille und riss Stevo so aus seinen wirren Gedanken.

Stevo nickte und streichelte sanft Elisas Arm, um sie zu wecken.

Als sich ihr Wimpernkranz öffnete, strahlten ihn zwei blaugrüne Augen an.

„Was ist?"

„Wir verlassen das Hotel. Es ist nicht mehr sicher." Stevo versuchte, es so gleichgültig wie möglich klingen zu lassen. Doch er wusste selbst, dass er ein ganz schlechter Lügner war.

Elisa richtete sich fast augenblicklich auf. Ihr Körper schmerzte immer noch von den quälenden Strapazen der letzten Tage, doch wollte sie nicht jammern. Sie wollte sich neben den Männern nicht die Blöße geben, dass ihre wundgescheuerten Fersen sie fast umbrachten.

„Gebt mir einen Moment. Dann können wir los." Sie huschte ins Bad und zog ihre verdreckte Hose und das T-Shirt wieder an. Im Kosmetikschrank fand sie zwei Pflaster, die sie auf ihre geschundenen Fersen klebte. Sie wunderte sich, warum der Heilungsprozess nicht schon längst eingesetzt hatte, denn solche Kleinigkeiten konnten normalerweise keinen Vampir zur Strecke bringen. Sekunden später klopfte es leise an der Tür.

„Bist du soweit?"

„Ja" Sie griff nach den gewaschenen T-Shirts der Männer und trat vor die Tür.

Beide nahmen dankend ihre sauberen Hemden in Empfang. Es dauerte keine Minute und die drei waren zum Aufbruch bereit.

Desmond trat voraus und öffnete die Tür vorsichtig nur einen Spalt, um auf den Flur zu spähen. Über diese übervorsichtige Maßnahme runzelte Elisa die Stirn und wollte gerade ansetzen etwas zu sagen, als Stevo ihre Hand ergriff und sie hinter sich herzog. Sein breiter Körper verdeckte sie fast komplett und einen Augenblick lang wurde ihr mulmig zumute. Sie drückte die Hand von Stevo dabei fester als gewollt, woraufhin er seinen Blick zu ihr schweifen ließ. Mit einem fragenden Blick sah er sie an.

„Hier entlang!", flüsterte Desmond plötzlich und stieß die Hintertür auf, wodurch die drei auf den Innenhof treten konnten. Diesen überquerten sie rasch und tauchten in einem Waldstück unter, als fast gleichzeitig ein heftiger Platzregen einsetzte. Der Wind wurde immer heftiger und die Bäume bogen sich nur so im tosenden Regen. Grelle Blitze durchzuckten den dunklen Himmel und immer wieder grollte der Donner und versetzte das bizarre Schauspiel in ein düsteres Szenario. Es dauerte nicht lange und der Waldboden war matschig und rutschig geworden.

Stevo kam schlitternd zum Stehen, als seine feinen Sinne die dunkle Macht wahrnahmen. Er hob seinen Arm, so dass die beiden hinter ihm ebenfalls inne hielten. Er schickte eine Welle seiner Gabe in alle vier Himmelsrichtungen und bei der, die nach Süden ging, spürte er einen Widerstand.

Er spürte dort jemanden, doch er konnte ihn nicht deuten.

Waren das ihre Verfolger?

Oder war es der Fremde aus dem Hotelzimmer?

Er riss Elisa an sich und brachte sich in Kampfposition.

Desmond trat an seine Flanke und straffte ebenfalls seinen Körper. Wachsam beobachteten beide die Umgebung.

„Ihr seid aber schreckhaft!", grollte ihnen plötzlich eine tiefe Stimme aus südlicher Richtung entgegen. Die Überheblichkeit, die in jedem einzelnen Wort mitschwang, verursachte bei Elisa eine Gänsehaut.

„Wer seid ihr? Und was wollt ihr von uns?", versuchte es Desmond diplomatisch, obwohl sein Körper sich auf alles gefasst machte.

In Sekundenschnelle stand der hünenhafte Mann vor ihnen und schaute in ihre weit aufgerissenen Augen. Sein langer schwarzer Mantel schwang an ihm entlang und sein türkiser Blick durchbohrte Elisa geradezu.

Unterdessen durchnässte der peitschende Regen ihre Kleidung.

Instinktiv glitt Stevos Arm um Elisas Hüfte und er zog sie hinter sich, was ihm ein amüsiertes Grinsen seines Gegenübers einbrachte.

„Ihr braucht sie gar nicht erst zu verstecken, BRUDER!"

Eiskalt lief es Stevo den Rücken hinunter. „Bruder?" Brachte er nur brüchig hervor. „Ich wüsste nicht, dass ich mit Euch verwandt wäre?"

„Ach nein?!" Barsch knurrte der Fremde die Worte hervor und richtete sich bedrohlich auf.

In diesem Moment stürzte sich Desmond auf den Fremden. Mit heftigen Faustschlägen schlug er auf ihn ein. Doch der Überraschungsmoment war nicht auf Desmonds Seite. Im hohen Bogen flog er von dem Fremden weg und schlug in einem alten Baum ein. Mit schmerzverzerrtem Gesicht rappelte er sich jedoch augenblicklich wieder hoch.

Drohend richtete der Fremde seinen Arm auf ihn.

„Wage es nicht, mich noch einmal anzugreifen, du …"

Nun war es Stevo, der den Moment nutzte und sich auf den Hünen stürzte. Kraftvolle Schläge trafen ihn jedoch so schnell, dass er dachte, er würde in Sekundenschnelle zu Brei geschlagen werden. Doch er gab nicht auf und holte instinktiv zu einem enormen Schlag aus, der den Fremden im Gesicht traf und taumeln ließ.

Unterdessen hatte sich Desmond wieder aufgerappelt. Er hielt sich die rechte Seite, denn sein Sturz hatte ihm mindestens zwei Rippen gekostet. Doch er eilte so schnell ihm das möglich war zu Elisa, die fassungslos mit geöffneten Mund dastand.

Doch es sollte anders kommen.

In diesem Moment preschte Elisa los und traf den Fremden mit voller Wucht an der Seite, so dass er das Gleichgewicht verlor und ins Straucheln geriet. Auch sie verlor die Balance und landete zusammen mit dem riesigen Kerl auf der nassen rutschigen Erde.

„Oh shit", schrie sie und wollte sich schnell wieder aus dieser misslichen Lage befreien, doch der Fremde war zu schnell. Viel schneller als Elisa je gedacht hätte. Sie wollte sich aufrappeln, doch da hatte er seine Hand schon um ihre Kehle geschlossen. Er stand auf und hob sie gleichzeitig mit hoch, als würde es ihn keine Anstrengung kosten. Ihre Füße berührten nicht einmal mehr den Boden und ihr Puls kochte gerade über. Sie versuchte nach ihm zu treten und zu schlagen, doch ohne Erfolg. Sein unnachgiebiger Griff verstärkte sich nur umso mehr.

„HALT!" schrie Stevo. „Lass sie los!"

„Warum sollte ich?" Seine trockene Antwort ließ Todesangst in Elisa emporkriechen und erbittert strampelte sie weiter.

„Weil Ihr nicht so feige seid, eine Frau umzubringen, die Eurer nicht gewachsen ist." Stevos Fangzähne fuhren aus und seine Fäuste ballten sich zusammen. Er hoffte, dass der Fremde sich blenden ließ.

„Frauen sind vielleicht hübsch anzusehen und vielleicht auch gut im Bett, aber ansonsten, sind sie zu nichts zu gebrauchen." Seine türkisen Augen brannten sich in die Dunkelheit und selbst der tosende Regen konnte ihn nicht aus der Fassung bringen. Abermals hob er seinen freien Arm, als Desmond im Begriff war, sich erneut auf ihn zu stürzen.

„NICHT!", schrie Stevo. Doch da hatte der Fremde schon eine enorme Druckwelle auf Desmond losgelassen. Knappe hundert Meter wurde er durch den dichten Wald geschleudert, wobei er von weiteren Bäumen getroffen wurde und nur eine Landung im Erdreich ihn letztendlich stoppte. Dann verlor er das Bewusstsein.

Unterdessen streckte Stevo beruhigend seine Arme nach vorne.

„Okay, okay, … reden wir über alles, aber bitte setz sie ab." Seine fast weißen Augen glühten ebenfalls in der Dunkelheit, während der Regen ihm ins Gesicht peitschte.

Einen Moment zögerte der Fremde. Er konnte spüren, wie die Kraft der Frau nachließ und es würde nicht mehr lange dauern und ihr Körper würde leblos an seinem Arm hängen. Was ihn in gewisser Weise kalt ließ, denn er kannte sie nicht und es war ihm auch egal, ob sie es überleben würde oder nicht.

Elisa nahm ihren gesamten Mut zusammen und brüllte ihn an.

„Du Scheusal! Lass … mich … sofort runter!"

Leicht erheitert zog er einen Mundwinkel nach oben. Er starrte sie einen Moment lang mit seinen türkisen Augen an, als Elisa die Traurigkeit in seinem Blick sah, dass es ihr fast das Herz zerriss.

Er bemerkte, dass sie seine tiefe Verletzlichkeit erkannt hatte und wandte seinen Blick wieder Stevo zu, dabei senkte er seinen Arm und setzte Elisa auf der Erde ab, behielt aber seine Hand an ihrer Kehle.

Elisa prustete, doch ließ der Fremde sich davon nicht beirren.

Etwas erleichtert atmete Stevo aus.

Dann zog der Fremde Elisa ruckartig mit dem Rücken an seine breite Brust. Sein langer spitzer Fingernagel bohrte sich dabei in ihre weiche Haut an ihrem Hals, ohne sie jedoch zu durchdringen. Ihr flatternder Puls ließ ihn kalt, genauso wie ihr zitternder Körper. Todesangst kroch aus jede ihrer Poren und er labte sich an ihren aufgewühlten Gefühlen.

Eine Art „Saugen" durchflutete Elisa und es breitete sich ein Gefühl der Unfähigkeit aus. Ihr Körper versagte ihr jede Bewegung und auch ihre Stimme war wie gelähmt.

„Was willst du?", zischte ihm Stevo entgegen. „Lass uns gehen. Wir haben dir doch nichts getan."

Eisige Kälte breitete sich schlagartig aus und der Regen begann sich in kleine Hagelkörner zu verwandeln. Die Knochen des Fremden traten hell unter seiner Haut hervor und er stand kurz davor zu zerbersten.

„Ich will … DICH!"

Diese Aussage traf Stevo tief.

„Warum?"

„Du begreifst es wirklich nicht?"

„Dann hilf mir doch auf die Sprünge", antwortete Stevo genauso hart und verbittert.

„DU …", er deutete mit seiner freien Hand auf ihn „… bist mein Bruder." Stevo kochte vor Wut. Zähnefletschend keifte er.

„Lass meinen Bruder aus dem Spiel. DU ziehst sein Andenken nicht in den · Dreck." Er straffte seinen Körper und ging in Angriffshaltung.

„Das brauche ich nicht. ICH bin dein BRUDER – Leanderos!"

„Nein, nein niemals. Das geht nicht. Er ist tot. Ich habe seinen Leichnam auf meinen Armen getragen. Also erzähl DU mir nicht, dass du er seist!" Seine Wut kroch heiß durch seine Adern und nährte sein Element. Zu dem tosenden Sturm gesellte sich nun noch ein wachsender Orkan hinzu, der aus Stevos Händen empor drang.

„Wir reden morgen!" Entgegnete ihm der Fremde gleichgültig und griff gleichzeitig nach seinem Umhang. Diesen schwang er graziös um sich und Elisa und innerhalb eines Sekundenbruchteils waren beide in der Dunkelheit verschwunden.

Stevo trieb das in die Knie und er schrie verzweifelt: „NEINNNNN!"

Unterdessen in der Klinik …

Ament trank den letzten Schluck seines Kaffees und warf den leeren Becher zielsicher in den Mülleimer. Das gerade geführte Telefonat mit Mehit hatte ihm gar nicht gefallen. Er konnte die Unruhe, die von dem Clankrieger ausgegangen war, förmlich durch die Leitung knistern hören. Die Anwesenheit des ehemaligen Clanoberhauptes, Eric Sierks, schien auf dem Anwesen für allerlei Zwietracht zu sorgen. Seine eigene Untätigkeit machte ihn unheimlich nervös und er wusste, dass er seinen Trieb niederkämpfen musste, denn sein Feuer züngelte bereits in seinen Eingeweiden. Er spürte, dass seine Untätigkeit ihn an den Rand der Standhaftigkeit trieb.

„Was ist los?", forderte Chang ihn zu wissen auf, wobei sein Blick den von Ament traf.

„Es gibt Schwierigkeiten", antwortete Ament ruhig.

Zu ruhig für den Geschmack von Chang.

„Und wo können wir ansetzen, diese Schwierigkeiten zu bereinigen?"

„Der Clan agiert von einem Anwesen außerhalb von London aus. Zu diesem Anwesen müssen Ortischa und ich zurückkehren."

„Wegen diesen Schwierigkeiten?", flötete Chang.

„Ja, du hast es erfasst. Nun geht es aber noch um dich und Marisol."

Bei der Erwähnung ihres Namens, kostete es Chang sehr viel Energie ruhig zu bleiben.

„Es ist bisher nicht eingeplant gewesen, euch beide dorthin mitzunehmen." Chang konnte den eindeutigen Befehl aus diesen Worten heraushören.

„Kein Problem, ich ziehe mich in das Hotel zurück, welches ihr mir zugewiesen habt", äußerte Chang unmissverständlich. Er fand Gradlinigkeit schon immer von großer Bedeutung. Er liebte sie geradezu.

Ament konnte die Konsequenz aus seinen Worten heraushören und dennoch wollte er ihn nicht einfach abschieben und bei der nächsten Gelegenheit wieder benutzen. Er hatte gelernt, dass es auch bei Raban funktioniert hatte, sich auf Neuerungen einzulassen. Er starrte Chang prüfend an und wusste, dass er einen tödlichen Krieger vor sich hatte, der wie eine Cobra zuschlagen würde, sollte er je bedroht werden. Er überlegte einen Moment, ob er Marisol in seine Obhut geben konnte. Doch den Gedanken verdrängte er ganz schnell wieder, denn wenn Chang seine Finger nicht von Marisol lassen könnte, dann würde ihn Ortischa eigenhändig umbringen und das würde weitere Schwierigkeiten nach sich ziehen. Er konnte den Gedankengang nicht weiterverfolgen, denn die hämmernden Absätze kündigten bereits die Ankunft von Ortischa an.

„Ola", grüßte sie freundlich, als sie den Raum betrat. „Gibt es für mich auch noch einen Kaffee?" Ohne die beiden zu beachten, schritt sie zielstrebig durch den Raum, wobei ihre High Heels einen dumpfen Klang auf dem Linoleumboden hinterließen. In diesem Moment dachte Ortischa an Philippe, der ihr den leckersten Cappuccino gezaubert hatte, den sie je getrunken hatte.

Das wäre jetzt die schönste Kleinigkeit, die ich mir vorstellen könnte. Dachte sie und ihr Mundwinkel zierte ein kleines Lächeln. Wenn etwas Ruhe eingekehrt wäre, würde sie das neue Bistro von Philippe und Corinne besuchen und sich wieder einmal geschmacklich verwöhnen lassen.

Als sie den Kaffeeautomaten erreicht hatte, stellte sie einen Becher unter das Auslassventil. Die schwarze Flüssigkeit mischte sich mit dem weißen Trockenpulver und färbte ihn bräunlich.

„Marisol kann heute noch die Klinik verlassen. Ist das nicht eine wunderbare Nachricht?" Als sie sich zu den beiden umdrehte, sah sie in zwei emotionslose Gesichter. Sie konnte die düstere Stimmung, die sich gerade im Raum ausbreitete, nicht genau einordnen. Sie kniff die Augen leicht zusammen und ließ ihre Sinne ausschweifen, doch sie wurde vehement abgeblockt, was sie zurückzucken ließ. Doch wollte sie sich davon nicht einschüchtern lassen, deshalb gab sie sich nun kratzbürstig.

„Ein bisschen mehr Begeisterung wäre schon toll." Ihre schwarze Lockenmähne schwang um sie herum, als sie sich wegdrehte und auf den Ausgang zusteuerte.

„Eric ist auf dem Anwesen", sagte Ament trocken.

Ortischa verschluckte sich fast an ihrem Kaffee und riss ihren Kopf in seine Richtung.

„Das kann nicht sein! Er kann und darf das Anwesen nicht betreten!" Ihre Augenbrauen zogen sich zusammen und gaben ihrem Gesichtsausdruck so eine ernste Note.

„Eric ist da …" An den Worten von Ament gab es keinen Zweifel. „… und Jonathan auch." Dass Jonathan wieder zurück war, beruhigte Ortischa ein wenig, dennoch blieb die Frage offen, warum er so plötzlich verschwunden war.

„Dann müssen wir sofort zurück, um Maddy zu schützen." Ihr Beschützerinstinkt erwachte augenblicklich zum Leben.

„Was ist mit Marisol?", fragte Ament.

Hektisch wanderte der Blick von Ortischa zwischen dem Clankrieger und dem Halbasiaten hin und her. „Dann fahr du zurück und ich bringe Marisol zum Flughafen." Sie wusste, dass sie diese Entscheidung nicht ohne ihre Schwester treffen sollte, doch die Quelle ging vor. Sie war eine Clankriegerin und musste zu ihrem Eid stehen – und das wollte sie auch. Sie nahm einen großen Schluck aus ihrem Kaffeebecher und bewegte sich erneut zur Tür. „Ich werde mit ihr sprechen."

„Ich werde mit Chang zum Anwesen fahren." An seiner Aussage gab es nichts zu rütteln, dennoch schaute ihn Ortischa misstrauisch über ihre Schulter hinweg an, bevor sie den Aufenthaltsraum verließ.

„Bist du dir sicher?", fragte Chang seinerseits den Clankrieger.

„Nein, bin ich nicht." Er schüttelte unmerklich seinen Kopf. „Du solltest wissen, dass Eric kein Geringerer ist, als der Vorgänger von Jonathan, dem jetzigen Clanoberhaupt."

„Du sprichst aber jetzt nicht von dem Eric Sierks, oder?", hakte Chang nach, wobei seine Gesichtszüge entglitten.

„Doch … das tue ich", antwortete Ament.

Kapitel 3

Marisol sah ihre ältere Schwester musternd an, als diese ihr karges Krankenzimmer betrat.

„Und ... welche Neuigkeiten hast du für mich?" Ihre strahlend weißen Zähne blitzten bei ihrem Lächeln auf.

„Du wirst heute noch entlassen", sagte Ortischa und versuchte, ihrem Gesicht eine weiche Miene zu verpassen. Sie verdrängte ihre eigenen Sorgen und wollte die letzten Stunden mit Marisol wenigstens noch genießen.

„Wir könnten nachher noch in einem netten Bistro einen Kaffee trinken gehen, wenn du Lust hast?" Trotz ihres Lächelns, konnte Marisol in ihrem Gesicht lesen, wie in einem offenen Buch.

Sie zog die Augenbrauen zusammen: „Das willst du doch gar nicht. Ich sehe es dir an. Sag mir sofort, was los ist!", forderte Marisol sie auf und stemmte dabei ihre Hände in die Hüfte.

Die taffe Ortischa wandte ihr Gesicht ab, als sie weiter sprach.

„Du weißt, dass ich eine Clankriegerin bin und die Quelle beschütze. Ich bin dir unendlich dankbar, dass du zu mir gekommen bist, obwohl ich mich dir gegenüber so schlecht benommen habe. Nein, mein Verhalten von damals ist wirklich unentschuldbar. Aber ich hatte die Anweisung meinem Leben einen Tod zu verpassen, um einzig und allein für den Clan zur Verfügung zu stehen. So sind die Regeln. Es ist seitdem viel passiert und es ist auch nicht immer alles glatt gelaufen. Ich konnte eine der Quellen leider nicht vor dem Tod bewahren und ich gab mir allein die Schuld dafür. Bei der damaligen Explosion ist auch dieser metallische Gegenstand in mich eingedrungen. Jahrelang habe ich ihn nun in mir getragen und wusste es nicht einmal. Er hat mir die ganze Zeit Schmerzen bereitet. Ich verließ den Clan, ging zurück nach Spanien und lebte dann ganz in deiner ... Nähe. Ich hatte mich auf das großzügige Schlossgelände, welches sich in einiger Entfernung von Madrid, wo wir geboren wurden, zurückgezogen. Vor kurzem bin ich erst wieder zum Clan zurückgekehrt. Dort habe ich die neue Quelle kennengelernt und ... sie ist ... anders. Sie akzeptiert uns – und das nicht nur als untote Monster. Sie setzt sich sogar für uns ein, was ich noch nie bei einem Menschen erlebt habe. Und ... sie ist liebenswert. Ich habe nie gedacht, dass ich das je von einem Menschen sagen würde. Aber nun braucht sie mich und ich möchte, nein, ich muss zurück. Ich hoffe, du verstehst das und ich würde mich freuen, wenn wir uns Wiedersehen."

Nun wartete sie auf die Antwort ihrer Schwester. *Bitte Marisol versteh mich, bitte*, flehte sie im Innern.

„Ortischa, du musst dich nicht für deine Entscheidungen entschuldigen. Ich habe Mehit ebenfalls ein wenig kennengelernt und er hat mir so einiges über den Clan und seine Vorgehensweisen erklärt. Sicher, dass du uns alle an der Nase herumgeführt hast, war richtig mies von dir. Doch nun kann ich auch verstehen, warum du es getan hast. Ich wäre einfach nur froh, wenn du dich vielleicht ab und zu mal melden würdest, damit ich weiß, dass es dir gut geht." Eine Träne bildete sich in Marisols Augenwinkel. „Ich liebe dich doch, Schwesterherz." Als sie nun ihre Schwester mit glasigen Augen ansah, fiel ihr Ortischa in die Arme.

„Marisol, es tut mir so leid. Das musst du mir glauben. Kannst du mir verzeihen?" Ortischa hoffte auf eine positive Antwort.

Ohne zu zögern antwortete Marisol: „Ja, das kann ich. Ich werde zurückgehen nach Spanien und wenn du mal eine Auszeit brauchst, kommst du mich besuchen."

Sie lösten sich wieder voneinander.

„Genauso machen wir es", antwortete Ortischa sanft. Sie war froh, dass ihre Schwester ihr so offen gegenübertrat. Sie sah sie nicht mehr als die kleine Schwester an, sondern als eigenständige Frau.

Marisol rutschte von der Bettkante und griff nach ihren Sachen, die sie in eine Plastiktüte stopfte.

„Kann mich Robert zum Hotel fahren, damit ich meine restlichen Sachen holen kann?"

In dem Moment blieb Ortischa alles im Hals stecken. Schnell wandte sie sich ab und biss sich nervös auf die Unterlippe.

„Ich glaube, er kann gerade nicht. Immer beschäftigt diese Manager", log sie schnell und versuchte ein höfliches Lächeln aufzusetzen, aber es gelang ihr nicht. Sie griff rasch nach ihrem Handy.

„Ament, Marisol müsste noch ins Hotel ihre Sachen holen." Sie hoffte, dass er jetzt eine rasche Entscheidung traf.

„Dann fahren wir gemeinsam." War seine klare Aussage und Ortischa dankte es ihm. Sie seufzte erleichtert auf.

„Okay, dann bis gleich." Ortischa wandte sich wieder an Marisol, die in ihre Schuhe schlüpfte. Sie trug ein T-Shirt von Ortischa, welches noch aus ihrem Krankenhausaufenthalt stammte. Dann ging sie auf das Waschbecken zu, griff nach der Bürste und kämmte sich die Haare. Dann teilte sie ihren Scheitel und strich diesen mit ihren Handflächen glatt.

„So wir können."

Beide traten aus der Tür in den wenig belebten Krankenhausflur hinaus.

Ortischa konnte nicht anders, als die Bürotür von Michael am Ende des Ganges zu fixieren. Einen kurzen Moment lang setzte ihr Herz aus, als sie an den zerfetzten Körper von Robert denken musste. Immer noch hallten die Worte von Michael in ihren Ohren, wo er sie anschrie, den Raum zu verlassen. Eine Gänsehaut überzog ihren Rücken. Michael war so tief verletzt und daran war nur sie Schuld. Diese Bürde lastete nun schwer auf ihr und so wie es aussah, ging ihr Michael immer noch gezielt aus dem Weg. Somit würde jetzt auch keine Zeit mehr bleiben, sich bei ihm zu entschuldigen. *Ich werde versuchen, einen Weg zu finden, mit ihm zu reden. Das bin ich ihm schuldig.* Um nicht weiter ihren Emotionen nachzuhängen, schob sie ihre Schwester Marisol schnell in den nahegelegenen Aufenthaltsraum.

In diesem Moment brach Panik im Raum aus.

Bei Marisol fuhren sich die Fangzähne rasant aus, ihre braunen Augen funkelten wild und sie fauchte wie ein wildes Tier, welches gerade angegriffen wurde.

Ihr gegenüber stand Chang, ebenfalls mit gefletschten Zähnen und seine bedrohliche Haltung tat sein Übriges. Sein Blick glühte wild.

Total gelassen hingegen hatte Ament seine muskulösen Arme vor der Brust verschränkt und beobachtete die aufgepeitschte Situation, die sich vor ihm abspielte.

Ganz im Gegenteil zu Ortischa, die sprang an der aufgebrachten Marisol vorbei und baute sich vor dem Halbasiaten auf – sofort bereit ihn umzubringen.

„Was will DER hier?", schrie Marisol hinter Ortischas Rücken wütend und deutete mit dem Zeigefinger auf den Halbasiaten, der seine störrische Haltung nicht aufgab und beide Frauen fixierte.

„Das ist Chang. Er gehört zu uns!" An seiner Aussage, ließ Ament keinen Zweifel aufkommen.

Gerade wollte sich Marisol auf den Flur zurück kämpfen, als Ortischa sie am Handgelenk packte und festhielt.

„Beruhige dich! Warum bist du ihm gegenüber so feindselig?", fragte Ortischa ihre Schwester, die mit ihrem gehetzten Blick den ihren traf.

„Weil … weil", stotterte Marisol und sie sah zu Ament, der sie mit einer Seelenruhe anstarrte, die sie geradewegs aus dem Konzept brachte. Dann blickte sie zu Chang, der seine angespannte Haltung aufgegeben hatte.

Schließlich brachte sie nur leise hervor: „Wir hatten eine Begegnung im Hotel von Robert und da hat er sich nicht gerade gentlemanlike verhalten", brachte sie mühsam hervor.

Der Halbasiate neigte seinen Kopf leicht zur Seite und musste innerlich grinsen. *Sie hatte solche höllische Angst vor mir im Hotel, ich konnte es aus jeder ihrer wunderschönen Poren riechen und hier faucht sie mich an, um mich dann als unhöflich zu bezeichnen?* Sein Mundwinkel zuckte.

„Deshalb musst du dich jetzt aber nicht wie eine Furie aufführen, oder?", tadelte Ortischa nun Marisol, die hingegen schuldbewusst ihren Blick senkte. „Ich dachte schon, er würde dich angreifen."

„Du hast Recht. Es war unhöflich von mir." Sie raffte die Schultern und trat mit erhobenen Kopf an ihrer Schwester vorbei auf Chang zu.

Chang konnte seinen dröhnenden Puls in den eigenen Ohren hören, als Marisol sich auf ihn zubewegte.

Er nahm dabei das noch so kleinste Detail in sich auf.

Ihre wunderschönen Augen waren nur auf ihn gerichtet. Groß und dunkel durchbohrten sie ihn, während ihre zum Bob geschnittenen Haare an ihrer Wange entlang schwangen. Ihr grazilerHals endete in einem T-Shirt. Sehr viel weiter kam er jedoch nicht mit seiner Begutachtung, denn Marisol stand nun fast vor ihm und reichte ihm ihre Hand zur Entschuldigung. Er empfing ihre Hand sanft in seiner und musste sich zusammenreißen nicht zu stottern, als sie sagte:

„Hallo. Ich bin Marisol."

„Ich bin Chang und es tut mir leid, wenn ich im Hotel unhöflich war." Er war froh, dass er seinen nervösen Blick hinter seiner Sonnenbrille verbergen konnte. Doch in dem Moment, wo seine Worte seine Lippen verlassen hatten, ärgerte es ihn, sie nicht ohne diese Brille ansehen zu können. Er sog ihren Duft tief in seine Lungen ein und beschloss, dass dieser Duft nun ihm gehören würde.

Ament unterbrach diesen überaus sinnlichen Moment und gleichzeitig ließen beide die Hände wieder los.

„Wir brechen jetzt auf und fahren zum Hotel." Er zückte sein Handy und informierte Raban per SMS über ihr Vorgehen.

Als nun alle auf den Flur hinaustraten, kam ihnen der Stationsarzt entgegen, der sich sogleich an seine Patientin Marisol wandte.

„Dr. Anderson lässt sich entschuldigen. Er wünscht Ihnen alles Gute und sollte irgendetwas sein, können Sie sich jeder Zeit bei ihm wieder vorstellen. Hier haben Sie noch seine Karte."

Marisol nahm die Karte entgegen und antwortete ihm freundlich. „Richten Sie bitte Dr. Anderson meinen Dank aus."

Damit verabschiedete sie sich und Ortischa trat an ihre Seite und Ament und Chang bildeten das Schlusslicht.

Gemeinsam liefen sie den Flur entlang bis zum Fahrstuhl. Schweigsam betraten alle vier den Fahrstuhl, der sie in die Tiefgarage brachte. Nur die hämmernden Absätze von Ortischas High Heels hallten von den Garagenwänden wieder, bis sie bei Aments Auto ankamen. Die beiden Frauen verzogen sich auf die Rücksitze des Audi R8 und ließen die Männer vorne einsteigen.

Keiner sagte ein Wort.

Die unerträgliche Stille machte allen zu schaffen, doch jeder hatte einen anderen Grund, in sich gekehrt zu sein.

Ament konnte es immer noch nicht verstehen, warum Jonathan das ehemalige Clanoberhaupt Eric Sierks aufgesucht hatte, ohne ihnen Bescheid zu geben. Es hätte ihm doch keiner Widerworte gegeben bei seinem Vorhaben. Doch nun hatte er ihn auf das Anwesen mitgebracht und somit hatte sich die Lage um Maddy zugespitzt. Ihr Schützling war dadurch in Gefahr geraten und seine Wut darüber kochte unaufhörlich in ihm.

In Chang brodelte es ebenfalls. Er war nicht darauf vorbereitet gewesen, gerade Eric Sierks wieder zu begegnen. Vor allem wollte er noch so viel wie möglich Zeit mit Marisol verbringen. Wie er das anstellen sollte, war ihm nicht ganz klar. Er musste sich schnellstens einen Plan ausdenken.

Als der Wagen nun aus der Tiefgarage des Krankenhauses die Auffahrt hinauffuhr, blickte sich Ortischa noch einmal um und starrte durch die Heckscheibe. Sie hoffte Michael, irgendwann wieder unter die Augen treten zu können. *Ich muss einen Weg finden. Irgendwie. Ich muss den Mörder von seinem Bruder finden, dann kann ich vielleicht um Verzeihung bitten, weil ich nicht schnell genug reagiert habe.* Schwor sie sich.

Marisol war ebenfalls tief in ihren Sitz gesunken und blickte nach vorne durch die Windschutzscheibe, während die Lichter der Stadt an ihr vorbei rauschten. Ihre Gedanken kreisten um die vergangenen Tage, die sie in dieser pulsierenden Metropole verbracht hatte. In so kurzer Zeit war so viel um sie herum passiert. Sie hatte ihre totgeglaubte Schwester wiedergefunden, war in einen verheerenden Unfall verwickelt worden und fühlte sich trotzdem wohl hier im kalten England. Sie wollte auf keinen Fall schon jetzt ins entfernte Spanien zurückkehren, bevor sie nicht noch einige Zeit hier verbracht hatte. Ganz zu schweigen von dem Halbasiaten, der ihr irgendwie nicht mehr aus dem Kopf ging. Er hatte sich bei ihr für sein rüpelhaftes Verhalten entschuldigt, was sie nicht erwartet hatte und ihr im Nachhinein damit sehr imponiert. Auch die zarte Berührung seiner Hand ging ihr nicht mehr aus dem Kopf. Sie musste ihre Finger zurückhalten, um nicht nach den weißen Haaren zu greifen, welche sich sanft über die Rückenlehne schlängelten.

Zur gleichen Zeit tief unter der Klinik in Michaels Labor war es fast ganz still. Der Raum war nur erfüllt von dem Surren des Bluttanks, der unentwegt das Lebenselixier kühlte. Michael erhob sich aus dem Sessel, wo sich bereits seine Verwandlung zu seinem zweiten Ich vollzogen hatte. Er hatte einen Entschluss gefasst, nachdem er alle Punkte abgewogen hatte. Trotzdem fiel ihm seine Entscheidung nicht leicht. Er wusste nicht, was ihn erwarten würde. Seine dunkle Macht spornte ihn an, endlich voranzuschreiten. Doch in der hintersten Ecke seines Gehirns war immer noch eine gewisse Unsicherheit in ihm, die ihn warnte, diesen Schritt zu vollenden. Ruckartig schüttelte er mehrmals seinen schakalartigen Kopf, dann erklang ein tiefes Brüllen aus seiner tiefsten Kehle, was sämtliche gläsernen Gegenstände im Labor fast zum Zerbersten brachte. Sein verwandelter Körper war nun bis in die kleinste Faser angespannt und er wusste, dass er jetzt seine Entscheidung vollziehen musste. Er sprang auf und brachte den kurzen Abstand zwischen sich und seinem Bruder blitzartig hinter sich. Dann schlitzte er sich sein Handgelenk mit den Reißzähnen auf und fast sofort bildeten sich aus der breiten Fleischwunde mehrere Rinnsale. Das dunkelrote Blut, welches sich an seinem Unterarm entlang schlängelte, ließ er nun in den Mund seines Bruders laufen. Etwas von dem Blut tropfte auf die Wangen von Robert. *Bitte lass ihn nicht mutieren,* flehte Michael. Nachdem nun sein Blut in die Kehle seines Bruders geflossen war, leckte er sich über die Wunde. Innerhalb von Sekunden verschloss sich diese und er holte mehrere Male tief Luft. Er probierte sich wieder zu beruhigen, denn nun musste er die uralten Totenriten sprechen. Die Sprache, die er dabei anwendete, kam aus dem Altägyptischen und wurde heutzutage nicht mehr gesprochen.

Der Raum erfüllte sich nun jedoch mit der Stimme von Michael und es versetzte ihn in eine andere Zeit.

Das Labor wurde nach und nach von dunklen Schwaden durchzogen, die durch den Raum tanzten wie bei einer langsamen Rumba. Sie glitten über Michael hinweg, bis hoch zur Decke, um sich dann auf Robert zu stürzen. Dann kamen sie unter dem Tisch wieder zum Vorschein und verschwanden erneut in entgegengesetzter Richtung. Dies dauerte einige lange Minuten, während die Schwaden ohne Unterlass durch den Raum tanzten.

Als das Totenritual abgeschlossen war, richtete sich Michael auf und beschwor seine dunkle Macht hervor. Das Abbild des Schakals zierte immer noch seinen Kopf, doch nun fingen die schwarzen Augen an, einen dunkelroten Schimmer anzunehmen. Ein weiteres tiefes Knurren kam aus seiner Kehle empor und dann richtete er sich mit der Schakalschnauze über seinen Bruder und hauchte ihm einen roten Nebel in den Mund, der sich in Windeseile die Kehle hinunter und durch den gesamten Organismus verteilte. Eine Sekunde lang leuchtete der gesamte Körper von Robert rotglühend auf, dann schloss Michael seine mutierte Schnauze, sackte in sich erschöpft zusammen und schlug hart auf dem Boden auf.

Dann wurde es schwarz um ihn.

Im Norden Englands …

Stevo stieß mit seinen Händen in die nasse Erde. Es vergingen Minuten, in denen er einfach nur mit seinen Händen in der glitschigen Erde wühlte, um sich zu beruhigen. Seine Gedanken an die Vergangenheit überschlugen sich. *Nein, das konnte nicht sein. Leanderos ist tot. Ich habe ihn selbst auf meinen Armen getragen. Dieser Fremde labt sich an meiner Trauer. Aber wieso?* Stevo schüttelte angewidert den Kopf.

Der Regen prasselte auf seinen Rücken, durchnässte sein Oberteil und tropfte von seinen Wangen. Als er gerade zu einem unbändigen Schrei ansetzen wollte, besann er sich auf die Verfolger, die vielleicht in der Nähe waren. Er erstickte den Schrei, rappelte sich hoch und witterte in die Luft. Seine feine Nase nahm den Geruch von Desmond auf und binnen Sekunden hatte er ihn gefunden. Er beugte sich über ihn und besah sich die offenen Wunden. Warmes Blut sickerte aus einer Platzwunde an seinem Kopf, die sich nicht geschlossen hatte. Dies wunderte Stevo, denn es war nicht mal vierundzwanzig Stunden her, dass sie sich genährt hatten. Wenn die pulsierende Wunde sich nicht bald schließen würde, würde Desmond verbluten und was noch viel schlimmer wäre, es würde andere Vampire anlocken. Einen Moment trat eine Genugtuung auf sein Gesicht. Dieser Mann war sein Untergang. Nicht nur, dass er ihn damals gefangen genommen hatte, nein, jetzt war er auch der derjenige, der ihn befreit und für ihn gekämpft hatte. Sollte er ihn verbluten lassen? Für das, was er ihn die letzten dreißig Jahre angetan hatte? Hin- und hergerissen beugte er sich zu ihm hinab. Seine messerscharfen Fangzähne fuhren sich aus und er biss sich in sein Handgelenk. Es bildeten sich zwei Rinnsale, die sich an seinem Unterarm entlang schlängelten. Einige Tropfen ließ er in den Mund von Desmond fallen. Dieser schluckte hart und binnen einer knappen Minute war die große Kopfwunde geschlossen und Desmond schlug seine Augen langsam wieder auf. Sein Blick war leicht getrübt, so dass sich auf seinem Gesicht kurz Angst ausbreitete, die dann wich, als er Stevo über sich erblickte.

Ein Glück nicht der Fremde. Einen Moment später hatte sich sein Körper mobilisiert, um wieder anzugreifen. Doch dies war gar nicht nötig, weshalb er sich augenblicklich entspannte. Was blieb, war, dass sein Schädel dröhnte, als hätte ihn ein Zug überrollt.

Stevo ließ sich neben ihm nieder und verschloss seine Bisswunde. Dann starrte er in den tiefen Wald hinein, jedoch ohne besonderes Ziel. *Versager! Ich hätte es doch merken müssen.* Schoss es durch seinen Kopf. *Meinen Bruder konnte ich damals nicht retten. Den Clan habe ich durch meine Unachtsamkeit in Gefahr gebracht und mein Leben dadurch auf den totalen Stillstand gebracht. Nun habe ich eine neue Chance erhalten und was mache ich? Ich verbocke alles. Erst lässt Raymond sein Leben, weil wir unachtsam waren. Elisa verdanke ich meine Rettung aus dem Gefängnis – und was mache ich? Ich danke es ihr, indem ich sie mit diesem Fremden verschwinden lasse.*

Was, wenn er sie jetzt tötet?

Was, wenn er nie wieder mit ihr auftaucht?

Sie hat ihn todesmutig angegriffen und was ist dabei herausgekommen? ER hat sie mitgenommen. Desmond ist schwerverletzt und die Aussichten, dem Rat jetzt in die Hände zu fallen, stehen auch noch sehr gut. Wir können es uns nicht erlauben, einen Tag hier zu warten. Gedankenverloren bekam Stevo kaum mit, das Desmond sich neben ihm aufrappelte.

„Mein Schädel", klagte Desmond bitterlich.

„Hör auf zu jammern, das hilft uns auch nicht weiter", gab Stevo trocken zurück, den Blick immer noch auf den dichten Wald gerichtet.

Seine Hand am Kopf reibend sah Desmond ihn kritisch an. Dann wanderte sein Blick umher, suchend nach Elisa.

„Elisa? ELISA! Wo bist du?" Hektisch sah er sich um.

Seine Rufe wurden immer lauter, so dass Stevo ihn bremsen musste.

„Sei ruhig! Oder willst du, dass der Rat gleich auf der Matte steht?"

„Wo ist sie? Sag mir wo sie ist?" Nervosität machte sich bei Desmond breit, denn er ahnte, dass der die Antwort gar nicht hören wollte, die Stevo ihm prompt präsentierte.

„ER hat sie. Sie lebt und wenn wir Glück haben, bekommen wir sie morgen wieder."

Wütend stürzte sich Desmond auf Stevo und verpasste ihm einen heftigen Schlag.

„Wie konntest du das zulassen! Sie hat dir den Arsch gerettet und du lässt sie mit diesem Monster verschwinden? Was bist du nur für ein Vampir? Du bist eine Schande für uns alle!" Ein weiterer Schlag folgte, doch Stevo wehrte sich nicht.

Doch die Resignation seines Gegenübers ließ auch Desmond zurückrudern. Er ließ von Stevo ab und lief unkontrolliert einige Minuten umher, bis er an einem Baum zu Boden sank. Er schlug seine Arme über den Kopf und sagte ruhig.

„Es ist meine Schuld! Ich habe sie in diese Gefahr gebracht. Ohne mich wäre sie vielleicht schon in Sicherheit."

„Es bringt nichts, wenn wir uns jetzt gegenseitig Vorwürfe machen. Lass uns lieber überlegen, was wir jetzt machen."

„Nichts! Was sollen wir denn jetzt machen!" Entnervt riss Desmond seine Arme nach oben. „Er hat Elisa. Wir können hier nicht weggehen. Wir müssen warten, bis er mit ihr zurückkehrt." Fast verzweifelt klang er nun.

„Und was, wenn er das nicht tut?"

Eiskalt lief es Desmond den Rücken hinunter, als er die emotionslosen Worte von Stevo vernahm.

„ER MUSS!", knurrte Desmond.

„Er muss gar nichts. Angesichts seiner Schnelligkeit und seiner Fähigkeiten glaube ich, dass er ein sehr mächtiger Vampir ist. Nicht in dem Sinne wie du das kennst. Ich habe früher mal einen von ihnen getroffen und bin nur knapp dem Tod entronnen. Ihre Art nennt man Wolkolas. Er erzählte mir, dass er zu Lebzeiten das Fleisch eines Werwolfes gegessen hatte. Dann wurde er von einem Wolkolas ausgesaugt und in Erde bestattet. Als er wieder geboren wurde und aus der Erde kroch, wuchsen ihm enorme Fangzähne, größer als seine vorherigen. Seine Jagd spielt sich an den Haustüren der Menschen ab. Wenn er keine Antwort bekam, ging er vorbei, ohne zu töten. Doch die, die ihm öffneten, wurden Opfer des Wolkolas. Sein Blutdurst ist mächtiger, als unserer. Doch das allseits bekannte Pfählen ist bei ihm nicht anwendbar. Es tötet ihn nicht. Auch Sonnenlicht verletzt ihn nur unwesentlich."

„Du willst mir jetzt nicht sagen, dass der Typ, der Elisa hat, ein Wolkolas ist, oder?" Er deutete mit seinem Arm in die Dunkelheit.

Doch Stevo schwieg.

„Verdammt nein! Er wird Elisa töten!" Die aufgebrachten Gefühle schossen durch Desmonds Körper bis er wütend mit der Faust gegen einen Felsen schlug. Er senkte seinen Blick und ließ seine Fäuste nun schwächer gegen den grauen Stein prasseln.

„Was sollen wir denn nur tun?", kam es über seine zitternden Lippen.

Auch Stevo fehlten die Worte. Er schüttelte resigniert den Kopf. Einige Minuten des Schweigens verstrichen, als das Knacken eines Astes beide aus ihren Grübeleien riss. Sofort spannten sich ihre Muskeln an und ihre Augen sondierten ihre Umgebung. Doch was sie wahrnahmen, war nur ein Reh, welches in einiger Entfernung auf einen Ast getreten war. Als das Reh die Reaktion der beiden Vampire wahrnahm, huschte es augenblicklich in den dunklen Wald davon.

„Ich glaube ... unser Gegner ist ein Wolkolas. Was ich nicht glaube ist, dass er mein toter Bruder ist. Ich habe meinen Bruder persönlich der Sonne übergeben."

„Vielleicht meint er, dass eher als so ein Clan Ding", gab Desmond angewidert von sich.

„Das hat mit dem Clan Ding nichts zu tun."

Ironisch stellte sich Desmond vor ihn. „Dann frag ihn doch, wie er auf die absurde Idee kommt, dein Bruder zu sein. Und wenn du schon einmal dabei bist, kannst du ihn auch gleich fragen, warum er Elisa entführt hat. Sie hat keinem etwas zu leide getan und muss nun wahrscheinlich ihr Leben lassen und ich ..."

Er winkte ab, drehte sich um und stapfte durch den durchweichten Waldboden Richtung Hotel.

„Wo willst du hin?", fragte Stevo irritiert.

„Leck mich!"

Stevo eilte dem aufgebrachten Desmond hinterher.

„Er ist viel stärker als ich. Ich kann ihn nicht besiegen", gestand Stevo ein.

„Ach … ich denke du bist so ein toller Krieger. Ihr Clankrieger seid doch angeblich unbesiegbar. Eure Elemente machen euch machtvoller als jeden anderen von uns. Sonst hätte sich doch nie der Rat darauf eingelassen, einen von euch gefangen zu nehmen."

Stevos Puls kochte hoch. Er stürzte sich auf Desmond und landete hart mit ihm auf dem Boden.

Dieser wand sich heftig unter ihm.

„Wir sind nicht unbesiegbar. Das ist vollkommender Quatsch!" Knurrte Stevo über Desmond. Dieser schlug mit seiner Faust fest gegen sein Kinn. Beide wanden sich auf dem durchgeweichten Boden.

Kochende Wut und pure Verzweiflung machten sich bei beiden breit. Nach einem heftigen Ringen und Schlagen trennten sich die beiden Kampfhähne plötzlich voneinander. Beide wussten, dass sie einander brauchten und sich eigentlich auch nicht wehtun wollten. Doch ihre aufgeheizten Gemüter benötigten einen Moment der Entgleisung.

„Wir müssen warten", sagte Stevo so ruhig er konnte, als er sich von Desmond zurückzog.

„Ja, das müssen wir – und hoffen, dass wir Elisa lebend wiederbekommen."

Ihre Blicke trafen sich und sie verstanden, dass sie nur gemeinsam etwas erreichen konnten.

Im Garten von Menderson …

„Wir sollten unseren Spaziergang auf ein anderes Mal vertagen, denn wir wollen doch nicht, dass Jonathan und Eric irgendetwas davon mitbekommen." Mehit blieb stehen und hoffte, dass Maddy es ihm gleichtat.

Maddy zögerte und hielt dennoch im Schritt inne. „Du weißt schon, dass wir vielleicht mehr über unsere Rätsel herausfinden könnten?"

„Klar, aber es bringt Nichts, wenn wir dem Gegenpart etwas in die Finger spielen, was uns selber von Nutzen sein könnte", entgegnete Mehit und runzelte dabei seine Stirn. Seine kristallblauen Augen ruhten auf seinem Schützling.

Ivan und Maddy blieben nun gleichzeitig stehen.

„Du hast Recht." Anschließend kniff sie ihre Lippen zusammen und schaute über ihre Schulter.

In diesem Moment klingelte ihr Handy.

„Oh, Mona", erfreut ging sie ans Telefon. „Na, bei euch alles in Ordnung?"

Als Mona ihr zu antworten schien, verfinsterte sich ihr Gesicht zusehends und nach einer halben Minute suchte sie den Blickkontakt zu Mehit.

Dieser konnte die weinerliche Stimme von Mona durch sein überdurchschnittliches gutes Gehör wahrnehmen. Warum Mona weinte, wusste er nicht, aber ihm fiel ein, dass er Maddy noch nicht gesagt hatte, das er Jaques Erinnerungen gelöscht hatte. Innerlich schallte er sich dafür.

„Beruhige dich meine Süße. Ich kann dir nur anbieten, zu mir zu kommen, bis sich die Situation etwas beruhigt hat, oder …" Der Wortschwall am anderen Ende wurde durch ein heftiges Weinen begleitet, welches die beiden anwesenden Clankrieger ebenfalls nun vernehmen konnten.

„Mona, warte mal kurz …" Maddy hielt das Handy an ihren Oberkörper und verdeckte somit den Lautsprecher. „Kannst du Mona holen?" fragte sie leise, wobei ihr Blick herzzerreißend war. Nie hätte ihr einer der Clankrieger solch einen Wunsch abgeschlagen.

Mehit nickte.

„Mehit holt dich. Pack ein paar Sachen zusammen und dann ist er gleich da. Bis später." Sie beendete das Gespräch und sah Mehit entgeistert an.

„Du hast mir nicht gesagt, dass du Jaques Gedächtnis gelöscht hast?"

„Nein, habe ich nicht. Tut mir leid. Ich hole jetzt Mona", antwortete Mehit und wandte sich ab. Beim Gehen sagte er noch. „Ivan, pass auf sie auf." Er wusste, dass er sich auf den Russen verlassen konnte, obwohl ihm ein Element fehlte, würde er Maddy bis zu seinem letzten Blutstropfen verteidigen.

„Bei meinem Leben." Ivan blickte Maddy an und fragte dann: „Willst du noch weitermachen oder zurückgehen?"

„Lass uns zurückgehen. Ramos folge uns. Wir werden einen Weg zu diesem Rätsel finden. Aber erst einmal muss ich wissen, was mit Mona los ist."

„Mona? Deine menschliche Freundin? Was ist mit ihr?", fragte Ivan neugierig.

„Anscheinend haben die beiden es doch nicht so gut überstanden, wie wir uns das gedacht haben. Der brutale Überfall auf Mona und die Entführung von Jaques, das waren schon schlimme Dinge. Ich konnte selbst die erste Zeit nicht viel verstehen. Doch nun, nach und nach, erschließen sich mir beide Welten."

Beide schlugen den Weg zurück zum Herrenhaus ein.

Ivan beobachtete seine Umgebung genau, denn er wollte auf keinen Fall, dass seinem Schützling etwas in seiner Obhut geschehen würde.

Nebenbei fragte er ruhig. „Was ist Monas Problem?". Seine Erinnerung ging zurück an die Auffahrt, wo damals Isfets Leute versuchten, Maddys Freundin zu entführen. Er konnte sich noch gut an die dunkelblonde Schönheit mit den großen Augen erinnern. Diese dunkelgrünen Augen hatten ihn mit solcher Angst damals angesehen, als der Angreifer ihr ein Messer an die Kehle gehalten hatte. Er hatte damals noch überlegt, ob er den Angreifer mit einem gezielten Kopfschuss töten würde, doch Mehit war ihm zuvorgekommen und hatte ihn mit einem Schwert seines Kopfes entledigt.

„Mehit hat Jaques Gedächtnis gelöscht, da er anscheinend nicht mit der neuen Situation klarkam. Doch nun geht es Mona genauso. Sie hatte ihm vertraut und sich auf ihn verlassen und er hat sie maßlos enttäuscht. Sie findet es nicht mehr fair, ihm eine heile Beziehung vorzugaukeln, obwohl alles nicht mehr auf einer Basis ausgerichtet ist. Sie ist zutiefst enttäuscht und hat sich von Jaques getrennt."

Als Maddy das letzte Wort sagte, horchte Ivan auf. Er hatte zwar die ganze Zeit Maddys Ausführungen gelauscht, doch dieses letzte Wort – getrennt – bewegte ihn. Er wusste nicht was und warum es so war und somit schob er diesen Gedankengang schnell bei Seite.

„Dann lass uns unten auf sie warten. Sie sollte nicht unbedingt unserem Besuch in die Quere laufen."

„Du hast Recht und ich werde ihr ihre alte Suite geben, die sie hier bewohnt hat nach dem hinterlistigen Überfall, und Jane bitte ich, ein leckeres Essen zu zaubern. Auf der anderen Seite ist es Jaques auch nicht fair gegenüber. Gut, er weiß nichts mehr von der Entführung, aber …"

„Nichts aber … jetzt kümmerst du dich erst einmal um Mona und dann sehen wir weiter." Ivan schenkte ihr ein Lächeln, welches selten bei ihm vorkam.

„Genauso machen wir das." Sie hakte sich bei ihm ein und gemeinsam gingen sie durch das Garagentor nach unten, wo Mehit gerade mit seinem Mustang an ihnen vorbeifuhr.

Sie liefen beide zu Raban, wo Angel auch noch saß und Maddy beauftragte Angel damit, Jane die Nachricht zu übermitteln, dass sich in Kürze ein weiterer essender Gast auf dem Anwesen befinden würde.

Mehit blieb mit dem Mustang vor dem Bistro stehen und Mona, die bereits auf dem Gehweg gewartet hatte, stieg ein. Am Fenster konnte sie Jaques stehen sehen, der ihr so böse nachschaute, dass ihr Angst und Bange wurde.

„Na, alles okay?", fragte Mehit.

„Nichts ist okay. Wir haben uns getrennt. Ich kann nicht mit jemanden zusammenleben, der mir nicht vertraut. Er hinterfragt alles. Jede Minute, die ich nicht da bin, muss ich vor ihm rechtfertigen. Ich dachte, wenn du ihm die Erinnerung an das Geschehene nimmst, wird alles so wie vorher? Aber anscheinend, habe ich vieles gar nicht vorhergesehen. Oder ich nehme jetzt alles anders wahr? Ach ich weiß auch nicht." Resigniert legte sie ihre Hände vor das Gesicht.

„Mona, du hast alle Erinnerungen noch, doch Jaques, Corinne und Philippe eben nicht. Sophie geht es ähnlich wie dir. Konnte sie dich nicht unterstützen?"

„Doch, aber es funktioniert einfach nicht mehr. Nachdem was ihr alles für uns getan habt. Ich würde es am liebsten jeden Tag aufs Neue erzählen, dass ihr mir mein Leben gerettet habt – und auch das der anderen drei. Aber ich kann es nicht. Ich darf es nicht. Und deshalb finde ich es so ungerecht, jeden Tag das Selbstgefällige zu erleben. Ach Mehit, warum muss das alles so schwer sein?"

„Weil unsere Welt nun mal nicht mit eurer Welt zusammenpasst, deshalb halten wir uns im Verborgenen auf und sollte wirklich mal ein Mensch davon etwas mitbekommen, löschen wir ihm schnell das Gedächtnis."

„Vielleicht solltest du es bei mir auch tun." Sie starrte aus dem Seitenfenster und sagte eine Weile nichts mehr.

Mehit traf das Gefühlschaos von Mona mit voller Wucht und er fragte sich, wie diese Frau es schaffte, ihr Geheimnis für sich zu behalten.

Die restliche Fahrt schwiegen beide. Erst als Mehit den Mustang in die Tiefgarage lenkte, fand Mona ihre Stimme wieder.

„Es ist schön wieder hier zu sein", sagte sie, als sie ausstieg.

„Komm", sagte Mehit gefühlvoll und griff nach ihrer Reisetasche und reichte sie Mona.

Beide stiegen die Stufen nach unten und liefen zu Raban in die Kommandozentrale.

„Hallo Mona, schön dich wiederzusehen", begrüßte Raban sie freundlich. „Angel bringt dir gleich etwas zu Essen auf deine Suite. Maddy erwartet dich dort schon."

„Danke, Raban." Sie versuchte, ihre Mundwinkel wie ein Lächeln aussehen zu lassen.

„Mehit, du wirst schon von Jonathan gesucht. Du möchtest bitte ins Kaminzimmer kommen, sobald du eintriffst." Rabans Blick war eindeutig. Es gefiel ihm gar nicht, dass Mehit alleine dorthin gehen sollte.

In diesem Moment kam Angel auch schon die Treppe nach unten, mit einem Tablett in ihren Händen.

„Angel, ich brauche dich jetzt."

Überrascht drückte Angel Mona das Tablett in die Hand und stieg neben Mehit wieder die Treppe nach oben.

Plötzlich kam auch Maddy in die Kommandozentrale gelaufen.

„Mona, du bist schon da. Ich muss kurz etwas klären und dann komme ich zu dir. Einverstanden?"

„Mmmh", erwiderte Mona nur und ging den Flur entlang bis zu dem Quartier, dass sie erst vor einiger Zeit verlassen hatte. Sie öffnete die Tür etwas ungeschickt und lief dann bis zum Tisch, wo sie das Tablett abstellte. Dann legte sie ihre Reisetasche ab. Als sie sich umsah, erinnerte sie der gesamte Raum an Jaques. Auf der Couch hatte er gesessen, froh darüber, die Entführung überlebt zu haben. Hier hatten sie Pläne für die Zukunft geschmiedet. Ihre gemeinsame Zukunft und nun stand sie vor den Scherben ihrer Beziehung. Ihr Körper fing an zu rebellieren. Sie wollte weinen, doch stemmte sie sich gegen ihre Gefühle, die so mit Füßen getreten wurden. Irgendwie war ihr die Suite gerade zu eng, so als wolle der ganze Raum sie erdrücken. Sie holte tief Luft und trat vor die Tür. Anschließend lief sie zügig den Gang entlang bis sie an einer Tür stehenblieb. Sie drückte diese auf und es eröffnete sich der großzügige Spa-Bereich.

Ein riesiger Pool lud sie ein, hier zu warten. Langsam lief sie weiter in den Raum hinein, als in ihr die Erinnerung an die Unterhaltung mit Mehit wieder hochkam, kurz bevor er Jaques die Erinnerung für immer genommen hatte.

„Ich habe mich fürchterlich mit Jacques gestritten. Er ist sehr ungerecht und eigensinnig. Er will … er will euch nicht mehr sehen. Am liebsten wäre es ihm, wenn du sein Gehirn auch löschen würdest. Ach Mehit, warum ist er nicht dankbar, dass ihr ihm sein Leben gerettet habt? Ich verstehe ihn nicht."

„Es ist nicht einfach, unsere Welt zu akzeptieren, deshalb bleiben wir lieber im Verborgenen. Die Menschheit hat ungeheure Angst vor uns und es gibt nur wenige Ausnahmen, mit denen wir kooperieren."

„Kooperieren, ja das tue ich und warum hat es Jaques nicht getan? Ich habe veranlasst, dass Mehit ihm die Erinnerung nimmt.

Frustriert ging sie weiter und setzte sich an den Beckenrand.

Irgendwo in England in einer unterirdischen Grotte…

Zur gleichen Zeit fand Elisa ihr Bewusstsein langsam wieder. Sie tastete mit ihren Sinnen ihre Umgebung ab, aber sie konnte nichts Genaueres definieren. Es roch nach Nässe und Erdreich. Sie schlug ihre Augen nicht auf, um ihrem Entführer nicht mitzuteilen, dass sie wieder wach war. Sie spürte harten Stein an ihrer Wange und versuchte, ihren kleinen Finger zu bewegen. Doch es tat sich nichts. Ihr Körper lag auf einer Steinplatte, das spürte sie, aber sie konnte sich nicht bewegen. Ihre Gliedmaßen waren von ihrem Körper abgespreizt und sie waren gelähmt? Erschrocken riss Elisa die Augen auf. Ihre Augenlider waren das einzige, was sie bewegen konnte. Panik stieg in ihr auf. *Was hat er mit mir gemacht? Warum kann ich mich nicht bewegen? Hilfe!* Ihre panischen Augen suchten nach einem Anhaltspunkt, doch die kahle Wand, die sich dicht vor ihr befand, bot ihr nichts, als grauen harten Granit. Sie zwinkerte heftig, doch es änderte sich nichts an ihrer Sichtweise. *Mein Körper reagiert nicht mehr. Wo bin ich? Was mache ich hier? Warum ich?* Verzweiflung machte sich in ihren Gedanken breit und fraß sich in ihre Eingeweide, dass es schon schmerzte. Ihre Seele schrie, doch selbst ihr Mund bewegte sich nicht einen Millimeter.

„Entspann dich", drang plötzlich eine tiefe Männerstimme durch den Raum. Augenblicklich hörte sie auch noch auf zu atmen.

„Ich habe deinen Körper außer Gefecht gesetzt", zynisch klangen seine harten Worte und hallten von den Wänden wieder.

Elisa hätte eine Gänsehaut bekommen, wenn ihr Körper ihr nicht den Dienst versagt hätte. Sie versuchte sich zu beruhigen, doch die Starre schaffte es, ihr ein unbehagliches Gefühl zu vermitteln. *Oh mein Gott. Hilf mir doch bitte.* Flehte sie innerlich.

Plötzlich kribbelte es in ihrem Gesicht, so als ob jemand eine Schicht von ihrer Stirn bis hin zum Kinn abzog. Sogleich konnte sie ihre Lippen bewegen und auch die restlichen Gesichtsmuskeln zeigten wieder Regungen. Hoffnung schwang in ihre Gedanken.

Düster und machtvoll drangen die Worte des Fremden an Elisas Ohr: „Schrei nicht … sonst war es das mit der Lockerung deiner Fesseln."

Elisa verhielt sich ruhig, was ihr sehr schwer viel. Sie wollte ihm am liebsten entgegen schreien, dass er kein Recht hatte, sie hier festzuhalten, doch ihre aussichtslose Situation versetzte ihr einen Stich in die Brust und sie zwang sich, sich ruhig zu verhalten.

Der Fremde roch die Erregung, die aus ihren Poren kroch. Es amüsierte ihn und er verzog verächtlich die Mundwinkel. Arrogant durchschritt er den Raum, wobei sein Mantel um seinen hünenhaften Körper schwang und ein Rauschen erzeugte.

Elisa nahm das Geräusch wahr, konnte es aber nicht zuordnen. Noch mehr Angst machte sich in ihrem Körper breit und verursachte ihr Übelkeit. Solch eine Reaktion kannte sie nicht, denn Vampiren wurde normalerweise nicht schlecht.

Plötzlich zog sich der Hauch, der Elisa einhüllte und sie lähmte zurück, doch in diesem Moment fühlte Elisa den harten Druck eines Beckens, welches sich zwischen ihre gespreizten Beine presste. Grobe Hände schlossen sich an ihre Flanken und eine breite Brust kam auf ihrem Rücken zum Liegen. Heißer Atem drang an ihr Ohr, so dass Elisa sich auf das Schlimmste vorbereitete. Sie erkannte, dass sie nicht auf der Erde lag, sondern auf einem Steinaltar. Bilder von dem Übergriff durch Miles schossen ihr wieder durch den Kopf, nur, dass Desmond hier nicht auftauchen würde, um sie zu retten. Tränen traten in ihre Augen.

„Angst?", säuselte der Fremde dicht an ihrer Wange. „Ich rieche sie. Du kannst sie nicht vor mir verbergen." Fast zeitgleich strich er mit seiner rechten Hand an ihrem Körper bis zu ihrem Oberschenkel entlang.

Elisas Körper erbebte unter seiner Berührung.

„Jaaaa!", zischte er zwischen zusammengebissenen Zähnen, während sich sein harter Körper an ihr rieb.

Ruckartig wich er zurück. „Setz dich auf!" Es war ein Befehl, als die düstere Stimme zu ihr drang.

Fast im Zeitlupentempo bewegte sich Elisa. Sie dachte, dass jeden Moment Schmerz in ihre Glieder fahren könnte, oder das Gefühl der Bewegungsunfähigkeit. Doch als sie sich aufgesetzt und den Rücken durchgedrückt hatte, kam der Hauch der Starre in solcher enormer Geschwindigkeit zurück, dass ihr fast das Herz stehen blieb. Bis auf ihr Gesicht war ihr gesamter Körper wieder überzogen. Elisa verglich das mit einem Schmelzkäseüberzug. Ihre Augen wanderten neugierig umher. Ihre Beine hingen vom dem Steinaltar herab und unter ihr war ebenfalls nur Stein. Ihr nervöser Blick schweifte durch den Raum, der sehr einer Höhle ähnelte. Sie kniff die Augen zusammen, als sie dachte, sie täuschte sich. Doch so war es nicht. An den Wänden kauerten mehrere Menschen, die erschöpft ihre Köpfe zur Wand gerichtet hatten. Unter ihren Händen, die genau wie ihre, in eiserne Ketten gelegt waren, zeichneten sich ausgemergelte Körper im Schein einer kleinen Fackel ab.

In diesem Moment kam ihr primitivster Drang zum Vorschein.

Durst.

Unbändiger Durst auf menschliches Blut.

Sie vernahm, wie der Puls in den Menschen schlug und ihr Lebenselixier sich nur einige Meter von ihr entfernt befand. Schmerzhaft verlängerten sich ihre Fangzähne und sie musste die Lippen öffnen, um ihnen den Freiraum zu geben, den sie benötigten. Ein hungriges Zischen machte sich in ihrer Kehle breit.

„Ohhhh … du hast Hunger", kam es aus eine der dunklen Ecken.

Elisa konnte so schnell nicht seinen Schritten folgen, als er ruckartig einen der fast leblosen Körper von der Wand mit sich riss. Die rasselnde Kette schabte über den steinigen Boden, während er die pulsierende Halsschlagader direkt vor die ausgefahrenen Fangzähne von Elisa drückte.

Sie wollte ihrem Impuls nicht nachgeben, doch der Hunger war zu stark. Sie versenkte ihre scharfen Fangzähne im zarten Fleisch des jungen Mannes und das Blut schoss in ihren Mund. Hart schluckte sie und fühlte wie das warme Blut ihren ausgelaugten Körper nährte. *Es tut gut, aber zu welchem Preis?* Sie zog sich zurück und leckte schnell über die beiden Einstichstellen, damit sich die Wunden schlossen. Kaum hatte sie dies getan, wurde der junge Mann von ihr weggerissen und an die Wand geschleudert.

Mit einem Schmerzensschrei blieb er an der Wand liegen.

Entsetzt beobachtete Elisa den Fremden, der nun auf sie zutrat.

Ihr Herz setzte aus, als sie sein Gesicht erblickte.

Einige Zentimeter vor ihr blieb er stehen. Seine türkisen Augen durchbohrten sie auf eine wundersame Weise, so dass sie dachte, er würde durch sie hindurchsehen. Seine emotionslosen Gesichtszüge machten Elisa entsetzliche Angst. Hatte er sie nur trinken lassen, um sie nun zu beißen? Oder würde er ihrem Leben ganz anders ein Ende bereiten?

Sie flüsterte zaghaft: „Bitte nicht." Dabei schloss sie ihre Augen. Sie konnte seinen warmen Atem auf ihrem Gesicht spüren.

Er war direkt vor ihr.

Erregt.

Gefährlich und unberechenbar.

Ein Todesengel in absoluter Perfektion.

Er griff unter ihr Kinn und sein Daumen traf ihre Lippen. Langsam glitt er an ihnen hin und her, fast unschlüssig, warum er das tat.

„Faszinierend", sagte er so leise, dass nur sie es hören konnte.

Es lag ihr auf der Zunge zu fragen, wie er das meinte, doch sie verkniff es sich, den Mund zu öffnen.

Hochexplosiv war die Spannung zwischen ihnen, als sich an der Wand einer der Menschen plötzlich regte. Sogleich wandte er seinen Kopf von Elisa ab und ein unerbittliches Brüllen durchdrang durch die Höhle. Sein Mantel schwang um seinen massigen Körper und seine Verärgerung hallte von den Wänden wider. Zielstrebig ging er auf den Menschen zu, der sich geregt hatte. Er riss ihn nach oben und in Sekundenschnelle hatte er ihm das Genick gebrochen. Der tote Körper sank auf den Höhlenboden.

Erschrocken biss sich Elisa auf die Lippe. In der Perfektion seines Handelns erkannte Elisa, dass dies eines seiner leichtesten Übungen war. Einen Menschen zu töten war nicht schwer für einen Vampir, aber die grazilen Bewegungen zeichneten ihn als einen Kämpfer aus, der seine Technik perfektioniert hatte. Aus den Augenwinkeln sah er zu Elisa und sein glühender Blick war hart und unnahbar.

Elisa stockte der Atem.

Im Bruchteil einer Sekunde stand er wieder vor ihr und neigte seinen Kopf zur Seite.

„Dein Name?" knurrte er missbilligend.

„Elisa … Elisa ist mein Name", gab sie zitternd zurück. „Und deiner?"

„Was hast du mit Stevo zu tun?"

„Desmond und ich haben ihn aus Calabria befreit."

„Pah, dass ich nicht lache. Du willst mir erzählen, dass ausgerechnet DU einen Clankrieger aus Calabria befreit hast?" Seine Stimme hallte düster von den kahlen Wänden wieder.

„Desmond hat ihn befreit. Er war Hauptmann in Calabria. Wir waren zu viert, als wir flohen." Traurigkeit schwang in ihrer Stimme mit, als sie an Raymond zurückdachte.

„Rede weiter!", befahl er.

„Raymond starb, als wir in einer Scheune auf eine Gruppe von Amosith trafen. Er … er war nicht stark genug, sich emotional gegen sie zu wehren. Wir drei konnten entkommen, weil er … sich …" Ihr fehlten die Worte.

Ihre Verletzlichkeit rührte ihn, was ihn zutiefst verwunderte. Die letzten Jahrzehnte berührte ihn niemand, eigentlich tat das seit dem er gestorben war niemand mehr. Schnell schüttelte er den Gedanken ab. „Warum seid ihr in Calabria gewesen?" Sein unnachgiebiger Blick durchbohrte sie.

„Mein Vater hat mich verbannt, weil ich nicht folgsam war."

Das zauberte ihm ein hämisches Grinsen auf sein hartes Gesicht.

„Er wollte, dass ich bei meiner Tante wieder zur Besinnung komme."

„Bei deiner Tante?" Nun war er wirklich neugierig.

„Theresia … Herrscherin über Calabria. Und mein Vater ist das Ratsmitglied Hamilton."

„HAMILTON!" Wutverzerrt war sein Gesicht, als er sich abwandte.

„Er wollte, dass ich von einem der Wachmänner geschändet werde und es zu einem Prozess kommt, so dass ich auf nimmer wiedersehen in einem Kerker verschwinde. Doch glücklicherweise kam es dazu nicht. Desmond rettete mich in dieser Nacht. Ich verdanke ihm mein Leben. Als er dann von dem Komplott erfuhr, gab es nur noch eine Möglichkeit dem Ganzen zu entfliehen. Ausbruch aus Calabria. Doch alleine hätten wir das nie geschafft, die unüberwindbaren Mauern hinter uns zu lassen. Desmond erzählte mir von einem Clankrieger, der in Calabria eingekerkert sei und den er befreien würde, damit er uns helfen konnte, von Calabria zu fliehen. Nur seine Kraft und sein unendlicher Mut waren es, die uns die Freiheit schenkten. Stevo hat uns alle gerettet."

Sein Blick glitt über den Körper von Elisa. Er prägte sich jede Kleinigkeit ein. Wie ihr dunkelblondes Haar ihr herzförmiges Gesicht umspielte. Ihre wohlgeformte Nase saß zwischen ihren hohen Wangenknochen und ihre vollen Lippen rundeten dieses fein gemeißelte Gesicht ab. Die Schulter war im kompletten Einklang mit ihren feingliedrigen Armen. Sein Mund öffnete sich und er benetzte seine trockenen Lippen. Sein Blick glitt über ihr Dekolleté, den wohlgeformten Busen und ihre schmale Taille. Ihr Becken ließ ihn erbeben und schnell blickte er wieder auf, wo ihre blaugrünen Augen ihn anstarrten. Ertappt wandte er sich ab.

„Du hörst mir überhaupt nicht zu!", beschwerte sie sich, immer noch in der Starre gefangen. „Kannst du mich jetzt endlich … loslassen?" Elisa wusste nicht, wie sie es sonst ausdrücken sollte.

Schlagartig drehte er sich um, sein Mantel bauschte sich um ihn herum und gleichzeitig vernahm Elisa ein undefinierbares Geräusch. Eiskalte Arroganz spiegelte sich plötzlich in seinen türkisen Augen und seiner gesamten Körperhaltung wider. Er drückte seinen Rücken durch und im gleichen Moment zog sich die Starre über Elisas Kinn und über ihren Mund, so dass sie kein Wort mehr hervorbringen konnte. Wut und Entrüstung schlugen ihm aus ihren Augen entgegen, doch er ließ ihre Gefühle an sich eiskalt abprallen.

Es dauerte keine Minute und es traten drei weitere Gestalten aus einem verborgenen Gang hervor. Kaum hatten sie den Raum betreten, gingen sie in die Knie und neigten ihre Köpfe. Auch sie trugen schwarze Umhänge, die ihnen bis zu den Knöcheln reichten.

„Meister, die Straßen sind ruhig. Es gab nur am nördlichen Ende eine kleine Unstimmigkeit, die wir geregelt haben. Ansonsten keine besonderen Vorkommnisse. Keine Verfolger." Der militärische Stil seiner Sprache ließ darauf schließen, dass er ein ehemaliger Soldat gewesen sein musste. Die beiden anderen verhielten sich ruhig.

Elisa musterte neugierig die Situation. *Geregelt heißt wahrscheinlich getötet. Wo bin ich hier nur hineingeraten? Erbarmungslose Killer? Wo sind Stevo und Desmond. Oder hat er sie schon umgebracht?* Wüste Gedanken schossen durch ihren Kopf.

Ihr Entführer hingegen stand immer noch regungslos da und lauschte weiter seinem Untergebenen.

„Sollen wir euch neue Nahrung besorgen?" Sein Blick fiel auf den reglosen Körper an der Wand. „Meister? Wir haben noch ca. eine Stunde dann geht die Sonne auf. Bis dahin könnten wir längst zurück sein."

„Nein! Bettet euch zur Ruhe. Ich benötige euch heute nicht mehr." Mit einer fließenden Bewegung deutete er in den Gang, ohne die drei auch nur noch einmal anzuschauen.

Die drei erhoben sich graziös und verließen den Raum so leise, wie sie gekommen waren.

Als Elisa mit dem Fremden wieder allein war, ließ seine Anspannung in seinen Muskeln etwas nach. Er strich sich eine Strähne hinters Ohr und seine schulterlangen blonden Haare glänzten leicht im Licht der kleinen Fackel. Sein bohrender Blick traf den von Elisa, die immer noch stocksteif dasaß. Einen Moment überlegte er, ob er die Starre lösen sollte, doch die Informationen, die ihm Elisa geliefert hatte, musste er erst einmal verdauen. *Sie ist die Tochter von Hamilton.* Dieser Name war für ihn ein rotes Tuch! Jahrelang hatte Hamilton ihn und die seinen gejagt, bis er es endlich aufgegeben hatte. Nur, dass das Leanderos fünf seiner Leute das Leben gekostet hatte. *Desmond ist der Hauptmann von*

Calabria, wo Stevo all die Jahre gefangen gehalten wurde. Ich hatte nie gedacht, dass mein Bruder so nah war. Warum konnte ich ihn denn nicht fühlen? Er ist doch mein Zwillingsbruder! Unsere Verbindung war immer sehr stark gewesen, wie konnte ich denn diese Möglichkeit übersehen? All die Jahre der Suche waren vergebens, jede Information der letzten Jahrzehnte überflüssig. Ich hätte es wissen müssen. Warum habe ich nie … Er ertappte sich, wie er anfing sich die Schuld zu geben, seinen Bruder nicht früher gefunden zu haben. Doch dieses Gefühl ließ er nicht zu. Er raffte die Schultern, drehte sich zu Elisa um, die ihn mit weit aufgerissenen Augen ansah. Mit einer weichen Bewegung seiner Hand streckte er Elisas Körper wieder auf dem Steinaltar nieder.

Die Fackel erlosch und der Fremde verschwand in den tiefen Schatten des Tunnels.

Na super, haben wir die Puppe schlafen gelegt, so kam sich Elisa gerade vor. Die Starre hielt an und sie wusste, bevor die Sonne nicht wieder untergegangen wäre, würde sich daran auch nichts mehr ändern. Sie versuchte ihren Körper zu entspannen, doch es gelang ihr nicht, auch nur einen Finger zu krümmen. Die tödliche Stille erdrückte sie schier und sie hoffte, dass der Tag schnell vorbeigehen würde. *Vielleicht kommt er ja auch früher zurück, dann gelingt es mir vielleicht, noch einmal mit ihm zu sprechen. Ich muss wissen, ob Stevo und Desmond noch am Leben sind.* Verbittert schloss sie die Augen.

Leanderos glitt derweil fast lautlos durch das Tunnelsystem zu seinem nahegelegenen Quartier. Seine Untergebenen hatten in anderen Gängen ihre Unterkünfte. Wesentlich komfortabler als er, aber er bevorzugte die Schlichtheit. Eine in den Fels gehauene Höhle, wo in einer Ecke das eiskalte Wasser von der Wand herunterlief, reichte ihm völlig aus. Er warf seinen Umhang über einen Felsvorsprung, trat seine Stiefel von den Füßen und legte seine restliche Kleidung ab. Mit wenigen Schritten trat er unter den eiskalten Wasserstrahl, der von der Wand herab plätscherte. Seine angespannten Muskeln zogen sich zusammen, als das eiskalte Wasser auf seinen erhitzten Körper traf. Er lehnte sich mit seinen Händen gegen den nassen Stein, wobei seine muskulösen Arme sein Gewicht stützten. Seine gestählten Muskeln wurden von dem Wasser umspült und seine Gedanken spielten verrückt. Die drei, die ihm noch geblieben waren und seit Jahren folgten, hatten ihm oft genug gesagt, dass er sich mit dem Zeitalter der Technik anfreunden sollte. Hätte er so vielleicht schon eher die Spur von Stevo aufnehmen können? Wutentbrannt ließ er seine Faust gegen den harten Stein knallen, so dass einige Klumpen ins Wasser zu seinen Füßen fielen. Seine türkisen Augen glühten in der Dunkelheit und erhellten die Nische mit feinem Schein. Sein empfindliches Gehör trog ihn nicht, als er seinen Kopf anhob.

„Meister?", raunte eine tiefe Stimme sanft in die Höhle hinein.

Leanderos wusste, dass sich seine „rechte Hand" Sorgen um ihn machte. Der Faustschlag war sicher der Auslöser, weswegen Kilian nun am Eingang mit gesenkten Kopf stand und sich nach seinem Befinden erkundigte.

„Es ist alles in Ordnung", sagte er trocken, obwohl ihm diese Lüge fast die Zunge verbrannte. In seiner Kehle keimte der Hunger nach Blut, doch er schluckte ihn hinunter, um Kilian nicht zu verunsichern.

„Geh schlafen!" Er ließ es hart klingen, um seine Position aufrecht zu erhalten.

Kilian nickte kurz und tauchte dann wieder in die dunklen Tunnel ab.

Mann! Schallte er sich selbst. *Warum … warum jetzt? Alles worauf ich all die Jahre hingearbeitet habe, soll nun plötzlich sich direkt vor meiner Nase abgespielt haben?* Er konnte es immer noch nicht verstehen, warum er Stevo nicht bemerkt habe sollte. Nach kurzem Überlegen entschied er sich dafür, dass die Methoden in Calabria daran schuld waren, dass alle Kontakte, Wahrnehmungen und Gerüchte Inhalt dieser hohen Mauern blieben. Mit diesem Gedanken trat er unter dem Wasserstrahl hervor. Er hob kurz seine Arme und ein leichter Windhauch umschloss seinen Körper. Im Nu war seine Haut getrocknet und er ging splitternackt auf sein Nachtlager zu. Ein Bärenfell, das auf der Erde lag, bildete sein bescheidenes Bett. Er griff in eine Nische und zog eine schwarze Shorts hervor. Einige Annehmlichkeiten, wie Kleidung und Schusswaffen, ließ er durchgehen, andere, wie einen Flatscreen oder eine Ledercouch, wiederum nicht. Seine muskulären Beine glitten in die enganliegenden Shorts und der weiche Bund schmiegte sich an seinen flachen, durchtrainierten Bauch. Er bettete seinen Körper auf dem Fell und zog ein weiteres Fell über seinen Unterleib. Dann verschränkte er die Arme hinter seinen Kopf und starrte die Decke an. Seine wirren Gedanken schwirrten nur durch seinen Kopf, wie ein Schwarm Bienen. Gerade als er dachte, er würde zur Ruhe kommen, schossen ihm Bilder von Elisas lieblichen Körper vor die Augen.

„Auch das noch", murmelte er genervt. „Bleibt mir denn gar nichts erspart?"

Kapitel 4

Mona saß am Beckenrand des Pools und starrte in das hellblaue Wasser, welches zu ihren Füßen schimmerte, als plötzlich die Erinnerung an den Überfall in ihrem Elternhaus wieder in ihr hoch kam. Bizarr kamen die verdrängten Bilder zurück, sie sah, wie sie sich aufrappelte und auf die Auffahrt zulief. Es schnürte ihr abermals die Kehle zu. Zwei muskuläre Typen hatten sich auf ihre Angreifer gestürzt, wovon sie heute wusste, dass der eine Ament und der andere Mehit war. Scharfe Messer blitzten auf und Schreie erfüllten die Auffahrt. Das blutige Gemetzel, was sich aus ihrer tiefen Erinnerung hervor kämpfte, trieb ihr Tränen in die brennenden Augen.

Doch ihre Erinnerung machte nicht halt, sondern zeigte ihr einen weiteren Vampir mit Flathaarschnitt, der seine Pistole gezogen hatte und einen Angreifer hinterrücks erschoss. Mona sah sich in ihrer Erinnerung an dem Geländewagen vorbeischlängeln, als ein kräftiger Arm sich um ihre Taille schloss und sie kalten Stahl an ihrer Kehle spürte. „Eine Bewegung und sie ist tot," hallte es immer noch in ihren Ohren.

Schlagartig hatte sich der Vampir mit dem Flathaarschnitt umgedreht und mit seiner Pistole genau in ihre Richtung gezielt. Sein eiskalter Blick war entschlossen, zu schießen wenn nötig. Dennoch waren seine violetten Augen das einzige woran sich Mona noch erinnern konnte. Dann brach ihre Erinnerung ab.

Kurz sah sie sich in dem Spa-Bereich um, wo das Wasser eine gewisse Ruhe ausstrahlte. Die Ruhe, die ihr gerade nicht zu Teil werden wollte. In ihren tiefen Gedanken versunken, bekam sie gar nicht mit, dass jemand den Spa-Bereich fast lautlos betreten hatte. Erst als sie neben sich ein paar Kampfstiefel sah, erschrak sie und fiel seitwärts ins Wasser.

Wild um sich schlagend, versuchte sie, sich an die Oberfläche zu kämpfen, doch ihre Kleidung zog sie nach unten und in Mona kam Panik auf. *Ich werde ertrinken*, schoss es ihr durch den Kopf. Nun verheddert sie sich auch noch mit ihrer Tasche, die sich wie ein Strick um ihren Hals gelegt hatte.

In diesem Moment wurde ihr Körper von starken Armen umfasst und an die Oberfläche gehoben. Prustend holte Mona Luft und ihre Arme fuchtelten weiter unkontrolliert durch die Gegend.

„Hey langsam!", drang eine tiefe Männerstimme zu Mona hindurch.

„Loslassen! Hilfe!" Schrie sie dem vermeintlichen Angreifer entgegen.

„Ich lasse dich erst los, wenn du dich beruhigt hast", sagte er, ohne dabei seinen Griff um ihre Taille zu lockern.

Wütend schoss der Kopf von Mona in seine Richtung und ihr blieben die Worte im Hals stecken, als sie den in Leder gehüllten hünenhaften Kerl im Wasser erblickte. Im ersten Moment kamen die Erinnerungen wieder hoch, wie sie im Hause ihrer Eltern überfallen wurde. Aber dann entspannte sie sich etwas, denn auf dem Anwesen konnte keiner dieser Angreifer sein. Wortlos starrte sie ihn an, während ihr Körper immer noch in seinem Arm lag.

„Mona? Richtig?", sagte er und aus seinem Mund klang ihr Name wie flüssiger Honig.

Sie nickte nur.

„Ich bin Ivan", stellte er sich vor und nahm seine Sonnenbrille ab. Er hatte einen erschreckten, hilfesuchenden oder sogar entrückten Blick erwartet, doch stattdessen blickte ihn Mona aus ihren dunkelgrünen Augen erwartungsvoll an.

„Ivannn", sagte sie gedehnt.

Ivan neigte seinen Kopf leicht zur Seite und Mona folgte seinem Blick wie einem Hypnotiseur.

„Was machst du hier?" Sein russischer Akzent rollte Mona entgegen.

„Ich? Nichts. Vielleicht mich ertränken, oder so?" Sie rollte mit den Augen und wollte gerade ihren Kopf nach hinten fallen lassen, als seine Hand ihren Kopf auffing und wieder in eine aufrechte Position brachte.

„Was soll der Quatsch?" Seine Augenbrauen zogen sich zusammen während das Wasser an seiner Stirn abperlte.

„Es ist doch sowieso alles egal." Sie wandte ihren Blick von ihm ab, doch Ivan ließ das nicht zu und drehte ihren Kopf wieder in seine Richtung.

„Sag mir, warum?" Als er das letzte Wort sagte, klebte Mona förmlich an seinen vollen Lippen.

Sie wollte ihm antworten, warum, wusste sie jedoch selber nicht. Aber seine violetten Augen waren so faszinierend, dass sie ihm alles erzählen würde.

„Mein Leben hat keinen Sinn mehr. Ich habe die Welt der Vampire kennengelernt, in dem sie mich gerettet haben. Du warst auch dabei." *Du hast mich gerettet.*

„Ja, das stimmt. Ich war dabei", sagte Ivan fast ein wenig stolz.

„Dann wurde Jaques entführt und Conzuela hat sich für ihn eintauschen lassen. Alle haben alles daran gesetzt, ihn mir wiederzubringen und dann … hat er nichts Besseres zu tun, als alles in Frage zu stellen und zu kritisieren. Daran ist unsere Liebe zerbrochen, bevor sie sich überhaupt richtig entfalten konnte."

„Das kommt vor", sagte Ivan und drückte Mona näher an sich. *Und zwar im richtigen Moment.*

Mona leckte sich über ihre Lippen – und ohne weiter darüber nachzudenken senkte sie ihren Mund auf seinen.

Wow!

Überwältigt ließ er die weichen und gefühlvollen Lippen von Mona auf seinen Lippen gewähren und erwiderte ihren sinnlichen Kuss. Seine Hand an ihrem Hinterkopf ließ keine Rückzugsmöglichkeit zu und er teilte ihren Lippen mit seiner Zunge. Sie öffnete ihren Mund bereitwillig für ihn und er eroberte diesen in einem Bruchteil von Sekunden. Ihre Zungen lieferten sich einen heftigen Kampf, den keiner von beiden so schnell aufgeben wollte. Sein Arm presste sie noch dichter an seine breite Brust, so dass er Angst hatte, sie zu zerdrücken. In der Erregung fuhren sich seine Fangzähne rasant aus und ungeschickt blieb Mona an einem davon mit ihrer Zunge hängen.

„Autsch" Sie zuckte zurück und er presste sofort die Lippen fest aufeinander, um sie nicht weiter zu erschrecken. Er zwang seine Fangzähne zurück, was ihn ungeheure Kraft kostete. *So ein Mist. Warum muss ich denn so ungeschickt sein?* Seinen Blick senkte er ebenfalls, denn das hatte er nicht gewollt.

Doch als Mona ihm die Hand an die Wange legte, öffnete er seine Augen wieder und starrte sie ungläubig an.

Mit ihrem Zeigefinger schob sie neugierig seine Oberlippe zur Seite und entblößte den scharfen Fangzahn.

„Verdammt scharf", kam es über ihre sinnlichen Lippen, an denen sich nun etwas Blut sammelte. Gerade wollte sie mit ihrer Zunge das wenige Blut ablecken, als Ivans Kopf blitzschnell nach vorne schoss und er mit seiner Zunge das Blut ableckte.

„Das sollte nicht vergeudet werden", knurrte er an ihren Lippen und ein anderer Teil seines Körpers regte sich.

„Wie ist es?", fragte Mona.

Überrascht über ihre Frage antwortete Ivan. „In euer Welt würde man sagen – süß."

„Und in deiner Welt?"

„Exzellent", wobei ein verschmitztes Lächeln nun seinen Mundwinkel zierte.

„Koste mich", forderte Mona ihn auf und legte ihren Kopf zur Seite, damit er ihre pochende Halsschlagader sehen konnte.

„Nein", antwortete Ivan entrüstet und drückte sie ein wenig von sich weg.

„Warum nicht?", sie klang enttäuscht.

„Weil ich dir dann die Erinnerung an den Biss nehmen muss."

Mona beugte sich ihm etwas entgegen. „Musst du nicht! Beiß mich!"

„Nein, ich küsse dich lieber."

Bevor Mona darauf etwas entgegen konnte, hatten sich seine Lippen schon wieder einen Weg zu den ihren gebahnt. Er leckte mit seiner Zungenspitze über ihre Unterlippe.

„Besser?", hauchte er.

Mona stöhnte nur unter seiner feinen Berührung.

Erregt leckte er über ihre Oberlippe, was ihr einen Schauer durch den ganzen Körper jagte. Ivan drängte ihren Körper gegen die Poolwand und entfernte die Tasche von Monas Hals und schleuderte sie auf eine der Liegen.

Monas Augen waren geschlossen und sie erwartete einen weiteren innigen Kuss, doch Ivan tauchte an ihr herab und küsste sie auf ihr Dekolleté, während seine Hände unter ihren Po glitten und sie anhoben. Ein weiteres Stöhnen kam aus ihrer Kehle. Das T-Shirt, welches sie trug, klebte an ihr wie eine zweite Haut und darunter zeichnete ihr Spitzen-BH ab.

Ivan tauchte auf und sah fasziniert an ihr empor, während das Wasser an seinem Gesicht abperlte. Der grazile Hals lud ihn ein seine Fangzähne hineinzuschlagen. Aber er war überrascht, dass er ihr Angebot nicht einfach angenommen hatte, sondern sich eine Ausrede einfallen ließ. Warum nur? Das wusste er selbst nicht. Sein Arm trug das Gewicht von Mona allein, während eine Hand sich seinen Weg zu diesem schlanken Hals bahnte. Er ließ seine Finger über diese verräterische Halsschlagader gleiten und der Speichel schoss ihm in den Mund. Er musste seine Fangzähne daran hindern, erneut durchzubrechen. Doch seine Finger glitten an dem nassen Dekolleté entlang und in diesem Moment befahl Mona ihm erneut, sie zu küssen. Er gehorchte. Seine Arme ließen sie weiter ins Wasser gleiten und als ihre Lippen die seinen suchten, musste er erneut um Fassung ringen.

„Zeig mir, wie ich mich nicht schneide", stöhnte sie.

Er öffnete seinen Mund und ließ die scharfen Fangzähne heraus und Mona schlängelte sich an ihnen entlang, so dass es Ivan fast zerriss. Sie leckte an ihnen nun viel vorsichtiger entlang, so dass er seinen eigenen Puls rasen hörte. Noch nie hatte er so etwas empfunden. Die Hitzewellen beschränkten sich nicht nur auf seine Fangzähne, nein, sein gesamter Körper kam in Wallung. Er wagte sich nicht zu bewegen, damit er Mona nicht wehtun würde, doch er wusste nicht, wie lange er das noch aufrechthalten konnte.

„Hör auf", flehte er. „Sonst kann ich für nichts garantieren."

„Küss mich!", forderte sie hingegen energisch, ohne weiter auf sein Flehen einzugehen.

Er senkte seinen Kopf und beide verschmolzen in einem leidenschaftlichen Kuss. Ihre Münder liebkosten sich und ihre Zungen fochten miteinander. Mona versuchte, seinen Fangzähnen geschickter auszuweichen und trotzdem alle Hingabe in den Kuss zu legen.

Nach weiteren intensiven Küssen zog sich Ivan zurück.

„Warum hörst du auf?", fragte Mona irritiert.

„Weil du sicher von Maddy erwartest wirst – oder wie willst du ihr diese Situation erklären, wenn sie uns hier so findet?"

„Ähm … ich bin in den Pool gefallen und du hast mich gerettet." Ein verschmitztes Grinsen zierte ihre Mundwinkel und der Schelm tanzte in ihren Augen.

„Sehr witzig, junge Dame." Das Leuchten in Ivans violetten Augen zog Mona an, wie die Motten das Licht.

„Ich könnte natürlich auch sagen, du hast mich hinein geschubst."

„Klar doch. Das wird sie dir sicher abnehmen", antwortete Ivan ihr erheitert. Er half ihr dabei, aus dem Pool zu steigen. Etwas ungeschickt kletterte Mona aus dem Wasser und Ivan zog sich neben ihr daraus empor.

Als sich beide am Beckenrand gegenüber standen, schaute Mona zu ihm auf. Dieser kraftstrotzende Kerl hatte sie noch vor Minuten in den Armen gehalten und erbarmungslos geküsst. Das Leder an ihm triefte nur so und hinterließ eine Wasserlache zu seinen Füßen.

Mona war beeindruckt und plötzlich überkam sie Scham.

„Tut mir leid, was eben passiert ist. Meine Gedanken haben verrückt gespielt. Ich wollte dich nicht benutzen." Ihre Stimme zitterte etwas.

Ivan beugte sich zu ihr hinab. „Du kannst mich gern jeder Zeit wieder benutzen." Er lächelte und das kam bei ihm selten genug vor, nur das wusste Mona nicht.

„Das ist nett von dir, aber ich bin nur ein Mensch, der sein Leben verkorkst hat."

Ivan riss sie in seine Arme und sagte: „So etwas möchte ich nicht mehr aus deinem Mund hören. Verstanden?" Sein Blick war eindringlich und Mona schmiegte sich an das nasse Leder.

Die Tür wurde geöffnet und sofort ließen beide voneinander.

„Hier steckst du … wir haben dich schon gesucht", sagte Mehit als er die klitschnasse Mona dort stehen sah.

„Ich bin ausgerutscht und in den Pool gefallen. Ivan hat mich herausgezogen", sagte Mona unmissverständlich, griff nach ihrer Tasche und verließ hektisch den SPA-Bereich.

Ivan schaute ihr über die Schulter nach.

Als Monas Schritte im Flur verhallt waren, wandte sich Mehit an Ivan.

„Jetzt mal die Erwachsenenstory."

„Sie ist in den Pool gefallen und ich habe sie herausgezogen." Damit trat er an Mehit vorbei in den Flur und lief geradewegs zu seinem Quartier.

Mehit machte das Licht aus, schloss die Tür hinter sich und schüttelte den Kopf.

„Klar doch." Er schmunzelte.

Im Wald …

Desmond und Stevo hatten sich derweil in einer kleinen Waldhütte vor der aufgehenden Sonne verschanzt. Durch die Ritzen traten zwar einige der tödlichen Strahlen hindurch, doch sie kauerten entgegengesetzt jeder in einer Ecke, um ihnen auszuweichen.

„Was machen wir nun?", fragte Desmond sein Gegenüber.

„Warten!"

„Das wir nicht am Tage spazieren gehen ist mir auch klar", schnaubte Desmond.

„Dann bist ja schlauer, als ich dachte."

„Klugscheißer!" Abwertend ließ Desmond seinen Arm nach oben schnellen und zeigte Stevo den gestreckten Mittelfinger.

„Sehr produktiv. Lehrt man das in Calabria in der Wachmannschule?", gab Stevo übertrieben spitz von sich.

„Bring mich nicht zur Weißglut, sonst …"

„Sonst WAS!", knurrte Stevo aus tiefster Brust.

Desmond griff sich an den kahlrasierten Schädel und rieb einige Male heftig darüber.

„Shit, shit, shit, wir können doch hier nicht rumsitzen und einfach nichts tun. Elisa könnte schon tot sein, nur weil wir ihr nicht geholfen haben! Ich hätte sie niemals in solch eine Situation bringen dürfen. Sie hat schon genug mitgemacht und jetzt ist sie in den Händen dieses Scheusals, ohne dass ich ihr die Wahrheit sagen konnte."

Stevo schaute auf. „Was meinst du?"

Desmond winkte entschieden ab.

„Komm schon! Was hast du gemeint? Welche Wahrheit hast du ihr nicht gesagt?" Nun war Stevo richtig neugierig.

Das Schweigen, in welches sich Desmond hüllte, nervte Stevo ungemein. Dennoch wartete er, bis Desmond erneut zu sprechen begann.

Mit zitternder Stimme sagte er dann. „Ich hätte nichts sagen sollen, aber … wenn wir sie nicht zurückbekommen, kann ich es ihr nie sagen."

„Komm auf den Punkt!", gab Stevo entnervt zurück, denn er wollte nun wissen, was so wichtig war, dass er es Elisa unbedingt noch sagen musste.

Desmond zögerte.

Stevo winkte ab und sagte: „Dann mach keine Andeutungen, wenn du danach nicht weitersprichst."

„Das verstehst du nicht. DU kennst die Zusammenhänge nicht", sein Blick schweifte wild durch die kleine Holzhütte.

Stevo schwieg.

Desmond leckte sich über die trockenen Lippen. Sein rastloser Blick glitt über den Fußboden und dann wieder zur Decke.

Stevo konnte spüren, wie viel Überwindung es sein Gegenüber kostete, die Worte über die Lippen zu bringen.

Es dauerte mehrere Minuten bis Desmond weiter sprach.

„Elisa ist … sie ist die Tochter vom Ratsmitglied Hamilton", sagte er leise.

Stevo zuckte innerlich zusammen. *Oh mein Gott.*

Desmond holte tief Luft. „Sie wurde von ihrem Vater nach Calabria gebracht und hier sollte sie auf nimmer Wiedersehen verschwinden. Es war ein Komplott gegen sie. Einer meiner Garde sollte sie schänden und dafür sollte sie im Verließ landen und nie wieder zum Vorschein kommen."

„Aber …" Stevo verstummte, als Desmond seine Hand hob.

„Ich habe meinen Kollegen gerade noch davon abhalten können, Elisa zu entehren. Er gestand mir daraufhin das Komplott. Dabei kam auch heraus, dass Elisa … das Elisa … nun ja, doch NICHT die Tochter vom Hamilton ist. Das hat Hamilton scheinbar auch herausbekommen und wollte deshalb, dass Elisa in Calabria untertaucht und nie wieder an die Oberfläche kommt."

Stevo runzelte die Stirn. Er konnte wirklich nicht ganz folgen.

„Und wer ist nun der Vater von Elisa?"

Desmond hob die Schultern und ließ sie dann wieder langsam sinken. „Das weiß ich nicht. Ich weiß nur, dass SIE keine Ahnung von diesem ganzen Komplott hat. Hamilton hat es sich sehr einfach gemacht. Er hat sie in Calabria bei Theresia abgeladen und damit war der Fall für ihn erledigt. Gefühle null. Anstand null. Aber Theresia muss es gewusst haben, denn sonst hätte sie ja nie geholfen, Elisa aufzunehmen."

„Aber Hamilton war noch nie ein Freund von irgendjemanden", gab Stevo angewidert von sich. „Und wie du weißt, habe ich das am eigenen Leib erfahren müssen." Er strich sich beim Sprechen über die Unterarme, wo etliche Narben von den Silberketten seine Haut für immer und ewig verunstaltet hatten.

„Ja, das weiß ich, aber Elisa … sie … sie ist so herzensgut und hilft erst allen anderen, bevor sie sich um sich selbst kümmert und verdient es einfach nicht, so behandelt zu werden."

„Ungerechtigkeit ist für niemanden leicht." Der bittere Unterton, der in seiner Stimme mitschwang, entging Desmond nicht.

„Du hast Recht. Es war auch ungerecht … dich einzusperren. Es war ein Befehl. Ein Befehl von Hamilton", er senkte seinen Kopf. „Kannst du mir verzeihen?"

Stevo wandte sich zu Desmond um.

„Verzeihen?" In Stevo kochte alles der vergangenen Jahrzehnte hoch. Die Qualen, die er ertragen hatte. Die hämischen Sprüche, die er erdulden musste und der unendliche Durst, der ihn immer an den Rand des Wahnsinns trieb. Er ballte seine Fäuste und presste seine Lippen aufeinander. Sekunden vergingen und wurden zu Minuten. Ihm schossen die letzten Stunden durch den Kopf. Nach und nach beruhigte er sich, bis seine Gedanken schließlich an Elisa hängenblieben. Um sich von seinen düsteren Gedanken abzulenken, kratzte er mit seinem Fingernagel an der Holzwand entlang.

Das Geräusch, das er damit erzeugte, rief bei Desmond eine Gänsehaut hervor. Er konnte sich gut ausmalen, wie ihn die Jahre in der Gefangenschaft gezeichnet hatten. Fast jeden Tag waren sie, die Garde, bei ihm gewesen, um ihn zu foltern. Aber er schwieg, was anfänglich ja logisch war. Doch auch nach Monaten und Jahren sagte er keinen Ton. In der gesamten Zeit seiner Gefangenschaft sprach er nicht ein einziges Mal. Selbst seine fast weißen Augen sah man nur selten, da er sie meist geschlossen hielt, wenn wieder eine Befragung anstand. Nach reiflicher Überlegung war Desmond klar, dass er ihm dies nie verzeihen würde. Er hielt dennoch seinen Kopf gesenkt und wartete auf eine Antwort von seinem Gegenüber, die ihn vielleicht von seiner Schuld freisprechen würde. Aber eigentlich wusste er die Antwort bereits. Überrascht schaute Desmond auf, als Stevo seine Stimme ruhig durch die Hütte jagte.

„Wir müssen jetzt erst einmal Ruhe bewahren. Am Tage können wir nichts ausrichten. Sobald die Dämmerung einsetzt, werden wir uns in Richtung Süden weiter bewegen."

„Nein, niemals ohne Elisa!", sagte Desmond und war über den Themenwechsel überrascht.

„Er, oder was auch immer er ist, wird uns folgen, er will mich. Also wird er nicht lange auf sich warten lassen. Wir werden vorbereitet sein. Lass uns ruhen und uns nachher ausreichend nähren. Wir werden wahrscheinlich körperlich nicht mit ihm mithalten können, aber taktisch müssen wir ihm deshalb überlegen sein. Wenn es nicht anders geht, so werde ich mich im Austausch anbieten."

Die fast schwarzen Augen von Desmond durchbohrten Stevo regelrecht.

„Das würdest du tun?" Unverständnis aber auch Achtung lag in seinen Worten.

Ohne zu Zögern antwortete Stevo:

„Selbstverständlich! Elisa ist erst durch mich in diese Misere geraten. So wie es scheint, ist es eine Neuschöpfung meines Bruders, der sehr mächtig ist. Es gibt nur seltene Exemplare davon. Die Wolkolas sind keine sehr verbreitete Art von uns. Er ist definitiv stärker als wir, viel stärker. Selbst ich als ein Clankrieger werde nichts gegen ihn ausrichten können. Nur ein Austausch könnte Elisa das Leben retten …" Eine kurze Pause folgte. „… wenn sie überhaupt noch lebt."

„Sie lebt! Davon müssen wir ausgehen. Etwas anderes wäre nicht fair." Aufgebracht setzte sich Desmond auf, wobei ein Sonnenstrahl seinen Arm traf und sogleich seine Haut ansengte. Es roch übel, was beide die Nasen rümpfen ließ.

„Was ist denn schon in dieser Welt fair? Vielleicht so fair, wie jemanden die letzten dreißig Jahre in ein Gefängnis sperren und ihn zu foltern, Jahr um Jahr?! Das ist fair?"

Leise kam die Antwort aus der Ecke.

„Nein, ist es nicht. Ich hatte meine Befehle. Ich weiß, dass mich das nicht von der Schuld rein wäscht, aber ich kannte es nicht anders. Wenn mein Kollege nicht auf Elisa losgegangen wäre, hatte ich auch nie weiter drüber nachgedacht. Ich war all die Jahre geblendet von dem Rat und seinen Handlungen. Wenn ich könnte, würde ich jedoch die Zeit zurückdrehen."

Betretenes Schweigen breitete sich zwischen den beiden aus, während draußen vor der Hütte die Vögel anfingen zu zwitschern und so den Morgen willkommen hießen.

Am Abend kehrten die beiden nervös zu dem Platz zurück, wo sie Elisa das letzte Mal gesehen hatten. Stevo hockte sich hin und nahm etwas Moos zwischen seine Fingerspitzen. Seine Gedanken überschlugen sich, denn er wusste nicht, was er machen sollte, wenn dieser fremde Vampir nicht mit Elisa wieder auftauchen würde. Desmond hingegen suchte mit seinen Augen die Umgehung ab und lief rastlos auf und ab. „Hör doch mal auf mit diesem Gerenne", tadelte ihn Stevo und erhob sich wieder. Desmond riss die Arme in die Höhe. „Klar! Ich kann natürlich auch nur rumsitzen und gar nichts tun!", knurrte er finster, denn seine schlimmsten Befürchtungen tanzten in seinem Kopf herum. „Beruhige dich endlich!" Stevo starrte den ehemaligen Anführer der Garde stur an. Dieser winkte nur ab und lief an ihm vorbei. Nach wenigen Schritten blieb er stehen. Fast sanft sagte er: „Stevo?" „Was?" Als keine Antwort kam, drehte sich Stevo um und sah den mächtigen Vampir unweit von sich entfernt stehen. Dicht bei ihm stand auch Elisa. *Sie ist am Leben!* Er schickte einen großen Dank Richtung Himmel. Auch Desmond war erleichtert, Elisa lebend zu sehen. Der große Vampir beäugte die beiden, bevor er anfing zu sprechen. „Wie ich sehe, konntet ihr es einrichten." Seine Stimme klang so arrogant, das beiden sogleich eine Gänsehaut über den Rücken kroch. Ohne lange Umschweife trat Stevo einen Schritt auf ihn zu. „Gib mir die Frau!" Seine fast weißen Augen funkelten in der Nacht wie Diamanten. „Warum sollte ich? Dann hörst du mir ja nicht mehr zu." Erwiderte er hingegen. „Ich höre dir zu, aber lass sie erst gehen. Das ist eine Sache zwischen uns." Desmond schwieg und konnte nun das gesamte Gefolge des Vampirs ausmachen, welches sich im dichten Wald versteckte. „Er ist nicht alleine", sagte Desmond leise. Stevo nickte zustimmend in seine Richtung, denn die anderen Vampire hatte er ebenfalls ausgemacht. „Also sprich. Was willst du?", forderte Stevo erneut. Erheitert lächelte der Vampir. „Ich habe dich gesucht, mein Bruder. Konntest du dir eigentlich vorstellen, was für Sorgen ich mir deinetwegen gemacht habe?" „Tja, ich kann dir die Sache nicht ganz abnehmen, dass du mein Bruder sein sollst, aber als mein Zwillingsbruder hättest du es doch spüren müssen, dass ich gar nicht so weit entfernt war von dir. Ich saß in Calabria ein. Hättest ja mal vorbeikommen können und mich befreien? Wäre doch mal eine Option gewesen. Aber wie ich sehe, hast du dich lieber im Wald verschanzt und spielst jetzt den Robin Hood der Vampire, oder was?" Stevo warf seine Arme in die Höhe. Der Vampir kniff seine Augen zu engen Schlitzen zusammen und seine Wut brodelte unter der Oberfläche. „Das ist ungerecht und das weißt du." Dann folgte ein russischer Fluch, wovon er wusste, dass ihre Mutter ihn angewandt hatte, als sie beide noch klein waren. Stevo erstarrte. „Woher …?" Er starrte sein Gegenüber an, wobei ihm der Mund aufklappte. In diesem Moment wusste Stevo, dass das nur einer wissen konnte. Sein Bruder! Leanderos. Stevo wollte gerade auf ihn zutreten, als dieser plötzlich seinen Arm hob. Leanderos Nervenenden tanzten plötzlich, so dass er seinen Kopf neigte und witterte. Es passte ihm überhaupt nicht, dass seine Pläne durchkreuzt wurden. Ruckartig griff er nach Elisas Handgelenk und riss sie hinter sich, als aus dem dichten Wald vier Kriegerinnen kampfbereit hervor traten. Ihre angespannte Körperhaltung signalisierte ihm, dass sie sich nicht zu einem Spaziergang hier befanden.

„Bleib dicht hinter mir!", befahl er Elisa, wobei seine Stimme eiskalt war.

Ihr versagte die Stimme von selbst, als ihr das Gesicht der Kriegerin ins Sichtfeld kam, die Raymonds Tod angezettelt hatte.

„Mörderin!", knurrte sie bitter und ballte ihre kleinen Hände zu Fäusten.

Leanderos zog mürrisch seine Lippen auseinander und entließ seine messerscharfen Fangzähne in die Freiheit. Ein unbändiges Brüllen folgte.

In Sekundenschnelle verteilten sich die anderen im Halbkreis um ihn herum und ihre Blicke wanderten über die Amazonen der Wälder.

„Verschwindet, Schergen des Todes!", schrie Leanderos ihnen entgegen.

Die Anführerin trat einige Schritte nach vorne. Sie deutete mit ihren filigranen Fingern auf Stevo und wollte ihn so zu sich locken.

„Niemals!", erwiderte dieser nur trocken. Sein Körper war kurz vor einer Explosion, als er die Augen der Anführerin sah, wie sie in der Dunkelheit leuchteten.

„Wenn ich dich haben will,…" sie leckte an ihrem Zeigefinger lasziv entlang. „… dann bekomme ich dich auch!" Ihre Aussage klang so überzeugend, dass man sie fast glaubte.

„Ihn bekommst du nur, wenn du es an mir vorbeischaffst", keifte ihr Leanderos derweil wütend entgegen. Seine enorme Macht wallte dabei durch seinen Körper und wartete nur darauf auszubrechen.

Ihre Begleiterinnen traten dicht neben sie und es folgten noch drei weitere aus dem Wald. Ihre ausgefahrenen Fangzähne schimmerten gegen die bronzefarbene Haut an. Ihre formschönen Körper bewegten sich im Einklang mit dem Waldboden, doch ihr raubtierartiges Verhalten, ließ sie gefährlich aussehen. Jeden Moment würden sie zuschlagen, ohne auch nur eine Sekunde zu Zögern. Sie ließen ihre Sinne auf die Männer los und sogleich bahnten sich ihre unsittlichsten Vorstellungen in den Gedanken ihrer Gegner.

Die kribbelnde Unruhe von Kilian und den anderen konnte Leanderos hinter sich spüren und wandte kurz seinen starren Blick in seine Richtung.

„WAGT es gar nicht!", zischte er ihnen entgegen.

Kilian und die beiden anderen kämpften mit der Fassung. Die Signale, die die Amosith ausstrahlten, machten sie gefügig, so dass ihre Lenden hart wurden. Knurrend kniff Kilian seine Augen zusammen, um diese Gefühle auszublenden, doch es war für ihn sehr schwer dagegen anzukommen.

Fast zaghaft regte sich Elisa hinter Leanderos breitem Rücken. Sie schaute zu Desmond, der auf die Erde starrte, um nicht mit den flammenden Augen der Schönheiten zu verschmelzen. Bitter musste er an Raymond denken, wie er bedingungslos auf diese Geschöpfe zu gekrochen war, willenlos und ausgeliefert. So wollte er auf keinen Fall enden. Nicht nachdem er so weit gekommen war.

„Stevo! Nimm Elisa und verschwinde. SOFORT!", rief Leanderos, wobei sein harter Befehlston einen Nerv bei Stevo traf. Er wollte nicht davonlaufen, aber er wollte auch Elisa nicht weiter in Gefahr bringen. Er zögerte eine Sekunde, doch dann hatte er keine Wahl mehr.

Leanderos schubste Elisa in seine Richtung und stolpernd kam sie bei ihm an. Stevo schloss seinen Arm um sie, nickte Desmond zu und sauste in Sekundenschnelle mit ihr im Arm in entgegengesetzter Richtung davon.

Hinter ihm brach zum gleichen Zeitpunkt der Kampf los.

Leanderos stürzte sich mit einem Schrei auf die Anführerin, die ihn mit weit aufgerissenen Augen ansah. Beide trafen sich in der Mitte und ihre Körper prallten hart aufeinander.

Das war das Startzeichen für Desmond und die anderen. Jeder zielte es auf eine der Frauen ab.

Aus den lasziven Blicken der Amosith wurden dadurch nun regelrechte Hyänenblicke mit darunter wutverzerrten Mündern. Geifer lief ihnen aus den Mundwinkeln und sie wollten ihre Gegner nur noch niedermetzeln. Mit einem grellen Schrei stürzten sie sich auf ihre Angreifer.

Die ausgebildeten Kämpfer von Leanderos schlugen sich gut. Ihre Körper rangen mit den Schönheiten und parierten zunächst ihre Tritte und Schläge und nach nur wenigen Sekunden hatte Kilian sogar seine Gegnerin schon gepfählt. Schreiend ging sie in die Knie, woraufhin eine weitere verwundert zu ihr sah. Das war ihr eigener Fehler.

Desmond brach ihr so schnell das Genick, das ihr Körper noch einen Moment lang ungläubig stehen blieb. Die letzten beiden Frauen zuckten bei dem Anblick der toten Kriegerinnen zusammen und traten einige Schritte zurück.

Die Anführerin hingegen bot sich eine heftige Schlacht mit Leanderos. Bei ihrem ersten Zusammenprall hatte sie ihm mit ihren langen Nägeln die Wange zerkratzt.

Leanderos hatte ihr daraufhin einen heftigen Schlag in die Magengrube verpasst. Beide wanden sich um den anderen herum, wie zwei Kampfhähne.

Die Anführerin der Amosith holte erneut aus und rammte ihm ihren Fuß in den Bauch, was ihn zusammenfahren ließ. Als er sich wieder erhob, hing sie an seinem Arm, in den sie sich mit ihren Fangzähnen verbissen hatte. Dies machte Leanderos so wütend, dass er sie an ihren langen Haaren herumriss und seine Zähne blitzartig in ihren Hals schlug – und das nicht nur einmal. Seine langen messerscharfen Fangzähne drangen schnell und präzise in ihren Körper ein. Innerhalb von einem Augenblick hatte er ihre Arme und Beine regelrecht aufgeschlitzt. Bewegungsunfähig lag sie auf dem Rücken und blutete langsam aus. Gurgelnd wollte sie noch etwas sagen, doch das Blut, was ihr bereits aus dem Mund lief, verhinderte dies.

Genugtuung schwang in seinen Gedanken mit, als sich der hünenhafte Kerl umblickte. Doch was er sah, heiterte seine Laune nicht gerade auf. Er sah wie eine der Amosith am Hals von Simon hing und kräftig daran saugte. Die zwei, die sich zurückgezogen hatten, stürzten sich nun ebenfalls zähnefletschend auf ihn und zerrten an seinen Körperteilen. Sein schmerzverzerrtes Gesicht ließ darauf schließen, dass es nur noch Sekunden waren, bevor sie ihn völlig ausgesaugt hatten. In diesen Kampf einzugreifen war aussichtslos, das musste Leanderos in diesem Moment erkennen. Sein Inneres brüllte ihn an, sich dazwischen zu werfen, doch er hatte nicht nur die Verantwortung für Simon, nein, auch für die anderen. Vor allem für Stevo, Elisa und Desmond. Sie in noch größere Gefahr zu bringen, erschien ihm nicht richtig. Er musste den Schaden so gering wie möglich halten. Aber er würde nicht vergessen!

Unterdessen eilte Desmond dem unterlegenen John zur Hilfe. Auch Kilian gesellte sich dazu und beide rissen die hysterische Frau von ihm herunter. Gemeinsam zogen sie an ihr und durch ihre übermenschlichen Kräfte dauerte es nur Sekunden und ihre Gliedmaßen trennten sich von ihrem Leib. Geschändete

Gesichter und Körper blieben zurück, denn die Furien hatten ihnen allen geschadet. Sie hatten ihnen mit ihren Nägeln die Haut aufgeschlitzt und heftige Bisswunden zugefügt, dennoch hatten Leanderos und die anderen den Kampf gewonnen. Unzufrieden schaute Leanderos über seine Schulter.

Simon war nicht mehr zu retten.

Die Amosith zerfleischten gerade seinen ganzen Körper und saugten schmatzend an ihm. Blut rann ihnen am Kinn herab.

„Verschwinden wir hier." Sagte er gedrungen und wandte sich ab.

Kilian blickte verunsichert in den Wald, wo die beiden anderen Frauen seinen Kumpel zerfleischten. Seine unbändige Wut kam an die Oberfläche und er wollte am liebsten dort hinrennen und die Weibsbilder auf der Stelle töten.

Leanderos trat jedoch vor ihn und schaute ihm fest in die Augen.

„WIR GEHEN!"

Kilian nickte nur und atmete schwer.

Binnen Sekunden waren sie aus dem Waldstück auf die Straße gerannt und blieben nun schlitternd an einer leeren Kreuzung stehen.

Leanderos hob seinen Kopf und witterte.

„Hier entlang", alle folgten ihm wortlos und leise.

Nach mehreren Kilometern hob Leanderos seinen Arm und alle zügelten sofort ihre Geschwindigkeit. Er zog heftig die Nachtluft in seine Lungen. Vor ihnen lag ein alter verlassener Gasthof.

„Sie sind dort drinnen", sagte Leanderos gleichgültig.

Sofort stürmte Desmond an ihm vorbei und polterte durch die Eingangstür.

„Super leise", sagte Leanderos zähneknirschend, als er seinen Kopf schüttelte. „Wer hat dem eigentlich so etwas beigebracht? Da wäre ja meine Großmutter leiser im Anschleichen."

Hämisch verzog Kilian seine Lippen. Er konnte das tollpatschige Verhalten von Desmond ebenfalls nicht verstehen. Doch es stand ihm nicht zu, dies zu kritisieren. Er verschränkte die Arme vor der durchtrainierten Brust und wartete. Auch John gesellte sich geräuschlos neben seinen Anführer. Kilian und John warteten auf Befehle ihres Meisters. Doch dieser studierte nur den Eingang mit der zertrümmerten Tür. Er hob seinen Arm und ließ seinen Daumen über die Fingerkuppe des kleinen Fingers bis hin zum Zeigefinger gleiten. Diese Bewegung vollzog er einige Male. Leanderos ließ so seine enorme Macht durch den Gasthof gleiten. Er konnte anhand seiner Macht erkennen, wie viele Menschen in ihm waren. Es signalisierte ihm, dass drei Wesen dort waren.

Als Stevo mit Elisa im Arm heraustrat, atmete er erleichtert auf.

Ihnen folgte Desmond dicht auf den Fersen.

Die drei blieben am Eingang stehen und schauten sich nervös um.

Die Nacht hatte diesen Ort in eine trostlose Einöde verwandelt. Der Mond schien vereinzelt durch die Wolken und ließ den Gasthof in einem grotesken Bild erscheinen. Abwartend standen sich drei gegen drei gegenüber. Plötzlich kroch die Pattsituation wieder empor, wie sie sie vor dem grausamen Überfall der Amosith erlebt hatten.

Leanderos bohrte seinen Blick in die drei.

Abschätzend.

Abwartend.

Keiner bewegte sich. Man konnte den Eindruck bekommen, dass jeder nur auf den Fehler des anderen wartete. In der testosterongesteuerten Gegenwart von fünf Kämpfern konnte Elisa kaum noch atmen.

Sie zerriss die Stille. „Jungs, kommt mal wieder runter. Wir sind gerade um Haaresbreite diesen zerfleischenden Monstern entkommen und …" Während sie sprach sah sie neben Leanderos und konnte nur zwei seiner Schatten sehen. „Wo ist der dritte?" Kam es ihr nun viel zaghafter über die Lippen.

Desmond stieß sie leicht in die Rippen, runzelte die Stirn und verzog die Lippen zu einer geraden Linie.

„Simon ist tot!", sagte Leanderos trocken, wobei sich in seinem Gesicht keine emotionale Regung zeigte.

Erschrocken blieb Elisa der Mund offen stehen und es dauerte einige Zeit bis sie sich wieder gesammelt hatte. Fast gedankenverloren löste sie sich von Stevo, der immer noch seinen Arm um ihre Taille geschlungen hielt. Sie griff sich in ihre dunkelblonden Haare, sah in die tiefdunkle Nacht und es kullerten ihr Tränen über die Wange. Schritt für Schritt lief sie geradewegs auf Leanderos zu, der immer noch regungslos da stand. Als sie bei ihm ankam, legte sie, ohne zu überlegen, ihre Arme um seinen massigen Körper und schmiegte ihren Kopf an seine breite Brust.

„Es tut mir so leid", sagte sie schluchzend. „Keiner hat solch einen Tod verdient. Diese verdorbenen Miststücke. Erst Raymond, jetzt Simon. Warum? Können sie sich keine Menschen nehmen, müssen sie unseresgleichen verzehren?"

Stevo und den anderen stockte der Atem. Keiner verstand, warum Elisa nun freiwillig in die Arme von Leanderos lief und seine Nähe suchte. Bei allen stand Unverständnis im Gesicht – außer bei Leanderos. Er schloss seine Augen atmete tief durch und legte seine muskulösen Arme um Elisa und flüsterte ihr zu:

„Mach dir keine Sorgen, Elisa. Sie werden ihrer Strafe nicht entgehen. Ich vergesse niemals, da kannst du dir sicher sein." Als er sprach, beruhigte das Elisa auf sonderbare Weise und anderseits wusste sie, dass er nicht eher ruhen würde, bis auch die letzte der Amosith zur Strecke gebracht worden war.

„Leanderos?"

„Ja."

„Danke", hauchte sie ihm entgegen.

Er senkte seinen Kopf und seine Lippen trafen ihren Haaransatz.

„Für dich immer."

Sie hatte mit dieser simplen Geste – einer Umarmung – sich Zugang zu seinem Herzen geschaffen! Dies war seit Jahrzehnten keinem mehr gelungen und einen Augenblick lang ließ er sich in diese Behaglichkeit einwickeln und genoss die Intimität des Moments. Jetzt konnte er verstehen, warum Stevo und Desmond von dieser mutigen Vampirin so angetan waren. Schließlich brüllte ihn sein Inneres an.

KONTROLLE.

Er riss die Augen auf und sondierte seine Umgebung. Keiner der anderen hatte sich gewagt seinen Platz zu verlassen. Fast wie versteinert standen alle da und warteten erwartungsvoll auf seine Reaktion.

Seine tiefe Stimme durchdrang die Stille und gleichzeitig übernahm er wieder die Führung. „Heute Nacht werden wir keine Lösung mehr herbeiführen. Wir verschanzen uns alle hier." Er deutete auf den Gasthof.

Keiner wagte es, seine Aussage in Frage zu stellen. Seine Schatten sowieso nicht und Stevo und Desmond war auch nicht gerade danach, einen erneuten Kampf zu führen. Fast erleichtert atmeten beide aus. Auch Elisa holte tief Luft an Leanderos Brust. Sie löste sich und drehte sich um und griff mit einer Selbstverständlichkeit nach Leanderos Hand und zog ihn hinter sich her zum Gasthof.

Kilian und John rissen ihre Augen weit auf, denn solch ein Verhalten hatte sich keiner bisher in seiner Nähe gewagt. Mit geöffnetem Mund folgte John seinem Meister und Kilian bildete das Schlusslicht. Selbst Stevo musste hart schlucken, als er die Geste von Elisa sah und trat in das Innere des Gasthofs. Doch so war Elisa. Warmherzig und für jeden da.

Desmond fletschte die Zähne, als beide an ihm vorbeigingen. Doch in diesem Moment legte Elisa ihm ihre zarte Hand auf die Brust und sagte:

„Lass es gut sein, Desmond."

Eifersucht blitzte ins Desmond schwarzen Augen auf und gleichzeitig versuchte er diese zu unterdrücken, damit er nicht vor Kilian und John wie ein liebestoller Vampir aussah. Doch die beiden hatten längst kapiert, dass er etwas für Elisa empfand.

Kilian verriegelte die Tür und schob noch einen Küchentisch davor. Unterdessen machte sich John daran, die Fenster zu verbarrikadieren, wo ihm Desmond zur Hilfe eilte. Beide beäugten sich kritisch. Alle wussten, dass die Spannung, die zwischen ihnen herrschte zum Zerreißen war. Nur ein kleiner Funke und die hochexplosive Spannung würde sich schlagartig entladen und große Verluste verursachen. Der einzigen, der das alles egal war, war Elisa. Sie zog Leanderos neben sich auf eine in die Jahre gekommene Couch und ließ seine Hand nicht los. Erst als sein Körper neben dem ihren Platz fand, führte sie ihr Handgelenk dicht vor den Mund von Leanderos. Unter ihrer zarten Haut pochte das Blut und angezogen davon, fuhren sich seine messerscharfen Fangzähne aus.

„Trink", befahl sie und rückte noch ein Stück näher an ihn heran.

Verneinend schüttelte er den Kopf.

„Trink, bitte", sagte sie und legte dabei einen Blick auf, der hätte sogar einen Stein zum Schmelzen bringen können.

Als Leanderos diesen Blick in sich aufnahm, nahm er im Zeitlupentempo ihre zarte Hand in seine und führte ihr Handgelenk an seine Lippen, ohne den Blick von ihr abzuwenden. Er öffnete seinen Mund und seine Fangzähne drängten sich in ihr zartes Fleisch.

Elisa empfand jedoch keinen Schmerz. Im Gegenteil, als er von ihr trank durchflutete warme Wonne ihren Körper. Eine Woge der Glückseligkeit durchlief ihren gesamten Organismus und ließ sie Lächeln.

Mehrere tiefe Schlucke trank Leanderos von Elisa. Als ihr Blut seine Kehle traf, war er befriedigt. Seine Lebensgeister tanzten nur so durch seinen Körper und gaben ihm neue Kraft. Zufrieden leckte er über die Einstichstellen und schloss damit die beiden Wunden, die er verursacht hatte. Seine Zunge glitt über seine Lippen, wo noch ein letzter Blutstropfen hing. Seine empfindlichen Sinne registrierten die nervösen Blicke, die emotionalen Schwingungen und die Reizbarkeit, von jedem Vampir hier im Raum. Fast überheblich grinste er in sich hinein. Warum Elisa das getan hatte, war ihm ein Rätsel. Er hatte sie entführt, sie gefangen genommen und dennoch spendete sie ihm ihr kostbarstes Gut. Ihm, der alles tat, um Angst und Schrecken zu verbreiten. Seine Gedanken tanzten Tango mit ihm und er probierte, die Situation wieder unter Kontrolle zu bekommen.

Doch dafür blieb ihm keine Zeit, als sich plötzlich Desmond und John zähnefletschend gegenüber standen. Beide keiften sich an und ihre Körperhaltung verriet, dass sie kurz davor standen, sich gegenseitig an die Kehle zu springen, um den anderen zu töten. Fast gleichzeitig sprangen die anderen vier auf und Sekundenschnelle waren alle am Ort des Geschehens.

John holte aus und aus Versehen traf er dabei Elisa am Kinn, die sich zu dicht bei den Kampfhähnen aufgehalten hatte. Als sie zu Boden ging, entbrannte blitzschnell eine wilde Schlägerei. Fäuste flogen durch die Gegend, Tritte wurde verteilt, es brachen Knochen und Blut spritzte durch die Gegend. Ein Haufen aus Armen und Beinen prügelte sich durch den abgehalfterten Gasthof. Holz zerbarst unter ihnen und zwei von ihnen brachen durch den

Fußboden bis in den Keller, doch keiner dachte daran aufzuhören bis Elisa schrie.

„Hört doch auf!"

Ruckartig riss sich Leanderos von Stevo los und sah in ihre Richtung.

Auch die anderen ließen voneinander ab und starrten zu ihr.

Elisa wurde von einem schwarzgekleideten großen Vampir festgehalten, der seinerseits von sechs weiteren flankiert wurde. Er drückte ihr einen Dolch an den Hals und sein überhebliches Grinsen gefiel Leanderos gar nicht.

Doch er kannte diese Kerle. Es war die Elitetruppe aus Calabria. Knallharte Typen, die vor nichts Halt machten. Das aus ihrer Unachtsamkeit diese Situation erst entstanden war, war inakzeptabel.

„Wo ist Desmond?", fragte der Kerl, dem es gefiel Elisa zu quälen.

Dieser rappelte sich aus der unteren Etage wieder ins Erdgeschoss empor, gefolgt von John. Ihre staubige Kleidung ließ ihre Gestalt eher plump wirken.

„LASS SIE LOS, Chris!", knurrte Desmond ihm entgegen und wollte sogleich auf ihn losgehen, doch John hielt ihm am Arm fest.

„Halt den Mund, du Verräter!", keifte sein Gegenüber und drückte den Dolch nur noch heftiger gegen Elisas Hals.

„Ich habe gesagt, du sollst sie loslassen!" Desmond wand sich aus dem Griff von John und drängte nach vorne.

Leanderos musste ihn bremsen, sonst hätte er auf Chris eingeprügelt ohne nachzudenken, was dieser dann mit Elisa tun würde.

„Sei ruhig und hör zu. Wir werden jetzt gehen. Du kannst froh sein, wenn ich dich am Leben lasse." Chris derbe Stimme ließ keinen Zweifel an seiner Äußerung zu.

„Ich werde …", fing Desmond an.

Leanderos riss ihn böse zurück und stellte sich nun seinerseits Chris entgegen. Seine eiskalte und zugleich arrogante Wortwahl, ließ den Elitekämpfer aufschauen.

„Wer glaubst du … bist du … das du es wagen kannst, MEINE Gefangene an dich zu reißen?"

„Ach, ich dachte, Ihr seid zu sehr beschäftigt gewesen." Ironisch waren die Widerworte des Elitekampfers.

„Solltest du mir MEIN Eigentum nicht sofort wieder aushändigen, werde ich für nichts garantieren können." Die todbringende Stimmung, die Leanderos verbreitete, ließ auch die anderen nicht kalt.

Stevo machte sich bereit, sein Element zu aktivieren, sollte dieser Chris auch nur einen Schritt mit Elisa aus dem Gasthof heraus machen.

„Wie habt ihr uns gefunden?", schrie ihm Desmond wütend entgegen.

Lachend sah Chris zu ihm. „Desmond, Desmond … was glaubst du, warum du nie einer von der Eliteeinheit geworden bist? Überleg doch mal?", abwertend winkte er ab. „Nur die besten kommen zu dieser Truppe. Du und deine Handlanger werden immer nur die niedrigen Dienste verrichten. Deine Unwissenheit ist wirklich belustigend." Herausfordernd grinste er Desmond an, bevor er weiter sprach. „Deine Halskette du Idiot. In ihr befindet sich ein Peilsender. Wir wussten die ganze Zeit wo ihr seid und haben nur darauf gewartet, zuschlagen zu können. Leider haben die Amosith ihre Arbeit nicht so erledigt, wie wir uns das vorgestellt hatten." Ein hämisches Grinsen zierte seine Mundwinkel.

„IHR habt uns die Monster hinterhergeschickt?" Elisa war nicht mehr zu halten. Sie trat nach Chris und versuchte nach ihm zu schlagen. Doch ohne Erfolg.

Er zog seinen Arm nur noch fester um sie und der Dolch schnitt ihr dabei ins Fleisch. Ein heftiger Blutstrom rann an ihrem Hals herab, was Leanderos die Sicherungen durchbrennen ließ.

Er senkte seinen Kopf und sah Chris aus seinen türkisglühenden Augen an.

„LASS … SIE … LOS!"

Schallendes Gelächter drang aus Chris' Kehle und er drang mit dem Dolch noch tiefer in Elisas Fleisch. Doch plötzlich konnte er sich nicht mehr bewegen.

Leanderos schickte seine Macht mit voller Wucht in die Richtung der Eliteeinheit. In Sekundenschnelle waren alle bewegungsunfähig, was ihnen die pure Angst in die Augen trieb.

Leanderos rieb abermals seine Fingerkuppen und verstärkte den Druck auf ihre Körper. Er konnte sie jetzt einfach zermalmen, wenn er so weiter machen würde. Doch das schmerzverzerrte Gesicht von Elisa ließ ihn innehalten.

Kilian war als erster bei ihr, entwendete Chris den Dolch und ließ ihn auf die Erde fallen. Dann nahm er Elisa auf seine Arme und trug sie aus dem Gefahrenbereich.

Auch Stevo und Desmond eilten ihr zur Hilfe. Vorsichtig betteten sie sie auf die verschlissene Couch und Stevo biss in sein Handgelenk und gab ihr sein Blut zu trinken, damit sich die Wunde am Hals schnell wieder schloss.

Desmond wusste, dass weder sein Blut noch das von Kilian so schnell helfen würde, wie sie es brauchen würde. Besser gesagt, bevor sie verblutet wäre. Auch Leanderos' Blut wäre so schnell gewesen, doch seine Wut ließ ihn fast blind werden. Es war so lange her, dass er wegen jemand anderes so wütend geworden war. Er sah in die Augen von Chris, der nun am eigenen Leib spürte, dass er keine Chance hatte, sich aus dieser Starre zu lösen.

„Was bist du?", quälte Chris hervor, während er seine Augen zusammen kniff.

„Das geht dich gar nichts an." Genugtuung trat in sein Gesicht. Dann erkundigte er sich nach Elisa.

„Wie geht es ihr?"

„Das Gröbste ist überstanden", erwiderte Stevo hastig.

Das beruhigte ihn ein wenig.

Desmond rutschte an der Couch entlang auf den Fußboden. Seine Hand griff an seinen Hals, wo die goldene Kette hing, die ihm Theresia geschenkt hatte. Jeder hatte so eine bekommen, wenn er in Calabria als Mitglied der Garde aufgenommen wurde. Raymond trug auch so eine. Plötzlich wurde ihm klar, dass die ganze Zeit ihre Flucht eine Farce war. Sie wussten, dass Raymond mit Elisa in den Tunneln war. Sie wussten, dass sie bei Stevo im Kerker waren und sie hatten wahrscheinlich auch die ganze Zeit ihre Flucht auf einem Computer beobachtet. *So blöd kann man doch nicht sein,* dachte er und seine Hand verkrampfte sich. Mit einem Ruck riss er die Kette von seinem Hals. Als das glitzernde Etwas zwischen seinen Fingern baumelte, war er so enttäuscht von sich. Er reckte seine Hand nach vorne und Kilian, der neben ihm stand griff nach der Kette. Er beäugte diese und war fasziniert von der Technik, die in dem zierlichen Geschmeide steckte.

Unterdessen fühlte Stevo nach dem Puls von Elisa, die langsam wieder die Augen aufschlug.

„Alles ist gut", sprach Stevo leise. „Es ist alles in Ordnung. Du brauchst dir keine Sorgen zu machen. Wir haben alles unter Kontrolle."

„Mein … Hals …", stöhnte sie, als sie nach seiner Hand tastete.

Er empfing ihre Hand und führte sie sanft an seine Lippen.

Leanderos trat neben Stevo und sogleich glitten Desmond und Kilian bei Seite.

John hielt sich im hinteren Bereich des Gasthofes auf, denn er traute dieser Eliteeinheit nicht. Er hatte selbst einer solchen mal angehört. Es war Jahre her, doch er wusste, dass irgendwo ein Scharfschütze auf der Lauer liegen würde, oder eine Nachhut im nächsten Gebüsch kauern würde. Bitter kamen ihnen die Bilder seiner toten Freunde wieder hoch, die ihr Leben in genau so einem Einsatz ließen. Nur er hatte damals als einziger überlebt, weil er von einem Vampir gebissen wurde, der auf der Durchreise war. Sonst wäre er genauso in einer Kiste mit einer Fahne oben drauf in sein Land zurückgekehrt wie seine Kameraden. Die lagen nun auf einem Friedhof, wo weiße Grabsteine den Rasen zierten. Er hatte auch einen, obwohl seine Leiche nie gefunden wurde. Trotzdem war er für Tod erklärt worden, damit seine Familie die Auszahlung von der Versicherung bekam.

Leanderos riss John aus seiner Vergangenheit.

„John? Kilian? Durchkämmt die Gegend. Mal sehen, ob noch mehr von diesen Schergen unterwegs sind."

Beide nickten ihrem Meister zu.

„Ich komme mit", schloss sich Desmond ihnen an und zu dritt verließen sie ihre heruntergekommene Unterkunft.

Sanft strich Stevo Elisa eine Strähne aus dem Gesicht. „Sie ist eine so tapfere Frau."

„Da stimme ich dir zu", sagte Leanderos fast ehrfürchtig.

„Sie hat ein sehr großes Herz und alle wollen ihr nur schaden."

Auch da stimmte Leanderos ihm zu.

„Was machen wir mit denen?" Er deutete auf die sechs, die sich immer noch in ihrer Starre befanden.

„Leanderos, es ist mir egal." Gleichgültiger konnte er nicht klingen.

Mit voller Wucht ballte er seine Fäuste und in diesem Moment wurden die sechs Elitekämpfer von der unheimlichen Macht schier zerdrückt. Mit schmerzverzerrten Augen spürten die sechs wie ihre Körper unter der Macht zusammenbrachen. Ein Knochen nach dem anderen brach, als wenn jemand sie in einen Mixer gesteckt hätte. Zum Schluss blieb nichts weiter als ein Haufen Staub übrig, den Stevo mit einer Handbewegung und dem Zutun seines Elements durch die Haustür hinaus fegte.

Minuten der Stille vergingen, bevor sich Elisa langsam regte. Der dunkle Wimpernkranz hob sich schließlich und ließ ihre blaugrünen Augen zum Vorschein kommen.

Erleichtert atmeten die Brüder aus.

„Was … wo bin …", stotterte Elisa.

„Tschhh … es ist alles in Ordnung. Leanderos und ich sind bei dir. Ruh dich aus. Wir werden bald weiter müssen und da brauchst du deine Kraft." Er legte seine Hand auf ihre Stirn und wandte eine leichte Trance an, die ihren Körper entspannen ließ. Als er aufsah, konnte er den Blick aus Leanderos türkisen Augen nicht deuten. Sie waren sich fremd geworden in den Jahren der Trennung.

„Was ist mit uns?", fragte Stevo vorsichtig.

„Was meinst du?"

„Wirst du uns gehen lassen?"

„Dich gehen lassen?" Die Stimme von Leanderos wurde eiskalt. „DICH gehen lassen? Ich habe die letzten Jahrzehnte nur nach dir gesucht. Bruderherz." Plötzlich schwankte seine Stimme und Emotionen mischten sich darunter.

„Leanderos … was sollte ich denn denken? Ich habe dich auf meinen Armen hinausgetragen. Ausgesaugt von dieser Schlampe, die sich …"

„Sprich nicht so von Calais. SIE hat mich geliebt. Ich werde die Suche nach IHR ebenfalls nie aufgeben. Bei dir hat es auch funktioniert und so wird …"

„So wird die Suche bei ihr nicht enden", beendete Stevo den Satz behutsam.

„Ich, … ach Mann, es tut mir leid Leanderos, aber du wirst sie nie finden … die Sonne … verbrannte sie."

„NEIN!", brüllte Leanderos, so dass Stevo dachte, der Gasthof würde unter seinem Zorn zerbersten. Fensterglas splitterte durch die ungeheure Machtwelle, die von Leanderos ausging. Schützend warf sich Stevo über Elisa.

„HÖR AUF!", schrie Stevo ihm entgegen. „Oder willst du, dass Elisa erneut verletzt wird?"

Am ganzen Körper zitternd und voller Wut zügelte Leanderos seine Macht auf ein Minimum. Der hünenhafte Kerl sank in sich zusammen und sein Kopf schwang nach vorn, so dass seine dunkelblonden Haare über sein Gesicht glitten. Er stützte sich mit seinen Händen an der Lehne der Couch ab und sagte: „Calais … ist wirklich tot?"

„Ja, mein Bruder."

„Erzähl mir wie es geschah", sagte Leanderos entschlossen. Er rang mit seiner Fassung.

„Ich schloss damals die Tür auf und Calais sprang mich an, zerkratzte mir das Gesicht, schrie etwas und schlug mit ihren Fäusten auf mich ein. Dann riss sie sich los und stürmte die Treppe hinunter. Dann trat sie aus der Haustür auf die Straße. In Sekundenschnelle verkohlte ihr Körper und zerfiel zu Staub. Dann rannte ich los und fand dich tot auf dem Bett liegend. Ausgesaugt und wirklich sehr, sehr tot."

Leanderos konnte sich anhand der Erzählung alles bildlich vorstellen und war schockiert, was er seinem Bruder damit angetan hatte. Es dauerte einige Minuten bis er sich gesammelt hatte, aber dann brach sein Geständnis aus ihm heraus.

„Wir hatten eine unglaubliche Idee. Die Tante von Calais hatte von dem Mythos erzählt, dass wenn man das Fleisch eines Werwolfes isst und sein Blut trinkt, danach getötet und begraben wird, als sehr mächtiger Vampir zurückkehren würde. Wir hatten nie daran gedacht, dass es tatsächlich funktionieren könnte. Diese Tante hatte Calais getrocknetes Werwolf Fleisch und eine Ampulle Blut gegeben. Wir dachten sie veralbert uns. Sie hatte immer viel davon erzählt und da es eine Vollmondnacht war, dachten Calais und ich, dass wir uns den Spaß erlauben und versuchen sollten „mächtig" zu werden. Pah, was für ein Shit. Wir aßen das getrocknete Fleisch und tranken dazu aus der kleinen Ampulle das Blut. Calais und ich hatten danach den unglaublichsten Sex, den du dir vorstellen konntest. Dann fing sie an mich zu beißen, so wie sie es immer tat, wenn sie sehr erregt war und saugte an mir. Dabei muss ich das Bewusstsein verloren haben und sie besiegelte meinen Tod, so wie du mir das erzählt hast. Wahrscheinlich wollte sie, dass du mich beerdigtest und nicht lange Fragen stellst, deshalb hat sie sich geopfert, um mein Leben zu retten."

Das ergab einen Sinn, schlussfolgerte Stevo.

„Kann durchaus sein."

„Ich bin dann in einem Bestattungsinstitut wieder wach geworden … als Wolkolas. Ich wusste nicht, wer mich dort hingebracht hatte, noch sonst irgendetwas. Das einzige was ich wollte, war, dich und Calais zu finden. Das war mir noch in Erinnerung geblieben."

„Ich habe dich in das Bestattungsunternehmen gebracht und dich am nächsten Morgen persönlich der Sonne übergeben. Danach bin ich zum Clan gegangen. Die stellten fest, dass ich ein Element in mir trage und Jonathan, das Clanoberhaupt, nahm mich in seinen Reihen auf. Als ich nach meiner Verwandlung mit meinen Clankriegern feiern wollte, wurde ich vom Rat gefangen genommen und nach Calabria verschleppt, wo ich bis jetzt eingesessen habe. Dann kam Elisa und brachte Hoffnung in meine Zelle. Desmond, Raymond und sie ermöglichten mir und sich selbst die Flucht und plötzlich warst du da." Der aufrichtige Blick aus Stevos Augen rührte Leanderos.

Wortlos erhoben sich beide, traten aufeinander zu und nahmen sich in die Arme. Einige Sekunden vergingen, wo beide sich nur ganz fest hielten.

„Du hast mir gefehlt."

„Du mir auch."

Ein Geräusch hinter ihnen ließ sie sofort auseinander gleiten und in Kampfstellung gehen. Doch nur Kilian trat durch die nicht vorhandene Tür.

„Meister? Wir haben noch zwei von ihnen erwischt. Der dritte war zu weit entfernt. Er wird mit Sicherheit Bericht abliefern, über das was hier geschehen ist. Wir sollten diesen Ort schnell verlassen und zur Höhle zurückkehren", schlug er vor.

„Gut, Kilian." Sofort spiegelte sich wider diese Arroganz auf dem Gesicht von Leanderos wieder, die Stevo zuvor eingeschüchtert hatte.

„Wir werden …", fing Leanderos gerade an, als Desmond ihn plötzlich unterbrach.

„Ich kann helfen. Wenn ich auch so blöd war und das mit der Kette nicht mitbekommen habe, so kenne ich doch ihre Gepflogenheiten, ihre Stärken und vor allem ihre Anzahl. Ich würde gerne etwas beisteuern wollen und wenn du …" Damit zeigte er auf Leanderos. „… einverstanden bist, würde ich mich euch anschließen."

Kilian zog die Augenbrauen überrascht nach oben.

„Und was ist mit Elisa?", fragte Stevo neugierig.

„DU wirst sie zum Clan bringen. Du bist selbst ein Clankrieger und das sollst du auch wieder sein. Ich bin beim Clan sicher nicht gern gesehen, nachdem ich einen von ihnen so lange gefangen hielt. Tja, und das mit dem Rat hat sich ja auch erledigt. Das einzige, wo ich von Nutzen sein kann … ist hier, wenn du mich lässt?" Er schaute fragend zu Leanderos.

Dieser überlegte kurz und dann erhob er seine tiefe Stimme. „Du kannst bleiben, aber wenn … du nicht funktionieren solltest, töte ich dich … eigenhändig."

„Ja, Meister", erwiderte Desmond huldvoll.

Kilian verschränkte die Arme vor der Brust und glaubte nicht, was er da gerade hörte. Doch wenn sein Meister es so wollte, würde er sich fügen, wie er es immer tat.

„Ich werde sie wecken, dann kannst du es ihr beibringen, denn …"

„Nein, lass sie." Desmonds Gesicht konnte die Entbehrung nicht verstecken, die damit verbunden war, Elisa zu verlassen. „Eins noch. Du musst es ihr sagen. Versprich es!"

Stevo wusste, worauf Desmond anspielte.

„Ich verspreche es." Der Clankrieger legte seine Hand auf sein Herz.

„Wenn ihr dann mal fertig seid, geht und verfolgt den Letzten von ihnen. Die Sonne wird bald aufgehen und dann muss er sich eine Bleibe suchen. Informiert mich dann." Leanderos winkte mit seinem Arm und schlagartig verschwanden Kilian und Desmond aus der Tür.

„Meinst du, es ist eine gute Entscheidung ihn bei dir aufzunehmen?", fragte Stevo verhalten.

„Ich habe Simon verloren und er ist eigentlich … ganz gut in dem was er tut. Den Rest bringe ich ihm schon noch bei." Seine messerscharfen Fangzähne blitzten auf. „Komm, wir müssen hier raus und uns etwas anderes suchen", forderte Leanderos.

Stevo lud sich Elisa auf seine Arme und trug sie aus dem maroden Gebäude. Zögernd folgte er seinem Bruder die Straße entlang. Nach ein paar Kilometer des Schweigens hob Leanderos seine Hand. „Dort!", rief er und deutete auf eine kleine Siedlung, die vor ihnen auftauchte.

„Zu viele Menschen", sagte Stevo witternd.

„Ach, dachtest du wir sind hier allein? Menschen sind hier überall." Leanderos breitete seine Arme aus.

„Ich weiß, doch ich dachte, wir finden etwas eher Abgelegenes."

„Manche Sachen ändern sich nie." Nun trat sogar ein kleines Lächeln auf Leanderos Lippen. „Früher warst du auch immer schon derjenige, der auf Sicherheit und Bescheidenheit plädiert hat."

Stevo fing an zu lachen. „Mir hat schon lange keiner mehr einen Vortrag über meine Bescheidenheit gehalten."

Dies zauberte auch Leanderos ein Grinsen ins Gesicht, bevor sie weiterzogen.

„Das da, besser?" Leanderos deutete auf eine zerfallene Burgruine auf der Spitze eines nahegelegenen Hügels.

„Viel besser."

Als sie in dem Gemäuer ankamen, stellten sie fest, dass es glücklicherweise einige unterirdische Räume gab, wo sie sich für den Tag verschanzen konnten.

Stevo überlegte. *Soll ich ihn fragen, ob er mitkommen will zum Clan? Er wäre eine große Bereicherung. Allein seine Macht Vampire unschädlich zu machen, ist genial.*

„Was überlegst du?", forderte Leanderos seinen Bruder auf.

„Ich überlege, dich mitzunehmen."

„Wohin?"

„Zum Clan"

„Niemals, was soll ich denn da?" Leanderos winkte entschieden ab.

Stevo legte Elisa auf einem Erdwall ab und bettete ihren Kopf zur Seite. „Der Clan könnte deine Unterstützung gut gebrauchen. Überleg doch mal. Wir … wieder gemeinsam. Seite an Seite."

„So schön der Gedanke auch ist, wieder mit dir zusammen zu sein, so sehe ich dennoch keine Möglichkeit. Wir haben uns weiterentwickelt und vor allem bin ich nicht mehr der kleine Bruder, sondern kann sagen, dass ich mächtiger bin als du."

„Du bist zwei Minuten jünger und mächtiger, naja … damit könntest du recht haben." Eine leichte Verneigung folgte. „Wie weit ist es denn noch bis London?"

Nach kurzer Überlegung sagte Leanderos. „Zu Fuß … noch eine Nacht."

„Du lässt uns doch gehen? Oder?" Plötzliche Zweifel kamen in Stevo hoch.

Überheblich griente Leanderos in an. „Es sei dir gewährt." Eine Verbeugung wie zu alten Zeiten bei Hofe vollzog Leanderos.

„Danke, Bruder."

Das ließ Leanderos Herz höherschlagen. Sein Ziel, seinen Bruder zu finden, war erreicht. Ihm kam ein altes Sprichwort in den Sinn. „Wenn du etwas finden willst, dann höre auf zu suchen."

Kapitel 5

Nachdem Mehit aus dem Spa-Bereich wieder in die Kommandozentrale gekommen war, war er mit Maddy und Angel nach oben in das Kaminzimmer gegangen.

Jonathan und Eric hatten um dieses Treffen gebeten. Wohl war Mehit dabei nicht, zumal Ament und Ortischa immer noch nicht zurück waren. Er wollte das Treffen soweit wie möglich hinauszögern, doch es viel ihm keine weitere Ausrede mehr ein.

Im Kaminzimmer hatte sich das ehemalige Clanoberhaupt in der Nähe des großen Kamins postiert, während Jonathan auf der bequemen Ledercouch seinen Platz gefunden hatte.

Als Mehit weiter in den Raum hineintrat, sondierte er beide auf das Genaueste. Er wollte nicht daran schuld sein, etwas übersehen zu haben.

Hinter ihm folgte Maddy, die sich ruhig gegenüber von Jonathan auf der Couch niederließ.

Angel hingegen trat taktisch clever hinter die Couch und man konnte ihr Ansehen, dass ihr sämtliches Blut aus dem Gesicht entwichen war. Denn sie wusste, in einem Kampf hätte sie die geringsten Chancen zu überleben.

Nun gesellte sich Mehit neben seinen Schützling, ohne den Blick von Eric zu nehmen.

Ungeachtet dessen war auch Ramos in das Kaminzimmer geschwebt und hielt sich dicht an der Tür auf, um im Notfall schnell zu verschwinden. Ihm war das alles nicht geheuer. Dieser Eric versprühte mit seiner bloßen Anwesenheit schon Angst und Schrecken, so dass sich das Kaminzimmer jetzt schon in zwei Lager gespalten hatte, ohne das einer ein Wort sagte.

Die Stille zwischen den Parteien war hochexplosiv und dennoch richtete Mehit als erster das Wort an Maddy, um ihr auch ein Gefühl der Sicherheit zu geben. Wissentlich richtete er sich nicht an Jonathan.

„Ament, Ortischa und auch Chang sind mit Marisol auf dem Weg hierher." *Sollen sie ruhig wissen, dass wir nicht ganz unvorbereitet sind.*

Als Mehit die Worte ausgesprochen hatte, zog Jonathan scharf die Luft ein. „Was? Seid ihr denn lebensmüde?" Seine grünen Augen sprühten vor Entrüstung.

„Nein, nur vorsichtig", entgegnete ihm Mehit ruhig, ohne ihn dabei anzusehen.

„Chang ist kein Clankrieger und Marisol eine aus der Zivilbevölkerung. Ihr könnt doch nicht alle hier herkommen lassen?" Jonathan hob seine Arme fast hilfesuchend.

„Doch, können wir. Chang ist einer der Söldner, den du selbst ausgesucht hast. Du erinnerst dich? Und Marisol ist die Schwester von Ortischa", entgegnete Mehit dem Clanoberhaupt ruhig, was diesen nur noch mehr in Rage geraten ließ.

„Ich weiß, wer Marisol und Chang sind, aber …"

Nun wurde er barsch von Eric unterbrochen. „Er solle nicht weiterreden. Seine Aussagen würden hier keinen mehr interessieren." Mit einer abwertenden Handbewegung unterstrich er seine Aussage.

Nun sprang Maddy erbost auf. „Nun tun Sie mal nicht so, als ob Sie wüssten, was hier in den letzten Monaten passiert wäre? Sie haben um dieses Treffen gebeten, also? Wie und wann wollen Sie Ramos zurückverwandeln?" Ihr ungehaltener Tonfall ließ Eric aufhorchen.

„Milady, Ihre Forderungen sind inakzeptabel. Die Quelle ist lediglich für das starke Blut, welches sie in sich trägt, verantwortlich. Ihre Sorge um die Clankrieger oder den Vampir, der in den Elementen wandert, hat Euch nicht zu interessieren." Seine eiskalte Stimme erzeugte ein unbehagliches Gefühl bei Maddy und den anderen.

„Ich glaube es einfach nicht …", betont sauer wandte sie sich an Mehit, um ihre eigene Unsicherheit zu überspielen. Dieser drückte sanft ihre Hand, was sie ein wenig beruhigte.

„Ich glaube, Maddy hat in der Vergangenheit bewiesen, dass sie mehr als nur die Quelle ist. Ferner hat sie den Pakt mit uns erneuert, in dem vereinbart wurde, dass sie über alle Aktivitäten des Clans eingeweiht wird. Dazu hast auch du deine Zustimmung gegeben Jonathan?" Nun forderte Mehit Jonathan heraus.

Dieser nickte. „Das ist wahr. Der Pakt wurde erneuert."

Maddy sah in Jonathans Augen ein Aufflackern, was ihn wieder wie damals erscheinen ließ.

„Jonathan, wir haben uns doch versprochen zusammenzuhalten?" *Ich verstehe nicht, warum er uns so fremd gegenüber wirkt. Wir haben ihm doch nichts getan.*

„Ja, das haben wir, aber nur Eric kann uns in dieser Situation weiterhelfen. Ihr müsst begreifen, dass es keinen anderen Weg gibt", sagte Jonathan sachlich.

In diesem Moment flog die Tür zum Kaminzimmer auf und Ament und Ortischa betraten mit schnellen Schritten den Raum.

„Entschuldigt die Verspätung", sagte Ament nur knapp und verschränkte die Arme vor der breiten Brust, als er Eric erblickte und diesen nun mit seinem Blick fixierte.

Unterdessen hallten die High Heels von Ortischa auf dem Weg zur Couch auf dem Parkett wider. Zielstrebig trat sie an die Seite von Maddy und setzte sich.

„Geht es dir wieder gut?", erkundigte sich Maddy sogleich und Erleichterung machte sich auf ihrem Gesicht breit, als beide Clankrieger nun bei ihr waren. *Endlich.*

„Ja, alles bestens", erwiderte Ortischa freundlich, bevor auch ihr Blick hart wurde, als sie in die Richtung von Eric schaute. Ihre Lippen verzogen sich zu einer geraden Linie.

„Ich verziehe mich", sagte Angel leise und huschte erleichtert aus dem Raum. Sie war froh, dass die Clankrieger wieder komplett waren. Dass dies einmal so sein würde, hätte sie vor kurzem selbst nicht erwartet.

Alle fixierten sich nun wie eine Horde Löwen, die jeden Moment losschlagen würde.

Langsam drehte sich Eric zu der Gruppe um und hob seine Hände. Blitzartig rollte eine gewaltige Machtwelle durch den Raum auf Maddy zu.

Mehit war der erste, der die Welle wahrnahm und reagierte sofort, indem er sich mit seiner eigenen Macht dagegen stemmte.

Auf Erics Gesicht tanzte nur ein überhebliches Lächeln.

„Eric, was machst du?" schrie Jonathan ihn empört an, der die gewaltige Kraft ebenfalls spürte.

Sogleich ließ Ament explosionsartig auch seine Macht hochkommen und zusammen mit seinem Waffenbruder stemmten sie sich gegen das ehemalige Clanoberhaupt. Doch ihre Macht war bei weitem nicht so stark, dass sich nun auch Ortischa anschloss, um Eric abzuwehren. Gemeinsam bildeten sie ein Dreieck um Maddy herum, die unterschwellig das Ganze auch mitbekam.

Der angespannte Gesichtsausdruck von Mehit, Ament und Ortischa verriet Maddy, dass es alle drei ungeheure Anstrengung kostete, sich gegen Eric zu wehren und sie sah ein, dass es nicht mehr lange dauern würde, bevor sie zusammenbrechen würden. Nie zuvor hatte sie die drei so gesehen und es tat ihr in der Seele weh.

„Hör auf!", schrie sie Eric entgegen, doch dieser labte sich daran, die drei zu malträtieren.

Hilfesuchend ging ihr Blick zu Jonathan, der wie versteinert Eric anstarrte.

„Jonathan, tu doch etwas. Er bringt die drei ja um!"

Doch dann geschah etwas womit keiner gerechnet hatte.

Ramos reihte sich in den Kreis der Clankrieger ein und in seiner Form im luftartigen Zustand, vervollständigte er das Quartett der Elemente. Er band sich in den Machtstrukturen mit ein, was die drei in seine Richtung schauen ließ. Aus seinen tiefsten Inneren stemmte er alles heraus, so wie Mehit es einst Raban erklärt hatte. Er suchte in sich und dann fand er im Verborgenen etwas, was dort schlummerte. Er griff danach und holte es zum Vorschein. Und nicht nur das, plötzlich bildeten so Mehit, Ament, Ortischa und Ramos ein Quadrat um

Maddy. Es fing kurz darauf an, sogar in allen Spektralfarben zu leuchten, so dass auch Ramos vollkommen sichtbar wurde. Ihre gemeinsame Kraft wurde durch ein tiefes Grollen verstärkt. Zusätzlich verteilte sich der Duft von Jasmin im gesamten Kaminzimmer.

Eric holte tief Luft, als ihn der Duft in die Nase kroch.

Das Leuchten wurde immer intensiver und Maddy war berauscht von dem Farbenspiel um sie herum. Dann sah sie wie Ramos seine Arme in die Richtung von Eric hob, der die Gruppe immer noch scharf fixierte.

Als wenn er den Strahl umleiten konnte, lenkte er ihn nun direkt auf Eric zu, der erschrocken die Arme hochriss, bevor er durch das Kaminzimmer gegen die Wand geschleudert wurde. Erst dann senkte Ramos seine Arme und wartete. Sein Blick war finster, rot glühten seine Augen und seine langen Fangzähne waren vollkommen ausgefahren. Seine Erregung spiegelte sich in seinem Zittern seines Körpers wider. Nun war es Mehit, der auf ihn ruhig einsprach.

„Halt ein!"

Im gleichen Moment zog sich Ramos zurück, verschwand wieder in seinem luftartigen Element und die drei Clankrieger wussten, dass die Verbindung zu ihm nun nicht mehr existierte.

Achtsam sondierten Ament und Ortischa sofort die Lage.

Ein Stöhnen folgte aus der hinteren Ecke des Zimmers. Mühsam rappelte sich Eric langsam wieder auf und hob die knöcherne Hand. „Gut, Ihr habt bewiesen, dass ihr würdig seid."

Alle sahen sich verdutzt an, denn keiner konnte erahnen, dass dies nur ein Test von Eric gewesen sein sollte, um ihre Loyalität gegenüber der Quelle zu beweisen. Gleichzeitig wollte Eric sehen, wie viel Macht in Ramos steckte und ob er bereits ein Meistervampir war.

„Entschuldige", dies war an Jonathan gewandt. „Ich habe dich deiner Macht kurzzeitig beraubt. Ich musste wissen, wie viel Macht ER hat." Eric deutete auf Ramos.

Der war wieder im Begriff sich gegen ihn zu richten, als Maddy die Hand hob und ihn damit bremste, obwohl sie nicht mal wusste, wo er gerade war.

„Sie haben uns getestet!", keifte sie nun Eric an.

„Ja, das habe ich. ER ist stark", sagte Eric anerkennend.

„Er hat einen Namen. Er heißt Ramos", korrigierte Maddy ihn.

Mehit, Ament und Ortischa waren sichtlich ausgepowert, doch das wollten sie dem ehemaligen Clanoberhaupt gegenüber nicht zeigen.

Ramos hingegen ließ alle Emotionen fallen und war nicht mehr zu sehen.

Was nun folgte, war allen ein Rätsel.

Eric ging langsam auf Maddy zu und verneigte sich vor ihr. Dann sank er auf seine Knie und sprach ehrfürchtig.

„Milady … es tut mir leid, wenn ich Euch und Eure Getreuen einer solchen Prüfung unterzogen habe. Ich musste erst Klarheit haben und daher habe ich mich aller möglichen Tricks bedient, die mir zur Verfügung stehen. Als ehemaliges Clanoberhaupt war es meine Pflicht, die Quelle zu schützen und gegen Angreifer jeglicher Art zu verteidigen. Aus diesem Grunde bin ich auch mit einer anderen Macht ausgestattet, als das jetzige Clanoberhaupt Jonathan. Ich hatte damals gedacht, dass die Macht, die ich ihm übertragen hatte, ausreichen würde, doch so wie es aussieht, hat sich einiges verändert. Ich werde Jonathan meine kompletten Kräfte übertragen, damit er in Zukunft Euch und die anderen besser beschützen kann."

Sprachlos starrte Maddy den alten Mann an. Nach einigen Sekunden hatte sie sich wieder gefangen, als Eric aufstand.

„Sie sind sicher geschickter in den Clanangelegenheiten, als ich es je sein werde, aber eines kann Ihnen gewiss sein. Wir sind füreinander da und halten zusammen."

„Das ist mir bewusst", entgegnete Eric ruhig.

Wie aus einer Starre löste sich Jonathan nun ebenfalls. Er funkelte Eric böse an.

„Er solle es mir nicht übelnehmen. Es musste sein", bekam er auf seinen finsteren Blick hin als Antwort.

Als Jonathan nun Maddy ansah, konnte sie die Verwirrung in seinem Blick sehen.

„Gut, dann haben wir das zwar geklärt, aber es bleibt immer noch die Sache mit Ramos, die Sie wieder rückgängig machen müssen."

„Ramos?", rief Eric in seine Richtung, was ihn instinktiv zusammenzucken ließ. Denn er hatte nicht gedacht, dass er wusste, wo er war.

Er schwebte vor den Kamin und Eric folgte ihm mit seinem Blick. So wie die anderen auch. Das ehemalige Clanoberhaupt hob seine knöchernen Arme und sprach etwas in der Sprache der alten Ägypter. Dann ballte er seine Hände zu Fäusten und ließ anschließend eine Welle seiner Macht auf Ramos los, der immer noch verunsichert dastand.

Als ihn die geballte Macht abermals traf, kam das Gefühl in ihm hoch, erneut in tausend kleine Einzelteile zu zerbrechen. Doch dieses Mal war es anders. Es fügte sich wieder alles an seinen Platz und nach wenigen Sekunden war er wiederhergestellt.

Eric senkte seine Hände mit den huldvollen Worten. „Es ist vollbracht."

Zum Test sprang Ramos in das Element Feuer und erschien in voller Größe vor dem Kamin, was Ament einen Mundwinkel erfreut nach oben ziehen ließ. *Das ist gut.* Schoss es durch seinen Kopf.

Sogleich machte sich bei allen Erleichterung breit und Maddy sah ihn mit einem Blick an, der sein Herz weich werden ließ. *Ich habe ihn wieder. Vollständig.*

„Geht es dir gut?", fragte Mehit.

Ramos nickte zustimmend.

„Dann müssen wir dich nur noch eine menschliche Form zurückverwandeln", sagte Maddy, was ihr nun einen nervösen Blick von Eric einbrachte.

„Was?", krächzte dieser hervor. „Wenn er mit seiner Macht wieder in eine menschliche Form verwandelt wird, dann wandelt er als Meistervampir auf Erden. Das heißt seine Macht ist dann wahrlich viel größer als unsere." Er breitete seine Arme aus und signalisierte damit die Macht aller Krieger in diesen Raum.

„Aber das ist doch das was mein Urgroßvater wollte? Er wollte DEN Meistervampir erschaffen. Und wenn ich die Geschichte richtig verstanden habe, stammen alle Vampire von diesem Meistervampir ab. Oder?"

Jonathan nickte ihr zu. *Gut aufgepasst, meine Maddy.*

„Dann ist es doch gut, wenn er auf unserer Seite steht und nicht auf der von Isfets Leuten."

Bei der Erwähnung der gegnerischen Seite, hob Eric nervös seine Augenbrauen.

„Ihr wisst es nicht!" Sagte er so leise, doch Jonathan vernahm es trotzdem.

„Was wissen wir nicht?" Plötzlich hatte seine Stimme wieder den gewohnten Klang.

Eric wandte seinen Kopf ab.

Jonathan wiederholte seine Frage etwas lauter. „Was wissen wir nicht?"

„Isfets Leute haben wahrscheinlich schon einen Meistervampir."

„Das kann nicht sein. Wie sollte das gehen?" Rief Jonathan erbost aus, denn das würde ein Versagen seinerseits darlegen.

Fast im Zeitlupentempo hob Eric nun seinen Kopf und sah Maddy an.

„Eure Schwester … Melanie", als Eric diese Worte sagte, hielten alle die Luft an.

„Meine Schwester?", sagte Maddy. „Ich denke sie ist entführt worden und wurde nie wiedergefunden."

„Ja, das ist auch richtig so. Ich denke aber Isfets Leute haben sie in der Gewalt gehabt und haben anscheinend viele Tests an ihr durchgeführt. Ihnen ist scheinbar das Tagesserum auf eine andere Art und Weise gelungen, denn sie tragen graue leblose Augen. Ich habe sie selbst gesehen. Doch eure Schwester wurde von einem Magier verändert. Einem Magier, der noch aus der Zeit der Pharaonen stammt. Er hat aufgrund seiner Verwandlung damals zum Vampir bis in die heutige Zeit überlebt."

„Woher wollt ihr das alles wissen?", fragte Maddy neugierig.

„Weil … ich eure Schwester selbst gesehen habe. Sie ist anders als Ramos."

„Wo habt ihr sie gesehen?" Schaltete sich nun Jonathan ein, denn diese Informationen waren auch für ihn neu.

„Gesehen … wäre zu übertrieben. Ich möchte sagen, ich habe einen Blick auf sie erhascht, als sie mit ihrem Gefolge umgezogen ist."

„Wann war das?", hinterfragte Jonathan nun.

„Vor etwa fünf Jahren. Ich befand mich gerade mit meiner Frau auf der Reise zu ihrer Schwester."

„Warum hast du mir das nie erzählt?"

„Weil ich bis zu diesem Zeitpunkt nicht einmal wusste, dass sie noch lebte. Ich habe sie gesehen, wie sie fünf Menschen mit einer Handbewegung bewegungsunfähig machte und sich anschließend wie ein wildes Tier auf sie stürzte und alle leer trank. Komplett. Das war nicht nur normales Nähren. Nein, es tanzte in ihr der pure Wahnsinn."

„Und warum hast du sie nicht gleich bekämpft?"

„Weil ich sie alleine nie hätte besiegen können. Ich habe sie fast zwei Tage lang beobachtet. Sie trank drei bis vier Menschen oder einen Vampir an nur einem Tag leer. Das ist anscheinend ihre Tagesration."

„Was war nach den zwei Tagen?"

„Da waren sie spurlos verschwunden. Ich hatte versucht ihre Fährte aufzunehmen, aber sie waren wie vom Erdboden verschluckt." Enttäuscht senkte er seinen Blick. „Nie hatte ich auch nur gedacht, dass es einen ebenbürtigen Gegner geben könnte, deshalb habe ich mich die Jahre bedeckt gehalten. Denn wenn das an die Öffentlichkeit gekommen wäre, dann hätten viele von Unseresgleichen Jagd auf sie gemacht und das Desaster wäre komplett."

„Du hättest UNS warnen können?", sagte Jonathan noch einmal mit Nachdruck und fand damit Zustimmung bei den anderen.

„Ja, das hätte ich, aber es war nicht der richtige Zeitpunkt."

„Und jetzt ist der richtige Zeitpunkt?"

„Wenn … ER der Auserwählte sein sollte, dann hätten wir alle eine reale Chance."

Ramos stand da und hörte zwar die Worte, doch wollte er keineswegs mit einer Furie kämpfen. Er war für so etwas nicht ausgebildet, zumal er nicht mal einen festen Körper hatte.

„Mit anderen Worten also – kannst du Ramos zurückverwandeln?", fragte Jonathan.

„Ja", sagte Eric, ohne seinen Blick anzuheben. „Doch es sollte euch bewusst sein, dass er sehr viel Blut benötigt, wenn das geschehen sollte. Ein Meistervampir benötigt normalerweise das Blut der Quelle, damit er überleben kann."

Sogleich traten instinktiv Ament, Ortischa und Mehit vor Maddy, um sie mit ihren Körpern abzuschirmen.

Doch Maddy trat zwischen ihnen hindurch.

„Wenn Ramos mein Blut braucht, wird er es auch bekommen." Ihr Blick war aufrichtig und Ramos konnte darin sehen, wie ehrlich sie es meinte. Nicht nur, dass sie ihn nähren wollte, nein, sie wollte das er lebte. Diese Selbstlosigkeit berührte sein Herz.

„Milady, Ihr seid mutig. Doch sein Durst wird nicht steuerbar sein."

„Ich bin da etwas zuversichtlicher als Ihr. Ramos wird mir nie wehtun. Niemals", antwortete Maddy.

„Dann warten wir es mal ab", sagte Eric leise.

Als Angel bei Raban in der Kommandozentrale ankam, ging sie direkt auf ihn zu.

„Sag mal, hast du auch eine Kamera im Kaminzimmer?"

„Aber sicher doch." Ein verschmitztes Grinsen trat auf sein Gesicht. „Mir entgeht nichts mehr hier. Scheint ja eine nette Runde da oben zu sein. Gerade flogen da oben die Fetzen. Eric war der Meinung sich gegen uns zu stellen und hat nicht mit Ramos und seiner enormen Kraft gerechnet. So wie es nun aussieht, gibt es einen Waffenstillstand und er hat Ramos wieder zusammengesetzt."

„Das sind ja mal gute Nachrichten, obwohl ich diesem Eric nicht traue. Seitdem er hier ist, greift er uns ständig an, alle sind in Panik und ich als normaler Vampir hätte hier sowieso keine Chance." Sie rümpfte ihre Nase.

„Eric ist wirklich ein sehr alter Vampir. Wenn er nicht sogar noch aus der Entstehungszeit her übriggeblieben ist."

„Meinst du wirklich?"

„Er hat Sachen gesehen, die wir nie erleben werden." Fast etwas ehrfürchtig klangen die Worte von Raban, der sonst eigentlich immer nur flotte Sprüche auf den Lippen trug. In der hintersten Ecke seines Gehirns hoffte er sogar ein wenig, dass er seiner Schwester Justine auch helfen konnte, wieder ein normaler Vampir zu werden. Doch die Frage überhaupt zu äußern, war zu früh – und vor allem unter den momentanen Umständen unmöglich.

„Mir gefällt das Ganze trotzdem nicht. Wo ist Ivan eigentlich?", fragte Angel.

„Er kümmert sich wohl um unseren menschlichen Gast, Mona. Da ist ja auch nicht alles so glatt gelaufen, wie wir es uns vorgestellt haben. Mehit hat Jaques die Erinnerung an uns genommen."

„Oh mein Gott, man sollte diesen Menschen allen die Erinnerung an uns nehmen." Damit drehte sie sich um und lief zum Ausgang. Beim Verlassen rief sie Raban noch zu: „Ich gehe mich nähren. Wenn etwas ist, ruf mich."

Zur gleichen Zeit...

Zielstrebig war Ivan zu seinem Quartier gelaufen und schälte sich nun aus seinen nassen Klamotten. Er griff nach einem flauschigen Handtuch in seinem

Badezimmer und trocknete sich ab. Dabei rieb er über das große Tattoo, welches den Namen seiner Schwester Darja zierte. Fast sehnsüchtig hing er einen Moment seinen Gedanken nach. Dann zog er eine enganliegende Boxershorts an. Seinen massigen Oberkörper bedeckte er mit einem neuen T-Shirt und seine Beine hüllte er in eine Lederhose. Zu guter Letzt folgten noch ein paar Kampfstiefel. Während er das tat, überlegte er immer noch, ob er nicht über das Ziel hinausgeschossen war. *Ein Mensch.*

Er überlegte fieberhaft, doch bis zu diesem Moment hatte es nie ein Mensch auch nur gewagt, ihn anzufassen, außer Susan in der Bar, wo er mit Mehit unterwegs gewesen war. Seine Schwester war die einzige, die ihn früher in den Arm genommen hatte. Ansonsten hatten es die Frauen nicht gerade leicht mit ihm. Wenn er eine an sich heranließ, dann nur für den Akt, wobei er auf überflüssigen Körperkontakt verzichtete. Küssen schon gleich gar nicht, denn wenn er sich vorstellte, wen diese Frau vielleicht schon alles geküsst hatte, verging ihm alles. Nach dem gemeinsamen Akt, war er immer derjenige gewesen, der nicht schnell genug verschwinden konnte. So wollte er auch den Gefühlsduseleien der Frauen entgehen, die ein weiteres Treffen wollten oder sogar eine Beziehung. Bis zu diesem Tage hatte er alles, für seine Verhältnisse, gut im Griff. Er war damit zufrieden. Nun hatte ihn aber die spontane Aktion von Mona vollkommen aus dem Konzept gebracht. Eine Frau mit den wohl schönsten Rundungen, die er je zuvor gesehen hatte. Sie hatte einen üppigen Busen und ein paar Gramm mehr auf den Hüften, was seinen Puls sofort schneller schlagen ließ. Er mochte keine Size Zero Modelle, an denen er sich nur Splitter holte. Er brauchte eine Frau, die etwas zum Anfassen hatte. Er lechzte schon nach ihrem Anblick und schüttelte gleichzeitig den Kopf. *Ein Mensch und ein Vampir waren keine gute Kombination.* Allein die Vorstellung einen Menschen zu küssen, hätte ihn bis zu diesem Moment mit Mona sogar angeekelt.

Und nun?

Nun schrie sein Körper ihn an, es wieder zu tun.

Ausgiebig und leidenschaftlich.

War er so ausgehungert nach menschlichen Blut, dass er sich nicht mehr im Griff hatte? Und warum war ihr Blut nur so süß, nein exzellent? Er ertappte sich dabei, wie er über die sinnlichen Lippen von Mona nachdachte und was sie noch alles Wunderschönes mit seinem Körper anstellen konnte. Bei diesem Gedanken kam sein Blut sofort in Wallung.

„Jemand da?", rief Angel, als sie das Quartier von Ivan betrat.

„Ja", knurrte er nur hervor, als er aus seiner Traumwelt gerissen wurde.

„Oh … bist du baden gegangen?", folgerte sie, als sie die nassen Spuren bis zum Bad verfolgte.

„Bist heute aber schlau", gab Ivan nur gereizt zurück.

„Angefressen auch noch und …" Sie zögerte einen Moment als ihre Nase den Duft eines Menschen wahrnahm.

„Lass mich einfach in Ruhe." Damit flog die Badezimmertür mit einem heftigen Knall zu. *Verdammt ich muss mich wieder unter Kontrolle bekommen.* Schallte er sich selbst.

„Oh, oh", sagte Angel leise vor sich hin. Sie kannte diesen lieblichen Duft. Er gehörte zu Maddys menschlicher Freundin Mona. Sie überlegte fieberhaft, wie und wo die beiden aneinandergeraten sein konnten und was Ivans Laune so in den Keller getrieben hatte.

Sie setzte sich auf die Couch und legte zwei Blutbeutel auf den Tisch. In den einen versenkte sie ihre Fangzähne und trank ihn leer.

Nach einer knappen Viertelstunde kam Ivan aus dem Bad und Angel sah auf.

Genervt atmete er aus und trat auf sie zu. „Es ist nichts passiert. Mona ist im Spa-Bereich ausgerutscht und in den Pool gefallen und ich habe sie wieder herausgeholt. Ende der Geschichte." Damit griff er nach dem Blutbeutel und verließ das Quartier.

Nachdem die Tür ins Schloss gefallen war, sagte Angel zu sich selbst.

„Warten wir es mal ab, ob das wirklich das Ende der Geschichte war?" Ihr Blick war fokussiert und ihre Lippen gespitzt.

In einer Ruine …

Ein Knistern riss Stevo aus seinem kurzen Schlaf. Sofort waren seine Sinne auf Kampfmodus eingestellt. Doch als er erblickte, dass sich gerade nur eine kleine Maus an ihm vorbei mogelte, musste er sogar lächeln.

Sogleich sah er nach Elisa, die neben ihm lag und deren Halswunde nun vollkommen verheilt war.

Dann blickte er sich nach Leanderos um. Als er ihn nicht sah, wurde ihm ein wenig mulmig. Er sendete seine Sinne in die gesamte Ruine.

Nichts.

Sollte er gegangen sein? Schoss es durch seinen Kopf. Rasch erhob er sich und sah dabei auf die Erde. Im Sand hatte Leanderos ihm eine Nachricht hinterlassen.

Geh in Frieden mein Bruder und pass auf Elisa auf. L.

Ein wenig machte ihn diese Nachricht melancholisch. Doch dafür blieb keine Zeit. Er musste jetzt nach vorne schauen. Sein Ziel war es, Elisa heil zu Mehit bringen. Doch fragte er sich, ob er Leanderos jemals Wiedersehen würde?

Die Abenddämmerung kroch über die Ruine hinweg und langsam löste Stevo die Trance, die Elisa einhüllte.

Sogleich kam Elisa zu sich und rappelte sich auf. Etwas unkoordiniert ruderte sie mit ihren Armen umher.

„Hey, Hey … Elisa, es ist alles gut. Ich bin es Stevo."

Sogleich schaute sie in seine Richtung und als ihr sein vertrautes Gesicht mit den fast weißen Augen erschien, entspannte sie sich.

„Wo sind die anderen?" Sie wischte über ihr Gesicht und versuchte ihre Haare in einem Pferdeschwanz zu bändigen. Das dreckige T-Shirt klebte an ihr wie eine zweite Haut und auch ihre Hose war sehr in Mitleidenschaft gezogen worden.

„Mmmh … sie sind nicht da", antwortete Stevo

„Wann kommen sie wieder? Es wird schon dunkel und wir … wo sind wir?"

Der plötzliche neugierige Ausdruck in ihren Augen entging Stevo nicht.

Hektisch sah sich Elisa um.

„Wie sind wir hierhergekommen? Stevo? Was machen wir hier und wo sind die anderen?"

Er griff nach ihrer Hand, doch sie entzog sich ihm.

„Wie ich sagte, sie sind nicht da. Die Truppe, die von Theresia ausgesandt wurde, wurde erfolgreich von Leanderos vernichtet. Ohne das auf unserer Seite ein Schaden entstand."

Aufmerksam hörte Elisa zu, wobei sie ihre Augen leicht zusammenkniff. Sie erwartete schlechte Nachrichten, dass könnte Stevo an ihrer Körperhaltung erkennen.

„Und … weiter", forderte sie nun.

Stevo wollte nicht lange um den heißen Brei herumreden.

„Desmond hat sich meinem Bruder Leanderos angeschlossen." Kurz wartete Stevo auf eine Reaktion, doch diese blieb aus.

Elisa holte nur tief Luft, um dann ihn mit ihrem Blick zu durchbohren.

„Sie jagen einen, der noch von der Truppe übriggeblieben ist. Wir beide werden weiter nach London gehen. Wir haben noch einen Nachtmarsch vor uns, dann müssten wir da sein."

Seine Ausführungen waren wie Rasierklingen in den Ohren von Elisa.

London, verhasstes London – und alles was dazu gehört.

„Und dann kommen die anderen nach, wenn sie den letzten Kämpfer geschnappt haben?" Die Frage schwang durch den Raum und Elisa wusste, dass die Antwort nicht die war, die sie sich erhoffte.

„Nein … sie werden nicht nachkommen", sagte Stevo so einfühlsam er konnte.

„Warum nicht?" Ihre Wut und Enttäuschung spiegelten sich in ihrem herzförmigen Gesicht wider, während sie auf ihrer Unterlippe herumkaute.

Stevo zuckte mit den Achseln. „Jeder muss den Weg gehen, den er für den richtigen hält. Du kannst niemanden aufhalten. Desmond hat sich meinem Bruder angeschlossen."

„Und Leanderos? Er ist dein Bruder."

„Auch er geht seinen eigenen Weg. Ich bin froh, dass er lebt." Mehr wollte er nicht dazu sagen, das konnte Elisa an seiner Mimik erkennen, als er sich von ihr abwandte. Sie griff nach seinem Arm.

„Und was ist mit … uns? Wo führt unser Weg hin?"

Er sprach über seine Schulter zu ihr. „Wir … gehen nach London." Energisch unterstrich er diese Worte mit einer Geste seines Armes. „Wir schaffen das."

Elisa fiel ihm um den Hals und er schloss seinen Arm um ihre Taille. „Wäre doch gelacht, wenn wir das nicht hinkriegen würden. Schließlich bin ich ein Clankrieger und habe die tapferste Frau der Welt an meiner Seite."

Stolz schaute sie an seiner Seite nach oben. „Genau."

„Na dann lass uns los."

Geschlossen traten sie in die sternenklare Nacht hinaus.

„Wo sind wir hier eigentlich?"

„Ich glaube zwischen Manchester und Nottingham", antwortete Stevo.

Auf Menderson …

Mona hatte eine ausgiebige heiße Dusche genommen und saß nun auf dem Badewannenrand, eingewickelt in ein großes Handtuch und ihr Herz pochte wie wild.

Was habe ich nur getan? Ich habe einen Vampir geküsst. Bin ich denn von allen guten Geistern verlassen? Wie konnte ich denn so etwas nur tun? Um Gottes Willen, was muss er jetzt von mir denken? Wahrscheinlich wird er gar nichts von einem Menschen denken, der sich einem Vampir an den Hals wirft, als wenn das ein Ausweg wäre, seine Probleme zu lösen. Oh mein Gott, was habe ich nur getan? Aber … vielleicht wollte er es auch. Er hat mich doch zurück geküsst, oder habe ich mir das nur eingebildet? Er hätte mich auch ertrinken lassen können. Aber er hat mich gerettet. Oder hat er das nur getan, damit Maddy ihm nicht den Kopf abreißen würde? Ich interpretiere wahrscheinlich viel zu viel in seinen Kuss. Was sollte er auch mit einem Menschen anfangen? Sie blickte auf ihre Reisetasche, die sie in Windeseile gepackt hatte. Ihre Habseligkeiten beschränkten sich wirklich nur noch auf eine Reisetasche. Wie traurig. Sie schüttelte den Kopf, wobei ihr dunkelblondes langes Haar an ihren Schultern klebte. Ein Klopfen riss sie aus ihren Gedanken.

Schnell lief sie zur Tür und fragte: „Ja, wer ist da?"

„Ich!" Durchdringender konnte die Stimme auf der anderen Seite der Tür nicht klingen.

Mona wusste ganz genau, wer da vor dieser Tür stand. Ihre Haut war schlagartig von einem angenehmen Schauer überzogen. Diese Stimme würde sie von nun an jederzeit wiedererkennen.

Sinnlich, eindringlich und fordernd.

Sie griff nach der Türklinke, öffnete und bat ihn mit einer Handbewegung herein. Ihr Puls pochte so laut in ihren Ohren, dass sie Angst hatte, er könnte ihn hören.

Wortlos betrat er ihr Quartier.

Seine imposante Statur ließ Mona den Mund offenstehen, doch es kam nichts heraus. Sie war so beeindruckt, dass er hier wieder vor ihr stand. Damit hatte sie nicht im Geringsten gerechnet. Aber sie bekam in diesem Moment auch Angst, dass er vielleicht nur gekommen war, um ihr zu sagen, dass das ein Versehen war und keiner etwas davon erfahren sollte. Oder noch schlimmer, er ihr sagen würde, dass er ihr die Erinnerung an den Kuss doch nehmen musste. Tausend Gedanken schossen durch ihren Kopf.

Als er sich zu ihr umdrehte und seine violetten Augen sie fixierten, fehlten auch ihm die Worte. Zumal er seinen Blick über das große Handtuch schweifen ließ, welches ihren nackten Körper verbarg, was ihn in diesem Moment an den Rand der Besinnungslosigkeit trieb.

Wie angewurzelt stand Mona vor ihm und hielt das Handtuch mit einer Hand fest. Sie sah seinen lüsternen Blick, der über ihren Körper glitt. Sie konnte nicht umhin, ihn ebenfalls zu begutachten. Dieser gut aussehende Vampir mit dem Flathaarschnitt, dessen Muskelpartien sich unter dem T-Shirt abzeichneten. Noch nie hatte Mona etwas so Attraktives vor sich gehabt – und sie war sich auch nicht sicher, wie lange dieser Augenschmaus noch bleiben würde. In seiner Nähe fühlte sie sich sicher und geborgen und dennoch kamen Zweifel in ihr hoch. In diesem Moment steht er noch vor ihr, doch in einem Sekundenbruchteil könnte er schon wieder verschwunden sein. Die enorme Schnelligkeit der Vampire hatte sie damals am eigenen Leib gespürt. Zitternd fing sie an zu sprechen.

„Ich muss mich bei dir entschuldigen. Ich hätte dich vorhin nicht einfach küssen dürfen. Das stand mir nicht zu und …" Ihr stockte der Atem, als Ivan sich ihr wie ein Raubtier näherte. Sein Blick war gesenkt und aus leicht geschlossenen Augen fixierte er sie.

„Da hast du allerdings Recht. Es stand dir wirklich nicht zu." Seine Worte waren ernst.

Mona stolperte einige Schritt rückwärts und ihre Augen wurden groß.

Ich sage ihr jetzt, dass das mit uns keinen Sinn hat.

„Aber …" In dem Moment, wo sich ihre Blicke erneut trafen, wusste er nicht mehr, was er ihr eigentlich sagen wollte.

Der Raum zwischen ihnen wurde von Magie gefüllt, die er sich nicht erklären konnte. Ivans hungriger Blick hypnotisierte sein Gegenüber und je länger er sie ansah, desto mehr wurde er in ihren Bann gezogen. In Sekundenschnelle umfing er ihre Taille, zog sie an seine Brust und senkte blitzschnell seinen Mund auf ihren.

Mona, die sichtlich überwältigt war, öffnete erstaunt ihre vollen Lippen und gewährte ihm Einlass. Seine Zunge bahnte sich ihren Weg und stellte sich ihrer entgegen. Der leidenschaftliche Kuss der nun folgte, katapultierte beide in eine andere Ebene. Sie griff ihm in den Nacken und zog ihn dichter an sich und umklammerte mit dem anderen Arm seine Schultern. Sie wollte ihn nicht mehr loslassen. Nie mehr.

Kurzerhand lud er sie auf seine kräftigen Arme und lief mit ihr zu dem großen Bett. Dort legte er sie, so sanft wie er konnte, ab. Er war froh, dass das Handtuch ihre nackte Haut bis hierher bedeckt hielt.

„Ivan …" Mona streckte ihre Arme sehnsüchtig nach ihm aus.

Rasch streifte er sein T-Shirt von seinem Oberkörper und seine Kampfstiefel folgten. Nur die Lederhose behielt er an. Behutsam wählte er nun seine Worte, als er auf das Bett zutrat, denn er wusste, dass er sich nicht mehr lange beherrschen konnte.

„Mona, wenn ich dir wehtue … dann musst du mir das sagen. Sofort! Versprich es mir?" Sein Atem ging dabei schwer, weil er ganz genau wusste, dass das ein riskantes Spiel mit dem Feuer war und er gerade im Begriff war, sich die Finger zu verbrennen.

Sie nickte, denn ihr Hals war zu trocken, als das sie hätte antworten können.

Seine Stimme wurde rau. „Ich hatte noch nie etwas mit einem Menschen." Sein Blick wanderte über ihren wunderschönen Körper, dabei ließ er seine oberen Zähne an seiner Unterlippe entlang kratzen.

„Und ich noch nie mit einem Vampir." Sie leckte sich die trockenen Lippen und spreizte ihre Beine, doch nur so, dass ihre Scham weiterhin bedeckt blieb.

Er senkte seinen Körper schnell zwischen ihre Beine, bevor sie sich es anders überlegen würde. Seinen Oberkörper stützte er mit dem Armen ab, damit sein Gewicht sie nicht zerdrückte. Einerseits war ihm diese Position sehr angenehm, denn somit würde er nicht in die Versuchung kommen, seine Hände auf ihrem lieblichen Körper zu platzieren.

Monas Kopf senkte sich weiter in das Kissen und als er anfing ihren Hals mit Küssen zu übersehen, war es so, als ob er das schon tausend Male vorher bei ihr gemacht hätte. *Das ist das Schönste, was ich je erlebt habe.* Schoß es durch seinen Kopf. Die Empfindungen durchströmten seinen Körper und er hieß sie willkommen. Noch nie fühlte er sich so frei und dennoch so geborgen.

Mona gab sich ihm hin, zog ihn zu sich und küsste ihn innig – und er konnte ihr nur folgen. Impulsiv küsste er sie zurück. Als seine Fangzähne sich ausfuhren, hob er den Kopf in den Nacken, um Mona nicht zu verletzen. *Verdammt, nicht jetzt.* Fluchte er innerlich. Er wollte sie auf keinen Fall verschrecken.

Ihre Hand glitt an seine Wange. „Lass sie mich sehen … bitte", sagte Mona ohne Furcht. Sie wusste selbst nicht, warum sie die scharfen Fangzähne sehen wollte, mit denen er sich nährte und auch töten konnte. Sie war fasziniert und trotzdem hatte sie Respekt vor ihnen.

Er konnte auf der einen Seite ihr diesen Wunsch nicht abschlagen, zumal es ihn noch mehr anheizte. Auf der anderen Seite war sie die erste Frau, der er sie auch zeigen wollte. Warum das so war, verstand er selber nicht. Als er sich zu ihr beugte, drehte sie ihren Hals in seine Richtung und schaute ihn aus dem Augenwinkel an.

„Was machst du?" Verwunderung stand in seinem Gesicht.

„Ich will das du mich kostest, aber dieses Mal richtig", antwortete Mona sinnlich.

„Mona!" Vehement sträubte er sich dagegen, aber im Inneren lechzte er danach.

Ihre Hand umfasste seinen Nacken und ehe er es sich versah, waren seine Fangzähne nur noch wenige Millimeter von der pochenden Vene an ihrem Hals entfernt.

„Bitte … beiß mich", fehlte Mona.

„Du weißt nicht, was du da von mir verlangst!" Sein Speichel schoss ihm in den trockenen Mund und er wollte ihrem Wunsch nachkommen und wusste gleichzeitig, dass er dann noch weiter gehen würde. Sein Oberkörper berührte bereits ihre noch vom Handtuch bedeckte Brust. Er konnte ihre Erregung riechen und es lüstete ihn danach, weiter zu agieren.

Nun streichelte Mona seinen Nacken, was ihn dahinschmelzen ließ.

„Bitte", hauchte sie erneut.

„Bist du dir sicher?"

„Ja."

Er ließ sich neben ihr nieder, öffnete den Mund und ließ seinen Fangzähnen freien Lauf. Dabei durchstach er die zarte Haut an ihrem Hals, was Mona etwas zusammenzucken ließ. Er drückte sie fester an sich, um ihr zu zeigen, dass er sie halten würde. Dann saugte er den ersten Schluck an ihrer Halsschlagader.

Genussvoll wölbte sich plötzlich Monas Körper ihm entgegen, während seine Hand an ihrem Oberschenkel entlang glitt. Geschmeidig ließ er seine Finger über ihre weiche Haut gleiten, als er den zweiten Schluck nahm.

Mona stöhnte unter ihm lustvoll auf.

Seine Augen fingen an zu leuchten, als der kupferne Geschmack seine Kehle immer mehr benetzte und er Monas Blut hinunterschluckte. Ein tiefes Surren durchströmte nun seinen Körper. Sein Griff an Monas Oberschenkel wurde fester, als er den dritten Schluck nahm.

Unter ihm verspannte sich Mona. Er spürte die Veränderung bei ihr und löste sich von ihrem Hals und versiegelte sogleich die Einstichstellen mit seiner Zunge. Erst jetzt bemerkte er, dass Monas Oberschenkel immer noch zwischen seinen Fingern war.

„Entschuldige …", sagte er kleinlaut. „Ich war zu grob." Schnell ließ er los und sah, dass sich unter seinen Fingern leichte blaue Flecken bildeten.

„Nein … entschuldige dich nicht. Ich bin wahrscheinlich nicht so stabil, wie eine Vampirin?" Ihr Lächeln ließ ihn seine Unachtsamkeit verdrängen. Er neigte seinen Kopf und sah sie mit seinen violetten Augen an, wobei ihr Schein ihr Gesicht in ein weiches Licht tauchte.

„Ivan … dein Biss war … berauschend. Ich … will mehr."

Er richtete sich auf und beugte sich über Mona. Dabei nahm er ihre Handgelenke und drückte sie vorsichtig ins Kissen.

„Mona, mein Biss ist ein Aphrodisiakum, deshalb löschen wir den Menschen das Geschehene aus dem Kopf, nachdem wir sie gebissen haben. Deshalb werde ich jetzt …"

„Nein, wirst du nicht, denn dann löschst du meine Empfindungen und meine Gefühle für dich ebenfalls." Ertappt sah sie ihn mit großen dunkelgrünen Augen an.

„Gefühle?" Er zog eine Augenbraue nach oben.

„Nein … ähm ich meine … ach …" Sie verdrehte die Augen Richtung Decke.

Ivan ließ ihre Handgelenke sofort los und richtete sich auf. Sein Gesichtsausdruck zeigte keinerlei Emotion mehr. Es war, als hätte sie ihn geschlagen.

Mona legte ihre zarten Hände vor ihr Gesicht. „Ich hätte es nicht sagen dürfen, es war nicht richtig."

„Unser Biss wirkt wie ein Wahrheitsserum, genau aus diesem Grund löschen wir das Gedächtnis danach." Seine Stimme klang nun nicht mehr so verführerisch, sondern eher abgeklärt und gradlinig.

„Na, dann ist es ja super gelaufen. Dann lösch meine Gedanken am besten der letzten Monate gleich mit, denn dann kann ich vielleicht wieder ein normales Leben führen, in der Vampire keine Rolle spielen. Meine Beziehung ist hinüber, ich bin von euresgleichen überfallen worden und habe seitdem höllische Angst, wenn jemand Unbekanntes mir folgt. Ich habe wochenlang nicht gewusst, ob ich je wieder nach Hause komme und habe mich obendrein auch noch euch gegenüber loyal verhalten, als ich wieder in meine Welt zurückgekehrt bin – und jetzt verurteilst du mich, weil …" Ihr bleiben die Worte im Hals stecken. Sie richtete das Handtuch, rutschte von der Bettkante und lief ins Bad.

Irritiert ging Ivans Blick zwischen dem Badezimmer und dem Fußboden vor ihm hin und her.

„Verdammt", knurrte er böse hervor. *Wo habe ich mich da hineinmanövriert? Ein Mensch gesteht mir seine Gefühle und ich habe nichts Besseres zu tun, als auf ihren Gefühlen herum zu trampeln. Ich bin ein solcher Idiot.* Er griff sich mit seinen Händen an die Schläfen und wartete.

Nach einer gefühlten Ewigkeit öffnete sich die Badezimmertür wieder.

Mona hatte ihre geföhnten Haare in einem Pferdeschwanz gebunden und ein neues langes T-Shirt über ihre kurze Jeanshose angezogen. Als sie die Tür hinter sich schloss und sich umdrehte, hatte sie nicht erwartet, Ivan noch auf ihrem Bett sitzend vorzufinden. Sie stoppte in ihrer Bewegung. Er hatte seine Kleidung wieder angelegt, so als ob nichts zuvor passiert wäre. Sie hatte nicht einmal mehr mit seiner Anwesenheit gerechnet und nun saß er da, ihr so nah, den Kopf gesenkt und sagte keinen Ton.

„Du bist noch da?" Ihre Unsicherheit und gleichzeitige Verwunderung spiegelte sich in ihrem Gesicht und ihrer Stimme wider. Aufmerksam musterte sie ihn und sofort breitete sich wieder unbändige Hitze in ihrem Körper aus.

Er antwortete nicht auf ihre Frage und starrte weiter auf den Fußboden.

Erneut erhob Mona ihre Stimme, doch dieses Mal viel ruhiger und besonnen: „Was ich vorhin zu dir gesagt habe, war nicht sehr passend." Ihre Füße bewegten sich, obwohl sie nicht wusste, warum sie es taten. Etwas in ihrem Inneren zog sie magisch in seine Richtung. *Was für ein wundervoller Mann.*

Er bewegte sich keinen Millimeter. Seine ganze imposante Statur ließ nicht erahnen, wie es in unter dieser Schale kochte. *Geh so lange du noch kannst,* schrie ihn seine innere Stimme an.

Nun blieb Mona stehen und etwas zögerlich sagte sie: „Ich hätte dich vorhin nicht küssen dürfen. Es war allein mein Fehler und keiner, weder Mensch noch Vampir, muss je etwas davon erfahren. Ich werde nichts sagen und wenn du auch nichts sagst, dann ist doch alles gut? Oder du löscht mir am besten mein Gedächtnis und dann kann ich mich auch nicht verplappern."

In einem Sekundenbruchteil stand er vor ihr. Seine Brust bewegte sich rasant auf und ab und sein warmer Atem traf ihr Gesicht.

„Nichts ist gut!" Seine violetten Augen glühten und er baute sich bedrohlich vor ihr auf.

Erschrocken trat Mona wieder einen Schritt zurück, weil sie nicht wusste, was nun passieren würde. Würde er sie angreifen? Oder würde er ihr nur verbale Vorhaltungen machen. Verzweifelt wartete sie, dass er weitersprach.

Sekunden wurden zu Minuten.

Keine gute Idee, jetzt weiter zu reden. Verdammt. Schoss es durch seinen Kopf und dennoch tat er es.

„Ich … habe dich nicht aus Langeweile geküsst", zischte er bitter hervor, wobei er seinen Blick demonstrativ von Mona abwandte.

„Sondern?" Erbost über seine Äußerung verschränkte sie ihre Arme vor der Brust. Sie wollte ihm auf keinen Fall zeigen, dass er ihr gerade höllische Angst einjagte.

„Weil … verdammt noch mal. Ich zeig keine Gefühle, niemals, dann kann mir auch keiner zu nahekommen", presste er hervor, wobei seine Finger sich zu einer Faust ballten.

Mona sah seine Faust und forderte ihn heraus. „Ach, und nun kommt dir eine Frau zu nahe? Und dazu ist sie auch noch ein Mensch?"

„Mona, tu das nicht!" Er neigte seinen Kopf, denn ihr lieblicher Duft stieg ihm in die Nase und verwirrte ihn umso mehr. Er zog ihren Duft tief ein.

„Was soll ich nicht tun? Soll ich dich anlügen, damit es dir besser geht? Soll ich sagen, dass ich dich hasse? Ist es das, was du willst?" Empört stellte sie sich vor ihn.

„Das wäre besser – und vor allem ehrlich." Knurrte er sie scharf an, wobei sich seine messerscharfen Fangzähne wieder ausfuhren. Seine Emotionen konnte er nicht mehr unterdrücken und er wollte es auch gar nicht. Er wollte sich ihr zeigen, so wie er war, ein gnadenloser Vampir, der sein gegenüber jeder Zeit zerfleischen konnte. Doch so wie es aussah, hatten seine Fangzähne und seine gesamte Ausstrahlung nicht den Effekt, den er gedacht hatte.

Sie blickte ihn aus ihren großen grünen Augen an. „Vielleicht sollte ich Angst vor dir haben, habe ich aber nicht. Warum das so ist, kann ich dir nicht mal beantworten. Aber wenn dir schon jemand seine Gefühle offenbart, dann sei doch einfach froh darüber. Sonst endest du noch als einsamer, hüllenloser Blutsauger, der von niemanden jemals geliebt wird."

Die verbale Ohrfeige, die sie ihm damit verpasste, ließ ihn aufhorchen.

„Mona, hör auf!" Er wandte sich von ihr ab, denn er wusste nicht mehr, wie er sie sonst von sich stoßen sollte, ohne sie zu berühren. *GEH*, schrie sein Inneres ihn an, woraufhin er sich in Bewegung setzte und auf die Tür zusteuerte.

Rasch drängte Mona sich an ihm vorbei und streckte ihre Hände aus.

„Ivan, geh jetzt nicht … nicht so. Bitte. Verdammt noch mal, ich mache alles falsch."

„Nein, machst du nicht … ich mache es gerade", sagte er plötzlich so ruhig, dass ihr ein eiskalter Schauer über den Rücken lief.

Als er an ihren Händen zum Stehen kam, durchdrang Monas Wärme sein T-Shirt, was ihn schwer ausatmen ließ. Er blickte auf sie nieder und seine Augen fingen an zu funkeln. Unterdessen raste sein Puls auf Hochtouren.

Ihre Halsschlagader pochte heftig unter der zarten Haut, die ihren grazilen Hals überzog.

„Ivan!" Ihr sturer Blick aus ihren feuchten Augen traf ihn wie ein Pflock mitten ins Herz.

„Mona, ich kann nicht, so sehr ich vielleicht auch …"

„Küss mich", unterbrach sie ihn sanft.

„Mona … nein ich kann nicht."

„Jetzt!", forderte sie.

Sanft nahm er ihre Hände in seine, führte sie an seine Lippen, wobei er peinlich genau darauf achtete, dass sie nicht mit seinen Fangzähnen zusammenstießen. Vorsichtig küsste er ihre Fingerspitzen, die unter seiner Berührung zitterten. Er zwang seine Fänge zurück, was ihn viel Kraft kostete. Seine Vampirseite forderte mehr von seiner Standhaftigkeit, als er erwartet hatte. Sein Lendenbereich regte sich und ehe er es sich versah, senkte er unaufhaltsam seinen Kopf und empfing ihren lieblichen Mund.

Ihre Arme glitten sofort um seinen Hals.

„Eins noch. Diesen einsamen, hüllenlosen Blutsauger nimmst du zurück?", forderte er mit einem Grinsen an ihren weichen Lippen.

„Erst, wenn du mir das Gegenteil bewiesen hast." Sie reckte sich seinen Lippen entgegen, die begierig darauf waren, mit ihren zu verschmelzen.

„Sofort?", fragte er und leckte sich über seine trockenen Lippen.

In diesem Moment piepte sein Handy.

Er holte es aus seiner Tasche, während er sich noch eine kurze Berührung von Monas weichen Lippen gönnte. Nach einem kurzen Blick auf sein Handy sagte er: „Shit. Ich muss los. Ich sehe dich aber später wieder." In Windeseile schenkte er ihr noch einen Kuss auf die Stirn und verließ dann eilig das Quartier in Richtung Kommandozentrale.

Vollkommen verwirrt stand Mona an der Tür und sah diesem kraftstrotzenden Krieger hinterher, als er den Gang entlangging.

„Oh mein Gott, was für ein Kerl." Sagte sie leise vor sich hin.

„Ich habe dich gehört", rollte sein russischer Akzent durch den Flur zu ihr.

Sie grinste beschämt in sich hinein und schloss die Tür. *Oh Gott, wie peinlich.*

Hastig räumte sie ihre wenigen Habseligkeiten in einen der Schränke. Sie ertappte sich, dass sie die Ausgangstür anstarrte. *Wann wird er wohl wiederkommen?*

Als Ivan in die Kommandozentrale bog, konnte er Raban vor seinen Computern sehen.

„Zeit für eine Ablösung", grinte ihn Raban an, als er sich auf seinem Schreibtischstuhl umdrehte.

„Klar", sagte er, aber er dachte an Mona, die er in ihrer Unterkunft zurückgelassen hatte. Sinnlich und fordernd – und bereit für ihn.

Raban witterte plötzlich.

Bevor Raban fragen konnte, tischte Ivan ihm die gleiche skurrile Geschichte auf.

„Mona ist aus Versehen in den Pool gefallen und ich habe sie wieder herausgeholt. Ende der Geschichte."

„Ach wirklich?" flötete Raban, der den unverkennbaren Geruch von Mona an Ivan wahrnahm.

„Sie bräuchte unbedingt etwas zu essen. Sagst du Jane Bescheid?" Ivan wollte so schnell wie möglich das Thema wechseln, denn desto länger er über Mona sprechen würde, desto mehr würde er sich nicht mehr auf seine Aufgabe konzentrieren können.

„Ich werde Jane Bescheid geben. Möchtest du es ihr bringen?" Verräterisch klang Rabans Stimme, was ihm einen todbringenden Blick von Ivan einbrachte.

„Sei ruhig und geh bloß schlafen", sagte Ivan und setzte sich vor die Computer, ohne Raban eines weiteren Blickes zu würdigen. *Konzentrier dich. Du hast hier eine Aufgabe – und wenn du die vermasselst, dann köpft dich Ament.* Das brachte ihn wieder in die Spur. Mit wenigen Handgriffen hatte er die Kontrolle über die Satelliten, die das Signal auf den Chip von Conzuela verstärkten.

Raban tippte eine kurze Nachricht an Jane, als er sich auf den Weg zu seinem Quartier machte. Sehnsüchtig ging er an dem Zellenblock vorbei, in dem seine Schwester Justine saß. Er wusste, dass Angel ihr vorhin frisches Blut gebracht hatte. Außerdem hatte Maddy versprochen, dass sie morgen ein ausgiebiges Bad nehmen durfte. Selbstverständlich nur unter Aufsicht von Angel und Ortischa aber wenigstens in seinem Quartier und Ament und Ivan vor der Tür. Er durfte währenddessen nicht anwesend sein, aber solange es seiner Schwester besser ging, ging es ihm auch zusehends besser. Er war heil froh, dass sie überhaupt am Leben war und er würde alles dafür tun, dass dies auch so blieb. Er hatte sogar die Hoffnung, dass Eric ihr helfen konnte wieder, in ein normales Leben zurückzukehren. Bei der Macht, die Eric hatte, würde es vielleicht durchaus möglich sein. Er schüttelte leicht den Kopf, denn wie sollte er das den anderen nur vorschlagen.

Sein Handy piepte.

Jane hatte ihm geantwortet, dass sie ein Tablett fertigstellen würde, welches von Angel abgeholt werden konnte. Diese Nachricht leitete er weiter. Dann steckte er sein Handy wieder ein und betrat sein Quartier.

Kapitel 6

Unterdessen tigerte Chang im geräumigen Wohnzimmer von Ament umher. Seine Haut kribbelte, nachdem er das Anwesen betreten hatte. Er konnte es nicht zuordnen, ob es an der wunderschönen Marisol lag, die anscheinend nicht weit von ihm entfernt in dem Quartier von Ortischa untergebracht war, oder ob es an dem weitläufigen Anwesen selbst lag.

Unterschwellig hatte er eine enorme Macht wahrgenommen, die sich in dem gesamten Herrenhaus ausgebreitet hatte. Sein Verdacht, dass es sich dabei um Eric Sierks handeln könnte, hatte sich noch nicht bestätigt. Doch er war der Meinung, es müsste an dem ehemaligen Clanoberhaupt liegen.

Auch war ihm immer noch nicht klar, warum er nicht im Hotel hätte bleiben können. Es waren ihm eindeutig zu viele Faktoren, die seine Stimmung störten. Außerdem hatte er den Duft einer Menschenfrau in seine Nase bekommen und sein Durst pochte unaufhaltsam gegen seinen Kiefer. Er sah sich um und entdeckte einen Kühlschrank. Als er diesen öffnete, atmete er erleichtert aus. Kaltes Blut war zwar nicht das, was sonst auf seiner Speisekarte stand, aber er hielt es für besser, als gar keins zu sich zu nehmen. Hastig griff er nach drei Beuteln und schlug nacheinander seine messerscharfen Fänge durch das Plastik. Nach dem letzten Beutel ging es ihm schon wesentlich besser. Er durchschritt den Raum bis zur Couch, wo seine große Tasche auf der Erde lag. Mit einigen gezielten Griffen holte er neue Kleidung hervor. Dann ging er zielstrebig in das angrenzende Bad und ließ sich eine Badewanne voll Wasser ein. Er schälte sich aus seiner Ledermontur und alles sammelte sich zu seinen Füßen. Dann ließ er sich in das heiße Nass gleiten. Es war lange her, dass er entspannt ein Bad nehmen konnte. Immer musste er auf der Hut sein, nicht einem Möchtegernkiller zum Opfer zu fallen. Doch hier war das anders. Das Anwesen gehörte dem Clan und als er in der Kommandozentrale vorgestellt wurde, hatte er die etlichen Überwachungskameras begutachtet.

Dieser Raban hatte seiner Meinung nach perfekte Arbeit geleistet, um das Anwesen vor Eindringlingen zu schützen. Aus diesem Grund konnte er sich nun auch vollkommen entspannen. Die Seife, die er benutzte, verbreitete einen herrlichen Duft nach Kokos. Sein massiger Körper tauchte unter Wasser und als er wieder auftauchte, nahm er den Geruch eines Vampirs war.

Er sprang mit einem Satz aus dem Wasser und griff im Gehen nach einem Handtuch, um es sich um seine Hüften zu wickeln. *Nicht einmal hier kann man in Ruhe ein Bad nehmen.* Fluchte er. Er riss die Badezimmertür auf und ihm stockte der Atem.

Unterdessen hatte Marisol sich im Quartier von ihrer Schwester gründlich umgesehen. Viel gab es nicht, dass an die frühere Ortischa erinnerte. Ihre Suite war geradlinig und in spanischen Farben eingerichtet.

Sie hatte ihren Koffer in eine Ecke geschoben und sich erst einmal an den Blutbeuteln genährt, die ihr Ortischa gegeben hatte. Lange hatte sie überlegt, ob es wirklich so eine gute Idee gewesen war, noch weiter hier im kalten London zu bleiben.

Carlos hatte sie bereits zurückerwartet, doch sie wollte noch einige Zeit mit ihrer Schwester verbringen, nur das konnte sie Carlos natürlich nicht schreiben, denn alle dachten ja Ortischa sei tot. Somit hatte sie in der SMS nur erwähnt, dass sie noch etwas Zeit mit ihrer Nichte verbringen wollte. Er hatte darauf noch nicht geantwortet, was sie jedoch nicht weiter verwunderte. Sicher war er enttäuscht von ihr und sie konnte sich genau sein Gesicht vorstellen, als er die Nachricht gelesen hatte. Doch die Nähe zu ihrer Schwester war ihr im Moment wichtiger, als in ihr altes Leben zurückzukehren. Sie warf sich auf die Couch und knipste den Fernseher an. Zu dieser späten Stunde, waren alle Vampire aktiv. Sie überlegte, ob sie zu dem freundlichen Vampir in die Kommandozentrale gehen sollte, um ein wenig mehr über dieses riesige Anwesen zu erfahren. Doch sie wusste auch, dass sie sich nicht in die Angelegenheiten des Clans einmischen durfte. Wahrscheinlich würde ihre Schwester sie dann schneller zurück nach Spanien schicken, als ihr lieb war. Gelangweilt drückte sie auf der Fernbedienung die Programme hoch und runter. Sie blickte sich um, doch es gab nicht einmal ein Buch, was sie lesen konnte. Ihre Mundwinkel verzogen sich nach unten. Sie guckte sich die aktuellen Nachrichten an und schaltete dann den Fernseher wieder aus.

Unruhig lief sie durch das weitläufige Quartier, ohne zu wissen warum. Die Unruhe, die in ihr tobte, trieb sie zur Tür. Verstohlen öffnete sie diese und blickte auf den Marmorflur hinaus. Zu beiden Richtungen war nichts zu hören. Sie zog ihre Schuhe aus und lehnte die Tür hinter sich nur an. Dann ging sie den Flur einige Meter entlang, als ihr ein bekannter Geruch in die Nase trat. Abermals schaute sie den Gang zu beiden Seiten hinunter. *Keine gute Idee, hier herumzuschleichen.* Sie atmete abermals tief ein. Ihre Nase kringelte sich und sie wusste ganz genau, wer hinter dieser Tür war. Ein Mensch mit einer pulsierenden Ader am Hals. Sie leckte sich die Lippen und ihre Fangzähne fuhren aus.

Ivan sah auf dem Monitor, wie sich die kleine Schwester von Ortischa den Gang entlang schlich. Als sie vor der Tür von Mona stehenblieb und er ihre Fangzähne ausfahren sah, hielt es ihn nicht mehr auf seinem Stuhl. Er knurrte aus tiefster Seele und funkte Raban mit dem Notsignal an. Dieser stand innerhalb von wenigen Sekunden in der Kommandozentrale.

„Was ist los?", rief er ihm hektisch zu.

Doch Ivan antwortete nicht, sondern sprintete nur an ihm vorbei. Er wollte sich das Szenario gar nicht erst ausmalen, das Mona von einer Vampirin als Mitternachtssnack vernascht wurde. Er kam schlitternd den Flur entlang, als Marisol gerade im Begriff war, die Tür zu dem Quartier von Mona zu öffnen.

„Wage es gar nicht!", brüllte er ihr aus tiefster Kehle entgegen.

Erschrocken sah sie ihn mit gefletschten Fangzähnen an und stolperte einen Schritt rückwärts.

Seine violetten Augen glühten und wäre Marisol nicht zurückgetreten, hatte er sie von der Tür weggestoßen.

„Diese Tür ist tabu. Hast du mich verstanden!" Sein unnachgiebiger Blick strafte sie.

„Ja, schon gut." Beschwichtigend hob sie die Hände.

„Das ist Maddys Freundin Mona und sie ist ein Mensch. Finger weg von ihr!" Seine Emotionen gingen mit ihm durch. Er war selber erstaunt über seine Reaktion, doch ein Teil von ihm sah sie als seine an.

„Beruhige dich", sagte Marisol aufgewühlt und trat einen weiteren Schritt nach hinten. „Ich wusste das nicht." Ein weiterer Schritt folgte. Dann drehte sie sich um und lief wieder den Flur entlang.

Ivans Puls pochte heftig in seiner Brust. In diesem Moment wandte er seinen Blick auf die Tür, hinter der seine Mona schlummerte. Er belegte mental die Tür mit einem Bann, den nur er lösen konnte. Somit stellte er sicher, dass nur er zu ihr gelangen konnte. Dies beruhigte ihn und es ärgerte ihn, dies nicht gleich gemacht zu haben. Er hätte es sich nie verzeihen können, wenn Mona von Marisol gebissen worden wäre. Mona hatte gerade versucht, sich von dem Vorfall vor ihrem Elternhaus zu erholen. Er versuchte sich zu sammeln und lief den Gang wieder zurück zur Kommandozentrale, wo Raban ihn mit einem Gesichtsausdruck ansah, der ihn in seine Einzelteile zerlegen würde.

„Tut mir leid, dass ich dich gestört habe. Ich konnte mir nicht anders helfen, ohne den Kontakt zu Conzuela zu verlieren", sagte Ivan zerknirscht.

„Schon gut", antwortete Raban, obwohl ihm immer noch nicht klar war, warum er so hektisch den Raum verlassen hatte.

„Willst du dich wieder zurückziehen?", fragte Ivan nun vorsichtig.

„Ich glaube, du bist heute nicht mehr fähig, dich zu konzentrieren."

Blitzschnell stand Ivan vor ihm.

„Was meinst du?"

„Was ich meine?" Raban grinste in sich hinein. „Mona meine ich. Du bist vollkommen durch den Wind."

„Das stimmt doch gar nicht", versuchte sich Ivan zu verteidigen.

„Und ob das stimmt", sagte Raban mit einem Lächeln. „Schaffst du noch deine Patrouille?" Damit wandte sich Raban wieder seinen Computern zu.

Ivan stand unsicher in der Kommandozentrale. „Sicher kann ich das."

In Windeseile lief er die Treppe nach oben und trat in die kalte Nachtluft hinaus. Dann bewegte er sich in übermenschlicher Geschwindigkeit zum großen Tor. Von dort begann er immer mit seiner Patrouille.

Zur gleichen Zeit lief Marisol verwirrt den langen Marmorflur entlang. Sie wollte auf keinen Fall jemanden hier zu nahetreten. Das nun gerade Maddys Freundin fast auf ihrer Nahrungsliste gelandet wäre, beschämte sie zutiefst. *Das hätten Maddy und die anderen mir nie verziehen,* rügte sie sich selbst. *Da hätte ich auch gleich in die Sonne treten können.* Verneinend schüttelte sie ihren Kopf. Ehe sie sich versah, hatte sie eine Tür geöffnet und war eingetreten. Als sie nun mitten in dem Wohnbereich stand sah sie erst, dass sie das falsche Quartier betreten hatte. Hektisch ging ihr Blick durch die Suite, die ähnlich der ihrer Schwester wirkte, doch eher in weichen Sandfarben eingerichtet war. *Verdammt auch das noch.* Als sie sich gerade zum Ausgang wandte, öffnete sich die Badezimmertür und ein hünenhafter Krieger trat heraus.

„Äh … ich habe mich im Quartier geirrt. Verzeih …", stotterte sie vor sich hin und blickte schnell zu Boden.

Chang fixierte sie mit seinen glühenden gelben Augen, und war schon bei ihr, so dass sein nackter muskulöser Oberkörper genau in ihr Sichtfeld fiel.

Marisols Atem ging schwer, als sie ihren Blick vom Boden aufrichtete.

„Du musst keine Ausreden erfinden, nur um mich zu sehen", sagte Chang verführerisch.

Gerade wollte sie sich abwenden, als er sie sanft an der Schulter festhielt.

„Es ist besser, wenn ich jetzt gehe", sagte sie und trat einen Schritt von ihm weg, wobei sich ihre Blicke trafen. Fasziniert schaute sie ihm in die gelben Augen, die eine solche Wärme ausstrahlten, wie die Sonne Spaniens.

Chang ließ sie schweren Herzens gewähren.

Marisol drehte sich um und hörte hinter sich, wie er tief einatmete.

Er nahm ihren Duft in sich auf und ein leichtes Knurren erfüllte den Raum.

Außerdem konnte sie seinen Blick in ihrem Rücken spüren.

Als sie an der Tür ankam und die Klinke in die Hand nahm, blickte sie über ihre Schulter zu dem Halbasiaten zurück. Sein durchtrainierter Körper wurde nur durch das Handtuch, welches er sich um die Hüften geschlungen hatte, verdeckt und seine langen weißen Haare fielen ihm über die Schultern. Seine gelben Augen blickten sie eindringlich an.

„Marisol …", zischte er ihr vehement entgegen, als sie auf den Flur hinaus huschte.

Im Kaminzimmer …

Mit einem Blick, den Maddy nicht deuten konnte, glitt Eric langsam zur Tür.

„Eins noch", sagte sie und lief direkt auf ihn zu, was die anderen Clankrieger nicht gut heißen konnten. Doch Maddy ließ sich nicht beirren und als sie bei ihm angekommen war, reichte sie ihm die Hand. „Ich bin Maddy." Ihre tiefblauen Augen strahlten solch eine Herzlichkeit aus, dass Eric sie verdutzt ansah.

Nie zuvor hatte er einem Menschen, zumal der Quelle, freundschaftlich die Hand gereicht. Unsicher was er tun sollte, sah er zu Jonathan.

Dieser nickte ihm aufmunternd zu.

„Eure Geste ehrt mich sehr, aber ich kann …"

„Doch Ihr könnt", unterbrach Maddy ihn sanft.

Einen Moment dachte er erneut über das Angebot nach. Sein Blick wanderte ganz selbstverständlich zu ihrem Handgelenk, wo ihr Puls unaufhörlich das starke Blut in ihre Adern pumpte.

„Ihr seid so unwissend, Milady." Sein Augenmerk blieb weiterhin auf Maddys Handgelenk gerichtet. „Dennoch fühle ich eine Stärke, die mir so noch nicht begegnet ist."

„Dann geben Sie sich doch einen Ruck und reichen mir die Hand?" Langsam wurde Maddy ungeduldig.

Mehit hätte ihr am Liebsten zugerufen ruhig zu bleiben, doch er konnte es nicht. Auch die anderen verhielten sich ganz so, als wenn sie versteinert wären.

Aus dem Augenwinkel konnte sie den nervösen Blick von Mehit wahrnehmen.

„Meine Familie ist doch schon so lange mit Euch liiert, deshalb kann es doch nur von Vorteil sein, wenn wir gemeinsam unsere Ziele verfolgen – und dies wäre der erste Schritt." Sie hob ihre Augenbrauen und wartete auf eine Reaktion von Eric.

Er schwieg und starrte ihre Hand weiterhin an.

Nun glitt Maddys Blick suchend zu den anderen und Mehit beschwichtigte sie mit einer kleinen Handbewegung.

Sie rollte mit ihren Augen, dennoch riss sie sich zusammen und hielt ihm die Hand weiterhin hin.

Sekunden wurden nun zu zähen Minuten, in denen nichts geschah.

Fast hätte Maddy es aufgegeben, als plötzlich die Hand von Eric in ihre schoss. Erschrocken riss sie ihre Augen weit auf. Nun konnte sie die enorme Macht spüren, die durch Eric hindurch floss. Langsam richtete er seinen Blick auf Maddy. Als sich ihre Blicke trafen, fühlte Maddy sich, als ob sie schweben würde.

Ramos begutachtete die ganze Situation mit Argwohn. Irgendetwas gefiel ihm daran nicht. Eric hatte ihm zwar seine Einzelteile wieder richtig zusammengesetzt, trotzdem traute er ihm nicht über den Weg. *Ich würde niemals Maddy etwas zu leide tun. Selbst wenn ich wieder ein Mensch wäre. Das ist eine Unverschämtheit und wenn ich wieder sprechen kann, dann werde ich ihm das auch sagen.* Er beobachtete weiterhin das Schauspiel, welches sich vor ihm abspielte und als Maddys Füße den Kontakt zum Boden verloren, atmete er einige Male heftig aus.

Als wenn Eric das hinter sich gespürt hatte, konnte er sich ein Schmunzeln nicht verkneifen, bevor er Maddy wieder auf dem Boden absetzte.

Auch die Clankrieger hielten alle solange besorgt die Luft an.

Ortischa war nun diejenige, die als erstes neben Maddy trat.

„Ich glaube, für heute haben wir alle genug." Ihr eindringlicher Blick richtete sich auf Eric, der nun Maddys Hand losließ.

Das ehemalige Clanoberhaupt sah Ortischa finster an. Doch sie ließ sich nicht einschüchtern. Mit einem Schritt trat sie zwischen die beiden und berührte ihren Schützling am Arm.

„Es ist schon spät. Ich bringe dich nach oben."

„Und wer bleibt bei mir?", fragte Maddy nun sichtlich nervös.

„Ramos, ich und …?" Sie sah sich fragend um. Ament nickte zustimmend. „… Ament"

„Gut, dann lasst uns gehen."

Ament trat an ihr vorbei und sie schaute über ihre Schulter zu Jonathan, der nun eine entspannte Haltung eingenommen und sich neben Mehit gesellt hatte. Erst als Mehit ihr aufmunternd zunickte, verließ sie mit Ortischa das Kaminzimmer.

Ramos folgte ihnen.

Die Morgendämmerung kroch langsam über das Anwesen …

Maddy schlummerte schon tief und fest in ihrem Himmelbett. Es hatte einige Zeit gedauert, bis sie zur Ruhe gekommen war.

Auch das Ortischa und Ament sowie Ramos im gleichen Raum waren, konnte sie dann letztendlich soweit beruhigen, dass sie eingeschlafen war.

Ortischa hatte sich auf der bequemen Couch niedergelassen, nachdem sie Marisol einige Nachrichten gesendet hatte. Nun war sie in ein Buch vertieft.

Auch Ament lehnte immer noch an der Wand und tippte seit geraumer Zeit Nachrichten auf seinem Handy. Er hatte Mehit mitgeteilt, dass Maddy wohlbehalten in ihrer Suite sei. Mehit hatte ihm daraufhin geschrieben, dass die Lage sich im Kaminzimmer auch beruhigt hatte. Eric hatte sich mit Jonathan zurückgezogen und er selber hatte unten einen Rundgang vollzogen. Dabei hatte er auch nach Justine gesehen und war von Angel begleitet worden. Raban saß immer noch in der Kommandozentrale und die restlichen Mitbewohner waren alle in ihren Quartieren.

Doch Ament brannte etwas Anderes auf der Seele. Bevor er das Kaminzimmer betreten hatte, hatte er Mina noch eine Nachricht geschrieben, in der er fragte, ob es ihr gut ginge? Doch bis jetzt hatte sie immer noch nicht geantwortet.

Ramos hatte sich auf der Fensterbank niedergelassen und beobachtete Ivan, der seit Stunden über das Anwesen patrouillierte. Der Russe, hatte sich gut in die Gemeinschaft eingelebt und ihn gleich akzeptiert. Alles schien so ruhig, als er ihn beobachtete, wie er die Portaltreppe hinaufstieg und im Herrenhaus verschwand.

Irgendwo in Nottingham ...

Nachdem sie die ganze Nacht durchmarschiert waren, kamen sie endlich in Nottingham an. Sie waren absichtlich nur gelaufen, um keine Aufmerksamkeit von anderen Vampiren auf sich zu ziehen. Die Vergangenheit hatte ihnen gezeigt, dass Schnelligkeit nicht gerade produktiv gewesen war. Sie schlichen sich daher lautlos durch die Straßen, drängten sich dicht an Hauswänden entlang, um den neugierigen Blicken der Menschen zu entgehen, die sich auf dem Weg zur Frühschicht befanden. Das pulsierende Leben wurde der Stadt eingehaucht und Elisa und Stevo mussten sich schnellstmöglich eine Unterkunft für den Tag suchen, denn es würde nicht mehr lange dauern, bevor die Sonne ihre tödlichen Strahlen aussandte.

Plötzlich blieb Stevo abrupt stehen und hypnotisierte einen Motorradfahrer in Lederkombination mit seinem fordernden Blick, der auf sie zu fuhr.

Die schnittige Maschine näherte sich rasch und der heulende Motor zerriss die morgendliche Stille.

Stevo konnte seinen Blick kaum von der Maschine lösen, so dass Elisa ihn heftig anstieß, um seine Aufmerksamkeit zu erlangen.

„Lass ihn!", fuhr Elisa ihn an.

Besänftigend hob Stevo seine Arme. „Ich habe doch nichts getan." Sein Blick schweifte sehnsüchtig hinter dem Motorradfahrer hinterher. „Ich habe doch nur geguckt."

„Du weißt doch, wenn du ihn zu lange anstarrst, verliert er die Kontrolle und dann hast du ein Menschenleben auf dem Gewissen", konterte Elisa.

„Ich habe mir doch nur das Motorrad angesehen. Früher, bevor ich eingesperrt wurde, habe ich auch eine Maschine gefahren. Aber ... die hier. Einfach nur wow. Da hat sich in den letzten 30 Jahren einiges getan." Insgeheim stellte er sich schon vor, wie er auf einer solchen Maschine durch die Nacht jagte. Den Wind in seinem Gesicht spürte und das Leder sich an seinen Körper schmiegte.

Elisa verstand seine Sehnsucht. „Diese Dinger sind Höllenmaschinen. Die Menschen, die solche Maschinen fahren, wurden oft in unser Hospital eingeliefert. Schwere Knochenbrüche, Platzwunden und abgetrennte Gliedmaßen waren oft die Folge von schweren Stürzen."

„Elisa! Ich bin ein Vampir. Ich gehe nicht so schnell kaputt", griente er sie hämisch an und schlug sich leicht auf die Arme und die Brust.

„Nein, so meinte ich das auch gar nicht. Du hast die Sehnsucht wieder auf so einer Maschine zu sitzen und ich … habe die Sehnsucht wieder in meinem Hospital zu arbeiten." Unweigerlich senkte sie ihren Blick.

Zwei Finger schob Stevo unter ihr Kinn und begegnete ihrem leeren Blick. „Beide werden wir unsere Sehnsucht befriedigen können, dass schwöre ich dir."

Elisa nickte verhalten, denn so sicher war sie sich bei diesem Gedanken nicht. *Ich werde wahrscheinlich nie wieder in der Klinik von Dr. Anderson arbeiten können.*

Neugierig forschte Stevo in ihrem Gesicht nach einer Emotion, doch konnte er keine entdecken.

Doch er sah etwas anderes.

„Los, wir müssen uns eine Unterkunft suchen und zwar schnell." Er zog Elisa am Arm hinter sich her, denn die Sonnenstrahlen breiteten sich immer weiter aus. In Windeseile rannten beide den Castle Boulevard entlang bis sie auf ein Anwesen trafen, welches auf einem Berg gelegen war.

„Nottingham Castle. Da gibt es sicher eine Möglichkeit für uns", rief Stevo ihr zu.

Sie rannten durch einen schön angelegten Park und kamen am Fuße des imposanten Gebäudes zum Stehen. Sie konnten eine Höhle ausmachen, auf die sie zusteuerten. Das schmiedeeiserne Tor, welches den Eingang verriegelte war keine Hürde für die beiden, als sie mit einem Satz hinüber sprangen. Als sie einige Schritte in die Höhle gesetzt hatten, kühlte sich die Temperatur gleich um einige Grad ab und die Wände spendeten angenehmen Schutz vor der nahenden Katastrophe.

„Das war knapp", keuchte Elisa.

„Das war doch nichts im Vergleich zu den letzten Tagen", gab er zurück und seine schneeweißen Zähne blitzen im Gewölbe auf.

Stevos Kopf schnellte herum und gleichzeitig riss er Elisa an seine Brust, als er den Geruch von anderen Vampiren wahrnahm. Sogleich verlängerten sich seine Fangzähne und ein Knurren drang aus seiner Kehle.

„Was ist?", fragte Elisa flüsternd.

„Unseresgleichen!", schnaubte er böse hervor.

In diesem Moment traten mehrere Vampire aus verschlungenen Gängen der Höhle.

„He, Ihr da? Was wollt Ihr hier und …" Der Vampir schreckte zurück, als er die Macht spürte, die Stevo umgab. „Vergebt uns … wir ziehen uns zurück!" Er hob einen Arm und die anderen bewegten sich langsam rückwärts.

Abwartend richtete Stevo seine Sinne auf sein Gegenüber und auch auf die Schar, die sich hinter ihm befand.

„Wir wollen keinen Ärger. Nur eine Möglichkeit, den Tag hier zu bleiben."

Der Anführer winkte Stevo mit den Worten herbei: „

Kommt, hier können wir nicht bleiben. In wenigen Stunden werden diese Tore für die Besucher von Nottingham Castle geöffnet. Wir bedienen uns dann immer einiger Touristen."

Ein eisiger Schauer lief Elisa über den Rücken und Stevo bemerkte dies sofort. Er zog sie dichter an sich heran, wobei sein Daumen über ihre schlanke Taille strich.

„Wir müssen uns auch nähren", gab Stevo zurück.

„Dann lassen wir euch den Vortritt", sagte der Anführer mit einer leichten Verbeugung.

Elisa krallte sich fast an Stevo fest, als sie der Schar von heruntergekommenen Vampiren folgte. Je tiefer sie in die Höhle gelangten, desto mehr nahm ihr Gehör den Klang von kleinen Kindern wahr. Nachdem ein riesiger Stein beiseitegeschoben wurde, kam ein Raum zum Vorschein, der Elisa den Atem verschlug. Dort saßen auf engstem Raum zwei Dutzend Vampire. Dazu spielten oder schliefen ein halbes Dutzend Kinder auf dem feuchten Boden.

„Oh mein Gott." Ihre Hand wanderte an ihren Mund, denn sie konnte den Anblick kaum ertragen. Die Vampirinnen, die auf der Erde saßen, waren ausgemergelt und die Kinder sahen auch nicht gerade so aus, als ob sie sich regelmäßig nähren würden.

„Sagtet Ihr nicht, dass Ihr euch von den Touristen nährt?", gab Stevo bissig von sich, als er den Blick durch den Raum gleiten ließ.

„Ja, das tun wir auch. Aber wir haben Auflagen. Sie sagen, nicht mehr als drei pro Tag. Damit ist es schwierig uns alle durchzubekommen."

„Warum geht Ihr nicht raus auf die Straße", keifte Stevo sichtlich erbost.

Der Anführer senkte bedächtig seinen Kopf. „Weil wir nicht dürfen. Sie haben ausdrücklich gesagt, sollte auch nur einer von uns versuchen auf die Straße zu gelangen, wäre das sein Todesurteil."

Die Luft in dem Raum war stickig und nun hatten alle Anwesenden die beiden Neuankömmlinge registriert. Ein kleines Mädchen mit langen blonden Haaren lief auf Elisa zu und streckte die Arme nach ihr aus. Ihr verdrecktes Gesicht und die verschlissene Kleidung deuteten darauf hin, dass sie schon seit Jahren hier sein musste. Elisa beugte sich zu der Kleinen hinab und in diesem

Moment sprang das Mädchen Elisa wie eine Furie an und wollte ihre kleinen Fangzähne in ihren Hals jagen.

Stevo riss das Mädchen von Elisa weg und schleuderte sie in die Arme des Anführers.

„Halt Deine Meute zurück!", schrie er.

Der Anführer drehte das Mädchen zu sich und tadelte sie.

Der Schrecken saß tief in Elisa, denn von einem kleinen Kind angegriffen zu werden, war ihr bisher noch nicht untergekommen.

„Tut uns leid. Wirklich! Annabelle hat einfach nur Hunger. Verzeiht ihr, bitte!" Dem Anführer stand der Schweiß auf der Stirn, als er Stevos Gesichtsausdruck sah. Seine Augen glühten wie zwei Diamanten und die Macht, die er ausstrahlte, erfüllte die gesamte Höhle. Alle zogen sich fluchtartig in den hinteren Teil, bevor Stevo wütend los bellte.

„Wie kannst Du Deine Schar nicht unter Kontrolle haben? Als Anführer musst du zu jeder Zeit auch das schwächste Glied in der Kette berücksichtigen!"

Beschwichtigend hob sein Gegenüber die Hände. „Wir wollten euch nichts Böses! Annabelle ist sehr unkontrolliert, weil ihre Mutter vor zwei Tagen abgeholt wurde und nicht mehr zurückkam."

„Das heißt WAS?", wollte nun Stevo entnervt wissen.

„Das heißt, dass sie nicht mehr zurückkommt. Wir alle hier sind Blutsklaven, deshalb sind wir so schlecht genährt. Wie ihr seht sind viele Kinder hier, dessen Eltern bereits getötet wurden."

Elisa biss die Zähne fest zusammen, als sie in die leeren Augen der Kinder sah, die sich zwischen die Erwachsenen gedrängt hatten. Der furchteinflößende Vampir und sie selbst mussten ihnen höllische Angst eingejagt haben.

Beruhigend legte Elisa ihre Hand auf Stevos Brust, in der das Herz so heftig schlug, dass sie dachte, er würde jeden Moment explodieren.

„Wir wussten nicht, welches Unheil Euch hier widerfährt." Sie löste sich von Stevos Griff und ging auf die kleine Annabelle zu. „Komm zu mir, Annabelle." Ihre Stimme war so einfühlsam, dass Annabelle sich aus den Armen des Anführers löste und vorsichtig auf Elisa zuging. Ihr Blick wanderte ungläubig zwischen Elisa und den anderen Vampiren hin und her.

Als Annabelle nun vor ihr stand, konnte Elisa in den blauen Augen so viel Traurigkeit erkennen, dass es ihr fast das Herz brach. Die harte Schale, die sich dieses kleine Wesen zugelegt hatte, war nur Fassade.

„Langsam!", mahnte Elisa sie, als sie in die Knie ging und ihr das Handgelenk dar bot.

Annabelle nickte und griff mit zitternden Fingern nach dem Handgelenk. In Sekundenschnelle fuhren sich ihre kleinen Fangzähne aus und durchbohrten das Fleisch von Elisa. Sie nahm zwei, drei tiefe Schlucke und zwang sich dann wieder abzulassen. Sie leckte sich die blutverschmierten Lippen und sagte: „Danke … und tut mir wirklich leid wegen vorhin." Zögerlich trat sie einige Schritte zurück.

Unterdessen beobachtete Stevo die anderen Vampire, doch das was er erwartete, war nicht eingetreten. Er dachte, die anderen würden gierig werden und über sie beide herfallen, doch dies geschah nicht. Im Gegenteil, alle saßen wie gebannt da und beobachteten die Situation – und als Annabelle fertig war, freuten sich sogar die meisten für sie.

Ungewöhnlich. Halbverhungerte Vampire und sie greifen uns nicht an?

„Warum?" Stieß Stevo hervor und der Anführer wusste genau, was Stevo von ihm wollte.

Er strich sich über sein dünnes Haar und sah die Gruppe an, die sehr erschrocken aussah, als sie verstand, was ihr Anführer dem Fremden mitteilen würde.

„Nicht!", schrie einer.

„Tu das nicht!", eine andere.

Unzählige Stimmen erfüllten nun den Raum. Die Panik in ihren Stimmen konnte jeder heraushören.

„RUHE!", rief der Anführer. „Vor knapp einem halben Jahrhundert zogen wir durch Nottingham. Wir waren eine Gemeinde, die in den Norden wollte, um dort ein neues Dorf zu gründen. Wir haben eine beachtliche Summe für unser neues Land gezahlt, doch wir sind dort nie angekommen."

„Rede nicht weiter!", unterbrach ihn erneut eine der Vampirinnen, doch er winkte ab.

„Insgesamt waren wir drei Dutzend Erwachsene und sechs Kinder. Mittlerweile sind wir noch 24 Erwachsene und 11 Kinder." Man merkte ihm an, dass ihn die Verluste schmerzten.

Stumm hörten Stevo und Elisa zu, wobei Stevo seine Aufmerksamkeit auf die Gesamtsituation behielt. Er traute seinem Gegenüber nicht, auch wenn die Geschichte, die er erzählte ihn berührte.

„Wir wurden damals außerhalb von Nottingham wegen einer Lappalie gefangen genommen. Angeblich sollten wir Papiere vorlegen, die wir für die Durchquerung von Nottingham benötigt hätten. Doch keiner wusste etwas von diesen Papieren. Sie sperrten uns die nächsten zwei Jahrzehnte in den Kerker von Nottingham Castle ein. Danach wurden wir vor die Wahl gestellt. Entweder sollten wir Blutsklaven werden oder der Tod würde uns ereilen. Wir wählten die Sklaverei." Betroffen senkte der Anführer seinen Kopf.

Stevo neigte seinen Kopf. „Welches Druckmittel haben sie?"

Erschrocken sah der Anführer auf. „Was meint Ihr?"

„Falls Ihr uns verarschen wollt, gebt Euch mehr Mühe", knurrte ihm Stevo jedoch nur als Antwort entgegen.

Der Blick seines Gegenübers glitt auf dem Fußboden entlang.

„Rede!", forderte Stevo erneut und man konnte in seiner Stimme die Ungeduld hören.

„DIE ... haben meine Frau und meine Tochter", fast schluchzte er bei diesen Worten. „Sie benutzen sie, wenn wir nicht spuren wie wir sollten. Könnt Ihr jetzt verstehen, warum wir so reagieren? Uns sind die Hände gebunden, sonst töten sie meine Familie." Ein glänzender Schimmer trat in seine Augen.

Ruckartig riss Stevo seinen Kopf herum. „Wir bekommen Besuch!"

Zur gleichen Zeit auf Menderson ...

Ivan lief die Treppe nach unten und nickte Raban zu, als dieser an der Kommandozentrale vorbeilief. Der verschlungene Gang zu dem Quartier von Mona kam ihm heute endlos vor. Immer wieder ertappte er sich, wie er darüber nachdachte, was Mona in ihm ausgelöst hatte. Doch er konnte es sich einfach nicht erklären. Immer wieder kam ihm nur das Bild von ihren Augen in den Sinn. Diese Augen, die ihn wie Pfeile getroffen hatten. Nun stand er vor ihrer Tür und ließ seinen mentalen Schutzwall sinken. Leise trat er ein und verschloss mental erneut die Suite, um keine ungebetenen Gäste zu haben.

Die Suite war komplett in Dunkelheit getaucht, doch sein überdimensionales Sehvermögen hatte keine Schwierigkeiten damit, sich dennoch zu Recht zu finden. Als er an der Couch angekommen war, vernahm er den gleichmäßigen Atem von Mona, der ihm signalisierte, dass sie schlief. In Windeseile entledigte er sich seiner Kleidung, welche sich zu seinen Füßen auftürmte. Nur die Boxershorts behielt er an, obwohl seine Lenden danach lechzten, sie ebenfalls loszuwerden. Dann trat er auf das Bett zu, wo die schlafende Mona eines der viel zu großen T-Shirts trug, die ihren Körper einhüllten. Er ließ dieses Bild erst einmal auf sich wirken. Mona lag auf dem Bauch und hatte das eine Bein ausgestreckt und das andere angewinkelt.

Seine Lust wurde nur noch mehr angeheizt, weil er ihre zarte Haut im Schein seiner Augen schimmern sah. Ein zartes Kribbeln ging durch seinen gesamten Körper und er fühlte sich einfach wunderbar. Die ganze Nacht hatte er die frische Luft vom Wald bis zur Klippe in seine Lungen aufgenommen und nun war einzig und allein der Duft Monas in seiner Nase. Ihr lieblicher Geruch katapultierte ihn in das Land der Phantasie, oh was er alles mit ihr anstellen würde. Genussvoll leckte er sich über seine Lippen, wobei seine Fangzähne ausfuhren. Nie wäre ihm in den Sinn gekommen, dass er bei einem Menschen einmal solche Lust verspüren würde. Abermals zog er tief ihren Duft ein, so dass ein anderer

Teil seines Körpers steinhart wurde. Er zwang sich zur Ruhe, doch desto mehr der Duft von Mona seine Sinne kitzelte, desto weniger hatte er dem entgegenzusetzen. Geschmeidig wie eine Katze bestieg er das Bett mit seinen Knien. Dabei drängte er das ausgestreckte Bein von Mona noch etwas weiter nach außen, was ihre Körperhaltung veränderte. Er postierte sich zwischen ihre Beine, stützte sich mit seinen Händen neben ihren Schultern ab und ließ sich behutsam auf ihrem Rücken nieder.

„Meine Süße, ich bin wieder zurück", hauchte er ihr ins Ohr.

„Endlich … ich dachte schon ich müsste eine Vermisstenanzeige aufgeben", murmelte Mona noch ganz verschlafen.

Ihre Bewegungsunfähigkeit spornte ihn weiter an.

„Ich werde dir nun zeigen, dass ich kein hüllenloser Blutsauger bin."

Mona bewegte sich unter ihm und wollte sich umdrehen.

„Nein, bleib wie du bist. Ich möchte deinen Körper erkunden", hauchte er ihr entgegen.

Ein lustvolles Aufstöhnen war ihre Antwort.

„Ich deute das mal als ein „ja"." Er forderte ihre Zustimmung ein und kaum hörbar kam ein „ja" aus Monas Mund.

Ivan richtete sich auf, glitt etwas zur Seite und streichelte an ihren Fingerspitzen entlang. Küsste sie liebevoll in den Nacken und glitt dann mit seiner Hand ihren Arm nach oben. Über ihre Schulter ging es dann weiter über ihren Rücken. Dann folgte die andere Seite. Gefühlvoll schob er das übergroße T-Shirt nach oben und sogleich bäumte sich Mona ein wenig auf, so dass er es von ihrem Oberkörper streifen konnte. Er beugte sich hinab und leckte mit seiner Zunge an ihrem Rücken entlang, wobei seine Fangzähne über die erregte Haut glitten. Er spürte, wie Mona sich unter ihm winden wollte und er griff nach ihren Handgelenken und vollzog eine weitere Bahn mit seiner Zunge von ihrer Schulter bis hinab zu ihrem Slip.

Mona drückte ein Stöhnen in ihr Kissen und ihre schmalen Handgelenke versuchten sich von seinem Griff zu lösen.

Abermals glitt seine heiße Zunge von ihrem Slip hinauf zur Schulter. Als er über ihrem Ohr schwebte, hauchte er ihr entgegen: „Gefällt dir das?"

„Mmhhhh", genussvoller konnte sie ihm nicht antworten.

„Soll ich weitermachen?", raunte er ihr entgegen.

„Ja bitte, mach weiter", war ihre gehauchte Antwort.

Er leckte sich über die trockenen Lippen und ein tiefer Atemzug folgte.

Seine freie Hand glitt nun ihren Rücken sanft bis zu ihrem Po hinunter und zurück. Seine Finger erkundeten dabei jeden Zentimeter ihres Rückens und jeder Strich mit seiner Hand wurde von einem gefühlvollen Ausatmen von Mona begleitet. Er hätte noch Stunden lang so weiter machen können, doch seine Lenden wollten Erlösung finden. Seine Hand glitt nun über den Slip hinunter zu ihrem Oberschenkel, den er ebenso genussvoll streichelte. An der Innenfläche der Oberschenkel strich er wieder nach oben und berührte ihren Slip, was sie heftig aufstöhnen ließ. Er wusste, dass er auf dem richtigen Weg war, doch wie lange er noch seine eigene Standhaftigkeit bewahren konnte, wagte er nicht festzulegen. Er konnte ihre Erregung aus jeder Pore riechen und Speichel schoss in seinen Mund.

„Ich werde es nicht mehr lange aushalten können …" Er musste hart schlucken, als seine Hand erneut über ihren runden Po glitt.

„Mona? Ich kann …" Ihm fehlten die Worte.

„Komm … und nimm mich", hauchte sie ihm entgegen.

Das ließ er sich nicht zweimal sagen. Mit der freien Hand riss er seine Boxershorts hinunter und innerhalb eines weiteren Sekundenbruchteils hatte er Mona den Slip über die Beine gestreift. Er drängte sich zwischen ihre gespreizten Beine und drang mit einem gefühlvollen Stoß in sie ein.

Seine Hand ging an ihre Schulter, damit sie sich ihm nicht entziehen konnte. Er wollte, dass sie seine gesamte Männlichkeit in sich aufnahm. Einen Moment lang wartete er, dass sich ihr Körper an ihn gewöhnte. Dann beugte er sich zu ihr.

„Und? Bin ich so hüllenlos?"

„Ganz und gar nicht", antwortete sie ihm.

„Dann möchtest du also noch mehr?"

„Ja, viel mehr."

Er ließ ihre Hand los und legte sich auf ihren Rücken, um ihr noch näher zu sein.

Mona griff in die Kissen, als er sich ihr entzog und einen weiteren gefühlvollen Stoß vollführte. Nie hätte sie gedacht, dass ihr ein anderer Mann solch eine Lust bereitete, zumal dieser Mann ein Vampir war. Sie nahm ihn in sich auf und von jedem Stoß, den er ihr gab, wollte sie immer noch mehr. Ihre Gefühle explodierten, als er zu einem heftigen, schier endlosen Stoß ansetzte und sie damit in eine andere Ebene gleiten ließ.

Nun erhob sich Ivan und schlang seinen kräftigen Arm um ihre Taille und zog sie mit sich nach oben. Seine Hände landeten an ihren üppigen Hüften und er stieß ein weiteres Mal in sie. Sie passte sich seinen Bewegungen an und er konnte seine vampirische Seite immer mehr freien Lauf lassen. Sein stetiger Rhythmus wurde intensiver und schneller, so dass er Angst hatte Mona zu verletzten. Doch sie parierte unter ihm seine heftigen Stöße mit genussvollem Stöhnen.

Sein Höhepunkt näherte sich so schnell, dass er ihn nicht mehr unter Kontrolle bekam. „Mona … ich … ich", weiter kam er nicht mehr. In ihm zog sich alles zusammen und er explodierte förmlich. Sein Orgasmus überrollte ihn so heftig, dass er erschöpft und befriedigt auf ihr zusammenbrach. Sein massiger Körper landete mit Mona in den Laken.

„Du bist der Wahnsinn", flüsterte er ihr ins Ohr, als er sie an seine breite Brust zog. „Nie zuvor bin ich bei einer Frau so schnell gekommen", gestand er emotionslos.

Mona konnte nicht beurteilen, ob das etwas Gutes war oder nicht.

„Ist das gut oder schlecht?", fragte sie deshalb verhalten.

Er drehte sie blitzschnell zu sich um, damit er ihr ins Gesicht sehen konnte.

„Das ist das Beste, was mir je passiert ist. Du hast den perfekten Körper, der mich schier endlos befriedigt. Vampire sind sehr, sehr ausdauernd, deshalb ist es ja der Wahnsinn!" Er küsste sie sanft auf die Wange, weil seine Fangzähne immer noch voll ausgefahren waren.

Ein Lächeln zeichnete sich auf ihren Lippen ab und er konnte nicht anders, als nun auch diese sinnlichen Lippen zu küssen. Vorsichtig teilte er ihre Lippen und drang mit seiner Zunge durch sie hindurch. Ihre Zunge stellte sich ihm entgegen und dieses Mal umschlängelte Mona seine Fangzähne geschickt. Als sich nun ihr nackter Körper an seinem rieb, konnte er ein tiefes Knurren nicht verbergen.

Ihre Lippen lösten sich von den seinen und sie küsste seinen Hals entlang. Aus unerfindlichem Grund ging sie genau bis zu seiner Halsschlagader und leckte mit ihrer Zunge darüber.

Ivan zollte es ihr mit einem weiteren heftigen Stöhnen zurück. Er öffnete seine Augen und der violette Schein erhellte den Raum ein wenig.

„Das ist eine sehr empfindliche Stelle bei uns Vampiren", erklärte er ihr und gleichzeitig fiel ihm auf, dass er sie gerne in allen Punkten belehren wollte, was einem Vampir so gefiel.

Abermals ließ sie ihre flinke Zunge über die pulsierende Ader gleiten und ihre stumpfen Zähne schabten über seine Haut.

Wenn es nach Ivan gegangen wäre, hätte Mona stundenlang damit weiter-machen können.

„Was möchtest du?" fragte Ivan, wobei sein rollender Akzent wie flüssiger Wodka zu ihr herüberfloss.

„Ich möchte wissen, wie es ist … zu beißen." Ohne Angst glitt sie ein weiteres Mal mit ihrer Zunge über die Stelle an seinem Schlüsselbein.

Genussvoll atmete er aus. Er wusste, dass ihre Zähne nie seine Haut durch-stoßen konnten, dennoch wollte sie wissen, wie der Urinstinkt eines Vampirs sich vollzog. Allein die Vorstellung sie wurde an seinem Hals saugen, ließ seinen gesamten Körper reagieren und er wurde erneut steinhart.

Seine Hand tauchte neben ihrem Gesicht auf und sein Zeigefinger glitt an ihre vollen Lippen. Sie küsste seinen Zeigefinger. Dann sah sie zu, wie sich der Fingernägel plötzlich verlängerte und er sich damit in den Hals stach. Sogleich bildete sich ein kleines Rinnsal, dort wo Ivan seine Haut durchbohrt hatte. Instinktiv beugte sich Mona zu der Stelle und leckte mit ihrer Zungenspitze darüber. Der kupferne Geschmack glitt in ihren Mund.

Ivan wagte nicht zu atmen.

Verwundert schluckte sie es hinunter und danach senkte sie ihre Lippen auf die gleiche Stelle. Ihre kleinen Zähne schabten an seiner erregten Haut und Mona zog noch einmal an ihm.

Er war so überrascht, von dem Hochgenuss den Mona ihm gerade beschert hatte. Mona, eine Menschenfrau! Nie hatte er mit einer Vampirin solch einen Austausch stattfinden lassen. Ihre blutverschmierten Lippen drehte er zu sich und leckte sie genussvoll ab. Die kleine Wunde, die an seinem Hals prangte, schloss sich in diesem Moment wieder.

„Himmlisch … einfach fantastisch", sagte Ivan überwältigt. Sein Blut auf ihren göttlichen Lippen. Diesen Anblick würde er nie mehr in seinem Leben vergessen.

In Monas Augen tanzte unendliche Freude.

„Es hat dir gefallen?", fragte sie hungrig nach seiner Antwort.

„Und wie!"

„Ivan, es war ungewöhnlich, so sinnlich", sagte Mona an seinen Lippen und Ivan zog mit seinen Arm auf seinen Körper.

„Ich zeige dir noch viel mehr Sinnliches an mir." Ein verschmitztes Grinsen trat auf sein Gesicht, als ihr intimer Kern sein Lustzentrum berührte. Er reckte sich ihr entgegen und leckte mit seiner Zunge den Rest ihrer blutverschmierten Lippen genussvoll ab. Dabei verdrehte er die Augen, denn er würde sie bitten, dies wieder zu tun. Es überwältigte ihn, sich jemandem so zu öffnen. Gefühle zu zeigen. In seinem ganzen Leben hatte er sie immer verschlossen – nur seiner Schwester gegenüber war er offen gewesen. Das war sein Schutzmantel, den gerade diese Menschenfrau unwiderruflich durchbrach. Und das Außergewöhnliche an dieser Situation war, dass es ihm auch noch gefiel.

Monas Hände glitten durch seine kurzen Haare, als er sie noch etwas höher zog. Er postierte sie genau auf der Spitze seiner Erektion und bat stumm um ihre Zustimmung.

„Mehr?" fragte sie lasziv.

„So wie ich mich erinnere, bist du noch nicht befriedigt. Wie ich dir sagte, ein Vampir kann alles sehr viel länger als ein Mensch." Ein breites Lächeln breitete sich aus und ließ seine Fangzähne aufblitzen.

Mona richtete sich langsam auf und stützte ihre Hände auf seinem Brustkorb ab.

Beim Anblick ihrer Brüste, hätte Ivan sich am liebsten aufgerichtet. Doch Mona nagelte ihn mit ihrem Blick unter ihr fest. Ihr Unterkörper nahm seine harte Erektion langsam und gefühlvoll in sich auf, was Ivan schwer atmen ließ. Dann griff sie nach seinen Händen und führte diese zu ihren vollem Busen. Sanft legte er sie auf ihre üppige Pracht, ohne jedoch zu wagen, sie zu streicheln. Er hatte Bedenken, ihr weh zu tun.

Sie nahm ihre eigenen Hände weg und drückte ihre Brüste in seine Hände, wobei ihr Becken gleichzeitig eine Bewegung vollzog, die Ivan schier zerspringen ließ. Er wusste nicht, auf was er sich zuerst konzentrieren sollte. Ihre Brüste in seinen Händen oder sein Schaft in ihrer heißen Mitte.

Mona nahm ihm die Entscheidung ab, als ihr Unterleib anfing, ihn zu reiten.

Er senkte seinen Kopf tiefer in das Kissen, ließ die beiden wundervollen Hügel aber nicht los. Nun gab Mona das Tempo an und Ivan erwartete, dass es wesentlich langsamer wäre als bei ihm, doch sollte er eines Besseren belehrt werden. Nach wenigen Sekunden hatte Mona einen Rhythmus gefunden, der ihm gleich wieder einen Orgasmus bescheren würde.

„Langsamer", flehte er sie fast an, doch Mona dachte nicht daran, ihre Bewegungen zu runterzuschrauben. Im Gegenteil sie erhöhte das Tempo noch und als sie sah, dass Ivan seinen Mund weit aufgerissen hatte und nur noch schwer Stöhnen konnte, ließ sie sich ebenfalls gehen. Sie spürte wie er kam und gleichzeitig katapultierte ihr Lustzentrum sie in den siebten Himmel. Sich immer noch an ihm reibend ließ sie langsam ihren Gefühlen vollen Lauf. Ihr schwerer Atem, ihr rasendes Herz zollten von der Anstrengung, die sie für diesen himmlischen Orgasmus aufgebracht hatte. Sie ließ sich nieder und seine Hände empfingen ihren erhitzten Körper in einer Umarmung. Was sie nicht bedachte, waren seine scharfen Fangzähne, wo sie nun mit ihren Hals entlang schrammte. Sogleich stieg Ivan ihr Blut in die Nase und seine vampirische Seite kam so schnell zum Vorschein, dass Mona nicht mehr reagieren konnte. Das schabende Gefühl an ihrem Hals hatte sie augenblicklich erregt und Ivan drückte sich sofort wieder ins Kissen, als er sich bewusst wurde, was er fast getan hätte.

„Beiß mich, bitte", sagte Mona und streckte ihm ihren Hals noch mehr entgegen.

Ohne lange zu fragen, ob sie sich ihrer Sache sicher war, biss er erneut in ihren Hals. Das Blut, welches nun seine Lippen und seine Kehle benetzte, war warm und so lecker, dass er sich Zeit ließ, bevor er einen weiteren Schluck von ihr nahm. Sein Arm schlang sich dabei um ihre Mitte und der zweite hielt ihren Kopf fest. Er wollte sie genau in dieser Position haben, willig und willenlos. Als er den zweiten Schluck nahm, konnte er nicht umhin, ihr mit einem Stoß zu zeigen, dass er schon wieder für sie bereit war.

Mona stöhnte auf.

„Mona, ich will noch mehr von dir. Viel mehr. Willst du mir das geben, was ich brauche?" Er war verwundert, dass er fragte, doch es schien ihm die einzige Möglichkeit zu sein, dass sie „nein" sagen konnte.

„Ich will dir alles geben", war stattdessen ihre Antwort und bei dem was er gerade an ihrem Hals tat, wusste er, dass das die Wahrheit war.

Er leckte über die Einstichstellen und schluckte den letzten Tropfen hinunter. Dann glitt seine Hand von ihrer Taille zu ihrer Hüfte und er presste sein Becken nach oben, wobei er tief in sie stieß. Seine Hand auf ihrem wohlgeformten Hintern vollführte die Gegenbewegung und intensivierte so seinen Stoß.

Mona genoss diesem Moment und schwebte in völliger Glückseligkeit.

„Ich werde nie genug von dir bekommen", schnurrte er unter ihr.

„Hoffentlich", antwortete sie hingebungsvoll.

Er bewegte sein Becken weiter sehr intensiv und sie wussten beide, dass ihnen dieses Mal viele Stunden bleiben würden, in denen sie sich gegenseitig verwöhnen konnten.

Kapitel 7

In der Höhle zu Nottingham …

„Schnell versteckt Euch zwischen uns und zieht Eure Macht zurück, sonst spüren sie Dich." Hektisch deutete er auf die Gruppe, die sich augenblicklich teilte und ihnen so ein Versteck bot. Beide schossen so schnell in ihre Mitte, dass einige nur erstaunt gucken konnten und sofort schloss sich der Kreis wieder um sie und es dauerte keine weitere Minute, als bereits schwere Stiefel den Tunnel entlang kamen.

„Edwin! Bring mir Cassandra", befahl der großgewachsene Vampir, der nun am Eingang zu dem Raum stand. Seine kurzen dunklen Haare trug er an den Seiten fast ganz rasiert und sein Körper steckte in einer Art Uniform, die der der Polizei ähnelte.

„Cassandra? Warum? Ihr habt erst vor zwei Tagen Lucille mitgenommen. Wann kommt Lucille wieder?"

Er zuckte jedoch nur arrogant mit den Schultern und sein Gesicht war emotionslos.

„Sag es!", forderte Edwin erneut. „Wir haben alles getan, was ihr verlangt, also darf auch keine Strafe erfolgen."

„Wenn mich deine Meinung interessiert, dann sage ich es dir. Und nun schick mir CASSANDRA!", fauchte er.

Eine zierliche junge Vampirin erhob sich derweil angespannt aus dem Kreis und lief auf den Ausgang zu. Geifernd sah der Vampir sie an.

„Siehste, so ist es brav." Als sie dicht genug bei ihm war, schnellte sein Arm nach vorne und riss sie an sich.

Sie wandte ihren Kopf von ihm ab, doch der Vampir schnüffelte an ihr und leckte mit seiner Zunge bereits genüsslich über ihren entblößten Hals.

„Wir werden viel Spaß haben, meine Liebe." Damit zog er sie hinter sich her und verließ den Raum in das angrenzende Tunnelsystem.

Nach einigen Minuten löste sich der Kreis um Elisa und Stevo herum auf und betretendes Schweigen machte sich in dem Raum breit. Die Erwachsenen tuschelten leise und die Kinder verzogen sich in eine andere Ecke, wo ein paar verschlissene Malbücher lagen.

„Ich werde versuchen, jedes Kind von mir trinken zu lassen", sagte Elisa flüsternd zu Stevo, der sie jedoch nur entgeistert anschaute.

„Auf gar keinen Fall! Du bist selbst schon sehr schwach und wir haben uns selbst lange nicht mehr genährt", gab er genauso leise zurück.

„Stevo ich kann nicht anders. Wenigstens die Kinder!"

„Moment, dann trinkst du erst von mir. Ich kann den Kindern mein Blut nicht geben. Mein Element würde sie verwirren." Er hielt ihr sein Handgelenk hin und Elisa biss hinein.

Sie trank einige tiefe Schlucke und versiegelte dann die Einstichstellen.

Das Blut von Stevo kribbelte auf ihrer Zunge und in ihrer Kehle. Dann durchzuckte es ihren Körper, wie bei einer Miniexplosion und sie konnte kaum fassen, was in ihr vorging. Sie schaute Stevo bewundernd an und sagte. „Wow, jetzt verstehe ich die Kraft deines Blutes."

Ein überlegendes Grinsen trat auf seine Lippen.

Nachdem Elisa kurz darauf jedes Kind an ihrem Handgelenk genährt hatte, war sie erschöpft und ausgelaugt. Ihr Blick wanderte auf ein paar große Stiefel, die Stevo trug.

Er beugte sich hinab und lud Elisa auf seine muskulösen Arme. Dann ging er mit ihr in eine leere Ecke, setzte sich und bettete ihren Kopf an seine Schulter. Er zog sie wie ein kleines Kind zu sich heran, damit sie sich entspannen konnte und etwas Schlaf fand. Er selbst gönnte sich keinen Schlaf. Ihm war die Situation mit den anderen ausgehungerten und eingeschüchterten Vampiren ein Dorn im Auge. Er ließ seine Sinne hinausgleiten, um eventuelle Gefahren sogleich zu erkennen. Bisher war alles ruhig und er hoffte inständig, dass das so blieb. Der gleichmäßige Herzschlag von Elisa beruhigte ihn ein wenig. *In was für einen Schlamassel müssen wir denn noch geraten?* Überlegte er, wobei sein Daumen unweigerlich das Handgelenk von Elisa rieb.

Die kleine Annabelle kam fast lautlos auf ihn zu und kniete sich neben die beiden.

„Du magst sie", stellte Annabelle fest.

„Ja, ich mag sie", gab er sanft zurück.

„Wirst du dich mit ihr verbinden?"

„Nein, das werde ich nicht."

„Warum denn nicht? Ihr beide seid doch so ein schönes Paar?" Dabei klimperte Annabelle mit ihren langen Wimpern und setzte ein breites Grinsen auf.

„Da könntest du Recht haben, aber sie gehört zu meinem besten Freund." Als er die Worte aussprach rührte sich etwas in seinem Inneren. Er konnte nicht beurteilen, ob es das Wort Freund war, bei dem er dieses wohlige Gefühl hegte, oder ob es purer Neid war. Er sah Elisa an und meinte festgestellt zu haben, dass er keine Gefühle für sie hegen würde. Doch nach den letzten Minuten war er sich nicht mehr so sicher.

Annabelle riss ihn aus seinem Gedankenstrudel. „So wie du guckst, bist du in Elisa verknallt." Sie rümpfte ihre Nase, kniff die Augen zusammen und zeigte ihre kleinen Fangzähne. Dann drückte sie ihren kleinen Daumen auf seinen Oberarm.

„Gib es zu", kicherte sie nun.

Eine der Vampirinnen kam auf die drei zu und beugte sich zu Annabelle.

„Komm, meine Süße. Der große Krieger und seine Begleiterin müssen sich ausruhen, denn sobald die Sonne untergegangen ist, werden sie uns wieder verlassen."

„Und wann gehen wir hier raus? Ich will nicht mehr in dieser Höhle leben." Trotzig stampfte Annabelle mit dem Fuß auf, als sie von der Vampirin zu den anderen geführt wurde.

Stevo sah ihnen hinterher und sein Puls beschleunigte sich, als sich Elisa mehr und mehr an seine Brust kuschelte und einen Arm um seine Taille legte. Jede seiner Poren nahm die zarte Haut wahr, die seinen Körper streifte. *Verdammt!*

Es liegt daran, dass ich seit Jahrzehnten keine Frau mehr hatte.

Es liegt daran, dass ich eine Frau noch nie so lange hintereinander ertragen habe.

Es liegt daran, dass ich zu wenig Blut zu mir genommen habe.

Er schob noch weitere Gedanken vor, um sich nicht mit seinen Gefühlen auseinander setzen zu müssen. Seine Augen schmerzten und er zwang sich, diese einige Minuten zu schließen, doch seine Sinne ließ er weiterhin durch den Raum wandern, denn er wollte keine böse Überraschung erleben.

Unterdessen auf Menderson …

Tiefe dunkle Wolken hingen über dem gesamten südlichen Teil von England. Es regnete seit der letzten Nacht ununterbrochen und der Wind peitschte nur so über das Anwesen und ließ alles in einem hässlichen Grau erscheinen.

Als Maddy ihr Frühstück bei Jane hinter sich gebracht hatte, war sie mit Ortischa und Angel auf dem Weg zu Justine.

Im Schlepptau hatte sie Ament und Ivan, der ein Grinsen im Gesicht hatte, welches keiner so richtig deuten konnte.

Als sie an der Zellentür ankamen, hielten sich Ivan und Ament jedoch bedeckt.

Angel schloss hingegen die Tür auf und als sie eintrat, zog sich Justine instinktiv zurück an die Wand.

„Justine? Wir sind gekommen, damit du dich mal duschen kannst und neue Sachen haben wir dir auch besorgt." Maddys weiche Stimme drang zu ihr, dennoch konnte sie die unbändige Macht von Ament, der direkt vor der Tür stand, spüren.

Justine antwortete ihr jedoch nicht und hielt nur weiter ihren Kopf gesenkt. Sie wollte dieser freundlichen Menschenfrau nicht mit ihren grauen leblosen

Augen gegenübertreten. Bei den anderen hatte sie bereits mitbekommen, wie ihre Augen auf sie wirkten.

Angel trat dicht an sie heran und griff zügig nach ihrem Handgelenk.

„Komm mit uns", sagte sie freundlich.

Langsam erhob sich Justine daraufhin und folgte Angel wie ein Schatten.

Maddy wurde von Ament aus der Gefahrenzone gezogen und von ihm mit seinem Körper abgeschirmt.

Ivan hingegen trat neben Angel und dann liefen alle gemeinsam bis zu dem Quartier von Raban. Er hatte darum gebeten, damit sie seinen Duft wahrnehmen konnte. Das tat sie auch und ein kleines Lächeln zierte ihre Lippen.

Angel ging weiter voran und zeigte ihr das Bad, während es sich Maddy, Ament und Ivan im Wohnbereich bequem machten.

Ivan gab Angel die Tüte mit der neuen Kleidung.

Nachdem Justine das Bad betreten hatte, lehnte Angel die Tür nur an, so dass ihr im Notfall die anderen helfen konnten. Doch instinktiv wusste Angel, dass Justine keinen Fluchtversuch wagen würde.

„Möchtest du lieber duschen oder baden?"

„Ich würde lieber duschen", antwortete Justine leise. Sie zog ihre alten Sachen aus und trat voller Vorfreude in die Dusche. Als sie den Wasserhahn aufdrehte, entwich ihr ein Seufzer. Sie griff nach der Seife und das warme Wasser prasselte ihren Körper entlang. *Ein herrliches Gefühl.* Schoß es ihr durch den Kopf. Sie schäumte ihren Körper ein und wusch sich danach den Dreck aus den Haaren. Ein Shampoo, welches ihr Angel reichte, duftete herrlich nach frischen Blüten. Sie fühlte sich frei, obwohl zwei mörderische Kampfmaschinen sich nur wenige Meter von ihr entfernt aufhielten. Ihre nassen Haare strich sie sich aus dem Gesicht und blendete alles um sich herum aus. Gurgelnd nahm der Ausguss, den gesamten Schaum in sich auf. Sie wollte den wunderbaren Moment noch weiter auskosten, aber auf der anderen Seite wusste sie, dass sie die Geduld der Clankrieger nicht überstrapazieren durfte.

„Könntest du mir ein Handtuch reichen?" fragte Justine.

„Hier, und hier auch noch eins für deine Haare", sagte Angel und reichte ihr zwei Handtücher.

Justine bedeckte damit augenblicklich ihre Nacktheit und knotete das große Handtuch vorne zusammen. Das zweite schlang sie gekonnt um ihre langen Haare.

„Darf ich mir die Haare föhnen?", fragte sie vorsichtig.

„Na klar", sagte Angel und ihre Lippen zierten ein kleines Lächeln.

Justine wurde von der Freundlichkeit schier erschlagen. So etwas hatte sie die letzten Jahre wirklich nicht erlebt! Dennoch wusste sie, dass dies alles jeden

Moment vorbei sein konnte, sobald sie einen Fehler beging oder es den Clankriegern einfach reichte. Dann würde sie ihren geliebten Bruder nie wieder sehen. Bei dem Gedanken an ihn trat Traurigkeit in ihre Augen.

„Was hast du?", fragte Angel alarmiert, die die Veränderung sogleich wahrnahm.

„Ich dachte gerade an Raban. Geht es ihm gut?"

„Ja, es geht ihm gut", sagte Angel und war irritiert.

„Kannst du ihm dafür danken, dass ich duschen durfte?"

„Da musst du dich bei Maddy bedanken und nicht bei Raban." Sagte Angel voller Überzeugung.

Justine schwieg daraufhin, zog sich die Unterwäsche an und griff nach dem Föhn.

Das Föhnen dauerte bei der Länge der Haare eine ganze Weile, in der Angel sich auf den Badewannenrand gesetzt hatte und ihre lange Mähne bestaunte.

„Wie lange hast du sie wachsen lassen?", fragte sie neugierig.

„Etliche Jahre. Ich hatte aber überlegt, sie jetzt abzuschneiden." Sie griff nach der Bürste und kämmte sie über Kopf. Als sie sie nach hinten warf, legten sie sich wie Schokolade um ihr Gesicht und glitten ihren Rücken hinunter bis zu ihrem Po. Mit flinken Fingern flocht sie einen Zopf, der ihr dann immer noch weit den Rücken hinunter hing.

Angel legte ihr eine Jeans und mehrere T-Shirts hin.

Schnell griff Justine nach der Kleidung und schlüpfte hinein.

„Bin fertig. Darf ich mich bei Maddy bedanken?" Ihre grauen Augen trafen nun die von Angel, die innerlich zurückzuckte.

„Wir kommen jetzt raus. Maddy? Justine möchte sich bei dir bedanken", sagte Angel, als sie die Badezimmertür öffnete.

Als sie das Wohnzimmer betraten, war die Stimmung eiskalt. Die Einzige, die Wärme ausstrahlte, war Maddy. Ihre schwarze Mähne fiel ihr über die Schulter und ihre blauen Augen strahlten die beiden an.

„Und? War alles da, was du benötigt hast?", fragte Maddy freundlich.

„Ja, es war alles wunderbar. Ich möchte mich gerne bei dir … bei euch allen bedanken", sagte sie schüchtern und senkte schnell ihren Blick, als sie den von Ament und Ivan auf sich spürte.

„Ich … wir haben das gerne gemacht. Wir bringen dich jetzt zurück, es muss leider sein", sagte sie so sanft, als wenn es nichts Schlimmes wäre.

„Selbstverständlich." Sie streckte ihr Handgelenk zu Angel, doch Ament war schneller und zerrte sie hinter sich her.

„Ament!", schrie Maddy ihm noch nach, doch ihn interessierte das nicht. Dieses ganze Geplänkel war zu viel für seine Verhältnisse. Als er mit ihr den Flur entlang schritt sagte sie kein Wort und sie stemmte sich auch nicht gegen seine Kraft, was er sehr honorierte. Mental öffnete er die Tür zur ihrer Zelle und sie trat rasch hinein. Dann verriegelte er die Tür wieder.

Maddy und Ivan waren den beiden hinterher geeilt, doch als sie ankamen, war die Tür bereits verschlossen.

„Was sollte das?" Maddy stemmte ihre Hände in die Hüfte. „Ich wollte noch mit ihr reden!"

Sie funkelte ihn an.

„Tja, beim nächsten Mal vielleicht." Er wich ihrem Blick aus, trat an ihr vorbei und lief zur Kommandozentrale. Dort angekommen setzte er sich auf einen der Stühle und fixierte sein Handy, welches er auf den Tisch gelegt hatte. Doch es erschien nicht die Nachricht, die er haben wollte. Langsam machte sich Unruhe in ihm breit, die er gar nicht mochte. Sein Element kratzte schon wieder an seinen Eingeweiden und er wollte dem komischen Bauchgefühl nicht trauen. Er hatte das Gefühl, dass irgendetwas passiert sein musste. Als er gerade im Begriff war, Raban diesbezüglich anzusprechen, piepte sein Handy. *Endlich.* Schoß es durch seinen Kopf, als er sah, dass die Nachricht von Mina kam.

Mina kann nicht antworten. Jason

Ament sprang auf und sein glühender Blick traf den von Raban.

„Was ist los?", fragte dieser, als er Aments Gefühlsregung spürte.

„Ich muss weg!" Damit war er auch schon auf dem Weg aus der Kommandozentrale, als er jedoch fast mit Mehit zusammenstieß.

Raban zog die Augenbrauen nach oben und schüttelte unweigerlich den Kopf.

„Was ist passiert?", fragte Mehit.

„Keine Ahnung", gab Raban von sich.

Sekunden später rollte der Audi R8 aus der Garage und Raban konnte auf seinem Überwachungsmonitor erkennen, dass Chang den Clankrieger begleitete.

Raban war nur froh, dass er den Halbasiaten mitgenommen hatte, wo auch immer ihn sein Weg hinführte. Dann fiel es ihm wie Schuppen von den Augen. Die Anschrift, die er ihm vor kurzem herausgesucht hatte. Hatte es vielleicht damit etwas zu tun?

„Er hat Chang mitgenommen", kam es über seine Lippen.

„Es ist helllichter Tag! Chang ist kein Clankrieger, dem das Sonnenlicht nichts ausmacht!" Empörung stand in Mehits Gesicht über die Unvorsichtigkeit von Ament.

„Ruf ihn an!", drohend kamen die Worte über seine Lippen.

Sekunden später klingelte es und über den Lautsprecher erklang Aments murrende Stimme.

„Jaaa!"

„Denkst du daran, dass Chang kein Tagesserum in sich trägt?", keifte Mehit ihn an.

„Ja, und wenn du mal raussehen würdest, könntest du erkennen, dass es wie aus Eimern schüttet." Damit beendete Ament das Gespräch.

„Dieser Sturkopf!", rief Mehit aus, wobei seine Faust auf dem Tisch landete. „Wo will er hin?" Dabei streifte sein Blick den von Raban.

„Pfeif mich nicht an! Er hat eine Nachricht erhalten und ist dann wie von der Tarantel gestochen aufgesprungen. Mehr kann ich dir dazu auch nicht sagen." Beruhigend hob er die Hände.

Es brodelte tief in Mehit, als er sich von Raban abwandte.

„Hast du sonst irgendwelche Neuigkeiten?", sagte er kurz darauf schon sichtlich ruhiger.

„Ach, wenn du mir so kommst, willst du wissen, ob sich im Norden was getan hat? Ja, es gab anscheinend einen Ausbruch. Doch in der Tagespresse war nicht viel davon zu lesen. Es gab nur eine unerklärliche Blutlache in einer Scheune, die in der menschlichen Bevölkerung für Unruhe gesorgt hat. Aus Insiderkreisen kann ich dir sagen, dass es sich um einen Vampir gehandelt hatte, der dort verblutet ist."

Bei dieser Information runzelte Mehit die Stirn.

„Verblutet?"

„Ja, das klingt ungewöhnlich zumal auch andere Vampire in der Nähe gewesen seinen müssen."

„Warum?"

„Weil es viel Aktivitäten um Calabria herum gab, obwohl es keine offiziellen Meldungen vom Rat erteilt wurden. Ich bleibe aber dran."

Darauf konnte sich Mehit einhundertprozentig verlassen.

„Wenn es wirklich jemand gelungen war, aus Calabria zu entfliehen, dann könnte man dort auch einbrechen, um jemanden herauszuholen", sagte er leise vor sich hin.

„Es wird eine Lösung geben", sagte Raban zuversichtlich.

Maddy entschloss sich unterdessen das Quartier von Mona aufzusuchen, wobei ihr Ivan sehr gerne Gesellschaft geleistet hätte, doch sie hatte darauf bestanden, alleine mit ihr zu sprechen, deshalb hatte sie letztlich auch Ortischa weggeschickt, die daraufhin zu Marisol gegangen war.

Ivan entschloss sich allein in sein Quartier zurückzuziehen, um etwas Schlaf nachzuholen, welchen er bis dahin nicht bekommen hatte. Er dachte an die liebliche Umarmung zurück, als sie sich beide getrennt hatten. Immer noch konnte er ihre sinnlichen Lippen auf seinem Körper spüren. Ein kleiner Seufzer entglitt seinem Mund und er sah sich rasch um, ob ihn jemand beobachtet hatte. Aber der Flur war leer.

Er atmete erleichtert aus und betrat sein Quartier, entkleidete sich und ließ sich Sekunden später ins Bett fallen. Das Summen, welches er seit dem Sex mit Mona in sich verspürte, war unwahrscheinlich berauschend und er wollte diesen Zustand baldmöglichst wiederholen. Sonst hatte er die Frauen nach dem Sex immer sofort verlassen, doch hier war das etwas anderes. Er hätte sich gewünscht, noch tausend weitere Stunden seine Mona in den Armen halten zu dürfen. Plötzlich trafen ihn düstere Gedanken. *Ein Vampir kann keinen Menschen lieben. Erstens ist es verboten und zweitens leben sie nicht so lange wie wir.* Sein Herz setzte einen Moment lang aus, als er sich dieser ausweglosen Situation gegenüber sah. Ein tiefer Atemzug entglitt seinem Mund und er entschied, dass dies kein Hinderungsgrund sei, seine Liebe zu Mona aufrecht zu erhalten. Auch wenn ihr Körper schneller altern würde, würde er nicht von ihrer Seite weichen und es gebe schließlich noch einen anderen Ausweg. Bei diesem Gedanken, der gerade durch seinen Kopf schoss, sah er auf und fühlte sich sonderbar, so als ob er die ganze Welt umarmen könnte. Ein breites Grinsen breitete sich auf seinen Mundwinkeln aus und gleichzeitig neigte er seinen Kopf und sein Blick glitt auf den Fußboden. Nie würde es ihm erlaubt werden, seine Mona zu verwandeln. Wenn, dann müsste er es im Geheimen tun, weit weggehen mit ihr und sie vor dem Rat verstecken. Und dann war da noch der Clan, mit dem seine Zugehörigkeit besiegelt war. Er war jetzt einer von ihnen. Im Zwiespalt mit sich selbst und dem was er tun sollte, ballte er seine Fäuste und fluchte. Doch dann besann er sich wieder seiner Mona und verdrängte die ausweglosen Gedanken, die ihn gerade ins Aus geschossen hatten. Mit einem breiten Lächeln an sie, schlief er einige Zeit später ein.

Maddy klopfte an Monas Tür und in voller Erwartung riss diese die Tür auf. Als sie Maddy erblickte, war ihr die Enttäuschung sofort anzusehen.

„Hast du etwa jemand anderen erwartet?", neckte Maddy sie, als sie daraufhin eintrat.

„Ähm, nein natürlich nicht."

Maddy konnte ihr die Lüge an der Nasenspitze ansehen.

„Sag schon, wen hast du erwartet?" Nun war es die pure Neugierde, die Maddy vorpreschen ließ.

Mona schloss die Tür und beide setzten sich auf die Couch.

Im Hintergrund lief leise Musik im Radio, welches auf einem Sideboard stand.

„Nun mach es nicht so spannend. Hat Ortischa dir ein paar Schuhe versprochen? Du kannst dir gar nicht vorstellen, wie viele Schuhe sie besitzt. Das sind wahre Schätze! Dafür würde so manche Frau morden." In Maddys Augen blitzte etwas Schelmisches auf.

„Ach, wirklich?" Mona tat erstaunt, um das Gespräch in eine andere Richtung zu lenken. „Dann hätte ich ihr ja mal ein paar ausgefallene Exemplare aus meinem Schuhgeschäft … ach, das geht ja auch nicht mehr." Plötzlich traten ihr Tränen in die Augen, die sie versuchte wegzublinzeln. Gleichzeitig wurde ihr bewusst, dass sie auch ihre Arbeitsstelle nicht mehr aufsuchen konnte, denn dann würde sie Jaques jeden Tag sehen müssen.

„Warum? Nur weil ihr euch getrennt habt, musst du doch deinen Job nicht gleich aufgeben?"

„Das Geschäft ist genau gegenüber vom Bistro. Wie soll ich denn jeden Tag dort lang gehen, wenn Jaques auch da ist? Vor allem – wo soll ich denn wohnen? Ich habe ja nicht mal ein Zimmer!" Sie stand auf und ging zum Radio, um einen anderen Sender einzustellen, denn das gefühlvolle Lied, was gerade gespielt wurde, passte nicht zu ihrer Stimmung.

„Wir finden eine Lösung. Mehit hat doch Jaques seine Erinnerung genommen. Eigentlich hätte es danach so sein müssen wie früher." Maddy fasste sich mit ihren Fingern ans Kinn. „Oder ist doch noch etwas anderes?"

Mona drehte sich zu ihr. „Wahrscheinlich liegt es an mir. Nach dem Überfall bei meinen Eltern habe ich immer so ein komisches Gefühl. So, als würde ich in ständiger Angst leben. Auf der Arbeit hatte ich dieses Gefühl nie, denn da waren SIE."

„Wen meinst du?", hinterfragte Maddy.

„Na SIE, die Vampire. Die guten Vampire muss man ja sagen. Wenn meine Kolleginnen da waren, fühlte ich mich immer sicher. Als Mehit und die anderen damals mein Leben gerettet haben, hätte ich dich fast für verrückt erklärt, als du mir erzählt hast, dass sie Vampire sind. Und nun ist es so, dass ich mich hier …" Sie reckte die Arme in die Höhe. „… am Wohlsten fühle. Als ich mit Jaques zum neuen Haus umgesiedelt bin, kam ich mir vor, als ob ich meine Heimat verlasse. Vielleicht hat das auch eine Rolle gespielt, warum Jaques und ich nicht mehr klarkamen. Ich kann mir auch gar nicht ausmalen, was sie alles mit ihm angestellt haben in der Zeit seiner Gefangenschaft. Ach Maddy, es stürzt so viel auf mich ein und trotzdem ist es hier am Schönsten." Ihr aufrichtiger Blick traf den von Maddy.

„… und wenn du mir jetzt bitte auch noch den Rest erzählst. Ich kenne dich schon eine ganze Weile und dein Gesichtsausdruck von vorhin sagt mir, dass es da noch etwas anderes gibt."

„Du wirst ja doch keine Ruhe geben und vor allem wirst du das noch früh genug von den anderen erfahren." Sie winkte ab. „Ich habe mich sehr dämlich angestellt und bin dabei in den Pool gefallen und Ivan hat mich wieder herausgefischt, weil ich wahrscheinlich sonst ertrunken wäre, denn meine Tasche hatte sich dabei um meinem Hals gewickelt."

Maddy prustete los. „Was? Du bist in den Pool gefallen? Das hätte ich gerne gesehen." Ihr Lachen war so ansteckend, das Mona es ihr gleich tat.

„Das war nicht witzig. Was denkst du wie ich mir dabei vorkam."

„Das war sicher eine Augenweide."

Beiden trieb ihr Lachen die Tränen in die Augenwinkel.

„Ja, ja mach dich nur lustig. Das hätte dir auch passieren können." Das fröhliche Lachen, welches sich nun auf Monas Gesicht abzeichnete, erfreute Maddy von ganzem Herzen. Aber nun sah Maddy auch noch etwas anderes. Die Augen von Mona glitzerten und es dauerte einen Moment, bevor sie die Puzzleteile zusammensetzen konnte. Dann dämmerte es ihr.

„Du und Ivan?" Kam es ihr erstaunt über die Lippen. *Ich wusste doch, da steckt noch mehr dahinter.*

„Ivan? Wie kommst du darauf? Nein, da ist nichts." Vehement schüttelte sie den Kopf, doch an ihrer Reaktion wusste Maddy genau, dass sie ins Schwarze getroffen hatte. Sie gab ihr einen Moment, um sich zu sammeln. Die verlegene Geste, der unruhige Blick auf den Fußboden und die eine Strähne ihrer Haare, die sie ergriff und verlegen zwischen den Fingern drehte, ließen Maddy ihre Vermutung als bestätigt sehen. Maddy lehnte sich zurück und spitzte die Lippen.

Mona hielt in der Bewegung inne und sah Maddy wie ein scheues Reh an.

„Guck mich nicht so an. Da ist nichts", betonte Mona erneut. *Und ob da was ist, aber ich habe Angst das du mich verurteilst, bevor ich dir mehr erklären kann.*

„Du kannst es mir ruhig sagen, ich werde dich nicht verraten. Im Gegenteil – ich bin selbst hin- und hergerissen."

„Warum? Wer hat dir den Kopf verdreht?", lenkte Mona nun von sich ab.

„Du kennst ihn nicht." Maddy neigte ihren Kopf, denn Mona etwas von einem Vampir, der in den Elementen lebte, zu erzählen, wäre wahrscheinlich fatal.

„Ein Vampir oder ein Mensch? Ist schon komisch diese Frage zu stellen. Wäre uns vor ein paar Monaten nicht mal in den Sinn gekommen und nun reden wir darüber, als wenn es das Normalste der Welt wäre", interpretierte Mona.

„Beides", rutschte es Maddy da aber heraus.

„Wie beides? Mensch und Vampir?"

„Er war mal ein Mensch und ist jetzt ein Vampir", sagte Maddy fast ehrfürchtig.

„Er wurde verwandelt? So etwas geht? Wow." In diesem Moment malte sich Mona aus, wie es wäre, wenn Ivan sie zu seiner Gefährtin machen würde. Aber soweit würde er wahrscheinlich nicht gehen.

Maddy blickte Mona an. „Er ist der Wahnsinn." Das Funkeln in Maddys Augen zeigte, wie sehr sie Ramos mochte. *Ich sollte jetzt lieber meine Klappe halten, denn ich weiß ja nicht mal, ob Ramos nicht auch im Raum ist.*

Plötzlich plapperte Mona los: „Du hattest mit deiner Vermutung vollkommen recht. Ja! Ich habe mich in Ivan verguckt." Mehr wollte Mona aber nicht preisgeben.

Mona wartete die Reaktion von Maddy ab, die nun aufstand und sie in die Arme nahm.

„Genieße einfach den Augenblick, denn du weißt nicht wie lange er anhält."

„Du meinst: Keine Hoffnung hineininterpretieren?"

„Genau das meine ich. Sie sind Vampire und leben schon seit über hundert Jahren, sie altern sehr langsam und werden sich sicher keinen Menschen an ihre Seite nehmen, denn wir sind viel zu schnell vergänglich."

Mona atmete an Maddys Schulter tief aus, so hatte sie es noch gar nicht betrachtet. Aber sie musste Maddy Recht geben, was sie wiederum nachdenklich stimmte.

„Du hast Recht. Genießen wir den Augenblick", sagte sie daher schnell und beide lösten sich voneinander.

Maddy wusste, dass sie sich selbst zu große Hoffnungen machte und Mona nun genauso dachte. Schnell wollte sie beide auf andere Gedanken bringen. „Komm, wir gehen zu Jane und lassen uns etwas Leckeres zum Mittag zaubern, was hältst du davon?" Maddy ergriff die Hände von Mona und drückte sie leicht.

„Gute Idee. Komm lass uns gehen."

Beide verließen das Quartier und liefen den geschlungenen Marmorflur entlang und als sie an der Kommandozentrale ankamen, lächelte ihnen Raban freundlich zu.

Schnell stiegen sie die Treppe nach oben und betraten die Küche, wo Jane gerade dabei war, Tee zu kochen.

„Oh, meine Damen, was verschafft mir die Ehre?", sagte Jane überrascht und wischte sich ihre nassen Hände an der Schürze ab.

„Wir wollen uns mal so richtig von dir verwöhnen lassen." Beide setzten sich an den großen Tisch. In diesem Moment ging die Tür auf und Angel trat ein.

„Angel, komm setz dich zu uns", forderte Maddy sie auf. „Jane? Wenn es dir nichts ausmachen würde, könntest du uns Spagetti mit Tomatensoße machen?"

„Selbstverständlich", antwortete Jane und machte sich sogleich daran, die Zutaten aus der nahen Vorratskammer zu holen.

Währenddessen amüsierten sich die beiden immer noch, was Angel ebenfalls lächeln ließ. Es war schon eine ganze Zeit her, seit sie Maddy das letzte Mal so richtig lachen sah. Die Heiterkeit der beiden war ansteckend.

Angel zog mehrere Male tief die Luft ein und sah dann erst Maddy und anschließend Mona an. Dann blieb ihr Blick an Mona hängen und sie kniff ihre Augen zusammen, als sie den Duft von Ivan erkannte. Erkenntnis trat in ihr Gesicht und Mona konnte sehen, dass Angel etwas bemerkt hatte, was allein sie betraf.

Von Maddy wurden die neusten Trends von Schuhen besprochen, eine Einkaufstour angefacht und ehe sie weiter sprachen, stand auch schon das Essen auf dem Tisch. Mit gutem Appetit fingen beide an, sich die italienische Speise schmecken zu lassen.

Jane servierte Angel hingegen ein großes Glas mit roter Flüssigkeit, wofür sie ihr dankte.

Dann verschwand Jane aus der Küche und ließ die drei allein.

Als beide aufgegessen hatten, wandte sich Mona plötzlich an Angel.

„Angel? Wie alt bist du eigentlich?"

Angel zog die Augenbrauen erstaunt nach oben und ihr Mund blieb offen stehen.

In London …

Mit quietschenden Reifen blieb der Audi R8 auf der regennassen Straße vor dem kleinen Reihenhaus stehen. Ament sprang sofort heraus und knallte die Tür hinter sich zu. Zielstrebig lief er im Regen auf die Haustür zu.

Chang verließ ebenfalls den Wagen und folgte ihm, wobei er kurz die Umgebung sondierte. Er wusste immer noch nicht, zu wem sie gefahren waren, aber es schien ihm unzumutbar zu sein, seinen neuen Kollegen in seiner momentanen Verfassung alleine zu lassen. Sein prüfender Blick glitt die Straße hinunter.

Einige Menschen liefen mit Regenschirmen den Gehweg entlang, andere zogen sich ihre Kapuzen tief ins Gesicht. Es fehlte nur noch, dass sich Nebel bildete, was die Stadt in einen gespenstigen Ort verwandeln würde. Aber der Dauerregen gehörte ja schon fast zur Tagesordnung.

Chang konnte keine vampirische Aktivität wahrnehmen, was ihn beruhigte.

Ament stand bereits an der Tür des Reihenhauses und klopfte zum dritten Mal, als er endlich ein Geräusch aus dem Innenraum vernahm.

„Ich bin es, Ament", sagte er ruhig, obwohl ein Orkan in ihm tobte.

Mehrere Schlösser wurden entriegelt und nach wenigen Sekunden ging die Tür auf. Ament und Chang traten schnell ein und schlossen rasch die Tür wieder hinter sich.

Suchende Hände tasteten durch die Dunkelheit, die den Flur einhüllte.

Ament ergriff die Hände und legte sie behutsam auf seine Brust.

„Ament?" Die zaghafte Stimme der alten Dame verhieß nichts Gutes. „Wer ist bei dir?"

„Wo ist Mina?", fragte Ament, denn er wollte keine Zeit verlieren.

„Ich weiß es nicht." Ihre Stimme zitterte. „Sie ist heute nicht von der Arbeit zurückgekommen." Sie wollte die Tränen zurückhalten, doch es gelang ihr nicht.

Chang legte den Kopf in den Nacken und witterte. Der feine Geruch von Vanille breitete sich in seiner Nase aus. *Eine Sampirin.* Schoss es ihm durch den Kopf, was ihn eine Augenbraue hochziehen ließ.

Ament konnte in seinem Blick erkennen, dass er wusste, was Mina war. Doch statt Erstaunen konnte er keine ablehnende Gefühlsregung bei dem Halbasiaten wahrnehmen. Das beruhigte ihn und er war froh, dass sein Kompagnon genauso unkompliziert war wie er selber. Er zollte ihm mit einem Nicken dafür Dank.

„Ihr Handy? Wo ist das?", fragte Ament nun.

„Ihr Handy? Sie hat es immer bei sich", sagte Minas Mutter überzeugt.

„Haben Sie nicht probiert sie anzurufen, als sie nicht nach Hause kam?"

„Doch, aber es ist aus", die Frustration aus ihren Worten kratzte an Aments Gefühlswelt. Er wusste nicht, wie lange er noch ruhig bleiben konnte.

Nun schaltete sich Chang ein.

„Madame? Wir werden sie finden."

Minas Mutter krallte sich an dem Ledermantel von Ament fest. „Hoffentlich", flüsterte sie.

In diesem Moment glaubte Ament seinen Ohren nicht zu trauen. Er hörte wie sein Audi gestartet wurde.

In Sekundenschnelle stand Chang schon auf dem Bürgersteig und konnte nur noch die Rücklichter des Sportwagens sehen, der mit höllischer Geschwindigkeit davonbrauste.

„Oh shit", knurrte er. Er hätte ihn vielleicht noch einholen können, aber er wollte Ament nicht allein zurück lassen.

Dieser trat nur wenige Minuten später neben ihn.

„Das glaube ich jetzt nicht!", zischte er böse hervor. „Verdammt noch mal. Wenn ich den erwische, den zerlege ich." Zu alledem trat sein Element an die Oberfläche. Seine Hände loderten und in seinen Augen tanzten die Funken.

„Beruhige dich, du kannst jetzt nicht wie eine lebendige Fackel durch die Gegend laufen!", ermahnte ihn Chang eindringlich. „Priorität hat jetzt Mina und nicht dein Auto."

Tief atmete Ament mehrere Male aus und versuchte sein Element wieder unter Kontrolle zu bringen.

Seine Verfassung war am Boden und seine Gedanken überschlugen sich.

Innerhalb von Sekunden kam ihm der Moment wieder in den Sinn, wo seine Conzuela ihn verlassen hatte. Sie war in dieses Auto gestiegen und hatte ihn einfach hier zurückgelassen. Nun war die Situation ganz ähnlich. Mina hatte ihm zwar nicht den Rücken zugekehrt, aber sie wurde anscheinend gegen ihren Willen festgehalten oder, was er sich gar nicht erst ausmalen wollte, sie war gar nicht mehr am Leben. Trotz dieser Gedanken beruhigte er sich, denn er wollte die zweite Möglichkeit nicht mal in Erwägung ziehen. Langsam zogen sich die Flammen zurück. Nach einigen Minuten hatte Ament sich wieder einigermaßen unter Kontrolle.

„Wir machen uns jetzt auf den Weg zum Club. Vielleicht wissen sie dort etwas, ok?" Seitlich blickte Chang über seine Sonnenbrille und erwartete eine Zustimmung des Clankriegers.

Ament nickte.

Chang hob den Arm und winkte nach einem Taxi, welches sogleich am Straßenrand anhielt und die beiden einlud.

Ament nannte dem Fahrer die Adresse, der das Taxi dann in Bewegung setzte. Auf ihrem Weg zum Club holte Ament sein Handy heraus.

„Ich bin es", sagte er, als Raban am anderen Ende abnahm.

„Ist euer Ausflug schon beendet? Kannst mir einen Schokoladenshake auf dem Rückweg mitbringen?", säuselte dieser in den Hörer.

„Ein lebensmüdes Individuum HAT MIR MEIN AUTO GEKLAUT!", knurrte Ament wütend in das Handy.

„Ohhhhh", gab Raban nur von sich und sogleich hörte Ament wie er auf seine Tastatur einhämmerte. „Gib mir etwas Zeit. Ich finde ihn, versprochen."

Ament legte auf. Er wusste, dass er sich auf Raban verlassen konnte. Der Neuling in den Reihen der Clankrieger hatte sich gut bewährt und Ament konnte ihn mittlerweile auch ganz gut leiden, obwohl er ihn manchmal an den Rand des Wahnsinns trieb, wenn er wieder seinen ironischen Trip verfolgte. Etwas gedankenverloren sah er aus dem Fenster, wo die Häuserwände nur so an ihm vorbei rauschten. In dem Moment überlegte er auch, ob es so eine gute Idee gewesen war Chang mitzunehmen. Der Söldner kannte sich hier nicht aus und er war für ihn verantwortlich. So als ob er seine Gedanken laut ausgesprochen hätte, blickte er neben sich.

Chang konnte seine Gefühlsregung anscheinend genau analysieren.

„Alles gut", sagte Chang nur gelassen.

Als sie am Club ankamen, zahlte Ament dem Taxifahrer die Rechnung. Beide stiegen aus und schlugen sich die Kragen an ihren Ledermänteln nach oben.

Der Regen hatte etwas abgenommen, dennoch durchnässte er die Kleidung der beiden rasch. Die Leuchtreklame am Club war ausgeschaltet und die Tür war mit mehreren Metallbolzen verschlossen.

Ament rüttelte an der Tür, doch es tat sich nichts.

„Es ist wohl keiner mehr hier", sagte Chang, als er die Hände in die Hüfte stemmte.

Ament legte seine Hände an die große Tür und als er tief einatmete, nahm seine feine Nase einen Duft war.

Mina! Sie war dort drinnen.

Nun hielt ihn nichts mehr. Plötzlich stand Ament lichterloh von Kopf bis Fuß in Flammen.

Verwundert über diese schnelle Verwandlung riss Chang die Augen weit auf und drehte sich um, um die Umgebung nach Menschen abzusuchen, doch weit und breit war niemand zu sehen.

„Ament? Alles in Ordnung?" Etwas Unsicherheit schwang in der Stimme von Chang mit, denn er hatte noch nie einen Clankrieger in Aktion gesehen. Er hatte bereits viel erlebt, doch dies, überschritt bei weitem alles bisher Gesehene. Einen Moment lag wünschte er sich, auch ein Element zu besitzen.

Doch Ament ließ sich nicht ablenken und war vollkommen auf die Tür vor ihm fixiert, die mittlerweile schon rot glühte und es würde nicht mehr lange dauern, da würde das Metall schmelzen.

Chang war fasziniert von der enormen Macht, die der Clankrieger ausstrahlte. Sein Element war eine Augenweide für ihn und er hätte noch stundenlang zusehen können, doch ließ er sich seine Begeisterung nicht anmerken.

Ament bekam von alle dem nichts mit. Seine gesamte Energie konzentrierte sich nur auf diese Tür und nach wenigen Sekunden schmolz das Metall und gab endlich den Weg frei – ins Innere des Clubs. Er zog sein Element ruckartig zurück, als ihm der Geruch von Spiritus in die Nase trat.

Sofort sprang Ament durch die Öffnung und Chang folgte ihm.

Drinnen schlug ihnen ein noch hässlicherer Geruch und völlige Dunkelheit entgegen. Es roch bestialisch nach verbranntem Fleisch und der Spiritusgeruch breitete sich weiter aus. Sein dennoch scharfer Blick auf die Erde zeigte ihm eine Mischung aus zerschlagenem Glas, vergossenem Alkohol, Spiritus und Blut von Menschen und Vampiren. Hinzu kamen mehrere Leichen, die auf dem Fußboden lagen. Grausam zugerichtete Menschenleichen zierten den Rand der ehemaligen Tanzfläche.

Angewidert schüttelte er nur den Kopf. *Wer hat dieses Massaker nur angezettelt?*

Chang sondierte die Umgebung und orientierte sich am Tresen, oder das, was von ihm übrig geblieben war. Die Sicht war durch eine Art Nebel zusätzlich erschwert, dennoch gelang es ihm, auf der Empore jemanden wahr zu nehmen.

„Da oben", rief er und schon stürmte der Halbasiat auf die Empore zu und stand plötzlich über einem Vampir gebeugt, dem ein Arm fehlte und dessen Körper in einer großen Blutlache lag. Das viele, bereits geronnene Blut ließ seine spitzen Fangzähne sofort heraustreten und seinen Magen rebellieren. Er mochte kein Blut von toten Vampiren. Seiner Meinung nach war es so, als ob man einem Menschen verdorbenes Essen servierte. Er beugte sich zu ihm hinunter. Angewidert zischte er hervor: „Wer war das?" Sein Kopf schnellte zur Seite, als Ament in sein Sichtfeld trat.

Auf der Couch lag der Türsteher des Clubs. Ihm waren die Augen ausgestochen worden und dann hatte man ihm mit einer anscheinend sehr scharfen Klinge seinen Rumpf von den unteren Gliedmaßen abgetrennt.

„Was ist hier nur passiert?", fragte Ament, ohne eine Antwort zu erwarten. „Dort hinten liegen noch ein Dutzend tote Vampire und mehrere Menschen, die ebenfalls ihr Leben gelassen haben."

Hinter ihnen klickten plötzlich mehrere Handfeuerwaffen.

Chang drehte sich in die Richtung, aus dem die Geräusche gekommen waren. „Wir bekommen Besuch." Er erhob sich zu voller Größe und postierte sich neben Ament, um sich so gemeinsam gegen ihre Feinde zu stellen.

Ament erhob derweil seine tiefe Stimme: „Solltet ihr auch nur eine einzige Kugel hier in die Umlaufbahn bringen, könnte der gesamte Laden explodieren, also überlegt euch gut, ob ihr auf uns schießt."

Unterdessen versuchte Ament mit seinem übernatürlichen Sehvermögen die Angreifer auszumachen, doch hielten sie sich aus seiner Sichtweite auf, was ihn etwas unruhig werden ließ, denn immer noch war es seine oberste Priorität, Mina zu finden.

Auch Chang konnte die unterschwellige Unruhe von Ament wahrnehmen, dennoch verhielt er sich ruhig und aufmerksam. Die Gedanken der Gegner waren so ungestüm, dass es ein paar Minuten gedauert hätte, sie erst einmal zu sondieren. Zeit, die er gerade nicht hatte.

In der hinteren Ecke wurde getuschelt und dann trat plötzlich ein Vampir mit erhobenen Händen auf die beiden zu.

„Wir ergeben uns", rief jemand durch den Nebel und sogleich stolperten einige Menschen den Gang entlang und drängten sich in den Innenraum des Clubs. Die Augen der Menschen waren auf die messerscharfen Fangzähne der beiden Vampire gerichtet. Wahrscheinlich dachten einige von ihnen, sie seien gerade in eine Filmszene gestolpert, oder jemand hätte Halloween dieses Jahr um einige Wochen vorverlegt. Orientierungslos wankten sie durch die Gegend bis einer von ihnen schrie. „Zum Ausgang!" Eine Frau fiel hin und als sie von einer anderen wieder hochgerissen wurde, tropfte von ihren Handflächen Blut. Aus Panik schrie sie hysterisch, wobei die andere Frau sie weiter hinter sich her zog.

Mit einer Kopfbewegung schickte Ament Chang vor die Tür, um eine Gedächtnislöschung bei jedem Menschen durchzuführen, der diesen Club verließ. Chang folgte seinem Befehl und machte sich sofort auf den Weg.

Immer noch suchte Ament nach dem Geruch von Mina. Doch mittlerweile vermischten sich die verschiedenen Gerüche, was seine Suche zusätzlich erschwerte. Ament ging in die Richtung, aus der die Stimme gekommen war.

„Du?", fragte Ament erstaunt, als er das Gesicht des jungen Vampirs erkannte. Hinter ihm trat ein weiterer Vampir aus dem dunklen Gang hervor.

„Danke, dass du gekommen bist. Wir haben alle gedacht, dass wir es nicht überleben werden. Als sie gegangen sind haben sie uns mit Spiritus übergossen und gesagt, wenn die Menschen die Tür aufschweißen würden, würden die Funken uns alle töten. Aber ein Glück hast du den Plan vereitelt. Wir haben schon nicht mehr darauf gehofft", sagte Jason sichtlich erleichtert, wobei er Ament fast freundschaftlich auf den Unterarm schlug.

„Warum hast du keine SMS geschrieben?", forderte Ament nun zu wissen.

„Weil wir alle Handys abgeben mussten", knurrte er als Antwort hervor. „Aber lass uns rasch zu den Verwundeten gehen." Er griff Ament am Arm und zog ihn hinter sich her.

Das dieser junge Vampir ihn am Arm packte, ließ Ament nur geschehen, weil er dadurch hoffte, Mina bald zu finden.

Als Jason die Tür zu einem der Vorratsräume öffnete, schlug ihnen der kupferne Geruch von Blut entgegen. Der Raum war stickig und getränkt von diesem herben, kupfernen Geruch des Blutes, welches die Menschen und Vampire vergossen hatten. Dann erblickte Ament endlich Mina, die am Boden lag und der von einem Vampir die Stirn mit einem feuchten Tuch abgetupft wurde. Auch diesen Vampir erkannte Ament. Es war der Schweigsamste von den dreien damals gewesen, als sie mit Isfets Leuten zusammengestoßen waren. In jener Nacht hatte Ament die drei als Kinder bezeichnet und heute hatten genau diese Kinder Mina gerettet.

Als der Vampir Aments Gestalt im Türrahmen sah, riss er die Augen auf und zog sich sofort ein Stück zurück.

Ament kniete sogleich neben Mina und empfing ihren Kopf mit seiner Hand. „Was ist mir ihr?" Seine Stimme schwankte etwas, was ihn selbst verwunderte.

Jason schilderte ihm, was sich in den letzten Stunden im Club zugetragen hatte.

„Der Club war voll wie immer und wir hatten alle viel Spaß. Gegen Mitternacht kam eine Gruppe von ca. fünf Vampiren herein und pöbelten die Gäste auf das Übelste an. Innerhalb von Sekunden schlug die Stimmung um, einige Menschen verließen daraufhin sofort den Club und nach einer guten Viertelstunde kamen dann noch einmal sechs, die wohl zu der gleichen Gruppe gehörten. Es waren auf jeden Fall keine Vampire aus dieser Gegend. Keiner kannte sie und sie trugen auch Kleidung, die sie definitiv nicht in London gekauft haben. Sie sahen alle einfach nur billig aus. Mina und Jackie wollten ihre Bestellungen aufnehmen, als der Anführer ausholte und sie ins Gesicht schlug und zwar so heftig, dass sie mit dem Kopf gegen den Tresen knallte. Dann eskalierte die Situation in Sekundenschnelle. Die Security-Leute von Mamba waren sofort vor Ort und stellten sich diesen Eindringlingen in den Weg, um sie aus dem Club zu schmeißen, doch dann kam alles anders. Die Gegner warfen eine Art Nebelbombe in die Menge und in enormer Geschwindigkeit durchschnitten sie den Menschen, die sich auf der Tanzfläche befanden die Kehlen und pfählten unseresgleichen. Wir saßen hier oben auf der Empore und haben versucht, einige zu retten, als Jackie die verletzte Mina aus dem Gefahrenbereich bringen wollte. Wir konnten sie gerade noch nach oben ziehen, bevor einer der Vampire Jackie mehrere Male mit einem Messer attackierte. Jackie bezahlte dies mit ihrem Leben. Blut quoll ihr aus den Wunden und aus dem Mund. Es war so entsetzlich anzusehen und dennoch konnten wir ihr nicht mehr helfen, sonst hätten wir Mina und uns selbst nicht mehr retten können. Mein Freund Kenny wurde von hinten gepfählt und als die Spitze des Pflocks aus seiner Brust zum Vorschein kam, griff er sich an sein Herz und zerfiel in Sekundenschnelle zu Staub. Dann trieben sie uns wie Vieh auf der Empore zusammen. Dann haben sie auch noch Mambas Schwester Ronda in den Club geschliffen und vor Mambas Augen getötet. Diese bestialischen Schweine haben sie erst aufgeschlitzt und ihr dann einen Pflock ins Herz gerammt. Ihr entsetzlicher Schrei ging allen durch Mark und Bein, bevor sie ebenfalls zu Staub zerfiel. Mamba kochte vor Wut und wollte auf die Angreifer allein losgehen, aber wir konnten ihn aufhalten. Dann holten sie Flaschen aus ihren Taschen hervor und besprühten uns mit Spiritus. Hämisch grinsten sie uns an, denn sie konnten uns die Angst ansehen. Dann nahmen sie uns die Handys ab und versiegelten den Club. Mamba ließ uns allein und verschanzte sich in seinem Büro. Wahrscheinlich war es auch besser so, denn sonst wäre er vielleicht noch Amok gelaufen. Was er jetzt braucht ist Ruhe, denn der Tod seiner Schwester wird ihn nicht in Frieden lassen, bis er den Schuldigen gefunden hat.

„Hol Mamba hierher!", befahl Ament.

„Nein, niemals. Ich bin doch nicht lebensmüde. Das kannst du vergessen. Der bringt mich doch sofort um." Jason fuchtelte wild mit seinen Armen umher.

„JETZT!"

Wutentbrannt setzte sich Jason in Bewegung und fluchte vor sich hin. Aber sich dem Clankrieger entgegenstellen war ebenfalls keine Option.

Sein schweigsamer Kumpel folgte ihm.

Ament strich Mina währenddessen eine verklebte rote Strähne aus dem Gesicht.

„Mina?", flüsterte er leise.

Doch nichts passierte.

Schon wollte er sich in sein Handgelenk beißen, um ihr sein starkes Blut zu geben, als er eine weitere Gruppe von Vampiren entdeckte, die dort zusammengekauert in der Ecke saßen.

„Wir kommen hier raus. Macht euch keine Gedanken." Warum er solche sentimentalen Worte wählte, war ihm selber nicht klar.

Die aufgerissenen Augen, die ihn anstarrten, schienen ihm aber nicht zu glauben.

„Es regnet draußen, also bewegt euch!", forderte er sie nun energischer auf.

Zaghaft erhoben sich nun die ersten und verließen den Raum. Als sie sich durch die Tür in den großen Clubraum bewegten, dauerte es nur wenige Sekunden, als heftige Schreie erneut den Raum erfüllten. Dieses Mal schrien aber die Vampire.

Zerrissen legte er den Kopf von Mina auf den Boden und trat schnell auf den Flur hinaus. In diesem Moment konnte er sehen, was den anderen so viel Angst machte.

Die Vampire waren auf der Tanzfläche versammelt und wollten gerade durch die Öffnung gehen, die Ament in die Tür geschnitten hatte, doch dort stand eine Gestalt, die ein brennendes Feuerzeug in der Hand hielt.

„Das wird jetzt ein heißer Ritt", sagte er und ein breites Grinsen tanzte auf den Lippen des Todesengels, als er das Feuerzeug fallen ließ. Dann trat er blitzschnell beiseite und der Türspalt wurde durch etwas Eisernes verschlossen.

Chang wirbelte schnell herum, ergriff zwei Vampire und sauste mit ihnen auf die Empore, als das Feuerzeug bereits auf den Boden fiel und das Gemisch in Brand setzte. Auch die anderen Vampire folgten ihm so schnell sie konnten. Zwei von ihnen wurden sogleich von den Flammen erfasst und brannten durch den Spiritus wie zwei lebendige Fackeln.

Auch Ament trat die Empore hinab und beschwor in Windeseile seine Gabe herauf. In Sekundenschnelle breitete sich sein Feuer über den gesamten Club aus.

Beißender Geruch und enorme Hitze erfüllten den Raum.

Ament streckte seine Arme aus und stemmte sich gegen die rollende Feuerlawine, die sich zielsicher auf sie zubewegte. Hinter ihm schrien die Vampire und er konnte ihre angstvollen Blicke in seinem Rücken spüren.

„Hol Mina und die anderen, schnell!", schrie Ament dem Halbasiaten entgegen. Dieser sprintete in den hinteren Bereich.

Unterdessen stemmte sich Ament mit seiner gesamten Macht gegen das Feuer und sog es nach und nach in sich auf. Die Vampire wimmerten, doch ihre Unsicherheit durfte Ament jedoch nicht beeinträchtigen, doch weniger ihre Sicherheit, sondern die von Mina lag ihm momentan am Herzen. Er ertappte sich dabei, dass er aus dem Seitenwinkel in den dunklen Gang blickte, um zu sehen, ob Chang schon mit Mina aus dem Bereich trat. Aber er kam nicht! Das ließ ihn zusehends unruhiger werden. Die Flammen tanzten um die Tanzfläche herum und bahnten sich schließlich ihren Weg zu dem Tresen, dem nun seine letzte Stunde geschlagen hatte. Nach wenigen Sekunden zersprangen die vollen Flaschen, die noch im Regal standen und heizten das Feuer weiter an, so dass Ament immer mehr Kraft aufwenden musste, um die Flammen in Schach zu halten.

Endlich konnte er Mina und Jason sowie seinen Kumpel erkennen, die aus dem dunklen Gang traten. Hinter ihnen ragte Mamba wie eine Bestie auf.

„Alle nach links!", schrie Ament in den Raum, wo die Luft immer weniger wurde.

Alle folgten seiner Anweisung.

Auch Mamba folgte dem Befehl, obwohl ihm die pure Angst und Trauer im Gesicht standen. Mit blutunterlaufenen Augen sah er wieder den Tod seiner Schwester vor sich, was erneut ein tiefes Loch in sein Herz riss. Nun sollte auch noch sein Club daran glauben, nicht nur das, seine gesamte Existenz gerade in Flammen aufging und die wenigen, die neben ihm kauerten, konnten nun auch noch ihr Leben verlieren.

Er rief Ament entgegen.

„Was sollen wir tun?"

„Einfach mal die Klappe halten", knurrte dieser zurück und konzentrierte sich wieder auf das Feuer, welches um ihn tanzte und ihn verhöhnte. Er holte tief Luft und zog weiter sein Element in sich auf und nach wenigen Minuten hatte er das Feuer soweit unter Kontrolle, dass keine Gefahr mehr für die Überlebenden bestand. Keiner wagte auch nur zu atmen, um Ament nicht zu unterbrechen. Die Vampire sahen mit solch einer Faszination zu, denn keiner von ihnen hatte damit gerechnet, dass einmal ein Clankrieger ihr Leben retten würde. Die gewaltige Macht, die Ament ausstrahlte, war für sie verstörend und betörend zu gleich. Nach weiteren bangen Minuten war das gesamte Feuer gelöscht und Rauchschwaden stiegen von dem verkohlten Holz auf und in den Räumen breitete sich ein beißender Geruch aus, der es allen schwer machte zu atmen. Erschöpft ging Ament in die Knie.

Chang stand sogleich neben ihm.

„Alles okay?", erkundigte er sich bei seinem Waffenbruder.

„Gib mir einen Moment. Bring bitte alle raus", quälte er heraus und atmete schwer.

Chang spurtete wie befohlen zur ehemaligen Tür und stemmte sich gegen das Metall, welches den Ausgang versperrte. Er drückte dagegen, doch es bewegte sich nur ganz wenig, obwohl er ein starker Krieger war. Neben ihm tauchte Mamba auf, dessen Designeranzug in den letzten Stunden sehr gelitten hatte. Die blutgetränkte Kleidung von Jason und seinem Kumpel tauchten neben den beiden ebenso zur Unterstützung auf. Gemeinsam stemmten sie sich gegen das Metall und konnten es so nach und nach beiseiteschieben.

Als sie nach draußen traten, konnten sie erst einmal erkennen, was ihnen den Weg versperrt hatte. Ein Vierzigtonner stand vor dem zerstörten Club.

Jason sprang wieder in das Gebäude hinein und rannte zu Mina, während sich die anderen Vampire an ihm vorbei hastig und ungestüm nach draußen drängten.

Chang half einigen, damit sie sich nicht an dem scharfkantigen Metall der alten Eingangstür verletzten.

Vor dem Club hielten mit quietschenden Reifen zwei Wagen. Sofort war Chang zurück in seinen Kampfmodus gegangen und Mamba gesellte sich an seine Seite. Beide erwarteten, augenblicklich wieder angegriffen zu werden, doch dann entspannten sie sich, als sie Mehit, Ortischa und Angel erblickten.

Die drei bewegten sich rasend schnell auf den Club zu und ignorierten dabei wissentlich die Vampire, die ihnen entgegen traten.

„Was ist passiert?", fragte Mehit, als er auf Chang zutrat und den Halbasiaten ins Visier nahm.

Chang ging ihm entgegen und erzählte ihm in kurzen Stichpunkten, was sich zugetragen hatte.

„Habt ihr jemanden erkannt?", fragte er und sah dabei Mamba an, denn das Chang hier jemand kennen würde, wäre reiner Zufall.

Mamba zuckte mit den Schultern. „Ich kam erst in den Raum, als er schon brannte." Seine Zerrissenheit sprühte aus jeder Pore.

Nun sahen alle zum Eingang, als Ament eine Frau auf seinen Armen durch die Öffnung nach draußen trug. Ortischa schoss zu ihm und Angel tat es ihr gleich. Sie wollten sie ihm abnehmen, doch er ließ es nicht zu und strafte sie mit einem Blick, bei dem jedem anderen das Herz stehen geblieben wäre.

„Ich brauche dein Auto!", sagte Ament zu Mehit, der hingegen nur nickte.

Jason schoss an ihm vorbei zu dem Mustang und öffnete rasch die Tür, damit Ament die verletzte Mina auf dem Beifahrersitz niederlassen konnte. Vorsichtig bettete er ihren Kopf an die Kopfstütze.

„Dürfen wir mitkommen?", fragte Jason zögerlich, wobei sich sein schweigsamer Kumpel wieder neben ihn gesellt hatte.

„Ja", antwortete Ament ihm relativ freundlich, obwohl ihm die Wut fast auffraß. Aber Mina ging vor. Er musste sie erst einmal versorgt wissen. Jason und sein Freund schwangen sich auf den Rücksitz und Ament ließ sich auf dem Fahrersitz nieder. Er startete den Motor und fuhr für seine Verhältnisse noch sehr langsam und behutsam zur Klinik von Dr. Michael Anderson.

„Und bevor du jetzt weiter fragst, Mina ist meine Cousine", sagte Jason, nahm ihre Hand und streichelte sie. „Ihre Mutter und meine Mutter sind Schwestern." Er sprach vor sich hin, um seine Nervosität zu verbergen, doch dann wurde er von seinem Kumpel angestoßen und schwieg die restliche Fahrt.

Kapitel 8

In der Höhle …

Der Himmel wurde von dunklen Wolken regelrecht geflutet und starker Wind kam auf. Er peitschte bis in die Höhle.

Ruckartig riss Stevo seine Augen auf und sondierte sogleich seine nähere Umgebung. Nur Sekunden später blickte er in die Augen der kleinen Annabelle.

Ungläubig sah sie ihn an und sprach dann mit ihrer kindlichen Stimme. „Die Sonne ist untergegangen", sagte sie sanft und legte ihm wie selbstverständlich ihre kleine Hand auf seine breite Schulter. „Weißt du, was ich an dir toll finde?" Sie wirkte fast ein wenig verlegen. „Deine Augen. Sie glitzern wie die Kette meiner Mutter." Fast gedankenverloren starrte sie ihn nun an.

Bei ihren Worten überzog eine Gänsehaut seinen Rücken. Er wusste, dass seine Augen sehr magisch auf Frauen wirkten und er hatte sie weiß Gott dazu eingesetzt, aber das ein kleines Mädchen den Glanz mit einer Kette verglich, traf ihn mitten ins Herz. Er nahm die kleine Hand von Annabelle und sprach zu ihr: „Ich verspreche dir, dass wir wiederkommen werden und dann holen wir dich aus dieser Höhle heraus und befreien auch die anderen."

„Wirklich?" Ein Hoffnungsschimmer flackerte in ihren Augen.

„Ja, wirklich, aber du darfst den anderen nichts verraten, sonst ist es keine Überraschung mehr." Er legte seinen Zeigefinger an ihre Lippen.

„Dann haben wir ein Geheimnis?" Ihre Augen funkelten wild, als sie leise zu seinem Finger sprach.

„Ja, das haben wir", gab er zurück und nahm seinen Finger von ihrem Mund.

Auf die stürmische Umarmung, die daraufhin folgte, war Stevo nicht gefasst gewesen.

Elisa spürte derweil eine leichte Erschütterung in ihrem tiefen Schlaf, konnte diese aber nicht einordnen. Als sie dann kurz darauf in die fast weißen Augen von Stevo blickte, war sie beruhigt. Sie reckte ihre müden Glieder von sich und richtete sich auf.

„Na du Langschläfer?", kicherte Annabelle, die sich nun neben sie hockte.

Ein zauberhaftes Lächeln breitete sich auf Elisas Mundwinkeln aus.

„Na du, Frechdachs."

Geschmeidig erhob sie sich, wobei Stevo ihre ganze Figur in sich aufnahm, fast so, als wenn er sie einmal malen wollen würde.

Annabelle stieß ihn in die Rippen und deutete mit ihrem Zeige- und Mittelfinger auf ihre Augen und dann auf die von Stevo.

Fast empört warf ihr Stevo einen düsteren Blick zu, worauf Annabelle nur noch herzhafter griente und zustimmend mit dem Kopf nickte.

„Es ist Zeit", erklang es plötzlich seitlich von ihnen. Der alte Vampir war erfreut, als er die Vertrautheit zwischen Annabelle und den beiden Fremden sah. „Es ist schön zu sehen, dass sie mal wieder lacht", sagte er freundlich.

Stevo erhob sich daraufhin zu seiner vollen Größe und klopfte sich dann den Staub von der Hose.

Seine Stimme drang ernst durch den Raum.

„Danke, dass ihr uns bei euch aufgenommen habt. Wir stehen wirklich in eurer Schuld." Leicht neigte der Clankrieger seinen Kopf, um seine Ehrfurcht zu erweisen.

Gerade wollte der Vampir ansetzen etwas zu sagen, da unterbrach ihn Stevo.

„Wir werden uns Wiedersehen."

Diese Aussage ließ keinen Platz für weitere Diskussionen.

Er beugte sich zu Annabelle hinab, die ihm ihre kleinen Arme entgegenstreckte. Er nahm sie auf den Arm und mit seiner freien Hand berührte er mit seinem Zeigefinger ihre Nasenspitze. „Also denk an unser kleines Geheimnis, ja?"

Annabelle nickte und ihr herzliches Lachen wärmte Stevos kaltes Herz. Die Kleine hatte es ihm auf besondere Weise angetan und er würde nicht eher ruhen, bis er sie aus diesem Gefängnis befreit hatte.

Auch Elisa trat dazu und sah erstaunt den hünenhaften Krieger an, der Annabelle mit einer solchen Zärtlichkeit hielt, dass sie vor Freude hätte heulen können.

Langsam gingen sie bis zum Höhlenausgang und dort erst setzte Stevo die kleine Annabelle wieder ab.

„Sei brav", gab er ihr noch mit auf den Weg.

Annabelle streckte ihm daraufhin die Zungenspitze raus und rümpfte ihre kleine Nase.

„Ich werde auf sie aufpassen", erwiderte Edwin zuversichtlich.

„Gut und Danke." Stevo streckte zum Abschied Edwin den Arm hin und dieser packte Stevos Unterarm.

„Passt auf euch auf", ermahnte er die beiden noch einmal, bevor er Annabelle letztlich an die Hand nahm und mit ihr in der Höhle verschwand.

Der Wind peitschte ihnen ins Gesicht, als sie über das hohe Gitter sprangen und lautlos durch den Park bis zur Straße liefen. Sie überquerten die Friar Lane und rannten an den roten Backsteinhäusern mit lauter weißen Fensterrahmen entlang. Dann bogen sie nach rechts ab, in die Maid Marian Way, bis sie schließlich auf dem Castle Boulevard landeten.

Von da an sausten sie in übermenschlicher Geschwindigkeit immer weiter und hielten erst wieder in Bedford an, als sich langsam die Morgendämmerung am Horizont bemerkbar machte. Sie blieben kurz am Ufer des Flickrivers stehen und sahen sich die blaubeleuchtete Brücke an. Dann suchten sie sich kurzerhand ein Hotel.

An der Rezeption angekommen, versetzte Stevo den Concierge in Trance und ein paar Minuten später betraten sie ihr Zimmer, welches eher den Luxus einer Bruchbude hatte.

„Für den Tag wird das reichen. Morgen sind wir dann bereits in London." Erfreut klang das in Elisas Ohren nicht.

Zögerlich gab sie daher von sich: „Ich habe eine Freundin in London, bei der können wir sicher erst einmal unterkommen."

Fast gedankenverloren starrte Stevo auf das Bett. „Wir müssen uns nähren, sonst halten wir das Pensum nicht durch. Ich bestelle uns etwas aufs Zimmer." Ohne eine Antwort abzuwarten, ergriff er den Hörer und bestellte ein reichhaltiges Frühstück, was hauptsächlich aus Getränken bestand.

Eine knappe Viertelstunde später klopfte es an der Tür.

Elisa sprang auf und ließ den Kellner herein und er schob den kleinen Servierwagen vor sich her bis zur Mitte des Zimmers.

Rasend schnell packte ihn Stevo und versetzte ihn ebenfalls in Trance.

Dann ergriff Elisa sein Handgelenk und ihre Fangzähne schossen hervor. Sie beugte sich hinab und biss hinein. Mit einem erleichternden Stöhnen nahm sie das Lebenselixier in sich auf.

Unter den wachsamen Blicken von Stevo, der eher die Halsschlagader des Kellners bevorzugte, verschloss Elisa die Einstichstellen kurz darauf wieder. Sein hungriger Blick glitt über Elisas Lippen, die immer noch leicht gerötet waren. Als sie sich nun auch noch über diese leckte und einen feuchten Schimmer hinterließ, musste er sehr an sich halten. Für ihn gab es wenig, was ihn wirklich scharf machte, aber das gerade hier ließ seine Hose zu eng werden. Schnell trank er noch zwei weitere Schlucke, versiegelte die Bissstellen dann und entließ den Kellner aus seiner Trance. Dieser verließ prompt das Zimmer und schloss die Tür hinter sich.

Mit lüsternen Augen sah er Elisa an, die seinem Blick auszuweichen schien. *Sie muss es spüren können.* Schallte es durch sein Gehirn. Schnell wandte er seinen Blick ab und sagte: „Ich geh duschen." Ohne eine Antwort abzuwarten, schritt er an ihr vorbei und schloss die Tür hinter sich. Er lehnte seinen Kopf gegen die Tür und schloss kurz seine brennenden Augen. Das neue Lebenselixier tobte nur so durch seinen Organismus und stärkte ihn. Auch seine Lenden waren neu gestärkt. Er befreite seinen erhitzten Körper von seiner Kleidung und stieg in die viel zu enge Dusche, drehte schnell das Wasser auf und trat unter den eiskalten Strahl. *Erholung, … mein Gott, was soll denn Elisa nur von mir denken! Mein Blick muss gerade Bände gesprochen haben. Aber ihre kleine Zunge ist so faszinierend. Schon in der Höhle, als sie von mir trank, war es wie eine Explosion. Ihre weichen Lippen an meinem Handgelenk zu spüren. Vielleicht … NEIN verdammt noch mal. Sie gehört zu Mehit. Punkt. Punkt. Und noch mal Punkt.* Nur schwer gelang es Stevo, seinen erregten Körper wieder abzukühlen.

Unterdessen hatte sich Elisa auf das Bett gelegt und sich die Schuhe von den Füßen getreten. Mit ausgestreckten Armen fühlte sie sich unheimlich entspannt, obwohl ihr Körper nur so nach einer heißen Dusche schrie. In diesem Moment kam ihr ein sehr verlockender Gedanke. Sie stellte sich Mehit vor, wie er gerade in der Dusche nebenan stehen würde. Sein durchtrainierter Körper würde von dem Wasser umschlängelt werden und bis zu seinen Füßen laufen. Der Schaum würde von seiner breiten Brust und zu seinem Schoß hinab gleiten. Diese Vorstellung ließ Elisas Hände die Bettdecke zusammendrücken. Sinnlich leckte sie sich über ihre Lippen und schloss ihre Augen. Ihr gesamter Körper spannte sich an, als sie ihrer Fantasie freien Lauf ließ. *Ich würde ihn nicht noch einmal zurückstoßen. Nein, nie mehr. Wenn sich sein muskulärer Körper zwischen meine gespreizten Beine drängen würde, ich würde ihn gewähren lassen. Wenn seine Hände über meine Oberschenkel gleiten würden, ich würde es geschehen lassen. Wenn sein Atem meine Haut kitzeln würde, ich würde darunter verglühen.* Ein kleines lustvolles Stöhnen drang aus ihrem Mund und ihr Becken bewegte sich im lasziven Rhythmus.

Stevo blieb der Mund offen stehen, als er aus dem Bad kam und eine sich windende Elisa auf dem Doppelbett entdeckte. Sie hatte sich mit ihren oberen Schneidezähnen auf die Unterlippe gebissen und ihre Bewegungen und ihr leises Stöhnen deuteten sehr auf eine Ekstase hin. Er, der nur ein Handtuch um die Hüften geschlungen hatte, konnte ihre Erregung aus jeder einzelnen Pore riechen. *Jaaaa … und sie ist willig. Du bist so heiß.* Schoss es durch seinen Kopf und prickelnde Erregung jagte durch seinen Körper. Wie magisch angezogen kniete er sich zum Fußende des Bettes auf die Erde. Seine Hände zitterten, als er zaghaft über ihre Waden nach oben strich. Ein lustvolles Stöhnen bestätigte seine Annahme, dass alles richtig war, was er tat. Seine Hände verstärkten leicht ihren Druck und strichen an der Oberschenkelinnenseite entlang, was Elisa noch schwerer atmen ließ. Er richtete sich langsam auf, wobei er ihre Beine über seine Hüfte legte und ihren gesamten Körper weiter das Bett hinaufschob. Seine Erektion presste genau an die intimste Stelle von Elisa und sie hob sanft ihr Becken. Mit einer gleichmäßigen Bewegung zog er ihr das T-Shirt aus und entblößte ihren Spitzen-BH. Stevo setzte ein gefährliches Lächeln auf, als seine messerscharfen Fangzähne ausfuhren. Seine geschickten Finger glitten über ihren flachen Bauch, wobei dieser sich wie reine Seide anfühlte. Mit einer geschickten Handbewegung griff er unter ihren Rücken und befreite ihren wunderschönen Busen. Unverschämt sexy lag sie nun unter ihm. Es folgte wieder ein Stöhnen, was Stevo nur noch mehr anfeuerte. Seine Hände umfassten gleichzeitig ihren Busen und mit dem Daumen rieb er über ihre Spitze, die sich zu harten Perlen formten. Ihre Lippen öffneten sich einen Spalt und ihre Zungenspitze schoss hervor, um diese zu benetzen. Doch dieses Mal konnte Stevo nicht anders. Er beugte sich hinab und senkte seine gierigen Lippen auf die von Elisa. Weich und samtig fühlten sie sich an und als ihre Zungenspitze in seinen Mund drang konnte er sich nicht zurückhalten und ihr nur die gleiche Intensität schenken. Ihre Münder verschmolzen miteinander und Elisa griff an seine muskelbepackten Arme, um ihn dichter an sich zu ziehen. Mit einer fließenden Bewegung postierte er sich neben sie und zog ihr in Sekundenschnelle die Hose und den Slip von den Beinen. Dann schob er seinen muskulösen Oberschenkel dazwischen und mit einer einzigen eleganten Bewegung drang er tief in sie ein. Ihr Aufschrei wurde von seinem Mund gedämpft. Langsam bewegte sich Stevo in ihr, um ihr Zeit zu lassen, sich an seine große Erektion zu gewöhnen. Sie genoss es, wie er sich in ihr bewegte und seine rhythmischen Bewegungen passten perfekt zu ihren eigenen Bewegungen.

Als sie die Augen aufschlug und Stevo über ihr aufragte blieb ihr die Stimme im Hals stecken.

„Ist alles in Ordnung?", fragte dieser neugierig und musterte ihr erregtes Gesicht.

Sie stammelte. „In Ordnung?" Mit hektischen Blicken sah sie an sich herab. Als sie ihr T-Shirt und ihre Hose sah, atmete sie erleichtert durch.

Stevo musterte aufmerksam das Gesicht von Elisa. Er sah an sich herab und hatte immer noch das Handtuch um die Hüften. Auch er hatte eine Vision gehabt. Die Leidenschaft zwischen ihm und Elisa war auch für ihn wie echt gewesen. Er musste genauso komisch aus der Wäsche geguckt haben, denn Elisa tippte ihm gegen seine Brust.

„Wir haben nicht …, oder?" Ihre Augen durchbohrten ihn quasi. Immer noch hatte sie das Gefühl, dass seine Erektion gegen ihre Hüften gepresst war. Machtvoll und erbarmungslos.

Er konnte in ihrem Blick erkennen, dass sie denselben Traum hatte wie er und dass er immer noch vor ihrem geistigen Auge flimmerte.

„Na so wie man das normalerweise kennt nicht, nein. Aber anscheinend auf andere Art und Weise?" Seine Augenbrauen schnellten nach oben, denn er war sich der Erregung nur zu bewusst, die Elisas Körper immer noch ausstrahlte.

„Oh mein Gott, Stevo, so etwas kann doch nicht einfach so gehen?" Die Fragezeichen, die sich im Gesicht von Elisa bildeten, verunsicherten Stevo.

„Keine Ahnung." Er zuckte mit den Schultern. „So etwas habe ich auch noch nicht erlebt. Ich kann dir nicht sagen, wie das passiert ist."

Sichtlich peinlich berührt wandte sich Elisa von ihm ab und rutschte vom Bett. Mit zügigen Schritten ging sie ins Bad.

Stevo kroch rasch unter die Decke und wandte sich zur Außenseite des Bettes. Er musste seinen Puls beruhigen, um Elisa nicht zu fragen, ob sie es gut fand. Denn seine Sinne waren immer noch bis zum Anschlag gespannt. Wenn es nach ihm gegangen wäre, hätte der Traum noch eine ganze Weile anhalten können.

Mit unsagbarem, gnadenlosen Sex.

Bei dieser Vorstellung schoss erneut eine Hitzewelle durch seinen immer noch angespannten Körper. Er war bereit und begierig, sich dieser Fantasie noch einmal hinzugeben. So lange hatte er das entbehren müssen und nun war die Verlockung so nah.

Fast greifbar.

Als sich die Badezimmertür nach einiger Zeit langsam öffnete, versuchte er sich allerdings lieber auf Gänseblümchen zu konzentrieren.

Elisa krabbelte auf der anderen Seite des Bettes.

Beide waren an die äußerste Kante gerutscht, um den anderen nicht zu berühren.

Elisa spürte einen kalten Luftzug auf ihrer noch feuchten Haut.

Stevo hatte sein Element ausgeschickt, um zu prüfen, ob ihnen Gefahr drohte. Es beruhigte sie auf der einen Seite, auf der anderen regte es ihren Puls erneut an.

Fast gleichzeitig sprachen sie einander an.

„Elisa?"

„Stevo?"

„Du zuerst", befahl Stevo.

„Es ist doch noch alles gut zwischen uns? Ich kann mir das nicht erklären, wie das passiert ist!" Ihre zittrige Stimme, ließ ihre Verunsicherung zu Tage kommen.

„Es ist alles gut zwischen uns", sagte Stevo entschlossen. „Ich glaube, es liegt daran, dass du dich von Leanderos und von mir genährt hast. Leanderos Fähigkeiten sind mir nicht sonderlich vertraut, und wenn man dann noch mein Blut hinzufügt, könnte es schon eine prickelnde Mischung werden." Ein verschmitztes Grinsen trat in sein von ihr abgewandtes Gesicht.

„Also, war das alles nur eine Fantasie, die wir geteilt haben?", gab Elisa zu Bedenken.

„Ja, so etwas in der Art."

Im entfernten London …

Vor dem zerstörten Club glitt Changs Blick in den Himmel, der sich immer mehr aufklärte. Er runzelte die Stirn.

Ortischa nahm seinen aufgescheuchten Ausdruck wahr und schickte ihn mit einem Wink zum Geländewagen, dessen Scheiben gegen das UV-Licht abgedunkelt waren.

Chang ließ sich nicht zweimal bitten. Schnurstracks steuerte er auf den Wagen zu und als er auf der Rückbank gerade Platz nahm, stieg von der anderen Seite auch Angel ein. Beide musterten sich neugierig.

Er registrierte schnell alle Einzelheiten der wunderschönen Amerikanerin. Ihre üppige Lockenmähne ergoss sich über ihren Rücken und war sicherlich der Traum von so manchem Mann. Der kurvenreichen Figur war sicher nachgeholfen worden, denn auf dem anderen Kontinent waren Schönheitsoperationen an der Tagesordnung und auch Vampire standen dem nicht nach. Chang hingegen überlegte eher fieberhaft, ob sie ebenfalls eine Clankriegerin sei. Er sendete seine Gabe auf sein gegenüber.

Doch sofort bemerkte Angel, dass der neue Rekrut in ihre Gedanken eindringen wollte, denn er klopfte nicht an, sondern schoss in ihren Kopf wie ein Tornado.

„Lass das!", zischte sie ihn an und stemmte sich gegen ihn.

Mit einem zynischen Gesichtsausdruck zog sich Chang rasch zurück, obwohl er hätte weitermachen können. Doch er wollte sich nicht daneben benehmen. Viel hatte er sowieso nicht ergattert, nur das sie einen schweren Verlust erlitten hatte, woran sie immer noch zu knabbern hatte. Er bewegte seinen Unterkiefer hin und her, ohne ein weiteres Wort zu sagen.

„Wäre ja schon mal nett, wenn du dich erst einmal vorstellen würdest, als dich in meinen Kopf zu verirren."

Ihre bissige Art gefiel Chang überhaupt nicht. Niemanden musste er sich gegenüber rechtfertigen, geschweige offenbaren.

Nie wollte er Everybodys Darling sein.

Er schwieg.

Einige Minuten vergingen.

Sanft schwangen dann ihre Worte ihm entgegen: „Mein Name ist übrigens Angel."

Von Chang kam keine Antwort.

„Wow, Mister Arrogant persönlich. Vielleicht hast du es noch nicht bemerkt, aber wir sind hier ein Team."

Er blickte sie nur aus dem Augenwinkel an und schwieg weiterhin.

Ich bin in gar keinem Team, dachte Chang sich. *Angeheuert bin ich für ein paar Aufträge und von mehr war nicht die Rede.* Seine Augenbrauen schnellten nach oben.

Dies bemerkte Angel aber nicht, denn ihr Blick glitt zu Ortischa und Mehit, die beide an der ehemaligen Eingangstür des Clubs standen. Beide unterhielten sich mit Mamba, der seinen Kopf gesenkt hielt. Hinter ihm traten nun noch zwei Männer aus dem Club heraus. Sie sahen aus, als ob sie zum Personal gehörten, denn ihre blutverschmierten T-Shirts trugen das Logo des Etablissements. Der eine von ihnen sprintete um das Gebäude herum und kam nach einem Moment in einer schwarzen Mercedes S-Klasse zurück. Die Scheiben waren verdunkelt und Mamba und der zweite Mitarbeiter glitten sofort hinein. Anschließend setzte sich die Limousine in Bewegung und verschwand sogleich in einer Nebenstraße.

In Angel kam die Erinnerung hoch, wie die Bar vor ihren Augen in die Luft geflogen war. Mehit hatte glücklicherweise sie und Ricky damals mit seinem imposanten Körper vor den herumfliegenden Teilen geschützt. Sie seufzte leicht, denn wenn Mehit nicht so schnell reagiert hätte, wäre sie vielleicht gar nicht mehr am Leben. Plötzlich tauchte eine Hand in ihrem Sichtfeld auf. Erstaunt sah sie Chang an und ergriff seine dargebotene Hand.

„Chang", sagte er so lässig betont, dass sich der Name augenblicklich in ihr Gehirn brannte. Seine gelben Augen funkelten dabei wie Signallichter.

„Na geht doch", sie rang sich ein Lächeln ab, denn ihre Gefühle hingen immer noch in der Vergangenheit. „Willkommen", sagte sie schnell.

Beide sahen durch die Frontscheibe, wo gerade die beiden Clankrieger auf den SUV zutraten.

Mehit klemmte sich hinters Steuer, während Ortischa auf dem Beifahrersitz Platz nahm.

„Wir fahren zurück zum Anwesen. Hier können wir nichts mehr ausrichten." Die Resignation in seiner Stimme schwang frustriert durch den Innenraum. Der Tod, der in diesem Club erneut zugeschlagen hatte, brachte Mehit emotional an seine Grenzen. Das vergossene Blut und die vielen Verletzten, die aus dem Club gestürzt kamen. Ihnen schien es egal gewesen zu sein, dass es draußen schon hell war, sie wollten nur noch der Hölle entfliehen, in die sie eingeschlossen waren. Ihre angsterfüllten Gesichter hatten sich in sein Gehirn gebrannt. Auch das Ament diese junge Vampirin vor allen sichtlich behütete, war nicht richtig. Er war mit Conzuela blutsgebunden und diese junge Frau, hatte er schon einmal gesehen. Sie war ebenfalls eine Mitarbeiterin von Mambas Club. Aber in welcher Position er zu ihr stand, wusste er nicht und es machte ihn rasend, wenn er darüber nachdachte, das Ament vielleicht wieder außer Kontrolle geraten könnte, wenn diese junge Frau nicht mehr aufwachen würde. Dieses Szenario wollte er sich gar nicht weiter ausmalen. Er startete den Wagen und fädelte sich langsam in den Verkehr ein, als gerade die ersten Polizeiautos die Straße entlang kamen. Ihnen folgten einige Krankenwagen mit heulenden Sirenen.

In der Klinik …

Ament steckte gerade sein Handy wieder in die Tasche. Sein Clanbruder Raban hatte ihm freudig mitgeteilt, dass er seinen Audi R8 wiedergefunden hatte. Doch das interessierte ihn im Moment überhaupt nicht. Seine Gedanken waren einzig bei der verletzten Mina, die sich in der Obhut von Dr. Michael Anderson befand.

Michael und zwei Schwestern sowie ein weiterer Arzt waren mit ihr in einem Behandlungsraum verschwunden. Er stand nur an die Wand gelehnt und blickte auf die zwei jungen Vampire, die ihm gegenüber auf ein paar Plastikstühlen Platz genommen hatten.

Beide hielten ihre Köpfe gesenkt und Jason hatte zusätzlich seine Hände an seinen Kiefer gelegt.

Alle schwiegen. Nur die plötzlichen Geräusche, die aus dem nahegelegenen Behandlungsraum drangen, ließen die drei in Richtung Tür blicken. Ihr überdimensionales Gehör konnte trotzdem nicht genau einordnen, was sich dort drinnen abspielte. Nach weiteren bangen Minuten kam ein weiterer Arzt angerannt und betrat ebenfalls den Raum.

Dem Clankrieger gefiel das überhaupt nicht. Die Ungewissheit nagte an ihm und er musste sich sehr zusammenreißen, nicht die Fassung vor den beiden Jungs zu verlieren. Unweigerlich setzte sich sein Körper in Bewegung.

„Wo willst du hin?", fragte Jason verblüfft.

Doch Ament überhörte seine Frage und steuerte geradewegs auf die Tür zum Behandlungsraum zu. Er öffnete die Tür und stand dann inmitten eines gefliesten, sterilen Raumes. Desinfektionsmittel drang an seine Geruchsnerven und ließ ihn angewidert die Nase rümpfen.

„Sie dürfen hier nicht rein!", rief ihm jemand entgegen, als er seinen Weg fortsetzte. Erst die Hand von Michael an seinem Arm stoppte ihn.

Leise sagte Michael zu ihm: „Ament. Sie ist soweit in Ordnung, es ist nichts Bedrohliches. Wenn sie ein Mensch wäre, würde ich sagen, sie hat eine Gehirnerschütterung. Bei ihr … ist es ähnlich." Sein Blick aus seinen bernsteinfarbenen Augen signalisierten Ament, dass Michael Bescheid wusste, was sie war. „Sie braucht nur Ruhe, dann ist sie schnell wieder auf den Beinen. Sie wird jetzt auf meine Station verlegt und ich passe auf sie auf. Du hast mein Wort."

Er wusste, wenn ihm Michael sein Wort gab, dass er sich darauf verlassen konnte. Dennoch gefielen ihm die letzten Worte nicht, nachdem er an das Szenario in dem OP-Saal zurückdachte, wo zwei Assistenzärzte vollkommen außer Kontrolle geraten waren und den Tod gefunden hatten.

Michael konnte Aments aufgewühlte Emotionen geradezu auf seinem Gesicht ablesen.

Ament trat an ihm vorbei mit den Worten: „Jason und sein Kumpel werden auf sie aufpassen." An dieser Aussage war nicht zu rütteln.

Als er bei den beiden jungen Vampiren ankam, verschränkte er demonstrativ seine breiten Arme vor der Brust.

„Mina wird gleich verlegt und ihr passt auf sie auf." *Gott, jetzt gebe ich sie in die Obhut von Kindern,* schoss es durch seinen Kopf.

Sogleich sprang Jason von seinem Stuhl hoch. „Selbstverständlich. Gib mir deine Nummer, damit ich dich anrufen kann, wenn etwas sein sollte." Sein offener Blick, der nun Ament traf, ließ ihn nicht einmal zögern und augenblicklich holte er sein Handy hervor und wollte seine Nummer an Jason weitergeben.

Nun schlug sich Jason mit der flachen Hand an die Stirn. „Shit, ich habe ja gar kein Handy mehr." Er fletschte wütend die Zähne.

„Nimm meins", sagte Ament ganz ruhig und streckte ihm sein iPhone entgegen. „Wenn etwas sein sollte, ruf die erste Nummer im Adressbuch an. Dort meldet sich Raban. Du wirst nur mit ihm reden, verstanden?" Sein Blick nagelte Jason fest.

„Ja, ist ok."

Dann wandte er sich an Jasons Kumpel. „Und du?"

Erschreckt sah der Vampir auf.

„Kannst du eigentlich nicht sprechen?"

„Doch", kam es nun über seine Lippen, während er angespannt den Clankrieger anstarrte.

„Jason, ist dein Kumpel immer so?" Ament deutete mit dem Finger auf ihn.

Dieser zuckte merklich zurück, als ob Ament ihn geschlagen hätte.

„Lance, sein Name ist Lance. Und ja, er ist immer sehr ruhig", sagte Jason gedehnt.

Nun erhob sich der Kumpel von Jason und trat Ament gegenüber. Einen Moment lang fixierten sich beide.

Dabei kniff Ament seine Augen leicht zusammen, als er bemerkte, dass er keinen so jungen Vampir mehr vor sich hatte, wie dieser sich gab. Erkenntnis trat in sein Gesicht. Doch als er gerade etwas sagen wollte, wurde die Tür vom Behandlungsraum geöffnet.

Ihre Köpfe schnellten herum.

Als erstes trat Michael heraus und ihm folgte eine Krankenschwester mit dem Bett, in dem Mina lag, die jedoch immer noch die Augen geschlossen hatte. Am Ende des Bettes erschien zudem ein junger Arzt.

Ament fixierte ihn, als wenn er ihn jeden Moment töten wollen würde.

Man konnte dem Arzt ansehen, dass er sich sehr unbehaglich fühlte und sich am liebsten um einen anderen Patienten gekümmert hätte.

Auch Michael bekam die angespannte Situation mit.

„Wir schaffen das hier auch alleine. Gehen Sie ruhig schon einmal vor zur Visite."

Dankbar huschte der Arzt ohne ein weiteres Wort in entgegengesetzter Richtung davon.

Beherzt griff Jason nach dem Metallrahmen des Bettes und half der Schwester, es vorwärts zu schieben.

Lance und Ament bildeten das Schlusslicht.

Nach der kurzen Fahrt mit dem Fahrstuhl kamen sie auf der Station von Dr. Anderson an, wo Michael Ament bat, vor der Tür stehen zu bleiben.

Jason und die Krankenschwester schoben das Bett in die richtige Position in das Zimmer und Lance wartete auf Aments Zustimmung, die Tür zu schließen.

Dieser nickte.

„Komm wir gehen kurz in mein Büro. Ich habe noch etwas mit dir zu besprechen", sagte Michael dann freundlich.

Ament folgte ihm, obwohl es ihm unter den Fingernägeln brannte, wann Mina wieder ihre schönen Augen aufschlagen würde. Außerdem wollte er auch bald zurück zum Anwesen. Seine Zerrissenheit ließ sein Element an seinen Fingerspitzen zutage treten.

„Ruhig … Ament", redete Michael auf ihn ein und deutete mit seinem Kopf auf seine Hand.

Als Ament seine Finger besah, ballte er seine Hände schnell zu Fäusten und zwang sein Element zur Ruhe. *Auch das noch*, schallte er sich.

Beide betraten kurz darauf das Büro des Chefarztes und Michael goss ihnen beiden einen Kaffee ein.

Ament lehnte sich an die Wand, obwohl Michael ihm einen Platz angeboten hatte.

„Ich muss mit dir reden", fing Michael an.

Jetzt kommt die Standpauke wegen Mina. Einer Sampirin! Ahnte Ament und rollte genervt mit seinen Augen.

Michael fing seinen Blick auf und fing trotzdem an. „Es geht um Robert."

Verwundert starrte Ament ihn an und seine Augen wurden groß.

„Mein Bruder konnte von mir wieder zusammengeflickt werden. Ich wollte nur, dass du das weißt." So ruhig, wie die Worte aus dem Mund von Michael kamen, so irritierte es Ament doch zutiefst. Er hätte jetzt gerne Chang bei sich gehabt, der die Gedanken und Gefühle des Arztes hätte lesen können.

„Ich dachte, er sei tot?", bewusst schwang ein gewisser neugieriger Unterton in seiner Frage mit.

„Wie kommst du darauf?", antwortete ihm Michael so, als wenn es nie anders geheißen hätte. „Seine Verletzungen waren sehr schwer und es hat mich unendlich viel Zeit gekostet, ihn wieder ..." Er stockte mitten im Satz. Dann wandte er sich ab und sagte ganz ruhig: „... es wird auch noch eine Weile dauern, bis alles verheilt ist." Michael zwang seinen Puls langsamer zu schlagen, damit ihn seine Gefühle nicht verrieten.

Der Clankrieger konnte sich das zwar nicht erklären, doch hatte er momentan andere Sachen im Kopf, die für ihn wichtiger waren.

„Na dann, gute Besserung", quälte sich Ament über die Lippen.

„Geht es Ortischa gut?", fragte Michael beiläufig.

Der plötzliche Themenwechsel trug auch nicht gerade dazu bei, das Ament verstand, was er ihm hier gerade auftischte.

„Ihr geht es gut", war deshalb seine knappe Antwort. Dass sie sich Vorwürfe machte, weil sie die Klinik früher verlassen hatte, würde er ihm nicht auf die Nase binden. Sie ist eine Clankriegerin und somit keinem Rechenschaft schuldig.

Michael spürte, dass er mit Ament keinen weiteren Gesprächsstoff mehr hatte, aber seine Botschaft über Robert war angekommen und nur das zählte. Ament würde den anderen Clankriegern davon erzählen und keiner würde weiter nachfragen. Was aus Robert wirklich werden würde, wusste er selbst nicht einmal. Bisher war er noch nicht wieder aufgewacht. Sein kleines Messgerät in seiner Kitteltasche hatte zudem noch nicht vibriert und somit hatte sich sein Patient auch noch nicht bewegt.

Er lenkte nun das Thema auf die junge Patientin zurück. „Dieser Jason, sollen er und sein Kumpel im Zimmer von der Patientin bleiben, bis sie entlassen wird?"

Nun hatte er die volle Aufmerksamkeit von Ament.

„Wann wird denn ihre Entlassung in etwa sein?", fragte Ament anstelle Antwort zu geben.

„Ich schätze mal spätestens übermorgen."

„Dann sollen die beiden ruhig solange bei ihr bleiben und sie auf jeden Fall nach Hause fahren." Ihr Wohl lag ihm sehr am Herzen und das konnte nun auch Michael erkennen.

„Du weißt, dass es schwierig sein wird, sie vor den anderen Vampiren auf der Station zu verstecken. Ihr Duft, könnte sie verraten."

„Dafür wirst du schon eine Lösung finden", sagte Ament und ging zur Tür. „Sonst noch etwas?"

„Nein", antwortete Michael ihm.

Als Ament die Tür geschlossen hatte, lehnte er sich kurz an die Wand und blickte den Flur entlang. Keine Menschenseele und kein Vampir waren zu sehen. Einen Moment kam ihm die Erinnerung an Conzuela in den Kopf, als sie ihn vor den Sonnenstrahlen in einem dieser Zimmer gerettet hatte. Bitter stieß er einen Fluch aus.

Seine Eingeweide zollten ihm seine Erinnerung mit heftigen Schmerzen zurück. Er griff sich mit seiner Hand an den Bauch und fluchte erneut. *Du wirst mich nicht mehr foltern. Nie wieder. Das ist ein für alle Mal vorbei.* Er verdrängte den Gedanken an sie und konzentrierte sich darauf, die Beherrschung nicht zu verlieren. Mit zügigen Schritten ging er auf das Krankenzimmer von Mina zu und öffnete leise die Tür.

Lance saß auf einem Stuhl neben ihrem Bett und blickte ihn mit gesenktem Blick an.

Jason hingegen hatte sich neben der Tür postiert und lockerte seine Körperhaltung, als er erkannte, wer da zur Tür hinein kam.

„Und?", fragte Ament leise.

„Sie schläft wie ein Baby", sagte Jason, was aber keinesfalls abwertend klang.

Wenn die beiden Vampire nicht im Raum gewesen wären, wäre Ament direkt zum Bett gestürmt und hätte ihre zarte Hand in seine gleiten lassen. Er wollte ihr nahe sein und ihr beistehen. Warum er so handeln wollte, verstand er selbst nicht. Seine Gefühlswelt spielte vollkommen verrückt und er hoffte, dass sich dies bald wieder ändern würde.

„Mach dir keine Gedanken, wir passen schon auf sie auf", versicherte ihm Jason. „Ich habe schon meiner Tante Bescheid gesagt, dass wir lange gefeiert haben und noch zu ein paar Freunden gegangen sind und bei diesen auch schlafen werden. Sie war dadurch erst einmal beruhigt."

Die Lüge, die Jason Minas Mutter aufgetischt hatte, hatte einen faden Beigeschmack, aber Ament erkannte, dass Jason Minas Mutter damit nur schonen wollte und damit hatte er wiederum ein Gespür für Feinfühligkeit, welches ihm selbst sehr oft abhanden kam.

„Schlechte Lüge, aber gute Wirkung", sagte Ament deshalb gelassen.

Jason hörte die Anerkennung aus den Worten des Clankriegers heraus.

„Ich rufe dich an, wenn etwas sein sollte. Ich wollte … wir wollten uns bei dir bedanken, dass du uns aus diesem Inferno geholt hast. Wenn du nicht …"

„Ach, jetzt keine Gefühlsduseleien. Bitte!", angewidert rümpfte Ament die Nase. „Du hattest gerade einen Pluspunkt bei mir, verspiele ihn nicht gleich wieder."

Aments Blick wanderte zu Jasons Kumpel, der ihn immer noch aus gesenktem Blick anstarrte.

„Habt ihr schon die Familie von eurem Freund informiert?" Sämtliche Emotionen schwanden aus seinem Gesicht.

„Ich habe seinen Bruder angerufen. Mehr Verwandte hatte er nicht. Wenn wir Mina sicher zu Hause abgesetzt haben, werden wir zu ihm fahren, oder?" Jason sah Lance fragend an.

Dieser nickte nur.

„Braucht ihr noch etwas?" Fast fürsorglich kamen die Worte über Aments Lippen, was ihn selbst verwunderte.

„Nahrung wäre super." Sogleich fuhren sich seine Fangzähne aus.

Ament wusste, dass es einen besonderen Kühlschrank auf dieser Station gab. Er schickte beide den Flur entlang, so dass er einige Minuten ungestört mit Mina sein konnte. Er glitt durch den Raum zu ihr hinüber und kniete sich neben ihr Bett. Vorsichtig strich er ihr eine Locke ihrer roten Haare aus dem Gesicht und berührte behutsam ihre Wange. Das sich ihr Brustkorb hob und senkte, ließ ihn zuversichtlich hoffen. Rasch beugte er sich zu ihr und schenkte ihren vollen Lippen einen zarten Kuss, bevor die beiden anderen Vampire wieder den Raum betreten würden. Er richtete noch einmal die Bettdecke und war dann bereit zum Aufbruch.

„Sobald ich angekommen bin, melde ich mich."

„Klar", kam es von Jason zurück.

Mit einem letzten Blick auf Mina verließ Ament das Krankenzimmer. Der Flur, erschien ihm unendlich lang zu sein. Jeder Schritt, den er sich von Mina entfernte, gab ihm einen Stich ins Herz. Erst als er in der Tiefgarage ankam und in den Mustang von Mehit stieg, wurde es etwas besser. Er startete den Wagen, drehte das Radio auf und rollte langsam aus der Tiefgarage.

Unterhalb der Klinik …

Blut tropfte auf den Fußboden, als sich der blutige Körper langsam erhob. Sogleich ertönte ein Signal an seinem Finger, welches er augenblicklich abschüttelte. Er sah seine blutigen Hände an, drehte sie und begutachtete seine Unterarme, wobei einer davon anders aussah als der andere. Das gesamte Blut, welches teilweise wie Gelee an ihm klebte, machte ihm Angst. Das einzige, was ihn beruhigte war der Raum, in dem er sich befand. Er kannte diesen Raum! Es war das Labor seines Bruders. Michaels Labor. Doch warum er hier war, wusste er nicht. Warum er so stark blutete auch nicht mehr.

Nun vernahm sein übermenschliches Gehör seinen nahenden Bruder.

„Robert!" Michael stürzte an den Metalltisch und drückte seinen Bruder sanft zurück in eine liegende Position. „Du musst liegenbleiben und darfst nicht sprechen", ermahnte er ihn und hob dabei seinen Zeigefinger.

Fragend bohrte sich der Blick von Robert in seinen älteren Bruder.

„Du hattest einen schweren Unfall und bist dabei … gestorben." Michael sah ihn an, während er weiter sprach. „Cynthia und ich haben dich wieder zusammengeflickt. Und …" Michael konnte nicht weiterreden und schüttelte stattdessen überwältigt den Kopf.

Robert wusste, was sein Bruder für ihn getan hatte. Er hatte ihn aus dem Reich der Toten zurückgeholt. Er schloss seine Augen und einige Tränen liefen über seine noch nicht verheilte Haut.

Michael bemerkte sofort die Reaktion seines Bruders.

„Reiß dich zusammen. Ich … ich muss wissen, ob du … normal bist?" Sein prüfender Blick ging über Roberts Gesicht, der ihn jedoch nur mitleidig anstarrte. „Sollte ich auch nur die kleinste Reaktion bemerken, die dich als Monster identifiziert, töte ich dich auf der Stelle wieder." Die Augen von Michael verdunkelten sich finster.

Robert wusste, dass sein Bruder keinen Spaß machte. Allein, dass er ihn überhaupt zurückgeholt hatte, war schon eine Geste, die er nie wieder gut machen konnte. Er schaute ihn mit offenem Blick an und wartete.

Michael atmete einige Male tief durch, bevor er weiter sprach.

„Du bist mit Marisol und Ortischa auf dem Weg zu deinem Hotel gewesen. Ihr wurdet von einem LKW gerammt und gegen eine Mauer geschleudert und dort eingeklemmt. Dann ist ein Molotowcocktail in das Auto geworfen worden. Ortischa hat mit wenigen Kratzern alles am besten von euch überstanden." Eine Sekunde gönnte er sich an ihre lieblichen Lippen zurück zu denken. „Marisol hatte etwas mehr abbekommen. Aber mittlerweile ist sie auch schon entlassen worden. Du hingegen hast die volle Ladung kassiert. Deine eine Seite war vollkommen zerfetzt und verbrannt." Michael schloss kurz seine Augen, um seine aufkeimende Wut über diesen hinterlistigen Angriff zu unterdrücken.

Roberts blutige Hand suchte nach der Hand von Michael. Als er sie berührte, legte Michael seine Hände um den Klumpen rohen Fleisches. „Es wird alles wieder gut. Vertrau mir."

Robert nickte langsam.

„Dein neuer Körper muss erst noch alles annehmen und verheilen. Es wird eine Zeit lang dauern. Du brauchst jetzt viel Geduld und vor allem viel Ruhe. Hörst du nicht auf mich, dann brauchst du auch nicht mehr um Gnade winseln. Haben wir uns verstanden?"

Auch jetzt nickte Robert ganz vorsichtig. Er hätte seinen Bruder am liebsten in seine Arme geschlossen und ihm tausend Mal „Danke" gesagt. Aber im Moment war das nicht möglich und er wollte alles daran setzen, seinem Bruder jetzt nicht in die Versuchung zu bringen, ihm doch das Leben zu nehmen.

Michael löste sich von seinem Bruder und ging hinüber zu dem großen Tank. Dieser war randvoll mit Blut, welches die ganze Zeit in Bewegung war. Diesen Tank zog er an den Metalltisch auf dem Robert lag und postierte ihm den Schlauch in den geöffneten Mund.

„Trink", befahl Michael und Robert trank fast einen Liter hintereinander, bevor Michael den Schlauch wieder aus seinem Mund nahm.

Die Fahrstuhltür öffnete sich und auf leisen Sohlen kam Cynthia auf die beiden zugelaufen.

Robert erkannte sie sofort an ihrem Parfüm und daran, dass sonst keiner Zutritt zu diesen Räumlichkeiten hatte.

Ganz im Gegenteil zu ihm beachtete Michael seine Schwester gar nicht. Er ignorierte sie sogar.

Sie trat dicht an den Tisch und legte vorsichtig ihre Hand an Roberts Stirn. Einige Tränen kullerten ihr über die Wange, als er sie aus seinen bernsteinfarbenen Augen ansah.

„Ich habe dich wieder", wimmerte sie erleichtert. Dann drehte sie sich zu Michael und schloss ihn in ihre Arme. „Danke, danke, danke." Ihr ganzer Körper vibrierte.

„Es ist gut Cynthia." Er nahm ihre Arme und schob sie energisch von sich.

„Ich …", fing Cynthia an, als Michael sie jedoch mit erhobener Hand stoppte.

„Wir müssen abwarten und sollte es schiefgegangen sein, werde ich ihn sofort töten. Das weiß er auch und komm mir jetzt nicht wieder mit deiner Nicht-Schuld-Nummer." Er würdigte sie keines Blickes.

Cynthia senkte ihren Blick, da sie begriff, wie sehr sie ihrem Bruder zugesetzt hatte. Die Bürde, die er nun tragen musste, konnte sie ihm nicht abnehmen, obwohl sie es gerne getan hätte. Unsicher, was sie nun tun sollte, zog sie sich etwas zurück und setzte sich auf den Sessel.

Unterdessen hatte Michael sich wieder Robert zugewandt und starrte seine kleine Schwester über den Tisch hinweg. „Er darf kein Wort sprechen, bevor ich es ihm nicht erlaube." Sein harter Blick traf den von Cynthia. „Du wirst keine Alleingänge machen, sonst ist es vorbei. Haben wir uns verstanden?!"

Cynthia nickte.

„Wenn ich nicht da bin, wirst du auf ihn aufpassen. Kann ich mich nicht darauf verlassen, weißt du was passiert."

Die harten Worte trafen Cynthia wie Ohrfeigen, aber sie nahm sie gerne an, um ihrem Bruder zu helfen.

Dann wandte Michael sich wieder seinem Bruder zu. „Wenn du kannst, dann bewege jetzt ganz langsam die Finger deiner linken Hand. Langsam." Betonte er.

Robert traute sich kaum, auch nur den kleinen Finger zu bewegen. Jede Bewegung, die Michael nicht gefiel, konnte seinen Tod darstellen. Er versuchte, den Muskel zu mobilisieren und nach zwei Anläufen gelang ihm das auch ein wenig.

„Gut, das reicht fürs erste. Wir werden jeden Tag ein wenig mehr trainieren." Nun klang Michaels Stimme doch etwas zuversichtlicher als noch vor ein paar

Minuten. Er konnte auch ein erleichtertes Ausatmen seiner Schwester wahrnehmen.

Dennoch blieb die Situation immer noch äußert delikat, denn noch immer hoffte Michael, dass Robert nicht zu einem Monster mutieren würde.

Zurück auf Menderson …

In der Tiefgarage stiegen die vier aus dem Geländewagen und liefen gemeinsam die Treppe hinunter. In der Kommandozentrale ließen sie sich auf den Stühlen nieder und berichteten Raban von den Vorkommnissen im und vor dem Club.

Raban entwich sämtliches Blut aus seinem Gesicht, denn der Bericht über die aktuellen Vorkommnisse der letzten Stunden ließ ihn nachdenklich werden. Er drehte sich von Mehit weg und tippte einige Tasten auf seinem Computer.

„Der Club war nicht das Einzige, der heute Nacht angegriffen wurde", fing Raban an. „Auch im nördlichen Teil wurde gleichzeitig ein kleines Zentrum dem Erdboden gleich gemacht. Das Zentrum, war das, in dem Conzuela gewohnt hat. Außerdem wurde eine Bar, die von unseresgleichen geführt wurde, in die Luft gesprengt. Dabei wurden ebenfalls ein Dutzend Vampire getötet. Aber ich glaube, das waren noch nicht alle Neuigkeiten. Ich werde die Nachrichten weiter verfolgen. Mal sehen, was das Netz noch so hergibt."

Chang verhielt sich ruhig, denn die Gefühle, die den Raum erfüllten, fluteten seinen Kopf.

Auch Angel hatte es die Sprache verschlagen, weil so viel Tod in einer Nacht sie sehr beunruhigte.

Nur die High Heels von Ortischa hämmerten durch die Kommandozentrale. „Wie kann denn das sein? Und vor allem wer steckt dahinter?"

„Isfets Leute!", knurrte Ament bitter hervor, als er den Raum mit zügigen Schritten betrat.

Alle Köpfe schnellten in seine Richtung.

„Wie kommst darauf?", fragte Mehit seinen Clanbruder.

„Weil es Mike war, der den Feuerteufel im Club gespielt hat." Schnurstracks trat er durch den Raum und blieb vor dem Kaffeeautomaten stehen. Er goss sich eine Tasse Kaffee ein und drehte sich dann um, während er einen Schluck nahm.

Als erste löste sich Ortischa aus ihrer Starre. „Also, wenn du nicht im Club gewesen wärst, hätte es gar keine Überlebenden gegeben, richtig?" Ihr Puls hämmerte wild.

„Richtig", antwortete Ament ruhig und bestimmt. „Aber es gab trotzdem zu viele Tote. Ronda, die Schwester von Mamba wurde im Club getötet, genauso wie etliche andere Vampire und Menschen auch." Er atmete tief durch. „Raban?

Ich brauche ein neues Handy. Mein Handy hat ein Vampir namens Jason. Also, wenn er dich anruft, dann geht das in Ordnung."

Raban nickte und holte aus einer Schublade ein iPhone und bespielte dieses mit einem Backup.

„Michael lässt fragen, wie es dir geht? Du solltest ihn mal anrufen." Ament bedachte Ortischa mit einem ungewöhnlich freundlichen Blick. „Und Robert hat es wohl doch überlebt", fügte er noch hinzu.

„Was? Er war doch tot. Ich habe ihn gesehen!", versicherte Ortischa den anderen.

„Hast du ihn untersucht?", brachte Ament nun genervt hervor.

„Nein, das nicht …"

„Na also, dann erlaube dir beim nächsten Mal auch kein Urteil."

Mit geöffnetem Mund stand Ortischa mitten in der Kommandozentrale und war vollkommen verwirrt über die Informationen, die sie gerade erhalten hatte. *Ich habe ihn doch gesehen, seine halbe Seite war zerfetzt und er atmete nicht mehr. Und nun … lebt er? Das kann nicht sein. Da stimmt etwas nicht.* Sie tippte sich nachdenklich mit ihren Zeigefinger an die vollen Lippen. *Vielleicht ist es nicht mal eine schlechte Idee, Michael anzurufen. Ich könnte es ganz belanglos klingen lassen, wenn ich ihm mitteile, dass es mir gut geht und dann frage ich ihn nach Robert. Mal sehen, was er mir dann auftischt.*

Nach einigen Minuten reichte Raban Ament sein neues Telefon.

Dieser nahm es entgegen und verließ rasch die Kommandozentrale, um mit Jason zu telefonieren. Er rief seine alte Nummer an, während er den Marmorflur entlang lief.

Jason hob ab. „Ja?"

„Ich bin es. Ist alles in Ordnung?"

„Ja Ament, alles in Ordnung. Dr. Anderson will gleich noch einmal nach Mina sehen. Er beendet nur noch ein Patientengespräch. Soll ich dich danach anrufen?"

„Tu das!", antwortete Ament beruhigt.

Beide legten auf.

Dann bewegte sich der Clankrieger zurück zur Kommandozentrale, wo ihm Angel gerade entgegenkam.

Sie konnte seine aufgewühlten Gefühle förmlich spüren, als sie ihm näher kam. Irgendwie war es ihr ein Bedürfnis, ihn darauf anzusprechen, obwohl sie das in seiner momentanen Verfassung hätte lieber bleiben lassen sollen. Ihr Inneres schrie sie an, es nicht zu tun, doch da hatten ihre Worte schon ihren Mund verlassen.

„Ich bringe der Schwester von Raban ihre Blutration. Willst du mich begleiten?" Ihr offener Blick traf ihn und einen Sekundenbruchteil lang verharrten beide, bevor er ihr zunickte. Ihm kam diese kleine Unterbrechung gerade gelegen, denn seine Gedanken um Mina tanzten in seinem Kopf Samba. *Ich muss schnellstens wieder in die Reihe kommen.* Schallte er sich selbst.

Als beide an der schweren Eisentür stehenblieben, schaute Angel zu ihm auf. Ihr Mund öffnete sich, doch als sie etwas sagen wollte, blieben ihr die Worte im Hals stecken.

Mit einem ausdruckslosen Gesichtsausdruck sah Ament sie an, damit sie nicht wagte, ihre Stimme zu erheben. Sie entriegelte die Tür und Ament zog sie auf.

Die Gefangene saß auf der Pritsche und schaute Angel freundlich an und begrüßte sie.

„Hallo Angel.“

„Hallo Justine, hier deine Ration. Sonst alles in Ordnung?“

„Ja, danke.“ Sie nahm Angel den Blutbeutel ab. „Angel? Könntest du fragen, ob ich vielleicht ein Buch lesen dürfte?“ Aufrichtig und freundlich strahlten sie die grauen Augen an.

Angel blickte sich zu Ament um, der am Türrahmen stand, um seine Meinung zu hören und sie hoffte, dass er über diesen Vorschlag nicht gleich explodieren würde.

Er nickte Angel zu, die erstaunt die Augenbrauen hochzog.

Sprachlos stand sie einen Moment verwirrt da.

Plötzlich rollten die Worte von Ament durch den kleinen Raum. „Geh und hol ihr eins. Ich warte hier.“

Damit hatten weder Angel noch Justine gerechnet. Sogleich sprintete die Amerikanerin an Ament vorbei und kam nach wenigen Minuten mit zwei Büchern aus der Bibliothek wieder, damit er sich für eines entschied. Sie zeigte Ament die beiden Bände, die sie ausgesucht hatte und er stimmte beiden zu. Sie übergab die Bände an Justine, die sie dankend und behutsam entgegen nahm.

Als Angel aus der Zelle trat und Ament die zentnerschwere Tür geschlossen hatte, liefen beide schweigsam den Marmorflur entlang, bis sie am Trainingsraum vorbeikamen.

„Lust zu trainieren?“, fragte Ament in die Stille hinein.

„Schon, wenn du mich am Leben lässt?“ Ihre blauen Augen funkelten und ihre Lippen zierte ein kleines Lächeln.

„Wird sich einrichten lassen“, sagte Ament lässig, öffnete die Tür und ließ Angel eintreten.

Unterdessen tigerte Ortischa immer noch durch die Kommandozentrale.

„Hör doch mal auf mit dem Gerenne“, tadelte Raban sie mit einem verschmitzten Lächeln.

„Kümmere dich um deinen eigenen Kram." Ihr gingen die Worte immer noch im Kopf herum. Sie wollte es einfach nicht wahrhaben, dass sie sich getäuscht haben sollte. Sie wusste genau, dass der Bruder von Michael tot gewesen war und nichts würde sie davon abbringen, bevor sie ihn nicht selbst gesehen hatte. Eine Clankriegerin zu hintergehen sollte man sich zwei Mal überlegen. Doch ihre Überlegungen musste sie erst einmal zurückstellen, denn es gab wichtigere Clanangelegenheiten, die jetzt ihre Priorität einnahmen.

„Wer ist eigentlich gerade bei Maddy?", fragte Ortischa direkt.

Raban antwortete ihr: „Ivan ist bei ihr. Er hatte Angel abgelöst und sie sind gerade auf dem Weg zu uns."

Einige Sekunden später hörten sie auch schon Maddy und Mona die Treppe hinunterkommen.

„Wir müssen es ihnen gleich erzählen", sagte Maddy aufgeregt, als ihre Schritte in Richtung Kommandozentrale immer schneller wurden.

Auch Mona und Ivan beschleunigten ihren Gang. Ramos schwebte ihnen hinterher.

„Ihr werdet nicht erraten, was wir herausgefunden haben!" Ihre Freude stand ihr förmlich ins Gesicht geschrieben.

Ortischa, Raban, Chang und Mehit sahen sie mit neugierigen Blicken an und brannten förmlich auf die Informationen.

Sie betrat den Raum und breitete ihre Arme aus. „Es ist der Wahnsinn und es war die ganze Zeit vor unserer Nase. Wir haben vorhin das Gemälde meines Großvaters unter meinem Bett hervorgeholt und es leider dabei zerstört." Sie zog die Nase kraus. „Aber wir haben daraufhin einen Umschlag gefunden, der in dem Bild eingearbeitet war." Wild wedelte sie mit diesem herum. „Und nun ratet mal, was da drin steht?"

Verdutzt schauten sie alle an.

„In diesem Umschlag sind genaue Beschreibungen von dem Bau Mendersons und da steht geschrieben, dass es viel größer ist, als wie bisher dachten. Auf der Zeichnung ist es um ein Vielfaches gewaltiger. Seht selbst."

Hastig zog sie die Zeichnungen aus dem Umschlag hervor und breitete diese auf dem Konferenztisch aus.

„Seht! Ist das nicht der Wahnsinn? Vielleicht hilft uns das ja weiter?" Pure Freude strahlte aus ihren Augen und sogleich beugten sich die Anwesenden über die Papiere. Alle Augen sondierten sofort die einzelnen Zeichnungen auf jede Kleinigkeit und jeden Hinweis hin.

„Warum sagt ihr denn nichts?" Maddys Worte klangen nun unsicher. „Sprecht mit mir." Ihre Freude war plötzlicher Sorge gewichen. Niedergeschlagen ließ sie sich auf einen Stuhl fallen.

Auch, dass Ramos ihr ins Haar pustete, änderte nichts an ihrer momentanen Verfassung. Sie hatte gedacht, dem Clan mit diesem Umschlag einen Vorteil verschafft zu haben, doch im Moment sah es so aus, als ob keiner sich darüber freuen würde. Suchend ging ihr Blick zu Mona, die auch nur mit den Achseln zuckte und ihre Augenbrauen schnellten nach oben.

„Das …" Mehit deutete mit dem Finger auf die Zeichnungen. „… ist wohl das Interessanteste, was uns in letzter Zeit untergekommen ist. Diese Zeichnung hier zeigt das Herrenhaus, aber mit einem weiteren Anbau, der anscheinend nicht mehr existiert."

Nun unterbrach Maddy ihn. „Falsch! James, der Butler hat uns erzählt, dass dieser Anbau tatsächlich gebaut wurde."

„Das kann nicht sein, denn da ist nur eine Wiese", verneinend schüttelte Mehit den Kopf.

„Wieder falsch! Der Anbau ist unterirdisch", betonte Maddy sich ihrer Sache völlig sicher.

„Wie unterirdisch?", wiederholte Mehit, ohne seinen Blick von den Papieren zu nehmen.

„Na unterirdisch eben. Auf der gleichen Ebene, oder sogar noch tiefer wo wir uns jetzt gerade befinden."

Nachdenklich kaute Mehit auf seiner Unterlippe herum. „Wo soll das denn sein? Moment. Raban? Scanne doch mal die Zeichnungen und lege sie auf das Anwesen, damit wir wissen, wo diese Stelle genau ist."

Wortlos nahm Raban eine Zeichnung nach der anderen und scannte sie. Nach wenigen Sekunden kam ein dreidimensionales Bild zustande, wo das Anwesen in seiner heutigen Form erschien. Darüber legten sich in grüner Farbe die Zeichnungen der Papiere. Als sich das Gebilde immer noch vervollständigte übertraf es die kühnsten Vorstellungen, die Maddy je hatte.

Alle hatten sich um Raban versammelt und starrten auf den großen Bildschirm auf dem das Gebäude, seine Nebengebäude und nun auf die neu dazu gekommenen Grundrisse von zwei weiteren Gebäuden zum Vorschein kamen.

Als erstes erkannte Mehit den Umriss und auch, wo sich dieser befand. Er blickte zu Maddy und seine Augenbrauen hoben sich.

Da dämmerte es auch Maddy. Sie öffnete ihren Mund und schloss ihn gleich wieder. *Hinter der Gruft! Da ist der Anbau. Oh Gott. Dort wo das Bildnis zum Vorschein kam, durch Ivans Augen.*

Der zweite Bau erschien dort, wo sich der heutige Garten befand.

Auch das ließ Ivan nun tief einatmen. Denn er erinnerte sich an den Spaziergang, den Maddy, Mehit und er selbst gemacht hatten, nachdem ihnen Ramos das rote Kreuz im Garten durch die einfallende Sonne gezeigt hatte.

Mehit strafte ihn mit einem Blick, der ihn wissen ließ, dass beide kein Wort darüber verlieren sollte.

„Tja, das ist zwar alles ganz schön und gut, aber es wird uns nicht viel weiter bringen. Es kann ja sein, dass der Earl noch weitere Gebäude bauen wollte, dies aber nie umgesetzt hat", folgerte Raban anhand der Bilder, denn er wusste nicht, das gewisse Personen im Raum mehr Informationen hatten als er.

Plötzlich erschienen jedoch Worte am oberen Rand des Bildschirms.

Trüb, Glück, Zeit, Größe.

Hektisch griff Raban noch einmal nach den Papieren. Hielt sie hoch und gegen das Licht.

„Was machst du da?", fragte Mehit.

„Mich verwundert, warum gerade auf jeder Seite oben in der Ecke eins dieser Worte steht? Was haben diese Worte mit einem Lageplan zu tun. Sonderbar findet ihr nicht?"

Seine Gehirnzellen arbeiteten auf Hochtouren und auch alle Anwesenden konnten sich nicht erklären, was die Worte bedeuten sollten.

„Wir müssten vielleicht mal herausbekommen, wann Menderson gebaut wurde und uns die Pläne ansehen, vielleicht hilft uns das weiter?", warf Raban nun ein.

Nun war es Chang, der seinen Kopf in Maddys Richtung drehte und sie mit einem durchdringenden wissenden Blick musterte.

Ertappt sah sie den Halbasiaten an. „Was?"

„Ich dachte, dass ich vielleicht behilflich sein könnte, bevor du dir den Kopf zermarterst?"

„Was meinst du mit helfen?", forderte Maddy ihn nun zu wissen auf.

„Ich kann Gefühle und Gedanken lesen, oder besser gesagt ich bin dafür sehr empfänglich. Im Klartext heißt das, wenn du dich auf mich einlässt, kann ich in deinen Kopf gucken und längst vergessene oder verdrängte Geschehnisse aufdecken. Ist aber deine Entscheidung." Er neigte seinen Kopf leicht zur Seite.

„Na, ich glaube, dass brauche ich nicht." Sie zwang sich ein Lächeln auf die Lippen. *Denn wenn Chang in meinen Kopf sehen würde, dann würde er vielleicht sehen, wie ich und Ramos uns kennengelernt haben, unsere Geheimnisse umeinander und die Berührungen die wir beide ausgetauscht haben. Um Gottes Willen – nein. Niemals.* Das war ihr Geheimnis und so sollte es auch bleiben.

Als sie gerade ihren Kopf abwandte, pustete Ramos ihr in die Haare. Kurz schloss sie die Augen und fühlte sich so frei. So als wenn nichts diesen Moment trüben könnte, doch da schnellten ihre Augen auf.

„Zeig mir die Worte noch einmal, Raban."

„Warte, hier wären sie." Nun starrte er sie neugierig an. „Ist dir etwas eingefallen?"

Sie schloss die Augen und versetzte sich zurück an den Abend von Jaques Geburtstag. Als Tante Sophie auf sie zugekommen war und sie diese Worte das erste Mal gehört hatte.

Alle starrten sie nun ungläubig an.

Maddys Brustkorb hob und senkte sich und nach einigen tiefen Atemzügen wiederholte sie die Worte, die ihr einst wie ein Rätsel vorkamen.

Als sie sprach, hielten fast alle die Luft an.

„Lass dich nicht trüben, dann wirst du erkennen, was dein Glück ist, denn bald ist die Zeit für etwas Größeres bereit."

Glücklich öffnete sie ihre Augen und sah in verdutzte Gesichter.

Als erster fand Raban seine Stimme wieder. „Und das heißt?"

„Keine Ahnung was das heißt, aber das hat mir damals Tante Sophie gesagt. Auch Jane kennt diesen Satz. Und so lange ich auf Menderson bin, habe ich ihn schon so einige Male vernommen. Wenn du dir den Satz und die Worte auf dem Papier vergleichst, wirst du feststellen, dass eine perfekte Übereinstimmung stattfindet. Oder?"

Raban nickte. „Damit hast du vollkommen Recht. Also haben wir jetzt Zeichnungen, die in einem Gemälde versteckt waren, die dazu unlogisch sind, da es diese Gebäude, die sie zeigen, nicht gibt. Dann finden wir Worte, die auf Ecken dieser Papiere geschrieben wurden, die in einem rätselhaften Satz enden und hundert neue Fragen, was wir damit eigentlich anfangen sollen?" Fast resigniert ließ Raban die Hand von seiner Tastatur sinken.

„Siehste mal. So geht es mir, seit dem ich Menderson betreten habe. Hunderte von Fragen, worauf nur spärliche oder gar keine Antworten folgen." Sie warf ihre Arme in die Luft und senkte sie dann gleich wieder, bevor sie sich auf einen Stuhl setzte.

Ramos schwebte neben sie und beobachtete genau die Gesichtszüge von Maddy. Er konnte ihre Ungläubigkeit in das Ganze nur zu gut verstehen, denn ihm ging es genauso und er wollte sie so gerne in seine Arme nehmen, doch gerade das würde verdutzte Gesichter ergeben, denn nicht alle im Raum kannten Ramos.

Kapitel 9

In der Kommandozentrale …

Unterschwellig konnte Chang etwas wahrnehmen und auch ein paar wilde Gedanken erhaschen, aber er wusste nicht, von wem diese Gedanken waren. Dazu waren auch zu viele Menschen und Vampire in diesem Raum. Was er aber bisher herausgefunden hatte, musste es sich um einen Mann handeln. Das stand für ihn fest.

Alle wurden jedoch aus ihren Gedanken gerissen, als Marisol plötzlich im Türrahmen stand und fragte: „Gibt es hier was umsonst?" Ihr breites Lächeln breitete sich auf ihrem wunderschönen Gesicht aus und Chang musste sehr an sich halten, nicht gleich auf sie zuzustürmen.

Sein Puls beschleunigte sich auf das Dreifache und seine Atmung wurde intensiver.

Beherzt griff Mehit den Halbasiaten an seinem Arm und schüttelte leicht seinen Kopf.

Nun trat Ortischa auf ihre Schwester zu. „Nein, leider nicht. Schön wäre es. Vielleicht magst du …" Der Rest bleib ihr im Hals stecken, als hinter Marisol das ehemalige Clanoberhaupt Eric und Jonathan zum Vorschein kamen.

Unweigerlich stieg die Anspannung in der Kommandozentrale bei allen abrupt an.

Auch Marisol wollte sich so weit weg wie möglich entfernen, denn die Macht, die die beiden ausstrahlten, ließen jeden normalen Vampir die Flucht ergreifen. Doch ihr blieb nur der Weg nach vorne. Sie sauste los, ohne zu sehen, wohin sie rannte und prallte gegen Chang, der seine Arme aufhielt und sie damit bremste. Als sich ihre Blicke trafen, öffnete Marisol leicht ihren Mund. Doch in diesem Moment wurde sie von Chang herumgewirbelt und nun schirmte er sie mit seinen breiten Schultern ab. Noch immer verwirrt starrte Ortischas kleine Schwester an seinem Arm vorbei. Gleichzeitig spannten sich alle Muskeln von Chang an und Mehit, der dicht bei ihm stand, bemerkte sofort die Veränderung.

Gleichzeitig schob auch Ivan seine Mona hinter sich.

„Eric … Jonathan, was ist euer Begehren?" Mehit wollte die Kontrolle über die Situation zurück, was ihm aber leider nicht gelang.

Raban erhob sich und drängte sich zu Ortischa, die sich bereits mit Angel vor Maddy postiert hatte, um sie mit ihren Körpern abzuschirmen.

Eric hob seine knöcherne Hand. „Gereizt ihr seid. Unwürdig alle miteinander. Er hat das getan und wird das ernten müssen, was er gesät hat."

Schweigsam stand Jonathan neben ihm und nahm die Vorwürfe mit erhobenem Kopf entgegen.

Plötzlich hob auch Eric seinen gesenkten Kopf und schaute aus seinen leblos erscheinen Augen die versammelte Mannschaft an. Sein Augenmerk blieb an Chang hängen.

Sein Mund öffnete sich und ein Zischen kam heraus. „Widerlich!"

Unterdessen sandte Chang seine Sinne in den Kopf von Eric. Doch so einfach schien das nicht zu sein, denn Eric hatte wahrscheinlich erahnt, dass er etwas vorhatte. Gleichzeitig hob Eric seinen Arm und jagte eine Druckwelle auf Chang los, doch bevor diese enorme Kraft Chang erreichen konnte, schwebte Ramos dazwischen und presste alles aus seinem Innern hervor. Die Druckwelle prallte an ihm ab.

Verwundert über diese Reaktion, startete Eric einen erneuten Versuch, der abermals von Ramos vereitelt wurde.

Chang spürte etwas vor sich, aber er konnte es nicht einordnen, doch musste es etwas Gewaltiges sein, denn sonst hätte ihn die Druckwelle hart getroffen.

Beim dritten Versuch wurde Eric richtig sauer. Er fletschte die Zähne, zeigte seine Fangzähne und schob zwei Wellen hintereinander auf Chang zu.

„Lasst es gut sein", forderte Jonathan nun, doch Eric dachte nicht mal im Traum daran aufzuhören.

„Eric? Sie wollten doch mit uns zusammenarbeiten oder hatte ich das falsch in Erinnerung", meldete sich nun auch Maddy zu Wort.

Erbost ließ Eric seinen Arm sinken. „Milady, verzeiht, aber ein Verwandelter ist Eurer nicht würdig im gleichen Raum zu sein."

Sie blickte zu Chang. „Wenn ihr Chang damit meint, liegt Ihr leider falsch!", betonte Maddy selbstsicher. „Er gehört zu unserem Team, ob Verwandelter oder nicht." Nun funkelte sie ihn zwischen Ortischa und Raban an. *Wunderbar, dass ich diese Information vorher nicht hatte. Aber naja.*

Chang nahm die Worte wahr und fühlte sich sonderbar. Nie hatte er zu einem Team gehört. Er war immer ein Alleingänger gewesen, seit dem er verwandelt wurde – und so sollte es auch bleiben. Aber je länger er mit dem Clan zusammen war, desto mehr hatte er plötzlich ein Zugehörigkeitsgefühl, was er das letzte Mal gefühlt hatte, als er noch ein Mensch gewesen war. Doch so wie es Maddy gerade gesagt hatte, fühlte er einen Stich in seinem Herzen und es berührte ihn.

„Und ER solle keinen, der nicht zum Clan gehört, beschützen!", knurrte nun Eric hervor, wobei diese Worte sichtlich an Ramos gerichtet waren.

„ER hat auch einen Namen. Er heißt Ramos und mittlerweile wissen wir auch, wie wir ihn sichtbar bekommen." Maddy trat zwischen Ortischa und Angel hindurch.

Nervös blickte sich Chang um, denn was nun hier vorging, konnte er noch nicht realisieren. Seine Sinne explodierten geradezu.

„Ortischa bist du so freundlich?", Maddy zeigte auf eine Stelle unweit von Chang.

Die Clankriegerin richtete ihren Arm auf den Boden und in Sekundenschnelle häufte sich ein Berg Sand dort an.

Der Halbasiat starrte unterdessen auf den Sandhaufen.

Marisol tat es ihm gleich und auch Mona war neugierig, was nun passieren würde.

Unruhig wartete Ramos darauf, dass er in das Element Erde überging, denn er wollte nicht zu lange warten, wenn Maddy ihr Blut für ihn gab.

Maddy richtete ihren Zeigefinger auf Mehits Mund, der bereitwillig seine scharfen Fangzähne ausfuhr, um Maddys Fingerkuppen damit zu durchstoßen.

Beim Anblick des köstlichen roten Lebenselixiers atmete Chang tief ein und Mehit legte abermals beruhigend einen Arm auf seinen Arm.

„Ruhig, egal was jetzt passiert." Mit diesen Worten meinte er auch Marisol, die sich mittlerweile an Chang festgekrallt hatte.

Maddys Finger schwebte über dem Sandhaufen und dann fiel der Tropfen hinab.

Genau in diesem Moment, wo der Blutstropfen den Sand berührte, trat Ramos von dem Element Luft in das der Erde über. Sein Körper erhob sich zu beachtlicher Größe und kein Sandkorn fiel zu Boden. Die erstaunten Gesichter von Marisol und Mona sprachen Bände.

Selbst dem sonst so coolen Killer aus Hongkong klappte die Kinnlade herunter.

Marisol und Mona hingegen waren einer Ohnmacht nahe. Marisol zitterte am ganzen Leib und Mona bekam weiche Knie. Als dann auch noch Maddy auf ihn zuging und ihm die Hand reichte, die er sogleich mit seiner empfing, waren alle so perplex, dass keiner etwas sagen konnte.

Nur Maddy strahlte wie ein Honigkuchenpferd. *Mein Ramos.*

Meine Maddy. Meine tapfere Maddy. Er drückte leicht ihre Hand und schenkte ihr ein Lächeln, welches sogleich wieder verschwand, als Eric einen Schritt näher trat.

„Ungewöhnlich er ist. Dennoch wird er es nie aufnehmen können gegen diese Bestie. Viel zu schwach er ist."

„So ein Quatsch." Wütend unterstrich Maddy ihre Äußerung. „Wenn SIE ihm wieder seine menschliche Form geben würden, würden sie gar nicht mehr so reden. Wir haben hier wohl die besten Voraussetzungen, einen Krieger zu trainieren? Oder etwa nicht? Und solange SIE ihm nicht seinen Körper wiedergeben können, sollten SIE sich mit diesen Vorwürfen auch besser zurückhalten."

Dem stimmte auch Ramos zu.

Gebannt starrten Chang und Marisol immer noch den Hünen vor sich an, der wie ganz selbstverständlich seine Finger mit denen von Maddy kreuzte.

„Eure Überheblichkeit ist unangebracht. Milady. Ob ich dieses Etwas zurückverwandeln kann und will, müsst Ihr mir allein überlassen."

„Aber IHR habt …"

„Nichts habe ich." Er sah Maddy mit einem so finsteren Blick an, dass alle Anwesenden dachten, dass er sich jeden Moment auf sie stürzen würde.

Nun legte Mehit behutsam seine Hand auf ihre Schulter.

„Euer Erscheinen hier unten, hatte sicherlich seinen Grund?", schaltete er sich nun dazwischen.

Eric sah auf.

„Ja, aber …" Er sah wieder zu Ramos, der ihn ebenfalls eindringlich fixierte. Dann glitt sein Blick an ihm vorbei und erhaschte die Grundrisszeichnung auf dem Bildschirm von Raban.

Als Raban dem Blick folgte wusste er, dass es zu spät war, die Datei abzuschalten.

„Wir haben anscheinend ein Rätsel aufgedeckt, was wir gerade probieren zu lösen."

Unaufhaltsam schwebte Eric immer näher, ohne die Anwesenden weiter zu beachten, die hektisch auseinander glitten.

Wenige Zentimeter blieb Eric vor dem riesigen Bildschirm stehen und hob leicht sein Kinn.

Geheimnisse und Rätsel waren schon immer seine Leidenschaft gewesen, doch das wusste Raban nicht.

Nun nickte Jonathan zustimmend in die Richtung von Raban und hob den Daumen.

Ein plötzliches Aufleuchten in Erics Augen verhieß, dass er angesprungen war.

„Was soll das sein?", fragte Eric.

„Das ist der Grundriss von Menderson", Raban ließ es ganz absichtlich so stehen.

„Er sei sich gewiss, dies ist nicht der Grundriss von Menderson." Eric neigte seinen Blick kurz auf Raban. Seine Stimme hingegen klang immer noch neugierig.

„Das mit den blauen Linien ist das heutige Menderson. Die roten deuten etwas an, wo wir nicht wissen …"

„Ihr wisst nichts", unterbrach ihn Eric hart.

„Na dann wäre es ja an der Zeit, dass IHR uns helft, Licht ins Dunkel zu bringen."

„ICH?" Eric lachte verächtlich auf.

„Wenn Ihr uns nicht helfen wollt, dann tretet beiseite und lässt uns selbst weiter rätseln." Demonstrativ wandte sich Raban von ihm ab.

Starr wie eine Säule blieb Eric wo er war.

Unterdessen umfasste Marisol die Taille von Chang und zitterte immer noch wie Espenlaub. Ihr Atem ging unregelmäßig und ihr Puls raste.

Behutsam streichelte Chang mit seinem Daumen über ihren Handrücken, um sie zu beruhigen. Als er dezent über seine Schulter blickte, sah er jedoch nur die erschrockenen Augen der Spanierin, die ihm signalisierten, dass sie Todesangst hatte. In seinem Innern regte sich etwas und er wollte sie aus dem Gefahrenbereich bringen. Plötzlich war das seine einzige Priorität. Er griff nach ihrer Hand und trat hinter Ramos und Maddy vorbei. Ihm war es egal, ob ihn jetzt jemand als weich bezeichnen würde, dennoch wollte er Marisol beistehen und ihr zeigen, dass er für sie da war. Egal was die anderen sagen würden.

Gnadenlos starrte Ramos das ehemalige Clanoberhaupt an, während der Halbasiat und die Schwester von Ortischa an ihm vorbei gingen. Er bedachte die zwei nur mit einem kurzen Seitenblick, bei dem er erkennen konnte, wie wichtig es dem Halbasiaten war, die junge Vampirin aus dem Gefahrenbereich zu bringen.

Als Chang mit Marisol vor der Tür der Kommandozentrale angelangt war, gesellten sich auch Ivan, Mona und Angel dazu. Sie wussten, im Falle eines Kampfes waren sie nur das Kanonenfutter. Wobei Ivan als Halbclankrieger und Chang als Verwandelter noch die meisten Überlebenschancen gehabt hätten. Die fünf hielten ihren Blick starr auf die anderen gerichtet, als Mehit ihnen jedoch einen Wink gab, sich zu entfernen.

„Kommt", führte Ivan nun die Gruppe an. „Wir gehen in den Wohnbereich und warten dort, bis sich die Lage etwas entspannt hat."

Unverzüglich liefen sie gemeinsam den Flur entlang.

Mehit postierte sich dichter an Maddy und Ortischa lehnte sich gegen die Schreibtischplatte.

Der gesamte Raum war nun angereichert von viel zu vielen Emotionen.

„Wo habt Ihr diese Grundrisse her?" Eric deutete auf die roten Linien. Ihn schien es überhaupt nicht zu interessieren, dass andere wegen ihm hastig den Raum verlassen hatten. Sein einziges Interesse galt allein der Zeichnung auf diesem Bildschirm. Selten faszinierte ihn etwas so sehr, doch das was er dort vor sich hatte, war für ihn neu und ließ seine Gehirnzellen in Wallung geraten.

„Das sind Zeichnungen vom Earl", betonte Raban selbstsicher. Auf keinen Fall würde er ihm erzählen, dass diese aus dem Gemälde aus der Empfangshalle waren. „Aber vielleicht könnt ihr uns ja sagen, wann Menderson erbaut wurde?" Momentan nahm Raban nicht einmal die gewaltige Macht von Eric wahr. Er blendete sie einfach aus, um sich auf das Hauptaugenmerk zu konzentrieren.

„Wann?" Nachdenklich fasste sich Eric ans Kinn. Es dauerte einige Minuten bis er weitersprach. „Das kann ich Euch nicht sagen. Menderson gab es bereits, als ich damals hier lebte und ich kam schon 1902 hierher." Es war das erste Mal, dass Eric sich den anderen gegenüber ganz normal verhielt, was von allen als äußerst angenehm empfunden wurde.

„Also habt Ihr keine Ahnung von etwaigen Anbauten, die der Earl vielleicht geplant hatte?"

Wie im Zeitlupentempo drehte Eric seinen Kopf in die Richtung von Raban, doch er sagte nichts. Er studierte nur den Neuzugang, der ebenfalls ein Element in sich trug. Er konnte es fühlen, die gewaltige Macht, die dieser Vampir ausstrahlte. Aber welches Element er in sich trug, konnte Eric nicht herausfinden. *Zeig mir dein Element.* Dies ließ sein innerliches Feuer anglühen, doch nach außen zeigte er nicht eine Regung.

Als er nun nicht antwortete, schaute Raban zu ihm nach oben. „Also?" *Mann, komm doch mal aus der Hüfte*, dachte sich Raban.

„Nein, nie hat der Earl de Winter je über Umbauten gesprochen." Damit war für ihn das Thema erledigt und er wandte sich zu Jonathan um, der immer noch mitten im Raum stand. Er hatte sich die Bilder auf dem Bildschirm gut eingeprägt und somit war seine Neugierde erst einmal gestillt. Er schwebte nun regelrecht durch den Raum, so leise war sein Gang.

Nun trat Jonathan an seine Seite und beide verließen die Kommandozentrale so schnell, wie sie gekommen waren.

Weit nördlich von London …

Nach einem sehr anstrengenden Tag, wo sich beide ständig hin und her gewälzt hatten, schälte sich Stevo aus dem großen Bett. Er hätte es genießen sollen, endlich wieder einmal in einem bequemen Bett zu schlafen. Doch seine wirren Gedanken hingen immer noch an der sehr lebhaften Fantasie, die die beiden vor einigen Stunden zusammen durchlebt hatten. Er konnte immer noch ihren süßen Geschmack auf seinen Lippen schmecken. *Nein, nein und nochmals nein.* Er schallte sich selbst und strich sich über sein Gesicht. Ein leichtes Seufzen ließ ihn zusammenzucken und er schielte über seine Schulter. Da lag Elisa neben ihm und ihr dunkelblondes Haar ergoss sich auf dem Kissen. Die geschlossenen Augen wurden von dem dunklen Wimpernkranz abgerundet. Wie ein Gemälde lag sie dort und dieser Eindruck brannte sich tief in seine Netzhaut ein. Ihr Oberkörper hob sich leicht und dabei drückten sich ihre lieblichen Rundungen durch das T-Shirt, welches sie wieder trug. Zu gerne hätte er seine Hand nach ihr ausgestreckt, doch er entschied sich, sich besser aus der Gefahrenzone zu bringen. Er war verantwortlich für sie, damit sie unversehrt zu Mehit kam. Einen größeren Fauxpas könnte er sich gar nicht erlauben, aber er wusste auch, dass ihr Herz niemals ihm gehören würde und nur getrübt war vom Blut seines Bruders. Er entschied, dass eine neue Blutzufuhr sicher dieses Gefühl beseitigen würde und stemmte seinen Körper von der Bettkante und binnen von Sekunden hatte er seine Kleidung und seine Stiefel wieder angezogen und war lautlos auf den Flur getreten, um sich eine neue Nahrungsquelle zu suchen. Mental verriegelte er die Zimmertür, denn er wollte auch Elisa nicht so lange alleine lassen. Schnell war er den Gang hinuntergesaust und als ihm ein altes Ehepaar entgegen kam, konnte er seinen eigenen Puls schon in seinem Körper rasen hören. Das Rauschen, welchen von den beiden Halsschlagadern ausging, zog ihn magisch an. Rasch trat er an die beiden, legte eine Trance über sie und nährte sich schnell von ihnen. Das neue Lebenselixier stärkte seinen Körper und er genoss das noch warme Büffet. So viele Jahre hatte er immer nur kaltes und abgestandenes Blut bekommen, was ihn doch irgendwie am Leben erhalten hatte. Doch nun war alles anders. Er hatte eine neue Chance bekommen und wollte es auf keinen Fall vergeigen. Er leckte sich genussvoll über seine blutverschmierten Lippen und als das Blut seine Kehle hinunter lief, fühlte er sich frei.

Sekunden später betrat er wieder das Zimmer, wo Elisa immer noch im Bett lag. Doch seine Sicht war nun anders.

Klarer. Definierter und das eigene Gefühl hatte sich verändert. Er konnte Elisa wieder ansehen ohne lüsterne Gedanken im Hinterkopf. *Gott sei Dank*. Er ließ seinen Kopf in den Nacken fallen und schloss für einen kurzen Moment die Augen.

„Stevo?", sagte Elisa ganz leise. „Alles in Ordnung?"

Einen Moment schwieg er. Dann drehte er sich zu ihr. „Ja, alles in Ordnung."

Er war glücklich über den Umstand, dass er wieder klar im Kopf war, dennoch wandte er sich von ihr ab. „Wir sollten uns bald auf den Weg machen."

Elisa spürte eine Veränderung an Stevo, doch sie wollte ihn jetzt nicht fragen, denn sie wusste, sie mussten noch einige Meilen gemeinsam zurücklegen, um dem verhassten London näher zu kommen. Als sie nach ihrer Kleidung griff und hineinschlüpfte überlegte sie, ob es eine so gute Idee wäre, sich bei Susan blicken zu lassen, denn vielleicht wurde sie auch von ihrem Vater überwacht. Durch seine Stellung als oberstes Ratsoberhaupt hatte er überall so seine Kontakte. Dennoch wusste Elisa, das die Klinik von Dr. Michael Anderson nicht in dem Einflussbereich von ihrem Vater lag. Außerdem war Susan ein Mensch und ihr Vater würde am wenigsten vermuten, dass sie sich mit einem

Menschen abgeben würde. Im Moment war sie die einzige, die ihr geblieben war. Sie seufzte.

„Was hast du?", fragte Stevo einfühlsam.

Ohne ihn anzuschauen sagte sie: „Es ist nichts." Es sollte belanglos klingen, doch so kam es nicht bei Stevo an.

Der Clankrieger wollte nachhaken, hob seine rechte Hand in ihre Richtung. Doch dann ließ er sie wieder wortlos sinken.

Im gleichen Moment drehte sich Elisa zu ihm um.

„So, wir können los."

„Du musst dich erst noch nähren, sonst kommen wir nicht sehr weit." Er zwang sich ein kleines Lächeln ins Gesicht.

Doch Elisa beachtete ihn nicht einmal.

Was mache ich nur falsch? fragte er sich und griff sich nachdenklich an sein Kinn.

„Ja, du hast Recht." Pure Resignation spiegelten sich in ihren Worte wider.

Er stellte sich ihr in den Weg, als sie zur Tür laufen wollte.

Erschrocken sah sie zu ihm auf und ihre Lippen bebten.

„Sag mir bitte was los ist?" Seine fast weißen Augen bohrten sich in sie und sie wusste, dass sie ihm eine Antwort schuldig war. Eher würde er sowieso keine Ruhe geben.

„Es ist wirklich nichts. Glaub mir", beteuerte nun Elisa. „Es ist nur, dass ich Angst habe, wieder nach London zu gehen. Nichts wird je so sein wie es war. Mein Vater wird mich so lange suchen lassen, bis er mich gefunden hat. Ich werde ihm nicht entkommen können. Und wenn wir zu meiner Freundin gehen, was wird dann sein? Wird er ihr wehtun, nur weil sie mir bzw. uns dann vielleicht hilft? Wo sollen wir denn hin? Desmond sagte, dass wir vor dem Nichts stehen werden. Damals klang das nicht so, als ob ich mir Gedanken machen müsste. Doch nun ist es Realität geworden und ich habe keinen Plan, wie es weitergehen soll." Ihre glasigen Augen starrten ihn an.

„Es wird sich eine Lösung finden. Wir stehen das gemeinsam durch, das haben wir uns versprochen. Du erinnerst dich?"

Sie nickte.

„Dann lass uns erst einmal ankommen. Heute Nacht werden wir versuchen, bis nach Northampton zu gelangen." Er reichte ihr die Hand und beide verließen das Zimmer. Als sie den Gang hinunterliefen, dröhnten die Worte von Elisa in seinem Kopf wieder. *Ihr Vater, ihr Vater. Er ist nicht einmal dein Vater. Wie soll ich dir das nur erklären? Jetzt kann ich gut verstehen, warum Desmond sich so schwer tat. So eine Tatsache möchte wohl keiner gerne hören. Aber ich habe versprochen, es dir zu sagen und ich werde es auch tun.*

Mit umsichtigen Blicken verließen sie das Hotel und hielten sich immer bedeckt, wenn ein Auto die Straße wieder erhellte.

Jeder in seine Gedanken versunken liefen sie einige Stunden nebeneinander her, bis sie schließlich in Leicester ankamen. Als sie einen Nachtclub passierten und gerade die Oxford Street hinunter liefen, blieb Stevo abrupt stehen. Sein Arm ergriff Elisa und zerrte sie etwas unsanft in eine Toreinfahrt. Er deutete auf die gegenüberliegende Seite, wo sich gerade drei Vampire an einem Mann nährten. Der Clankrieger presste Elisa an die Wand und schirmte sie mit seinem Körper ab. Er richtete sein Gehör in die Richtung der drei, um ihren nächsten Schritt mitzubekommen.

Elisa atmete unruhig und sie sah zu Stevo auf.

Sein überdimensionales Gehör konnte wahrnehmen, das sie bald fertig waren. Sie hoben die Trance auf und schubsten den noch benommenen Menschen in den nächsten Hauseingang. Dann liefen sie entspannt die Straße weiter, bis einer von ihnen nach einigen Metern stehen blieb. Er drehte sich um und sondierte die Umgebung. Sein Blick war suchend bis sein Kumpel ihm freundschaftlich auf die Schulter schlug und ihn damit ablenkte. Die drei schlenderten danach nichtsahnend die Straße weiter entlang.

Nun löste sich Stevo von Elisa und sah sie mit großen Augen an. „Alles ok?"

„Mmmh", antwortete Elisa kleinlaut.

„Wir sollten uns abgelegene Straßen suchen. Komm weiter." Er suchte nach ihrer Hand und beide traten aus der Toreinfahrt.

Nachdem sie einige Straßenzüge hinter sich gelassen hatten, entspannten sich beide.

In diesem Moment traten die drei Vampire jedoch aus einem Seiteneingang in ihr Sichtfeld.

„Hallo", grinste sie der eine an, während sich die anderen beiden an seiner Flanke postierten. Ihre gierigen Blicke und ihre weit ausgefahrenen Fangzähne signalisierten, dass es gleich zu einem Kampf kommen würde.

Nun richtete sich Stevo zu seiner vollen Größe auf und öffnete seine halb geschlossenen Augen. Als die fast weißen Augen zum Vorschein kamen, zuckten die drei sichtlich zurück. Unterdessen schob sich Elisa hinter Stevo und drängte sich dicht an ihn.

„Es wäre besser für euch, uns gehen zu lassen", sagte Stevo arrogant, denn er wusste, dass wenn es zum Kampf käme, er alle drei töten musste.

„Pah, nur weil du hier die coolsten Augen hast, denkst du lassen wir uns einschüchtern? In welcher Zeit lebst du denn?"

Ihr wisst wohl nicht, wen ihr vor euch habt? Dachte Stevo. Er musste sich beherrschen, sein Element noch nicht an die Oberfläche gelangen zu lassen. Aber dass die drei die Macht, die er eigentlich ausstrahlte, nicht beeindruckte, verwunderte ihn. Doch dann dämmerte es ihm. Er hatte im Laufe der Jahre im Kerker sein Element auf ein Minimum zurückgeschraubt, so dass nicht einmal die Macht mehr seine Energie kostete. Doch nun war sein Körper gestärkt. Er war genährt und ausgeruht, also gab es auch keinen Grund mehr, seine Macht nicht zu demonstrieren. Nun beugte er sich leicht nach vorne und förderte sein Element an die Oberfläche. Sogleich hatte er die volle Aufmerksamkeit der drei halbstarken Vampire.

„Eh … was soll das?", fragte der eine.

„Das ist einer mit einem Element. Lasst uns bloß abhauen!", forderte der andere.

Nur der Anführer schien so fasziniert zu sein, dass er wie angewurzelt stehen blieb.

„Los komm, lass uns verschwinden. Der zerlegt uns, ohne mit der Wimper zu zucken." Er zerrte an dem Anführer, der sich aber nicht bewegen wollte.

„Ihr Waschlappen! Jetzt reißt euch mal zusammen. Wir sind zu dritt und er hat nur ein schwaches Weib an seiner Seite." Nun funkelte er Elisa hinter dem Rücken von Stevo an.

„Bist du von allen guten Geistern verlassen? Das da ist ein Vampir mit einem Element und wenn er will sind wir wahrscheinlich gleich tot. T O T. Ich hau ab." Damit wandte sich der Vampir ab und sauste in entgegensetzten Richtung davon.

Der andere zerrte immer noch an seinem Kumpel. „Komm jetzt!", knurrte er ihn an.

Doch der Anführer wollte nicht klein beigeben und sprang in diesem Moment auf Stevo zu.

Im Krankenzimmer von Mina …

„Wo bin ich?", stammelte sie und ihre Hand glitt zu ihrem Kopf. „Au …", stöhnte sie auf.

Sogleich sprang Jason an ihre Seite und berührte sie behutsam am anderen Arm.

Augenblicklich rückte sie von ihm ab, bis ihre Sicht wieder klar wurde. „Jason?", hauchte sie und fing an zu weinen. Sie wandte ihr Gesicht zur Seite und die Tränen kullerten ihr über die Wangen. „Was ist passiert?", flüsterte sie.

Der Blick von Jason zu seinem Kumpel war fragend und hilflos zugleich. Er wusste nicht, ob er ihr die ganze Wahrheit sagen, oder ob er den größten Teil besser verschweigen sollte? Unsicher kniff er die Lippen zusammen und streichelte ihren Unterarm. Nach einigen Sekunden fing er an: „Der Club von Mamba wurde überfallen und … es gab viele Verletzte und auch Tote." Seine Stimme war so einfühlsam, dass Mina langsam aufhörte zu weinen. „Wir konnten nur entkommen, weil Ament und sein Kumpel gekommen sind und uns gerettet haben."

Bei der Erwähnung von Aments Namen drehte sie ihren Kopf in seine Richtung. Ihre Wimpern glänzten nass und hektisch wischte sie sich die Nässe von der Wange.

„Ament? Ament hat uns gerettet?" Auf der Stelle hellte sich ihre Stimmung auf. „Wo ist er?"

„Er musste weg. Wir können ihn aber anrufen, wenn du möchtest?"

Sie richtete sich auf und wollte schon das Handy fordern, als sie an Jason vorbei zu Lance sah. „Wo ist …?"

„Kenny? Kenny ist tot." Nüchtern und abgeklärt klangen Jasons Worte. „Wir haben deiner Mom gesagt, dass wir feiern waren und dort auch übernachtet haben. Also verquatsch dich nicht." Er forderte ihre Zustimmung.

Sie nickte. Als das ganze Ausmaß sich vor ihr auftat, sagte sie: „Habe ich denn noch einen Job, oder ist der Club zerstört?"

„Keine Ahnung? Woher soll ich denn das wissen? Wir können froh sein, dass wir überlebt haben." Seine Erregung spiegelte sich in seinem Gesicht wider, als er an die vielen Toten im Club denken musste. „Ich rufe jetzt Ament an. Er wollte wissen, wenn du wach bist." Er griff nach dem iPhone in seiner Tasche und wählte Aments Nummer.

Zeitnah hob Ament am anderen Ende ab. „Ja"

„Mina ist wach", sagte Jason und reichte das Handy weiter.

„Hallo?", hauchte Mina.

„Geht es dir gut?", kam es trocken von dem Clankrieger.

„Ja, soweit gut. Der Kopf brummt mir und so wie Jason es mir erzählt hat, habe ich wahrscheinlich keinen Job mehr. Aber ansonsten kann ich wohl froh sein, überlebt zu haben, dank dir. Vielen Dank, Ament, dass du mir das Leben gerettet hast."

Er hörte ihre Worte und konnte sie direkt vor sich sehen. „Du brauchst dich nicht bei mir zu bedanken. Wann wirst du entlassen?"

„Jason, wann werde ich entlassen?"

„Wahrscheinlich in ein paar Stunden", antwortete dieser.

„Jason und sein Kumpel sollen dich nach Hause bringen und dort bleibst du erst einmal. Ich werde kommen und nach dir sehen", versprach er. Dann legte er auf.

Mina reichte Jason das Handy und sah ihn mit ihren großen grünen Augen an.

„WAS?", fragte Jason vorwurfsvoll.

„Nun beruhige dich mal", warf sein Kumpel Lance ein.

„Ich bin ruhig", doch er wusste innerlich tobte ein Vulkan in ihm. Sein Kumpel Kenny hatte sein Leben gelassen und er wollte wenigstens seinen Bruder darüber informieren. „Wir müssen unsere Motorräder holen. Das von Kenny holen wir später. Kannst du nach dem Chefarzt sehen, vielleicht …"

Es klopfte und gleichzeitig wurde die Tür geöffnet.

Alle atmeten erleichtert aus, als die große Statur des Chefarztes Dr. Michael Anderson das Zimmer betrat.

„Mina? Wie geht es dir? Was macht der Kopf?", fragte er fürsorglich.

Sie richtete sich leicht im Bett auf. „Alles soweit gut. Mir brummt zwar noch etwas der Schädel, aber das geht."

Dr. Anderson trat dicht an ihr Bett und schaute ihr tief in die Augen. „Du siehst nichts verschwommen?"

Sie verneinte.

Ruckartig hielt er ihr den Zeigefinger vor die Nase?

Sie zuckte zurück und ihre Pupillen zeigten die gewünschte Reaktion. „Okay, dann steht einer Entlassung nichts mehr im Wege." Er sah sich nach den zwei jungen Vampiren um. „Ihr bringt sie nach Hause?"

„Ja, das machen wir", antwortete Lance.

Michael Anderson nickte zustimmend. „Gut, und du musst dich noch etwas schonen. Versprochen?"

„Versprochen!", antwortete sie ihm freundlich, wobei ihre roten Locken wild über ihre Schultern fielen.

Kurze Zeit später saßen die drei in einem Taxi, welches den Weg zum Club fuhr. Schweigsam schauten alle aus dem Fenster. Die Dunkelheit der Nacht und der Regen ließ alles noch trister erscheinen, doch als sie in die Straße vom Club abbogen, blieb Mina der Mund offen stehen. Überall waren Polizeiautos und es wimmelte nur so von Polizisten, die Passanten befragten. Überall hingen gelbe Absperrbänder und es war unmöglich, dichter heranzukommen.

„Hier ist Endstation", sagte der Taxifahrer und hielt am Bürgersteig.

Jason bezahlte ihn und alle drei stiegen aus.

„Ich hole erst einmal mein Motorrad", sagte Lance und sauste davon.

Jason breitete seine Arme aus und Mina lehnte sich an ihn.

Nach wenigen Minuten kam Lance mit seiner Maschine zurück. Er deutete auf Jason, der Mina nun zu ihm schob. „Beeil dich, die wollen gerade die Bikes abschleppen."

Aufgebracht sauste Jason los.

Unterdessen postierte sich Lance dicht bei Mina.

Plötzlich fielen Schüsse hinter ihnen. Ruckartig riss Lance den Kopf in die Richtung, wo die Schüsse herkamen.

Auch Mina entglitt das Gesicht.

Als nun Jason mit seiner Maschine auftauchte, wurde er von jemandem verfolgt.

„Spring auf, Mina", schrie Lance.

Mina sprang auf das Motorrad und klammerte sich an Lance, der sofort die Maschine aufheulen ließ. Er jagte den Motor hoch und überquerte dabei geschickt eine große Kreuzung durch den laufenden Verkehr. Im Rückspiegel sah er das Aufflackern von Jasons Maschine.

„Shit, wir müssen runter von der Straße."

Wieder fielen Schüsse hinter ihnen, wobei sich Mina noch fester an Lance krallte.

Er bog hart rechts ab und fuhr über den Bürgersteig weiter. Dann fuhr er in den Gegenverkehr, schlängelte sich hindurch und nahm einen Anhänger als Rampe, um über ein Auto mit seiner Crossmaschine zu springen.

„Festhalten!", schrie er.

Hart setzte die Maschine wieder auf und er jagte weiter die Straße entlang. Hinter sich vernahm er immer noch das Geräusch eines zweiten Motorrades. Er identifizierstes es einwandfrei als das von Jason.

Beide hatten so viel an ihren Maschinen gefeilt, das jeder sie in- und auswendig kannte. Trotzdem warf er einen kurzen Blick über seine Schulter. Jason war zwar einen Häuserblock hinter ihnen, aber ihm waren zwei Pickups auf den Fersen und eine Limousine. Außerdem heulten mehrere Sirenen und auf der anderen Seite kamen ihnen zwei Motorräder der Polizei entgegen, die sogleich die Verfolgung aufnahmen.

„Na super", Lance schüttelte den Kopf und trieb sein Motorrad an seine Grenzen. Er überlegte, wie sie am besten die Horde hinter ihnen abschütteln konnten. Er wusste, dass in unmittelbarer Nähe ein großer Park war. Er entschied sich dort hindurch zu fahren und somit die Pickups und die Limousine loszuwerden. Er schlängelte sich durch mehrere Autos und legte sich dann mit Mina hart in eine Linkskurve, sprang auf den Bürgersteig und fuhr auf den Sandweg, der den Eingangsbereich des Parks säumte. Der nasse Sand spritzte zu ihren Seiten, doch das machte der Crossmaschine ein Glück nichts aus. Geschickt fuhr er quer durch den Park, umfuhr dabei den See und konnte Jason immer noch hinter sich hören, was ihn etwas beruhigte. Bei einer kleinen Steigung grub sich das Motorrad leicht in den Matsch. Dabei rutschte die Maschine zur Seite, so dass Lance schon dachte, beide würden fallen, doch er konnte im letzten Moment das Motorrad wieder unter Kontrolle bringen.

Mit ungeheurer Geschwindigkeit jagte er durch den menschenleeren Park bis er auf der anderen Seite ankam und durch einen Torbogen wieder auf der Straße landete. Sein Gehör konnte seinen Kumpel wahrnehmen und noch eines der Polizeimotorräder. Die Pickups konnte er nicht mehr hören.

Als er im Rückspiegel den Scheinwerfer von Jason sah, atmete er erleichtert aus. Doch als er vor sich blickte, kam der eine schwarze Pickup direkt auf ihn zu gerast. Auf der Stelle drehte er das Motorrad und fuhr wieder zurück in den Park, doch der Pickup folgte ihm unaufhörlich und zerstörte alles am Wegesrand.

Lance trieb die Maschine bis ans Äußerste und fuhr wilde Zickzackmuster. Aus dem Augenwinkel sah er Jason, der nun auch den Weg parallel zu ihm einschlug. Er kam näher und deutete auf den Westausgang.

Lance nickte.

Mit einem waghalsigen Manöver jagten die Motorräder hintereinander über eine Holzbrücke, fuhren dann einen Sandweg entlang bis eine Steintreppe sie stoppte. Ohne lange zu zögern, fuhren sie diese ebenfalls hinunter.

Der Polizist auf dem Motorrad versuchte, es ihnen gleich zu tun, kam jedoch ins Schlingern und verlor die Kontrolle über sein Motorrad. Dann stürzte er die Treppe hinunter.

Der Pickup hingegen folgte ihnen weiter. Zwar wurde er etwas langsamer, aber er blieb an ihnen kleben. Als sie unten ankamen, fuhren sie schnell durch den Westeingang hinaus weiter die Straße entlang.

Hinter ihnen dröhnte noch immer der Pickup und plötzlich hörten sie wieder Pistolenschüsse. Instinktiv duckten sich die drei und fuhren mehrere Schlenker, um den Kugeln zu entgehen.

Jason deutete nach rechts und dann gaben sie Gas, so dass der Pickup Schwierigkeiten hatte, an ihnen dran zu bleiben. Als sie die Landstraße entlang fuhren, drehten sie die Maschinen richtig auf.

Mina war wie eine zweite Haut zu Lance geworden. Er spürte ihr Herz an seinem Rücken rasen.

Mitten in einer kleinen Ortschaft standen plötzlich zwei Wagen, die die gesamte Fahrbahn vor ihnen blockierten. Vor diesen Autos standen drei Hünen, die automatische Schusswaffen im Anschlag hatten.

Lance erkannte sofort den großen aufragenden Kerl, der in der Mitte stand.

Ament, der Clankrieger war das und wurde von dem Halbasiaten und einem weiteren Vampir flankiert.

Er drosselte seine Geschwindigkeit und Ament deutete ihm an, nach links zu fahren.

Er nickte kurz.

Auch Jason folgte ihm, nun deutlich langsamer.

Sie fuhren um die Autos herum und blieben dahinter stehen.

Der Pickup stoppte mit quietschenden Reifen. Die Scheiben waren verdunkelt, so dass man keinen Blick auf die Anzahl der Insassen werfen konnte. Der Fahrer trat aufs Gas und ließ den Motor mehrere Male aufheulen.

Ament und Chang sowie Ivan bewegten sich kaum. Der Abstand zwischen ihnen und den Gegnern waren mindestens zweihundert Meter schätzte Ament, aber er wollte auf jeden Fall einen von ihnen lebend in die Finger bekommen, um ihn auszuquetschen.

Wieder heulte der Motor auf, da ließ der Fahrer die Reifen durchdrehen und dann schoss er auf die drei zu.

In diesem Moment formte Ament blitzschnell einen gewaltigen Feuerball und schoss diesen in die Richtung des Pickups, der gerade so ausweichen konnte, ohne einen Baum zu tuschieren.

Der Pickup beschleunigte noch mehr und Ivan eröffnete das Feuer auf die Reifen. Die Salven schlugen in den Kühler und in die Front des Pickups ein und nach nur einigen Metern hatten die Kugeln ihr Ziel erreicht und die Vorderreifen platzten. Der Wagen kam ins Schlingern und vollführte nun einen Überschlag, der den Pickup aufs Dach beförderte. Schlitternd kam der Wagen angerutscht und die Seitentüren öffneten sich. Vier Vampire sprangen heraus und einer von ihnen knallte gegen einen Baum, bevor er sich zu seinen Verbündeten einreihen konnte.

Ohne lange zu fackeln, sprang Chang in ihre Richtung und griff sich den ersten. Mit kräftigen Tritten und Schlägen hatte er ihn innerhalb von Sekunden im Schwitzkasten, so dass er ihm das Genick hätte brechen können.

Unterdessen hatte sich Ivan ebenfalls auf einen von ihnen gestürzt und nach einigen Schlägen, hatte er ihm ein Messer an den Hals gedrückt.

Gleichzeitig hatte sich Ament die anderen beiden gegriffen, leider konnte er sein Element nicht so einfach unterdrücken und sobald er beide zu greifen bekam, züngelte sein Element an seinen Händen entlang und binnen von Sekunden verbrannten sie direkt vor ihm. Der Anblick ihrer grauen Augen, macht ihn rasend. Er dachte sich, wenn sie Mina in ihre Finger bekommen hätten, was hätten sie dann bloß mit ihr gemacht? Doch soweit durfte er nicht denken, denn sonst würde er die anderen beiden ebenfalls gleich töten.

Der, der im Schwitzkasten bei Chang hing, fluchte und versuchte um sich zu schlagen – der andere hingegen verhielt sich ganz ruhig, denn er wusste, dass er sonst seinen Kopf verlieren würde.

Ament brannte lichterloh und alle Beteiligten starrten ihn an. *Eine menschliche Fackel!* So hatte es Chang noch nie gesehen und es faszinierte ihn erneut.

„Was machen wir mit ihnen?", fragte Chang. Er ignorierte den unter sich zappelnden Vampir.

Ament kam immer näher und sein Element nährte sich an seinen Gefühlen.

„Ament, beruhige dich, sonst bekommen wir keine Antworten!", pfiff ihn Ivan von der Seite her an. Kurzweilig sah der Clankrieger zu seinem Waffenbruder hinüber.

Mittlerweile blutete der Vampir schon ziemlich stark, weil sich das Messer immer tiefer in seinen Hals bohrte. Ivan war so fokussiert auf Ament, dass er nicht mitbekam, dass der Vampir unter ihm selbst ein Messer zog und nun Ivan die Klinge ins Bein bohrte. Dieser schrie auf und sogleich stand Ament neben ihm, zerrte den Angreifer hervor und ließ ihn bei lebendigem Leib verbrennen. Der Vampir schrie heftig unter den Schmerzen, die ihm die Flammen zufügten.

Ivan griff sich an die Wade, wo noch immer das Messer steckte. „Shit!", fluchte er und zog das Messer heraus. Er war zufrieden, dass es keine beschichtete Schneide war, denn sonst, wäre das auch sein Ende gewesen. Unvorsichtig war er gewesen! Und dies rächte sich nun.

Chang hingegen hielt den Vampir immer noch so fest, dass dieser keine Möglichkeit gehabt hätte, ihn zu verletzten. Lange hatte er diese Technik perfektioniert. Sein Blick, aus seinen gelben Augen strahlte immense Ruhe aus. Nun griff er dem Vampir an sein Schlüsselbein, drückte an seinem Hals auf mehrere Punkte und der Vampir sackte bewusstlos zu seinen Füßen zusammen.

„Was wird das?", fragte Ament nun viel ruhiger, als vor Minuten zuvor und deutete auf den Vampir, der nun zu den Füßen von Chang lag.

„Das nennt man auch chinesische Kampfkunst. Ich habe unseren Gegner entmachtet." Nun zuckte sogar leicht der Mundwinkel des Halbasiaten.

„Na besser als wir das hinbekommen haben", sagte Ivan, der sich die blutende Wunde hielt. „Wir haben unsere getötet." Dabei zog er die Augenbrauen nach oben und sah Ament strafend an. „So werden wir nie etwas aus ihnen herausbekommen, wenn du sie alle vorher umbringst."

Genervt wandte Ament sich ab und starrte nun zu Mina, die immer noch zitternd an Lance klebte. Mit zügigen Schritten ging er auf die beiden zu. Seine immer noch rotglühenden Augen fixierten Mina von Kopf bis Fuß, ob sie irgendwelchen Schaden davon getragen hatte. Als sie ihn mit ihren grünen Augen ansah, konnte er sich wieder beruhigen.

„Ament", hauchte sie und glitt von dem Motorrad direkt in seine Arme.

Er nahm sie in eine liebevolle Umarmung und flüsterte an ihrem Ohr. „Geht es dir gut?"

„Ja", gab sie zurück. „Woher wusstest du, dass wir hier lang kommen würden?"

„Jason hat mich angerufen, als ihr vor dem Club angegriffen wurdet."

Als Lance dies hörte, konnte er sich das Zusammentreffen mit dem Clan-krieger auch erklären.

Auf einmal fiel Jason samt seinem Motorrad zur Seite.

Sogleich hastete Lance von seiner Maschine und auch Ament und Mina be-gaben sich zu ihm.

Er lag zuckend vor ihnen und zielsicher griff Lance nach dem Motorrad und hob es ruckartig bei Seite. „Was hast du?"

Plötzlich drang ihm der kupferne Geruch von Blut in die Nase.

Mina hatte sich zu seinem Kopf gewandt und hob diesen auf ihren Schoß. Als sie ihn zur Seite drehte, konnten sie die Blutungsquellen sehen. Er war am Arm und zwei Mal am Bein getroffen worden. Zudem hatte er noch eine Schürf-wunde am Kopf. Hier hatte ihn wohl eine Kugel nur gestreift.

„Er verliert zu viel Blut." Gerade wollte sie sich in ihren Unterarm beißen, als Lance dies schon für sie tat und seinen blutenden Arm seinem Kumpel unter die Nase hielt.

„Trink, Jason!", forderte Lance ihn auf.

Er schluckte zwei Mal bevor er halb besinnungslos in den dargebotenen Arm biss. Er saugte unkontrolliert an dem Arm von Lance, der jedoch still hielt. Ihm schien es egal zu sein, wie sein Arm danach aussah, Hauptsache sein Freund würde das Blut annehmen.

Unterdessen beugte sich Chang zu Ivan und zog aus seiner Lederhose ein weißes Leinentuch, welches er ihm in die Wunde drückte. „Halt das so fest. Wann hast du dich denn das letzte Mal genährt?" Er schaute Ivan nicht einmal an.

„Ist schon länger her", antwortete dieser trocken.

„Dachte ich mir, denn sonst müsste sich die Wunde schon längst geschlossen haben." Als er aufsah und sich die Blicke der beiden trafen, konnte Chang nicht umhin, dieses Violett anzustarren.

Ebenso erging es Ivan, bei dem Anblick der gelben Augen.

Das Leinentuch tränkte sich mit Blut.

„Wir sollten machen, dass wir hier wegkommen." Chang erhob sich und sah zu Ament hinüber. „Ament?"

„Ja, du hast Recht. Lass uns kurz aufräumen und dann können wir los. Lan-ce? Mina? Tragt Jason in den Geländewagen. Ivan kannst du gehen?"

„Ja", keuchte dieser und erhob sich, dann schleppte er sich zum Geländewagen.

Gemeinsam schoben er und Chang den Pickup von der Straße in den Seiten-graben und auf dem Rückweg zerrten sie den Angreifer mit sich.

Ament schaute über das Dach des SLS zu Mina, die die Tür vom Gelände-wagen gerade schloss und zielstrebig auf das Motorrad von Jason zulief.

„Was machst du? Mina?", fragte der Clankrieger nun neugierig.

Die roten Locken schwangen um Minas Kopf herum, als sie sich zu ihm drehte: „Na, ich fahre das Motorrad. Ich kann es doch nicht hier lassen. Es ist sein ein und alles." Geschickt hob sie die Maschine an, schwang elegant ihr Bein über den Sitz, drehte den Schlüssel herum und startete das Motorrad mit dem Kickstarter. Knurrend heulte der Motor auf.

Auch Lance schwang sich auf sein Motorrad und rollte neben Mina.

Chang fuhr den Geländewagen, den er gerade wendete.

„Wo fahren wir hin?", fragte Lance.

„Wir fahren nach Menderson!", antwortete Ament und stieg in den roten SLS ein, dann schloss sich die Flügeltür. *Mehit bringt mich um,* dachte sich Ament und rollte mit den Augen.

Die restliche Fahrt nach Menderson verlief ruhig, so dass die Gruppe gut vorankam.

Ament hatte mit dem roten Mercedes SLS die Führung des Konvois übernommen. Hinter ihm fuhren Mina und Lance auf den Motorrädern und das Schlusslicht bildete Chang mit dem Geländewagen.

Zum hundertsten Male schaute Ament wieder und wieder in den Rückspiegel. Sein Blick beobachtete Mina immer wieder, wie ihre roten Locken im Wind tanzten. Er musste zugeben, dass sie eine besonders schöne Figur auf dem Motorrad von Jason abgab und er fast anfing zu geifern. Er stellte sich vor, dass er das Motorrad wäre und sie ihre Schenkel an ihn presste. Der Wind drückte das T-Shirt eng an ihre wunderschönen Kurven und er musste sich sehr zusammenreißen, nicht auf der Stelle den Mercedes zu stoppen und auszusteigen. Tief atmete er durch, richtete seinen Blick wieder auf die Fahrbahn und umfasste das Lenkrad fester. *Ein Glück sind wir gleich da,* schallte er sich. *Viel länger könnte ich den Anblick auch nicht ertragen.*

Er verlangsamte die Fahrt, denn das große Tor von Menderson kam in Sicht. Der Blinker signalisierte den anderen, ebenfalls ihre Geschwindigkeit zu drosseln.

Mina und Lance starrten das riesige Tor an, wo der große Buchstabe M prangte.

„Wo sind wir?", fragte Mina, als sie ihr Motorrad hinter dem Wagen zum Stehen brachte.

Sie schaute neugierig zu Lance, der jedoch nur mit den Achseln zuckte. Dann wandte sie ihren Blick wieder nach vorne, wo Ament sich etwas aus dem Fenster lehnte und in einen kleinen Kasten sprach, der anscheinend eine Gegensprechanlage beherbergte.

„Wer ist denn das alles?", flötete Raban durch die Gegensprechanlage. „Willst du eine Party schmeißen?"

„Mach einfach auf", Ament klang genervt, denn er sah, dass Raban die Kamera direkt auf sein Gefolge gerichtet hatte.

„Das sind Zivilisten! Bist du dir sicher?" Nun nahm die Stimme von Raban einen ernsten Ton an.

„Wenn ich dir nicht gleich den Kopf abreißen soll, dann mach JETZT AUF", knurrte Ament finster.

„Auf deine Verantwortung."

Damit gab es einen Ruck im Tor und langsam öffneten sich die Seitenflügel nach innen.

„DANKE", brachte Ament grimmig hervor.

Bedächtig drückte er das Gaspedal durch und der Wagen setzte sich in Bewegung. Die anderen folgten ihm.

Hektisch sahen sich Lance und Mina immer wieder um, denn der Wald war so dicht und düster, das selbst sie mit ihren überdurchschnittlichen Sehvermögen Schwierigkeiten hatten, etwas zu erkennen. Das einzige, was sie vernahmen, war ein Surren, welches sie aber nicht einordnen konnten.

Ament beobachtete die beiden aufmerksam im Rückspiegel und konnte fast ahnen, was die beiden so unruhig wirken ließ.

Die Frubies.

Die Fabelwesen.

Wahrscheinlich schwirrten sie zu Tausenden über ihnen, denn die beiden waren Eindringlinge auf Menderson. Er mochte sich gar nicht ausmalen, was passieren würde, wenn sie jetzt von ihnen angegriffen werden würden, oder sie mal einfach nach oben gucken würden. Wie sollte er ihnen das erklären? Das wusste er selbst nicht, denn diese Fabelwesen waren unerklärlich.

Genau in diesem Moment fuhren sie aus dem Wald heraus und das majestätische Herrenhaus präsentierte sich in seiner vollen Pracht.

Menderson.

Er holte tief Luft. *Na dann mal los,* sprach er sich selbst Mut zu.

Zielstrebig steuerte er den Wagen die Straße entlang, bis sie an der breiten Portaltreppe von Menderson ankamen. Von dort aus rollte der Wagen weiter in Richtung Garage.

Mina blieb der Mund weit offen stehen, als sie den Prachtbau in Augenschein nahm. Ihre Stimme versagte und sie musste sich schnell wieder auf das Fahren konzentrieren, weil sie sonst womöglich gegen die Treppe gefahren wäre.

„Das ist ja der Wahnsinn!", rief Mina aus.

Auch Lance war völlig überwältigt und in seinem Gesicht spiegelte sich Ehrfurcht wider, was seine Gesichtszüge versteinert aussehen ließ. Seine Augen musterten den riesigen Bau und dann schloss er gleich wieder zu Mina auf.

Langsam fuhren beide hinter Ament her, bis sie in der immensen Garage ankamen.

Der Clankrieger war bereits ausgestiegen und wies ihnen den Platz, wo sie die Motorräder abstellen konnten.

Sie folgten seiner Handbewegung.

Als Mina von dem Motorrad abstieg, konnte Ament wieder seine Augen nicht von ihr lassen. Elegant hatte sie ihr Bein über die Sitzbank geschwungen, abgelenkt wurde Ament nur von dem Geländewagen, der hinter ihnen zum Stehen kam.

Dann schloss sich das gewaltige Tor.

Im Nu sprang die Innenbeleuchtung an und ließ nun noch mehrere Luxuskarossen zum Vorschein kommen.

„Hier wohnst du?" Die Verwunderung stand Mina ins Gesicht geschrieben, als sie den Innenraum musterte.

„Ja", antwortete er ihr knapp, bevor Lance an ihnen vorbei schoss, um Chang dabei zu helfen, seinen Kumpel aus dem Wagen zu hieven.

Auch Mina setzte sich sofort in Bewegung und trat an die Seite von Lance. Ihr besorgter Blick galt nun ihrem Cousin, der sich vor Schmerzen wandte.

„Hab ihn", gab Lance nur von sich und Ament wies ihnen den Weg, indem er voranschritt.

Ihnen folgten die anderen beiden, wobei sich Ivan kurz auf Chang abgestützt hatte, um aus dem Wagen zu steigen. Seine Wunde blutete immer noch stark und er hoffte sehr, dass Mona ihn so nicht sah. Als wenn er es laut gesagt hätte, starrte ihn Chang an und zog wohlwollend nur eine Augenbraue nach oben.

„Sag nichts!", knurrte Ivan hervor.

Kapitel 10

Breitbeinig stand Mehit mit verschränkten Armen vor der Kommando-zentrale.

„Bist du jetzt völlig übergeschnappt? Warum schleppst du uns Zivilisten hier an? Und vor allem …" Ihm stockte kurz der Atem, als Mina und Lance den blutenden jungen Mann an ihm vorbei zur Krankenstation trugen, zu der auch Ivan gerade humpelte. „Kaum bist du unterwegs, haben wir gleich wieder Probleme. Wer sind DIE?", forderte Mehit nun energisch zu wissen. „Die Frau kenne ich bereits, aber was hat sie hier zu suchen? Ach und dann überleg dir mal, wie du das Ortischa erklärst, dass du ihr Auto auf dieser Spritztour dabei hattest. Sie ist außer sich." *Verdammt noch mal*, dachte er sich. Sein Blut jagte durch seinen erhitzten Körper wie ein Tornado und seine kristallblauen Augen funkelten.

„Reg dich ab." Damit schritt Ament an seinem Waffenbruder vorbei hinter den anderen her. *Ich erkläre es dir später*, notierte er sich im Kopf.

Mehit schüttelte nur den Kopf. „Wenn jetzt unser Besuch herunterkommt, könnte das sehr hässlich werden. Wo soll das nur hinführen?"

„Vielleicht ins blanke Chaos?", sagte Chang gelassen. „Vielleicht solltest du aber mal fragen, ob er den dreien gerade das Leben gerettet hat? Ja, hat er, denn sonst wären sie jetzt tot. Ermordet von Isfets Leuten. Ach und weil wir gerade dabei sind, es waren vier. Drei sind tot und einer von diesem Abschaum liegt noch im Geländewagen. Ich habe ihn ruhig gestellt."

Von der Ausführung Changs war Mehit sichtlich beruhigter, als von der Abfertigung seines Clanbruders. „Dann hätte er mir das auch sagen können, oder?" Er deutete mit seinem Arm in die Richtung der Krankenstation.

Chang legte nur seinen Kopf schief und bedachte ihn mit einem Blick, den Mehit nicht deuten konnte.

„Okay, wir reden später. Ich muss erst einmal Ortischa bremsen." Sein feines Gehör nahm schon die hämmernden Ansätze der Clankriegerin wahr.

Sekunden später bog sie auch schon um die Ecke und wollte gerade den Gang entlang schreiten, als Mehit sie ansprach.

„Ortischa? Hättest du einen Moment?"

„WAS ist denn? Ich will Ament nur rasch einen Kopf kürzer machen!" Wütend war ihr Gesichtsausdruck, als sie sich zu Mehit umwandte und ihre schwarze Lockenmähne über ihre Schulter rutschte.

„Dein Auto hat es überlebt und Ament hat gerade drei Vampiren das Leben vor Isfets Leuten gerettet. Das solltest du wissen, bevor du ihn zur Rede stellst.

Und sie haben einen Gefangenen mitgebracht." Seine kristallblauen Augen strahlten wieder seine gewohnte Ruhe aus.

„Du meinst …" Sie hob ihre Arme und ließ sie einen Moment später wieder sinken. *Wow, das sind ja ganz neue Züge an Ament,* dachte sich Ortischa.

„Ja, das meine ich. Ich war auch aufgebracht über die Situation, aber ich wusste nur die Hälfte. Chang hat mir den Rest gerade erzählt."

„Mmmh" Sie schnaubte vor sich hin. „Wir sind wohl alle ein wenig empfindlich, kann das sein?" Sie schaute aus ihren Augenwinkel zu ihm.

Mehit nickte. *Da könntest du Recht haben.*

„Wollen wir den Abschaum holen?", fragte Ortischa nun interessierter, wobei ein verschmitztes Lächeln ihren Mundwinkel zierte und einen Fangzahn freigab.

„Ja, lass uns gehen."

Beide liefen nebeneinander an der Kommandozentrale vorbei nach oben zur Garage. Nach einigen Minuten kamen sie mit dem bewusstlosen Vampir die Treppe wieder hinunter. Nicht gerade pfleglich gingen sie mit dem Gefangenen um, als sie ihn den Gang entlang zerrten und dann in eine der Zellen verfrachteten. Anschließend gingen beide zu Raban zurück, der mit Maddy und Ramos immer noch an dem Rätsel tüftelten.

Auf der Krankenstation …

Wild fuchtelte Jason plötzlich mit den Armen, so dass Mina fast von ihm getroffen wurde. Beherzt griff Ament ein und legte eine leichte Trance auf Jason. „Er soll sich erst einmal ausruhen." *Bevor hier noch jemand ernsthaft verletzt wird,* dachte er sich.

Auch Ivan war sichtlich froh, dass die Blutung endlich gestoppt hatte. Langsam schloss sich seine Wunde am Oberschenkel. Das zerfetzte Hosenbein riss Ivan mit einigen geübten Griffen ab und tupfte sich dann die Wunde mit einem feuchten Lappen ab. Ebenso wusch er sich das Blut von den Beinen, welches an seinem Unterschenkel entlang gelaufen war. Er bat Chang ihm eine Blutkonserve aus dem naheliegenden Kühlschrank zu reichen und auch Jason eine anzuhängen, damit er den Blutverlust ausgleichen konnte.

Bereitwillig half Chang den beiden.

In diesem Moment betrat Angel die Krankenstation. „Um Gottes Willen. Was ist denn hier los?" Sogleich schritt sie auf Ivan zu, nahm ihn in Augenschein und versorgte seine bereits heilende Wunde. Danach widmete sie sich dem fremden Vampir, der auf der Liege lag und reinigte ihm als erstes das verdreckte Gesicht.

Lance setzte sich derweil auf einen Stuhl, dicht an das Bett, in dem sein Kumpel lag und die Augen geschlossen hatte.

In dieser Zeit nahm Mina drei Mullbinden von einem Rollwagen, die sie als Druckverbände an den blutenden Stellen bei Jason einsetzte.

Bis zu diesem Zeitpunkt waren alle ziemlich still gewesen und jeder hatte seinen eigenen Gedanken hinterher gehangen.

„Ich verstehe nicht, warum es nicht aufhört zu bluten?", sagte Mina, als die Druckverbände sich nun rot vom Blut färbten.

„Isfets Leute agieren mit Munition, die weitaus gefährlicher ist, als das was wir bisher kennen. Ich habe es schon am eigenen Leib erlebt und bin dabei fast drauf gegangen", antwortete Ament ihr. „Könntet ihr kurz die Stellung halten?" Er sah Ivan, Angel und Chang an, die ihm alle zunickten. Dann verließ er die Krankenstation. Ihn erinnerte die Situation zu sehr an seine eigene. Zwischenzeitlich war sogar das Bild von Conzuela wieder vor ihm aufgeflackert und er hatte sich wieder einmal an den Tag zurückversetzt gefühlt, wo sie ihn dort behandelt hatte. Das zärtliche Wesen, was tief in sein verbohrtes Herz gedrungen war, ihn mit all seiner Liebe überschüttet hatte, um ihn dann zu verlassen. Ein heftiger Stich ließ ihn zusammenzucken und er krümmte sich kurz zusammen. Ein schneller Blick über seine Schulter verriet ihm, dass ihn keiner beobachtet hatte. Außer … sein Blick ging zur Decke, wo Raban die Mircokameras installiert hatte. Doch sein geschärfter Blick verriet ihm, dass diese wohl gerade nicht in Betrieb waren, da keine rote stecknadelkopfgroße Lampe leuchtete. Im Grunde genommen war es ihm auch egal. Was sollte denn Raban auch sehen? Raban war sein Clanbruder und nie würde er ihm in den Rücken fallen. Tief in seinen Gedanken versunken, wäre er fast mit Mehit zusammengestoßen, der vor der Kommandozentrale auf ihn wartete.

Der hünenhafte Kerl hatte seine Arme vor dem Körper verschränkt und sein T-Shirt spannte über seinen Bizeps. „Und?", war seine knappe Frage, wobei seine Augen anfingen zu funkeln.

„Jason hat drei Schusswunden abbekommen. Anscheinend wieder ein Werk von Isfets Leuten. Die Wunden heilen schwer. Mina ist okay und Lance wohl auch. Chang und Angel sind bei ihnen." Er sah ihn nicht an, denn er wusste, dass er die drei niemals nach Menderson hätte bringen sollen. Sie waren Zivilisten und sie hatten hier nur etwas zu suchen, wenn das Clanoberhaupt seine Zustimmung gegeben hätte. Das hatte Jonathan aber nicht getan und er würde es auch nicht gut heißen.

„Was ist mit Ivan?", hakte nun Mehit nach.

„Seine Wunde hat sich schon fast geschlossen. War etwas hässlich, da der Angreifer eine Arterie getroffen hatte." Nun sah er Mehit aufrichtig an.

Dieser trat auf ihn zu mit den Worten: „Ich bin froh, dass dir nichts passiert ist." Dabei schlug er Ament auf die Schulter. Ehrlich und gradlinig kamen diese

Worte bei Ament an und er dankte es ihm mit einem kleinen Nicken. „Was ist mit dem Gefangenen?", lenkte Ament das Thema in eine andere Richtung.

„Ortischa und ich haben ihn in eine der Zellen gesperrt." Angewiderter konnten seine Worte nicht klingen. „Vielleicht bekommen wir aus ihm etwas heraus?"

Wieder hatten es Isfets Leute geschafft, den Clan in Mitleidenschaft zu ziehen. Zwar unbewusst, doch im Nachhinein waren sie froh, somit wieder einen von ihnen ins Verhör nehmen zu können. Denn Justine hatte ihnen bereits alles erzählt, was sie wissen wollten. Außerdem hatte sie sich sehr kooperativ gegenüber dem Clan gezeigt. Das lag zum einen daran, dass ihr Bruder, Raban, selbst ein Clankrieger sie dazu angehalten hatte und ihr Leben davon abhing. Doch von diesem neuen Fang konnten sie vielleicht mehr erfahren.

„Willst du es Jonathan sagen?", fragte Ament.

„Wird uns wohl nichts anderes übrig bleiben. Oder?" Er zog seine Augenbrauen nach oben.

„Wohl nicht."

Die hämmernden Absätze von Ortischa kündigten ihr Erscheinen an.

Genervt verzog Ament das Gesicht und wandte sich ab.

„Der Gefangene ist immer noch außer Gefecht. Chang muss ihn aus dieser körperlichen Trance holen, sonst können wir nichts mit ihm anfangen. Ach und Ament, gut gemacht. Hätte dir gar nicht so viel Zivilcourage zugetraut. Das du dich mal uneigennützig um andere kümmerst, hätte ich nie für möglich gehalten." Sie schritt mit diesen Worten an beiden vorbei und betrat die Kommandozentrale.

Erstaunt blieb Ament der Mund offen stehen. Damit hatte er wahrlich nicht gerechnet. Er hatte sich schon auf ein Donnerwetter eingestellt, welches nun aber ausgeblieben war. *Erstaunlich*, dachte er sich.

Nördlich von London bei Leicester …

In dem Moment, wo der Vampir Stevo ansprang, schob dieser Elisa schützend hinter sich. Er förderte sein Element so schnell zu Tage, dass der Angreifer in Sekundenschnelle von der Luftströmung getroffen wurde und die halbe Straßenlänge entlang schlitterte.

Wütend und brüllend rappelte er sich wieder auf, zog aus seinem hinteren Hosenbund eine Pistole und zielte nun auf den Clankrieger.

Abermals presste Stevo sein Element aus sich heraus und schleuderte seinen Gegner mit einer leichten Drehung gegen die Hauswand. Ein dumpfer Knall hallte von den Häuserwänden wieder, als der Vampir auf dem Asphalt aufkam, aber er gab nicht auf. Die Pistole fest in der Hand, strich er sich mit der freien

Hand über das blutende Gesicht. Nun kam sein letzter Kumpan zum Vorschein, der ebenfalls eine Waffe gezogen hatte. Ihre Fangzähne waren weit ausgefahren und sie schienen sich sicher zu sein, dass sie es mit Stevo aufnehmen konnten. Beide setzten erneut an, doch dieses Mal trennten sie sich und der eine schlug einen großen Bogen und kam nun von der Seite auf Stevo und Elisa zu.

Stevo formte zwei Luftfontainen, die er zielsicher in Richtung der Angreifer lenkte, dabei traf er auch ein Auto, welches von dem Strudel mitgerissen wurde und nun quer zur Straße schleuderte.

Ein plötzlicher Schuss war zu hören und eine Sekunde später sank Elisa hinter ihm zusammen.

Ruckartig drehte sich Stevo zu ihr um und konnte sie gerade noch an der Hand ergreifen, so dass sie nicht auf den Asphalt schlagen konnte.

Ihre Augen waren weit aufgerissen und der Rest ihres Gesichtes war schmerzverzerrt. Schnell tastete Stevo sie ab, fand aber nicht, was er suchte.

Bis sie ihren Arm versuchte anzuheben und ihm der kupferne Geruch in die Nase schoss. Der Schütze hatte sie seitlich erwischt und so wie es aussah die Lunge getroffen, röchelnd griff sie nach seinem Arm.

„Hey, Clankrieger!", hallte es da hinter ihm.

Stevo kniff seine Augen zusammen, so dass es nur noch kleine Schlitze waren. Dann ballte er die Fäuste und seine Fangzähne fuhren sich schnell aus.

„Bleib ruhig liegen. Ich bin gleich wieder bei dir. Versprochen!", sagte er so einfühlsam er konnte. In einem Bruchteil einer Sekunde hob er sie vorsichtig aus der Gefahrenzone, während sein Gehör genau abschätzte, wie weit seine Gegner von ihm entfernt waren. Zusätzlich sondierte er auch in diesem Moment denjenigen, der vom Dach geschossen hatte.

Ein tiefes Brüllen durchdrang die Nacht und als Stevo die verletzte Elisa ablegte und sich umdrehte, zog er sämtliche Energie aus seinem Inneren und es tobte in einem Sekundenbruchteil um ihn eine Art Tornado. Gleichzeitig flogen erneut Kugeln in seine und Elisas Richtung, die durch den Sog der Luftströmung jedoch in den Strudel gezogen wurden.

Als Stevo nun erneut die Fäuste ballte, schwoll der Strudel auf die doppelte Größe an. Dann ließ er die geballte Druckwelle in die Richtung der beiden laufen, die auf der Straße standen.

Als der gewaltige Luftstrom die beiden traf, war Stevo bereits auf dem Weg zu dem, der sie vom Dach angegriffen hatte. Als Stevo vor ihm auf dem Sims landete, blieb dem Vampir mit dem Gewehr nur der Mund offen stehen. Diesen Überraschungsmoment nutzte der Clankrieger aus, sprang auf ihn zu, brach ihm das Genick und pfählte ihn dann mit einem Holzstück, wovon einige auf dem

Dach verstreut lagen. Sogleich ging der Vampir in Staub auf. Ohne lange zu warten, sprang er wieder vom Dach und schritt zielstrebig auf die beiden anderen zu, die in seiner Windrose gefangen waren. Immer noch hielt er das blutverschmierte Holzstück in der Hand und streckte nun den einen Vampir ebenfalls nieder, bevor er sich dem Anführer zuwandte.

„Wenn sie es nicht überlebt, lasse ich dich hier verhungern." Seine weißglühenden Augen ließen ihn unheimlich erscheinen und der Anführer verlor plötzlich seine Überheblichkeit.

„Es tut mir leid. Wirklich." Er wimmerte fast.

Schnellen Schrittes ging er zu Elisa und kniete sich neben sie.

Sie lag da und ihre Atmung war ganz flach. Erst dachte er, sie hätte aufgehört zu atmen, aber der leichte Hauch an seinen Fingern, die er vor ihre Nase hielt, verriet ihm, dass sie noch lebte.

„Elisa! Elisa, ich werde jetzt mein Blut direkt in die Wunde tropfen lassen. Dann wird sich die Wunde hoffentlich schnell schließen." *Ich bete darum.*

Er folgte ihrer Hand, die auf die andere Seite deutete.

Er beugte sich rasch über sie.

„Oh shit, die Kugel ist auf der anderen Seite wieder herausgekommen." Er überlegte kurz. „Das ist eigentlich gut. Somit ist die Kugel nicht in dir geblieben. Ich werde jetzt versuchen, beide Stellen zu heilen – dazu muss ich dich allerdings leicht zur Seite drehen, verzeih mir, wenn ich dir wehtue." *Ich hasse mich jetzt schon dafür.*

Doch es kam nur ein herzergreifendes Stöhnen von Elisa. Sie fühlte sich zurückversetzt zu der Fast-Vergewaltigung. Die Schmerzen waren damals genauso unerträglich gewesen, doch sie wusste, dass Stevo alles tun würde, um ihr zu helfen. Sie vertraute ihm und hörte nun, wie er sich in den Arm biss und konnte auch bereits das warme Blut riechen.

„Aaaaah", stöhnte sie auf, als Stevo sie zur Seite drehte, um sein Blut in die Wunde tropfen zu lassen. Er hielt sie fest und nach einer Minute schloss sich die Wunde immer mehr.

Erleichtert stieß Stevo die Luft aus seinen Lungen.

„Es funktioniert Elisa. Jetzt die andere Seite." Er hob sie fast auf seinen Schoß und biss sich erneut in seinen Unterarm, weil sich die Wunde schon wieder schließen wollte.

Dann ließ er das warme Blut auch in die andere Wunde tropfen und auch hier schloss sich nach einer Minute die Wunde.

Elisas Kopf rollte zur Seite.

„Elisa, Elisa?" Sogleich leckte er sich schnell über die Wunde am Unterarm und nahm dann ihren Kopf zwischen seine Hände. „Sag doch etwas", flüsterte er.

Er musterte ihr Gesicht, doch es zeigte keine Regung. *Sollte mein Blut nicht stark genug sein? Warum schlägt sie nicht die Augen auf?*

Nach bangen Minuten flackerten aber endlich ihre Augenlider.

„Elisa?"

Mehrmals bewegten sich ihre Augen unter den Lidern, ohne dass sie jedoch ihre Augen aufschlug.

Plötzlich erhob sich ihr ganzer Oberkörper und sie japste nach Luft. Ihre Augen waren weit aufgerissen und die Lippen bleich. Hilfesuchend starrte sie Stevo an.

Er starrte zurück. „Was soll ich tun."

Wieder japste sie nach Luft.

Blitzschnell senkte er seinen Kopf und seine Lippen trafen die von Elisa und er pustete behutsam Luft in ihre Lungen. Er wiederholte den Vorgang einige Male, bis sich ihre Lippen rötlich färbten und sie langsam anfing, wieder alleine zu atmen.

„Gott sei Dank", gab Stevo erleichtert von sich.

Sie räusperte sich und hauchte dann mit kratzender Stimme: „Stevo … ich dachte … ich müsste sterben." Ihre Freude spiegelte sich nun in ihren blaugrünen Augen wider. „Du hast mir das Leben gerettet." Sie schlang ihre Arme so schnell um ihn und lehnte ihren Kopf an seine Schulter, dass er überrumpelt war.

Dann schaute er über seine Schulter, wo der Angreifer immer noch in dem Strudel stand, mit einem Blick in den Augen, der Stevo erfreute. Er hatte Angst.

„Ich komme gleich wieder", sagte er nun zu Elisa, streichelte ihr kurz über den Kopf und erhob sich.

Geschmeidig wie ein Panther lief er auf den Vampir zu und fixierte ihn mit seinen weißen Augen.

„So, nun zu dir."

Er schürte das Leuchten in seinen Augen bis aufs Äußerste.

„Hey … hör auf damit. Hey … hör auf!", schrie der Vampir, denn Stevo fixierte ihn mit seinen Augen und verbrannte so langsam seine Hornhaut. Binnen weniger Sekunden war der Vampir blind. Eine Gabe, die nur seine Augen vermochten.

Befriedigt nahm er den Strudel wieder in sich auf.

Taumelnd lief der Vampir danach auf der Straße herum und schrie: „Was hast du mit mir gemacht? Verdammt! Ich bin blind!" Er griff sich an sein Gesicht und heulte.

„Tja, das letzte, was du in deinem Leben gesehen hast, war ich. Es wird nicht lange dauern, bis dich die unseren vernichten. Es hat nämlich keiner etwas übrig, für solche wie dich", zischte er ihm noch hinterher. Dann drehte er sich um und schritt schnell zu Elisa, hob sie auf seine Arme und trug sie die Straße entlang.

Elisa sah über die Schulter von Stevo dem Vampir hinterher, der nun wie betrunken die Straße entlang taumelte. Sie war beruhigt, dass er keinem mehr etwas antun konnte und selbst wahrscheinlich nicht mehr lange leben würde. Sie schmiegte ihren Kopf an Stevos Schulter und schloss die Augen.

Stevo lief immer weiter, mied jedoch befahrene Straßen. Er lief durch die Nebenstraßen, bis seine Beine anfingen zu zittern. Er schaute sich um und fand vor sich ein kleines Einfamilienhaus, welches durch ein Absperrgitter vom Bürgersteig getrennt war. Mit einer Hand hob er das Gitter aus seinen Angeln, trat mit Elisa hindurch und verriegelte es wieder. Dann zögerte er, denn wenn jetzt Menschen dort drin wären, müsste er sie in Trance versetzen, damit beide den Tag über dort bleiben konnten. Doch wenn auch noch Bauarbeiter kämen, musste er auch sie mit einer Trance belegen. Aber das war ihm gerade vollkommen egal. Seine Beine schmerzten und unbändiger Hunger machte sich in ihm breit. Zudem war seine Kehle staubtrocken und er konnte die Nachwehen seines Elements spüren. *Ich darf jetzt nicht versagen,* schalte er sich. *Ich muss mein Versprechen gegenüber Desmond einhalten und sie mit meinem Leben beschützen.* Er wusste, dass sein Körper längst noch nicht der alte war. Dazu hatte ihm die lange Zeit in Calabria zu sehr zugesetzt. Und so, wie er sein Element vor wenigen Stunden benutzt hatte, hatte er es noch nie eingesetzt. Überrascht von sich selbst, welche Macht da in seinem Element schlummerte, wusste er auch, dass er einer erneuten Attacke im Moment nicht standhalten würde. Ein unangenehmer Schauer kroch über seinen Rücken und er verriegelte hinter sich mental die Tür. Er holte tief Luft und konnte keinen Menschen und auch keinen Vampir ausmachen, was ihn beruhigte. *Hoffentlich bleibt das auch so.* Behutsam trat er mit Elisa auf den Armen voran in das kleine Wohnzimmer, wo sehr alte Möbel standen. Er erschrak, als plötzlich eine alte Standuhr zur vierten Stunde schlug. Sein Puls schnellte nach oben und Elisa hob ruckartig ihren Kopf.

„Stevo?", sagte sie verschlafen.

„Tsch … alles gut. Schlaf weiter." Er setzte sich mit ihr in den bequemen Sessel und legte seine Beine auf einem mit stoffbezogenen Hocker ab. *Ja, dass tut gut.*

Zufrieden ließ er seinen Kopf gegen die Lehne sinken und gönnte es sich einen Moment, die Augen zu schließen.

Der gleichmäßige Atem von Elisa wirkte auf ihn entspannend und er war heilfroh, dass es ihr wieder gut ging. Dann hörte er, wie Regentropfen auf dem Asphalt vor dem Haus und auf dem Dach niedergingen. Dieser Regen hielt den ganzen Tag an und die grauen Wolken nahmen das Tageslicht in Beschlag.

Auf Menderson …

Nachdem alle die halbe Nacht damit zugebracht hatten, sich weiter den Kopf über den Lageplan von Menderson zu zerbrechen, waren alle irgendwann in ihre Quartiere gegangen. Außer Ivan, der hatte die restliche Nachtschicht von Raban übernommen und saß nun immer noch vor dem Computer und beobachtete das Signal von Conzuela.

Auf einem anderen Bildschirm wechselten sich die Bilder von den unzähligen Kameras im Herrenhaus und außen herum ab.

Alles war ruhig.

In den Morgenstunden nahm Jane ihre Küche wieder in Beschlag und James schlich mit Edward durch die Gänge und kontrollierte alle Lampen im Anwesen.

Plötzlich zog eine Kamera seine Aufmerksamkeit auf sich. Die, die den Marmorflur filmte. Eine Tür öffnete sich und Mona trat hinaus. Bei ihrem Anblick zierte Ivans Mundwinkel sofort ein kleines Lächeln.

Unbeholfen schlich sie den Flur entlang bis sie schließlich bei ihm in der Kommandozentrale ankam. So leise sie konnte, betrat sie den Raum und Ivan drehte sich zu ihr um.

„Was machst du hier?" Seine violetten Augen funkelten, als er sie erblickte.

„Ich konnte nicht mehr schlafen." Sie rollte mit den Augen, verzog ihren Mund, denn eine bessere Ausrede fiel ihr nicht ein. „Ich musste dich einfach sehen", gab sie dann zu, als er seinen Kopf neigte und sie von unten bis oben betrachtete.

Sie hatte eine graue Jogginghose an und trug dazu ein T-Shirt, welches ihr definitiv zu groß war.

„Ich muss mich aber konzentrieren", sagte er entschlossen.

„Soll ich wieder gehen?" Ihr hektischer Blick und ihre Haltung waren bereit, auf dem Absatz kehrt zu machen und zurückzugehen.

„Nicht bevor du mir einen Kuss hier gelassen hast." Er grinste.

Mit raschen Schritten trat sie nun freudig auf ihn zu. Als sie bei ihm ankam, zog er sie auf seinen Schoß und drehte sich mit ihr zum Bildschirm um. Ohne auf Mona zu achten, gab er einige Befehle in den Computer ein, dann piepte es einige Male und er blickte noch einmal auf den anderen Bildschirm.

Mona war an seinen Oberkörper gepresst und er genoss es, ihren Herzschlag so dicht bei sich zu spüren. Nachdem er ein weiteres Mal alles kontrolliert hatte, fuhr er mit seiner Hand in ihren Nacken und zog sie blitzartig zu sich. Dann senkte er seinen Mund zielstrebig auf den ihren und teilte ihre Lippen. Dann drang er impulsiv in ihren Mund ein und raubte ihr den Atem, als er mit ihr in einen leidenschaftlichen Kuss verschmolz. Doch er löste sich auch genauso schnell wieder und kontrollierte wieder die Monitore.

Mona rutschte langsam von seinem Schoß, stellte sich hinter ihn und fing an, ihm den Nacken zu massieren.

„Das kannst du gern noch für so einige Stunden weiter machen", schnurrte er, während seine Finger über die Tastatur flogen.

Sie beugte sich zu seinem Ohr und flüsterte: „Mache ich gerne, wenn ich dafür entlohnt werde."

„Wie soll ich dich denn bezahlen?" Seine Stimme nahm einen lässigen Klang an.

„Ach … ich wüsste schon wie." Sie richtete sich wieder auf und ließ ihre Hände über seine Schultern nach vorne gleiten. Gefühlvoll glitt sie über seine Brust hinab. Sie spürte seine stahlharten Muskeln durch das enganliegende T-Shirt. Dann strich sie hinauf bis zu seinem Hals, küsste ihn sanft in den Nacken und streichelte über seine Schultern, die Arme hinunter.

Er empfing ihre Finger und führte sie an seinen Mund und schenkte ihnen einen zarten Kuss, ohne den Blick jedoch von den Monitoren zu nehmen.

Mona richtete sich wieder auf und widmete sich weiter seiner Nackenmuskulatur. Stetig und gleichmäßig strich sie die Muskelstränge entlang, so dass Ivan unter ihren Fingern fast dahinschmolz. Ihre zarten Finger massierten geschickt seine Schulterblätter und wenn es nach ihm gegangen wäre, hätte das auch noch Stunden so weiter gehen können.

„Was machst du da eigentlich?", fragte Mona.

„Ich muss auf ein Signal aufpassen."

„Was für ein Signal?"

„Mona, sei nicht sauer, aber ich darf dir nicht sagen, was das für ein Signal ist." Kurz wanderte sein Blick über seine Schulter zu ihr.

„Schon gut", sagte sie, ohne auch nur eine Regung zu zeigen. „Das ist dein Job. Ich habe eben keinen Job mehr." Resigniert ließ sie die Hände von seinen Schultern gleiten.

Er nahm sogleich ihre veränderten Gefühle wahr.

„Hey, wir finden schon einen neuen Job für dich." Seine Worte klangen aufmunternd.

„Das meinst du. Ich hatte mich sehr wohl gefühlt bei meinem Job im Schuhladen. Aber der ist genau gegenüber vom Bistro, wo Jaques und seine Eltern wohnen und arbeiten. Da kann ich nicht mehr …" Ihr brach die Stimme.

Kurzerhand drehte er sich zu ihr. „Hey, meine Kleine. Wir werden etwas Neues für dich finden, wenn du das möchtest. Okay?" Er forderte ihre Zustimmung, die er aber nicht bekam. „Und wenn nicht, dann bin ich auch noch da. Wenn es nach mir gehen würde, braucht meine …" Er zögerte. „… meine Freundin gar nicht arbeiten." Er wusste nicht, ob er ihr mit dieser Äußerung zu nahe getreten war. Für ihn selbst war das Wort Freundin bis zu diesem Zeitpunkt ein Fremdwort gewesen. Nie hätte er eine seiner Frauen bisher als Freundin bezeichnet, doch bei Mona konnte er es sich sogar vorstellen, sie als die Seine zu bezeichnen. Sein Herz schlug schneller, denn Mona antwortete nicht.

Wie angewurzelt stand Mona da. Ihr wäre nie im Traum eingefallen, dass Ivan sie als Freundin bezeichnen würde. Eine Affäre, ja, das hätte vielleicht zu ihm gepasst, aber das er sie als seine Freundin bezeichnete, machte sie unheimlich stolz. Doch als er sie nun anschaute, sah sie seinen unruhigen Blick. Ohne ihm zu antworten, senkte sie ihren Mund auf seinen. Ihr Herz hüpfte vor Freude, als sie in einen innigen Kuss verschmolzen. Sie hauchte dann an seinen Lippen: „Ivan?"

„Ja?"

„Küss mich."

Erneut teilte er ihre Lippen und lieferte sich einen leidenschaftlichen Kampf mit ihrer Zunge. Als sie sich wieder voneinander lösten, konnte Ivan in Monas Gesicht sehen, dass seine Äußerung eine positive Auswirkung auf sie hatte. Sein Mundwinkel zierte ein Lächeln.

Mona lief rot an und er konnte ihre Unsicherheit spüren.

„Wäre es für meine Freundin okay, wenn ich jetzt weiterarbeite und du auf mich wartest, bis meine Schicht hier zu Ende ist?"

„Ja … ich warte auf dich." Beschwingt drückte sie ihm noch einen Kuss auf die Stirn und verließ die Kommandozentrale.

Komm mal wieder runter. Du benimmst dich ja wie ein liebestoller Vampir, der seine Gefühle nicht mehr unter Kontrolle hat. Sagte er sich im Stillen. *Ja, und ich fühl mich gut dabei.* Ein breites Grinsen zierte nun seine Mundwinkel und er konnte es gar nicht mehr abwarten, dass Raban ihn wieder ablösen würde. Sein Blick wanderte wieder auf dem Bildschirm vor ihm.

Unterdessen tänzelte Mona fast den Gang entlang bis sie an ihrem Quartier angekommen war. Sie öffnete die Tür und als sie diese schloss, lehnte sie sich mit dem Kopf dagegen.

„Einfach wunderbar." Kurz erinnerte sie sich an Ivans gefühlvolle Lippen, die sie gerade noch berührt hatten. Ihre Finger gingen an ihre Lippen und sie bildete sich ein, seine immer noch zu schmecken. „Oh Mann, du hast mir ganz schön den Kopf verdreht, Ivan." Beschwingt durchquerte sie das geräumige Wohnzimmer und betrat das Bad. Schnell entledigte sie sich ihrer Kleidung und trat unter die große Dusche. Das Wasser beruhigte ihren Körper und als sie die Seife nahm, stellte sie sich vor, es wären Ivans Hände, die ihren Körper einseiften. Genussvoll atmete sie aus. Der Wasserstrahl spülte den Schaum von ihrem Körper und kurze Zeit später hüllte sie sich in einen dicken Bademantel. Ihre Haare föhnte sie sich trocken und warf sich dann auf das große Bett. Ihre Gedanken überschlugen sich, als sich auf den Bauch drehte und sich das Ausmaß vor Augen führte. „Ich bin jetzt die Freundin von einem Vampir. Einem richtigen, waschechten Vampir. Oh … mein … Gott. Ob ich es Maddy erzählen kann? Ich kann es immer noch nicht glauben! Er hat mich als seine Freundin bezeichnet. Wir wollten doch nur etwas Lockeres, keiner sollte es wissen und nun …" Ihr Herz hopste in ihrer Brust. „Ich könnte die ganze Welt umarmen, denn ich hätte nicht gedacht, dass es solch ein Glück noch für mich gibt."

„Und dass ich der glücklichste Vampir auf Erden bin, daran denkst du wohl überhaupt nicht?"

Mona fuhr herum und starrte Ivan an, der mit einem Mal vor dem Bett stand.

„Hast du mich erschreckt." Ihre Hand ging zu ihrem Herzen.

Sogleich glitt Ivan auf das Bett und umfing ihren Kopf, als er sich auf sie legte.

„Meine!" Deutlich war seine Zugehörigkeit aus diesem Wort zu hören.

Sie legte die Arme um ihn. „Meiner."

Er knurrte an ihren Lippen. „Wo waren wir vorhin stehengeblieben?" In Sekundenschnelle hatte er sich die Kleidung vom Leib gerissen und präsentierte nun seinen fast nackten Körper seiner Liebsten.

„Leg dich auf den Bauch, dann zeige ich es dir."

Er folgte sofort ihrer Anweisung.

Mona spreizte ihre Beine und setzte sich auf seinen Hintern und fing erneut an, ihm den Nacken zu massieren.

„Du bist schneller hier, als ich gedacht hatte." Ihre Finger waren warm und glitten sanft über seine Schultern.

„Raban hat mich abgelöst und somit konnte ich mich beeilen, zu dir zu kommen."

Sie konnte die Sehnsucht aus seinen Worten erkennen.

„Ivan?"

„Ja?"

„Sind wir jetzt offiziell zusammen?" Etwas unsicher klangen ihre Worte und Ivan war froh, dass er mit dem Gesicht im Kissen lag. Er grinste in sich hinein und gab ihr keine Antwort.

„Ivan? So sag doch was?" Ihre Atmung wurde unruhig und ihre Hände verließen seinen Körper.

Schamlos grinste er vor sich hin und schwieg.

„Ivan?" Nun war Mona wirklich verunsichert.

Ruckartig drehte er sich so schnell um, dass es für ihre Augen viel zu schnell ging und sie ihn nun verdutzt ansah.

Er lag vor ihr mit seiner nackten Brust, wo nur das große Tattoo prangte. Seine trockenen Lippen benetzte er mit seiner Zunge, bevor er den Mund öffnete und sprach.

„Meine Mona. Wenn ich dir etwas verspreche, kannst du dich einhundertprozentig darauf verlassen. Du bist jetzt die Meine, ganz offiziell. Mein Duft an dir, wird alle anderen Vampire zurückhalten und ihnen signalisieren, dass du zu mir gehörst. Und jetzt küss mich endlich und lass mich nicht verhungern." Seine Arme schossen nach vorne und in einem Sekundenbruchteil fand sie sich in seiner engen Umarmung wieder. Seine Fangzähne fuhren aus und seine Augen funkelten wild. „Mona, du wirst noch viel über mich lernen müssen." Er lächelte.

„Ich will die Deine sein, mit allem was dazu gehört. Ich weiß nur nicht, wie ich dir das in deiner Welt beweisen kann." Mona schaute ihn aufrichtig an. Sekunden später strich sie sich ihre braunen Haare zur Seite und entblößte somit ihren schlanken Hals. „Wie wäre es mit etwas Süßem?" Lasziv leckte sie sich über die Lippen und bewegte ihr Becken gegen seinen Schaft.

„Jaaaa", sagte er gedehnt, hob seinen Kopf und versenkte seine scharfen Fangzähne in ihrem Hals und saugte einige Schlucke von ihrem süßen Blut. Sogleich sprangen alle Nervenzellen auf das frische Blut an und sein Unterleib drückte nach oben. Seine Hand landete in ihrem Nacken und er genoss es, wie ihr Blut seine Kehle entlang glitt. Genussvoll schluckte er das Lebenselixier hinunter und nährte seinen Körper. Sein Fingernagel tauchte vor ihrem Gesicht auf und er ritzte seine Haut an der Schlagader auf.

„Nimm mich, denn ich will auch der DEINE sein", knurrte er hervor.

Sie senkte ihren Kopf und legte ihre zarten Lippen an seine Schlagader. Sie lutschte das Blut, das aus der Wunde trat, ohne dabei Ekel zu empfinden.

Ivans Kopf fiel zurück in das Kissen, seine Hände glitten an ihrem Körper entlang und er hielt sich an ihrer Hüfte fest. Er stöhnte, als sie nun etwas kräftiger an ihm saugte.

„Mache ich etwas falsch?", fragte sie.

Doch Ivan drückte ihren Mund nur wieder an die Stelle. „Hör bitte nicht auf."

Mona saugte weiter und weiter und immer mehr Blut kam in ihren Mund. Obwohl ihr Körper sich eigentlich dagegen wehren müsste, tat er es nicht. Im Gegenteil sie saugte genussvoller, je mehr sie von seinem Blut in sich aufnahm.

Gleichzeitig hob er seinen Kopf und sagte fast huldvoll: „Wenn du mich wirklich willst, dann hör jetzt nicht auf, von meinem Blut zu trinken, bis ich es dir sage. Wir schließen jetzt einen Blutbund, der uns auf ewig verbinden wird."

Er wartete, ob sie es sich anders überlegte und aufhörte. Er wusste, dass er nun die Blutsverbindung mit ihr schließen würde. Das wollte er nichts sehnlicher und nichts würde ihn davon abhalten, außer Mona würde es ablehnen.

„Ich will dich!", sagte sie und senkte ihre Lippen erneut auf seine Wunde und saugte intensiv daran.

Nun biss Ivan in ihren Hals und nahm ebenfalls ihr Blut in sich auf. Er saugte langsamer als Mona, denn ihr Mund nahm wesentlich weniger Blut auf, als der seine. Er wusste, dass es eine Weile dauern würde, bis sein Blut in ihrem Blutkreislauf angekommen wäre und ihr Blut durch seinen Körper toben würde. Nie hätte er gedacht, je eine Blutsverbindung zu schließen und dennoch wusste er, dass das der richtige Weg war. Er liebte Mona aufrichtig und mit allen Konsequenzen, die ihm nun entgegen treten würden.

Monas Gedanken spielten verrückt. Ihre Sinne waren durcheinander und je mehr sie das Blut von Ivan in sich aufnahm, desto mehr fühlte sie sich einfach nur noch wunderbar. Es war so, als ob ihr Körper schwebte. Alles wurde unheimlich leicht und das Adrenalin schoss nur so durch ihre Hülle, denn als mehr fühlte sie sich momentan nicht. Plötzlich ging ein Ruck durch ihren Körper und ihr Mund saugte nun heftiger an der Wunde, als vorher.

Ivan stöhnte, als sie diesen Schub bekam und an seinem Hals intensiver schluckte. Sogleich nahm auch er mehr von ihr. Seine Atmung wurde schwerer und er genoss es, wie sich ihre Lippen kräftiger an seinen Hals drückten. Er konnte nicht anders, als nun auch in ihr zu sein. Doch er wusste, dass er erst die Verbindung mit ihr schließen musste. Seine Beherrschung stand kurz davor, zu zerbröckeln. Er konzentrierte sich auf das Saugen von Mona an seinem Hals und langsam beruhigte er sich wieder. Nach weiteren zähen Minuten kamen sie langsam zum Ende. Er spürte, dass es sich nur noch um Sekunden handeln konnte, bis ihr Blut komplett getauscht war. Wie ein Signal, welches rückwärts zählte, konnte er nun gefühlvoll die letzten Schlucke aus ihrem Körper nehmen. Auch Mona spürte die Veränderungen in ihrem Körper, die sie aber noch nicht einordnen konnte. Beide konnten genau fühlen, als der letzte Tropfen des anderen getauscht war. Doch anstatt aufzuhören, trank Mona weiter und Ivan nahm ebenfalls einige Schlucke.

Dann ließen beide gleichzeitig voneinander ab und Mona sank neben ihn. Beide lagen matt auf dem Rücken und atmeten erleichtert auf. Dann tauchte Mona in ein tiefes Delirium ab.

Ivan richtete sich auf und beobachtete sie aufmerksam. Er hatte nicht bedacht, dass sie ja ein Mensch war und vielleicht diese Prozedur sie das Leben kosten könnte, aber auch dafür hatte er einen Plan B parat. Er würde sie verwandeln, sollte jetzt etwas schief gehen.

Fast eine Stunde später flackerten Monas Augen.

„Es ist alles gut", flüsterte Ivan an ihrem Ohr. „Ich bin bei dir meine Liebe." Ihre Atmung ging unregelmäßig und Ivan war beunruhigt, ob sie sein Blut wirklich vertrug. Er bettete ihren Kopf auf seinem Oberarm und streichelte sanft ihre Hand.

Wieder flackerten ihre Lider, doch dieses Mal schlug sie für eine Sekunde die Augen auf. Dann fielen ihr die Augen wieder zu und sie schlief wieder fast eine ganze Stunde, doch ihre Atmung ging nun regelmäßiger.

Letztlich erhob sich ihr Körper und sie atmete tief ein und sank dann wieder auf den Arm von Ivan zurück. Er blickte in ihr Gesicht und so langsam wurde ihm etwas mulmig.

„Mona?"

Als Mona nun ihre Augen aufschlug, traf ihn fast der Schlag. Ihre Augen hatten einen feinen violetten Schimmer angenommen.

„Hi", hauchte sie. „Ich fühle mich … sonderbar." Ihre Augen gingen unruhig hin und her. „Komisch. Ich kann viel besser sehen, als früher." Ihr Blick wanderte zu Ivan.

„Drück mal bitte meine Hand", forderte er sie auf.

Sie tat es und Ivan war überrascht, dass sich ihre Kraft verändert hatte. Da dämmerte es ihm erst. Er war ja nicht mehr ein normaler Vampir, sondern ein Halbclankrieger, der von Jonathan verwandelt wurde.

„Mona, wie fühlst du dich?", fragte er erneut nach und versuchte es, so normal wie möglich klingen zu lassen.

„Gut", antwortete sie ihm und ihre Lippen zierte ein Lächeln. „Ich könnte Bäume ausreißen."

„Ich schätze mal, dass du das jetzt auch tun könntest, denn durch mein Blut hat sich anscheinend dein Organismus verändert. Du bist jetzt stärker als vorher." Das machte ihn froh.

Plötzlich schwang sie sich auf ihn, was auch nicht mehr der normalen Geschwindigkeit eines Menschen entsprach.

Seine Mundwinkel zuckten.

„Dann gehe ich jetzt auch nicht mehr so leicht kaputt?" Sie neigte ihren Kopf.

„Das müssen wir wirklich ausprobieren!" Er leckte sich die Lippen und zog sie dichter an sich. Er spürte wie sein Körper in Wallung geriet und nun auch nicht mehr zu stoppen war.

Rasch entledigte sich Mona ihres Bademantels und beide fielen erneut übereinander her. In Sekundenschnelle hatten sich ihre Körper vereint. Intensiv ließ Ivan seinen Schaft in Mona gleiten und sie parierte tollkühn seine Stöße. Er knurrte aus tiefster Seele, als er spürte, dass seine Mona ihm nun noch mehr Vergnügen bereiten würde.

„Ja, mein Baby, zeig es mir", presste er hervor und Mona stemmte sich mit ihrer gesamten Kraft gegen ihn.

Ihn ließ es erschaudern, als Mona an seinem Schaft entlang glitt und dann ihn ganz in sich aufnahm, wie eine Vampirin es tun würde. Er dankte seinem Schöpfer und griff Mona an die Hüften und drehte sich mit ihr um, so dass Mona auf dem Rücken lag. Beherzt stieß er in sie und konnte ihren lieblichen Körper unter sich fühlen, wie sehr sie es ebenso wollte. Er spreizte ihre Beine etwas weiter und ließ nun seinem Unterleib freien Lauf. Er hielt sie an den Schultern und stieß rhythmisch in sie, bis er das vermeintliche Stöhnen hörte, das ihren Orgasmus ankündigte. Seine gleichmäßigen Stöße wurden nun schneller und schneller und er wusste, dass es nur noch Sekunden dauern würde, bis sie am Ziel angekommen waren. Sie griff an seine Schultern und krallte ihre Fingernägel in sein muskulöses Fleisch, als sie ihrem Orgasmus entgegeneilte. Er stieß derweil immer weiter in sie und kam nur Sekunden später, nachdem sie über die Schwelle geschritten war. Sein massiger Körper senkte sich auf ihren und beide atmeten tief ein und aus.

Sie streichelte ihm den Nacken und hauchte ihm entgegen. „Ivan? Das war wunderbar."

Er leckte dabei an ihrem Hals entlang. „Stehe gerne immer wieder zur Verfügung, denn unsereins kann im Gegensatz zum normalen Homo sapiens sehr viel länger und öfter." Er grinste und seine Fangzähne kamen zum Vorschein. Er glitt zwischen ihre Schenkel hinab, bis seine Lippen an ihren wunderschönen Hügeln ankamen.

„Was machst du da?", fragte sie nervös, denn ihr intimer Kern signalisierte ihr, dass ihr Körper schon wieder bereit war. Bereit für ihn.

Er bohrte seine hungrigen Fangzähne oberhalb ihres Busens in das weiche Fleisch. Sogleich beugte sich Monas Rücken durch und drückte das weiche Fleisch noch intensiver an seine Lippen. Er saugte an ihrer Brust, wobei er seine Hand zwischen ihre Schenkel gleiten ließ und ihren intimen Kern mühelos fand.

Mona stöhnte auf, als seine Finger ihr Ziel erreichten.

Er lechzte danach, ihr den nächsten Orgasmus zu bescheren. Geschickt ließ er seine Finger für sich arbeiten und nach wenigen Sekunden kam sie an seinen Fingern und er genoss es sehr. Er zog seine Fangzähne zurück und glitt an ihrem Körper keuchend nach oben. Fast atemlos nahm er ihren Mund in Beschlag und die Zungen fochten wild miteinander, bis sie in einem leidenschaftlichen Kuss endeten.

Sie griff an seinen wohlgeformten Hintern und bat förmlich darum, dass er wieder in sie eindringen würde.

Ivan tat, worum sie bat und vereinte die beiden Körper erneut. Doch dieses Mal langsamer und viel gefühlvoller als das Mal zuvor. Betont langsam zog er sich aus ihr zurück, um dann mit zärtlicher Leidenschaft in sie zu stoßen.

Ihre Hände hielten die Bettdecke fest, denn diese Empfindungen, die gerade durch ihren Körper katapultierten, kannte sie so nicht. Nie hätte sie gedacht, dass ein Mann ihr solche Gefühle bereiten könnte. Sie schaute zu ihm auf, sein Blick aus seinen violetten Augen traf den ihren und sie fühlte Verbundenheit. Eine Verbundenheit, die sie zu Jaques nie in der Form gespürt hatte. Sie schwebte auf einer Wolke, von der sie nie wieder heruntersteigen wollte. Seine Liebe konnte sie in seinem Blick sehen, als er ihr einen weiteren Kuss schenkte, bevor er langsam an ihrem Hals entlang glitt. Seine Lippen berührten ihr Schlüsselbein und er wanderte tiefer. Ihr Körper beugte sich immer wieder ihm entgegen, damit seine Lippen sie berühren würden.

Sie stöhnte unter ihm und er nahm es mit Wohlwollen auf.

Mit seiner Zunge bahnte er sich den Weg zu ihren Brüsten, die er liebevoll umspielte. Seine Hände umfassten ihre wunderschönen Hügel, als er zwischen diesen immer tiefer rutschte. Sein massiger Körper bahnte sich den Weg zwischen ihre Schenkel. Eine Hand ließ er an ihrer Brust liegen und strich gefühlvoll über ihre Knospe.

Sie erbebte unter seiner Berührung.

„Ohhhh … hör nicht auf", flehte sie ihn geradezu an.

„Hatte ich auch gar nicht vor", kam es nur als Antwort von ihm und er senkte seinen Mund auf ihre heiße Mitte.

In diesem Augenblick zog sich alles bei Mona zusammen, als seine Lippen und seine Zunge sich ihrer Perle widmeten. Seine andere Hand wanderte ebenfalls tiefer und er drang gefühlvoll mit einem Finger in sie ein. Dann schob er den zweiten hinterher und hörte dabei nicht auf, sie weiter mit seiner Zunge zu verführen.

Mona wusste nicht mehr, welche Empfindung sie mehr genießen sollte. Die, die er an ihrer Brust vollzog oder die, die sich zwischen ihren Beinen abspielte. Ihr Unterleib genoss jede gefühlvolle Berührung, die Ivan vollführte und seine Zunge spielte mit ihr. Erneut bog sie ihm ihr Becken entgegen.

Ivan lechzte danach in sie zu dringen, doch er wollte, dass sie befriedigt wurde. Er stellte seine Erregung in den Hintergrund, um seiner Mona alles zu geben, was er konnte.

„Ivannnn", stöhnte sie ihm entgegen und suchte nach seiner Hand, die ihre Brust umfasste.

„Ja", hauchte er an ihren intimen Kern, wobei sein Atem sie an den Rand des Wahnsinns trieb. Sein gleichmäßiger Rhythmus brachte sie immer mehr dem Höhepunkt entgegen.

„Bitte …", sie stöhnte erneut, als seine Zunge über ihre Perle fuhr. „… nimm mich", forderte sie, denn ein weiterer Orgasmus rollte durch ihren erhitzten Körper. Sie konnte ihn nicht mehr stoppen und einen Moment lang hielt sie die Luft an.

Er spürte, wie sich ihre ganze Energie entlud und ihr Körper unter ihm erbebte. Doch Ivan wollte ihre Lust noch mehr steigern und ihren Körper an ihre Grenzen treiben. Er wollte ihren Körper verwöhnen und jeden Zentimeter genießen. Am liebsten hätte er mit seiner Zunge ihren ganzen Körper verwöhnt. Bei diesem Gedanken schwoll seine Erektion noch weiter an.

„Ich möchte dich noch etwas leiden lassen."

„Ahhh … das hast du bereits … bitteee", flehte sie nun, als ihr Körper bereits wieder in Wallung geriet.

Er leckte noch einmal langsam über ihren intimen Kern und glitt an ihrem Körper sanft nach oben. Im gleichen Atemzug schob er seinen harten Schaft mit einem einzigen Stoß in sie, bis sie ihn vollständig aufgenommen hatte.

Sie keuchte lustvoll unter ihm.

Er stützte seinen Oberkörper mit seinen Armen ab, um Mona nicht zu erdrücken und beobachtete genau ihre Gesichtszüge, als er sein Ziel erreicht hatte und seine komplette Erektion in ihr versenkte. *Einfach wunderbar.*

Sie holte tief Luft und nahm ihn wieder in sich auf. Ein Lächeln zierte ihre bebenden Lippen und als sie ihre Augen einen Spalt öffnete und er den violetten Schimmer sah, konnte er sich nicht mehr zurückhalten. Alle angestaute Energie explodierte förmlich in ihm. Er zog sich aus ihr zurück, um dann umso impulsiver wieder in sie einzudringen. Er wollte sie vollkommen ausfüllen und er mochte es, wie ihre Muskeln sich um ihn schlossen. Wieder und wieder drang er in sie ein und sein Rhythmus wurde immer kräftiger und schneller.

„Du musst mir sagen, wenn ich zu heftig werde. Mona. Versprich es mir. Ich kann mich nur noch schwer kontrollieren", krächzte er hervor. Sein gesamter Körper war vollkommen auf diesen wunderschönen Körper unter ihm fixiert und nun hatte er Angst, die Kontrolle zu verlieren. Seine Fangzähne fuhren aus und er wusste, dass er kurz vor seinem eigenen Höhepunkt stand.

Doch Mona parierte seine Stöße und stöhnte dabei immer lauter. Die Ekstase, die die beiden durchlebten, brachte sie in eine Ebene, die, nie zuvor mit einem Menschen erreicht hatte. Sie wollte ihn in seiner vollen Männlichkeit erleben. Fühlen, wie er als Vampir seine Partnerin nahm und ihm alles geben, was sie ihm geben konnte. Sie hatte weder Schmerzen noch wollte sie, dass er aufhörte.

Sein Orgasmus kündigte sich immer mehr an und er ließ seine vampirische Seite zum Vorschein kommen. Er stieß impulsiver in sie und ihr Becken hob sich ihm trotzdem weiter entgegen, was ihn nur noch mehr anheizte. Nach einigen weiteren tiefen Stößen spürte er wie sich alles in ihm zusammenzog und er sich nicht mehr zurückhalten konnte.

„Mona … ich kann …" Seine Stimme brach, als sein Orgasmus über ihn hinweg rollte und er fast auf ihr zusammenbrach. Im letzten Moment ließ er sich neben sie fallen und keuchte ins Kissen.

Wohlwollend strich sie ihm mit der Hand über seinen Nacken, als er sich dann neben sie auf den Rücken rollte. Er empfand es als sehr angenehm, ihre zarten Hände zu spüren. Immer war er derjenige gewesen, der nach dem Sex schnell das Weite gesucht hatte. Kuscheln danach, war für ihn bis jetzt nie in Frage gekommen. Doch bei Mona war das anders. Er konnte von dieser Frau nicht genug bekommen. Nach einigen Minuten hob er den Kopf aus dem Kissen und küsste sie sanft auf die Wange: „Es tut mir leid."

„Was tut dir leid?", fragte Mona, als auch sie wieder zur normalen Atmung zurückfand.

„Das ich mich nicht länger zurückhalten konnte. Ich wollte, dass du …"

Sie legte ihm zwei Finger auf die Lippen. „Das war der beste Sex, den ich je in meinem Leben hatte." Sie schmiegte ihren Kopf an seine breite Brust.

Er nahm sie in die Arme und lehnte sich zurück. *Einfach perfekt*, schoss es durch seinen Kopf.

Irgendwann musste er eingeschlafen sein und Mona schlich ins Bad. Ihr neu erwachter Körper wollte von ihr begutachtet werden. So leise sie konnte, schloss sie die Badezimmertür und stellte sich vor den großen Spiegel. Als erstes fielen ihr die veränderten Augen auf. Sie trat näher auf den Spiegel zu und schaute sich den violetten Schimmer an. „Boah" sagte sie ganz leise. „Das sieht ja irre aus." Das breite Grinsen in ihrem Gesicht zeigte pure Freude. Dann öffnete sie zaghaft den Bademantel, denn sie hatte Angst, dass ihr Körper über und über mit blauen Flecken übersät war. Aber, nein. Ihr Körper war genauso makellos, wie vor dem umwerfenden Sex mit Ivan. Sie ließ den Bademantel um sich herum schwingen und beschaute sich dann im Spiegel auch noch von ihrer Kehrseite. Auch dort fand sie keine Spuren. Dann drehte sie sich noch einmal zurück und betrachtete ihren Busen, der ihr plötzlich etwas üppiger und auch fester vorkam, als sonst. „Wow" entwich es ihr und dann schaute sie noch einmal auf ihren Po. Auch dieser kam ihr viel straffer vor, als vorher. *Sollte das mit dem Blut von Ivan zusammenhängen?* Fragte sie sich, als ein Prickeln durch ihren Körper zog. Nun erschien ihr ihre Haut viel glatter, so als wenn sie mal gerade zehn Jahre jünger geworden war. Erstaunt schaute sie auf ihr Knie, wo sie schon als Kind eine Narbe hatte, die sie sich beim Fahrradfahren zugezogen hatte.

Sie war verschwunden. „Ich muss ihn unbedingt fragen, ob das alles so richtig ist?"

Seine Arme schlossen sich in diesem Moment um sie und sie erschrak. „IVAN! Du kannst dich doch nicht so anschleichen?"

„Doch, kann ich." Er griente, als er seinen Kopf seitlich an ihren drückte. „Was für ein Körper!", rief er erstaunt aus, als er Mona halbbedeckten Körper im Spiegel betrachtete. Sofort schwoll sein Schaft an. „Was ist deine Frage?" Er konnte seinen Blick nicht von ihrem üppigen Busen nehmen.

„Guck doch mal meinen Körper an. Er sieht aus, als ob ich zehn Jahre jünger wäre. Ist das normal, wenn man Vampirblut trinkt?"

Er drehte sie zu sich um und begutachtete sie. „Ja, das ist so, wenn man Vampirblut trinkt. Oder sehe ich schon aus wie knappe 100."

„Wie 100? Du willst mir doch jetzt nicht sagen, dass du fast hundert Jahre alt bist?"

„Doch will ich." Er neckte sie, in dem er an ihrem Bademantel zog. „Ich wurde 1919 geboren." Spielerisch biss er ihr in den Hals.

„Das heißt, dass ich immer so aussehen werde wie jetzt, bis ich alt bin?"

„Ja, so ungefähr. Du hast letztes Mal Jonathan und Eric gesehen. Jonathan ist an die fünfhundert Jahre alt und bei Eric munkelt man, dass er bereits eintausend Jahre alt sei. Da kannst du alt sagen. Wir anderen sind alle in diesem Jahrhundert geboren."

„Wow, aber wenn du mich verwandeln würdest, dann würde ich auch so langsam altern wie du?"

„Ja, aber das ist verboten", warnte er sie entschieden.

„Chang wurde doch auch verwandelt", konterte sie.

„Da hast du Recht. Er wurde aber gewaltsam verwandelt. Er konnte nichts dafür. Wenn ich es bei dir machen würde, könnte ich verurteilt werden und nach Calabria einfahren. Calabria ist ein Gefängnis für Vampire."

„Oh, dass wusste ich nicht. Entschuldige."

„Ich werde dir alles erklären." Er zog sie hinter sich her zu dem großen Bett. Als sie dort angekommen waren, legten sie sich auf die Decken und kuschelten sich eng aneinander. „Bevor ich mich dem Clan angeschlossen habe, habe ich in Russland gelebt. Meine Schwester lebt immer noch da. Dieses Tattoo besteht aus ihrem Namen." Stolz zeigte er ihr den eingestochenen Namen, den man nur von oben lesen konnte.

„Das ist wunderschön." Mit ihren Fingerspitzen fuhr sie die Zeichnung nach. „Darja?"

„Ja, Darja." Einen Moment schloss er die Augen und dachte an sie.

„Du vermisst sie", folgerte Mona, als sie seine Gesichtszüge beobachtete.

„Ja … sehr. Sie hat die gleichen Augen wie ich und deshalb wurden wir früher gehänselt."

Ihre Hand glitt zu seiner Wange. „Wieso das denn?"

„Weil in unserer Welt die violetten Augen als eher störend empfunden wurden. Es kommt sehr selten vor, dass jemand diese Augenfarbe hat."

Als er nun ihren violetten Schimmer betrachtete, wärmte es sein Herz.

„Was machst du eigentlich beruflich?"

Er zuckte innerlich zurück.

„Ähm …" *Wie soll ich ihr denn jetzt erklären, dass ich ein Killer bin?* Fragte er sich.

Nun wandte sie sich zu ihm um und sah sein besorgtes Gesicht.

Sekundenlang schwieg er und Mona konnte sehen, dass er sich mit der Antwort sehr schwer tat.

„Du musst es mir nicht sagen, wenn …"

„Doch", antwortete er nun schnell. „Mona, ich war in Russland ein Auftragskiller. Ich habe meinesgleichen und auch Menschen umgebracht."

„Sollte mich das jetzt abschrecken?", sagte sie sanft. „Wenn ihr damals den Angreifer nicht getötet hättet, könnte ich jetzt nicht in deinen Armen liegen? Oder?"

Er sah sie verwundert an.

„Seit diesem Tag hat sich mein ganzes Leben verändert. Ich dachte damals, ich würde in dieser Auffahrt sterben. Ich spüre noch heute manchmal den kalten Stahl an mir, als das Messer an meinen Hals drückte. Ihr habt mich gerettet. Du hattest damals auf meinen Angreifer gezielt und deine violetten Augen sind mir in meiner Erinnerung haften geblieben."

Hektisch ging sein Blick immer hin und her, als auch in ihm die Bilder zurückkehrten.

„Das weißt du noch alles?", gab er zerknirscht von sich.

„Ja, ich habe alles gesehen. Gesehen, wie ihr mich gerettet habt. Gesehen, wie ihr die anderen getötet habt. Ivan, ich liebe dich so wie du bist, egal was du machst." Sie spitzte ihre Lippen und erwartete einen Kuss, den er ihr nur zu gerne schenkte.

„Ich dachte, du verurteilst mich, weil …"

„Wieso sollte ich?" Sie zog ihn wieder dicht an sich, so dass sich ihre Lippen wieder in einem leidenschaftlichen Kuss wiederfanden.

„Vor allem habe ich ebenfalls einen Mörderjob gehabt. Als Schuhverkäuferin hätte ich auch schon so manche Kundin ermorden können." Sie grinste und er tat es ihr gleich und verdrehte die Augen.

Kapitel 11

Unterhalb der Klinik von Dr. Michael Anderson ...

Cynthia war schon vor einiger Zeit auf dem Sessel eingeschlafen, als sie plötzlich ein röchelndes Geräusch weckte. Sofort sprang sie auf und überwand die kurze Strecke zwischen sich und ihrem Bruder. Sie zog den Schlauch, der Robert mit frischem Blut versorgte, etwas aus seinem Mund heraus.

„Na, so besser?" Ein weiches Lächeln zierte ihr Gesicht.

Robert nickte ganz leicht, denn er wusste, er durfte nicht reden und Bewegungen eigentlich nur ausführen, wenn sein Bruder Michael es ihm erlaubte. Er starrte Cynthia mit seinen großen dunklen Augen an.

„Es wird alles wieder werden. Von Tag zu Tag wird dein Körper mehr heilen. Ich bin zuversichtlich, dass alles wieder so wird ..." Ihr stockte der Atem, als sie plötzlich neben dem Tisch ihren älteren Bruder aufragen sah. Sie hatte nicht einmal bemerkt, dass er den Raum betreten hatte.

Seine schwarzen glänzenden Augen bohrten sich in seine kleine Schwester.

„Muss ich mir Gedanken machen?", fragte er eindringlich und kniff seine Augen leicht zusammen, so dass er noch bedrohlicher aussah.

„Nein, musst du nicht", antwortete sie ihm so selbstsicher, wie es ging. Schon so manches Mal hatte sie solche Ehrfurcht vor ihrem eigenen Bruder, dass sie zweifelte, ob sie wirklich der gleichen Familie entstammte. „Ich rede nur gerade ein wenig mit ihm", versuchte sie ihre Nervosität zu überspielen.

„Er soll sich erholen!", knurrte er als Antwort hervor.

„Das weiß ich! Aber ich kann doch mal ein wenig mit ihm ..."

Sein harter Blick ließ sie verstummen.

„Ich habe mich wohl klar und deutlich ausgedrückt und wenn du dich nicht daran hältst, verbanne ich dich aus diesem Untergeschoß." Wobei er demonstrativ seinen Arm anhob und Richtung Ausgang zeigte.

Cynthia wusste, dass sie nun einen Gang zurückschalten musste, sonst würde ihr Bruder ernst machen und dann könnte sie Robert nicht mehr besuchen. Dies wollte sie auf keinen Fall riskieren.

Fast mitleidig sagte sie nun: „Entschuldige bitte. Ich war wieder einmal zu übereifrig und habe mich nicht an deine Anweisungen gehalten. Ich ziehe mich zurück und übernehme dann morgen wieder die Frühschicht, wenn du es möchtest?" Ihr Augenaufschlag signalisierte Michael, dass es ihr wirklich aufrichtig Leid tat.

„Komm heute Abend wieder", antwortete er ihr fast wieder freundlich.

Sie nickte und streichelte Robert kurz über seinen Unterarm. Dann griff sie nach ihrer Jacke und verließ wortlos das Untergeschoss.

Als sich die Fahrstuhltür hinter ihr geschlossen hatte, beugte sich Michael über Robert, der ihn nur mit seinen Augen musterte.

„So, nun zu dir." Es sollte ungezwungen klingen, aber es klang härter als erwartet. „Heute werden wir uns deine neue Hand vornehmen." Beherzt griff er nach dem Fleischklumpen, der mittlerweile an mehreren Stellen bereits in Heilung war. Man konnte schon den kleinen Finger und Ringfinger wieder als Finger deuten. Die restlichen Finger sahen jedoch eher aus, als wenn an ihnen einige Piranhas genagt hätten.

„Bewege bitte mal langsam den Daumen", wies Michael seinen Bruder an.

Dieser folgte und bewegte ganz vorsichtig seinen neu geformten Daumen.

„Gut machst du das. Nun die anderen Finger auch. Langsam, denk dran", ermahnte er ihn erneut.

Robert beugte nacheinander jeden einzelnen Finger und es huschte ein kleines Lächeln über seine Mundwinkel.

Michael nahm dies sogleich wahr und wollte ihn rügen, doch dann besann er sich einer anderen Vorgehensweise. „Gut gemacht. Wenn alles so gut weiter verläuft, könnten wir morgen mal probieren, ob deine Stimmbänder auch wieder funktionieren."

Robert schloss vor Freude die Augen und eine Träne bahnte sich ihren Weg aus seinem Augenwinkel über das immer noch entstellte Gesicht.

„Du hast noch nicht genug getrunken", stellte Michael missmutig fest, als sein Blick auf den surrenden Tank fiel.

Kurzerhand legte er ihm den Schlauch wieder in den geöffneten Mund, während er weitersprach. „Ich habe dem Clan mitgeteilt, dass du zwar schwer verletzt, aber am Leben bist, damit wir von dort keine weiteren Fragen erhalten werden. Um die Sanitäter und den behandelnden Arzt aus jener Nacht, in der du eingeliefert worden bist, habe ich mich persönlich gekümmert. Ihr Gedächtnis hat nur noch die Erinnerung von einem Schwerverletzten. Die einzigen, die von deiner Verwandlung wissen, sind deine Schwester und unsere Eltern und noch eine weitere Person, um die ich mich noch kümmern werde." Michael dachte an Ortischa, die den zerfetzten Leichnam gesehen hatte und sich sicher nicht so einfach überzeugen lassen würde. Eine Sekunde gönnte er sich an ihren lieblichen Mund und ihre heißen Kurven zurückzudenken. Ihn hatte schon lange keine Frau mehr so angesprochen wie diese Clankriegerin. Ihre lange schwarze Lockenmähne und ihre betörenden Augen konnte er immer noch vor sich sehen und auch an ihren Duft konnte er sich noch sehr genau erinnern. So, als wenn sie immer noch vor ihm stehen würde. Aber er war daran schuld gewesen, dass sie die Klinik verlassen hatte und dann dieses Unglück passiert war. Er war selbst nachlässig gewesen. Hätte er sie besser kontrolliert, wären sie noch bis zum nächsten Tag in der Klinik geblieben und somit hätte es diesen feigen Angriff nie gegeben. Als die drei danach eingeliefert wurden, hatte sie ihn angewidert, weil sie ohne jeglichen Kratzer aus diesem Unfall hervorgegangen war. Nur Marisol war leicht verletzt und Robert war sogar tot. *Warum hatte sie die beiden nicht beschützen können?* Fragte er sich. Dann zog er sich in die Gegenwart zurück. „Wir werden alles daran setzen, dass keiner Fragen stellen wird!" Unweigerlich forderte er eine Antwort von seinem Bruder, die ihm Robert aber nicht gab, was ihn sichtlich beruhigte. Denn er wollte seinen Bruder immer wieder kleinen Tests unterziehen, damit er sich sicher sein konnte, dass er kein Monster erschaffen hatte.

Robert blickte ihn aus weit aufgerissenen Augen an und

Michael strich sanft über seine Hand. „Alles wird gut." Er war froh, dass er bis heute keine monströsen Veränderungen an ihm wahrnehmen konnte. *Bisher läuft alles gut, hoffentlich bleibt das auch so!* Fügte Michael in Gedanken hinzu. Das Einzige, was ihm etwas Sorge bereitete waren Roberts Augen. Sie sahen fast so aus wie seine eigenen, wenn er sich verwandelte und das machte ihn unruhig.

Am frühen Abend auf Menderson …

Der verletzte Jason stützte sich auf seinen Kumpel Lance, als dieser mit ihm von der Krankenstation Richtung Kommandozentrale lief. Gefolgt von Mina, Ament und Chang betraten sie schließlich Rabans Reich.

„Geht es dir besser?", erkundigte sich Raban.

„Ja, vielen Dank. Die Blutungen haben endlich aufgehört. Möchte nur wissen, was für eine Teufelsmunition Isfets Leute da benutzen?" Er setzte sich auf einen der Stühle und strich sich über sein Bein, welches immer noch extrem schmerzte.

Nun gesellte sich Mina neben ihn und auch die anderen nahmen am großen Konferenztisch Platz.

„Wo sind die anderen?", fragte Ament.

„Maddy ist mit Mona und Ivan oben", bewusst klammerte er Ramos Namen aus. „Ortischa, Marisol, Chang und Mehit sind ebenfalls in ihren Quartieren."

Zufrieden gesellte sich auch Ament an den Tisch, wobei sein Blick immer wieder den von Mina suchte.

Mina hingegen hielt ihren Blick gesenkt, denn sie wusste, dass sie eigentlich nicht hier sein sollten.

„Wenn du wieder fit bist, werden wir Ament nicht länger belästigen. Er hat sicher bessere Dinge zu tun, als sich um uns zu kümmern."

Bevor Ament darauf etwas erwidern konnte, sah sie ihn aus ihren grünen Augen mit einem Blick an, dass er am liebsten über den Tisch gesprungen wäre und sie in seine Arme genommen hätte.

„Ja, du hast Recht Mina. Wir haben eure Gastfreundschaft schon viel zu lange in Anspruch genommen", dabei sah er zu Lance, der ihm ebenfalls zunickte.

Nun fuhr Raban dazwischen: „Mamba hat sich gerade gemeldet. Ein erstes Gutachten des Clubs besagt, dass bei dem Gebäude Einsturzgefahr besteht und er es abreißen lassen muss. Es soll daher ein Gedenkplatz werden, für die vielen Opfer in jener Nacht."

„Super dann habe ich auch keinen Job mehr", resigniert hob Mina ihre Hände und presste anschließend ihre Lippen fest aufeinander.

„Keine Bange, er hat mich schon nach einem neuen Grundstück gefragt, welches im Besitz von Menderson ist. Dort will er einen neuen Club eröffnen", antwortete Raban souverän.

„Von welchem Grundstück sprichst du?", hakte Ament nach.

„Südlich von London liegt ein riesiges Gelände. Früher wurde dies als Futterwiese für die Pferde von Menderson benutzt, doch nun liegt es seit knapp einem Jahrzehnt brach. Mamba würde es gerne kaufen. Ich habe ihm gesagt, dass wir mit Maddy darüber sprechen müssen."

Ament nickte.

„DU?", sagte Ament plötzlich und sah dabei Lance an. „Ist euch noch irgendetwas aufgefallen, als der Club überfallen wurde?"

„Nein", sagte Lance und neigte seinen Kopf wieder.

„Wann wurdest du eigentlich verwandelt?" Aments gradlinige Frage, brachte Lance aus der Fassung.

„Wie kommt ihr jetzt darauf?", antwortete er ihm trotzig.

„Weil es mich einfach interessiert?", nagelte Ament ihn fest.

„Es ist schon eine Weile her." Mehr wollte er nicht darüber sagen, doch er wusste, dass der Clankrieger nicht locker lassen würde. Als nun auch noch der andere, der am Computer saß, ihn so musternd ansah, wusste er, dass es an der Zeit war, seine Fassade ein wenig fallen zu lassen, bevor noch sein tiefstes Geheimnis zum Vorschein käme. Lance erinnerte sich an seine Verwandlung, die ihm vorkam, als wäre sie gestern gewesen. Als er sprach, nahm seine Stimme einen monotonen Klang an.

„Mein Vater war ein Krieger, der dafür lebte, Gerechtigkeit walten zu lassen. Von klein auf an brachte er mir das Jagen bei. Ich musste lernen, welche Beeren ich im Wald essen darf und um welche ich einen großen Bogen machen musste. Ich musste Tierspuren lesen und Holz suchen, damit das Lager nachts warm war. Aber vor allem musste ich schon als kleiner Bub täglich üben, damit ich mit

Pfeil und Bogen, mit der Lanze und sogar mit einem Schwert umgehen konnte. Mein Vater war sehr streng und ließ mich und die anderen Jungs nie aus den Augen. Wir bekamen seine Güte nur zu spüren, wenn wir alle Aufgaben auch einhundertprozentig erledigt hatten."

Ament griff nach seiner Kaffeetasse.

Lance schaute zu ihm auf. „Wenn dich meine Geschichte langweilt, dann sag es ruhig." Leichte Unsicherheit schwang plötzlich in seiner Stimme mit. *Ich hätte gar nichts sagen sollen.* Schallte er sich nun selbst.

„Sprich weiter", konterte Ament jedoch emotionslos und nahm einen Schluck, ohne ihn dabei auch nur anzuschauen.

Jason und Mina hingegen starrten Lance gespannt an.

Sein Blut hämmerte vor Aufregung nur so durch seinen Körper.

Am Rande verfolgte auch Raban das Gespräch, welches hier hinter seinem Rücken ablief.

Lance setzte erneut an: „Als Sohn eines Kriegers musste ich meinen Vater ehren. Als meine Zeit kam, hieß es, einen Ritter aus seinem Sattel zu schießen. Dann konnte ich mich als Mann bezeichnen. Ich hatte damals meine Technik im Bogenschießen perfektioniert und mein Vater war sehr stolz auf mich, obwohl er das nie gesagt hatte. Ich stand kurz vor meiner Prüfung, als unser Dorf von einer Handvoll feindlicher Ritter angegriffen wurde."

„Ritter?", unterbrach ihn Jason leicht erheitert. „Wie? Ritter? Von welcher Epoche sprichst du denn?" Sein aufgescheuchter Blick traf nun den von Lance.

Der senkte seinen Blick.

Nun war auch Raban sichtlich neugierig und drehte sich zu ihnen herum.

Die Stille, die sich im Raum ausbreitete, ließ Jason nervös werden.

Ament und Raban hingegen waren an der Geschichte weiter interessiert.

Langsam hob Lance seinen Kopf und schaute aber keinen der Anwesenden direkt an.

„Ich … spreche von einem Jahrhundert, in dem Ritter an der Tagesordnung waren. Mein Geburtsjahr war 1540 im Jahre des Herrn und 17 Jahre später wurde ich verwandelt."

Sogleich zog Jason scharf die Luft ein. „Wie jetzt? Du bist ein Verwandelter? Warum hast du mir das nie erzählt? Das kann doch wohl nicht wahr sein." Durch seine Erregung fuhren sich seine Fangzähne rasant aus und er sprang auf, was sein schmerzendes Bein ihm nicht dankte und er sich sogleich wieder auf einen Stuhl fallen lassen musste.

Auch Mina schaute besorgt zu Lance hinüber.

„Wäre dann etwa etwas anders zwischen uns?", sagte Lance ruhig und schaute seinem Freund dabei tief in die weit aufgerissenen Augen.

Hektisch griff sich Jason an den Kopf. Dann rieb er mehrmals seine Hand an seinem Hinterkopf entlang bevor er antwortete. „Äh … nein. Natürlich nicht. Aber du hättest es mir trotzdem sagen können. Schließlich bin ich dein Freund, oder ich war es zumindest bis jetzt." Dabei stemmte er seine Hände in die Hüfte und Röte trat in sein Gesicht.

„Wie geht denn nun die Geschichte weiter?", wollte Raban wissen und unterbrach damit die angespannte Situation zwischen den beiden Kumpels. Er konnte im Blick von Ament sehen, dass auch sein Waffenbruder darauf brannte.

Besonnen sprach Lance weiter, denn die Bilder, die sich vor seinem geistigen Auge auftaten, ließen ihn zurückkehren. Zurückkehren an den Tag, der sein Leben für immer verändert hatte. „Ich war gerade im dichten Wald unterwegs, um Holz für das Feuer zu sammeln, als ich die ersten Schreie hörte. Das Holz ließ ich sofort fallen und rannte los. Je näher ich unserem Dorf kam, desto mehr gruben sich die Schreie in meine Erinnerungen. Als ich fast da war, wurde ich von meinem Vater, der hinter einem dicken Baum stand, zur Seite gerissen. Er und etliche Krieger des Dorfes hielten sich im Dickicht versteckt. Ich fluchte bitterlich und wollte meinen Schwestern und meiner Mutter helfen, die dadurch nun den Rittern hoffnungslos ausgeliefert waren. Aber mein Vater hielt mich nur fest und signalisierte mir, mich ruhig zu verhalten. Die Ritter hatten meine Schwestern gegen ihren Willen mitgenommen und die anderen jungen Frauen ebenfalls. Nur die älteren Frauen und die ganz Alten ließen sie zurück. Zwei meiner Freunde, die im Dorf waren, überlebten den Angriff nicht." Sein Gesicht zeigte keine Regung, obwohl Ament und Raban seine aufgewühlte Stimmung nur zu gut wahrnahmen.

Auch Mina konnte die aufgebrachten Gefühle spüren, die der Vampir ausstrahlte.

„Nach dem die Ritter abgezogen waren, mobilisierte mein Vater alle Kämpfer unter die er auch mich zählte. Er gab den Befehl, die jungen Frauen zurückzuholen. Dies hieß, wir mussten die Ritter töten. Mein Vater gab mir damals einen Bogen, den ich erst nach meiner Prüfung hätte bekommen sollen. Der Eibenholzbogen, der aus einem Stück geschnitzt war und eine gewachste Sehne aus Hanf und Flachsfasern hatte. Der rettete mir dann das Leben. Wir verfolgten die Reiter bis zu einer Lichtung. Als wir dann die Ritter angriffen, wussten wir nicht, dass wir haushoch unterlegen waren. Die prachtvollen Pferde der Ritter wirbelten den Sand und Staub zu ihren Hufen auf und das blutige Massaker begann." Nun trat Traurigkeit in seine Augen.

Keiner der Anwesenden sagte ein Wort.

„Teilweise wurden unsere Leute von den Pferden der Ritter nieder getrampelt. Ihre geschundenen Körper fielen und landeten im Dreck. Die glänzenden

Schwerter der Ritter durchschnitten im Anschluss ihre Kehlen, schlitzten Arme und Beine auf und die Schweine erfreuten sich an unserer Unterlegenheit. Zwar trafen wir auch einige von ihnen, die ebenfalls den Tod fanden, aber unsere Verluste waren weitaus höher, als die ihren. Einen dieser Ritter hatte ich mit meinem Pfeil getroffen und mein Vater hatte es gesehen und mir zugenickt, bevor ihn von hinten ein Schwert den Rücken durchbohrte und er zu Boden ging. Ich rannte zu ihm, doch er starb noch in meinen Armen. Alle schrien um mich herum und ich hatte Todesangst. Die Ritter kamen mir vor wie die Schergen des Todes in ihren glänzenden Rüstungen und ich dachte, jeden Moment wäre auch mein Leben zu Ende. Ich warf mich neben meinen toten Vater zu Boden und kroch unter seine Leiche. Wimmernd lag ich da wie ein Feigling und wartete. Ich wartete darauf, dass das Schreien ein Ende nahm oder mich ein Schwert traf oder endlich ein Pferd zertrampelte. Nach einiger Zeit fiel dann eine weitere Leiche auf meinen Vater und bedeckte mich somit komplett. Dann hörte ich meine Schwester um Hilfe rufen. Sie schrie, als sie ihr die Kleider vom Leib rissen. Sie zerrten sie an ihren Haaren durch den Dreck und dann schändeten sie sie. Einer nach dem anderen. Auch meine kleinere Schwester wurde nicht verschont und als sie sich auch an ihr vergangen hatten, stießen sie ihnen ihre Schwerter in die Brust. Einmal … Zweimal … Dreimal bis sie verstummten. Ihre blutüberströmten Körper ließen sie einfach liegen." Lance ballte die Fäuste. „Und ich … ich lag da und heulte. Heulte um meinen stolzen Vater und um meine lieblichen Schwestern. Vom Blut besudelt stiegen die Ritter danach wieder auf ihre Pferde und hinterließen nur ihren dumpfen Klang auf der Lichtung, als sie südwärts ritten. Irgendwann verstummte alles um mich herum und langsam kroch die Nacht über das blutige Schlachtfeld. Dann überkam mich eine Ohnmacht durch den hohen Blutverlust, den ich aufgrund einer heftigen Schnittverletzung am Arm erlitten hatte. Ich wurde erst wieder wach, als ich ein schmatzendes Geräusch neben mir vernahm. Als ich mich danach umsah, entdeckte ich einen Mann, er war von einer kargen Statur und seine Kleidung hatte sicher auch schon bessere Tage erlebt. Er hob gierig die Leichen an und dann biss er ihnen in den Hals und saugte an ihnen. Als er mich erblickte, neigte er seinen Kopf, so dass ich seine vom Blut besudelten Fangzähne sehen konnte. Seine Augen waren dunkel unterlaufenen und seine Haut war von Matsch nur so überzogen. Zähnefletschend stürmte er auf mich zu und riss erst die eine Leiche herunter und dann auch die Leiche meines Vaters. Er zögerte dann in der Bewegung, denn sein Augenmerk fiel auf meinen verletzten Arm, der immer noch den Bogen hielt. Vor Schmerzen und weil ich so schockiert war, konnte ich keinen Ton mehr herausbringen. Die Minuten zwischen uns kamen mir wie Stunden vor und als ich ihn nur noch verschwommen wahrnahm, sprach der Vampir zu mir. Er stellte mir nur eine Frage: „Willst du leben?" Ich riss meine Augen auf, und wollte ein „Ja" herausquälen, doch ich konnte das Wort nur mit meinen Lippen formen und kein Laut verließ meinen Mund. Dann vernahm ich nur noch ein Gurgeln und ich hatte einen kupfernen Geschmack auf meiner Zunge. Kurz darauf wurde mir schwarz vor Augen. Ich muss einige Tage dort gelegen haben, denn als ich wach wurde, zwischen den ganzen Leichen, rochen diese mittlerweile nach Verwesung. Meine Augen waren schwer, doch als ich sie endlich aufschlug wusste ich, dass irgendetwas passiert war. Ich lag nicht mehr zwischen den Leichen, die mein letzter Anblick gewesen waren, sondern ich war von ihnen begraben. Sie bedeckten mich komplett und waren sehr schwer, dennoch erdrückten sie mich nicht. Plötzlicher, unbändiger Hunger überfiel mich. Hunger ja, aber nicht auf Brot, Speck oder Bohnen. Nein. Meine Kehle war wie ausgetrocknet und das einzige, was in meinen Kopf rotierte, war die Gier nach Blut. Pulsierend, warm und dickflüssig. Ich buddelte mich durch die Leichen und als ich die letzte beiseitegeschoben hatte, strahlte mich der sternenklare Nachthimmel an. Einen Moment lang war ich überwältigt von der Schönheit. Die Sterne waren viel klarer, als ich sie je zuvor gesehen hatte. Dann sah ich auf meinen Arm. Er war verheilt und wieder voll einsetzbar und ich drehte ihn im Schein des Mondlichtes. Plötzlich griff etwas nach meiner Hand und riss mich herum. Vor mir stand der Vampir mit vollausgefahrenen Fangzähnen. Er griff mir an die Wangen und zog sie wüst auseinander. Seine Finger glitten schnell in meinen Mund, suchend. Ich war bewegungsunfähig und doch wusste ich irgendwie, nach was er suchte. Er ließ seine Hand zu seinem Mund gleiten und biss in sein Handgelenk. Als ich das Blut roch, welches sich aus seinem Handgelenk schlängelte, spürte ich sogleich Schmerzen in meinem Oberkiefer. Ich konnte fühlen, wie sich dort etwas verlängerte. Angstvoll sah ich den Vampir an. Dieser drückte mir seinen blutenden Unterarm genau auf meinen Mund. Instinktiv schloss ich meine Augen und bohrte meine Fänge in das dargebotene Fleisch. Ich saugte nur wenige Sekunden und dann riss der Vampir mich zurück. Schubste mich und ich stolperte rückwärts über eine weitere Leiche. Dann sprach er: „So ernährst du dich. Bleib im Dunkeln. Die Sonne tötet dich." Dann warf er mir einen wissenden Blick zu und zu schnell für meine Augen verschwand er im Dickicht des nahegelegenen Waldes. Zitternd glitten meine Finger zu meinem Mund und ich konnte sie fühlen! Fangzähne. Lang, scharf und sehr spitz. Als ich nun meinen geschärften Blick um mich herum gleiten ließ, traute ich meinen Augen nicht. Es lagen drei Dutzend tote Menschen um mich herum. Schwerter lagen auf dem Boden und Pfeile ragten aus dem Erdreich heraus. Der Vampir musste die Ritter eingeholt und alle hierher gebracht haben. Ihre Pferde standen zusammen an einen Toten gebunden. Nach einigem Zögern überwand ich mich und saugte an den Leichen. In der zweiten Nacht hatte ich den Rittern ihre Goldstücke und Wertgegenstände abgenommen und einen Scheiterhaufen aus den Leichen errichtet. Ich hatte mir einige Kleidungsstücke genommen und zwei der zehn Pferde behielt ich. Die anderen entließ ich in die Freiheit. Dann zündete ich den Haufen mit den Leichen an und ritt in entgegengesetzter Richtung davon. Von dem Tag an, kämpfte ich gegen Ungerechtigkeit."

„Dann sei doch bitte noch so nett und nenne uns nun deinen richtigen Namen", sagte Chang, der mittlerweile lautlos den Raum betreten hatte.

Auch Maddy, Ivan und Ramos standen in der Tür und hatten den Ausführungen neugierig gelauscht.

Hektisch drehte sich Lance zu den Neuankömmlingen um. Sein gehetzter Gesichtsausdruck verriet ihn.

„Ich heiße Lance", sagte er betont ernst, als sein Blick den von Chang traf.

„Aha", sagte dieser läppisch. „Und nun noch mal von vorne." Mit einer Seelenruhe sprach Chang seine Worte aus.

„Lance IST mein Name." Die Unruhe, die von dem Vampir ausging, konnten nun auch die anderen spüren.

Währenddessen rutschte Jason unruhig auf seinem Stuhl hin und her, denn er konnte sich keinen Reim daraus machen, was der Halbasiat von seinem Kumpel forderte.

„Was willst du von ihm?", schaltete er sich dazwischen, um seinen Freund zu verteidigen.

Ament und Raban bedachten den jungen Vampir mit einem skeptischen Gesichtsausdruck, weil sie nicht wussten, worauf Chang hinaus wollte. Ihnen schwante nur, dass es mit dem Talent zusammenhängen musste, welches der Neuzugang in sich trug.

In dem Bruchteil einer Sekunde stand Chang vor Lance. „Willst du mich und die anderen zum Narren halten? Das gelingt dir nicht. Also sag es – oder ich sage es." Er neigte seinen Kopf und seine weißen Haare rutschten über seine Schulter.

Ertappt zuckte Lance zusammen, die Augen weit aufgerissen und dennoch schwieg er. *Nein, er kann es nicht wissen. Niemand kann das!*

„Ich halte euch nicht zum Narren. Mein Name ist Lance. Jason sag es ihnen."

Dieser zuckte jedoch nur mit den Achseln, denn dass sein Kumpel mal über fünfhundert Jahre alt war, hatte er bis zu diesem Zeitpunkt auch nicht gewusst.

Chang sah ihn eindringlich an: „Also?"

Nun war die Aufforderung erneut ausgesprochen, doch Lance wollte nicht darauf eingehen.

Mit einer einladenden Handbewegung drehte sich Chang um. „Da du es nicht sagst, werde ich nun deine Identität Preis geben."

Lance sackte in sich zusammen, als der Halbasiat anfing zu sprechen. *Oh nein,* betete er, doch es war zu spät.

„Darf ich euch vorstellen. Das ist der sagenumwobene Ritter Lancelot." Übertrieben ausladend vollzog er eine leichte Verbeugung.

Lance kniff die Lippen fest aufeinander und schaute Chang mit einem Blick an, der ihn hätte töten sollen.

„Der Ritter Lancelot, der an der Tafelrunde bei König Artus gesessen hat?", fragte Maddy in den Raum hinein.

„Genau der", antwortete Chang ihr höflich.

„Wow, ein Ritter. Ein waschechter Ritter", erheitert ging sie auf Ament zu. „Die unglaublichen Dinge nehmen wohl kein Ende, was?" Dabei ließ sie betont sanft ihre Hand über Aments Schulter gleiten, der total angespannt war.

Ramos folgte ihr in seinem schwebenden Körper und ließ diesen neuen Ritter nicht aus den Augen, denn diese Information konnte er noch nicht einordnen.

Auch das Technikgenie Raban war total überrascht und sprachlos über den Besuch, den Ament mit auf das Anwesen gebracht hatte. Er wandte sich sogleich zu seinen Computer um und gab ein paar Suchbegriffe ein, die den Neuankömmling betrafen.

„Da haben wir ja sehr hohen Besuch hier auf Menderson", sagte Maddy, als sie neben Ament Platz nahm. „Warum wolltet Ihr es vor uns verbergen? Es ist doch sicher toll, so ein berühmter Ritter zu sein?" Als Maddy das fragte, klang es keineswegs abfällig.

Die anderen waren auf die Antwort gespannt, vor allem Jason, sein Kumpel, war wie vom Blitz getroffen. Alle warteten auf die Antwort, mit der sich Lance mehr Zeit ließ, als sie erhofft hatten.

Bald war nur noch ein nervöses Trommeln von Fingerspitzen im Raum zu hören. Ament neigte seinen Kopf in Maddys Richtung und war nicht begeistert davon, wie sich die Situation mittlerweile entwickelt hatte. Er war froh, das Maddy neben ihm saß, damit er im Falle einer Entgleisung seinen Schützling sofort in Sicherheit bringen konnte. Selbst die Nähe von Ramos nahm er wahr, denn der Duft von Jasmin breitete sich in der Kommandozentrale aus. „Ruhig … Ramos", hauchte Ament so leise, dass er fast nur seine Lippen bewegte.

Unterdessen nahm Maddy ebenfalls den Duft war und unterbewusst konnte sie auch seine Unruhe spüren. „Alles gut", versuchte sie beruhigend auf Ramos einzuwirken und auch ihre Worte waren nur gehaucht.

Ruckartig drehte sich Raban erneut zu Lance um. „Wenn dich die Milady etwas fragt, wäre es nur höflich, ihr auch zu antworten. Oder?" Sein Blick war unnachgiebig und es gefiel ihm gar nicht, warum Lance nicht antwortete.

Langsam hob dieser den Kopf und sah Maddy direkt an. Seine Stimme nahm einen huldvollen Klang an. „Milady es tut mir leid, aber ich wollte Euch und die anderen nicht belügen. Aber … meine Identität habe ich die letzten fünfhundert Jahre so gut wie möglich versteckt. Und das hätte auch so bleiben sollen." Er bedachte Chang mit einem finsteren Blick. Dann trat er einen Schritt auf Maddy zu, die hinter Ament saß, und kniete vor ihr nieder. „Verzeiht mir bitte, Milady", er neigte seinen Kopf nach unten und wartete, dass Maddy ihn von seiner Unhöflichkeit frei sprach.

„Selbstverständlich verzeihe ich Euch", sagte Maddy freundlich und war fassungslos über seine ergebene Art, die er gerade zum Ausdruck brachte.

„Ich danke Euch, Milady." Lance erhob sich wieder und trat wieder einen Schritt zurück.

„Aber sagt mir, dann habt Ihr wirklich an der Tafelrunde bei König Arthur gesessen?" Maddys Augen funkelten aufgeregt.

„Ja … Milady, das habe ich", antwortete Lance ihr und sah sie aufrichtig an.

„Und jetzt erzählt ihr uns noch, dass es Excalibur wirklich gibt?" Sie lachte auf.

Doch Lance entglitt das Gesicht erneut.

„Der Sage nach gibt es das Schwert." Er quälte sich ein Lächeln ins Gesicht, obwohl ihm der Schweiß den Nacken entlang rann.

Doch Maddy ließ ihm keine Zeit weiter darüber nachzudenken. „Wow, ich bin beeindruckt. Was Ihr alles in den Jahren gesehen und erlebt haben müsst. Von der Pferdekutsche bis zum heutigen Sportwagen. Das ist ja unglaublich!", aus Maddy sprühte geradezu ein Feuerwerk der Gefühle. Was aber die Vampire im Raum alle nicht wussten, war, dass Maddy etwas ganz anderes verfolgte.

Lance antwortete besonnen, denn er war froh, dass das Gespräch einen heiteren Hintergrund angenommen hatte. „Milady, ich habe sehr viel Leid erlebt in den Jahrhunderten. Es war nicht leicht, die Jahre zu erleben und immer wieder zu sehen, dass alle Menschen um mich herum altern und sterben. Aber ich will nicht undankbar sein, denn ich habe um dieses Leben gebeten und werde so lange ich kann, für Gerechtigkeit kämpfen."

Nun wusste Maddy, dass sie den Schachzug richtig platziert hatte.

„Dann habt ihr sicher auch sehr viel Erfahrung mit dem Umgang von Isfets Leuten?"

Alle schauten Maddy geschockt an, denn diese Frage hätte keiner der Anwesenden erwartet.

„Milady?", fragte Lance und man konnte ihm die Unsicherheit ansehen.

„Na, wenn Ihr schon so lange lebt, müsst Ihr ihnen doch schon mehrfach über den Weg gelaufen sein? Ich glaube nicht, dass Ihr euch ihnen entziehen konntet?" Maddy nagelte ihn mit ihren dunkelblauen Augen fest und wusste, dass sie ihn nun an der Angel hatte.

Lance wusste, dass er ihr nichts vormachen konnte, zumal dieser Asiat ihn die ganze Zeit weiter studierte. Er konnte ihn in seinem Kopf spüren.

„Ich bin ihnen begegnet. Tatsächlich auch mehrmals. Bis jetzt konnte ich mich ihnen entziehen oder sie erfolgreich bekämpfen", antwortete Lance selbstsicher.

„Ihr könnt uns sicher den einen oder anderen Tipp geben, den wir vielleicht noch nicht wissen."

„Ich werde Euch mit allem unterstützen, was mir zur Verfügung steht." Erneut verneigte er sich vor Maddy.

Maddy war sichtlich froh über ihren Schachzug. *Es hat funktioniert!*

Nun mischte sich Raban erneut in das Gespräch.

„Dir ist aber auch klar, dass du jetzt nicht so einfach wieder gehen kannst? Hier beim Clan läuft das etwas anders ab, als das, was du bisher in deinem langen Leben erlebt hast. Also … solltest du hier wieder verschwinden, werden wir dich finden und deinen Kopf löschen wie eine Festplatte, damit du keine Erinnerung an uns hast. Das gleiche gilt für euch." Nun blickte er in die Richtung von Jason und Mina.

Diese nickten nur schnell.

Lance hingegen nahm jede Äußerung auf, antwortete aber nicht.

Maddy wollte auch noch etwas dazu sagen und riss das Wort an sich.

„Lance, Jason und Mina? Raban meint damit, dass wir alle daran interessiert sind, Isfets Leuten den Gar auszumachen. Wir stehen zueinander und halten zusammen und wir würden uns freuen, wenn du bzw. ihr uns dabei unterstützen würdet?" Die nun anhaltende Stille hielt nicht lange an.

„Milady, ich unterstütze Euch gerne in Eurem Bestreben. Aber ich werde mich nicht einsperren oder erpressen lassen." An seiner Äußerung gab es kein Rütteln.

„Na dann haben wir ja schon mal eine gute Basis." Zuversichtlich reichte sie ihm die Hand.

Er ergriff die Hand und schenkte ihr einen Handkuss.

Skeptisch beäugte Ament den Vorgang. Die Nähe des Ritters zu Maddy konnte Ament nicht sehr gut tolerieren und er wusste nicht einmal, woran das lag. Kurz suchte er den Blickkontakt zu Raban und dann erhob er sich mit den Worten:

„Dann gehen wir jetzt mal", sagte Ament und Jason, Mina und Lance folgten ihm sogleich.

Auch Chang setzte sich in Bewegung, was Lance schwer ausatmen ließ.

Als die fünf den geschwungenen Marmorflur entlang gingen, sagte keiner von ihnen ein Wort. Schnell kamen sie so am Quartier an und traten ein.

Jason und Lance ließen sich mit Mina gleich auf der Couch nieder, während Chang aus dem Kühlschrank fünf Blutbeutel nahm und an sie weiterreichte. Dabei beäugten sich alle wie vor einem Kampf. Nachdem alle die Beutel bis auf den letzten Schluck ausgetrunken hatten, lehnten sie sich zurück.

Eindringlich drangen nun die Worte durch die Suite. „So, ihr werdet im Quartier nebenan schlafen und tut mir und uns allen einen Gefallen und bleibt auch da drin bis ich oder Chang euch wieder holen. Wir wollen keine zusätzlichen Komplikationen auf dem Anwesen, zumal es hier auch Menschen gibt, die unseren Schutz innehaben." Ament sprang auf und deutete auf die Tür.

Die drei folgten ihm wortlos und betraten das geräumige Gästezimmer, welches eher zweckmäßig eingerichtet war. Sie schauten sich kurz um und Lance verabschiedete sich ins Bad. Als er die Tür geschlossen hatte, trat Jason dicht an den Clankrieger heran.

„Ament, ich wusste das mit Lance nicht, das musst du mir glauben."

Der Clankrieger sah ihn an und zog nur eine Augenbraue nach oben.

„Und … danke!" Jasons offener Blick traf den von Ament.

„Für was denn?"

„Das du dich vorhin für uns eingesetzt hast und weil du … Mina gerettet hast." Er reichte ihm die Hand, die Ament nur skeptisch ansah.

Er drehte sich zur Seite und sagte: „Das war selbstverständlich."

„Für einen Clankrieger ist das nicht selbstverständlich", konterte Jason hinter ihm.

Dann sah Ament Mina flüchtig an. „Du kommst mit mir. Ich bringe dich zu Ortischa und ihrer Schwester." Ohne ein weiteres Wort marschierte Ament aus dem Gästezimmer und Mina folgte ihm wortlos. Dann schloss er die Tür.

Nachdem er Mina bei Ortischa gut verwahrt wusste, ging er zurück und verriegelte die Tür. Ihm gefiel zwar diese Maßnahme nicht, dennoch blieb ihm keine andere Möglichkeit, die Sicherheit von Maddy zu schützen. Er traute den beiden zwar auf eine gewisse Weise, aber er musste auch alle Vorkehrungen treffen, um seinen Schützling in Sicherheit zu wissen.

Jason trat sich wütend die Stiefel von den Füßen und warf sich auf das große bequeme Bett. Er drückte das Kissen zusammen und bettete seinen Kopf darauf. Als er die Decke anstarrte überschlugen sich seine Gedanken. *Warum habe ich das mit Lance nicht bemerkt? Was für ein Trottel war ich denn bloß? Hatte es Kenny gewusst? Ich nenne ihn schon seit über zwei Jahrzehnten meinen Freund und binnen von Sekunden in der Nähe dieses Halbasiaten erfahre ich, dass er ein Ritter aus dem*

Mittelalter ist? War ich denn wirklich so blind? Wie konnte er das die ganzen Jahre vor mir und Kenny verbergen?

Als sich die Badezimmertür nach einiger Zeit wieder öffnete und Lance hinaustrat, konnte er förmlich spüren, dass er seinem langjährigen Kumpel eine Erklärung schuldig war.

„Jason?", fing er an.

Doch von seinem Freund kam keine Antwort. Er konnte ihm das auch nicht verdenken. Was sollte er auch von ihm halten? Er hatte ihn die ganze Zeit über angelogen. Nun kniff er die Lippen zusammen und ballte aus Frust die Fäuste.

„Warum?", fragte Jason plötzlich in die Stille hinein, die sich zwischen ihnen ausgebreitet hatte.

„Weil ich in den ganzen Jahrhunderten immer im Verborgenen gelebt habe. Ich habe nur einmal meine Identität preisgegeben und danach wurde diese Person getötet, weil sie mich gedeckt hatte."

„Du sprichst von einer Frau?"

„Ja, sie war wunderbar und nur zwei Tage lang meine Frau. Ihr menschliches Herz wurde ihr aus dem Leib geschnitten, nachdem sie meine Identität nicht preisgab. Sie gab ihr Leben für mich. Seit diesem Tage habe ich beschlossen, niemanden mehr meinen richtigen Namen zu verraten. Das hat bis heute auch gut funktioniert, wäre da nicht der Halbasiat gewesen, der meine Maskerade unwiderruflich zerstört hat. Nun wissen es viel zu viele." Langsam bewegte er sich auf das Bett zu und setzte sich mit dem Rücken zu Jason an die Bettkante. „Ich hoffe, du kannst mir irgendwann verzeihen? Ich habe es nicht mit Absicht gemacht, ach Quatsch, das stimmt nicht, ich habe es schon mit Vorsatz gemacht – und wenn du mich dafür verurteilst, dann ist das dein gutes Recht. Ich kann nur an unsere Freundschaft appellieren, die mir wirklich wichtig ist", beteuerte er und ließ seinen Kopf hängen.

„Lass uns jetzt schlafen. Wir wissen nicht, was uns morgen erwartet." Mehr sagte Jason nicht, denn zu sehr waren seine Gefühle aufgewühlt.

Lance wollte gerade noch einmal ansetzten etwas zu sagen, doch er behielt es für sich. Er zog seine Schuhe aus und ließ seine Lederjacke auf den Boden fallen. Dann legte er sich seitlich auf die freie Seite der Decke und verschränkte seinen Arm unter seinem Kopf.

Jason hingegen wandte sich von seinem Kumpel ab und hektisch wanderte sein Blick durch den kleinen Raum. Er wusste nicht, was er denken sollte, deshalb versuchte er, sich auf einen Punkt zu fixieren und wieder Ruhe in seinen Körper zu bringen. *Oh mein Gott, soll ich ihm verzeihen? Kann ich ihm noch vertrauen?* Ungläubig schloss er seine Augen.

Einige Minuten hatte Ament noch vor der Tür gestanden und unweigerlich das Gespräch der beiden Kumpels mit angehört. Seiner Einschätzung nach hatten die beiden noch sehr viel Gesprächsstoff für die nächste Zeit, aber er konnte Jason gut nachfühlen. Es erinnerte ihn wieder an Conzuela, die ihn ebenfalls hintergangen hatte. Auch er konnte ihr nicht mehr verzeihen. Er war gespannt, wie die Situation sich zwischen den beiden weiterentwickeln würde. Als er sich nun zu seinem Quartier bewegte, überkamen ihn auch noch andere Gedanken. Er war sehr von der Gabe Changs angetan. Nur durch ihn hatte der Clan die Möglichkeit bekommen, Lance zu entlarven. Zufriedenheit machte sich bei ihm breit und ein wohliges Gefühl durchströmte seinen Körper.

Unterdessen hatte es sich Chang auf dem sehr breiten Bett bequem gemacht und bedachte Ament mit einem Blick, den dieser nicht deuten konnte.

„Was ist?", fragte Ament.

„Hast nicht damit gerechnet, einen so alten Vampir hier zu haben, oder?" Die Ironie hallte in den Worten von Chang wieder. Er war sich sicher, damit dem Clan gezeigt zu haben, wie wichtig ein Vampir mit seiner Fähigkeit war. Es erfreute ihn immer wieder, wenn er mit dieser Gabe punkten konnte.

„Was ist schon alt?", schnaubte Ament verächtlich. „Der …", er zeigte mit seiner Hand zur Decke. „… der da oben rumgeistert, der ist alt!" Seine Augenbrauen zogen sich zusammen, als er weitersprach. „Viele sagen Eric sei schon an die tausend Jahre und davon gibt nur sehr wenige Exemplare, aber anscheinend haben wir gerade zwei davon hier." Er wendete sich ab und entledigte sich seiner Kleidung bis auf die Lederhose. Dann trat er ins Bad, dort fiel seine Hose ebenfalls zu seinen Füßen und er nahm eine erfrischende Dusche.

Als sich die Tür hinter dem Clankrieger geschlossen hatte, schaute Chang immer noch fasziniert in dessen Richtung. Das erste Mal in seinem Leben hatte er die Male des Feuers gesehen. Flammend zeichneten sie sich auf den Schlüsselbeinen von Ament ab. Sie sahen aus, als ob sie unter seiner bronzefarbenen Haut pulsierten. Ihn verblüffte nicht mehr viel, aber das, das war auch für ihn interessant. Kurz darauf holten ihn seine Gedanken an Lance wieder ein. Er hatte die vielen Gefühle von ihm wahrgenommen und war tief in seinen Kopf eingedrungen. Einige verborgene Bilder, die er dort vorgefunden hatte, hätte er lieber nicht gesehen. In seinem Leben hatte er selbst so oft dem Tod schon gegenüber gestanden, doch die zerfetzten Körper der beiden Frauen, die Lance als seine Schwestern benannt hatte, regten auch in ihm Gefühle. Als dann noch ein Bild einer wunderschönen Frau zum Vorschein kam, die kein Herz mehr in der Brust hatte, hatte es ihn wirklich mitgenommen. Warum das so war, konnte er sich selbst nicht erklären, denn eigentlich waren ihm andere immer egal.

Unterdessen hatte sich die Gruppe in der Kommandozentrale ebenfalls aufgelöst.

Ivan hatte Maddy nach oben begleitet, damit sie sich von Jane in der Küche ein köstliches Abendessen schmecken lassen konnte.

Ramos war ihnen natürlich gefolgt.

Nun kam auch Angel die Treppe nach oben und im Schlepptau hatte sie Mona, die menschliche Freundin von Maddy. Beide betraten die Küche und setzten sich an den großen Tisch, wobei Mona es vorzog, sich neben Ivan zu setzen, um ihm so dicht wie möglich zu sein.

Angel verdrehte nur die Augen, als sie die Mundwinkel von Ivan zucken sah. *Da hat es ja jemanden erwischt!* Doch als die Amerikanerin nun in die Augen von Mona blickte, blieb ihr der Mund offen stehen.

Unterdessen konnte Ivan wahrnehmen, dass seine Blutsverbindung zu Mona kein Geheimnis mehr war.

„Was haltet ihr von unserem neuen Gast?", unterbrach Maddy seinen Gedankengang, ohne jemanden direkt anzusprechen und riss damit auch Angel aus ihrer Starre.

„Ein neuer Gast? Wo steckt er denn?", grinsend kam Jane mit ein paar Zwiebeln in der Hand aus der angrenzenden Speisekammer. Für sie war es das Größte, wenn sie jemanden verwöhnen konnte. „Oh, wer hat denn hier ein neues Parfüm? Es duftet so herrlich nach Jasmin!", sagte Jane und schloss für einen kurzen Moment die Augen.

Ruckartig schaute Maddy auf, denn sie wusste, dass das nur von Ramos stammen konnte. Hektisch versuchte sie sich eine Ausrede einfallen zu lassen, als ihr Angel jedoch zuvor kam.

„Das ist von mir. Ich hatte es noch in meinem Koffer."

Dankend schaute Maddy sie an und atmete leicht aus.

„Was zauberst du denn heute Leckeres?" Maddy wollte das Thema wechseln, was ihr jedoch nur mittelprächtig gelang.

„Lasst euch überraschen", antwortete Jane ihr und wandte sich dem Herd zu.

Ohne dass es einer der anderen sah, schob Mona ihre Hand unter den Tisch auf den Oberschenkel von Ivan. Dieser ergriff sofort die ihre und streichelte mit seinem Daumen über ihren Handrücken. In seinem Herz breitete sich eine wohlige Wärme aus und er sah sie für einen Moment lang lüstern aus dem Augenwinkel an, wobei sich seine Lippen leicht öffneten.

Angel räusperte sich und sofort trafen sich die Blicke von ihm und Angel, die ihn mit einem erbosten Blick strafte.

„Was hast du getan?", formten ihre Lippen.

Doch Ivan war nicht in der Stimmung ihr zu antworten.

Nachdem die beiden menschlichen Wesen in der Küche gegessen hatten, verschwand Jane aus ihrem Sichtfeld.

„Bist du vollkommen verrückt geworden", zischte nun Angel Ivan über den Tisch hinweg an, so dass Maddy und Mona sich erstaunt ansahen.

Plötzlich fiel auch Maddy der violette Schimmer in den Augen von Mona auf.

„Trägst du jetzt Kontaktlinsen?", fragte sie verwundert, doch es dämmerte ihr schneller als gedacht. „Ivan und du?" Sie zeigte mit dem Finger auf die beiden und Angel wollte gerade ihren Kommentar dazu abgeben, als Ivan seine Stimme erhob.

„Mona und ich sind eine Blutsverbindung eingegangen und ja, wir sind zusammen." Aus seinem Mund klang es so selbstverständlich und das machte Mona es so viel leichter, ihre Freundin nun glücklich anzustrahlen.

„Ihr habt was?", wiederholte Maddy erstaunt.

Auch Ramos war vollkommen verblüfft über den Russen, der einen Menschen sein Blut hatte trinken lassen. Das höchste Gut eines Vampirs! *Das möchte ich auch. Wenn ich irgendwann wieder einen menschlichen Körper habe, werde ich auch Maddy anbieten mein Blut zu trinken.* Ein breites Grinsen zierte nun seine Mundwinkel. Dann beobachtete er genau, wie sich die beiden verhielten.

Ungeachtet der anderen schmiegte Mona ihren Kopf an seine Schulter.

„Du weißt schon, was darauf für eine Strafe steht?" Wutentbrannt knallte Angel ihm die Worte um die Ohren.

„Ja, ich weiß es!", brummte er.

„Bestand ein Notfall?", zischte sie bitter hervor.

Mona sprang auf: „Ja, der bestand und das kann ich vor jedem Gericht der Welt bezeugen. Er hat mir das Leben gerettet und ich werde jeden Lügen strafen, der etwas anderes behauptet." Ihre Augen funkelten wild und der violette Schimmer verstärkte sich.

„Nun beruhigt euch doch erst einmal", schaltete sich Maddy dazwischen. „Wir werden nichts in Frage stellen, oder?" Ihr Blick wanderte zu Angel, die angewidert die Nase rümpfte, dann aufsprang und die Küche verließ.

Zerknirscht murmelte Ivan einen russischen Fluch, als er ihr nachblickte.

Unterdessen legte Maddy ihre Hand auf seinen Unterarm. „Ich freue mich so für euch."

Als sein Kopf zu ihr herum schwang, konnte sie die unendliche Liebe in seinem Blick erkennen. „Gibt es jetzt etwa Probleme?"

„Keine mit denen ich nicht fertig werde", sagte Ivan beharrlich.

Diese Aussage reichte Maddy vollkommen aus. Sie wusste ja bereits, dass Ivan ihrer Freundin den Kopf verdreht hatte. Dass die beiden jetzt ein Paar waren, freute sie umso mehr. Endlich war wenigstens einer wieder glücklich und Mona hatte es wirklich verdient, nachdem was sie alles durchgemacht hatte. Erleichtert atmete sie aus und als sie den Duft von Ramos wahrnahm, konnte sie sich vorstellen, einmal genauso glücklich zu sein.

Als wenn Ramos ihre Gedanken gelesen hätte, pustete er ihr sacht in die Haare.

„Ivan? Ist es schmerzhaft?", fragte Maddy plötzlich unerwartet.

„Nein, ist es nicht. Warum fragst du?"

„Weil … ach nur so." Schnell nahm sie ihren Teller und brachte ihn zur Spülmaschine.

Scherzend ergänzte Ivan. „Ich stelle mich nicht mehr zur Verfügung, falls du das meinen solltest. Nein, nein ich habe schon verstanden. Aber du solltest dir wirklich sicher sein, bevor du diesen Schritt gehst." Er lächelte seine Mona an und griff nach ihrer Hand.

Unten hatte sich Raban wieder seinen Computern zugewandt und surfte im Internet, um alles über ihren neuen Gast in Erfahrung zu bringen, als Angel an der Kommandozentrale vorbeisauste.

Neben ihm stand Ortischa, die aber keinen Ton sagte. Sie stand einfach nur da und starrte auf den Bildschirm.

Unweigerlich ließ Raban seinen Blick mehrere Male zu ihr nach oben gleiten, ob das wirklich die störrische Ortischa war, die da gerade neben ihm stand, oder doch nur eine Kopie ihrer selbst. Aber er musste feststellen, dass er sich nicht täuschte, was einen verwunderten Ausdruck auf seinem Gesicht hinterließ.

„Wenn er wirklich ein Ritter ist, dann … sollte er definitiv mehr Informationen über Isfets Leute haben, als er vorgibt", sagte Ortischa so ruhig, dass allen einen Schauer über den Rücken jagte. „Dann könnte er uns vielleicht auch mehr zu Eric verraten."

„Tja, meine liebe Zuckerpuppe, dann müssten wir Jonathan auch auf die Liste der „Alten" setzen, denn er hat auch schon über fünfhundert Jahre auf dem Buckel", gab Raban von sich und machte sich gleichzeitig auf eine verbale oder sogar auf eine körperliche Ohrfeige von Ortischa gefasst.

Aber jegliche Reaktion blieb von der Clankriegerin aus. Im Gegenteil, sie stützte ihre Hände auf der Tischplatte ab und drehte ihren Kopf in seine Richtung. „Du hast Recht, da kann ich dir nicht mal widersprechen. Doch die Zuckerpuppe unterlässt du in Zukunft." Ironisch verzog sie ihr wunderschönes Gesicht.

„Ich gebe mir die allergrößte Mühe. Zuckerpuppe", schoss er schnell mit einem süffisanten Grinsen hinterher.

„Manchmal kommst du mir so vor, als ob du um Schläge betteln würdest." Mit einer abfälligen Handbewegung ging sie zum Kaffeeautomaten und befüllte zwei Kaffeetassen mit der heißen schwarzen Flüssigkeit. Als sie sich umdrehte und zu Raban lief, starrte er sie nur ungläubig an. Denn das Ortischa ihm einen Kaffee servieren würde, damit hatte er wohl in seinen kühnsten Träumen nicht gerechnet. Er steckte ihr die Hand entgegen und sie übergab ihm fast ein wenig gedankenverloren den Kaffee.

„Wenn du wirklich Recht hast, dann haben wir hier nun ein Trio von „Alten", dazu kommen die ganzen Rätsel, die sich um Menderson ranken. Das goldene Dreieck sollten wir auch nicht außer Acht lassen und dann die Macht der Elemente. Du warst ja leider nicht dabei, als uns Eric diesem angeblichen Test unterzogen hat. Ich hätte zu gerne gesehen, was er gesagt hätte, wenn du dich auch noch eingereiht hättest. Vor allem würde mich auch interessieren, was sich dann verändert hätte?" Aus Ortischa sprudelte geradezu die Neugierde, was Raban mit Freude bemerkte. „Vielleicht sollten wir es mal probieren?"

In diesem Gedanken versunken wurden sie nun abrupt durch eine aufblinkende Datei auf dem Bildschirm zurück ins Hier und Jetzt geholt.

„Was ist das?", fragte Ortischa.

„DAS? Das ist eine offizielle Nachricht vom Rat an die Bevölkerung. Sie melden einen Ausbruch aus Calabria. Das kann doch wohl nicht wahr sein! Aus dem sichersten Gefängnis der Welt ist jemand ausgebrochen?! Ich werde verrückt und dann gibt es der Rat auch noch zu." Schallend schlug sich Raban auf die Oberschenkel. „Das ist ja der Hammer und eine Belohnung bei der Ergreifung gibt es auch noch. Wow satte 500.000 Pfund. Das ist ja mal ein stolzes Sümmchen."

„Dann heißt es auch, dass der Rat Jagd macht und somit die Hilfe der Bevölkerung einfordert", brachte Ortischa nun sichtlich zerknirscht über ihre Lippen.

„Shit, du hast Recht. Damit wird jeder Jagd machen und es kommen wieder weitere Unschuldige ums Leben." Nun war auch die Heiterkeit aus Rabans Gesicht verschwunden.

„Wer ist denn ausgebrochen?"

„Warte … es ist die Rede von einer Frau und drei Männern."

„Gibt es auch Namen zu den Entflohenen?", forderte Ortischa ihn nun zu wissen auf.

„Namen nicht, aber …", ihm stockte der Atem, als er das Bild von Elisa erblickte.

„Was hast du?"

„Ich muss Mehit anrufen!" Sogleich griff er nach seinem Handy und tippte die Kurzwahl für Mehit.

Als dieser am anderen Ende das Gespräch entgegen nahm, sprudelte Raban sofort mit den Neuigkeiten heraus. „Du glaubst nicht, wer aus Calabria ausgebrochen ist?"

„Na wer?" Kam es ganz ruhig von Mehit zurück.

„Elisa!"

Auf der anderen Seite wurde augenblicklich aufgelegt. Binnen Sekunden stürmte der hünenhafte Mehit die Kommandozentrale, wobei es ihm egal war, ob Ortischa anwesend war oder nicht.

„Sag das noch mal!", forderte Mehit den Clankrieger auf.

„Elisa ist aus Calabria geflohen. Hier sieh selbst. Diese Nachricht wurde gerade vom Rat verschickt." Raban rutschte etwas beiseite, damit Mehit einen besseren Blick auf den Bildschirm bekam.

„Wer ist Elisa?", fragte Ortischa hinter ihnen, doch keiner von beiden antwortete ihr.

„Das kann doch nicht sein?" Mehit stellte gerade alles in Frage.

„Vielleicht sollten wir uns die drei Kerle mal ansehen, mit denen sie geflohen ist." Raban nahm die Maus und scrollte weiter nach unten.

Langsam zeichnete sich ein dunkelhäutiger Vampir auf dem Bildschirm ab, der eine Narbe über sein gesamtes Gesicht trug. Bei seinem Anblick wurde es Mehit übel. Die fast schwarzen Augen bohrten sich wie zwei Dolche ins Mehits Iris. Ihm schossen viele wirre Gedanken durch den Kopf. *Wie ist Elisa bloß an solch einen Typen geraten? Vielleicht hat er es auf sie abgesehen, da er wusste, dass sie die Tochter von Hamilton ist und erwartet jetzt ein üppiges Lösegeld? Ganz zu schweigen, wenn er einen anderen Tribut von ihr eingefordert hatte.* Mehit haderte mit sich. Er war nicht gekommen sie zu holen, nein, es war dieser Kerl, der es tat. *Klasse Mehit, hast du toll hinbekommen.*

„Wer ist Elisa?", fragte Ortischa erneut und fand es überhaupt nicht nett, so ignoriert zu werden.

Mehit drehte sich mit einem derben Gesichtsausdruck zu ihr um. „Sie ist die Tochter von Hamilton. Ich bin ihr vor einiger Zeit begegnet", knurrte er hervor.

„Und?", entgegnete Ortischa ihm bohrend, denn sie konnte sich daraus keinen Reim machen.

„Nichts und!", kam es scharf als Erwiderung von Mehit.

Ortischa spürte, dass sie sich besser zurückhalten sollte, denn die Aura, die Mehit momentan ausstrahlte, fühlte sich sehr reizbar an.

Sie nahm einen großen Schluck aus ihrer Kaffeetasse und senkte lieber ihren Blick.

Mehits Handy piepte. Als er es aus der Hosentasche nahm und auf das Display blickte, flog sein Blick zu Ortischa.

„Maddy", sagte er und setzte sich mit übermenschlicher Geschwindigkeit in Bewegung nach oben und Ortischa folgte ihm auf dem Fuße.

Unterdessen tippte Raban mit seiner Maus auf die Kamera der Küche, wo Maddy mit Mona und Ivan saß. Seine Augen fokussierten den Bildschirm, doch er konnte keine Gefahr ausmachen. Vielleicht hatte es Mehit auch nur als Fluchtweg ergriffen, nachdem ihm Ortischa in die Enge getrieben hatte? Als die beiden Clankrieger die Küche betraten und sich kurz danach an den Tisch gesellten, entschied Raban noch einmal die Nachricht weiterzulesen. Er rief sie wieder auf. Als er nun zu der zweiten und dritten Person kam, die bei der Flucht von Calabria dabei waren, musterte er die Kerle. Starr blickte ihn ein hellhäutiger Vampir mit rötlichen Haaren an, wo Raban nur die Stirn kraus zog. Der letzte hatte seine Augen geschlossen. Seine blonden Haare hingen platt an seinem Gesicht herunter und umrandeten sein ausgehungertes Gesicht, welches nur von einem markanten Kinn abgerundet wurde.

„Was für ein paar Gestalten", dabei verzog er verächtlich seine Mundwinkel und schüttelte seinen Kopf. Dann schob er die Nachricht in einen Ordner und wandte sich wieder dem Signal von Conzuela zu.

Kapitel 12

In der Küche ging ein Donnerwetter auf Ivan und Mona nieder, doch beide nahmen die Vorwürfe stumm entgegen.

„Wie konntest du das tun?", schallte ihn Ortischa.

„Darauf steht Gefängnis, auch wenn du ein Clankrieger bist." Der erzürnte Mehit lief durch die Küche und überlegte, wie das passieren konnte.

„Mehit, nun beruhige dich. Sie lieben sich und ich würde auch alles für meine Liebe tun. Statt euch zu freuen, vermiest ihr ihnen alles. Sie sind glücklich und das ist doch mehr wert, als alles andere. Ich verstehe nicht, wie ihr so sein könnt? Als deine Schwester kommen sollte, um bei der Operation dabei zu sein, war dir auch egal, wie Mehit dies bewerkstelligen würde. Keiner hat doch das Recht, einem anderen sein Leben vorzuschreiben."

„Maddy, darum geht es nicht. Es ist uns verboten, einem Menschen unser Blut zu geben. Das sind Gesetze, woran sich jeder Vampir halten MUSS. Wenn er das nicht tut, wird er bestraft. Das ist bei euch nicht anders."

„Aber er hat sie doch nicht verwandelt?", konterte Maddy.

„Das nicht …"

„Na also … wenn ich mich jetzt verletzen würde, dann würde keiner von euch auf die Idee kommen, mir sein Blut zu geben?" Ihr scharfer Blick in Richtung von Mehit und Ortischa forderte beide heraus.

„Ähm, wir …", fragend sah Ortischa Mehit an.

Dieser zögerte mit seiner Antwort.

„Ihr würdet mich also verbluten lassen?", erneut warf sie den Vampiren die Frage vor.

„Maddy, nicht", warnte Ivan sie leise neben ihr.

„Nein, lass mich. Also?" Die Herausforderung stand nun zwischen ihnen.

Selbst das Ramos ihr in die Haare pustete half nichts mehr. Sie hatte sich so in Rage geredet, so dass sie nichts und niemand mehr bremste.

„Maddy bitte", sagte Mehit und hoffte, dass sie sich wieder beruhigen würde.

„Verdammt!", fluchte Ortischa. „Du kennst doch die Regeln." Dabei schaute sie Ivan eindringlich an.

„Und trotzdem hat er es getan. Das nennt man wohl Liebe."

Mehit überlegte kurz. „Die Gemüter müssen sich erst einmal beruhigen, dann werden wir eine Lösung finden."

Maddy hatte sich von allen abgewendet und hörte nun zu, was die Vampire berieten.

„Jeder Vampir riecht es, dass sie eine Blutsverbindung geschlossen haben", brachte nun Ortischa ein.

Plötzlich schwang die Tür auf und Jonathan betrat die Küche.

„Seid ihr denn von allen guten Geistern verlassen?" Sein ernster Blick streifte erst Ivan und Mona und dann alle anderen im Raum, wobei er an Maddy hängen blieb. „Ihr könnt froh sein, dass Eric bereits zu Bett gegangen ist. Mona komm bitte zu mir. Schnell." Er forderte sie mit einer Handbewegung auf, sie schaute zu Ivan und dieser stimmte zu.

„Möchtest du in einen Vampir verwandelt werden? Entscheide dich jetzt." Er gab ihr keinen Freiraum, lange darüber nachzudenken.

„Ja, ich will."

Neugierig drehte sich Maddy ebenfalls um, um zu sehen, was Jonathan jetzt tat.

„Ich werde dich jetzt gemeinsam mit Ivan verwandeln, da sonst Eric sie schneller vernichten wird, als uns lieb ist. Ivan! Beiß sie, JETZT."

Ivan kniete sich neben sie. „Es wird alles gut. Ich bin bei dir."

Nun ging alles ganz schnell. Binnen von Sekunden saugte er Mona fast komplett leer, bis ihr Herzschlag stehen blieb und dann biss er sich in den Arm und Mona musste nun trinken. Aber nichts geschah. Er ließ schon die ersten Tropfen in ihren Mund fallen, doch sie schluckte nicht. Dann trat Jonathan an seine Seite und legte seine Hände auf ihren Kopf und Brust. Seine Macht strahlte kurz und heftig durch die Küche und Mona holte wieder Luft und verbiss sich sofort in Ivans Arm. Ihre spitzen Fangzähne schossen aus ihrem Kiefer und durchbohrten seinen Arm.

Ivan hielt komplett still. Sie sollte seinen ganzen Arm zerfetzten, wenn sie nur die Verwandlung überleben würde.

Sie schlug jedoch ihre Augen auf und starrte ihn nun aus den gleichen violetten Augen an, die auch er besaß. Doch er sah noch etwas anderes.

Blutdurst.

„Ortischa bring Maddy hier weg. Schnell."

Sofort sprang Ortischa auf Maddy zu und sauste mit ihr aus der Küche.

In dem Moment biss Mona noch heftiger zu, so dass Ivan ihr unter Schmerzen das Blut gab, was sie so sehr brauchte.

In diesem Moment ging die Tür erneut auf und Angel kam mit vier Blutkonserven in die Küche gelaufen. Sofort öffnete sie den Verschluss und riss Mona von Ivans Arm und drückte ihr den Blutbeutel in den Mund.

„Trink!", befahl sie.

Mona starrte sie nur an und gierte das Blut hinunter.

„Ivan, du musst jetzt in ihr Quartier. Dort bleibst du die nächsten drei Tage. Wir werden dir genug Blut geben, so dass du ihr die Kontrolle des Trinkens beibringen kannst", ordnete Jonathan an und alle gehorchten.

Sofort nahm Ivan seine Mona auf die Arme und sauste mit ihr nach unten. Ihnen folgte Angel, die die weiteren Blutbeutel mit sich trug.

„Danke", kam es nun kleinlaut von Mehit, der immer noch neben Jonathan stand.

Doch dieser ignorierte ihn und verließ ohne ein Wort die Küche.

„Shit", raunte Mehit über die Lippen.

Maddy saß auf ihrem Bett und hatte ihre Hände in ihren Haaren versenkt.

„Ich habe mich wirklich unmöglich benommen und was ist jetzt mit Mona?"

„Sie ist jetzt eine Vampirin! Ihr menschliches Leben ist beendet. Nun wird sie immer ein Geschöpf der Nacht sein." Bedauern schwang in Ortischas Worten mit.

„Aber du bist doch auch eine Vampirin und die anderen auch. Es muss doch schön sein, ewig zu leben? Vor allem ist Mona sehr glücklich. So glücklich war sie wirklich nie mit Jaques."

„Das mag sein, aber ich glaube nicht, dass sie genau wusste, was auf sie zukommt. Nicht mehr am Tage unbeschwert raus gehen zu können. Sie darf sich dir die nächsten Tage nicht nähern, weil sie unter dem Einfluss des Blutrausches steht. Erst wenn sie den überstanden hat, kann man sagen, dass sie die Verwandlung vollzogen hat."

Maddy klebte förmlich an ihren Lippen.

„Du meinst, es könnte immer noch etwas schiefgehen?"

„Ja, wenn sie den Durst nicht regulieren kann, können wir sie nicht auf die normale Bevölkerung loslassen. Dann würde sie ein Blutbad anrichten." Ortischa senkte ihren Blick.

„Ortischa? Du hast so etwas schon einmal erlebt? Oder?"

„Ja", antwortete sie ihr, ohne sie dabei anzuschauen. „Ich habe in Spanien damals eine ganze Reihe verwandelter Menschen getötet. Es gab dort einen Vampir, der ein ganzes Gefolge erschaffen wollte. Er verwandelte fast ein Dutzend Menschen und ließ sie dann auf die Stadt los, ohne zuvor über die Konsequenzen nachzudenken. Ich habe daher mit einigen Vampiren zum Gegenschlag ausgeholt und wir konnten sie Gott sei Dank alle vernichten. Hätten wir das nicht getan, hätten wir unzählige Opfer unter der menschlichen Bevölkerung gehabt. Es ist nicht immer einfach über Leben und Tod zu entscheiden, aber manchmal bleibt dir keine andere Wahl. Erinnere dich an John, als du mich gebeten hast, ihn für immer zu beseitigen. Da war es dir recht."

Erschrocken zog Maddy ihre Augenbrauen zusammen. „Du hast Recht. Aus der Wut heraus habe ich unüberlegt gehandelt."

„Und das ist das, was ich meine. Mona ist von Ivan verwandelt worden. Die Gründe lasse ich jetzt mal dahingestellt." Sie rollte mit ihren Augen. „Aber er hat uns damit einen Unruhefaktor beschert, wo wir jetzt sehen müssen, dass wir da so gut wie möglich wieder rauskommen."

Maddy trat auf Ortischa zu und griff nach ihren Händen.

„Aber wenn … wenn ich in eine Notsituation käme, ihr würdet doch auch nicht zögern, oder?"

„Maddy nicht. Das ist nicht fair und das weißt du auch. Wir, der gesamte Clan, würden alles für dich tun. Ob eine Verwandlung damit eingeschlossen wäre, wage ich zwar zu bezweifeln, aber in einer Notsituation, würde ich es zumindest versuchen. Ich kann aber nur für mich sprechen." Ihr offener Blick traf den von Maddy.

„Können wir denn irgendetwas für Mona tun?"

„Nein, nur warten … und hoffen."

Währenddessen musste Ivan gerade sehr viel Kraft aufwenden, um seine Mona ruhig zu stellen. Ungezügelt schnappte sie nach ihm, so dass ihm keine andere Möglichkeit blieb, als sie in den Schwitzkasten zu nehmen.

„Es tut mir leid, mein Engel", knurrte er düster hervor, denn es gefiel ihm überhaupt nicht, sie so zu behandeln, doch hatte er keine andere Wahl. Nun führte er den mittlerweile vierten Blutbeutel zu ihrem Mund, wobei er aufpassen musste, dass ihre scharfen Fangzähne ihn nicht noch weiter verletzten.

„Trink!", befahl er ihr.

Sie grinste ihn teuflisch an und in ihren Augen tobte der Blutrausch. Teilweise waren sie ganz weiß, dann wieder lila, dann blutrot.

Ivan erschauderte.

Gleichzeitig betrat Angel mit einer ganzen Kiste Blutbeutel sein Quartier. Als sie Ivan sah, wie er mit Mona rang, tat es ihr in der Seele leid. Sie mochte Ivan sehr, vielleicht auch zu sehr, weshalb sie vorhin auch so unwirsch reagiert hatte, aber ihn jetzt so leiden zu sehen gefiel ihr keineswegs.

Sie half ihm, den Blutbeutel besser an den Mund von Mona zu postieren und er dankte es ihr mit einem Blick aus seinen flehenden Augen.

„Ich hätte nie gedacht, dass das so schwierig ist", brachte er hervor.

„Wie? Du hast das noch nie gesehen?", antwortete Angel.

„Nein! Ich habe davon gehört, aber so live war ich noch nie dabei. Du?"

„Ich war nur dabei, als mich zwei Verwandelte angriffen und ich sie beide töten musste. Aber wir werden das meistern. Ich helfe dir." Sanft strich sie seinen Arm entlang.

Beide wurden davon überrascht, dass es an der Tür klopfte.

Ivan knurrte nur, als der Gast eintrat. Eric war so schnell bei ihnen, dass ihnen keine Zeit blieb, sich zu verteidigen. Sie hatten nicht mal mehr seine Ankunft gespürt, doch dafür fühlten sie nun sehr viel mehr die unbändige Macht, die Eric ausstrahlte.

Angel drückte das Notsignal.

Mit seinen leblosen Augen fixierte Eric die verwandelte Mona und zischte etwas Unverständliches.

Ivan schirmte Mona so gut es ging mit seinem Körper ab und Angel hoffte, dass bald die anderen kommen würden, bevor das hier in einem blutenden Kampf enden würde.

„Eure Gefährtin sich quält", murmelte er vor sich hin.

„Wir kommen klar", erwiderte Ivan bissig.

„Euch es nicht zusteht, einen Menschen zu verwandeln, dennoch habt Ihr es getan." Angewidert rümpfte er die Nase und hinter ihm betraten hektisch Ament und Mehit den Raum.

Auch Jonathan war bereits im Wohnzimmer, ohne das es jemandem groß aufgefallen war.

Eric neigte seinen Kopf und starrte Ivan an.

„Seltene Augen er hat. Ich habe sie schon einmal gesehen, aber wo?" Nachdenklich fasste er sich ans Kinn.

Hinter ihm gingen die Clankrieger bereits in Stellung und Ament sah jetzt erst, warum alle so aus dem Häuschen waren.

„Oh nein." Stieß er aus und sah seinen Waffenbruder kopfschüttelnd an.

Keiner hatte es kommen sehen, geschweige denn konnte so rasch reagieren, als Eric plötzlich neben Ivan war und seine knöcherne Hand auf die Stirn von ihm legte.

Jonathan hob rasch den Arm, bevor Mehit und Ament losstürmen konnten.

Beide hielten in der Bewegung inne und kniffen die Augen zusammen.

Wie eine Schlange ging der Kopf von Eric hin und her. „Wunderbar … ich wusste es." Dann glitt sein Blick zu Mona, die immer noch wie wild an dem Blutbeutel saugte.

Er richtete seinen Finger auf sie und Mona folgte seiner Bewegung. „Sie die gleichen Augen hat wie er. Selten. Sehr selten. Schau mich an!", forderte er Mona auf.

Sie tat es und konnte sich seiner Macht nicht entziehen.

Ebenso hing Ivan in dieser Welle fest.

Plötzlich hob Eric seine Hände und murmelte eine Sprache, die anscheinend nur Jonathan verstand, dann senkte er seine Zeigefinger auf die Stirn von Mona. Ihr Körper zuckte heftig und die anderen dachten, dass es nun um Mona geschehen war.

Doch Sekunden später holte sie tief Luft und schaute Eric nervös an.

„Es ist vollbracht." Er reichte Mona seine Hand und sie griff danach und küsste dankbar seinen kobaltblauen Ring.

Ivan schloss Mona sofort in seine starken Arme und sah sie musternd an. *Wenn er ihr etwas angetan hat, bringe ich ihn um. Und wenn es das Letzte ist, was ich tue*, dachte er sich.

„Was habt Ihr getan?"

„Die Verwandlung vollendet, was Ihr nicht zustande gebracht habt", krächzte das ehemalige Clanoberhaupt hervor.

Er drehte sich um und schwebte durch den Raum, so dass Ament und Mehit auseinander glitten.

Als Eric das Quartier verlassen hatte, lehnte sich Ament mit der Schulter an die naheliegende Wand und Mehit deutete mit seiner Hand hinter Eric her, als er sprach: „Was … war das?" Seine emotionale Erregung konnte jeder im Raum deutlich wahrnehmen.

„DAS … war die Verwandlung eines Menschen in einen Vampir, jedoch ohne das Verfallen in einen Blutrausch", antwortete Jonathan sichtlich zufrieden.

Daraufhin fauchte ihn Ivan an. „Und warum hast du es nicht gleich getan?" Seinen Missmut brachte auch sein Gesichtsausdruck zum Vorschein.

„Weil …", nun grinste er in sich hinein. „Weil auch ich noch dazu lerne und jetzt endlich den letzten Spruch zu einer Verwandlung von Eric erhalten habe."

„Das war ein Test?" Mehit schäumte fast vor Wut.

Als Ament plötzlich seine Position aufgab und nahe an Mehit trat. „Er konnte es vorher nicht." So eindringlich wie Ament nun seinen Clanbruder ansah, wurde ihm ganz warm.

„Also, kannst du nun einen Menschen sofort in einen Vampir verwandeln?" Als ihm die Worte über die Lippen kamen, begriff er erst jetzt, welche Ausmaße das ganze hatte.

„Ja, jetzt kann ich es." Froh über seine neu gewonnene Fähigkeit zierten seine Lippen ein Lächeln, bevor er sich zu Mona umdrehte.

„Geht es dir gut?"

Mona nickte in den Armen von Ivan bedächtig. „Ich glaube schon." Suchend ging ihr Blick wieder zu Ivan, der ihr aufmunternd zunickte.

„Danke", sagte Ivan sanft und blickte zu Jonathan. „Ich war …"

„Ist schon gut. Ruht euch aus. Ich ziehe mich zurück." Damit verließ er das Quartier und schritt den Marmorflur entlang.

Auch Angel fand ihre Stimme wieder. „Das so etwas funktioniert, hätte ich nie für möglich gehalten." Sie drückte kurz die Hand von Mona und gab ihr einen weiteren Blutbeutel.

„Brauchst du noch mehr?"

Monas Emotionen überwältigten sie und sie begann zu weinen. „Ich danke euch allen." Dann sank sie mit dem Blutbeutel in der Hand an Ivans Brust.

Mehit erhob seine Stimme: „Wir gehen – und du Ivan? Du hast jetzt erst einmal zwei Tage frei. Erkläre Mona alles und führe sie behutsam in unsere Welt ein. Willkommen in unserer Welt." Mehit sah sie aus seinen kristallblauen Augen an und Monas Herz hüpfte vor Freude.

„Danke", antwortete sie glücklich.

Ortischa und Maddy lasen erleichtert die Nachricht, die Raban nun an jeden gesendet hatte. Mona war verwandelt worden und Eric hatte dabei geholfen. Warum er das getan hatte, blieb allen ein Rätsel.

„Das heißt, sie hat alles überstanden und es kann nichts mehr schiefgehen?"

„Ja", antwortete Ortischa ihr.

Glückselig fiel Maddy der Vampirin in die Arme und drückte sie fest. „Ich freu mich so!" Ortischa war gerührt von der Freude, die Maddy aus jeder ihrer Poren kroch und dennoch konnte sie die Verwandlung nicht gutheißen. Aber nun schien sie sogar den Segen des ehemaligen Clanoberhaupts zu haben, dem sich wohl jeder Vampir unterordnen würde.

Maddy riss Ortischa aus ihren Gedanken. „Ortischa, ich werde mich frisch machen und umziehen und dann können wir zu Jane gehen."

„Mmmhh."

Als Maddy im Ankleidezimmer verschwand, setzte sich die Clankriegerin auf einen der Sessel.

„Kannst du mal kurz kommen?", rief Maddy und Ortischa konnte aus ihrer Stimme entnehmen, dass es sich nicht um die Wahl eines Kleidungsstücks für den Tag handelte. Als sie neben sie trat konnte sie sehen, was Maddy meinte.

Eine mittelgroße Kiste zog Maddy aus dem Schrank.

„Was hast du da?" Neugierig erfassten Ortischas Augen die verzierte Kiste.

„Keine Ahnung. Ich bekomme sie nicht auf."

Ortischa ging neben ihr in die Knie, griff nach der Kiste und mit etwas Anstrengung schnappte der Verschluss auf.

„Perfekt!", rief Maddy aus.

Was sich ihnen nun bot, überstieg ihre kühnsten Träume.

Vor ihnen in der Kiste lag ein Dolch, der eingewickelt war in ein Leinentuch, welches ägyptische Schriftzeichen enthielt. Im Gegensatz zu Ortischa erkannte Maddy sofort, was sie dort vor sich hatte. Das war der Dolch, der auf dem Steinquarder in der Gruft zum Vorschein gekommen war, als Ivan seine Augen darauf gerichtet hatte. Ehrfürchtig nahm sie den Dolch aus der Scheide und am Ende erschien die Jasmin Blüte.

Erkenntnis trat in Ortischas Gesicht, als sie ihren Schützling aufrichtig musterte. „Du kennst diesen Dolch?"

„Ja, ich kenne ihn. Aber bisher nur von einem Relief. Wir sollten Mehit dazu rufen", sagte sie, als sie das wunderschöne Stück in Augenschein nahm.

Sekunden später trat Mehit bereits durch die Tür. Sein Mund blieb offen stehen, als Maddy ihm den Dolch überreichte.

„Das kann doch wohl nicht wahr sein. Wie kommt der denn in dein Zimmer?" Aufgeregt griff er sich in seine igelkurzen Haare.

„Willst du mir jetzt damit sagen, du kennst diesen Dolch auch?" Ortischa Neugierde traf ihn wie eine Ohrfeige.

„Ja und nein. Ich wusste ja nicht, dass er wirklich existiert." Er empfing Ortischas bösen Blick. „Wir haben vor Kurzem, dank der Hilfe von Ivans Augen, ein Relief gefunden, welches in Stein gemeißelt war. Es befindet sich am Steinquarder in der Gruft. Wie nun dieser Dolch allerdings hierher kommt, kann ich auch nicht beantworten."

„Für mich sieht es eher so aus, als ob ihn jemand hier abgelegt hat", schaltete sich Maddy dazwischen. „Denn warum sollte so ein Relikt plötzlich in meinem Schuhschrank herum liegen? Zumal ich es vorher nie gesehen habe."

Darauf hatten die beiden keine Antwort.

„Aber wer sollte denn diesen Dolch hier ablegen?", stellte Mehit in den Raum.

„Ach, da würden mir schon der eine oder andere einfallen." Maddy zog ihre Augenbrauen nach oben. „Eric oder Jonathan zum Beispiel. Oder … Miss Kottendraw?" Unerwartet stand die Vampirin im Zimmer von Maddy.

Sofort zog sie alle Blicke auf sich.

Sie faltete ihre Hände vor ihrem Schoß und sah in die verdutzten Gesichter. „Könnten wir vielleicht irgendwo hingehen, wo wir in Ruhe sprechen können?" Sie senkte ihren Blick und hoffte auf Zustimmung. Die drei sahen sich an und zuckten mit den Schultern bevor sie ihr antworteten.

„Wir sollten nach unten gehen und diese Information mit allen teilen." Er trat dicht an Maddy heran und griff instinktiv nach ihrer Hand, die sie ihm auch gerne gab.

Ortischa nahm den Kasten mit dem Dolch an sich.

Als sie in der Kommandozentrale ankamen, schlossen sie die Tür hinter sich, was Raban sofort registrierte.

Auch Ament, Angel und Chang schauten auf, als die Gruppe am Tisch Platz nahm, zumal Miss Kottendraw dabei war.

Neugierig schauten alle in ihre Richtung. Sie hob ihre spitze Nase und dann fing sie an zu sprechen.

„Milady, ich habe diese Kiste in Euren Schrank gelegt. Ich fand sie einst, als wir die Räumlichkeiten des Earls nach seinem Ableben reinigten. Sie lag auf seinem Schreibtisch und als ich sie beiseite heben wollte, klappte sie auf. Ich sah den Dolch und verbarg die Kiste bei mir. Doch nun war es an der Zeit, dass ich das Eigentum an Euch, Milady, übergebe, bevor er in falsche Hände gerät. Ich hatte Angst Eric Sierks würde vielleicht davon wissen, denn er schleicht immer durch die Gänge, so als ob er nach etwas sucht.“

„Miss Kottendraw habt Ihr denn noch mehr für mich?“, fragte Maddy freundlich.

„Nein, Milady, ich weiß, ich hätte es Euch schon viel früher geben sollen. Es tut mir leid. Aber …“ Sie zögerte mitten im Satz und sprach dann leiser als vorher. „… damals, als Eric Sierks noch hier lebte, gab es viele … Tote. Zu viele. Als das Tagesserum ausprobiert wurde, starben hier wirklich Dutzende Vampire, doch das war ihm vollkommen egal. Er forderte immer mehr Versuchskaninchen, denen das Serum verabreicht wurde und wir waren diejenigen, die dann hinter ihm aufräumen mussten. Die meisten zerfielen zu Staub, weil das Serum nicht funktionierte. Wir mussten die Schreie der sterbenden Vampire und ihre Überreste täglich ertragen. Keiner von uns durfte damals auch nur einen Ton sagen, denn sonst wären wir die nächsten gewesen. Er wurde von uns als der Scherge des Todes bezeichnet und so benahm er sich auch. Als er jetzt wieder hier einzog, konnte ich es nicht verhindern, dass über die Hälfte der Angestellten gekündigt haben. Sie hatten alle Angst, dass Eric Sierks sie wieder missbrauchen würde.“

„Wer ist wir?“ hakte Maddy nun neugierig nach.

Als Miss Kottendraw langsam ihre Brille von der Nase nahm und mit ihrem goldenen Kettchen herumspielte, sah man ihr an, wie unangenehm es sein musste, was sie nun zu sagen hatte.

„Wir, das sind drei Schwestern. Meine Schwester Odette, die damals das Waisenhaus betreute, in dem Ihr nach der Ermordung Eurer Eltern und Earls gelandet seid. Sie hatte zuvor auf dem Anwesen gearbeitet, noch bevor Jonathan als Clanoberhaupt eingetreten war. Sie hat einen kleinen Anhänger mitgenommen, den sie von Ihrer Mutter bekommen hatte. Diesen, hat sie Euch meines Wissens gegeben.“

„Der ist von meiner Mutter?“ Maddys Stimmlage ging etwas höher als normal.

„Ja, das ist er. Habt Ihr ihn noch?“, fragte sie nun.

„Ja, ich habe ihn noch.“ Einen kurzen Moment lang überlegte Maddy, wie achtlos sie diesen Anhänger in ihrer Schmuckschatulle behandelt hatte und er fast Opfer der Explosion im Bistro geworden wäre. Und nun erfuhr sie, dass dies ein Schmuckstück ihrer Mutter gewesen war. Sogleich ging ihr Blick zu Mehit, der er signalisierte, dass der Anhänger immer noch wohlbehalten bei ihm war.

Dann sprach Miss Kottendraw weiter: „Meine andere Schwester ist leider schon verstorben. Sie arbeitete als Krankenschwester im Hospital von Dr. Anderson. Als damals Ihre Großmutter krank wurde, hat sie sie gepflegt. Als dann das schreckliche Unglück passierte, ging sie zurück an die Klinik, wo sie dann die Ausgeburt des Teufels traf. Hamilton."

Sofort veränderten sich die Emotionen von Ament und Mehit. Wenn auch gleich beide aus unterschiedlichen Gründen so reagierten.

Ament war immer noch sauer auf Hamilton, dass er damals Conzuela im Zentrum festgehalten hatte und er ganz tatenlos gewesen war.

Unterdessen hatte Mehit sofort wieder das Gesicht von Elisa vor sich. Die Tochter des Ratsmitglieds Hamilton.

Ungehindert dessen sprach Miss Kottendraw weiter: „Hamilton umgarnte sie und da sie sich damals in anderen Umständen befand, war sie froh, dass Hamilton sie wieder zu einer ehrbaren Frau machte. Sie nahm die Kette mit, die sie einst von Eurer Großmutter geschenkt bekommen hatte. Und meine Wenigkeit … ich nahm den Dolch an mich."

Mehit schluckte. „Das heißt, die Rätsel, denen wir hier seit Monaten auf der Spur sind, könnt ihr binnen weniger Minuten aufklären. Ich bin fassungslos." Er stemmte seine Hände in die Hüfte und schüttelte unweigerlich den Kopf.

„Oh Shit!", knurrte Raban hervor und hämmerte wie ein wilder auf seine Tastatur ein.

Keiner der Anwesenden konnte sich vorstellen, welche Ausmaße das Ganze nahm. Vor allem wollten alle wissen, wo die Stücke geblieben waren, von denen Miss Kottendraw berichtet hatte.

Als sich nun alle dem Kasten zuwendeten, den Ortischa auf den Tisch gestellt hatte, ging ein Raunen durch die Anwesenden, als sie ihn aufklappte.

Eindrucksvoll lag der antike Dolch in seinem Behältnis. Wie eine Reliquie aus längst vergangener Zeit.

Mehit erhob sich. „Miss Kottendraw könnten Sie sich vielleicht eine Zeichnung ansehen, die wir kürzlich gefunden haben? Vielleicht können Sie uns auch dazu etwas sagen?" Er wandte seinen Blick zu Raban.

„Bitte schön. Da haben wir es schon", sagte das Technikgenie und sogleich erschien die gescannte Zeichnung auf dem großen Bildschirm.

Erst blinzelte Miss Kottendraw einige Male und starrte auf die Monitore. Als sie nun feststellte, dass es sich um Menderson handelte, klappte ihr der Mund auf. Dann senkte sie ihren Blick und spielte wieder an der goldenen Kette.

„Ihr wisst … was das ist!", nagelte Mehit sie fest.

„Ja", kam es kleinlaut über ihre Lippen.

Mehit trat auf sie zu. „Dann sagt uns, was Ihr wisst!" Er bohrte seinen kristallklaren Blick in sie.

Unruhig gingen ihre Augen hin und her, bevor sie antwortete.

„Das ist Menderson." Ihre Stimme zitterte.

„Das wissen wir selber. Aber sagen SIE uns, was wir noch nicht wissen?", forderte der Clankrieger sanfter.

„Die roten Linien zeigen das Herrenhaus so, wie es eigentlich aussieht. Diese Räume, die dort erkennbar sind, existieren unterirdisch. Sie liegen im Verborgenen. Es gibt nur sehr wenige, die von dieser Existenz überhaupt wissen. Doch das hat sich wohl geändert." Schnell wandte sie ihren Blick zur Tür. „Wenn Eric Sierks das sieht …"

„Hat er schon …", antwortete Raban ihr trocken.

Ihre Hand ging zu ihrem Mund. „Das ist überhaupt nicht gut." Ihr ganzer Körper fing an zu zittern. „Was hat er dazu gesagt?"

„Nichts."

„NICHTS?"

„Er hat sie sich nur angesehen." Raban drehte sich auf seinem Stuhl zu ihr herum. „Also, weiß er von diesen Räumen?"

„Selbstverständlich weiß er davon." Überzeugter könnte es nicht klingen. „Der Earl de Winter und Eric Sierks haben tagelang im Arbeitszimmer gesessen und Pläne geschmiedet. Keiner dürfte sie stören. Sie hatten über den ganzen Fußboden Zeichnungen verteilt und achteten peinlich genau darauf, dass diese keiner zu Gesicht bekam."

„Und wie kommt es, dass ihr davon wisst?", warf nun Mehit ein.

Sie senkte ihren Blick. „Es gibt immer mal eine Gelegenheit."

„Wir verurteilen Euch nicht, sagt uns was Ihr gesehen habt?" Die Neugierde schoss aus Rabans Augen.

„Wir haben anscheinend vier dieser Zeichnungen gefunden", triumphierte Maddy.

„Nur vier? Es gab sicher an die dreißig dieser Zeichnungen. Entweder wurden die anderen versteckt oder vielleicht vernichtet. Das kann ich Euch nicht sagen. Ich weiß nur, wenn Eric Sierks erfährt, dass ich Euch davon erzählt habe, wird er mich töten."

Maddy richtete sich auf. „Eric muss es nicht erfahren. Kennt Ihr ihn schon so lange? Wie alt seid Ihr?" So unbescholten, wie Maddy die Fragen stellte, konnte Miss Kottendraw nicht anders, als ihr zu antworten.

„Milady, ich bin sechshundertfünfzig Jahre alt und kenne Eric Sierks schon vom ersten Tag, als er das Anwesen betreten hat. Das war … 1856 in dem Jahr trat eine sehr bekannte Klavierspielerin in London auf. Es war ein Vergnügen ihr zuzuhören." Man konnte sehen, dass Miss Kottendraw diesen Klängen immer noch nachhing.

„Ist ja merkwürdig. Uns hat er erzählt, er wäre seit 1902 hier auf Menderson gewesen", sagte Maddy.

„Das stimmt nicht. Ich schwöre, dass es das Jahr 1856 war. Ich irre mich nicht."

„Ich glaube Euch."

„Ich muss jetzt gehen sonst fällt es auf, dass ich fehle. Entschuldigt mich, Milady. Ich hoffe, ich konnte Euch helfen?" Sie suchte in Maddys Gesicht nach ihrer Zustimmung, doch Raban kam ihr zuvor.

„Ich werde die Angaben prüfen und wenn es nötig ist, dann werden wir uns erneut an Sie wenden."

„Gerne." Damit verschwand sie fast lautlos aus der Kommandozentrale und war nur Sekunden später nicht mehr zu sehen.

„Das ist doch alles nicht mehr normal." Raban suchte in seinen Datenbanken nach Anhaltspunkten, die die Aussagen von Miss Kottendraw bestätigten.

„Also wenn wir davon ausgehen, dass Menderson diese Ausmaße hat, wie wir sie hier auf dem Bildschirm sehen, dann hätte doch auch Jonathan bisher nichts davon gewusst, oder?", fragte Maddy in die Gruppe hinein.

Mehit sah sie an und überlegte kurz. „Ja, du hast Recht. Dann kann er nichts von diesen Räumen wissen, vielleicht klebt er deswegen an Eric wie eine Klette?"

Befürwortend nickte Ament.

„Das würde zumindest seine momentane Art erklären, weshalb er so abweisend ist", kam es Mehit bitter über die Lippen.

Nun sah Maddy Mehit fest in die Augen. „Der Raum hinter der Gruft scheint also wirklich zu existieren."

„Woher willst du das wissen?", fragte Raban.

„Weil … als ich mit Ivan, Mehit, Ramos und Angel dort war, haben wir am Steinquarder die Reliefs gesehen und als Ivan seinen violetten Schein auf die Wand richtete, erschienen dort noch mehr Zeichnungen, die wir bisher nicht gesehen haben."

Raban klappte die Kinnlade nach unten. „Und das erzählst du mal so nebenbei?"

„Ja!", sie grinste ihn an.

Ortischa war derweil völlig in sich gekehrt und nun musterte Ament die Clankriegerin. Als sie seinen Blick auf sich spürte, stand sie auf und trat dicht an seine Seite.

„Eric wird mir immer unheimlicher. Können wir ihn im Notfall vernichten?" Ihre Stimme war so leise, dass gerade mal Ament sie verstand.

„Ja", antwortete er ihr selbstsicher.

Sie atmete tief durch. „Ich gehe mich um Justine kümmern und dann gehe ich mit Marisol und Mina zu Ivan. Er braucht sicher mal eine Pause und so können die beiden ihr vieles erklären und Ivan ist wieder am Start."

Er nickte zuversichtlich.

Irgendwo kurz vor London …

Stevo trug Elisa immer noch in seinen Armen und ihr Kopf lehnte an seiner Brust. Immer wieder drehte er sich um und sondierte die Gegend.

Nach dem Angriff in Leicester wollte er nicht noch einmal so überrascht werden. Auf seinem Weg begegnete er zwei Vampiren, die aber sofort das Weite suchten, als er seine Macht kurz aufwallen ließ. *Das passiert mir nicht noch einmal*, dachte er sich.

Elisa lag seelenruhig in seinen Armen und er war froh, dass sie alles so gut überstanden hatte. Sein Blut hatte sie geheilt und nur das zählte. Dass sie überhaupt durch seine Unachtsamkeit verletzt wurde, quälte ihn immer noch. Doch nun kam eine ganz andere Sorge auf sie zu.

Unbändiger Blutdurst.

Der Clankrieger schluckte schwer, als plötzlich ein Taxi an ihnen vorbeifuhr und er sich mit Elisa hinter einem dicken Baum verschanzte. *Wir müssen uns nähren*, schallte es durch seinen Kopf. *Sonst halten wir dieses Tempo nicht mehr lange durch.* Als er wieder den Gehweg aufsuchte, kam ein Schild in sein Sichtfeld.

LONDON

Sie hatten ihr Ziel erreicht! Erleuchtung machte sich in ihm breit und er flüsterte Elisa ins Ohr.

„Elisa, wir sind fast da."

Sie hob ihre Augenlider und sah ihn fragend an.

„Vor uns liegt London. Du musst mir sagen, wo deine Freundin wohnt?" Das breite Lächeln, das Stevo nun ausstrahlte, steckte auch Elisa an.

„Lass mich runter, ich kann wieder laufen."

Sanft entließ er sie aus seinen Armen, hielt aber noch einen Arm hinter ihrem Rücken, falls ihre Beine doch nachgeben würden.

Beide standen nebeneinander und schauten auf die vor ihnen liegende Stadt.

Glitzernd und funkelnd lag sie vor ihnen, zum Greifen nah und dennoch zögerten beide aus den unterschiedlichsten Gründen.

Elisa wusste, dass das die Stadt war, die ihr Vater als die Seine bezeichnete. Immer hatte er ihr geprahlt, wie weit es in seinem Leben gebracht hätte und nun das sein London sein Territorium wäre und niemand ihm das wegnehmen würde. Unweigerlich erschauerte sie bei dem Gedanken.

„Was hast du?", fragte Stevo, als er die Gefühlsveränderung wahrnahm.

Sie wandte sich von ihm ab. „Ach nichts. Ich hasse London einfach."

Auch Stevo war nicht gerade begeistert in die Stadt zurückzukehren, die ihm einst so viel Qual bereitet hatte. Wenn er hier damals besser aufgepasst hätte, wäre er gar nicht erst in die Fänge des Rates gelangt. Aber nein, er hatte ja nicht auf Jonathan gehört und hatte dann mit über zwei Jahrzehnten seines Lebens dafür bezahlen dürfen.

„Jetzt wird alles anders. Erst einmal suchen wir deine Freundin und dann sehen wir weiter. Okay?"

„Okay, wir müssen nach Süden. Sie wohnt und in der Nähe vom Kennington.

„Das schaffen wir noch, bis die Sonne aufgeht, oder?" Aufmunternd sah er in ihre blaugrünen Augen.

Sie reichte ihm die Hand. „Ja, das schaffen wir."

Eine knappe Stunde später, hatten sie endlich die Wohnung von Susan erreicht.

Als Elisa nun den Klingelknopf drückte, war sie sich nicht sicher, ob Susan überhaupt zu Hause sein würde, denn oft hatten sie beide die Nachtschicht im Krankenhaus übernommen. Doch als der Summer ging, atmete sie erleichtert auf.

Zielstrebig folgte ihr Stevo.

Als sie die Stufen bis zum zweiten Stockwerk erklommen hatten, wurde bereits die Tür geöffnet, doch es stand nicht Susan in der Tür sondern Ricky.

Dieser fragte leise: „Elisa?"

„Ja, und ich habe jemanden bei mir. Er heißt Stevo", flüsterte sie.

Ricky blieb der Mund offen stehen, als er wahrhaftig Elisa vor sich erblickte.

„Das kann ja nicht wahr sein. Ich habe eine gewaltige Macht gespürt …", nun sah er Stevo hinter Elisa aufragen und blickte ihm in die fast weißen Augen. „Oh mein Gott noch ein … Clankrieger?" Stotterte er. „Wo hast du den denn her? Sammelst du sie? Und wie bist du überhaupt von Calabria entkommen?"

„Lass uns doch erst einmal rein. Dann werden wir dir alles erklären. Ist Susan auch da?" Suchend ging ihr Blick vorbei an Ricky.

„Nein, sie hat Nachtdienst. Sie kommt aber bald." Er deutete ihr an, sich in die Küche zu begeben.

Als sich Stevo an ihm vorbeidrängte, hielt Ricky kurz die Luft an.

In der verdunkelten Küche nahmen beide Platz und Ricky ging zum Kühlschrank und nahm zwei Flaschen „Tomatensaft" heraus und reichte sie den beiden. Gierig kippten sie das Lebenselixier ihre ausgetrockneten Kehlen hinunter. Aufgebracht ging Rickys Blick immer zwischen seinen Besuchern hin und her.

„Ich sollte Mehit informieren, damit er weiß, dass es dir gut geht und er bei dir ist." Bewusst erwähnte er Mehit, um dem hier anwesenden Clankrieger zu signalisieren, dass er unter seinem Schutz stand.

„Du brauchst dir wegen Stevo keine Gedanken zu machen. Wenn er nicht gewesen wäre, wäre ich aus Calabria nie zurückgekehrt." Ihre Stimme war so getränkt von Traurigkeit, dass selbst Ricky die Worte im Hals stecken blieben.

Stevo musterte den Vampir und verstand noch nicht so ganz, dass er hier in einer menschlichen Wohnung war. Überall haftete der Duft der Menschenfrau an.

„Ja, ich lebe mit einem Menschen zusammen. Sie weiß nichts von meiner Existenz. Zufrieden?!"

Sogleich hob Stevo entschuldigend seine Hände und zog seine Augenbrauen nach oben.

„Es ist doch alles in Ordnung. Ricky …", sagte Elisa beruhigend und dann wandte sie sich an Stevo. „Susan ist, oder besser war, meine Kollegin im Krankenhaus, in dem ich gearbeitet habe. Wir haben damals gemeinsam Mehit kennengelernt, als er uns vor einer Gruppe von aufdringlichen Vampiren gerettet hat. Anschließend sind wir in eine Bar gegangen, wo die beiden sich dann ebenfalls kennengelernt haben." Sie deutete auf Ricky. „Von unserer Welt weiß sie jedoch nichts."

Alle Blicke schnellten zur Tür, als diese sich just in diesem Moment öffnete.

„Schätzchen, ich bin wieder zu Hause", trillerte Susan, als sie den Flur entlang lief.

Ricky schoss auf sie zu und empfing ihren Mund mit einem innigen Kuss. „Mein Schatz, wir haben Besuch!"

„Wen?" Sie drängte sich an ihm vorbei in die Küche und schlug sich mit den Händen vor den Mund.

„ELISA! Meine Süße, endlich bist du wieder hier. Ich habe dich so sehr vermisst. Wie ist es dir ergangen? Geht es deiner Tante besser? Ach, du musst mir alles erzählen und auf keinen Fall darfst du etwas auslassen!" Ihr Augenmerk fiel auf Stevo, der nur auf die flinken Lippen der Menschenfrau starrte. „Wo hast du denn den her?"

„Ihn habe ich bei meiner Tante im Kloster kennengelernt", antwortete Elisa sehr überzeugend.

„So etwas rennt in einem Kloster herum?" Susan konnte ihre Verwunderung nicht verbergen und deutete erneut auf den Clankrieger.

„Ja – und stell dir vor, er hat mich sogar bis hierher begleitet."

Susan schüttelte erheitert den Kopf. „Du brauchst auch nur mit den Fingern zu schnippen und schon hast du so einen Kerl an deiner Seite, was?"

Ricky umfasste die Taille von seiner Freundin und sagte: „Na ein Glück hast du ja mich." Er klang eifersüchtig und Susan drehte sich zu ihm um und gab ihm einen flüchtigen Kuss. „Dich … tausche ich ja auch nicht ein. Du bist MEIN Schatz."

Ein Lächeln zierte Rickys Lippen.

„Nun aber zu dir. Wie war es denn nun bei deiner Tante? Und …"

Elisa unterbrach ihre Freundin: „Hol Luft, meine Süße. Ich erzähle dir alles. Aber komm, lass uns erst einmal ins Wohnzimmer gehen." Elisa nahm ihre Freundin an die Hand und zog sie nach nebenan.

Stevo lehnte sich auf dem Stuhl zurück und schloss für einen Moment seine brennenden Augen. *Angekommen*, raunte es durch seinen Kopf. Seine Muskeln wollten ruhen, denn das Aufwallen seiner Macht, hatte ihn sehr geschwächt. Er gönnte sich diesen Moment und genoss die Stille um sich herum. Nur das leise Gespräch von Susan und Elisa drang zu ihm.

Nach einer knappen Stunde hatte Susan ihren Wissensdurst fürs erste gestillt und so langsam machte sich die Müdigkeit bei ihr breit.

„Wollt ihr hier schlafen? Ihr seid doch sicher total müde von der Reise? Ich werde Ricky sagen, dass er das Gästezimmer herrichten soll."

„Hab ich schon erledigt mein Schatz." Er lehnte an der Tür.

„Na perfekt. Dann geht mal nach nebenan." Sie gähnte.

Nachdem Elisa und Stevo kurze Blicke getauscht hatten, bewegten sie sich in das Gästezimmer.

Erschöpft legten sie sich auf das Bett und schliefen nach nur wenigen Minuten ein.

Am späten Mittag war Susan aufgestanden und hatte von Ricky ein leckeres Essen zubereitet bekommen. Denn kurze Zeit danach hatte sie einen Arzttermin, den sie unbedingt wahrnehmen musste. Als sie sich an der Tür verabschiedete, beauftragte Susan ihren Freund, sich anständig um ihre Gäste zu kümmern.

Ricky rollte dabei mit den Augen und drückte ihr einen Kuss auf den Mund.

Die Tür fiel ins Schloss und nur Sekunden später stand Stevo hinter ihm.

„Man hast du mich erschreckt. Warum schleichst du dich denn so an?" Stevo zog nur eine Augenbraue nach oben und ging an ihm vorbei ins Bad. Dort entledigte er sich seiner Anziehsachen und ging erst einmal duschen. Er warf den Kopf in den Nacken und hätte fast los gejault vor Freude. Das kühle Nass auf seinem Körper fühlte sich so einzigartig an, dass er stundenlang dort verweilen wollte, doch als er seine Narben sah, kam in ihm wieder die Zeit der Qualen und die Jahre der Folter hoch. Ihm brannte nun noch mehr auf der Seele, so dass er den Clan endlich wiedersehen wollte. Schnell griff er nach einem Handtuch und schlang sich dieses um die Hüften. Sein Element legte sich wie ein Hauch um ihn im Nu war er trocken. Seine Haare kämmte er durch und der Surfer-Boy-Look gefiel ihm mittlerweile ganz gut. Er dachte eine Sekunde zurück, als Elisa in der Scheune ihm einfach die Haare geschnitten hatte. Er musste schmunzeln. Als er auf die Kleidung zu seinen Füßen sah, beschloss er den Vampir, der vor der Tür stand, zu fragen, ob dieser nicht vielleicht ein neues T-Shirt für ihn hätte. Er riss die Tür auf und Ricky erstarrte.

„Hast du ein T-Shirt für mich?" Seine Worte kamen gradlinig und trocken rüber.

Eilig lief Ricky los und holte ihm neue Kleidung und übergab sie ihm.

Schon war die Tür wieder geschlossen.

Stevo entfaltete den Berg und zum Vorschein kam eine nagelneue Boxershorts, an der sogar noch das Preisschild baumelte. Außerdem erblickte er ein Paar Socken, ein T-Shirt mit einem minimalistischen Aufdruck und eine Jeans. Er schlüpfte in die Kleidungsstücke und zu seiner Freude passte ihm alles wie angegossen. Es war zwar nicht sein Geschmack, aber es reichte fürs Erste aus.

Er öffnete die Tür, doch dieses Mal stand Ricky nicht mehr davor. Zielstrebig ging er in die Küche, wo Ricky ihm eine weitere Flasche „Tomatensaft" reichte.

„Steht dir gut mein T-Shirt", flachste Ricky, wofür ihn Stevo jedoch nur mit einem abwertenden Blick bedachte.

„Danke, heißt es eigentlich, wenn man etwas geschenkt bekommt."

Stevo schwieg und setzte sich an den Küchentisch.

Nach einer weiteren Stunde kam Elisa ganz verschlafen auf den Flur. Sie reckte ihre müden Glieder und sofort sprang Ricky auf, um ihr ebenfalls einen Stapel Kleidung zu reichen.

„Das hat dir Susan rausgelegt, damit du dich umziehen kannst. Es fiel nämlich schon auf, dass ihr ohne Koffer gekommen seid. Ich sagte ihr, dass diese versehentlich im falschen Flieger gelandet sind. Ihr könnt sie morgen vom Flughafen abholen." Sein Gesichtsausdruck wirkte neugierig.

„Das haben wir gar nicht bedacht", antwortete Elisa ihm und sah dann zu Stevo. „Ich bin kurz duschen und danach sprechen wir."

Keiner der beiden Vampire sagte etwas.

Nachdem Elisa sich geduscht und die Haare geföhnt hatte, trat sie erneut zu den beiden.

„Hast du schon Mehit angerufen?", fragte Elisa.

„Nein, denn ich wollte euch erst einmal auf den neusten Stand bringen", antwortete Ricky und schob ein iPad zwischen sich und die zwei. „Der Rat hat eine Suchmeldung nach euch rausgegeben und eine sehr hohe Belohnung auf eure Ergreifung ausgesetzt. Deshalb wäre es jetzt sinnvoll, nicht mehr durch die Straßen Londons zu laufen, denn diese Nachricht haben alle hier lebenden Haushalte bekommen."

Elisa erschauderte, als sie ihren Namen und ihr Foto sah.

Hingegen fand Stevo das kleine technische Gerät viel interessanter, als die Nachricht über sich. Sein Wissensstand war etwas eingerostet. Doch alles, was er bereits gesehen hatte, die neuen Motorräder, die neuen Autos und nun dieses kleine Gerät, gefielen ihm sehr gut.

„Es ist auch ein Foto von dir drin." Elisa schob das iPad zu ihm und zeigte auf sein Bild.

Er zuckte nur mit den Schultern.

„Ist dir nicht klar, was das bedeutet? Ganz London, ach was sage ich da, ganz England ist hinter euch her und jagt euch gnadenlos. Wir müssen ganz besonders vorsichtig sein. Ich werde Mehit anrufen und fragen, …"

„Nein, ruf ihn nicht an. Er soll nicht unseretwegen in Schwierigkeiten geraten", flehte Elisa und sah Stevo nervös an. „Oder was sagst du?"

Er zuckte wieder mit den Achseln.

„Kann der nicht reden?", folgerte Ricky und deutete mit seiner Hand in seine Richtung.

Er konnte gar nicht so schnell reagieren, wie Stevo sich auf ihn stürzte und unter sich begrub. Mit gefletschten Fangzähnen ragte er über ihm auf.

„Beruhige dich Stevo. Er hat es nicht so gemeint." Elisa zog ihn an der Schulter zurück und er ließ es geschehen. Normalerweise hätte Elisa ihn nicht mal einen Millimeter bewegt, wenn er das nicht gewollt hätte.

Sich ergebend hob Ricky die Hände. „Entschuldigung", krächzte er hervor.

Dann ließ der Clankrieger von ihm ab und setzte sich wieder auf den Stuhl.

„Du solltest ihn nicht reizen, Ricky. Wir haben eine harte Zeit hinter uns. Er noch mehr als ich. Gib mir dein Handy. Ich rufe Mehit selber an. Sicher wird er einen Ausweg für uns finden."

Ricky reichte ihr sein Handy.

Als Mehit der Anruf erreichte, befand er sich gerade mit Maddy und Angel in der Küche bei Jane, die frischen Kaffee zubereitete. Im Display erschien der Name „Ricky". Er entschuldigte sich kurz und ging in die Eingangshalle.

„Ja?"

„Hallo Mehit, ich bin es Elisa."

Ihm fiel fast das Handy aus der Hand.

„ELISA? Wo … wo bist du? Geht es dir gut?" Aufgeregt und heftig schlug sein Puls.

„Ich bin bei Susan und Ricky seit letzter Nacht." Sie war froh, dass er so freudig reagierte.

„Ich … habe … mir Sorgen gemacht", quälte er hervor, obwohl er dies sonst nie zugeben würde.

„Mehit? Ich … ich …", stotterte sie.

„Ganz ruhig. Geht es dir gut?", fragte er.

„Ja, soweit schon. Aber … es ist so viel passiert und ich hatte solche Angst." Er konnte die ganze Traurigkeit in ihren Worten hören.

„Du kannst mir später alles erzählen. Sag mir wo du bist, ich hole dich sofort!"

„Mehit? Ich bin nicht alleine."

„Das heißt?" Plötzlich veränderte sich seine Tonlage.

„Es hat mich jemand aus Calabria gerettet."

„Ja, habe ich gesehen, ein dunkelhäutiger Mann." Seine Tonlage sackte noch mehr ab.

„Desmond, ist sein Name. Er hat uns aber verlassen. Ich rede aber von dem zweiten Mann, der mir geholfen hat."

Mehit schwieg.

„Mehit? Bist du noch dran?"

„Ja", knurrte er fast.

„Der andere Mann, der mir geholfen hat, ist jemand den du bereits kennst."

„Wer sollte das denn sein?", sagte er zynisch. Mehit ließ in Gedanken noch einmal die E-Mail von Raban durch den Kopf gehen. Er hatte nur den dunkelhäutigen Vampir und Elisa gesehen. An einen weiteren Mann konnte er sich nicht erinnern.

Plötzlich nahm sie das Handy vom Ohr. „Willst du mit ihm reden?", fragte sie Stevo, doch dieser schüttelte den Kopf.

Genervt rollte Mehit mit den Augen.

„Es ist … Stevo."

Als der Name durch den Hörer zu ihm drang, verschlug es ihm die Worte.

„Mehit? Bist du noch da?", hakte Elisa nach. „Mehit?"

Ungläubig starrte Mehit in der Eingangshalle umher. „Das kann nicht sein", sagte er leise vor sich hin, denn seine Gefühle überschlugen sich gerade.

„Doch … er sitzt neben mir. Mehit ohne ihn hätte ich niemals von Calabria fliehen können."

„Gib ihn mir!"

Elisa reichte das Handy weiter und Stevo nahm das kleine Gerät und hielt es sich an sein Ohr.

Mehit konnte seinen Atem hören.

„Mehit?", raunte dieser nun in das Handy. „Ich bin es, Stevo." Unsicher war er schon.

„STEVO? Das gibt es doch nicht. Verdammt. Wo warst du die ganze Zeit?"

„In Calabria … gefangen und eingesperrt."

Bei Mehit drehte sich alles. „Sag mir sofort, wo ihr seid. Ich hole euch augenblicklich ab."

Stevo drückte Ricky das Handy in die Hand. „Sag ihm die Adresse."

„Hi Mehit, pass bloß auf, denn ganz England sucht die beiden."

„Ich passe schon auf. Ich werde nicht alleine kommen."

Ricky teilte ihm noch die Anschrift mit und dann beendeten beide das Gespräch.

Mehit stand da, als hätte ihn der Blitz getroffen. Er tippte auf seinem Handy die Nummer von Ament.

„Wir treffen uns in der Garage am Geländewagen. Sofort!" Ohne eine Antwort abzuwarten, legte er auf, um dann sogleich auch noch Raban anzurufen.

„Ja, mein Großer?", flötete dieser in den Hörer.

„Ich muss mit Ament kurz nach London. Halte die Stellung und sag Ortischa und Ivan Bescheid."

„Mach ich. Kannst dich auf mich verlassen."

Raban sendete an alle eine kurze Nachricht per SMS.

Als Ament am Geländewagen ankam, sah er einen total verstörten Mehit auf den Wagen zulaufen.

„Was hast du?" Er konnte die Unruhe, die von dem Clankrieger ausging, förmlich spüren.

„Das glaubst du mir sowieso nicht. Steig ein. Du fährst", befahl Mehit und Ament folgte.

Schweigsam dirigierte sie das Navigationsgerät bis zu der Adresse, die Ricky ihm gegeben hatte.

Als Ament dann am Bürgersteig anhielt, legte Mehit seine Hand auf seinen Unterarm. Ament schaute ihn entgeistert an.

„Schau dich gut um, bevor wir aussteigen, ob du irgendetwas Verdächtiges siehst."

„Das Einzige, was hier verdächtig ist, bist du gerade mein Lieber", grollte Ament.

„Wir werden jetzt zwei Vampire aus diesem Haus holen. Eine Frau und einen Mann."

„Aha," erwiderte Ament nur.

„Komm."

Ohne weitere Informationen stieg Mehit aus und Ament folgte ihm auf dem Fuße. Beide sondierten kurz die Umgebung, konnten aber nichts Ungewöhnliches feststellen. Mehit stand vor der Haustür und suchte am Klingelbrett den Namen von Susan. Nur Sekunden später ging der Summer. Als beide die Treppe nach oben stiegen, ging durch Ament plötzlich ein Schauer.

„Mehit, hier stimmt etwas nicht. Ich fühle ein … Element?" Er wunderte sich selbst über seine Äußerung.

„Ich auch", sagte er jedoch nur und ging weiter. Auch er konnte schon die Veränderung wahrnehmen, wollte aber erst sicher sein, wenn er ihn wirklich sehen würde. Ein Stockwerk höher ging die Tür auf.

„Mehit?", fragte da eine Männerstimme.

„Ja, ich bin es."

Sekunden später standen die beiden imposanten Krieger vor der Wohnungstür.

Ricky begrüßte Mehit und schaute nicht schlecht, als der glatzköpfige Ament ihm folgte.

„In der Küche", sagte er nur und schloss die Tür hinter ihnen.

Als Mehit um die Ecke bog, glaubte er seinen Augen nicht zu trauen.

Stevo stand mitten in der kleinen Küche.

„Das gibt es doch nicht." Er schritt auf seinen Clanbruder zu und nahm ihn kräftig in die Arme.

Ament verlor ebenfalls die Fassung und lief zielstrebig zu den beiden und empfing Stevo genauso. Alle drei hielten sich sekundenlang fest umschlungen. Ihre Gefühle jagten durch ihre Körper und weder Mehit noch Ament konnten glauben, dass er wirklich zwischen ihnen stand.

„Wo warst du bloß?", fragte Ament aufgeregt.

„In Calabria gefangen und eingekerkert, seit dem Abend wo wir meine Verwandlung feiern wollten. Sie hatten eine Straßensperre aufgestellt und ich Idiot bin von ihnen überwältigt worden. Damit hatte ich mein Schicksal besiegelt, bis …", nun trat er beiseite. „… diese junge Dame kam und wir dann gemeinsam aus dieser Hölle ausgebrochen sind."

Elisa trat hinter ihm hervor und Mehit konnte sich nicht mehr zurückhalten. Er schoss auf Elisa zu, nahm sie in seine Arme und küsste sie vor allen direkt auf den Mund.

Ihr stockte der Atem.

Mit allem hatte sie gerechnet, aber nicht damit, dass Mehit sie küssen würde. Sie schwebte förmlich in seinen Armen, bis sich Ament hinter ihnen räusperte.

„Wir sollten gehen!", raunte er und nahm eine Ampulle aus seinem Ledermantel und jagte diese Stevo in den Arm. „Wir wollen ja nicht, dass du draußen verglühst." Seine Mundwinkel zuckten.

Mehit löste sich nur ungern von Elisas Lippen, doch er wusste, dass es nötig war, sie schnell aus dem Gefahrenbereich zu bringen.

„Wir müssen los", sagte er sanft an ihren Lippen. „Komm."

Als sich die vier zur Tür begaben, drehte sich Mehit noch einmal zu Ricky um. „Danke!"

„Gerne und passt bloß auf euch auf."

Die vier gingen fast lautlos die Treppe hinab bis zur Eingangstür.

Ament zog seinen langen Ledermantel aus und legte ihn um Elisa, so dass ihr Körper komplett verdeckt war. Dann nahm Mehit sie auf seine Arme. Fast gleichzeitig riss Ament die Tür auf, sondierte die Straße und Stevo folgte ihm.

Ament schwang sich auf den Fahrersitz, Stevo öffnete die hintere Tür und Mehit sauste mit Elisa hinein. Als Stevo auf dem Beifahrersitz Platz nahm, startete Ament sofort den Geländewagen. Für seine Verhältnisse sehr gesittet, denn er wollte kein Aufsehen erregen. Er fädelte sich in den Nachmittagsverkehr ein und schon nach kurzer Zeit befanden sie sich auf der Landstraße nach Menderson.

In Mehits Armen gekuschelt fragte Elisa. „Wo fahren wir hin?"

„Nach Menderson." Kurz wechselte er mit Ament einen Blick im Rückspiegel, der jedoch nur die Augenbraue hochzog.

„Ja, sag nichts!", konterte Mehit schnell, denn er wusste, das Ament darauf anspielte, dass er selbst vor kurzem Zivilisten nach Menderson gebracht hatte und deswegen von Mehit sehr gerügt worden war.

Stevo hingegen war einfach nur froh, die Natur wieder an sich vorbeiziehen zu sehen. Das Grün der Wiesen und die prachtvollen Bäume. Er hätte die ganze Welt umarmen können. Dennoch verdunkelte sich der Himmel immer mehr und leichter Regen setzte ein, der während der Fahrt immer heftiger wurde.

„Ward ihr nicht eigentlich zu dritt?", fragte nun Ament, der die ganze Fahrt über geschwiegen hatte.

„Nein, eigentlich waren wir zu viert. Eigentlich war es auch Desmond, dem wir es zu verdanken haben, überhaupt aus dieser Hölle gelangt zu sein. Er war der Gardehauptmann von Calabria. Er hat uns aber unterwegs verlassen. Dann war da noch Raymond dabei, der leider von den Amosith getötet worden ist. Diese hinterlistigen Weibsbilder. Wir sind dann noch auf meinen totgeglaubten Bruder gestoßen, aber das muss ich euch wirklich alles in Ruhe erzählen. Egal, sagt, was hat sich verändert?" Neugierde sprühte nur so aus seinen Poren.

„Der alte Earl ist Tod, Menderson war komplett versiegelt, dann haben wir unseren Schützling, die Quelle, zu uns geholt. Maddy hat Menderson wieder zum Leben erweckt. Jonathan ist immer noch unser Clanoberhaupt, doch wir haben Zuwachs bekommen. Raban ist jetzt ebenfalls ein Krieger mit einem Element, das der Flora, und Ivan ist unserer Halbclankrieger aus Russland."

„Und Ortischa?", fragte Stevo nach.

„Ortischa ist auch da und noch jemand anderes, den du glaube ich nicht erwarten würdest."

„Wen?"

„Eric Sierks" sagte Mehit.

„Eric Sierks," wiederholte Stevo, wobei er mehr knurrte als alles andere. „Was sucht der denn auf Menderson?"

„Oh mein Gott!", kam es nun auch von Elisa.

„Jonathan hat ihn mit hierher gebracht."

Die Reaktion der beiden auf das ehemalige Clanoberhaupt waren ausgesprochen ablehnend, was Mehit ihnen nicht verdenken konnte, denn Eric Sierks galt in der gesamten Bevölkerung nicht gerade als sympathisch.

Kapitel 13

Im Quartier von Mona …

Ivan stand unter der Dusche und ließ das kalte Wasser seinen Körper entlang gleiten. Er stützte seine Hände gegen die Fliesen und in seinem Kopf kamen die Bilder zurück, wie er seine Mona erst vor kurzem hier geliebt hatte. Dieses Mal war es anders gewesen, denn als Vampirin hatte sie nun auch ihr erstes Mal mit ihm erlebt.

Beherzt hatte Ivan unter ihr Gesäß gegriffen und sie angehoben, wobei ihr Rücken an den Fliesen anlag. Ihre Leidenschaft war in Sekunden hochgekocht und darunter wuchs auch seine Erektion erneut an. Er hatte ihre Beine gespreizt und seinen Schaft in ihre heiße Mitte geschoben, wobei er sofort mit einem heftigen Stöhnen begleitet wurde. Er hatte an ihren Lippen geschnurrt, als er sie anhob und wieder auf seiner Erektion niederging. Unterdessen hatte sie sich an seinen Schultern abgestützt und verlor jegliche Hemmungen. An den Gedanken konnte er sich wirklich gewöhnen. Seine innerliche Rastlosigkeit war endlich zur Ruhe gekommen. Als Ortischa mit ihrer Schwester Marisol, Mina, Jason und Lance gekommen waren, freute es ihn, wie herzlich die anderen seine Mona aufgenommen hatten.

Marisol hatte sie gleich in ihre Arme geschlossen.

Mittlerweile saßen sie alle nebenan im Wohnzimmer und Marisol und Mina erklärten Mona gerade die Einzelheiten ihres neuen Lebenswandels. Die drei Frauen verstanden sich auf Anhieb sehr gut.

Jason und Lance hielten sich eher bedeckt. Immer noch klaffte zwischen ihnen eine unüberwindbare Diskrepanz, die alle Anwesenden spüren konnten, dennoch hatte Ament darauf bestanden, die beiden nicht länger in dem Gästezimmer einzusperren.

Ortischa hingegen stand in der Nähe der Tür und wartete, dass Ivan aus dem Bad kam. Ihr war es ein Bedürfnis, den Halbclankrieger bei sich zu wissen, denn das, was sie über Eric erfahren hatten, ließ sie immer noch eisige Schauer über den Rücken laufen.

Als Ivan endlich aus dem Bad trat, schritt er auf Mona zu, gab ihr einen flüchtigen Kuss auf die Stirn und schloss sich dann Ortischa an.

Jason und Lance wollten die beiden begleiten, doch Ortischa hinderte sie daran und befahl ihnen, sich wieder zu setzen. „Ihr bleibt hier!" War dabei ihr eindeutiger Befehl.

Ivan und Ortischa verließen daraufhin das Quartier.

Auf dem Weg zur Kommandozentrale setzte die Clankriegerin Ivan in Kenntnis, was sich mittlerweile ergeben hatte. Als die Sprache auf seinen Besuch in der Gruft kam, atmete er tief durch.

Zu dem tosenden Wind kam nun noch ein heftiger Platzregen hinzu, der über das gigantische Anwesen hinweg peitschte und Menderson noch düsterer und beängstigend wirken ließ, als es ohnehin von außen wirkte.

Als der Geländewagen an der Portaltreppe vorbeirollte, waren alle Insassen glücklich, den Zugang über die Garage nehmen zu können. Als sich hinter ihnen das große Garagentor schloss, stieg Elisa beruhigt aus. Als jedoch ein Donnerschlag über Menderson hinweg rollte, zuckte sie merklich zusammen. Dann dauerte es nicht lange und heftige Blitze peitschten über das Anwesen hinweg.

„Wie furchtbar", kam es Elisa über die zitternden Lippen, als sie Ament den Ledermantel zurückgab.

„Du brauchst keine Angst zu haben", beruhigte Mehit sie und drückte sie dabei an seine breite Brust. Dann legte er schützend seinen Arm um sie. *Endlich bist du bei mir*, dachte er sich.

„Hab ich nicht!", mit einem entrüsteten Blick schaute sie zu ihm auf.

Doch Mehit nahm Elisa das nicht ab und ignorierte auch ihren aufgescheuchten Blick.

Sein verschmitztes Lächeln konnte er nur schwerlich verstecken.

„Mach dich ruhig lustig." Ihr breites Grinsen erwärmte Mehits Herz und es erinnerte ihn an den Moment in der Bar, wo sich beide das erste Mal in den Armen hielten.

Als alle vier in der Kommandozentrale ankamen, warf ihnen Raban ein freundliches Lächeln zu, welches sich aber sofort in ein eisiges verwandelte.

„Noch mehr Zivilisten?", fragte Raban und musterte die ihm bereits bekannte Elisa. „Und …", ihm stockte der Atem, als der dritte Ausbrecher seelenruhig neben Ament hereinspazierte.

Als dieser aufschaute, wusste er auch warum.

Er sah seine fast weißen Augen.

Er war einer wie er.

Ein Clankrieger mit einem Element!

„Das ist Stevo!", sagte Mehit freudestrahlend. „Unser lang verschollener Clankrieger, der es endlich geschafft hat, aus Calabria zu entkommen."

„Das ist doch … nicht wahr." Ortischa betrat den Raum und schoss Stevo in die geöffneten Arme. „Du verrückter Kerl, wo kommst du denn bloß her?" Sogleich schaute sie ihn aufs Genauste an und sah sofort die Narben an seinen Unterarmen und aus dem Halsausschnitt ragten.

„Ich bin geflohen, dank dieser jungen Dame hier. Elisa, ist ihr Name."

„Ach?", kam es der Clankriegerin über die süffisanten Lippen und ihr Blick wanderte kurz zu Mehit, der aber nur mit den Augen rollte.

Dann schlug sie Stevo auf die Schulter. „Das ist ja der Wahnsinn. Alle Elemente wieder vereint und …", nun sah sie Raban an. „… und noch eines mehr."

Raban erhob sich und trat dicht an Stevo heran. „Hi, ich bin Raban."

Sogleich begrüßten sich die beiden so, als wenn sie sich schon immer gekannt hatten. Auch Mehit reihte sich kurzfristig wieder in ihre Reihe ein und alle umarmten sich in einem großen Kreis.

„Wunderbar … wieder vereint."

Als sie aufschauten stand Ivan in der Tür.

„Komm her, du gehörst genauso dazu, Ivan", sagte Ament, was für seine Verhältnisse reichlich viel war.

Der Halbclankrieger mit den violetten Augen zog sogleich auch die Neugierde von Stevo auf sich.

„Beeindruckende Augen", gab dieser von sich.

Alle waren so damit beschäftigt, dass keiner mitbekam, das Elisa sich auf einen Stuhl nahe der Computer setzte und die Dateien begutachtete. Plötzlich runzelte sie die Stirn, als sie etwas sah, was sie kannte.

Nach minutenlangen Umarmungen, abklatschen, Schulterklopfen und so weiter zog Ortischa Stevo hinter sich her zum Kühlschrank und gab ihm erst einmal einen Blutbeutel. Doch anstatt in diesen seine Fangzähne zu vergraben, drehte er sich um und ging auf Elisa zu und reichte ihn ihr.

„Hier nimm", sagte er zu ihr, was ihm einen argwöhnischen Blick von Mehit einbrachte.

Zaghaft nahm sie den Beutel und durchstieß ihn mit ihren Fangzähnen.

Stevo wandte sich unterdessen wieder Ortischa zu. Die beiden konnten damals schon gut miteinander.

Als Elisa den Blutbeutel geleert hatte, schaute sie auf und vor ihr stand Raban mit einem Gesichtsausdruck, der sie zurückzucken ließ.

„Was machst du da?", fragte er überaus interessiert.

„Ich habe mir die Bilder angesehen, die dort auf dem Computer aufgerufen sind."

„Und?"

Nun bohrte er seinen Blick in sie. Sogleich waren auch die anderen verstummt.

Nervös starrte Elisa auf den Bildschirm und deutete darauf: „Das da … ist die Kette meiner Mutter." Wie selbstverständlich kam ihr das über die Lippen und den anderen verschlug es die Sprache. „Warum forschst du nach ihr?" Ihr offener Blick traf den von Raban.

„Weil ... sie sehr wichtig ist."

„Warum?", entgegnete Elisa ihm freundlich.

„Weil diese Kette eines von drei Schmuckstücken ist, die uns helfen könnten, ein Rätsel zu lösen."

„Ach so. Es wird aber nicht einfach werden, an die Kette heranzukommen, denn mein Vater hat sie in seinem Safe eingeschlossen." Sie saugte den letzten Tropfen aus dem Blutbeutel. „Und da ich nicht vorhabe, zu ihm zurückzukehren, kann ich euch nur alles über den Safe erzählen, was ich weiß."

Raban klatschte in die Hände.

„Yes ... endlich mal Fortschritte."

Als nun auch noch Stevo neben ihr auftauchte, nahm sein Gesicht einen ernsten Ausdruck an.

„Zu deinem Vater muss ich dir noch etwas sagen." Er kniete sich vor sie. „Ich habe es Desmond versprochen, dir dies mitzuteilen, wenn wir in Sicherheit sind."

„Was meinst du?" Sie suchte in seinem Gesicht nach Antworten.

„Dein Vater ... ist nicht dein Vater." Ganz ruhig waren seine Worte.

„Wie ... jetzt. Du musst dich irren, denn ..." Plötzlich kamen ihr auch die Worte von Desmond wieder in den Sinn. „Du meinst ... deshalb das ganze Komplott im Gefängnis?" Ihre Augen waren weit aufgerissen und ihre Lippen bebten.

„Ja ... Desmond hat mit angehört, dass das ganze Komplott gegen dich nur zum Ziel hatte, dich auf ewig in Calabria verschwinden zu lassen." Er nahm ihre Hände, was Mehit an den Rand des Wahnsinns trieb. „Er sagte mir dies, bevor er sich entschied zu gehen. Hamilton ist nicht dein Vater." Pure Ehrlichkeit strahlten seine Augen aus, als er dies sagte sank Elisa in sich zusammen. Ihr Kopf neigte sich nach unten und die Tränen schossen ihr wie wild in die Augen. „Irgendwie habe ich so etwas immer schon geahnt. Er hat mich nie wie sein Kind behandelt, so wie ich es bei anderen Eltern gesehen habe. Nie hatte er mich mal in den Arm genommen und wenn ich als kleines Kind hingefallen bin, dann haben mich seine Wachhunde aufgehoben und getröstet. Dann ergibt das alles endlich einen Sinn. Also ist Tante Theresia auch nicht meine Tante! Deshalb durfte ich nie ihr entstelltes Gesicht anschauen. Aber trotzdem wusste ich es immer, dass der Schleier ihr das Gesicht für immer zu einer hässlichen Fratze gemacht hatte."

Ament schob sich zwischen den anderen hindurch.

„Was für ein Schleier?" Sein Element züngelte heftig an seinen Eingeweiden, als er den Worten von Elisa gelauscht hatte.

„Ein schwarzer Schleier. Sie war damals auf Hawaii und hatte wohl meinen Cousin, ach ist ja jetzt nicht mal mein Cousin gewesen, besucht und dabei muss ein riesiges Feuer ausgebrochen sein. Sie hatte daraufhin geschworen, dass sie denjenigen eigenhändig umbringen würde, der diesen Feuerball damals …" Ihr stockte der Atem, als um Ament etliche Flammen züngelten. Sie hatte bereits das Element bei Stevo in Aktion gesehen, doch nun dass des Feuers zu sehen, ließ sie aufschrecken.

„Ruhig Ament!", sagte Mehit hinter ihm.

Aments Wut kam wieder an die Oberfläche: „ICH war das!" Doch nach ein paar Sekunden konnte er sich wieder beruhigen, was die anderen sehr verwunderte.

„Du warst das?" Elisa offener Blick traf den von Ament.

„Weißt du, dass ich die ganzen Jahre in Calabria eingesessen habe, weil Theresia wissen wollte, wer der Feuerteufel von Hawaii war?" Nun hatte sich auch Stevo neben Ament gestellt.

„Ich habe den Mörder meiner damaligen Freundin umgebracht, das Morton der Neffe von Theresia war, war mir dabei egal. Auch das sie währenddessen in dem Haus war, war nicht wichtig für mich. Ein wichtiger Mensch ist bei dem Feuer jedoch versehentlich ums Leben gekommen. Meine Mutter."

„Oh, das tut mir leid." Aus Elisa sprach die reine Überzeugung. „Dann kannst du gerne meine Nicht-mehr-Tante jetzt umbringen, denn ich habe auch noch eine Rechnung mit ihr offen." Sie kniff ihre Augen zusammen.

Ament verzog den Mundwinkel zu einem Lächeln. Denn der Gedanke Theresia zu töten, erheiterte ihn sehr. „Gerne werde ich deine Bedürfnisse befriedigen."

Plötzlich räusperte sich eine Frauenstimme hinter ihnen.

Miss Kottendraw stand da und ihr liefen die Tränen über die Wangen. Sie rang um Fassung. „Elisa?", schluchzte sie.

Elisa schaute an der Seite von Ament vorbei und erblickte eine sehr alte Vampirin. „Ja?"

„Elisa! Ich bin deine Tante. Agatha Kottendraw." Sie öffnete ihre Arme.

„Ich kenne Sie leider nicht Miss Kottendraw." Ungläubig, was sie nun machen sollte, zuckte sie mit den Schultern.

„Kind, du kannst mich auch gar nicht kennen, da dieser Hamilton mir verboten hatte, dich zu besuchen. Deine Mutter war meine Schwester."

„Wie hieß meine Mutter?", testete Elisa schlauerweise die Frau, die vorgab ihre Tante zu sein.

Dies rief sogleich ein Schmunzeln in Rabans Gesicht hervor, als er ihre List dahinter erkannte.

„Eure Mutter hieß Elisabeth Klara Kottendraw, Schwester von Agatha Annamaria und Odette Olivia Kottendraw. Sie hat vor eurer Geburt in der Klinik von Dr. Michael Anderson gearbeitet und davor auf diesem Anwesen. Auf Menderson. Hier betreute sie eine sehr alte Dame. Ach, ich weiß, wie ich es Euch beweisen kann. Ihr habt einen Leberfleck an eurem rechten Fuß, der aussieht wie ein Herz. Ich kann euch sogar ein Foto zeigen, welches im Krankenhaus aufgenommen wurde, bevor dein vermeintlicher Vater dich holen kam." Sie kramte eine alte Fotografie aus einem Etui hervor und reichte sie an Elisa weiter.

Dort sah Elisa tatsächlich ihre Mutter und zwei Frauen in einem Krankenzimmer stehen, mit einem Baby auf dem Arm.

Ihr Mund klappte auf, als sie die Ähnlichkeit feststellte.

„Das kann doch wohl nicht wahr sein?", schluchzte sie.

„Doch, es ist die Wahrheit. Ich kann dir bestätigen, dass Hamilton NICHT dein Vater ist."

Bei Elisa brach daraufhin eine Welt zusammen. Jahrelang hatte sie in diesem goldenen Käfig gesessen und es verflucht und nun erwies sich alles als eine große Lüge? Nicht nur, dass ihr Vater nicht mal ihr Erzeuger war, nein, sie erfuhr auch noch plötzlich, dass sie zwei Tanten hatte. In Elisas Augen glitzerten Tränen vor Rührung.

„Dann bist du meine richtige Tante?"

„Ja, das bin ich." Miss Kottendraw beugte sich zu ihr und Elisa fiel ihr in die Arme.

Alle waren sichtlich betroffen, über das was sich gerade in der Kommandozentrale abgespielt hatte. Keiner hatte mit solch einer Wende gerechnet.

„Wir werden deinen richtigen Vater ausfindig machen. Versprochen." Als die Worte von Raban kamen, nickten fast alle zustimmend. „Das wäre ja gelacht, wenn wir das nicht herausbekommen." Ein verschmitztes Grinsen trat auf seine Lippen.

Nun wandte sich Miss Kottendraw an die anderen.

„Darf ich Elisa in mein Quartier mitnehmen?"

„Selbstverständlich, wenn sie das möchte?", sagte Mehit, obwohl es ihm lieber gewesen wäre, wenn sie in seiner Nähe geblieben wäre. Aber er wollte der neuen Familienzusammenführung nicht im Weg stehen.

Elisa nickte.

Beide verließen daraufhin die Kommandozentrale und gebannt schauten ihr alle nach.

„Ihr könnt euch nicht vorstellen, wie tapfer sie war", sagte Stevo huldvoll. „Sie hat nach dem Ausbruch erst einmal an alle anderen gedacht und sich selbst bis an ihre Grenzen gebracht."

„Wie seid ihr denn überhaupt daraus gekommen?", fragte Raban neugierig, wobei der Stevo genau musterte, denn ein Ausbruch aus Calabria war bis zu diesem Zeitpunkt noch keinem gelungen. Zumindest nicht lebend.

„Desmond hat mich aus dem Kerker befreit. Ich hing jahrelang an silbernen Ketten mit Kristallmanschetten. Er schob sein langärmliges T-Shirt noch ein Stück nach oben und enthüllte seine vernarbten Unterarme. „Das passiert, wenn man sich gegen sie wehrte. Anfangs dachte ich noch, dass ich nicht lange in diesem Kerker bleiben werde. Doch nach und nach schwanden meine Kräfte, mein Mut und zuletzt meine Hoffnung." In seiner Stimme schwang sehr viel Resignation mit.

Alle lauschten seinen Ausführungen.

„Die Foltersitzungen waren dabei noch das kleinere Übel. Ich schwieg zu allen Fragen, die sie mir gestellt haben. Tag für Tag. Monat für Monat. Jahr für Jahr. Irgendwann vergaß ich alles. Das einzige, was mich dann noch aufrechterhielt, waren meine Erinnerung an früher." Er seufzte auf, denn er wollte nicht an die Zeit zurückdenken. „Dann kam Elisa. Erst dachte ich, sie sei ein Köder, um mich zum Reden zu bringen. Doch dann erschien auch Desmond und befreite mich von den Ketten. Auch da dachte ich immer noch an eine List. Dann traten wir ins Freie und ich atmete das erste Mal wieder frische Luft. Das eine Tor wurde anscheinend vom Magier immer zu einer bestimmten Zeit freigegeben und genau diesen Moment haben wir uns zu Nutze gemacht. Ich setzte mein Element ein und das riesige Tor zerbarst. Dann kamen Elisa und Raymond hinterher und wir rannten um unser Leben, denn die Elitegarde war uns dicht auf den Fersen. Wir kamen gut voran, doch nach einer Nacht in einer Scheune wurden wir von einer Gruppe Amosith angegriffen. Raymond konnte den Schergen nicht entgehen und starb dort."

„Das deckt sich mit den Nachrichten, die wir mitbekommen haben.", sagte Raban.

„Dann kämpften wir uns bis nach London zu Elisas Freundin Susan und ihrem Freund Ricky durch." Nun klang Stevo schon sehr erschöpft.

„So, das reicht für heute. Geh in dein Quartier, nähre dich und schlaf dich mal so richtig aus. Wenn du der Meinung bist, du bist bereit, dann stellen wir dir gerne auch unseren Schützling Maddy vor." Ein Lächeln zierte die Mundwinkel von Mehit.

„Wisst ihr was? Ihr könnt euch nicht vorstellen, wie schön es ist, euch wiederzusehen. Ich habe euch wirklich vermisst." Damit drehte er sich um und trabte den Marmorflur entlang zu seinem Quartier. Er hörte wie sich Ortischas Absätze in entgegengesetzter Richtung entfernten. Auch hörte er, wie Mehit, Ament und Ivan sich auf den Weg in die obere Etage machten, um dort Maddy, Angel und Chang zu treffen. Sein überdurchschnittliches Gehör nahm diese Laute wahr und sie gaben ihm ein Gefühl der Geborgenheit zurück, auf welches er so lange verzichten musste.

Sein Quartier lag genau entgegengesetzt der anderen Quartiere, weit hinter dem Aufenthaltsraum und dem Labor. Als er nun fast lautlos den Gang entlang ging, hätte er am liebsten losheulen wollen. Er berührte andächtig seine Tür und das Holz unter seinen Fingern fühlte sich einfach nur gut an. Nachdem er die Tür geöffnet hatte, drang ihm ein frischer Duft entgegen. Er atmete tief ein. „Mein Zuhause!" Seine Kleidung fiel binnen Sekunden von ihm auf die Erde und er ging erst einmal duschen. Die flauschigen Handtücher, in die er sich danach hüllte, fühlten sich unsagbar gut an. Damit ließ er sich auf sein Bett fallen. Einen Moment lang hielt er inne, sprang aus dem Bett lief nebenan in das Ankleidezimmer und riss die Schränke auf. Seine Kleidung war immer noch da, doch er stellte fest, nachdem er Ament und Mehit gesehen hatte, das sich der Stil in den letzten Jahrzehnten doch sehr geändert hatte. Vor allem wollte er unbedingt auch so ein kleines Telefon. Oder wie hatte es Elisa genannt. Handy? Fast im gleichen Moment klopfte es an seiner Tür.

„Ja?"

Raban trat ein. „Hi, bevor wir dich nun wirklich in Ruhe lassen, hier hast du noch dein Handy." Mit nur wenigen Handgriffen zeigte er ihm, wie es zu bedienen hatte.

Stevo bedankte sich bei Raban, vor allem, dass er ihn auch nicht wie einen Idioten behandelt hatte, nur weil er technisch mal ein paar Jahrzehnte hinterher hing. Dann klopfte Raban ihm auf die Schulter. „Schlaf gut … und komm erst einmal an."

„Welches Element besitzt du eigentlich?", fragte ihn Stevo interessiert.

„Das der Flora. Ich wusste es selbst nicht. Das stellte sich erst bei meiner Verwandlung zum Clankrieger heraus." Als sein Blick in den Kleiderschrank fiel, zog er die Augenbrauen kraus. „Was dagegen, wenn ich mal ein paar Klamotten für dich bestelle? Ist ja furchtbar, was da so hängt. Außer, du möchtest wie in der Zopfzeit rumlaufen. Retro ist ja bekanntlich in."

„Das wäre echt nett." Seine Lippen formten eine gerade Linie.

„Die anderen haben mir erzählt, dass du damals auf einem Motorrad unterwegs warst. Wie wäre es denn mit einer neuen Maschine?" Es juckte Raban schon in den Fingern.

„Auch das nehme ich gerne an." Stevo fand den Clankrieger sehr amüsant.

Raban verabschiedete sich und schloss die Tür hinter sich.

Stevo hingegen lief zum Bett, legte sich darauf und schaute sich genüsslich in seinem Schlafzimmer um. Er seufzte und schloss seine Augen. „Zu Hause!"

Nachdem Raban zurückkam, hatte er sich noch bei Jason und Lance über die neusten Motorräder informiert, da er selbst nicht so viel Ahnung davon hatte.

Kurz darauf ließ er sich dann auf seinem Stuhl nieder und checkte kurz seine Bildschirme, als Mehit, Chang, Angel mit Maddy von oben zu ihm runter kamen.

„Wart ihr erfolgreich?"

„Teils ja, teils nein", erwiderte Mehit. „Ja, weil James uns Informationen gegeben hat, die wir so nie erhalten hätten und nein, weil es anscheinend keinen einzigen, weiteren Plan über das Anwesen gibt. Anscheinend hat der Earl damals alle Pläne entweder auf Menderson sehr gut versteckt, oder sogar vernichtet. Es existiert nichts, kein Staubkorn, das uns Auskunft über Menderson gibt. Wir wissen einfach nicht mehr, wo wir noch suchen sollen. Die einzigen Hinweise scheinen diese vier Seiten hier zu sein." Seine Niedergeschlagenheit spiegelte sich in seinem Gesicht wider und steckte damit die anderen an, die hinter ihm den Raum betreten hatten.

Angel setzte sich auf die Couch und Chang gesellte sich neben sie. Beide schwiegen, dennoch war die Spannung fast greifbar, die alle umgab.

„Na dann erzählt doch mal das, was James so von sich gegeben hat." Die Neugierde in Rabans Worten war deutlich zu hören. Gleichzeitig drückte er die Finger durch und war begierig darauf, etwas in seine Datenbanken einzugeben.

Unterdessen hatte sich Maddy ebenfalls an den Tisch gesetzt. „Die Fragen, die wir ihm gestellt haben, konnte er auch nicht umfassend beantworten. Es gibt anscheinend keinen schriftlichen Beweis dafür, wann Menderson überhaupt gebaut worden ist. Er sagte uns aber, dass das Anwesen wohl schon existierte, als er noch ein kleiner Junge war. Denn damals wurde ihm schon abgeraten, sich dem Anwesen zu nähern. Hier sollten der Teufel und seine Helfer wohnen, deshalb sah man fast nie andere Familienmitglieder in Erscheinung treten."

„Aber irgendwo müssen sich ja auch mal deine Eltern kennengelernt haben?", warf Angel nun ein.

Maddy zögerte. „Das stimmt – und es muss ja auch Vorfahren von väterlicher Seite geben, oder?" Nachdenklich blickte sie Mehit an. „Wo haben sich meine Eltern damals kennengelernt?"

Dieser zuckte die Achseln. „Das kann ich dir nicht beantworten. Dazu müssen wir Jonathan befragen."

„Was wollt ihr mich fragen?" Plötzlich stand das Clanoberhaupt in der Tür der Kommandozentrale.

Alle Blicke schnellten zu ihm, doch war es Maddy, die ihre Stimme als erstes wiederfand.

„Jonathan? Kannst du mir sagen, wo sich meine Eltern kennengelernt haben? Und ob es noch Familienangehörige väterlicherseits gibt?"

Sichtlich schockiert zuckte Jonathan zurück, was den sonst so ruhigen Vampir verriet.

„Warum willst du das wissen?", konterte er, wobei er sich nun jedoch wieder gefangen hatte und Maddy mit seinen grünen Augen fixierte.

Auch Maddy hatte seinen unruhigen Blick bemerkt und ließ nicht locker.

„Das ist ja was aus der Chronik meiner Familie – und ich glaube, dass sollte ich schon wissen? Meinst du nicht?" *Jonathan, du verbirgst etwas vor mir.* Sie kniff ihre Augen zusammen.

Aus dieser Situation kam er nicht mehr heraus – und er wusste es. *Verdammt, warum muss ich immer der Überbringer der schlechten Nachrichten sein?*

Das Clanoberhaupt kam näher und nahm auf einem der Stühle an dem großen Konferenztisch Platz. Er atmete einmal tief aus und dann sah er Maddy in die blauen Augen und sprach: „Du kannst dich sicher noch an unser erstes Gespräch im Garten erinnern, wo ich dir die Entstehungsgeschichte unserer Rasse erklärt habe?"

Maddy nickte.

„Damals sind wir leider nicht bis ganz zu Ende gekommen. Ich sagte dir, dass es noch einen weiteren Brief auf Menderson gibt, der dir vieles weitere erklären wird." *Ich muss sie unbedingt davon abbringen, über Sebastians Familie Nachforschungen zu betreiben.*

„Ja, stimmt, das hast du damals gesagt", stimmte ihm Maddy zu.

„Gut ... denn dieser Brief wird so einiges, aber nicht alles, erklären. Wollen wir ihn holen?" Sein offener Blick strahlte solch eine Geborgenheit aus, dass Maddy versucht war, darin zu ertrinken.

„Ach ja, der Brief, du hast recht. Holen können wir ihn, aber ... aber ich möchte erst etwas direkt über meinen Vater erfahren. Erzähl mir das zuerst. Bitte."

Mist

Die plötzliche aufkommende Macht, die Jonathan im Raum verbreitete sollte Maddy anscheinend davon abbringen, dieses Vorhaben zu verfolgen, doch nun schaltete sich Chang dazwischen und blockierte Jonathans Verbindung zu Maddy.

Wütend riss Jonathan seinen Kopf in die Richtung des Halbasiaten, der jedoch nur amüsiert seinen Mundwinkel verzog.

„Lass das!", knurrte Jonathan ihn an und wandte sich erneut Maddy zu.

Abermals jagte Jonathan eine Welle durch den Raum und auch dieses Mal wurde er hart von Chang abgeblockt.

„Netter Versuch, aber so nicht", sagte Chang und sah Jonathan fast gelangweilt an.

„Was meinst du?", fragte Maddy erstaunt, die von ihrem geistigen Angriff nichts mitbekommen hatte.

„Jonathan wollte dir gerade eine kleine Gehirnwäsche verpassen, die ich aber nicht zugelassen habe."

Sofort sprang Mehit auf und schlug mit der Faust auf Tisch.

„Verdammt, Jonathan, hör auf, uns zu beeinflussen. So wirst du unser Vertrauen nicht wieder erlangen. Gut, dass Chang da ist, denn ich habe es nicht einmal gespürt und das soll schon etwas heißen." Wütend funkelten seine Augen.

Maddy rief: „Ist ja gut, ist ja gut. Beruhigt euch. So kommen wir doch nicht weiter."

Eine kurze Pause entstand und alle Beteiligten beruhigten sich.

Auch Mehit setzte sich wieder.

„Nun, noch einmal. Also?" Wartend und fordernd schaute sie zu dem Clanoberhaupt, der sich sichtlich unwohl fühlte in seiner momentanen Situation.

„Gut", sagte er so ruhig, dass alle im Raum die Luft anhielten. „Ihr habt es nicht anders gewollt."

Ein weiteres Mal ließ Jonathan sich viel zu lange Zeit weiterzusprechen.

„Als wir unseren Pakt erneuert haben, hatte ich dir vorher erzählt, dass dein Großvater uns zwar das Tagesserum bescherte, wir ihm dafür aber dienen mussten." Plötzlich konnte man Jonathan ansehen, wie schwer es ihm fiel weiterzusprechen. „Wir mussten Konkurrenten ausschalten und wie seine Leibeigenen fungieren. Du erinnerst dich?"

„Ja", sagte Maddy mit zaghafter Stimme. *Oh Gott, was kommt jetzt bloß?*

„In dieser Zeit haben wir nicht nur berufliche Hindernisse in seinem Namen beseitigt, sondern wir …", er atmete mehrere Male tief aus, bevor er weiterredete. „… haben auch Menschen getötet, die dem Earl ein Dorn im Auge waren."

Bestürzt schlug sich Maddy ihre Hand an den Mund und ihr Puls fing an zu rasen.

Beherzt ergriff Mehit das Wort. „Du willst jetzt aber nicht sagen, dass damals auch Hand an Familienmitglieder gelegt wurde?"

„Doch, genau das will ich euch damit sagen und wenn Chang nicht dazwischen gefunkt hätte, hätte ich das auch gerne weiter für mich behalten. Ich hätte es Maddy nie erzählt – und so hätte es auch bleiben sollen." Wütend sprang er auf und durchquerte den Raum zu Chang.

Dieser stellte sich sogleich dem Clanoberhaupt in den Weg und beide knurrten sich an wie wilde Tiere, die jeden Moment aufeinander losgehen könnten.

Die eskalierende Situation wurde von gefletschten Fangzähnen und hochkochenden Emotionen begleitet. In der Kampfhaltung, in der sich die beiden nun befanden, konnte es nur noch Sekundenbruchteile dauern, bis sie sich gegenseitig an die Kehlen gehen würden.

Gleichzeitig stürzten auch die anderen los.

Angel schoss auf Maddy zu und begrub sie unter sich.

Währenddessen sprintete Raban auf Chang zu und riss ihm am Arm zurück, als Mehit Jonathan auf der anderen Seite wegzerrte.

Nur einen Sekundenbruchteil später und beide Kampfhähne hätten sich einen gnadenlosen Kampf geliefert, wo es sicher nicht nur Blessuren gegeben hätte.

Chang war so überrascht, dass Raban sich auf ihn gestürzt hatte, dass er keinerlei Gegenwehr aufbrachte, denn er wollte ihn wirklich nicht verletzten. Im Gegenteil, er ließ sich von dem Clankrieger hart gegen die Wand drücken und brachte nur gequält heraus. „Ist schon gut. Du kannst mich wieder loslassen!", doch Raban suchte erst den Blickkontakt zu Mehit.

Als dieser ihm zunickte, ließ auch er den Halbasiaten wieder los.

Nun rappelten sich Maddy und Angel ebenfalls wieder auf, wobei die Amerikanerin sich immer noch schützend vor sie stellte. „Seid ihr alle völlig durchgedreht?", fauchte sie die Anwesenden an.

Maddy trat an ihr vorbei und bedachte alle mit einem so durchdringenden Blick, dass selbst Mehit hart schlucken musste.

Verachtung und Wut standen in ihren wunderschönen, dunkelblauen Augen und ohne ein weiteres Wort verließ sie die Kommandozentrale und ging die Treppe nach oben.

Hinter ihr her ging Angel mit einer abwertenden Handbewegung in die Richtung der männlichen Vampire.

Wutentbrannt wandte sich Chang ab und senkte seinen Blick. *Verdammt noch mal, wie konnte das nur geschehen?* Er hatte selten die Kontrolle über sich verloren, dass das Ganze nun ausgerechnet vor Maddy passieren musste, tat ihm auf sonderbare Weise leid. Weshalb das so war, konnte er sich momentan nicht erklären, aber er hatte den ungeheuren Drang sich bei Maddy zu entschuldigen.

Nicht jetzt gleich, aber sobald sich eine Möglichkeit ergab.

Jonathan hingegen griff sich nachdenklich an sein markantes Kinn, in das sich gerade seine Fangzähne zurückzogen. Wie ihm eine solche Entgleisung passieren konnte, führte er auf seine Unausgeglichenheit der letzten Tage zurück. Obwohl er selbst wusste, dass das keine Entschuldigung dafür war, wie er sich soeben aufgeführt hatte. Gerade war er dabei gewesen, das Vertrauen von Maddy und den Clankriegern zurück zu erobern und nun war alles innerhalb von Sekunden wieder zerstört worden. Unwiderruflich? Das musste sich noch zeigen.

Beide Clankrieger hatten sich am schnellsten gefangen und postierten sich nun mit verschränkten Armen vor den beiden.

Mehit erhob als Erster seine kräftige Stimme. „Also Chang, wenn du dich nicht unter Kontrolle hast, müssen wir dich leider bitten zu gehen." Er wusste genau, dass wenn der Halbasiat das nicht wollte, es ziemlich hässlich werden konnte. Deshalb hatte Mehit die Bitte mit eingeflochten. „Jonathan! Von dir bin ich einfach nur noch enttäuscht. Ich weiß nicht, was in der Zeit, wo du nicht hier warst, mit dir passiert ist, aber du bist nicht mehr der Jonathan, zu dem ich immer aufgesehen habe." *Leider*, fügte er in Gedanken hinzu.

Raban sauste zu seinem Schreibtisch, als plötzlich ein alarmierendes Signal ertönte.

„So ein Mist. Durch eure Kindergartenspielchen muss ich jetzt wieder …" Er stockte mitten im Satz und seine grimmige Ausstrahlung wich einem erstaunten Gesichtsausdruck. *Ja, ich wusste, dass es klappt.*

Sofort stand Mehit neben ihm und stützte sich mit einer Hand auf dem Schreibtisch ab. Aber er sagte keinen Ton, denn Raban hämmerte eifrig auf seiner Tastatur und es flogen etliche Dateien über die Bildschirme.

Was hast du herausgefunden? Fragte sich Mehit.

Auch Jonathan und Chang fanden sich plötzlich nebeneinander stehend wieder und starrten neugierig auf den Monitor.

Die Anspannung in der Kommandozentrale war immer noch zum Zerreißen.

Nun richtete Raban seine Hand auf den linken, äußeren Bildschirm. Sofort schnellten die Blicke der anderen dort hin.

Auf der Bildfläche erschien eine Menge von Daten. Viele Zahlen aneinander gereiht, die nach und nach Punkte ergaben, die dann wiederum auf einer Karte ganz Englands als kleine leuchtende Punkte erschienen. Es dauerte eine Weile, bis alle Zahlen sich in einen einzigen, großen, aber grell leuchtenden Punkt verwandelten.

Dennoch wagte keiner der Anwesenden etwas zu sagen, denn niemand wusste, was dies zu bedeuten hatte.

Dann ging plötzlich ein weiterer Bildschirm an und Straßennamen erschienen, die sich ebenfalls auf einer Karte in leuchtende Punkte verwandelten.

Rabans Finger flogen regelrecht über die Tastatur und ein dritter Bildschirm ging an und Kontodaten jagten über den Bildschirm. Auf dem letzten Monitor erschien … nichts.

Der erste Monitor hatte Dutzende leuchtende Punkte, diese übertrugen sich auf den zweiten und bei Übereinstimmungen wurden die Punkte blau. Nun kamen die Daten der Konten dazu und dann lehnte sich Raban zurück und verschränkte die Arme hinter seinem Kopf. „Monitor 4", sagte er sehr selbstsicher.

Langsam zeichnete sich eine Karte von England ab. Die blauen Punkte und die gelben Punkte aus der Kontodatenbank übertrugen sich langsam auf den vierten Bildschirm. Als der erste grüne Punkt auf der digitalen Landkarte auftauchte, atmete Raban erleichtert aus.

„Ja, das ist es!" Er ballte seine rechte Hand zur Faust vor Freude.

„Was ist das?", fragte Mehit nun neugierig, denn er konnte nicht erahnen, was Raban ihm und den anderen beiden da gerade zeigte.

„Tja, du kannst mir gratulieren. Soeben hat mein neues Programm seine Arbeit getan. Ich habe alle einzelnen Ortungen von Conzuela in den Computer eingegeben. Dazu alle Punkte, wo uns Isfets Leute begegnet sind und alle übernatürlichen Kontobewegungen, die keiner „festen" Person zugeordnet werden konnten. Diese gesamten Daten habe ich dann in mein System gespeist und konnte nun so endlich die Daten auswerten und Voilá – hier sind die Ergebnisse." Stolz breitete er seine Arme aus. „Verdammt bin ich gut." Rhythmisch ließ er seine Arme vor seinem Körper kreisen.

Mehit starrte noch immer auf den Monitor, wo auf der Landkarte sieben grüne Punkte leuchteten. „Also willst du mir sagen, dass sind potentielle Hochburgen, von denen aus Isfets Leute agieren?" Seine Erregung spiegelte sich in seinem Gesicht wider. *Das wäre ja der Hammer*, dachte er sich.

„Es könnten welche sein, ob es wirklich welche sind, können wir nur herausbekommen, wenn wir diese Punkte abklappern." Ihm gefiel es, seinem Gegenüber einen Schritt voraus zu sein.

„Die Karte zeigt aber nur Ziele in London und seiner näheren Umgebung", sagte Jonathan nun hinter ihm.

„NUR? Dass ich nicht lache. Sollte das gerade ein Witz sein?", fauchte Raban ihn an.

„Bleib ruhig. Das ist das Beste, was WIR in der letzten Zeit zustande gebracht haben. Gut gemacht", lobte Mehit seinen Clanbruder und schlug ihm freundschaftlich auf die Schulter.

Dankend wandte Raban seinen Kopf in seine Richtung.

Jonathan hingegen wurde nun von Mehit zur Seite gebeten.

„Was ist denn nur mit dir los? Wo ist der Jonathan geblieben, zu dem wir einst aufgesehen haben? Wir haben nie deine Entscheidungen in Frage gestellt, aber du hast uns zurückgelassen. Ohne ein Wort, ohne eine Nachricht. Dann kommst du zurück und wir erkennen dich nicht wieder. Vielleicht solltest du uns sagen, was mit dir passiert ist?" Sein bohrender Blick beobachtete jede Regung von Jonathan.

Ohne jedoch auf seine Vorwürfe einzugehen, verließ Jonathan mit zügigen Schritten die Kommandozentrale.

„Super!", sagte Mehit und schüttelte nur seinen Kopf. *Wie soll das nur weitergehen?*

Nun stellte sich Chang in das Blickfeld von Mehit. „Ich hätte ein paar neue Informationen für euch. Interesse?"

Seine ruhige und trockene Art gefiel Mehit definitiv besser, als der Ausraster von vorhin. „Welche?", forderte er zu wissen, wobei sie sich auf Augenhöhe begegneten.

„Ich habe vorhin Jonathan nicht nur abgeblockt, nein, ich habe auch ein wenig in seinen Kopf geschaut. Wenn ich das alles richtig deute, hatte Jonathan von seinem Vorgänger Eric den Befehl erhalten, die Familie von Maddys Vater unschädlich zu machen. Und nicht nur das. Sie sollten sogar den Onkel von Maddy töten sowie den Rest der entfernten Familie. Anscheinend hatte sich Jonathan dagegen gewehrt. Dieser Eric hat dann den Befehl vollzogen und die Familie von Maddys Vater gerötet. Dieses Geheimnis wollte Jonathan für sich behalten. Es hat aber nicht geklappt." Changs Mundwinkel zuckte leicht vor Erheiterung.

„Ich muss dir sagen, dass ich deine Gabe sehr beängstigend, aber auch äußerst hilfreich finde. Danke. Dass du uns diese Informationen zukommen lässt. Du müsstest das nicht tun und ich hoffe, dass das nicht das letzte Mal war?" Er bezog sich auf seine ernst gemeinte Bitte von vorhin, sich zusammenzureißen. Denn wenn der Halbasiat der Meinung war, das Anwesen zu verlassen, konnte er das jeder Zeit tun.

„Wenn es euch recht ist, bleibe ich noch eine Weile. Zumal ich mich noch bei Maddy entschuldigen möchte. Mein Ausraster von vorhin war inakzeptabel." Pure Aufrichtigkeit sprach dabei aus seinen Worten.

„Von uns aus gerne." Dies meinte Mehit wirklich so, wie er es sagte.

Auch Raban schloss sich ihm an. „Ja, du bist ganz brauchbar." Ein verschmitztes Lächeln schmückte sein Gesicht, worauf Chang nur eine Augenbraue hob.

Angel hockte am Bett von Maddy und Ramos saß auf dem Fensterbrett.

„Was ist denn nur mit ihnen los? Alle sind so gereizt. Liegt es daran, dass da unten zu viele Vampire auf einem Haufen sind?" Ihre Augen weiteten sich und sie suchte eine Antwort in Angels Gesicht.

„In gewisser Hinsicht könntest du Recht haben. Es tummeln sich ganz schön viele von uns da unten. Das kann auch zu Reibereien führen, zumal es ebenfalls eine Menge Zivilisten bei uns sind."

Ramos schaute in seinem schwerelosen Körper zu Maddy. Er konnte regelrecht fühlen, dass sie sich unwohl fühlte. *Ich bin bei dir und werde immer an deiner Seite bleiben.*

„Du bist doch auch eine Zivilistin?", hinterfragte Maddy weiter, was aber keineswegs abwertend gemeint war.

„Ja, obwohl ich mich schon dem Clan gegenüber sehr zugehörig fühle." Sie biss sich leicht auf die Unterlippe.

„Tja, und was können wir nun dagegen tun, dass sich nicht immer alle an die Kehlen gehen?" Sie musste bei den ironischen Worten schmunzeln.

„Angst haben wohl die meisten nur vor Eric, denn er könnte hier von einer Sekunde zur anderen eine …" Sie wusste, dass sie das so nicht hätte sagen dürfen.

Maddy sah sie mit einem Blick an, der ihr Angst und Bange machte. „Du brauchst dir keine Gedanken machen, alle verteidigen dich bis auf ihren letzten Blutstropfen. Ach, was rede ich denn da. Maddy dir wird nichts passieren, glaube mir." Sie wusste, was sie gerade angerichtet hatte. Sie hatte Maddy verunsichert. *Verdammt.* „Okay, ich erzähle dir jetzt keinen Mist. Eric ist gefährlich. Gefährlicher als jeder andere Vampir, den ich bisher gesehen habe. Wenn schon Mehit, Ament und Ortischa ihre Schwierigkeiten hatten, ihn im Zaum zu halten. Wenn Ramos sie nicht unterstützt hätte, wären sie vielleicht sogar gescheitert. Nur seine Verbindung zum Clan konnte Eric dabei in seine Schranken weisen. Es wäre wirklich das Beste, wenn Ramos wieder eine menschliche Form bekommen würde."

„Davon rede ich schon die ganze Zeit, aber irgendwie hört keiner auf mich. Ich bin froh, dass er ihn erst einmal wieder so zusammengesetzt hat, wie er vorher war."

Ein Hauch von Jasmin streifte ihre Nase.

„Ramos" hauchte sie. „Ich weiß, dass du bei mir bist. Wir werden dich zurückholen und wenn es das Letzte ist, was Eric tun muss. Ich habe immer gedacht, dass Jonathan genauso viel Macht hat. Aber so, wie sich das alles gestaltet, hat Eric ihm nicht die vollständige Macht übertragen. Wir müssen Eric noch mehr unter Druck setzen." Nachdenklich tippte sie sich an ihr Kinn.

„Aber wie?" Angel zuckte mit den Schultern.

Erneut pustete Ramos ihr in die Haare.

„Ramos?" Hektisch stand sie auf und ging auf den Kamin zu und entfachte ein Feuer.

Ramos schoss in die Flammen und erschien zu seiner vollen Größe. Sein imposanter Körper faszinierte Maddy immer wieder, so dass ihr der Mund aufklappte.

Angel hingegen sackte vor Angst zusammen.

„Du hast dich noch immer nicht an ihn gewöhnt?", grinste Maddy.

„Nein, nicht so richtig. Entschuldige", sagte sie in die Richtung von Ramos, der nur stumm nickte.

„Er tut dir doch nichts." Maddy nahm Angels Hand und streichelte diese sanft.

„Ja, du hast ja vollkommen Recht. Es ist trotzdem ungewohnt. Ich werde mir Mühe geben, mich zu bessern." Dies hörte sich schon zuversichtlicher an.

Ramos hatte das Gespräch verfolgt, doch es brannte ihm etwas ganz anderes auf der Seele. Er deutete auf Angel.

„Ich?", schrillte ihre Stimme und sie tippte sich mit dem Finger auf die Brust.

Er nickte.

Hektisch ging ihr Blick zu Maddy. „Was meint er?"

Nun fing Ramos an, wieder etwas pantomimisch darzustellen.

Beide Frauen starrten ihn an.

Er formte mit seinen Händen etwas Quadratisches. Dann zeigte er nach unten, als wenn man eine Treppe nach unten laufen würde. Anschließend zeigte er auf den Kamin und sah dann beide fragend an.

„Also ich würde sagen, wir sollten nach unten gehen zum Kamin. Was sagst du?" Angel sah sie fragend an.

„Mmmhh … das erste … soll das ein Kasten sein?"

Ramos verneinte und tat so, als ob er lesen würde.

„Ach, jetzt habe ich es. Ein Buch?"

Ramos nickte.

„Wir sollen ein Buch aus der … Bibliothek holen und dann zum Kamin gehen?"

Ramos zeigte ihr zwei aufrechte Daumen und dann deutete er an, dass sie schlafen gehen sollte.

„Wie jetzt. JETZT?! Nein, wir sollten …" Doch sie sah, wie er ganz langsam den Kopf schüttelte. „Okay, aber dann morgen früh, dann holen wir Ortischa dazu?" Sie forderte erneut seine Zustimmung und er nickte.

Zwei Etagen darunter …

Fieberhaft planten die Clankrieger derweil einen Angriff auf das erste Ziel der Landkarte. Immer wieder gingen sie die einzelnen Punkte durch und entschieden sich für den Treffer, bei dem auch Ament vor einiger Zeit das Gefühl hatte. Es war das Backsteingebäude, in dessen Nähe die Limousine von Mike ausgebrannt war. Damals hatte Ament seine Gegner erledigt und war dabei von Jason, Kenny und auch Lance unterstützt worden. Dieses Mal wollten sie definitiv besser aufgestellt sein.

Die Diskussion war bereits im vollen Gange, denn irgendwie wollten alle Isfets Leuten als erstes gegenüber treten. Doch allen war klar, dass das Anwesen auf keinen Fall ungesichert bleiben konnte.

„Ich bleibe hier!", sagte Mehit ganz ruhig, weil er wusste, er würde Ament den Vortritt lassen.

Bereits zwei Mal war Mike ihm durch die Lappen gegangen.

In diesem Moment schaute Ament seinen Waffenbruder an und zollte ihm Dank.

„Ich gehe definitiv!" Das stand für Ament bereits fest, seit dem er von diesem Plan erfahren hatte.

„Ich bleibe hier, was auch für alle Zivilisten hier gilt", sagte nun Raban.

„Nicht alle Zivilisten. Jason und Lance kommen mit!", beschloss nun Ament und keiner widersprach ihm.

Ortischa trat nun vor. „Ich gehe auch mit!", betonte sie und sah Ivan herausfordernd an.

Nach einem kurzen Seitenblick zu Angel sagte der Russe: „Ich bin dabei und Angel auch."

„Wenn noch ein Platz für mich frei ist, komme ich auch mit?", fragte Chang.

„Gut ... dann bleiben Mehit, Stevo, Ramos und meine Wenigkeit hier!", säuselte Raban. „Tja, und das Gruselkabinett ist ja auch noch da." Genervt verzog er dabei sein Gesicht, denn alle wussten, dass er damit Eric und Jonathan meinte. „Sieben werden ja hoffentlich reichen?", fügte er noch hinzu.

„Wir fahren mit dem Geländewagen!", warf Ivan ein. „Und wann soll es losgehen?"

„Morgen Abend!", kam es da von Ament und keiner wollte ihm einen anderen Termin vorschlagen. „Ich hole Jason und Lance."

Als er mit ihnen nach ein paar Minuten zurückkam, empfing sie Raban mit den Worten: „Na, dann ölt mal eure Kanonen, denn wir werden Isfets Leuten den Arsch versohlen." Dabei grinste er schamlos.

Überrumpelt sahen Jason und Lance nun den Clankrieger an, der an seinem Schreibtisch saß und sie gerade in einen Kampf schickte.

„Wir haben uns überlegt, dass ihr sicher gerne den Tod von Kenny rächen wollt, oder liege ich da falsch?" Ament sah Jason an.

Zischend kam nur zurück. „Nein, da liegst du überhaupt nicht falsch."

Lance schwieg, nickte aber zustimmend.

„Jetzt kommen endlich mal meine neuen Babys zum Einsatz." Raban zog eine Schublade auf und gab jedem ein modernes Headset, welches nur aus einem kleinen Knopf bestand, den jeder sich ins Ohr steckte. „Damit sind wir alle verbunden und jeder kann mit jedem kommunizieren – außerdem habe ich eure Positionen auf dem Bildschirm. Mittlerweile habe ich alle Kameras in dieser Straße angezapft." Überaus motiviert wandte er sich wieder dem Gebäude zu und präsentierte allen seine Auswertungen.

Nur Angel war gleich nach der Besprechung wieder zu Maddy nach oben geschlichen. Dort hatte Ramos die Stellung gehalten, als Angel zu der Besprechung gerufen wurde. Jetzt hatte sie es sich auf dem Sofa bequem gemacht.

Bis in die frühen Morgenstunden hinein tüftelten die anderen an ihrem Plan, das Gebäude zu stürmen. Sie hatten sich nun entschieden, dass Ament und

Lance von vorne angriffen, Ortischa mit Chang von hinten und Ivan mit Jason und Angel von oben das Gebäude stürmen sollten.

Nachdem alle Vorbereitungen abgeschlossen waren, ging Ament mit Jason, Chang und Lance zum Schießstand, wo sich die drei Vampire Schusswaffen aussuchen konnten, die sie im Kampf benutzten wollten.

Überwältigt gingen die beiden jungen Vampire an den Wänden entlang, die nur so von Pistolen, Kleinkalibergewehren, Maschinengewehren, Handgranaten, Säbeln und Schwertern überladen waren.

Jason entschied sich schnell, für drei Messer, die er sich in ein Halfter an seinem Bein steckte. Eine Pistole schob er sich ebenfalls in den Bund seiner Hose auf dem Rücken. Dann griff er nach einem Gürtel, indem er fünf Handgranaten verstauen konnte und noch ein Maschinengewehr. „Das wäre es bei mir."

„Ganz sicher?", erwiderte Ament fast lachend. „Bevor du mir nicht mal gezeigt hast, dass du die Scheibe dahinten treffen kannst, gehst du nicht damit hier raus." Er wackelte mit seinem Zeigefinger.

Jason verzog den Mundwinkel und sein Fangzahn blitzte auf, während er an die Bande trat und die Pistole aus seinem Hosenbund zog. Dann flogen auch schon die Kugeln in Richtung Scheibe.

Ament kniff seine Augen leicht zusammen, als er erkannte, dass Jason vier Mal ins Schwarze und zwei Mal unmittelbarer Nähe getroffen hatte. „Okay", sagte der Clankrieger und Jason trat beiseite, um Platz für Lance zu machen.

Doch Lance dachte nicht im Traum daran, sich auf einen Prüfstand stellen zu lassen. Sein Weg führte ihn zu dem Degen, der dort an der Wand hing. Prüfend nahm er ihn, bog ihn einige Male durch und dann zischte es. Denn so schnell, wie er den Degen bewegte, beeindruckte es Ament und Chang gleichermaßen.

Jason blieb der Mund offen stehen.

„Ich kann damit Kugeln abwehren, die auf mich abgeschossen werden", sagte er selbstsicher und steckte sich auch nur noch einige Messer in den Gurt an seinem Bein. „Ich mag keine Schusswaffen", fügte er noch leise hinzu.

Dann wandte sich Ament an den Halbasiaten. „Und du?"

„Ich habe meine eigenen Waffen. Vielen Dank." Er deutete eine leichte Verbeugung an.

„Aber wenn dir etwas fehlt, sag bitte Raban Bescheid."

„Ja, gern", bedankte Chang sich.

„Du hast doch sicher noch ein Schwert?", fragte Jason vorsichtig.

„Ich habe ein Ninjato. Ein Kurzschwert. Damit kann ich am besten kämpfen. Aber auch Schusswaffen liegen mir gut", antwortete Chang.

„Vielleicht kann ich noch etwas von dir lernen, wenn du Lust hast?" Er klammerte Lance bewusst aus, denn er musste nach langen Jahren, die er bereits auf der Erde wandelte, genug Erfahrungen haben.

Ament öffnete die Tür vom Schießstand. „Dann lasst uns nach nebenan gehen und dort ein wenig trainieren."

Der Einladung folgten alle, bis auf Lance, und in den frühen Morgenstunden zogen sich alle erschöpft in ihre Quartiere zurück.

Kapitel 14

ittlerweile war es schon früher Mittag und im gesamten Anwesen war noch nichts zu hören. Nicht einmal Jane hörte man in ihrer Küche hantieren.

Maddy schälte sich aus ihrem Bett und sah Angel auf ihrer Couch liegen, die sofort die Augen aufschlug, als sich ihr Schützling bewegte.

„Bleib liegen", sagte sie leise zu ihr und verschwand im Bad.

Nach einer ausgiebigen Dusche fühlte sich Maddy gleich viel besser. Als sie nun aus dem Bad trat, saß Angel schon aufrecht und gähnte.

In ein paar Sätzen wiederholte Angel das, was gestern Nacht beschlossen wurde.

„Ihr wollt Isfets Leute angreifen?" Maddy erschauderte bei dem Gedanken.

„Ja, Raban hat potentielle Nester gefunden, die wir nun kontrollieren wollen."

„Aha", kam es Maddy über die bebenden Lippen. Suchend sah sie sich nach Ramos um, dieser konnte ihren aufgescheuchten Blick wahrnehmen und pustete ihr sachte durch die langen schwarzen Haare.

Beruhigt atmete sie aus.

„Wer geht mit?"

„Ament, Ortischa, Ivan, Lance, Jason, Chang und ich."

Maddys Puls raste durch ihren Körper, als sie sich bewusst wurde, dass ihr einstiger Plan, Isfets Leute anzugreifen, nun in die Tat umgesetzt wurde.

Angel erhielt eine Nachricht und las sie vor: „Raban schreibt gerade, dass, wenn es weiterhin bedeckt bleibt, wir schon am frühen Abend losschlagen können."

„Aber Jason, Lance, Chang und du haben doch kein Tagesserum?", sagte Maddy aufgeregt.

„Wenn es draußen bewölkt ist, können wir trotzdem raus." Angel schien kampfbereit.

„Dann lass uns nach unten gehen, damit du dich mit den Vorbereitungen den anderen anschließen kannst."

Angel nickte.

„Ramos? Wir werden unser Vorhaben etwas verschieben müssen. Komm." Maddy wusste, dass Ramos ihr folgte, wo auch immer sie hinging.

In der Eingangshalle hielten sie kurz bei Jane an, damit Maddy frühstücken konnte.

Ramos postierte sich so dicht an der Tür, dass er jeden Moment verschwinden konnte, sobald seine Mutter in seine Richtung sah. Er konnte es nicht ertragen. Am liebsten hätte er Maddy gesagt, dass sie ihr alles erzählen solle, doch das hätte Jane sicher nicht verstanden. So quälte er sich jedes Mal mit anzusehen, wie seine Mutter für Maddy das Essen zubereitete. *Ich möchte dich wieder in meine Arme schließen, Mutter,* dachte er sich.

Kurz danach waren sie in der Kommandozentrale angekommen, wo schon hektisches Treiben herrschte. Raban hämmerte wie wild auf seine Tastatur ein, während ihm Ament über die Schulter schaute. Beide tüftelten an den Rückzugsmöglichkeiten für das gesamte Team.

Als Ament die Nähe von Maddy wahrnahm, konnte er aus jeder ihrer Pore die Aufregung riechen und wandte seinen Kopf in ihre Richtung.

Sie starrte ihn hingegen nur mit großen dunkelblauen Augen an.

In einem Sekundenbruchteil stand Ament neben ihr und sagte: „Du brauchst dir keine Gedanken zu machen. Es ist ja nur ein Erkundungstrip. Wir gehen nicht davon aus, dass das wirklich eine Hochburg ist."

„Es ist mir egal, was es ist. Hauptsache ihr kommt alle unversehrt wieder."

Alle Vampire sahen nun Maddy an, denn einigen von ihnen war es noch nicht untergekommen, dass sich ein Mensch um sie sorgte.

Nach Sekunden der Stille, brach jedoch wieder das wilde Treiben in der Kommandozentrale aus.

Maddy stand etwas unbeholfen mitten im Raum, als Mehit neben sie trat. „Alles okay?" fragte er freundlich, doch auch er konnte ihre Unruhe wahrnehmen.

„Ja, na, wenn ich das hier alles sehe, kommt es mir vor, als wenn ihr in eine Schlacht zieht."

„Sie erkunden eine Lagerhalle, vielleicht treffen sie dort auf Isfets Leute. Das will ich gar nicht beschönigen. Doch du weißt auch aus der Vergangenheit, dass wir bei einem Zusammentreffen immer eher gut abgeschnitten haben?" Sein kristallblauer Blick bohrte sich in sie.

„Ja, du hast ja Recht. Es erinnert mich nur an den Angriff auf Menderson, der ja noch gar nicht allzu lange her ist." Ihre Erinnerung an die Zerstörung, die sie vorgefunden hatten sowie die schweren Verletzungen von Angel und Raban, trugen nicht gerade dazu bei, dass Maddy sich jetzt wohler fühlte.

„Du bleibst bei mir?"

Ihre Bitte berührte Mehit zutiefst. „Ja natürlich, ich bleibe bei dir." Er konnte sehen, wie sich Maddy bei dieser Antwort entspannte. „Komm, wir lassen die anderen Mal in Ruhe und gehen zu Mona. Du willst doch sicher sehen, wie es ihr geht?" Er wusste, dass er damit ihre Laune aufheitern konnte.

„Ja, gerne. Darf ich das denn schon? Ist sie okay?" Die Fragen sprudelten nur so aus ihr heraus, als sie auf den Marmorflur hinaus traten.

„Ja, es geht ihr gut und wenn du bereit bist, möchte ich dir noch jemand anderen vorstellen, der den Weg wieder zu uns zurückgefunden hat." Mehit klang stolz.

„Von wem sprichst du?", fragte Maddy neugierig.

„Von mir", ertönte da plötzlich hinter ihnen eine Männerstimme.

Maddy drehte sich sofort um und sah einen hochgewachsenen Krieger, der sie mit seinen fast weißen Augen musterte. Er trug blonde kinnlange Haare und hatte ein modernes, langärmliges T-Shirt an, welches er bis zum Ellenbogen hochgeschoben hatte. Maddys fielen sofort die vielen Narben ins Auge, die seine Unterarme zierten. Doch zu mehr blieb ihr nicht die Zeit, denn der Mann stand bereits dicht vor ihr.

„Milady, ich bin Stevo. Ein Krieger des Clans und somit ebenso Euer Beschützer." Er verneigte sich leicht.

„Aha?", rief Maddy erstaunt und reichte ihm instinktiv die Hand. „Ich bin Maddy. Lady Madeleine de Winter." Als sich ihre Hände berührten, spürte sie die ungeheure Macht, die dieser Vampir ausstrahlte. „Welches Element tragt Ihr in Euch?"

Verblüfft über die Frage sagte er: „Mein Element ist die Luft." Als er dies aussprach, wandte er seinen Kopf hin und her, so als ob er nach irgendetwas suchen würde.

Stevo spürte unterschwellig etwas, was er nicht einordnen konnte, doch er konnte fühlen, dass es nichts Gefährliches war.

„Ist alles in Ordnung?", fragte Mehit seinen Clanbruder.

„Ja … schon. Aber mir ist so, als ob ich etwas spüre." Unverwandt ging sein Blick umher.

„Das könnte an mehreren Faktoren liegen. Entweder spürt Ihr Eric und Jonathan, die oben irgendwo rumgeistern oder … Ramos", sagte Maddy, wobei ihre Stimme bei der Erwähnung seines Namens einen sehr weichen Klang annahm.

Auch Stevo hörte diese Änderung in der Tonlage seines Schützlings und kniff leicht seine Augen zusammen.

„Darf ich auch Maddy sagen?" Er schaute ihr direkt in ihre dunkelblauen Augen und versank fast darin.

„Selbstverständlich." Sie lachte.

„Wer ist Ramos?" Nun ging sein Blick hektisch zu Mehit, der aber nichts von sich gab, denn er wusste, dass das Maddy lieber selbst erledigte. Sie verteidigte schon von Anfang an ihren Ramos.

„Ramos ist ein Vampir, der in den Elementen lebt. Er ist der Sohn von Jane Herold und hat von euch Clankriegern damals Blut bekommen, als er als kleiner Junge verletzt wurde."

„Du meinst den kleinen René, den wir damals gerettet haben?" Stevo erinnerte sich an den lebhaften Jungen.

„Ja, René. Er wurde dann bei dem Angriff auf das Anwesen mit meinen Eltern zusammen erschossen. Doch er starb nicht, sondern ist auf sonderbare Weise nun in den Elementen unterwegs. Ramos' sein Name setzt sich aus René, Ament, Mehit, Ortischa und Stevo zusammen. Wir wissen mittlerweile auch, wie wir ihm eine feste Körperform geben können, zumindest für eine gewisse Zeit."

Fasziniert war Stevo von dem, was Maddy ihm gerade erzählte. „Wahnsinn!", rief er nur aus.

„Möchtest du ihn sehen?", fragte sie und es schien für sie das Normalste der Welt zu sein.

„Ja, klar möchte ich das." Seine Mundwinkel zuckten zu einem Lächeln empor. „Aber Ortischa ist nicht da …"

„Dann machen wir es mit meinem Element", beendete Mehit den Satz.

Sogleich förderte er eine Wasserkugel zutage, die die Größe eines Medizinballs hatte. Die ließ er auf die Erde fallen, doch noch bevor die Kugel auf der Erde aufschlug, trat Ramos von dem Element Luft in das des Wassers über. Aus der Kugel formte sich nun der imposante Krieger.

Stevo blieb der Mund offen stehen.

Maddy ritzte sich ihren Finger am Fangzahn von Mehit auf und ein Tropfen vermischte sich mit dem Wasser. Plötzlich war Ramos eine feste, aber durchsichtige Erscheinung. Er verschränkte die Arme vor seiner breiten Brust und sah den Clankrieger freudig an.

Dieser reichte ihm die Hand. „Das ist ja … außergewöhnlich."

Ramos reichte ihm die Hand und als sich die Elemente trafen, konnten sie auch ihre Verbundenheit spüren.

Stevos Augen glitzerten wie geschliffenes Glas und er grinste. „Einmalig!", sagte er.

„Ja, und wir arbeiten daran, ihn wieder in eine menschliche Form zu bekommen. Wir wissen auch schon wie, aber leider hilft uns die entsprechende Person noch nicht so, wie wir das gerne hätten.", die Worte klangen resigniert, als sie Maddy über die Lippen kamen.

Stevo sah Mehit fragend an und kniff sein eines Auge leicht zusammen.

„Eric Sierks könnte ihn doch verwandeln. Aber … er ist eher damit beschäftigt, uns auf den Prüfstand zu stellen. Jonathan brachte ihn zurück auf das Anwesen und seitdem ist unser Clanoberhaupt auch nicht mehr der, der er mal war." Abwertend schüttelte er den Kopf. „Wir wissen nicht, welchen Plan Jonathan oder Eric verfolgen."

„Da nun ein Element wieder mehr am Start ist, können wir es vielleicht auch alleine hinbekommen? Und Raban birgt ja auch noch eins in sich. Somit fehlt ja nur noch das der Fauna, dann könnten wir …" Ihm stockte der Atem, als er sich des Ausmaßes bewusst wurde.

„Einen Meistervampir erschaffen", beendete Maddy den Satz, woraufhin Stevo sie entgeistert an sah und offensichtlich nach Luft schnappte.

„Du weißt …"

„Ja, ich weiß es. Ich habe viel über euch Vampire gelernt. Zudem habe ich den geschlossenen Pakt zwischen der Quelle und dem Clan erneuert und viele Regeln, die einst galten, haben wir neu verhandelt." Sie war stolz, diesen kleinen Sieg damals errungenen zu haben.

„Wow, hier hat sich ja wirklich einiges verändert", stellte Stevo anerkennend fest und sein Blick ging wieder zu Ramos. „Wir bekommen das hin." Er hob anerkennend die Arme, was Ramos lächeln ließ.

„Gehen wir jetzt zu Mona?", drängte Maddy.

„Ja, willst du uns begleiten und unser neues Familienmitglied ebenfalls begrüßen? Sie ist Maddys menschliche Freundin gewesen und wurde rein zufällig von Ivan verwandelt." Mehit betonte dies sehr und Stevo verstand, was er ihm damit sagen wollte.

„Aber der Blutdurst?", warf Stevo warnend ein.

„Damit sie keinen Blutdurst erleidet, half ihr komischerweise dieses Mal Eric, die Verwandlung komplett abzuschließen. Warum er das gemacht hat? Wissen wir selbst nicht", erklärte Mehit, während sie sich in Bewegung setzten und auch Ramos folgte ihnen.

„Ja, und dann können wir dir auch noch gleich sagen, dass Justine, die in unserer Gefängniszelle sitzt, die Schwester von Raban ist", sagte Maddy so, als ob diese ebenfalls ein Mitglied der großen Familie wäre.

„Wie jetzt? Warum sitzt die Schwester von ihm in einer der Zellen?" Das war dann doch etwas zu undurchsichtig für Stevo.

„Weil sie vor vielen Jahren von Isfets Leuten gefangen genommen wurde. Nur durch reinen Zufall stellte sich heraus, dass Justine die Schwester von Raban ist. Seit dem herrscht eine Art Waffenstillstand. Ament tötet sie nicht, wenn Raban sich aus den Befragungen heraushält." Die Stimme von Mehit nahm einen ernsten Ton an. „Sie hat uns alles erzählt, was sie wusste."

„Angel sagte mir, dass Ament ihr sogar erlaubt hatte, zwei Bücher zu lesen, das ist doch mal eine große Geste", sagte Maddy.

„Das ist es wirklich. Hätte ich ihm gar nicht zugetraut." Mehit fragte sich, ob es an der rothaarigen Mina lag, dass Ament plötzlich Einfühlungsvermögen zeigte.

„Warum ist der Clan jetzt so daran interessiert Isfets Leute ausfindig zu machen?", fragte Stevo weiter.

„Vor einiger Zeit haben Isfets Leute mein ehemaliges Zuhause angegriffen. Ich lebte dort bei einer Familie, die mich wie ihre eigene Tochter aufgenommen hatte. Philippe und Corinne haben zudem einen Sohn, der Jaques heißt. Er war mit Mona verlobt. Durch viele Komplikationen wurde Jaques gekidnappt und nur gegen Conzuela eingetauscht. Conzuela ist die Frau von Ament. Sie befindet sich seitdem in den Händen von Isfets Leuten. Nach der Befreiung von Jaques, haben sich Mona und er getrennt und Mehit hat ihm dann die Erinnerung genommen. Deshalb kam Mona überhaupt hierher."

Nun standen sie vor dem Quartier von Mona.

„Damit du dann auch noch den Rest weißt, da drin sind Marisol, die Schwester von Ortischa und Mina ... ähm die neue Freundin von Ament."

„Wie jetzt?" Maddy Blick schnellte zu Mehit. „Er ist doch mit Conzuela verheiratet?"

„Tja, aber sie hat ihn im Stich gelassen und das verzeiht er ihr nicht. Wie das weitergeht, möchte ich auch gerne wissen, aber er hat dieser jungen Vampirin das Leben gerettet sowie Jason und Lance auch."

„Ach ja, der Ritter", ließ es Maddy fast beiläufig klingen.

„Was für ein Ritter?", fragte Stevo sichtlich überfordert.

„Lance ist Ritter Lancelot, der von der Tafelrunde um König Artus", schilderte ihm Maddy. „Und dann ist da noch Chang. Er kommt aus Hongkong und ist ein Verwandelter."

„Ach ..." Die Verblüffung stand Stevo ins Gesicht geschrieben. „Hier sind ja so einige Kuriositäten auf dem Anwesen im Gange. Dich eingeschlossen." Er grinste Ramos an.

„Dann dürfen wir nicht vergessen, dass wir noch einen Gefangenen in einer der Zellen zu sitzen haben. Dessen Befragung steht auch noch aus", sagte Mehit genervt. „Aber nun wollen wir mal." Mehit öffnete die Tür und ging voran, denn er wollte sich erst einmal einen Überblick verschaffen und falls die Situation brenzlig werden würde, könnte er seinen Schützling sofort in Sicherheit bringen.

Mehit betrat das Quartier und sogleich richteten sich drei Augenpaare auf die neuen Besucher.

Marisol und Mina erhoben sich, als Maddy und Stevo den Raum betraten.

Ramos zog es vor, draußen zu bleiben, bis er geholt werden würde.

Beide Vampirinnen schirmten Mona ab, fast so als wenn sie sie beschützten.

„Maddy", klang es nun freundlich von Mona durchs Zimmer.

„Mona, geht es dir gut?" Zögerlich trat sie einen Schritt weiter in das Zimmer.

„Ja, es geht mir gut. Wen hast du da bei dir?", fragte Mona und auch Marisol und Mina wollten das wissen.

„Das ... das ist Stevo. Ein weiterer Clankrieger."

Stevo stellte sich breitbeinig hin und verschränkte die Arme vor seiner Brust. Er musterte die drei Frauen, wobei er Marisol, die Schwester von Ortischa, als erstes identifizierte. Denn die kleine Schwester von Ortischa, war ihr fast wie aus dem Gesicht geschnitten, nur dass sie die Haare viel kürzer trug. Mona erkannte er sofort an ihren Augen, die die gleiche Farbe, wie die des Halbclankriegers Ivan hatten. Der violette Schein war atemberaubend. Also konnte die Rothaarige nur noch Mina sein. Die neue Freundin von Ament. Als er einatmete, nahm er einen leichten Duft von Vanille war, was ihn die Nase leicht kraus ziehen ließ.

Mehit sah seine Reaktion und sagte daraufhin: „Sag nichts."

Mona stand auf und fragte Mehit: „Darf ich Maddy in den Arm nehmen?"

„Hast du dich unter Kontrolle?", hakte er nach.

„Ja, das habe ich."

Mehit trat daraufhin beiseite und gab Maddy frei.

Mona schritt nun langsam auf sie zu und umarmte ihre Freundin. „Maddy, ich bin so glücklich. Du bist immer für mich da, so wie die anderen auch. Ich weiß nicht, wie ich das wieder gut machen soll."

Beide nahmen sich in die Arme.

Maddy, ganz ohne Vorurteile, dass Mona sie beißen könnte.

Als nun Mona seitlich an dem Hals von Maddy war, schnupperte sie.

„Dein Blut rieht wirklich ganz anders als das aus den Blutbeuteln."

Mehit und Stevo waren sogleich in Alarmbereitschaft, als sich zusätzlich Monas Fangzähne ausfuhren.

Sofort ließ sie Maddy los und trat einen Schritt zurück. „Ich glaube, Maddys starkes Blut zieht mich magisch an."

Noch ein weiterer Schritt folgte. „Maddy tut mir leid, aber ich glaube, ich bin doch noch nicht soweit. Entschuldige, wenn ich dich erschreckt habe." Monas Blick war besorgt.

„Alles gut. So kurz nach deiner Verwandlung hast du das ganz toll gemacht", lobte Mehit. „Auch, dass du dich sofort kontrolliert hast, zeugt von deiner Stärke. Ich bin wirklich beeindruckt."

„Danke", sagte Mona und langsam zogen sich auch ihre Fangzähne zurück.

Maddy war sprachlos. „Dann will ich dich nicht weiter in Versuchung bringen." Sie lachte. „Kommt wir gehen."

Damit drehten sich die drei um und verließen das Quartier.

Draußen atmete Ramos erleichtert auf, als er seine Maddy unbeschadet wieder sah.

„Wirklich erstaunlich, dass sie sich so gut kontrollieren kann. So etwas nach so kurzer Zeit, das habe ich wirklich noch nicht erlebt", sagte Stevo anerkennend.

„Wahrscheinlich liegt es daran, dass Eric die Wandlung sofort zum Abschluss gebracht hat."

„Oder die Mädels darin haben einfach einen guten Einführungskurs im Vampirismus geleistet." Maddy strahlte.

„Oder auch das", Mehit schloss sich dem lachend an.

„Wenn die anderen jetzt alle so beschäftigt sind, können wir noch einmal in die große Bibliothek gehen. Ramos hatte mir und Angel gestern etwas gezeigt, was wir noch uns ansehen sollten."

„Dann lass uns gehen", sagte Mehit.

Als die vier ungesehen in der Bibliothek angekommen waren, ging Ramos zu den großen Regalen, die die Wände der Bibliothek umsäumten. Er deutete auf ein Buch.

Stevo stellte die kleine Leiter dort hin und stieg die Sprossen nach oben.

Ramos dirigierte den Clankrieger genau dorthin, wo er ihn haben wollte.

Als er nickte, nahm Stevo das Buch aus dem Regal und brachte es zum Tisch. Gebannt postierten sich alle um ihn herum.

„Wartet!" Mehit hob seine Hand und sah Ramos neugierig an. „Ramos will uns noch etwas sagen."

Ramos deutete mit seinen Fingern eine Seitenzahl an.

„2 … 5 … 7," wiederholte Mehit.

Ramos nickte.

Vorsichtig schlug Mehit den Band auf. Als ihm dort drei Seiten entgegenkamen, war er verwundert. Die Seiten waren gefaltet und lagen lose zwischen den anderen.

„Woher wusstest …", als Mehit aufsah, grinste Ramos zufrieden.

Vorsichtig entfaltete er die erste Seite. Es war wieder eine Seite mit einer Zeichnung. Genauso wie die zwei anderen Seiten, die er anschließend daneben legte.

„Raban wird große Augen machen, wenn wir ihm diese neuen Seiten geben."

„Ihr werdet so nett sein und diese mir geben." Eric stand in der Eingangstür und schwebte nun heran. Seine knöcherne Hand ausgesteckt, kam er immer näher.

Stevo schirmte sofort Maddy mit seinem Körper ab und Mehit hatte nicht vor, diese Seiten an Eric zu übergeben.

Schnalzend kam er näher. „Clankrieger! Er gebe sie mir!"

„Niemals!", keifte Maddy dazwischen und drückte auf ihrem Handy das Notsignal.

Unterdessen ballte Ramos all seine Kraft in sich zusammen.

Binnen von Sekunden standen alle Clankrieger in der Bibliothek, gefolgt von Chang und Ivan. Sofort umringten alle Maddy.

„Unwissend ihr seid. Nichtsnutze alle zusammen." Eine Welle seiner ungeheuren Macht schoss durch den Raum.

Sofort stemmten sich Mehit, Ament, Ortischa und Stevo dagegen.

Chang und Ivan postierten sich ebenfalls vor Maddy.

Erneut hob Eric seine Arme und schoss eine gewaltige Druckwelle auf die Clankrieger zu.

Das Quartett um Maddy war komplett. Die vier Elemente spannten eine Art Schutzhülle über sie. Als nun auch Raban sich mit seinem Element in dieses Quartett einbrachte, konnten die anderen sofort spüren, wie ihre Kraft erneut wuchs. Nun trat Ivan dem Kreis bei und die Schutzhülle um Maddy spiegelte sich in lila wider. Nicht nur das, auch das gesamte Feld um Maddy wurde resistenter gegen den Angriff von Eric.

Nun förderte Eric mehrere kraftvolle Wellen zutage, die das Feld um Maddy, die immer noch krampfhaft die Seiten festhielt, schwächen sollten. Und tatsächlich gelang es Eric einzelne Risse in dem lilafarbenen Feld zu produzieren.

Seine Mundwinkel zuckten vor Freude, als er das Aufreißen des Feldes bemerkte.

Doch in diesem Moment reihte sich Ramos ein. Alles was er bei den anderen Clankriegern gesehen hatte, holte er nun auch aus sich erneut heraus. Aus seinem Innern erwuchs eine glitzernde Materie, mit der er sich in das lila Feld einbrachte.

In diesem Moment schlossen sich alle vorhandenen Risse, die Eric dem Feld bisher zugefügt hatte und als alle wieder geschlossen waren, löste sich alles von lila in alle Spektralfarben auf.

Ramos stemmte alles aus sich heraus und konnte sehen, wie das Feld immer größer wurde, bis alle Clankrieger in diesem Feld eingeschlossen waren.

Eric beobachtete genau, was Ramos dort tat und es schien ihm nicht im Geringsten zu gefallen.

„Verflucht seist DU!" Er deutete auf Ramos und zog seine Macht so schnell zurück wie sie losgeschossen hatte, drehte sich um und verließ aufgebracht die Bibliothek.

Alle brachen zusammen und keuchten vor Anstrengung.

Selbst Ramos konnte sich nicht mehr aufrecht halten und ging in das Element Luft über, so dass nur noch ein nasser Fleck übrig blieb.

„Ramos? Ramos?", rief Maddy hektisch, bis er ihr in die Haare pustete. Erleichtert atmete sie auf. „Dieser verfluchte Eric. Was sollte das? Statt uns zu helfen, behindert er uns nur."

„Hast du die Seiten noch?", fragte Mehit atemlos.

„Ja, die hätte ich niemals hergegeben", beteuerte Maddy und schüttelte vehement ihren Kopf.

Etwas ramponiert sahen sie zwar aus, aber sie hatten sie verteidigt und nur darauf kam es an.

„Ich hasse ihn!", sagte Maddy wütend. „Warum macht er das?"

„Er will euch an die Grenzen bringen", sagte Chang nun ganz ruhig.

„Was meinst du?", forderte Mehit zu wissen.

„Ich konnte zwar nicht viel erhaschen, aber zumindest stellt er euch mit jedem neuen Angriff erneut auf die Probe. Für was? Keine Ahnung. Aber es scheint, dass er nur darauf gewartet hat, dass man ihm diese Seiten präsentiert."

„Das heißt, er beobachtet uns oder er belauscht uns?" Irritiert riss Maddy ihre Augen weit auf und sah in die Gesichter aller Beteiligter. Dann trat sie zwei Schritte von allen weg und bewegte nur ihre Lippen, auf die alle gebannt starrten.

„Wir werden die Seiten nicht hier lassen. Wir teilen sie auf. Raban, Mehit und Chang nehmen jeweils eine."

„Na dann können wir ja wieder nach unten gehen." Ortischa ließ es ganz normal klingen. Sogleich hörte man ihre High Heels.

Im Gehen drückte Maddy Raban und Chang je eine der Seiten in die Hand.

Ament und Ivan bildeten das Schlusslicht.

Unterdessen blieben Mehit, Ramos, Stevo und Maddy noch einen Moment zurück.

„Ich werde die Seiten bei mir behalten, bis ich weiß, was damit los ist." Sie zwinkerte Mehit und den anderen zu.

„Ja, das wird wohl das Beste sein", log Mehit nun und fand den Plan genial.

„Vielleicht gibt es ja noch mehr auf Menderson, was ich in Erfahrung bringen muss?" Sie drehte sich um, schaute nach oben zu dem Einband, den Ament damals dort oben verstaut hatte. Dann schnellte ihr Blick auf den Schreibtisch, wo noch immer die Mappe lag, die sie dort abgelegt hatte.

„Ich nehme mir noch ein paar Bögen Papier mit." Sie zeigte auf die Mappe. Sie öffnete sie und fand den Papyrus, den sie dort deponiert hatte. Anscheinend hatte er sie zu diesem Zeitpunkt noch nicht belauscht. Sie legte ihre Hand auf die Brust und atmete erleichtert aus.

In der Kommandozentrale legte Raban gerade seine Zeigefinger an seine Lippen, als die vier hereinkamen.

Alle schwiegen und dann erklang ein ganz leises Geräusch, was Maddy kaum war nahm. Erst als sie sich umdrehte, konnte sie sehen, dass die zentnerschwere Tür den Treppenaufgang verschlossen hatte.

„Unser Gast da oben ist nun nicht mehr so unsichtbar, wie er sich das gedacht hat." Raban zeigte auf einen seiner Monitore auf dem sich ein kleines Licht im Kaminzimmer bewegte. „Als wir vorhin nach oben kamen, habe ich ihm im Vorbeigehen einen Peilsender an seinen Umhang geworfen. Upps." Er tat ganz unschuldig.

„Sehr gut", triumphierte Maddy.

„Na, du warst da oben auch gut. Das mit dem Lippenlesen war klasse. Hätte ja fast von mir sein können!" Er wackelte mit seinem Kopf hin und her.

„Also könnte er auch wissen, was heute Abend geplant ist?", fragte nun Maddy. „Nicht umsonst hat Miss Kottendraw gesagt, dass er ständig durch das Anwesen schleicht. Er sucht etwas. Klar heute haben wir auch gesehen, was er sucht. Und wenn das stimmt, was Miss Kottendraw sagt, dann gibt es noch mehr Seiten. Aber … wir haben noch einen viel wertvolleren Schatz, den er nicht gefunden hat. Ramos zeigte ihn mir schon vor langer Zeit."

Nun trat sie mit der Mappe dicht an Rabans Schreibtisch und öffnete sie. Als der alte Papyrus zum Vorschein kam, verschlug es dem sonst so lebhaften Vampir glatt die Sprache.

„Boah … der Wahnsinn.", kam es nun von Ortischa.

„Kannst du dir vorstellen, was das für ein kostbarer Schatz ist?" Raban sah sie von der Seite her an.

„Tja, ich glaube mal, dass das nicht das einzige ist, was wir hier noch finden werden, je länger wir suchen." Als nun ihr Blick den von Ramos suchte, hatte sie fast vergessen, dass er wieder unsichtbar war. „Ohne Ramos hätten wir niemals diese ganzen Informationen. Ortischa könntest du bitte." Sie trat durch sie hindurch und ließ eine Fontäne aus Erde auf dem Fußboden nieder. Doch es passierte nichts.

„Ramos?"

Wieder nichts.

„RAMOS?" Nun kam Panik in ihr auf. *Sollte er nicht mit nach unten gekommen sein? Fragte sie sich.* Suchend ging ihr Blick zu Mehit, der aber auch nur mit den Schultern zuckte.

„Vielleicht muss er sich erholen?", folgerte sie.

„Aber ist doch schon komisch, dass dieser Ramos, wer auch immer das ist, so viele Informationen hat, die ihr nicht habt?", kam es nun von Jason.

Einen Moment dachten alle über das Gesagte nach.

„Was willst du Ramos damit unterstellen?", fuhr ihn Maddy bitterböse an.

„Ich? Gar nichts. Aber er ist anscheinend der Einzige, der euch mit Informationen versorgen kann. Ihr solltet euch mal definitiv mehr mit ihm beschäftigen", konterte Jason.

Maddy sah wieder auf den Sandhaufen, der sich jedoch keinen Millimeter bewegt hatte. Sollte Jason etwa Recht haben mit seiner Äußerung? Ihr gingen mehrere Situationen durch den Kopf, die sich in letzter Zeit zugetragen hatten, wo Ramos eine entscheidende Rolle gespielt hatte.

Plötzlich erhob Ament seine Stimme und riss alle damit aus ihren Gedanken. „Ramos ist einer von uns!"

„Wir werden uns damit beschäftigen, wenn ihr zurück seid", sagte Maddy und ging zum Ausgang der Kommandozentrale. „Mehit … Stevo … kommt ihr?" Ohne auf die beiden zu warten, lief sie los.

Die beiden Clankrieger folgten ihrem Schützling, während Raban die Versiegelung der unteren Etage wieder aufhob.

Einige Stunden später …

Als sie in London ankamen, hatte die Bewölkung noch mehr zugenommen und es sah so aus, als ob es jeden Moment anfangen würde zu regnen. Nichts Ungewöhnliches für London, dennoch waren die Vampire, die kein Tagesserum in sich trugen wesentlich beruhigter, sich bei diesem Wetter durch die Straßen zu bewegen.

Ihnen zum Trotz war Chang die Ruhe persönlich. Seine Ausstrahlung machte Jason, der neben ihm saß, unsicher. Als er dann von den gelben Augen seitlich gemustert wurde, starrte er unbeholfen aus dem Fenster. Er hatte sich dieser Aktion angeschlossen, dennoch wusste er, dass er im Falle eines Kampfes wohl derjenige war, der die wenigstens Erfahrungen auf diesem Gebiet mitbrachte. Kurz überlegte er, ob es wirklich so eine gute Idee war, sich den anderen anzuschließen. Er sah nach vorn, wo Ament auf dem Fahrersitz den Geländewagen lenkte. Dieser Vampir war eine kraftstrotzende Bestie, der mit seinem Element jeden in Flammen aufgehen lassen konnte. Neben ihm saß Ortischa. Dieser rassigen spanischen Schönheit wollte man nachts sicher nicht allein begegnen. Ihr Element Erde konnte jeden begraben, den sie nie wieder sehen wollte. Und was hatte er aufzuweisen? Gute Kenntnisse im Umgang mit Schusswaffen und ein Talent für Kampfsport. Doch wenn er Chang neben sich beäugte, war er wohl gerade mal mit einem gelben Gürtel in Judo gerüstet. Der Halbasiat strotzte nur so vor Muskeln und Sehnen, die anscheinend dazu dienten, seinen durchtrainierten Körper in Perfektion zu bewegen. Er hatte ihn einmal durch Zufall durch einen Spalt im Trainingsraum gesehen, wie er die chinesische Kampfkunst ausgeübt hatte, geschmeidig wie ein Panther und kraftvoll wie ein Ninja. Mit exakter Perfektion hatten sich die Wurfsterne in das Holz gebohrt. Anschließend, als Chang den Raum verlassen hatte, war er hineingegangen und hatte versucht, die Sterne herauszuholen, doch sie waren so tief ins Holz gerammt worden, dass er kläglich daran gescheitert war. Doch dann besann sich Jason darauf, dass es ja nur ein Erkundungstrip sein sollte und sie eigentlich keinerlei Widerstand zu erwarten hatten – und vor allem wollte er sich revanchieren, weil der Clan Mina geholfen hatte. Da hob sich seine Laune etwas.

Seine Gefühlsregungen blieben Chang nicht verborgen. Sein Blick schnellte zu ihm, was Jason unmittelbar mitbekam, da der Schein seiner Augen seine Lederjacke traf.

„WAS!", knurrte er Chang an, der daraufhin nur die Augenbraue hoch zog.

„Dein Gefühlschaos ist nervend", Chang fletschte seine Oberlippe soweit zurück, das seine weißen scharfen Fänge zum Vorschein kamen.

Jason ballte seine Faust und drückte diese vor seinen Mund, während er wieder seinen Blick aus dem Fenster richtete. Er atmete schwer.

Auch Ament blickte in den Rückspiegel, denn die Unruhe, die von dem jungen Vampir ausging, hatte auch er gespürt und ebenso Ortischa, die ihren Kopf zur Rücksitzbank wendete.

„Haben wir ein Problem, Jason?", fragte Ament.

Ein Moment verging, bevor Jason ihm antwortete. „Nein … haben wir nicht."

„Gut." *Etwas anderes wollte ich auch nicht hören.*

Auch der zweite Wagen, in dem Ivan, Lance und Angel saßen, war randvoll mit Emotionen.

Durch Ivan tobte ein regelrechter Hurrikan. Er hätte sich am liebsten alleine für diese Mission gemeldet. Er wollte nicht, dass die anderen in Gefahr gerieten, doch der Plan sah etwas anderes vor. Zumal es ja auch nur eine Halle war. Aber er wollte nun endlich seine Qualitäten als Halbclankrieger vorführen. Er hoffte innerlich sogar, dass es einen Kampf gab, damit er seinen aufgestauten Aggressionen freien Lauf lassen könnte.

Nur Lance und Angel schienen nicht begeistert von dem Vorhaben zu sein.

„Habt ihr solche Einsätze schon mal durchgeführt?", fragte Lance, wobei sein Blick den von Ivan im Rückspiegel suchte.

„Nein, das Kontrollieren einer potentiellen Hochburg von Isfets Leuten stand bisher noch nicht auf unserem Plan. Aber so lange bin ich auch noch nicht beim Clan."

„Vielleicht ist das ja auch noch nicht unser letzter Einsatz in diese Richtung", quälte sich Angel über die Lippen. Ihr gefiel das Ganze gar nicht. Sie hatte ein ungutes Gefühl, welches sich tief in ihren Eingeweiden breit machte. Doch wollte sie jetzt nicht wie eine hysterische Vampirin klingen, deshalb ballte sie nur die Fäuste und entspannte dann wieder ihre Finger und Handgelenke. Dies wiederholte sie einige Male. Das hatte sie sich von ihrem Bruder abgeschaut und es nach seinem Tod immer selbst praktiziert. Dann griff sie nach ihrer Waffe, die seitlich an ihrem Hosenbund postiert war. Sie kontrollierte sie und steckte sie wieder in ihre Position an ihrem Gürtel. Nun ging es ihr besser.

„Mach dich nicht verrückt." Ivan wollte Angel damit die Nervosität nehmen. Flüchtig sah sie zu ihm.

„Wenn jemand da ist, werden wir ihn mal gewaltig in den Hintern treten." Angel klang nun eher wieder nach der störrischen Frau, die Ivan kannte.

„So gefällst du mir schon besser." Ein verschmitztes Lächeln trat auf seine Lippen.

Sekunden später stoppte der Geländewagen vor ihm und auch Ivan brachte den Mustang zum Stehen.

Alle stiegen aus und verteilten sich sogleich dicht an der Häuserwand.

Ament gab das Zeichen, indem er seine Arme überkreuzte.

Fast im gleichen Moment trat Jason an Aments Seite. Sie bildeten das erste Team. Das zweite Paar waren Ortischa und Chang. Als letztes blieben noch Ivan, Lance und Angel übrig.

In einem harten Griff nahm Ament den jungen Vampir zur Brust und sprang mit ihm auf das Dach der Halle.

Ortischa und Chang waren im nächsten Sekundenbruchteil ebenfalls aus dem Sichtfeld der anderen verschwunden. Sie waren nun auf dem Weg zur Rückseite des Gebäudes.

Nun galt es noch die Vorderseite abzudecken. Dies fiel auf Ivan, Lance und Angel zurück. Sie schlichen dicht die düstere Straße entlang und ihre Körper verschmolzen mit den Schatten, die die Häuserwände im Licht der Laternen warfen. Fast lautlos teilten sie sich danach auf und genau drei Minuten später schlugen alle drei Teams los.

Ament entriegelte mental die Tür, die den Zugang von oben in das Gebäude öffnete und auf leisen Sohlen betraten sie das Treppenhaus. Als sie die erste halbe Treppe hinabgestiegen waren, blickte er über seine Schulter zu Jason zurück, der ihm folgte. Ament witterte, doch es trat ihm kein Geruch in die Nase, die einen Vampir oder Menschen ausmachen würde, nur der Geruch von Chemikalien aus einer Wäscherei drang zu ihm. Mit einem Fingerzeig gingen sie weiter.

Zur gleichen Zeit entriegelte Ortischa mental die Tür, die mit dem Schild „Hinterausgang" gekennzeichnet war. Auch sie und Chang betraten leise den Innenraum. Dieses Mal trug Ortischa auch Turnschuhe, denn mit ihren High Heels wäre sie schon meilenweit zu hören gewesen. Heute hatte sie deshalb darauf verzichtet, obwohl sie damit sehr gut kämpfen konnte.

Beide sahen sich um, konnten jedoch auch keine Vampir- oder Menschenseele wahrnehmen, was sie irritierte. Denn laut der Kamera, die Raban vor einiger Zeit gegenüber des Gebäudes installiert hatte, gab es mehrere Wärmequellen, die hier abends gesichtet wurden. Vielleicht doch nur ein Putztrupp? Doch heute schien sich keiner mehr in diesem Gebäude aufzuhalten. Leicht entspannt zog Ortischa die Luft ein, als Chang ihr seine Hand blitzartig auf den Mund legte. Ihr Blick, aus ihren großen braunen Augen, schnellte zu ihm, doch Chang ließ sich davon nicht ablenken. Er richtete seinen Arm in die Richtung einer großen Maschine, die ein surrendes Geräusch von sich gab.

Sofort verstand Ortischa, was Chang ihr damit signalisierte, obwohl sie ihn anschließend noch einmal in die Schranken dafür weisen würde, sie einfach so zu berühren. Sie nickte an seiner Handfläche.

Erst dann nahm Chang seine Hand wieder zurück.

Beide schlichen geräuschlos auf die Maschine zu und gingen in die Hocke.

Unterdessen öffnete Ivan die Vordertür der Halle und Angel und Lance drängten sich schnell nach ihm in das Innere.

Sie teilten sich auf.

Ivan schwenkte nach links und ließ seine Sinne auf die Dunkelheit los, doch so sehr er sich auch anstrengte, es war nichts wahrzunehmen. Sein Kopf schnellte plötzlich herum.

Genauso erging es auch Angel und Lance, die sich in entgegengesetzter Richtung auf den Weg gemacht hatten.

Plötzlich ertönte ein für das menschliche Gehör nicht wahrnehmbares Geräusch, so dass beide sich sofort hinter einem Stahlträger duckten. Sie hörten, wie Metall über den Boden der Halle kratzte. Zu Tode erschrocken blickte Angel zu Lance und sah ein ziemlich langes Messer unter seiner Jacke hervor blitzen, welches das Geräusch verursacht hatte. Ihr Mund klappte auf und sie riss ihre blauen Augen weit auf.

Auch die anderen hatten das Geräusch im Eingangsbereich wahrgenommen. Alle waren wie gelähmt. Hatte sie das jetzt verraten? So unvorsichtig zu sein, ärgerte alle zutiefst.

Sekunden um Sekunden vergingen, aber es passierte nichts.

Lance verzog seine Mundwinkel nach unten und entblößte seine schneeweißen Fangzähne. *Warum musste mir das gerade passieren?* Fragte er sich.

Auch Angel gefiel die Situation überhaupt nicht. Die Halle hatte bisher nichts, was sie auch nur im Geringsten interessierte. Ihr Blick glitt hektisch durch den Raum und blieb kurze Zeit später an einem Container hängen. Sie zeigte mit ihren Kopf in diese Richtung und Lance nickte ihr zu. Beide schlichen hinüber und nun gesellte sich auch Ivan dazu, was Angel beruhigte. Sie wusste, dass der Halbclankrieger ihr eine wesentlich stärkere Hilfe sein würde, als Lance. Obwohl dieser noch um einige Jahre älter war, vertraute sie Ivan deutlich mehr. Ihn an ihrer Flanke zu wissen, gab ihr mehr Sicherheit.

Als die drei an dem Container ankamen, vernahmen sie einen chemischen Geruch. Angewidert rümpften sie die Nasen.

Zischend gab Ivan leise von sich: „Was ist das?"

Er wurde sogleich von Angel mit einem vernichtenden Blick gestraft.

Im selben Moment traten Ortischa und Chang aus den Schatten. Auch sie zogen die Nasen kraus, als ihnen der Geruch in die Nasenflügel stieg.

Ortischa hielt sich die Nase zu und schüttelte den Kopf.

Sie suchten daraufhin alle Blickkontakt und dann ging Chang voraus, sein Arm nach oben gerichtet.

Dort waren Ament und Jason im Treppenhaus zu sehen.

Doch in diesem Moment ging eine Salve eines Maschinengewehrs auf sie los, genau in der Höhe ihrer Schultern. Die Kugeln schlugen in das Metall der Träger und auch in den Container. Sofort trat Flüssigkeit aus und eine zweite Salve preschte durch den Raum. Doch das Maschinengewehr wurde nicht von einem Vampir oder Menschen bedient, es war automatisch ausgelöst worden, stellten Ament und Jason fest, die beide geschickt den Salven ausgewichen waren.

Ament riss das Gewehr aus seiner Verankerung und warf es in die Ecke.

„Shit" Er ballte seine Faust. „Das alles hier ist eine Farce. Anscheinend haben wir irgendwo einen Kontakt ausgelöst." Plötzlich fing hinter ihm jemand an lauthals zu schreien.

Die beißende Flüssigkeit aus dem Container hatte Angel am Arm erwischt und ätzte sich nun durch ihre Haut.

„Es brennt, verdammt", schnauzte sie.

„Wir müssen die Wunde spülen sonst breitet sich das Zeug noch weiter aus", sagte Lance und wollte sie gerade an sich ziehen, als ein kupferner Geruch auch allen anderen in die Nase stieg.

Ihre Köpfe schnellten in die Richtung von den Fässern, die dort standen.

Blut quoll aus den Ritzen, denn die Gewehrsalven hatten auch die Fässer getroffen.

Ortischa riss eines der Fässer auf und sah den Kopf eines Menschen darin schwimmen.

Chang öffnete das nächste Fass. Auch dieses Fass barg einen weiteren toten Menschen.

Sie sahen sich um und entdeckten noch ungefähr siebzig weitere solcher Fässer.

„Oh mein Gott." Ament wollte sich gar nicht ausmalen, dass in jedem dieser Fässer mindestens ein Mensch sein Leben gelassen hatte. In dem Moment tauchte aus dem Fass vor ihm ein weiterer Kopf auf. Es schien eine Frau zu sein.

„Irgendjemand hat hier ein Lager für Blut angelegt und die Chemikalien sollten den Geruch überdecken." Ament schüttelte den Kopf.

Ein plötzliches knarzendes Geräusch ließ alle zusammenzucken.

Der große Container verbog sich und zerbarst in Sekundenschnelle. Metallplatten schossen durch die Gegend und die Flüssigkeit verteilte sich rasant durch den Raum.

„RAUS!", schrie Ament augenblicklich.

Doch in diesem Moment hatte die Flüssigkeit bereits Angel erreicht, die am nächsten stand.

Sie wollte sich gerade bewegen, doch ihre Schuhe waren bereits von der perlmuttfarbenen Flüssigkeit erfasst und hatten sich sofort aufgelöst.

Die anderen hatten sich bereits Richtung Ausgang aufgemacht, als Chang das Wimmern hinter sich wahrnahm.

Er schoss zurück und griff nach ihrem Arm.

„Geh!", schrie sie. Ihre Füße verätzten und sie sank zu Boden.

Chang griff nach ihrem Arm. „Los komm." Er zog an ihr, als eine weitere Woge aus dem Container schwappte.

„HAU AB CHANG, rette dich!" Ihre blauen Augen sahen ihn an und er konnte darin lesen, dass sie wusste, dass sie es nicht schaffen würde.

Am Ende der Halle standen hilflos die anderen und sahen zu, wie Angel immer mehr von der Flüssigkeit aufgefressen wurde.

Ament und Ortischa mussten Ivan festhalten, denn er wollte unbedingt zurück zu Angel.

Lance ging einige Schritte in Changs Richtung.

„Chang du musst da raus. Los!" Er klang besorgt und auch die anderen wollten nicht, dass Chang ebenfalls sein Leben ließ.

Unterdessen hielt Chang immer noch Angels zitternde Hand.

Bittere Tränen kullerten ihr über die Wangen und tapfer ertrug sie, dass ihr Körper immer mehr verätzte. Mittlerweile war ihr Unterkörper schon komplett verflüssigt.

„Chang! Töte mich! Bitte." Sie weinte und wollte nur noch erlöst werden.

Kurz blickte er über seine Schulter und Ament nickte.

Daraufhin zückte er sein Schwert, welches an seinem Rücken klemmte, und trennte ihr mit einem Hieb den Kopf vom Leib. Dieser fiel in die Flüssigkeit und sogleich wurde ihre lange blonde Lockenmähne verschlungen. Nun erst merkte Chang, dass auch sein Arm, mit dem er Angel festgehalten hatte, mit dieser perlmuttfarbenen Flüssigkeit benetzt war. Er trug zwar eine Art Schutzpanzer an den Unterarmen und dem Körper, doch es hatte sich bereits durchgefressen. Auch seine Stiefel lösten sich langsam auf.

„Chang, sofort weg da!", schrie Ortischa hinter ihm.

In Windeseile sauste er zu den anderen, die sich sogleich auf ihn stürzten.

Lance, Jason und auch Ortischa rissen ihm die Armschienen und seine Kleidung von seinem Oberkörper. Sein muskulöser linker Arm war bereits von mehreren offenen Wunden übersät. Doch er ertrug seine höllischen Schmerzen, ohne auch nur mit einem Muskel zu zucken oder einen Laut von sich zu geben. Sein starrer Blick war in die Richtung gerichtet, in der Angel vor Sekunden ihr Leben gelassen hatte. Nichts war mehr von ihr zu sehen. Diese Brühe hatte sie einfach verschlungen und nicht mehr hergegeben. Er war berührt, dass sie tot war. Warum ihn das nahe ging, wusste er nicht. Beide hatten nicht viel Zeit miteinander verbracht und dennoch war sie ein Teil des Teams gewesen. Er senkte seinen Blick.

Unterdessen brüllte Ivan wie ein wildes Tier los. Er fühlte sich dafür verantwortlich, dass er sie nicht gerettet hatte. „NEIN! Wie konnte das passieren?" Sein wutverzerrtes Gesicht glich einer Fratze und die anderen hatten Mühe, ihn zu beruhigen.

Plötzlich geschah jedoch etwas völlig anderes. Hinter ihnen bewegte sich plötzlich das große Rolltor und alle vernahmen Stimmen von der anderen Straßenseite her. Es herrschte hektisches Treiben hinter der Metallwand, die sich nun in Bewegung setzte.

Mit großen Augen starrten alle Ament an. Alle erwarteten, dass er ihnen Befehle erteilte. Also gab er das Zeichen sich zu verteilen und neben dem Tor in Stellung zu gehen. Wie befohlen teilten sie sich daraufhin auf und zogen ihre Schusswaffen hervor.

Das Quietschen der Kette, die das Tor nach oben trieb, kündigte die nun drohende Gewalt an.

Als das Tor noch nicht mal halb oben war, schossen schon die ersten fremden Vampire schlitternd unter dem Tor hindurch. Sie waren bis an die Zähne bewaffnet und stürzten sich sofort auf alles, was ihnen in die Quere kam.

Als erster wurde Ament, weil er am dichtesten stand, von drei Angreifern attackiert und in einen heftigen Kampf verwickelt. Seine Fangzähne fuhren aus und er stürzte sich auf den Erstbesten und biss ihm in den Hals. Dabei zerfetzte er seine Schlagader und warf ihn dann zur Seite, wo er einfach verblutete.

Unterdessen strömten weitere zwei Dutzend Vampire in das Innere der Halle, noch bevor das Tor ganz nach oben gefahren war. Ihre grauen Augen identifizierten sie allesamt als Anhänger von Isfet.

Chang traf gleich zwei Feinde beim Eintritt durch das Tor mit seinen Wurfsternen. Dann duckte er sich rasant, als Ortischa mit ihrem langen Bein ausholte und einen Vampir einen heftigen Tritt verpasste. Der Vampir knallte rückwärts gegen die Mauer und stöhnte auf, als Ortischas Messer in seinem Herz landete.

Nach einem kurzen Blickkontakt zwischen Chang und Ortischa tauchte er geschmeidig wieder auf und versetzte einem weiteren Schergen gezielte Tritte in die Magengegend. Dann ergriff er seine Hand und schleuderte ihn über seine Schulter zu Boden und versenkte einen Dolch in dessen Herz. Sogleich ging der Vampir unter ihm in Staub auf und Chang brüllte zufrieden auf. Auf der Stelle drehte er sich, noch immer am Boden, um und holte mit seinem Bein einen weiteren Vampir von den Füßen. Dieser hatte gerade mit Jason gerungen und ging nun mit ihm zusammen zu Boden. Jason holte aus und pfählte den Angreifer mit einem Holzpflock.

Weitere Angreifer strömten in die Halle.

Unterdessen gingen Jason und Ortischa in den Nahkampf über. Mit gezielten Tritten und Schlägen verteidigten sie sich, wobei das Ortischa wesentlich geschickter gelang als Jason. Als ihn nun der Vampir mit einer Salve von Schlägen im Gesicht traf, taumelte er nach hinten und stolperte über eine Kiste. Er schlug mit dem Kopf hart auf dem Betonboden auf. Sogleich hatte sich der Angreifer auf ihn gestürzt und wollte ihm seine Kehle durchschneiden, doch da griff Jason beherzt nach dem Messer, obwohl es ihm die Handfläche zerschnitt und das Blut an seiner Hand entlanglief.

„Du elender Mistkerl!", quälte Jason zwischen seinen Zähnen her, als sein eigenes warmes Blut auf sein Gesicht tropfte.

Mit einem hämischen Grinsen beugte sich der Angreifer tiefer, so dass Jason seine leblosen grauen Augen sehen konnte. „Für Isfet!", knurrte er ihm entgegen.

„Niemals!" Jason drückte mit aller Kraft seinen Arm nach oben, doch sein Kampf schien aussichtslos zu sein. Die Klinge senkte sich immer tiefer und Jasons Kraft ließ langsam nach.

In diesem Moment schwang Lance über ihm sein Schwert und köpfte den Angreifer mit einem gezielten Hieb. „Bist du okay?", rief er Jason entgegen, der den kopflosen Rumpf von sich stieß. „Ja, alles gut." Er räusperte sich kurz, wand seinen Körper zur Seite und stützte dann seine Handflächen auf den Boden. Seine Knie kamen ihm vor wie Butter, dennoch schaffte er es, seinen Körper auf seinen Knien zu postieren. Dann drückte er sich mit den Handflächen ab und richtete sich wieder zu voller Größe auf.

Ein heftiger Stoß von der Seite ließ ihn dann aber über fünf Meter weit fliegen und mitten in der Chemikalie landen. Sofort zersetzte sich sein Körper.

„Hilfe, nein" schrie er mit schmerzverzerrtem Gesicht. Er versuchte seinen Körper noch aufzurichten, doch es ging nicht, da sein Rücken schon eine einzige klebrige Masse war.

„JASON!", brüllte Ortischa, die sich gerade eines weiteren Angreifers entledigt hatte. Ihre Augen waren weit aufgerissen, als sie erkannte, dass jedwede Hilfe für ihn zu spät kam. Ihr Mund verzog sich bitter.

„Ortischa … töte mich!", rief Jason.

Ohne zu Zögern, hob sie ihre Waffe und schoss Jason mitten ins Herz. Der Rest seines Körpers zerfiel zu Staub. Mit einem heftigen Schrei stürzte sie sich auf den nächsten Feind, der gerade im Begriff war, Ivan von der Seite anzugreifen. Dieser stand etwas abseits und blickte immer noch auf die Stelle, an der Angel gestorben war. Als ihn jedoch eine Faust am Kinn traf, war er wieder mitten im Geschehen. Sein todbringender Blick traf den Angreifer und er holte aus und schlug ihm mitten ins Gesicht. Bei seinem Angreifer brach die Nase und Blut spritzte durch die Gegend. Nun ergriff er ihn und Ortischa trat von der anderen Seite heran. Beide zogen so fest an ihm, dass sie ihm die Gliedmaßen vom Rumpf trennten. Schreiend ging der übriggebliebene Teil in Staub auf. Anschließend sprinteten sie zu Ament, der nun schon gegen acht von Isfets Leuten ganz allein kämpfte. Er hatte selbstverständlich sein Element Feuer einsetzen können, doch er wusste nicht, wie die Chemikalie reagierte und letztendlich vielleicht alles in die Luft fliegen würde.

„Halt mir den Rücken frei!", rief Ortischa über die Schulter zu Ivan, der sogleich seinen Rücken an ihren postierte und den nächsten Vampir mit seiner Waffe erschoss.

Unterdessen förderte die Clankriegerin ihr Element zu Tage. Erst war nur eine kleine Sandfontäne sichtbar, die aber innerhalb von Sekunden zu einem reißenden Strom wurde, den sie geschickt über die Chemikalie legte.

„Ortischa!", schrie Ivan, als er zur Seite gerissen wurde. Der Sandstrahl schoss durch den Raum, hoch bis an die Decke und dann die Wand entlang. Dann ergriff Lance das Bein des Vampirs, der Ortischas Arm festhielt. In einem Sekundenbruchteil zog er eine kleine Klinge hervor und schlitzte ihm die Arterie auf und quasi sofort ging dieser daraufhin in die Knie und ließ ihren Arm los. Lance rollte sich auf ihn und stieß ihm das Messer in die Halsschlagader. So nagelte er ihn unter sich fest, bis er nicht mehr zuckte.

Ortischa knackte derweil mit den Handknochen und beförderte eine erneute Welle hervor.

Der Clankrieger war immer noch mit dem Haufen der Angreifer beschäftigt, als Chang ihm zu Hilfe kam und sich einen nach dem anderen vornahm, bis Ament die letzten drei mit einer gekonnten Drehung um seine eigene Achse, selbst aufschlitzte. Seine beschichtete Klinge ließ sie sogleich in Staub aufgehen.

Auch Chang hatte einen Vampir mit heftigen Tritten und Schlägen an die Wand genagelt und gab ihm nun den Todesstoß mit einem Dolch, der geformt war wie ein Pflock. Er sank zu Boden.

„Geschafft! sagte Ortischa und drehte sich zu den anderen um.

Ament klopfte den Sand von seiner Lederjacke, bevor er sich ein Blick von der Situation machte.

Chang kniete am Boden und Ament war es ein Bedürfnis zu ihm zu gehen.

„Chang? Alles okay?" Sein grimmiger Unterton drang zu dem Halbasiaten vor. Doch keine Antwort kam.

Ament ging in die Knie und sah dem Verwandelten direkt in die Augen.

„Chang?"

Dieser drehte sich im Zeitlupentempo um.

Nun konnte Ament sehen, was den Halbasiaten in die Knie gezwungen hatte. Sein ganzer linker Arm war von Hautfetzten überzogen. Der Arm war nur noch Sehnen und Muskeln. Es gab keine Haut mehr und so wie es schien, setzte auch kein Heilungsprozess ein.

„Los", Ament griff nach dem rechten Arm und stützte Chang beim Aufstehen. Dann legte er seinen Arm um seinen Hals und griff an seine Hüfte. Als er sich umdrehte, stieß ihm der kupferne Geruch in die Nase.

Lance wurde von Ivan ebenfalls über der Schulter getragen, denn er hatte auch einen zu hohen Blutverlust erlitten.

Fast alle Angreifer von Isfets Leuten waren jedoch entweder gepfählt worden oder waren in Staub aufgegangen.

Ortischa sondierte den Bürgersteig und die Straße, als eine schwarze Limousine langsam an ihnen vorbei rollte.

Die hintere Scheibe fuhr hinunter.

In diesem Moment erschien das Gesicht von Mike, was Ament sogleich seinen Arm anheben ließ, in dem sich eine Feuerkugel formte. Doch als neben ihm das Gesicht von Conzuela erschien, musste er an sich halten. Ihre Augen waren verbunden und in ihrem Mund steckte ein Knebel.

Ament zog sofort die Feuerkugel zurück. Sein Gesichtsausdruck glich dem einer Hyäne, die jeden Moment ihr Opfer anfallen würde.

Ein gehässiges Grinsen trat auf Mikes Lippen. Dann ließ er die Scheibe wieder hochfahren und winkte noch freundlich.

Wütend schluckte Ament seinen Hass hinunter und plötzlich spürte er, wie Chang neben ihm zusammensackte. „Shit!" Er griff sofort unter ihn, so dass er nicht der Länge nach auf den Bürgersteig schlagen konnte. Er hob ihn auf seine Arme und sauste in überdimensionaler Geschwindigkeit zum Geländewagen.

Die anderen folgten ihm.

Nachdem sie Chang und Lance auf die Ladefläche gelegt hatten, klemmte er sich hinter das Steuer. Ortischa trat an die heruntergelassene Scheibe des Geländewagens. „Ich fahre zurück zum Anwesen."

Der Clankrieger wusste ganz genau, warum Ortischa es vermied das Krankenhaus, wo sie nun hinfahren würden, zu betreten. Doch dafür hatte er jetzt keine Zeit. Er wartete nur noch die Sekunde, bis Ivan sich auf dem Beifahrersitz nieder ließ, dann startete er den Wagen und fuhr zügig in die Klinik von Dr. Michael Anderson.

Ortischa sah ihnen noch nach, dann ging ihr Blick zurück zu der Halle, wo gerade Angel und Jason ihr Leben gelassen hatten. Traurig neigte sie ihren Kopf, ohne jedoch ihre Umgebung außer Acht zu lassen. Denn es war gut möglich, dass Isfets Leute einen erneuten Angriff wagen würden. Dann wäre sie alleine. Mit diesen Gedanken strich sie sich mit ihren Fingern an ihrer Baretta entlang, die sie in ihren Hosenbund geklemmt hatte. Sie hatten zwar die Horde von Isfets Leuten getötet, doch ein Sieg war das nicht gerade gewesen. Dass diese Chemikalie so hinterrücks zwei aus ihren Reihen gekostet hatte, lastete schwer auf ihren Schultern, dennoch hatte sie wenigstens einige von ihnen getötet. Eigentlich fast alle. Zwei waren ihr entwischt, als der Kampf losgebrochen war. Sie griff in ihre Hosentasche und holte ihr Handy hervor. Das Display war gesprungen, was sie entnervt die Mundwinkel verziehen ließ. Doch zumindest funktionierte es noch. Sie rief Raban an.

„Wie ist es gelaufen?", schallte die Stimme von Raban durch den Hörer.

Sie konnte ihn förmlich vor sich sehen, wie aufgeregt er war.

„Nun rede schon!", forderte er nun energischer.

Ortischa schluckte, was Raban am anderen Ende sogar vernehmen konnte.

„Ortischa? Was ist passiert? Sprich mit uns." Seine Stimme hatte nun einen ganz weichen Klang. Eher besorgt und einfühlsam.

Die Clankriegerin holte tief Luft, bevor sie anfing zu sprechen. Es war aber eher ein Stottern als ein vollständiger Satz.

„Wir … wir … haben sie … verloren."

„Wen haben wir verloren?", hauchte Raban fast in das Handy.

Der sonst so taffen Ortischa lief eine Träne über die Wange, die im Schein der Laterne glänzte. Erneut amtete sie tief aus. „Wir haben … Angel verloren." Nun bebten ihre Lippen. Sie erkannte plötzlich, dass sie Angel doch sehr gemocht hatte, obwohl ihr Start damals nicht so gut gelungen war. Sie wischte sich über die Wange und besann sich weiterzusprechen.

„… und Jason hat es auch nicht geschafft." So langsam fand sie ihre Stimme wieder.

„Wir wurden in der Halle von einer Chemikalie überrascht. Ein ganzer Container voll und eine Selbstschussanlage war mittendrin installiert. Außerdem waren hier unsagbar viele tote Menschen und ihr Blut. Es war einfach grauenvoll anzusehen. Angel …", sie musste erneut hart schlucken. „… Angel ist von dieser Flüssigkeit … sie wurde … sie wurde regelrecht zersetzt … es war so …" sie schüttelte den Kopf und sie konnte nicht weiter sprechen.

Am anderen Ende wurde es ganz ruhig.

Raban ließ Ortischa Zeit, sich erst einmal zu sammeln. Auch Mehit und Stevo hielten sich mit Fragen zurück.

Nach einem Moment sprach Ortischa weiter, doch das Zittern in ihrer Stimme blieb. „Zu alledem kam dann noch, dass Isfets Leute die Halle gestürmt haben."

Nun konnten die anderen hören, wie sich der Hass in die Stimme von Ortischa mischte. „Bei dem Kampf haben wir zwar fast alle erledigt, doch Jason wurde in die Chemikalie geschubst und mir blieb …" erneut atmete sie tief durch. „… es blieb mir nichts anderes übrig, als ihn zu töten. Er hatte unvorstellbare Schmerzen. Er hat mich angefleht es tun. Ihr müsst mir das glauben." Sie war vollkommen aufgelöst.

„Beruhige dich … was ist mit den anderen?", fragte Raban und Ortischa konnte im Hintergrund die Stimme von Mehit und Stevo vernehmen, wie sie leise miteinander sprachen.

„Ament ist auf dem Weg zum Krankenhaus. Zu Michael. Als Chang Angel retten wollte, hat er dieses Teufelszeug selbst am Arm abbekommen. Es sieht richtig schlimm aus. Der halbe Arm ist verätzt. Auch Lance ist verletzt. Er hat ein paar Treffer abbekommen. Dem Rest von uns geht es gut. Ein paar Blessuren, aber nicht erwähnenswertes. Ach, und als Sahnehäubchen ist unser Freund MIKE auch hier aufgetaucht. Ament konnte sich gerade noch zurückhalten, denn er hatte Conzuela im Auto, deshalb konnten wir ihn nicht angreifen. Doch ihr solltet wissen, dass das Ament sehr viel Überwindung gekostet hat, nicht loszuschlagen."

„Was willst du damit sagen?", hakte Raban nach.

„Ich glaube, wenn wir nicht dabei gewesen wären, hätte er die Limousine angegriffen."

„Du meinst, obwohl Conzuela in dem Wagen war?", schockiert schaute sich Raban suchend zu Mehit und Stevo um.

„Ja, das meine ich", kam es hingegen nur trocken von Ortischa.

Damit hatten sie nun alle nicht gerechnet.

„Komm nach Hause", sagte Mehit einfühlsam, um auch das Thema in eine andere Richtung zu bringen.

„Nein. Ich sollte noch mal gründlich die Halle untersuchen, jetzt, wo alles unter einer großen Sandberg begraben ist. Vor allem müssen wir wissen, warum sie solch ein Depot angelegt haben."

„Lass uns dran teilhaben. Schalte die kleine Kamera ein, die ich dir mitgegeben habe. Dann zeigst du uns alles und ich lasse gleichzeitig eine Aufnahme mitlaufen." Raban war sichtlich daran interessiert, dass Ortischa den Rückhalt von ihnen hatte.

„Ja, das kann ich machen. Bei euch alles in Ordnung?", hakte sie nun nach.

„Ja, bei uns ist alles ruhig."

„Mehit?"

„Ja?"

„Kannst du kommen?" Ortischa hasste sich eigentlich für diese Frage, doch sie wollte auch nicht alleine noch einmal den Raum betreten, indem Angel und Jason ihr Leben gelassen hatten.

„Ich komme! Bleib wo du bist. Wir machen das gemeinsam." Mehits tiefe Stimme fühlte sich in ihren Ohren wohltuend an. Er hatte es immer geschafft sie zu beruhigen, egal in welcher verzwickten Situation sie sich auch befand.

„Danke" sagte sie und legte auf.

Kapitel 15

ls der Geländewagen vor der Ersten Hilfe anhielt, stand dort schon ein ganzes Team, um die Verletzten schnell in Empfang zu nehmen.

„Was ist passiert?", fragte Michael als Ament gerade ausstieg und ihn mit keinem Blick beachtete.

Der Clankrieger schoss zur Heckklappe, öffnete diese und hievte mit Ivan den verletzten Chang auf eine Trage, die von zwei Pflegern bereitgestellt wurde.

Zunächst wandte sich Ivan Michael zu. „Eine Verätzung, mit einer unbekannten Chemikalie."

Aus seiner Stimmlage konnte Michael heraushören, dass noch mehr passiert sein musste, aber dafür hatte er jetzt keine Zeit.

„Behandlungsraum 1, sofort!", dirigierte Michael sein Personal.

Wackelig stieg nun auch Lance von der Rücksitzbank aus und sackte in sich zusammen. Er wurde von zwei Schwestern und Michael gleichermaßen aufgefangen und in einen Rollstuhl gesetzt.

„Ihn in Raum 2, schnell", wies er die Schwestern an. Dann blickte er zu seinem Assistenzarzt. „Dante, schau du ihn dir an." Dieser nickte und begleitete Lance in die Klinik.

Währenddessen ging Ivan mit großen Schritten den beiden Verletzten hinterher.

Dann sah Michael in die Richtung von Ament, der sich abgewandt hatte und in den Nachthimmel starrte. „Ament? Bei dir alles in Ordnung?"

Es folgte keine Antwort, was er aber schon von dem wortkargen Krieger gewohnt war. Dennoch scannte er ihn kurz, ob er äußerliche Blessuren hatte, die seiner Behandlung bedurften. Doch er fand nichts, deshalb drehte er sich um und folgte den anderen, um zu sehen, was mit dem Halbasiaten geschehen war.

Der starre Blick von Ament ging in den Himmel. Er war so unheimlich wütend auf sich selbst, weil ihm Mike erneut entwischt war. Seine Hände ballten sich zu Fäusten, so dass die Knochen weiß unter der bronzefarbenen Haut zum Vorschein kamen. Seine messerscharfen Fangzähne schoben sich langsam aus seinem Oberkiefer und ein tiefes Knurren grollte in seinem Inneren. Dann zuckte er zusammen.

Eine kleine Hand berührte ihn am Unterarm. Sein Kopf schnellte blitzschnell herum und er zwang seine Fänge zurück, als er die Menschenfrau erblickte.

„Geht es Ihnen gut? Ach … sind Sie nicht einer von Maddys Bodyguards? Ich bin es … Susan. Erinnern Sie sich noch an mich? Geht es Maddy gut? Ist sie hier? Sind Sie wegen ihr hier? Was macht Mehit? Ist er auch hier?" Der Redefluss der zierlichen Krankenschwester, war nicht gerade das, was Aments Gemütszustand jetzt brauchte. Seine rotbraunen Augen weiteten sich und kleine Funken tanzten in ihnen. Er war schon nahe daran ihr den grazilen Hals umzudrehen, doch dann besann er sich eines Besseren und legte ihr nur eine leichte Trance auf, die sofort seine Erscheinung aus ihrem Gedächtnis löschte. *Das fehlt mir gerade noch, dass mir ein Frauenzimmer jetzt auf den Geist geht,* dachte er sich verärgert. In überdimensionaler Schnelligkeit brachte er sich aus ihrem Sichtfeld.

Zwischen einigen Bäumen am Parkplatz blieb er stehen und verstecke sich wie ein kleiner Junge hinter einem Baum. Er lehnte seinen Kopf gegen die harte Rinde und hob ihn an und senkte ihn noch einmal dagegen. *Warum muss mir dieser elende Mike auf den Nerven herumtrampeln? Das ist schon das dritte Mal, dass er mir durch Lappen gegangen ist. Verdammt noch mal. Sollte ich noch einmal auf ihn treffen, werde ich ihn töten, egal was passiert. Egal was passiert!* Er schüttelte den vehement seinen Kopf. *Kein Mensch verarscht mich. Beim nächsten Mal wird er sterben! Das schwöre ich!* Mit seinem neuen Ziel war er zufrieden und ging nun ganz ruhig zurück zur Aufnahme, wo immer noch der Geländewagen stand.

Im Behandlungsraum 1 waren mehrere Schwestern mit Michael zu Gange und tupften den blutenden Arm des Verletzten ab. Es sah fast so aus, als ob die wenige Flüssigkeit, die sich noch auf dem Arm befand, immer noch weiter das Fleisch darunter zersetzte.

„Spülen!", wies Michael daher sein Team energisch an. „Schnell, sonst verlieren wir den Arm."

Er schaute Chang ins Gesicht.

Doch dieser zuckte nicht mal mit der Wimper. Seine gelben Augen waren hinter der dunklen Sonnenbrille geschlossen. Nur, weil sich der Brustkorb hob, wusste Michael, dass er noch atmete.

Die Krankenschwestern spülten mit einer Lösung rasch den verletzten Arm, als einige Tropfen dabei auf den Boden fielen, verätzte sofort der Fußboden an dieser Stelle.

„Oh shit, schnell eine Metallschüssel", rief die Schwester und ein Pfleger griff hinter sich und übergab der Schwester eine Schüssel. Erneut spülte sie den Arm von oben nach unten und orderte noch weitere Spülflüssigkeit.

Hektisch rannte eine andere Schwester los. „Bring noch Blutkonserven mit!", rief sie ihr aufgeregt hinterher.

Da schlug Chang kurz seine Augen auf, schloss sie aber sofort wieder.

BLUT!

Es dürstete ihn, da sein Körper von der Chemikalie malträtiert wurde und er war eine Sekunde lang gewillt seine scharfen Fangzähne in die Krankenschwester zu schlagen. Doch er hielt sich zurück, denn er war sich bewusst, dass er sich in einer Klinik befand und die Schwestern hier keine Vampire waren. Also zwang er sich zur inneren Ruhe. Oft hatte er dies schon praktiziert, was ihm jetzt half.

Die zierliche Schwester kam mit der Spülflüssigkeit und mehreren Blutbeuteln in den Armen zurück.

„Susan, hänge ihm die Blutkonserve an und Jim öffne mir bitte noch eine weitere Spüllösung. Michael? Sollen wir ihn in den OP bringen, willst du amputieren?", fragte die Ärztin.

Chang schoss wie eine Rakete nach oben, so dass Susan fast die Blutkonserve aus der Hand fiel. Aus schmalen Schlitzen starrte er sie an. „Niemals!" Knurrte er finster hervor, so dass die Ärztin gleich einen Schritt zurückwich.

„Nein, nein keine Amputation", beruhigend legte Michael seine Hand auf Changs gesunden Arm. „Das bekommen wir auch so hin." Er sah Chang tief in die Augen, hindurch durch die Sonnenbrille, die seine gelben Augen verdeckte, bis sich dieser wieder entspannte und seinen Körper zurücklehnte.

Susan war vollkommen irritiert. „Ich lege Ihnen jetzt einen Zugang. Sie haben zu viel Blut verloren." Ihre Stimme schwankte etwas, doch als er seinen gesunden Arm zu ihr drehte, stach sie sofort in die dicke Ader und schloss die Blutkonserve an. Nach nur wenigen Sekunden war diese leer, so dass Susan eine weitere anhing. Sie wunderte sich nicht mehr darüber, dass sich Blutbeutel so schnell leerten, weil sie das schon öfter in der Klinik mitbekommen hatte, doch im Moment war sie heilfroh, dass der Patient nicht verblutete. Behutsam streichelte sie über seinen muskulären Unterarm und sprach leise auf ihn ein.

Chang hoffte, dass die Schwester noch weitere Blutbeutel geholt hatte. Denn als der dritte Beutel in seinen Organismus lief, fühlte er sich langsam etwas besser. Die heftigen Schmerzen hatte er ausgeblendet und auch, dass die Ärztin an seinem Arm herumhantierte. Das leichte Streicheln des Daumens der Schwester über seinen rasenden Puls, ließ ihn einen Moment lang von der sterilen Umgebung abdriften. Er fühlte sich ruhig und seine aufgewühlten Emotionen waren wieder auf Normalstatus zurückgefahren. Doch dieser Moment der Ruhe hielt nicht lange an.

Nebenan hatten die Schwestern Lance die Kleidung von seinem durchtrainierten Oberkörper entfernt und machten sich gerade daran, seine Hose auszuziehen, was er jedoch nicht zuließ.

„Desinfektionsmittel schnell, die Wunden sind verunreinigt. Wir müssen sie wirklich desinfizieren", sagte der Arzt, der sich nun über die Wunden von Lance beugte.

Unterdessen beäugte Lance den Arzt und identifizierte ihn als einen Artgenossen, was ihn sichtlich beruhigte. Er wollte nicht, dass sich ein Mensch um ihn kümmerte. Menschen waren dazu nicht in der Lage, das hatte er schon so einige Male am eigenen Körper erfahren. Doch hier schien es anders zu sein. Michael, der Chefarzt der Klinik, hatte hier eine gute Kombination aus Menschen und Vampiren angestellt, die Seite an Seite zusammenarbeiteten. Das beeindruckte ihn sehr.

Auch der Arzt sah Lance kurz an, als er die Schwester anwies. „Ich benötige noch vier Blutkonserven, Ellen." Und nickte dem Patienten wissend zu.

„Okay ... hole ich", erwiderte Ellen und verließ den Behandlungsraum.

Lance dankte ihm mit einem kleinen Nicken.

Als die Schwester zurückkam, hängte der Arzt die Blutkonserve an und schickte Ellen in den anderen Behandlungsraum. Er beobachtete die anderen und legte einfach eine weitere Blutkonserve direkt in seine Hand. Dann schirmte der Arzt Lance so ab, dass er in Ruhe trinken konnte.

Lance schlug seine Fangzähne in den Blutbeutel und saugte heftig daran.

Der Arzt sondierte die Lage, als er ihm den zweiten Beutel gab.

„Alles gut. Die sind mit deinem Kumpel beschäftigt. Du kannst in Ruhe trinken." Er ließ trotzdem seine Kollegin und die Schwestern nicht aus den Augen, als er ihm dann auch den dritten Beutel gab. Nachdem er diesen ebenfalls geleert hatte, tauchte vor dem Arzt ein Hüne in Lederkluft auf.

Der Arzt trat einen Schritt zurück.

„Ivan ... es ist alles gut", sagte Lance ruhig zum Halbclankrieger.

Erst dann blieb Ivan stehen.

Souverän reichte der Arzt nun Ivan ebenfalls einen Blutbeutel.

Dieser nahm ihn ohne ein Wort entgegen, wandte sich ab und schlug seine Fangzähne hinein.

Der Arzt nahm den letzten Blutbeutel vom Tisch und drückte ihn Ivan in die Hand, als er hinter ihm die Tür zum Nebenraum fast zuschob. Er postierte sich so, dass keiner die beiden beim Trinken beobachten konnte.

Als beide fertig waren, wischten sie sich die Lippen ab und Ivan zog seine Lederjacke aus und gab sie Lance. „Oder willst du nackt gehen?" Sein Blick fiel auf die Bauchmuskeln des Ritters und seine Augenbrauen zogen sich zusammen.

„Nein, natürlich nicht!", antwortete Lance sogleich und ließ seine Arme in die Jacke gleiten. Über das Gewicht der Jacke wunderte er sich nicht. Er konnte sich denken, dass noch etliche Waffen in ihr steckten.

„Wo ist Ament?", fragte er nun neugierig.

„Er wartet draußen", sagte Ivan und deutete mit seinem Kopf in Richtung Ausgang.

„Er sollte aber mal reinkommen, denn nebenan sieht es gar nicht gut aus", sagte der Arzt.

Sogleich standen beide neben ihm.

Der Arzt schob die Tür auf und glitt dann zur Seite.

Beide traten sofort in den Raum und die Schwestern holten tief Luft. Erst wanderten ihre Blicke zu Ivan, der mit einem grimmigen Gesichtsausdruck jeden einzelnen im Raum musterte. Angst stand in den Gesichtern der Schwestern und wich erst einem erstaunten Ausdruck, als Lance hinter ihm auftauchte. Seine nackte durchtrainierte Brust, die unter der Lederjacke hervor blitzte, ließ den Pulsschlag der Schwestern schlagartig in die Höhe schnellen. Obwohl sich beide nicht eine Sekunde lang um die entzückten Gesichtsausdrücke der Schwestern scherten, blieb es ihnen trotzdem nicht verborgen.

Auch Michael konnte die pochenden Adern um sich herum plötzlich nicht mehr ausblenden und sah auf. „Bitte wartet draußen", sagte er bestimmt und schickte die beiden mit einem Wink zurück auf den Flur.

Ohne ein Wort zu sagen, folgten sie seiner knappen Anweisung und traten hinaus auf den Flur.

Zwei der Schwestern starrten den beiden Kerlen unweigerlich hinterher, bis sie von Michael wieder in die Realität zurückgerufen wurden.

Michael schüttelte nur den Kopf.

Auf dem Flur trat den beiden nun Ament entgegen. Als er seinen harten Blick auf Ivan richtete, sprach dieser. „Wir sind in Ordnung. Bei Chang gestaltet es sich da aber schwieriger. Gerade wollten sie ihm den Arm amputieren."

Ohne eine weitere Erklärung abzuwarten, drängte sich Ament an den beiden vorbei und betrat ohne ein Wort den sterilen Raum, der ihn sogleich an die Operation von Ortischa erinnerte und dem verheerenden Chaos, welches danach losgebrochen war. Er suchte sofort den Augenkontakt zu Michael, nickte ihm zu und trat dann an das Kopfende von Chang.

Durch die plötzliche Anwesenheit von diesem glatzköpfigen Krieger, verschlug es allen Anwesenden die Sprache.

Nur Michael sagte mit einer Seelenruhe zu ihm: „Wir bekommen es in den Griff. Ich muss nur eine Transplantation durchführen." Er wusste, dass der Clankrieger lange Ausführungen hasste.

Kurzerhand schlug Chang die Augen auf und blickte Ament direkt an.

„Willst du das?", waren die harten Worte des Clankriegers.

Chang nickte zustimmend.

„Gut … dann los. Wir können keine Zeit mehr verlieren. Dante, du hilfst mir. Wir gehen allein", kommandierte Michael und einen Moment lang wollte Ament ihm schon folgen, doch dann entschloss er sich, wieder den Weg in den Flur einzuschlagen. Er fühlte sich verantwortlich für den Halbasiaten. Diese Mission stand eigentlich nicht auf dem Plan eines Neuzugangs und dennoch hatte sich Chang bereit erklärt, daran teilzunehmen. *Wenn er jetzt seinen Arm verlieren würde …* Eine Sekunde lang dachte Ament über eine Gefühlsregung nach … *dann wäre es eben so,* entschied er und versuchte den Gedanken an Mitgefühl zu verdrängen.

Nun trat Dante an die Liege und schob diese aus dem Raum zum nahegelegenen Fahrstuhl. Als er dort auf seinen Chef wartete, sah er die beiden anderen auf dem Flur stehen und wusste er, dass er keine Fragen zu stellen hatte. Dann spürte er, wie der mit der Glatze an ihm vorbei trat.

Eine ungeheure Macht schien von ihm auszugehen. Einem Clankrieger zu begegnen war für ihn schon immer ein Traum gewesen, doch hätte er sich dazu wirklich andere Umstände gewünscht. Nun trat Michael an seine Seite.

„Ich übernehme jetzt. Kümmere dich um die drei. Sei dabei besonders höflich, sonst könnte es sein, dass du es nicht überlebst." Damit ließ er ihn stehen und betrat mit Chang den Fahrstuhl. Doch statt nach oben in den Operationssaal zu fahren, fuhr er mit ihm nach unten.

Neugierig schaute ihn Chang aus seinen gelben Augen an.

„Ich werde dir helfen, aber nur, wenn ich dir die Augen verbinde und du niemanden davon erzählst, von dem was jetzt mit dir passiert. Ich will nur dir und dem Clan helfen." Er wartete nicht mal auf eine Antwort.

Zustimmend nickte Chang. *Welches Geheimnis verbirgt er vor mir? Ich kann nicht in seine Gedanken eindringen. Warum nicht?!*

Michael nahm ein Tuch aus seiner Kitteltasche und verband ihm die Augen. *Lass es gelingen!* Bat Michael in Gedanken.

Als der Fahrstuhl abbremste und sich die Tür zum Untergeschoss öffnete, konzentrierte sich Chang auf seine Umgebung. Sein überdimensionales Gehör vernahm ein kontinuierliches Rauschen. Sonst war alles still. Er nahm außerdem den Geruch eines weiteren Vampirs wahr, was ihn unruhig werden ließ. *Was wird das hier?* Sein Atem ging schwer und er war fast soweit, seine Augenbinde herunterzureißen, als Michael ihn hart ermahnte.

„Wir haben eine Abmachung!"

Es gefiel Chang zwar überhaupt nicht, aber er nahm sich zurück. Der kupferne Geruch von Blut stieg ihm in die Nase und seine Fangzähne fuhren sich unweigerlich aus. Das leise Rauschen wurde immer lauter und das Geräusch blieb dicht neben seinem Kopf, als Michael ihm ein Mundstück an seine Lippen legte.

„Trink!", befahl der Chefarzt und Chang befolgte seine Anweisung.

Nun setzte sich Michael auf einen rollbaren Hocker und Chang spürte, wie etwas seinen verletzten Arm berührte.

Er zuckte zusammen.

„Halt jetzt bitte still. Ich werde jetzt deinen Arm … reparieren."

So wie Michael es sagte, schien er davon überzeugt zu sein.

Dennoch war Chang immer noch nicht einhundertprozentig sicher, dass es gelingen würde.

Er war sichtlich nervös und dennoch wollte er nur seinen Arm wieder haben. Würde er seinen Arm verlieren, wäre er erledigt. Dann könnte er sich einen Landsitz suchen und dort vor sich hinvegetieren, oder sich gleich einen Pflock durch das Herz jagen. Er konnte sich beim besten Willen nicht vorstellen, was Michael jetzt mit ihm veranstaltete.

Er wurde aus seinen Gedanken gerissen, als eine Schublade geöffnet wurde und Metall klapperte. Etwas Nasses und Glitschiges wurde auf die Wunden seines Armes gelegt, was Chang unkontrolliert atmen ließ. *Rede doch mit mir!* Flehte Chang innerlich.

Behutsam nahm Michael den Schlauch aus dem Mund von Chang.

„Es wird jetzt vielleicht etwas unangenehm, aber es sollte nicht lange dauern." Zuversicht schwang in den Worten des Doktors mit.

Als plötzlich der Arm von Chang anfing zu zittern, legte Michael sanft seine Hand auf die von Chang. „Ruhig, es ist gleich vorbei."

Der Arm zuckte erneut, obwohl Chang sich alle Mühe gab, ihn still zu halten. Wieder glitt etwas Glibberiges auf die offenen Stellen. Der Geruch von Blut drang in seine empfindliche Nase und er konnte spüren, wie das warme Lebenselixier an dem verletzten Arm herunterlief. Zu gerne wollte er sehen, was Michael dort produzierte.

Geschickt ließ Michael Anderson seine Finger über die offenen Wunden gleiten, setzte neue Muskeln und Sehnen ein und riss verstümmelte so schnell heraus, dass Chang nur kurzfristige Schmerzen erlitt. Seine Finger arbeiteten so rasant, dass die neu eingesetzten Körperteile mit dem restlichen Körper schnell verschmolzen. Nach und nach formte sich ein neuer Arm. Er würde zwar nicht genauso aussehen wie der alte, aber es würde dem schon sehr nahe kommen. Da Michael schon immer ein Ästhet gewesen war, ließ er sich Zeit und formte wie ein Bildhauer sein Kunstwerk. Als er es beendete, übergoss er den gesamten Arm noch einmal mit dem warmen Blut. Dann legte er Chang erneut den Schlauch in den Mund und ließ ihn trinken.

„Ich werde den Arm in eine Art Schale legen. Bewege ihn bitte nicht, bevor ich es dir sage. Hast du verstanden?"

Chang nickte. Auf keinen Fall wollte er etwas zerstören, was Michael in mühsamer Kleinarbeit anscheinend gerade wieder hergestellt hatte.

„Ich hoffe, dein Körper nimmt alles an. Da du ein Verwandelter bist, bin ich mir nicht ganz sicher, ob es klappt." Der Zweifel war nun eindeutig aus seinen Worten herauszuhören.

Nach einer weiteren Viertelstunde nahm Michael den Schlauch aus Changs Mund und der Arm wurde vorsichtig in eine Gipsschale gelegt und mit einer großen Kompresse abgedeckt.

Dann nahm Changs sensibles Gehör das Rauschen von Wasser wahr, womit anscheinend die Geräte gereinigt wurden.

„So, jetzt geht es jetzt wieder zurück." Dann setzte sich auch schon die Liege in Bewegung. Vorsichtig schob Michael sie in den Fahrstuhl und sie fuhren nach oben.

„Kein Wort zu niemanden!", warnte Michael eindringlich, als er Chang die Augenbinde abnahm und ein tiefes Knurren folgte, was Chang durch Mark und Bein ging.

Nie zuvor hatte er vor etwas Angst gehabt, aber das flößte selbst ihm Unbehagen ein.

Unruhig starrten die gelben Augen zu ihm auf und Michael konnte die Furcht in ihnen erkennen. Dann wanderte Changs Blick zu seinem Arm hinab, doch durch die dicken Kompressen konnte er nichts erkennen, deshalb atmete er einige Male tief durch, um seinen Körper und vor allem seinen Geist wieder in die Reihe zu bekommen. *Was ist nun mit meinem Arm?* Schoss es durch seinen Kopf.

Als wenn Michael seine Gedanken gelesen hätte, antwortete er: „Wir sehen in ein paar Stunden nach deinem Arm."

Chang erwiderte nur leise: „Danke."

Unterdessen auf Menderson …

Als Ortischa und Mehit aus ihren Wagen in der Tiefgarage von Menderson stiegen, sahen sie sich kurz tief in die Augen. Die letzten Stunden hatten sie damit zugebracht, die Lagerhalle von Isfets Leuten noch einmal von oben bis unten auf den Kopf zu stellen. Dennoch war ihre Suche nach etwas Brauchbarem erfolglos geblieben. Um ihnen einen besseren Überblick zu verschaffen, wollte Ortischa die Erdmassen wieder in sich aufnehmen, doch als sie die ersten Körner ihres Elements aufsog, wehrte sie sie sogleich wieder ab, denn sie waren getränkt mit der todbringenden Chemikalie, die Angel und Jason das Leben gekostet hatte. Angewidert hatte sie ihre Nase gerümpft.

Die vielen Tonnen, die mit den menschlichen Überresten überall verteilt standen, hatten die Aufmerksamkeit von Mehit auf sich gezogen. Er hatte sie durchgezählt und wenn er keins übersehen hatte, befanden sich 103 Fässer in dieser Lagerhalle. Gedanklich fluchte er, denn das hieße, dass über 200 Menschen ihr Leben gelassen hatten. Und für was? Diese Frage konnten sie sich beide nicht beantworten. Der bittere Nachgeschmack tobte immer noch durch seinen Kopf, als sie nun ihren Weg zur Kommandozentrale einschlugen. Seite an Seite liefen sie die Treppe wortlos nach unten.

Weil Raban es kaum abwarten konnte, Neuigkeiten zu erfahren, hatte er sich neben Stevo im vorderen Bereich der Kommandozentrale postiert. Hinter den beiden blinkten etliche der Monitore immer wieder auf.

Das Technikgenie ließ gerade mehrere Datenbanken durchlaufen, nachdem er diese mit dem Wenigen, was Mehit und Ortischa erzählt hatten, gefüttert hatte. Nun hoffte er auf noch weitere Informationen, doch als er den Gesichtsausdruck der Clankriegerin sah, trat er ohne ein Wort auf sie zu und nahm sie in seine Arme. Ungewöhnlicher Weise ließ Ortischa das geschehen. Einen langen Moment verharrten beide so, bevor sie sich wieder lösten und Ortischa sich peinlich berührt räusperte. Es schien ihr unangenehm gewesen zu sein, dennoch machte sie keine Anstalten, sich dafür zu rechtfertigen.

Als erster fand Stevo seine Stimme wieder. „Was habt ihr mit den Tonnen gemacht?" Seine weiche Stimme durchdrang die Kommandozentrale wie ein leichter Flügelschlag und dennoch kamen sie bei Ortischa und Mehit wie Peitschenhiebe an.

„Wir haben alle Fässer vernichtet." Kopfschüttelnd rang Mehit nach Luft, als die Bilder sich wieder einen Weg in seinen Kopf bahnten. Sie hatten ein Feuer entzündet und alles in dieser Halle in Flammen aufgehen lassen. Erst als die Fenster der Halle anfingen nachzugeben, waren beide auf den Gehweg hinausgetreten und in ihre Autos gestiegen. Als ihnen die Feuerwehr mit ihren heulenden Sirenen entgegen kam, glitt ihr Blick nicht einmal von der Straße.

„Es waren so viele." Es übermannte Mehit. „Aber … aber nun haben sie endlich Frieden."

„Und keiner kann sich mehr an ihnen laben", knurrte Ortischa neben ihm.

„Für was brauchen Isfets Leute denn bloß so viel Blut?" Nachdenklich tippte sich Raban mit seinem Zeigefinger an die Lippen.

„Für das Monster!", sagte Maddy hinter ihnen wütend.

Ruckartig drehten sich alle um.

„Meine Schwester! Wenn sie wirklich noch am Leben ist, benötigt sie anscheinend so viel Blut. Eric sprach von so etwas. Er sagte damals, dass sie bis zu einem Dutzend Menschen pro Tag benötigt, um ihren Blutdurst zu stillen. Also heißt das auch, dass sie hier sein muss! Hier in London, denn ansonsten benötigt doch keiner solche Mengen an Blut."

„Das wäre eine plausible Erklärung", schob Mehit ein und stemmte seine Hände in die Hüfte.

Als er nun den suchenden Blick von Maddy sah, wusste er, dass es seine Aufgabe war, ihr von dem Ableben von Angel und Jason zu berichten.

„Magst du dich setzen?", fing er an.

Maddy riss ihre Augen weit auf und ihre Lippen bebten, als sie in seinen kristallblauen Augen die Traurigkeit sah. „Oh … nein … Mehit … wer?" Das letzte Wort kam ihr nur noch wie ein Hauch über ihre Lippen.

Er griff nach ihren Händen und zog sie behutsam an sich. Ihr Kopf landete an seiner breiten Brust, während er ihr sanft über den Rücken streichelte.

„Leider ist es nicht so gelaufen, wie wir es uns vorgestellt haben. Sie wurden in der Lagerhalle von einer Chemikalie überrascht, die sich durch alles gefressen hat, was sich ihr in den Weg gestellt hatte."

Er spürte wie sich Maddy in seinen Armen verkrampfte, behutsam strich er ihr weiter über den Rücken.

„Ament und Ivan geht es gut." Er wollte erst einmal etwas Positives von sich geben. Dennoch war das, was jetzt kam, keineswegs leicht. Er konnte die Anspannung in jeder Pore von Maddy fühlen.

„Chang wurde schwer am Arm verletzt und ist jetzt bei Dr. Michael Anderson in der Klinik, genauso wie Lance. Beide werden dort betreut.

„Mmmhhh" kam nur von Maddy, denn sie fühlte, dass das dicke Ende noch käme. Doch dass Ivan, Lance und Ament wohl auf waren, ließ sie durchatmen.

„Leider hatten Angel und Jason nicht so viel Glück. Beide …" Er drückte sie dichter an sich, als er die Anspannung ihrer Muskeln fühlte.

„Neinnnnn", brach es aus ihr mit brüchiger Stimme hervor.

Er senkte seinen Kopf und gab ihr einen Kuss auf ihren Haaransatz. „Sie haben es leider nicht geschafft." So gerne er wollte, aber er konnte diese Nachricht nicht besser verpacken.

Ihr ganzer Körper zitterte wie Espenlaub und Tränen rannen an ihren Wangen entlang und durchnässten das T-Shirt von Mehit.

Es vergingen einige Minuten, bis sich Maddy wieder ein wenig beruhigte.

Er hielt sie weiterhin in seinen starken Armen.

„Wie?", fragte sie dann leise und schniefte dabei.

„Es war eine giftige Chemikalie in einem großen Container, von dem Angel erfasst wurde. Sie konnte sich, trotzdem Chang ihr helfen wollte, nicht mehr befreien, da sie von dieser Flüssigkeit regelrecht …"

Maddy legte ihre Fingerspitzen an seine Lippen.

„Sprich bitte nicht weiter." Ihre nassen Augen trieben einen Schmerz in Mehits Eingeweide, so dass er hart schlucken musste.

„Mussten sie leiden?", fragte Maddy nun.

Er drückte sie wieder an sich, denn er konnte diese Frage nicht beantworten. Lautlos stand Ortischa plötzlich neben ihr und streichelte ihr über den Kopf. „Sie musste nicht leiden. Chang hat sie erlöst, bevor ihre Schmerzen zu groß wurden."

„Oh mein Gott. Es sollte doch nur ein Erkundungstrip werden und nun … sind zwei … tot." Ihre Emotionen übermannten sie und im nächsten Moment sackte sie in sich zusammen und landete mit ihrem Hintern auf der Erde.

Sofort gingen Mehit und Ortischa in die Knie, jedoch wehrte Maddy die helfenden Hände der Vampire ab. „Lasst mich." Sie schlug ihre Hände vor ihr Gesicht und weinte bitterlich.

Beide erhoben sich wieder und auch Stevo und Raban waren ratlos, was sie nun sagen sollten. Nie hatten sie gedacht, dass Angel und Jason ihrem Schützling so nahe gingen. Obwohl es wohl doch eher an Angel lag.

Die erdrückende Stille, die sich im Raum ausbreitete, wurde nun von Eric und Jonathan unterbrochen, die unerwartet neben ihnen auftauchten.

„Milady? Geht es Euch gut?" Sein Argwohn triefte aus all seinen Worten.

„Eric … das ist jetzt nicht der richtige Augenblick …"

„Schweigt", er klang sehr verärgert.

Als Eric ihm einen wütenden Blick zuwarf, verschränkte Mehit seine Arme vor der muskulösen Brust.

Jonathan hingegen stand wie ein Schatten seiner selbst neben dem ehemaligen Clanoberhaupt. Es sah fast so aus, als wenn Eric ihm sämtliches Leben ausgesaugt hätte. Seine Haut war noch blasser als sonst und seine smaragdgrünen Augen hatten jeglichen Glanz verloren.

Mehit wollte gerade protestieren, als sich Eric zu Maddy hinabbeugte. Seine Hand stoppte nur wenige Zentimeter vor ihrer Schulter. Er wiegte seine Hand hin und her, so als ob er die Aura von Maddy streichelte.

Alle hielten die Luft an.

Stevo und Ortischa verkrampften sich, denn in dieser Situation konnten sie Maddy nicht vor Eric beschützen. War das sein Plan gewesen? Ihr so dicht zu kommen in einem ungünstigen Moment? Wo sie so geschwächt waren? Oder besser sie alle nicht aufgepasst hatten?

Doch es kam anders.

Plötzlich wandte sich Eric ab und ging zurück in den Vorraum und murmelte etwas Unverständliches.

Jonathan glitt ihm hinterher, als unerwartet Miss Kottendraw die Treppe hinab stieg.

Eisige Kälte erfüllte nun den Raum.

„Agatha!", spie Eric hervor und ließ seiner Ablehnung freien Lauf.

„Eric!" Sie schob ihre kleine Brille von der Nasenspitze wieder ein Stück nach oben.

Viele Augenpaare verfolgten, was in dem Vorraum passierte. Denn Ramos war mittlerweile ebenfalls in die Kommandozentrale gekommen. Als er die weinende Maddy gesehen hatte und vernahm, was Mehit gesagt hatte, schnürte es ihm immer noch den Magen zu. Angel war nicht gerade seine erste Wahl gewesen, dennoch hatte sie es nicht verdient, so einen Tod zu erleiden. Doch nun war sein Blick ebenfalls auf Miss Kottendraw gerichtet. *Was will denn Miss Kottendraw hier?* Fragte er sich. Alle anderen stellten sich dieselbe Frage.

Ruckartig schloss sich die Tür zur Kommandozentrale, obwohl Raban nicht seine Finger im Spiel hatte. Er schaute erstaunt zu seiner Tastatur. Aber da Vampire Türen mental verschließen konnten, erklärte er sich den Vorgang so. Es musste einer der drei Vampire dort draußen gewesen sein, denn alle anderen waren in der Kommandozentrale zu überrascht über das, was sich hier gerade abspielte.

In Sekundenschnelle postierte sich Mehit bei Maddy, zog sie nach oben und schob sie dann hinter seinen kräftigen Körper. Er traute der Situation nicht und sein Bauchgefühl schien ihm Recht zu geben.

Nun gesellte sich auch Stevo neben ihn und Ortischa tat es ihm gleich. Denn das, was sich gerade vor der Tür zusammenbraute, gefiel ihnen überhaupt nicht.

In diesem Moment griff Miss Kottendraw in ihren perfekt hochgesteckten Dutt und holte zwei kleine Messer hervor. Rasant lösten sich die hochgesteckten Haare und schwangen an ihrem Rücken hinunter wie tausend dünne Schlangen, die ein zischendes Geräusch verursachten.

Gleichzeitig richtete sich Eric auf. Sein starrer Blick war auf Miss Kottendraw gerichtet und er hob seine Arme bedrohlich in ihre Richtung.

„Oh, dass kann jetzt hässlich werden!", zischte Mehit hervor.

Keiner wusste, was nun passieren würde und warum Miss Kottendraw so unvermittelt auf Eric Sierks losging, zumal sie keine großen Erfolgschancen gegen einen so alten und starken Vampir hatte.

Im Hintergrund sackte Jonathan zu Boden, was Mehit nur in einem Sekundenbruchteil registrierte.

Unterdessen hatten sich bei Miss Kottendraw die spitzen Fangzähne ausgefahren und ihr sonst so porzellanartiges Gesicht glich nun dem einer Hyäne – mit geifernden Mundwinkeln.

„GIB IHN MIR!", schrie sie Eric unverblümt an.

Dessen Hände verformten sich zu Krallen und er stieß düstere Laute aus.

„DU MUSST IHN HABEN!", keifte sie nun wütend. „Seit dem du gegangen bist, ist er verschwunden. LOS gib ihn mir oder sag mir, wo er ist." Ihre Augen fingen böse an zu funkeln.

„Was will sie", flüsterte Maddy dicht bei Mehit.

„Keine Ahnung!", antwortete Mehit ebenfalls ganz leise. Gebannt war sein Blick auf die beiden gerichtet.

„Sollten wir Ramos zur Verstärkung …"

„Ja, das ist eine gute Idee", beendete Mehit den Satz und warf Ortischa einen Blick zu.

Diese reckte ihre Arme zum Fußboden und ließ die Erde sich dort auftürmen. Sogleich trat Ramos zu seiner vollen Größe hervor und Maddy streckte ihre Hand zu Mehits Mund. Als der scharfe Eckzahn sich in Maddys Fleisch bohrte, sahen Miss Kottendraw und Eric sie gleichermaßen entrückt an.

„Oh, oh", kam es Maddy nur noch über die Lippen.

In menschlicher Geschwindigkeit ließ sie den Tropfen auf Ramos fallen, als im gleichen Moment die Glasscheiben der Tür zur Kommandozentrale zerbarsten.

Durch die enorme Druckwelle flog Mehit mit Maddy im Arm quer durch den Raum und sie wurden erst durch die Wand gestoppt. Den Aufprall hatte Mehit jedoch mit seinem Rücken abgefangen.

Ortischa katapultierte es einmal quer über den Konferenztisch gegen die gegenüberliegende Wand.

Hingegen wurde Stevo von den Scherben getroffen und er und Raban landeten in der Computeranlage. Die zerstörten Monitore sprühten Funken, ein wildes Piepen begann und zig Splitter aus Metall flogen durch den Aufprall durch die Gegend.

Unterdessen wurden die Stimmen vor der Kommandozentrale immer lauter.

Miss Kottendraw schrie Eric an: „Wenn du ihn mir nicht gibst, werde ich dich töten!" Ihre Entschlossenheit spiegelte sich in ihren Worten wider.

„Nichts bekommst du. Niemals!" Gab Eric nur trocken zurück. „Du Miststück, ich hätte dich schon vor langer Zeit töten sollen. Ich wusste, dass du mir eines Tages Ärger machen würdest." Er ballte die Fäuste und es folgte eine weitere Druckwelle in Richtung von Miss Kottendraw.

Diese stemmte sich dagegen und nun erkannte auch Mehit, der sich langsam aufrappelte, dass Miss Kottendraw doch nicht nur eine normale Vampirin war. Sie besaß ungeheure Macht, denn sonst hätte sie sich nie gegen Eric stellen können. Welche Ausmaße ihre Macht hatte, konnte er jedoch nicht erahnen. Sein Augenmerk lag auf Ramos, der nun wie eine Säule im Raum aufragte und die beiden Streithähne genauestens beobachtete. Es schien fast so, als ob ihn das Chaos um ihn herum nicht im Geringsten störte.

„Ramos?", rief Maddy besorgt. „Ist alles in Ordnung?"

Mit einer leichten Handbewegung signalisierte er ihr, dass ihm nichts fehlte. Dass er so standhaft gegen die Druckwellen sein konnte, hatte er selbst nicht für möglich gehalten.

Die anderen stöhnten teilweise unter heftigen Schmerzen auf, aber sie kamen alle relativ schnell wieder auf die Beine. Ihr Ziel war es erst einmal, Maddy zu beschützen, was ihnen gerade nicht sehr gut gelungen war. Ihre allgemeine Niederlage zerrte an ihren Nerven.

Als eine weitere Welle in die Kommandozentrale schwappte, stemmte sich Ramos mit ausgebreiteten Armen ihr entgegen. So konnte er die Druckwelle von den anderen zurückdrängen.

„Der Hammer!", sagte Ortischa hinter seinem Rücken lobend, denn selbst sie war zusammengezuckt.

Hektisch zog sich Stevo zwei Glasscherben aus dem Oberarm und Raban nahm sein T-Shirt und riss es in Fetzen, um die Blutung zu stillen.

„Was machen wir nun?", fragte Mehit nervös, ohne seinen Blick von dem kämpfenden Paar abzuwenden.

„Keine Ahnung?", kam es ratlos von der Clankriegerin. „Die machen aus uns Hackfleisch, wenn wir uns einmischen. Wir können nur abwarten und Maddy beschützen."

„Aber hier ..."

„Seht nur!" Maddy krallte sich an Mehit fest.

Überdimensional schnell stürzte sich Eric in diesen Moment auf Miss Kottendraw. Seine langen scharfen Krallen schnitten ihr durch das hyänenhafte Gesicht bis über den Oberkörper. Sofort spritzte sehr viel Blut durch die Gegend und Teile ihres Gewandes klafften auf.

„So nicht, mein Lieber!", gab Miss Kottendraw entschieden zurück und verpasste Eric einen Aufwärtshaken, der ihn nach hinten taumeln ließ, wobei er an ihren spitzen Nägeln hängen blieb, die ihm das Kinn zerschnitten. „Ich habe nicht die ganzen Jahre hier zugebracht, um jetzt so zu enden." Sie setzte nach und griff erneut an und biss ihm in den Arm, wobei Eric bitterlich aufheulte.

„Du Ausgeburt der Hölle!", schrie Eric sie an, erfasste ihre Haare und riss ihren Kopf wütend zurück. Blutüberströmt und mit weit ausgefahrenen Fangzähnen schnappte sie erneut nach ihm.

Geschickt stellte er ihr jedoch ein Bein und sie fiel zu Boden.

Gleichzeitig sprang er auf sie und begrub sie rittlings unter sich. Sofort forderte er einen Pflock aus seinem Ärmel, richtete sich auf, um den Pflock in ihrem Herzen zu versenken.

Geistig gegenwärtig griff Miss Kottendraw aber nach dem Pflock und stemmte sich mit aller Kraft dagegen.

Ihr Todesringen entging den anderen in der Kommandozentrale nicht.

„Ramos ... hilf ihm", flehte Maddy. „Er schafft es nicht alleine." Warum sie das tat, wusste sie selbst nicht, aber wahrscheinlich hatte sie immer noch den Wunsch, dass Eric Ramos wieder zum menschlichen Leben verhalf. Wenn er jetzt hier sterben würde, dann könnte er die Rückverwandlung nicht mehr vollziehen und Ramos müsste auf ewig in den Elementen weiter existieren. Dies war für Maddy überhaupt keine Option. Sie wollte um alles in Welt, dass Ramos wieder ins Leben zurückkehrte.

Ohne zu zögern, trat Ramos in den Flur hinaus, beugte sich zu Eric hinunter, legte seine Hand auf die von Eric und drückte mit Nachdruck den Pflock hinunter. Er spürte die ungeheure Kraft, die durch Miss Kottendraw strömte. Ihr Blick war hasserfüllt und sie spie ihn an: „Das werdet ihr bereuen. ICH hätte euch zurückgeholt, als den Meistervampir, der ihr seid."

In dem Moment durchstieß das Holz ihre Haut, trat zwischen die Rippen direkt in ihr Herz. Aus ihren zusammengekniffenen Augen konnte Ramos das Böse fast leuchten sehen, bevor sie aufschrie und einen Bruchteil später zu Staub zerfiel.

Sofort machte sich Erleichterung in der zerstörten Kommandozentrale breit, während Ramos sich wieder zu seiner vollen Größe aufrichtete und Eric den Arm zum Aufstehen reichte.

Einen langen Moment schaute Eric Ramos nur an. Seine Augen hatten wieder den fahlen Ton angenommen und die Falten um seine Augen waren tiefer als zuvor. Dann wanderte Erics Blick zu dem dargebotenen Arm. Er seufzte auf und schüttelte ganz langsam den Kopf.

Als Ramos schon den Arm wieder wegnehmen wollte griff Eric danach und fuhr seine scharfen Klauen erneut aus.

Ramos erstarrte, als er die messerscharfen langen Fangzähne des Alten sah.

Ohne zu zögern biss Eric in den sandigen Arm von Ramos, der schmerzverzerrt sein Gesicht verzog. Innerlich schrie er um sein Leben, als Eric in seinen sandigen Körper eindrang. Er trank nicht von ihm, sondern er sonderte etwas durch seine Zähne in ihm ab. Es brannte fürchterlich und fraß sich langsam durch seinen gesamten Körper.

Ramos wollte den Arm sofort wegreißen oder in ein anderes Element fliehen, doch er konnte nicht. Er war wie gelähmt. Die höllischen Schmerzen, die ihm der Alte da zufügte, waren schier unerträglich. Es fühlte sich an, als ob Feuer in ihm loderte und gleichzeitig von einem tobenden Schneesturm erstickt wurde. Sein Inneres wurde auseinandergerissen und auf der anderen Seite zusammengedrückt. Weit hinter sich hörte er wie Maddy hektisch ein- und ausatmete. Sie flehte Mehit an, ihm zu helfen.

Doch ihre Worte kamen nicht mehr bei ihm an. Nur Stimmengewirr dröhnte noch in seinen Ohren.

Mehit schirmte Maddy mit seinem Körper ab und kniff die Augen zusammen, denn diese außergewöhnliche Situation schien ihn und auch die anderen vollkommen zu überfordern.

Ortischa schrie: „Jonathan! Hilf … hilf uns. Hilf RAMOS!" Doch Jonathan lag selbst wie betäubt am Boden und rührte sich nicht. *Das kann doch wohl nicht wahr sein. Wir können doch nicht so hilflos sein?* Ortischa zitterte am ganzen Körper und ihr Element kratzte an ihrer Oberfläche.

Auch bei Stevo züngelte schon sein Element an seinen Eingeweiden und er wollte bereits losstürzen, doch die Vergangenheit hatte ihn gelehrt, erst zu überlegen und dann zu handeln. Er beobachtete Ortischa, die auch schon mit sich kämpfte, genauso wie Mehit, der aber am meisten Selbstkontrolle von ihnen allen besaß. Auch Raban nahm alles in Augenschein und entschied, auf Mehits Befehl zu warten. Unterdessen schoss irgendetwas in Ramos Blutbahn und fraß sich durch all seine Zellen.

LASS LOS! Verdammt, was machst du? So helft mir doch! Rief Ramos, doch keiner konnte ihn hören. Nur an seinem Gesicht konnten alle erkennen, dass ihm das alles irrsinnige Schmerzen bereitete.

Mit weit aufgerissenen Augen sah Ramos seine Maddy an und hoffte, dass es nicht das letzte Mal war, dass er ihren Glanz sah. In einem Sekundenbruchteil blieb die Zeit für ihn stehen und er sah nur noch sie. Ihre vollen roten Lippen, dieses tiefe Blau ihrer Augen und ihre wunderschönen langen schwarzen Haare.

Wieder durchzuckte ihn eine weitere Welle des Schmerzes und er spürte, wie seine Beine unter ihm nachgaben.

In seinem Kopf hörte Ramos plötzlich eine Stimme widerhallen. Sie sprach mit ihm. Erst konnte er sie nicht verstehen, doch je mehr Worte in seinem Kopf ankamen, desto mehr wurde ihm bewusst, dass das ehemalige Clanoberhaupt Eric mit ihm sprach, obwohl er nicht mal den Mund bewegte. Komischerweise beruhigten ihn seine gesprochenen Worte, die sich nach einem Ritual anhörten.

Nun hielt es Ortischa und Stevo nicht mehr an ihrem Platz und sie traten aus der Kommandozentrale heraus und postierten sich dicht an Eric und Ramos.

„Ramos? Sollen wir dich losreißen?" In ihren Augen stand Angst und Unsicherheit gleichermaßen.

Dennoch konnte Ramos erkennen, dass sie ernst machen würden, wenn er ihr zustimmen würde. Dass sie ihm halfen, wirkte auf ihn unheimlich beruhigend und ließ die nächste Welle der Schmerzen etwas erträglicher werden.

Zischend spie Eric einige Worte hervor. „Haltet ein, ihr Unwissenden! Lasst es … mich beenden!" Dann verbiss er sich erneut in Ramos Arm, den es mittlerweile in die Knie gezwungen hatte.

Maddy schrie: „So helft ihm doch endlich. Er bringt ihn ja um!" Sie riss an Mehits Arm, doch dieser ließ nicht einen Millimeter locker. Er würde niemals Maddy in die Nähe eines kollabierenden Vampirs kommen lassen. Wenn er jetzt Ramos umbringen würde, könnten weder er noch die anderen ihm helfen.

Dann endete alles ganz schnell.

Das ehemalige Clanoberhaupt ließ plötzlich von Ramos ab.

Ramos schmetterte zu Boden.

Ein Aufschrei ging durch alle.

Dann fiel Eric auf den Rücken und nun konnten alle sehen, dass der kleine Dolch, den Miss Kottendraw aus ihren Haaren gezogen hatte, mitten in Erics Herz steckte.

Eric schaute auf und aus seinen nun fast leblosen Augen starrte er Stevo an, der über ihm gebeugt stand.

Stotternd und leise kamen folgende Worte aus Erics Mund: „Er halte den … Clan aufrecht. Er teile sein Wissen mit … einem, den er für ebenbürtig hält. Die Nachfolge muss gesichert sein, dass ist sein oberstes Gebot."

Stevo erstarrte, als er einen Stich in seinem Herz spürte, so als ob Eric seinen Finger da hinein gesteckt hätte.

Gleichzeitig zerfiel Eric zu Staub, was alle mit Schrecken wahrnahmen. Nur sein Ring blieb von ihm übrig und kullerte über den Boden.

Stevo beugte sich und hob den altertümlichen Ring mit dem großen kobaltblauen Stein auf. Er wog schwer in seiner Hand. *Oh mein Gott, was soll ich denn damit?* Fragte sich Stevo.

„Was ist mit Ramos?", holte Maddy alle aus ihrer Starre. „Ramos? Ramos? Geht es dir gut? Mehit lass mich doch endlich los. Ich muss zu ihm!"

Doch Mehit dachte nicht daran, seinen Schützling loszulassen.

„Niemals! Wir wissen nicht, was hier gerade passiert", antwortete Mehit ihr sanft.

Allen blieb die Luft weg, als sich plötzlich einige der Sandkörner bewegten. Sie rollten vom Rücken von Ramos hinunter auf den Boden.

Ein herzzerreißender Schrei, der allen durch Mark und Bein ging, ließ kurz darauf alle zusammenzucken.

Immer mehr Sandkörner folgten und entblößten ganz langsam einen Teil aus Fleisch, der komplett blutüberströmt war. Daraus bildete sich ein Rinnsal und Blut tropfte auf den Boden.

In diesem Moment war Ortischa schon darauf bedacht, ihr Element wieder zurückzuziehen, als Stevo sie bremste.

„Warte!", rief er ihr aufgeregt zu.

Sie nickte.

Ein zweiter Schrei folgte.

„Ramos? Wir sind hier. Wir hören dich", sagte Maddy so sanft sie konnte und spürte plötzlich keinen Widerstand mehr von Mehit. Er hatte ihre Hand freigegeben.

Ramos traute seinen Ohren kaum. Sagte Maddy gerade, dass sie ihn hörte? *Sie hatte mich schreien gehört? Wie konnte das sein? Was ist mit mir geschehen?*

Epilog

Am nächsten Tag im Büro in London …
Jonathan saß an seinem mahagonifarbenen Schreibtisch und besann sich des Augenblicks, wo er Eric, dem ehemaligen Clanoberhaupt, von dem goldenen Dreieck erzählt hatte, welches er gerade in seiner Hand hielt. Er erinnerte sich genau an die glanzlosen Augen, die von etlichen Falten gezeichnet waren. Er seufzte. *Wäre ich nicht zu ihm gegangen, wäre er heute noch am Leben.* Diese Erkenntnis traf ihn tief, denn sein ehemaliger Lehrer hatte sein Leben zum Wohle von Maddy, der Quelle, gelassen. *Eric allein hatte Maddy gerettet.* Beschämt neigte er seinen Kopf.

Aber das Eric sich die komplette Macht von Jonathan zu Nutze gemacht hatte, um damit Miss Kottendraw auszuschalten, blieb ihm immer noch verborgen.

Jonathan konnte nur darauf zählen, dass das, was ihm die Clankrieger erzählt hatten, der Wahrheit entsprach. Sie hatten ihm gesagt, dass er zusammengebrochen sei.

ICH … zusammengebrochen …, Jonathan schüttelte den Kopf. *Und während ich auf der Erde gelegen habe, ist Eric auf Miss Kottendraw losgegangen.*

Jonathan konnte sich an nichts mehr erinnern. Er schlug sich gegen die Stirn, weil er so unfähig gewesen war. Er hatte einen Blackout. Er wusste noch, dass er mit Eric nach unten gegangen war, weil sie gewisse Schwingungen aufgenommen hatten, welche ihnen unbeschreiblich stark vorgekommen waren. Als sie Miss Kottendraw sahen, wussten beide sofort, wo diese Schwingungen herkamen. Aber ab diesem Moment konnte sich Jonathan an nichts mehr erinnern. Er war erst wieder zu sich gekommen, als Ortischa ihm einen Blutbeutel an die Lippen gelegt hatte und das Lebenselixier einflößte.

Jonathan lehnte sich zurück und ließ alles Revue passieren.

Er lag halb auf der Erde, seinen Kopf in Ortischas Schoß gebettet. Der kupferne Geruch von Blut ließ ihn aus den Tiefen der Ohnmacht, so dachte er, zurückkehren.

Die weichen Finger von Ortischa streichelten sein Gesicht.

„Jonathan! Jonathan … hallo, sag doch etwas. Er braucht sofort Blut!" Mit einem hektischen Blick hatte sie zu Mehit geschaut, während ihre lange Lockenmähne über ihre Schulter rutschte. Er hatte jedoch bereits wahrgenommen, dass Raban daraufhin mit den Worten: „Ich hole ein paar Blutbeutel", losgerannt war.

Verschwommen sah er die Bilder wieder vor sich und dann waren da die Worte von Maddy.

„Ramos? Ramos? Was passiert mit dir? Sag doch etwas." Sie japste nach Luft, denn Tränen rannen an ihrer Wange entlang.

Als Jonathan seinen Blick in die Richtung von Ramos richtete, konnte er ihn nur undeutlich erkennen. Er lag mit dem Gesicht nach unten auf dem Boden und … blutete. Eine Sandschicht bedeckte zwar noch den größten Teil seines Körpers. Doch dort, wo freie Stellen zu sehen waren, quoll Blut hervor. Er wollte aufspringen, um zu sehen, was mit ihm war, aber sein Körper versagte ihm jegliche Bewegung. Nicht einmal die Hand zu heben gelang ihm. Das einzige waren seine Augen, die die Umgebung sondierten. Er sah Maddy, die dicht bei Ramos kniete und ihn berühren wollte. Umrisse von Mehit und Stevo nahm er ebenfalls am Rande wahr. Was war bloß passiert? Warum lag Ramos auf dem Fußboden? Hatte ihn Eric wieder angegriffen? Wo war Eric. Ein Funkeln riss ihn vom Anblick von Ramos weg und er schaute zu Stevo. Blaues Glitzern zog ihn an und nach ein paar Mal Zwinkern konnte er langsam auch erkennen, was es war. Es war der Ring mit dem kobaltblauen Stein. Als ihn die Erkenntnis traf, wusste er, dass Eric sein Leben gelassen hatte, sonst hätte Stevo niemals diesen Ring in den Händen. Ob Eric von den Clankriegern getötet wurde, oder ob Miss Kottendraw ihre Finger im Spiel gehabt hatte, wusste er bis zu diesem Zeitpunkt jedoch nicht. Seine Gedanken kollabierten, denn er konnte nicht realisieren, was hier in der Zwischenzeit passiert war. Sein sensibles Gehör glitt zu Maddy, die immer noch sanft auf Ramos einredete. Sie sprach langsam, dennoch hatte er Schwierigkeiten, sie zu verstehen. Das irritierte ihn. Maddy befand sich doch nur wenige Meter von ihm entfernt und dennoch hörte es sich an, als wenn sie nur nuscheln würde. Auch seine Augen brannten wie Feuer, so als ob er wochenlang nicht geschlafen hätte. Die Blutzufuhr trug dazu bei, dass das Brennen ganz langsam abnahm und ihn langsam auch klarer sehen ließ. Warum war er so ausgedörrt? Als dann Ortischa sagte, dass er total blass wäre, sah er kurz zu ihr auf. Sollte der Blutmangel an seinen Ausfällen schuld sein? Weiter konnte er nicht darüber nachdenken, denn in diesem Moment hatte ihn eine Ohnmacht erwischt. Als er nach einer Weile wieder zu sich kam, lag er auf der Krankenstation und Raban hing ihm gerade weitere Blutkonserven an, die direkt in seinen Blutkreislauf geleitet wurde. Raban hatte ihm nur aufmunternd zugenickt und Ortischa legte noch zusätzlich einen Blutbeutel an seine Lippen. Sie hatte ihm befohlen zu trinken. Ohne Widerspruch hatte er gehorcht. Stunden später hatte er seine Lippen mit seiner Zunge befeuchtet und wollte Ortischa fragen, was passiert war, doch gerade in diesem Moment schauten sich Raban und Ortischa an und beide verließen ohne ein Wort die Krankenstation und überließen ihn seinem Schicksal. Sie hatten ihn mit purer Ablehnung gestraft. Als sie gegangen waren, hatte er nach Luft geschnappt, aber wahrscheinlich hatte er es nicht anders verdient, so wie er sich in der letzten Zeit gegenüber dem Clan verhalten hatte. Der Einstand war schon misslungen, als Eric sofort Maddy angegriffen hatte. Diese Erinnerung trieb ihm einen dicken Kloß in den Hals. Er hatte viel falsch gemacht, aber er hätte alles nur für den Clan getan. Er hatte das Siegel gebrochen und nun auch noch den Tod von Eric auf dem Gewissen. Daraufhin hatte er seine Augen geschlossen.

Zwei Tage später, nachdem keiner der Clankrieger sich bei ihm blicken ließ, hatte er sein Quartier verlassen. An der Tür hing eine Tüte, in der ein Zettel war mit den Worten:

„Er halte den Clan aufrecht. Er teile sein Wissen mit einem, den er für eben-
bürtig hält. Die Nachfolge muss gesichert sein, dass ist sein oberstes Gebot."
Erics letzte Worte.

Erics letzte Worte standen dort und in der Tüte lag auch noch der Ring des ehemaligen Clanoberhauptes. Dieser Ring, mit dem funkelnden kobaltblauen Stein, war viel mächtiger als er aussah. Im Schein der Lampe schimmerte er geheimnisvoll.

Jonathan nahm seinen Ring ab, den er seit seiner Ernennung zum Clanober-haupt trug und legte diesen auf die Schreibtischplatte. Er wusste, wenn er diesen Ring aufsetzte, würde es sein Leben erneut verändern. Nicht nur die bisherige Macht, die er besaß, sondern noch gewaltigere Kräfte hatte Eric ihm damit über-geben. IHM? Nein, er hatte ihm den Ring nicht gegeben, es war der Clan gewesen.

Er schüttelte den Kopf.

Zögerlich hielt er den Ring vor seinem Ringfinger. *Soll ich es wagen?* Mehr-mals atmete er tief ein und aus. Sein unruhiger Blick schweifte noch einmal zu seinem abgelegten Ring und dann nahm er all seinen Mut zusammen und schob den neuen Ring auf seinen Finger. Blitzartig fuhren sich kleine Widerhaken aus und verankerten sich mit seinem Knochen. Der kurze stechende Schmerz hin-terließ bei Jonathan einen kurzen Anfall von Angst. Doch ehe er lange nachden-ken konnte, ergriff der Ring von seinem Körper die Oberhand. Er wurde aus seinem Stuhl katapultiert und schlug hart gegen die Wand hinter ihm. Der Ring an seinem Finger leuchtete immer greller und im Schein dessen wurde Jonathans Körper an der Wand auseinander gespreizt. Sein Körper wurde von einer Macht erschüttert, die er sich nicht ausmalen konnte. Er fühlte seinen Körper, wie bei seiner Verwandlung brechen und sich wieder zusammensetzen.

Doch diesmal war es anders.

Es fühlte sich an, als ob man zwischen jedem Bruch etwas Kristallartiges einsetzte. Er wollte laut losschreien, doch sein Mund blieb verschlossen und nur seine Lippen bebten. Er wollte sich bewegen, doch er blieb bewegungsunfähig.

Minutenlang hielt der Schmerz an, dennoch hieß er ihn willkommen. Als der Verwandlungsprozess in seinem Körper abgeschlossen war, sank der gemarterte Leib auf den Boden.

Minuten vergingen, in denen er sich nicht bewegte, noch atmete. Als die dunklen Schwaden sich vor seinem geistigen Auge lichteten, versuchte er langsam die Augen zu öffnen und schlagartig holte er Luft, was ihm seine Lungen dankten. Sein veränderter Körper fühlte sich nun viel leichter an. Als er die Augen aufschlug, hatte er das Gefühl, noch schärfer sehen zu können als vorher. Er ließ seine Sinne durch seinen Körper gleiten und bewegte nach und nach alle Körperteile – angefangen bei den Fingern und den Zehen. Alles schien sich normal anzufühlen. Doch als er den Gedanken fasste aufzustehen, stand er schon.

Erschrocken über sich selbst und seine neue Schnelligkeit griff er sich durch sein graumeliertes Haar. „Wow … daran muss ich mich erst einmal gewöhnen." Er lächelte in sich hinein. Unweigerlich musste er an die Verwandlung der letzten Clankrieger denken und wie sie an ihren Fähigkeiten lernen mussten und nun war er derjenige, der seine eigene Macht erst einmal unter Kontrolle bringen musste.

Doch es sollte anders kommen, als die Tür von seinem Büro aufflog.

Eine junge Frau mit graublauer Haut, zerzaustem Haar, dreckiger und blutverschmierter Kleidung trat ein. Als sie ihren Kopf hob, erschrak Jonathan und ihm blieb der Mund offen stehen.

„Melanie?"

ENDE BAND IV

Lesen Sie weiter in:

LISA HEVEN

Das Rote Gold

BLUTENDES HERZ

Band V

Leseprobe

Sonnenstrahlen bohrten sich durch die dichten Blätter der Bäume und verdrängten zusehends die Dunkelheit der Nacht. Die verborgene Grotte lag düster am Rande des Geländes und ein Kind stand am Eingang. Die kleinen Hände umklammerten das Metallgitter, welches ihm den Weg nach draußen versperrte. Eigentlich stellte das Gitter keine wirkliche Hürde für sie dar und dennoch wagte sie nicht zu entfliehen. Sie war ein Teil der Gruppe und somit an diese Höhle gebunden. Wenn auch nur einer von ihnen diese Höhle verlassen würde, würden sie kommen und alle anderen abschlachten. Diese Drohung hatten ihre Peiniger zu oft und zu gerne wiederholt und damit Angst und Schrecken in die Gruppe gesät.

Wieder stand die Kleine an diesem Platz und wartete darauf, dass jemand ihnen helfen würde.

Ihr aufgescheuchter Blick glitt hinab zu ihren kleinen nackten Füßen, wo die Sonnenstrahlen an ihrer Haut kratzten.

Wieder war eine Nacht vergangen, wo sie vergeblich auf Retter gewartet hatte.

Wieder eine Nacht voller herzzerreißender Schreie, vergossenem Blut und purer Gewalt, die ihre kleine gepeinigte Seele in Mitleidenschaft gezogen hatte.

Eine der jungen Frauen aus ihrer Gruppe war in den vergangenen Stunden geholt worden. Sie hatte bitterlich geweint, gefleht und war trotzdem von der Wache hinter sich hergezogen worden. Was die Wache mit ihr machte, wusste keiner von ihnen. Ihnen blieb nur, darauf zu hoffen, dass einer von ihnen je zurückkäme. Aber in den vergangenen Jahren war nie einer von den anderen zurückgekehrt. Sie wollten eine Rebellion anzetteln, doch diese war schon im

Keim erstickt worden. Die Gruppe war einfach viel zu schwach, sich gegen diese kräftigen Kämpfer zu wehren, für die das Töten scheinbar etwas Belangloses war.

Die kleine Vampirin fuhr sich mit ihrer Hand durch die zerzausten Haare und verzog ihren Mund, als ein älterer Vampir aus ihrer Gruppe seine Hand sanft auf ihre Schulter legte.

Sie wusste was er wollte. Sie sollte zu den anderen zurückkehren und warten bis auch dieser Tag wieder an ihnen vorbeigezogen war. Nur in der Nacht konnten sie sich einigermaßen frei bewegen.

Doch die kleine Vampirin dachte nicht daran, ihre störrische Position aufzugeben. *Er hat es versprochen*, dachte sie. *Er wird kommen und uns befreien.* Trotzig stampfte sie mit ihren Fuß auf und kaute dabei nervös auf ihrer Unterlippe herum. Immer noch konnte sie den großen Krieger vor sich sehen, wie er sie mit seinen fast weißen Augen angesehen hatte. Seine Güte, sein Kampfgeist und seine eiserne Entschlossenheit strahlten ihr damals so warm entgegen. Er hatte ihr in dieser finsteren Umgebung einen Funken Hoffnung gegeben, an den sie sich nun mit aller Gewalt klammerte.

Ihr Herz zog sich zusammen, als die Sonnenstrahlen an ihrem Fuß ankamen, sogleich roch es nach verbranntem Fleisch. Sie hatte es schon oft versucht, ob sie nicht doch dem Sonnenlicht trotzen könnte, aber auch heute wurde sie eines Besseren belehrt. Schnell trat sie einen Schritt zurück und konnte schon den verzweifelten Blick des älteren Vampirs neben sich in ihrem Rücken spüren. Sie stemmte ihre Hände in die Hüfte und knurrte. „Er muss kommen."

Ein heftiger Aufschrei hinter ihr ließ sie plötzlich zusammenzucken.

Nur einen Sekundenbruchteil später rollte der Kopf des alten Vampirs an ihr vorbei und knallte gegen das Metallgitter. Das Blut, welches aus dem abgeschnittenen Kopf sickerte, tränkte den Steinboden und Spritzer seines Blutes landeten auf ihren nackten Füßen. Der stechende Blick aus den Augen des Toten wirkte verstörend auf sie, bevor der Kopf von den Sonnenstrahlen erfasst wurde und in Flammen aufging. Zurück blieb nur etwas Staub, der von einem Windzug in alle Richtungen verteilt wurde.

Ihre Lippen erbebten bei dem Gedanken, dass auch ihr der Lebensgeist aus dem Körper gepresst werden könnte. Dröhnend pulsierte ihr Blut in ihren Adern und eine unheimliche Stille breitete sich um sie herum aus.

Als die Stille unerträglich wurde, tauchte ein großer dunkler Schatten über ihr auf, der sie in die Dunkelheit zog. Anfangs war sie wie gelähmt, ihr Atem ging schwer, so als würde sie jeden Moment ersticken, dennoch zögerte sie nicht, sich umzudrehen. Mit überdimensionaler Geschwindigkeit sprang sie ihren Gegner an, wobei ihre kleinen Finger zu Krallen wurden, die sich in die Schulter des Angreifers gruben. Ihre kleinen spitzen Fangzähne bohrten sich in ihren Feind, der unweigerlich aufschrie. Wild und hemmungslos biss sie zu und ließ ihrer gesamten Wut freien Lauf, bis ihr Schatten zusammensackte und mit ihr zusammen hart auf den Steinboden aufschlug.

Minuten später...

Ihre ureigenen Sehnsüchte kämpften sich an die Oberfläche, als das warme Lebenselixier ihre Kehle entlang gleiten sollte.

Doch sie konnte nicht schlucken.

Es quoll aus ihren Mundwinkeln hervor und lief an ihrem Kinn entlang.

Sie würgte.

In einem Bruchteil dachte sie, sie müsste ersticken, bevor sie sich erbrach. Nun waren nicht nur ihre Kleidung sondern auch ihre nackten Füße in Blut getränkt ... und auf dem Boden neben ihr, lag ihr toter Angreifer. Sie hatte ihn getötet, doch es befriedigte sie nicht. Als sie anfangs ihre Fangzähne in ihn geschlagen hatte, war sein Blut ihr noch süß und verführerisch vorgekommen. Doch sie musste schnell feststellen, dass sein Blut anders schmeckte, als das, was sie kannte.

Es schmeckte widerlich.

Sie würgte wieder und wieder, bis auch der letzte Tropfen ihre Kehle wieder verlassen hatte. Anschließend wischte sich sich mit dem Ärmel den blutverschmierten Mund ab und ihr Blick glitt rastlos umher. Der Tod ihres Peinigers würde nicht lange unentdeckt bleiben und dann ... dann würden SIE kommen und alle niedermetzeln. Als sie sich ihrer Lage bewusst wurde, liefen ihr bittere Tränen die Wangen hinunter und vermischten sich mit dem Blut, bevor sie trostlos auf die Erde tropften...

Fortsetzung:

LISA HEVEN

BLUTENDES HERZ

Band V

Danksagung

Ich möchte mich bei den Menschen bedanken, die es mir ermöglichen meinem Hobby „Leben" einzuhauchen. Meiner Familie.

Dann gilt mein großer Dank meinen Leserinnen und Lesern, die in die Gemeinschaft um Maddy und ihre Clankrieger eingetaucht sind und ihre Abenteuer geniessen.

Vielen Dank Jeannette für deine Bereitschaft, immer für mich da zu sein. Du bist klasse.

Danke auch an Jack, der meine Wünsche für das Cover immer wunderbar in Szene setzt.

Danke auch an Katja, die am Ganzen gefeilt hat und damit meine Romane bereichert.

Herzlichen Dank an A. Ich drücke dich.

Dank auch an Dieter, der mich immer wieder überrascht.

Ich würde mich freuen, wenn ihr mir auf Instagram folgen würdet.
Eure Lisa
lisaheven.autorin